GW00482805

Wie fängt man an, Mundharmonika zu spielen? Man sucht sich einfach eine Melodie aus, die man entweder mit der Pfeifmund-Technik oder mit Zungenblocking spielt. Außerdem muss man lernen, Harmonika-Tabs (Tabulaturen) zu entziffern, und das Positionsspiel üben, bis man die Positionen für alle zwölf Harmonika-Tonarten kennt.

SO SPIELT MAN EINE EINZELNOTE

Um eine einzelne Melodienote, eine Single Note, auf der Mundharmonika zu spielen, muss man mit dem Mund einen einzelnen Kanal isolieren. Als Nächstes bläst man entweder Luft hinein oder zieht sie heraus. Dazu verwendet man das Zungenblocking oder die Pfeifmund-Technik.

Pfeifmund-Technik

Formen Sie den Mund, als wollten Sie pfeifen oder jemandem einen Schmatz geben.

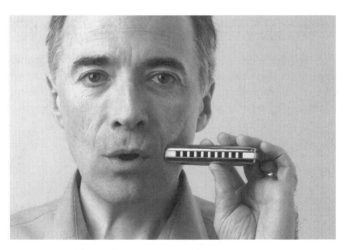

Zungenblocking

Bedecken Sie mehrere Löcher mit den Lippen. Die linken werden mit der Zunge blockiert, das rechte bleibt geöffnet.

Mundharmonika für Dummies

Schummelseite

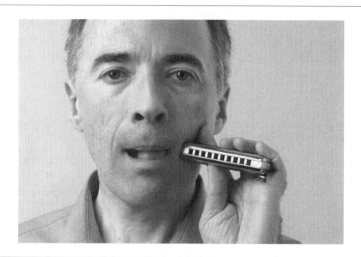

SO LIEST MAN EINE TABULATUR

Eine *Tabulatur* zu lesen, ist nicht schwer. Sie verrät Ihnen, zu welcher Kanalnummer Sie auf der Harmonika gehen müssen und ob Sie ausatmen (Pfeil nach oben) oder einatmen (Pfeil nach unten) müssen. Stehen mehrere Nummern übereinander, müssen Sie mehrere Kanäle spielen. Geblockte Kanäle sind durch ein schwarzes Rechteck gekennzeichnet.

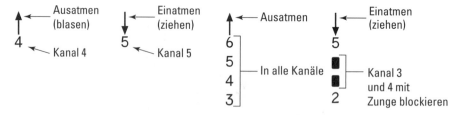

Wenn Sie eine Note benden (die Tonhöhe erniedrigen), weist der Pfeil pro Halbton einen kleinen Querstrich auf. Beim Upbenden (den Ton durch Overblow oder Overdraw erhöhen), sitzt ein Kreis auf dem Pfeilschaft. Hier ein Beispiel:

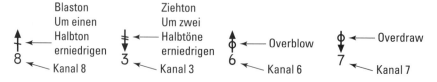

Mundharmonika für Dummies

Schummelseite

HARMONIKA-POSITIONEN

Eine *Harmonika-Position* bildet die Verbindung zwischen der Tonart der Harp und der Tonart des Stücks, das Sie darauf spielen. Jede nummerierte Position spielt auf die gleiche Weise, unabhängig von der Tonart der Mundharmonika. Folgende Tabelle zeigt den Gebrauch einiger gängigen Positionen:

Position	Anwendung
Erste Position	Melodien in Durtonarten; Fiddle Tunes, Countrysongs, Folksongs, Blues (hohes und mittleres Register)
Zweite Position	Melodien in Durtonarten (aber achten Sie auf Z 5 und Z 9); Fiddle Tunes mit verminderter Septime (Mixolydischer Modus); Stücke in Dur, die sich bis unterhalb der Basisnote bewegen; Blues (alle Register)
Dritte Position	Melodien in Molltonarten (aber achten Sie auf Z 3 und Z 7), Fiddle Tunes im dorischen Modus; Blues in Moll
Vierte Position	Molltonarten im hohen und mittleren Register
Fünfte Position	Molltonarten (aber achten Sie auf Z 5 und Z 9)
Zwölfte Position	Durtonarten (aber achten Sie auf Z 3 und Z 7); mittleres und hohes Register

POSITIONEN ALLER ZWÖLF TONARTEN

Die Positionen der Mundharmonika werden von eins bis zwölf durchnummeriert. Sie erreichen die nächste Position, indem Sie fünf Tonleiterstufen hochzählen. Wenn Sie Mundharmonikas in mehr als nur einer Tonart besitzen und wenn Sie jede davon in mehr als nur einer Tonart spielen wollen, ist das Konzept der Positionen sehr hilfreich.

Tonart der Harp	1.	2.	3.	4.	5.	6.	7.	8.	9.	10.	11.	12.
C	C	G	D	A	E	H	F#/Gb	C#7Db	Ab	Eb	B	F
G	G	D	A	E	H	F#/Gb	C#7Db	Ab	Eb	B	F	C
D	D	A	E	H	F#/Gb	C#7Db	Ab	Eb	B	F	C	G
A	A	E	H	F#/Gb	C#7Db	Ab	Eb	B	F	C	G	D
E	E	H	F#/Gb	C#7Db	Ab	Eb	B	F	C	G	D	A
H	H	F#/Gb	C#7Db	Ab	Eb	B	F	C	G	D	A	E
F#	F#/Gb	C#7Db	Ab	Eb	B	F	C	G	D	A	E	H
C#7Db	C#7Db	Ab	Eb	B	F	C	G	D	A	E	H	F#/Gb
Ab	Ab	Eb	B	F	C	G	D	A	E	H	F#/Gb	C#7Db
Eb	Eb	B	F	C	G	D	A	E	H	F#/Gb	C#7Db	Ab
B	B	F	C	G	D	A	E	H	F#/Gb	C#7Db	Ab	Eb
F	F	C	G	D	A	E	H	F#/Gb	C#7Db	Ab	Eb	B

Mundharmonika für Dummies

Winslow Yerxa

Mundharmonika
für dummies®

Übersetzung aus dem Amerikanischen
von Oliver Fehn

WILEY

WILEY-VCH Verlag GmbH & Co. KGaA

Mundharmonika für Dummies

Bibliografische Information der Deutschen Nationalbibliothek

Die Deutsche Nationalbibliothek verzeichnet diese Publikation
in der Deutschen Nationalbibliografie; detaillierte bibliografische
Daten sind im Internet über http://dnb.d-nb.de abrufbar.

1. Auflage 2018

© 2018 WILEY-VCH Verlag GmbH & Co. KGaA, Weinheim

Original English language edition Harmonica For Dummies © 2015 by Wiley Publishing, Inc. [or the name of the copyright holder as it appears in the original Eng lang edition.] All rights reserved including the right of reproduction in whole or in part in any form. This translation published by arrangement with John Wiley and Sons, Inc.

Copyright der englischsprachigen Originalausgabe Harmonica For Dummies © 2015 by Wiley Publishing, Inc. [or the name of the copyright holder as it appears in the original Eng lang edition.] Alle Rechte vorbehalten inklusive des Rechtes auf Reproduktion im Ganzen oder in Teilen und in jeglicher Form. Diese Übersetzung wird mit Genehmigung von John Wiley and Sons, Inc. publiziert.

Wiley, the Wiley logo, Für Dummies, the Dummies Man logo, and related trademarks and trade dress are trademarks or registered trademarks of John Wiley & Sons, Inc. and/or its affiliates, in the United States and other countries. Used by permission.

Wiley, die Bezeichnung »Für Dummies«, das Dummies-Mann-Logo und darauf bezogene Gestaltungen sind Marken oder eingetragene Marken von John Wiley & Sons, Inc., USA, Deutschland und in anderen Ländern.

Das vorliegende Werk wurde sorgfältig erarbeitet. Dennoch übernehmen Autoren und Verlag für die Richtigkeit von Angaben, Hinweisen und Ratschlägen sowie eventuelle Druckfehler keine Haftung.

Coverfoto: master1305/iStock/Thinkstock
Projektmanagement und Lektorat: Harriet Gehring, Köln
Korrektur: Katharina Weis, Mannheim
Satz: SPi Global, Chennai, India
Druck und Bindung: CPI books GmbH, Leck

Print ISBN: 978-3-527-71509-1
ePub ISBN: 978-3-527-81624-8
mobi ISBN: 978-3-527-81621-7

10 9 8 7 6 5 4 3 2 1

Auf einen Blick

Inhaltsverzeichnis

TEIL II
BEREIT FÜR IHRE ERSTEN KLÄNGE?

Kapitel 5
Musik liegt in der Luft

Kapitel 6
Bringen Sie Ihren Sound in Form

Kapitel 14
Programmerweiterung mit Folk und Gospel

Kapitel 15
Ich will 'nen (fiedelnden) Cowboy als Mann: Traditionelle
Tanzlieder

TEIL V
KEINER SPIELT GERN ALLEIN

Kapitel 16
Die richtigen Lieder, die richtige Band, die richtigen Zuhörer

Kapitel 17
Mehr Sound – mehr Spaß! Alles zum Thema Klangverstärkung

Einführung

Sie brennen förmlich darauf, Mundharmonika zu spielen, stimmt's?

Sie sind fasziniert von diesem winzigen, ausdrucksstarken Instrument, das man überall mit hinnehmen kann. Und vielleicht wären Sie gern ein wenig wie der coole Typ mit der Sonnenbrille, der sich vor eine Band hinstellt und ein berauschendes Mundharmonika-Solo hinlegt, oder wie das Mädchen in Blue Jeans, das eine schwermütige, süße Melodie am Lagerfeuer spielt. Und nun wollen Sie nicht mehr nur zu denen gehören, die zuhören, sondern selbst die Person sein, die diese Musik spielt?

Falls ja, haben Sie mit diesem Buch die richtige Wahl getroffen. Wenn Sie ein Neuling sind und noch nicht viel über Mundharmonikas wissen, wird *Mundharmonika für Dummies* Ihnen tausend gute Tipps und Ratschläge bieten, um durch das große Tor ins Reich der Mundharmonika einziehen zu können. Aber auch wenn Sie bereits ein alter Hase sind, werden Sie hier viele neue Techniken und Methoden finden, mit denen Sie Ihr Spiel noch verfeinern können.

Es wird Ihnen Spaß machen, echt. Und in Ihrem Leben wird plötzlich wieder eine Menge los sein. Ich habe in den letzten 40 Jahren überall auf der Welt neue Freunde kennengelernt – nur über das Mundharmonikaspiel. Ich kenne inzwischen einige der besten Harmonikaspieler der Welt und eine Sache gibt es, die mir an ihnen immer wieder auffällt: Auch wenn sie noch so perfekt sind und sich längst auf ihren Lorbeeren ausruhen könnten – sie tun es nur selten. Sie bleiben stets neugierig und offen für neue Erfahrungen. Und ich gehe davon aus, bei Ihnen ist es genauso. Falls ja, dann lade ich Sie hiermit ein zu einer spannenden Entdeckungsreise durch die Welt der Mundharmonikas.

Über dieses Buch

In *Mundharmonika für Dummies* finden Sie alles, was Sie wissen müssen, um endlich mit dem Spielen ernst zu machen. Und eine der besten Seiten dieses Buches ist es, dass Sie es jederzeit an jeder Stelle zu lesen beginnen können. Blicken Sie einfach ins Inhaltsverzeichnis oder in den Index und Sie werden genau das finden, was Sie suchen. Aber das ist nicht der einzige Vorzug dieses Buches; es bietet Ihnen noch viel mehr:

✔ **Für sämtliche Songs und Tonbeispiele in diesem Buch finden Sie sowohl Tabs als auch Noten.** Tabs *(die Abkürzung von Tabulaturen)* zeigen Ihnen genau, welche Bewegungen Sie ausführen müssen, welchen Tonkanal Sie spielen und ob Sie die Luft hineinblasen (Pfeil nach oben) oder herausziehen müssen (Pfeil nach unten). Klingt doch einfach, oder? Und alles Spielbare in diesem Buch ist grundsätzlich mit Tabs versehen. Was nicht heißen soll, dass Sie sich vor dem Erlernen der Notenschrift fürchten müssten – sie ist viel einfacher als sie aussieht.

✔ **Jedes Tonbeispiel hat eine Nummer**, die auf den dazugehörigen Audiotrack verweist. Die Illustrationen sind zwar sehr aufschlussreich und zeigen Ihnen sogar, wo und wie Sie Ihre Zunge richtig platzieren müssen – aber erst, wenn Sie das Ganze auch noch *hören*, vervollständigt sich das Bild. Das Buch bietet Ihnen zahlreiche Tonbeispiele, die Ihnen die richtige Atemtechnik demonstrieren oder Ihnen verraten, wie Sie eine Single Note (einzelne Note) spielen oder den Ton durch eine Handbewegung verändern können, mithilfe eines gesungenen Vokals eine Note benden (biegen, beugen) oder ein Mikrofon einsetzen können. Ja, sogar, wie man sein Instrument selbst repariert, werden Sie lernen.

Die Audiodateien finden Sie auf der beiliegenden CD und im Internet unter http://www. wiley-vch.de/publish/dt/books/ISBN3-527-71509-6.

Wichtig ist es auch zu wissen, dass sich der Inhalt dieses Buches auf eine diatonische Mundharmonika mit zehn Tonkanälen bezieht. Jeder dieser Tonkanäle sollte nummeriert sein, denn um den betreffenden Ton zu präzisieren, beschränke ich mich meist auf die Nummer des Kanals und die Atemrichtung. Wenn Sie also zum Beispiel lesen »B4«, heißt das, Sie gehen mit den Lippen zum vierten Loch von links und *blasen* hinein. Heißt es hingegen »Z4«, ist zwar das gleiche Loch gemeint, doch diesmal müssen Sie die Luft ansaugen (*ziehen*).

Was Sie für dieses Buch brauchen, ist eine diatonische Mundharmonika mit zehn Klanglöchern, gestimmt in der Tonart C. Es gibt Harmonikas in allen zwölf Tonarten und bei manchen Tonarten auch noch eine höhere und eine tiefere Version. Doch was Sie auf Ihrer C-Mundharmonika gelernt haben, lässt sich auch auf alle Instrumente mit einer anderen Stimmung anwenden.

Sie haben es sicher schon gemerkt: Manchmal sage ich einfach »Harmonika« und lasse die Vorsilbe »Mund-« weg. Das entspricht dem englischen Sprachgebrauch, wo man einfach »harmonica« sagt und soll in diesem Buch so weitergepflegt werden. Manchmal werden wir auch von einer »harp« sprechen und auch damit ist unsere Mundharmonika gemeint. Auch wenn das englische Wort *harp* eigentlich »Harfe« bedeutet, hat es sich doch für die Mundharmonika (vor allem im Blues- und Countrybereich) eingebürgert, ist auch unter deutschen Spielern verbreitet und hört sich einfach cooler an, denn Mundharmonikas gibt es in vielen Varianten, aber nicht jede davon eignet sich als »harp«.

Wenn ich in diesem Buch von hohen und tiefen Noten spreche, meine ich genau das – Töne, die quietschen können wie eine Maus oder brummen wie ein Nebelhorn oder Barry White. Was Sie sich merken müssen: Die tiefen Töne befinden sich links auf der Mundharmonika, die hohen Töne rechts.

Jede Tabulatur zeigt entweder eine Melodie, eine Tonleiter oder eine Tonfolge, die sich auf einer Mundharmonika spielen lässt. Und falls Sie nicht genau wissen, wie eine bestimmte Tabulatur zu klingen hat oder ob Sie es richtig machen – dann hören Sie sich einfach den dazugehörigen Audiotrack an und vergleichen Sie.

Törichte Annahmen über den Leser

Ich traue mich einfach mal zu behaupten, dass Ihnen der Klang einer Harmonika gefällt und dass Sie selbst gern in der Lage wären, ein paar coole Licks (vergleiche Kapitel 11) zum Besten zu geben. Was ich mich nicht traue: zu glauben, Sie wüssten bereits genau, wo und wie Sie anfangen müssen und welche Harp für Sie die richtige ist. Vielleicht haben Sie auch überhaupt keine Ahnung von der Materie und wissen nur, dass Sie gern Musik hören. Alles kein Problem.

Was ich mich ebenfalls nicht traue: davon auszugehen, dass nur ein blutiger Anfänger dieses Buch jemals lesen wird. Es könnte ja sein, dass Sie ein bereits fortgeschrittener Spieler sind, der die Grundlagen schon beherrscht, aber gern noch ein paar Tipps hätte, um seine Faszination am Leben zu halten. Ich gehe auch nicht davon aus, dass Sie ein ausgesprochener Fan von Bluesmusik, Lagerfeuerliedern oder eines anderen ganz bestimmten Stils sind. Die Grundtechniken, die Sie für jede Art von Musik brauchen, werden in diesem Buch alle behandelt, obwohl ich auch einige Kapitel speziell über Blues und Rock, Folk und Gospel oder Tanzmusik einfüge.

Ich nehme an, Ihr Interesse gilt der am häufigsten gespielten Art von Mundharmonika: der diatonischen Harp mit zehn Tonkanälen (die es von bekannten Marken wie Hohner, Lee Oskar, Suzuki oder Seydel gibt). Auf andere Mundharmonikatypen – wie zum Beispiel die chromatische oder Tremolo-Mundharmonika – werde ich zwar kurz eingehen, im Mittelpunkt des Buches aber steht die diatonische mit den zehn Klanglöchern.

Symbole in diesem Buch

An den Seitenrändern werden Sie oft auf Symbole stoßen, die Ihnen helfen sollen, wichtige Informationen – oder Informationen, die Sie erst mal überspringen wollen – auf den ersten Blick zu erkennen. Wie Neonreklamen, die in einem Einkaufszentrum auf die entsprechenden Abteilungen für Schuhe oder Martinigläser hinweisen, signalisieren Ihnen diese Symbole zum Beispiel »Extrem wichtig!« oder »Kann ich vorerst weglassen!«. Folgende Symbole sind es, die Ihnen in diesem Buch begegnen werden:

 Der erhobene Zeigefinger sagt: Hier geht es um wesentliche Dinge, die Sie verstehen und beherrschen müssen, um Ihr Lernziel zu erreichen.

 Ab und zu gebe ich Ihnen einen Tipp, der Ihnen hilft, schneller voranzukommen und die Dinge klarer zu sehen. Sie erkennen solche wertvollen Hinweise an diesem Symbol.

 Dieser neunmalkluge Kopf hört sich gerne reden. Deshalb verweist er meist auf sehr ausführliche technische Erklärungen, die Sie als Anfänger nun wirklich nicht dringend brauchen. Lassen Sie Herrn Schlaumeier also ruhig links liegen, wenn Sie lieber eine neue Technik oder Spielübung ausprobieren wollen. Später werden Sie sich oft an ihn erinnern: War da nicht noch was...? Dann wissen Sie wenigstens, wohin Sie zurückblättern müssen.

Dieses Zeichen will Sie zwar nicht davor warnen, dass Ihre Mundharmonika gleich explodieren wird – auf jeden Fall aber geht es um eine Angelegenheit, bei der Vorsicht geboten ist. Hier ist es möglich, dass etwas sehr Unangenehmes passiert – entweder Ihrem Instrument oder Ihnen selbst. Also mit Fingerspitzengefühl vorgehen.

 Dieses Symbol enthält meist Erklärungen zu dem, was auf dem betreffenden Audiotrack zu hören ist. Sie können also gleichzeitig zuhören und lesen. Sind Sie multitaskingfähig?

Über das Buch hinaus

Dieses Buch steckt voller Informationen zum Mundharmonikaspiel, doch auf unserer Homepage bieten wir Ihnen noch ein Extra:

✔ Zu den verschiedenen Tonbeispielen in diesem Buch gibt es mehr als 100 Audiotracks. Diese wertvolle Ressource finden Sie nicht nur auf der beiliegenden CD, sondern auch auf http://www.wiley-vch.de/publish/dt/books/ISBN3-527-71509-6.

Wie es von hier aus weitergeht

Falls Sie ein Anfänger sind und nicht viel über Mundharmonikas wissen, beginnen Sie Ihre Reise am besten mit den Kapiteln 1, 2, 3 und 5. Dort finden Sie alle Grundlagen, die Sie kennen müssen, um loszulegen.

Falls Sie bereits spielen, aber nicht genau wissen, wie Sie Ihre Lieblingssongs von CDs oder Liveshows auf Ihre Mundharmonika übertragen können, schlagen Sie Teil III auf und entdecken Sie, welche Positionen man sich merken sollte, um in vielen verschiedenen Tonarten zu spielen.

Wenn es das Benden von Tönen (Bending) ist, das Sie fasziniert, lesen Sie Kapitel 8. (*Tipp:* Wer zuvor Kapitel 6 gelesen hat, ist klar im Vorteil.) Und wenn Sie ein paar nützliche Zungenspielchen lernen wollen, schlagen Sie in Kapitel 7 nach.

Falls Sie bereits ziemlich gut spielen, aber noch über kein brauchbares Repertoire verfügen, das Sie zusammen mit einer Band, bei einer Jamsession oder auf der Bühne darbieten können – dazu finden Sie alle Infos in Teil V. Und last but not least: Wenn Sie ein erfahrener Spieler sind, der noch einige fortgeschrittene Techniken beherrschen möchte, finden Sie alles, was Sie wissen müssen, in den Teilen III und IV.

Teil I
Die ersten Töne auf der Mundharmonika

Kapitel 1
Eine Mundharmonika – was ist das eigentlich?

Vielleicht sind es die klagenden Töne, die Ihnen an einer Mundharmonika so gefallen. Vielleicht auch die Vorstellung von dem Mann, der auf der Bühne steht, irgendwie lässig wirkt und aussieht, als esse er gerade ein Sandwich. Egal – beides sind deutliche Anzeichen dafür, dass Sie einen Draht zur Harmonika haben – und vermutlich auch umgekehrt. Wenn Sie über Ihre heimliche Liebe ein wenig mehr erfahren und entdecken wollen, was an ihr so großartig ist, lesen Sie jetzt weiter.

Eines der coolsten Instrumente der Welt

Woran liegt es eigentlich, dass die Mundharmonika zu den meistverkauften Instrumenten der Welt gehört? Auf diese Frage gibt es sicher tausend Antworten. Hier sind einige der überzeugendsten:

✔ **Ihr Sound geht sofort ins Ohr.** Der Klang einer Harmonika ist eindringlich, ja oftmals herzzerreißend, dann wieder lieblich und tröstend, und wer ihn einmal gehört hat, vergisst ihn nicht wieder. Selbst ein totaler Anfänger kann ein Zimmer voll Zuhörer damit ein paar Minuten lang fesseln. Sehr geübte Musiker nutzen die emotionale Verbindung, die wir zur Mundharmonika haben, um sofort für Vertrautheit und Ausdrucksstärke zu sorgen. Diese emotionale Anziehung ist einer der Gründe, weshalb Mundharmonikaklänge so oft als Filmmusik oder für beliebte Plattenaufnahmen verwendet werden.

✔ **Sie klingt automatisch gut.** Die Erfinder der Mundharmonika wollten ein harmonisches Instrument kreieren. Das heißt: Es lassen sich mehrere Töne gleichzeitig spielen und auf angenehme Weise miteinander kombinieren. Töne, die ganz intuitiv Sinn ergeben, weil sie automatisch die Melodienoten unterstützen. Mundharmonikaspielen ist ein bisschen wie Radfahren: Wenn man ein Gefühl für die Balance hat, fällt man so gut wie nie wieder runter.

✔ **Man kann sie überall mit hinnehmen – sogar ins Weltall.** Es gibt kaum ein transportableres Instrument als die Mundharmonika. Und das Allerschönste, was die meisten Leute gar nicht wissen: Sie war das erste Instrument, das mit in den Weltraum genommen wurde. Bei einer Raumexpedition im Dezember 1965 meldete der Astronaut Wally Schirra ein unbekanntes Flugobjekt in einer polaren Umlaufbahn (vielleicht Santas Schlitten?), dann spielte er auf einer an Bord geschmuggelten Mundharmonika den Song »Jingle Bells«.

✔ **Sie ist billiger als ein Essen im Restaurant.** Das stimmt wirklich! Für eine vernünftige Mundharmonika bezahlen Sie weniger als wenn Sie essen gehen. Eine Gitarre oder einen Synthesizer, für den das gilt, werden Sie so schnell nicht finden.

✔ **Sie ist dem Musiker stets ganz nahe.** Sie können Ihre Mundharmonika völlig mit den Fingern umschließen, und auch ihre Klänge entstehen so nahe an Ihrem Ohr wie bei keinem anderen Instrument. Harmonikaspielen hat etwas Intimes, so wie das Führen eines Tagebuchs.

Die Vorfahren der Harmonika stammen aus der Steinzeit

Es war vermutlich schon während der Steinzeit, irgendwo in Südostasien, als jemand eine schmale Lasche (oder Stimmzunge) in ein Stück Bambus schnitzte, es an seine Lippen hielt und daran herumzupfte. Die Vibrationen der frei schwingenden Stimmzunge wurden durch den Mund des Spielers verstärkt. Die Maultrommel – das älteste und einfachste Rohrblattinstrument – wird in vielen Teilen der Welt noch immer auf die gleiche Weise hergestellt.

Später versuchten die Leute einfach, auf den Stimmzungen zu blasen anstatt daran herumzuzupfen. Um den richtigem Klang zu erzielen, musste jede Zunge jedoch in ein Bambusrohr eingearbeitet werden, dessen Länge auf den Ton gestimmt war, der von der Zunge erzeugt wurde. Irgendwann wurden diese Zungen aus Metall gefertigt. Man band mehrere Pfeifen zusammen, um Instrumente herzustellen, in die mit dem Mund geblasen wurde, wie etwa die Khaen (Pfeifen, die reihenförmig zusammengefügt wurden wie bei einer Panflöte) oder die Sheng (ein Bündel von Pfeifen, das in eine Kürbisflasche gesteckt wird, sodass es aussieht wie ein Bambusgehölz, das aus einem Teekessel wächst).

Bis auf den heutigen Tag kommt die Khaen in Thailand und Laos bei gesellschaftlichen Anlässen zum Einsatz, während die Sheng nach wie vor ein geschätztes Instrument der chinesischen Opernmusik darstellt. Die Metallpfeifen in Khaens und Shengs gelten als die ältesten noch lebenden Verwandten der Stimmzungen, wie sie in heutigen Mundharmonikas vorkommen.

✔ **Sie hat einen Touch von Outsider.** Bei manchen Spielern bringt eine Mundharmonika den Rebellen zum Vorschein, den einsamen Wolf. Verständlich, denn mit einer Mundharmonika macht man Dinge, die vom Hersteller so nicht vorgesehen waren und ihm vermutlich auch nicht gefallen würden. Es ist der Triumph der Kreativität über das wohlgeordnete, durchgeplante Spiel.

✔ **Sie strahlt ein Stück Tradition aus.** Rebell hin, einsamer Wolf her – die Mundharmonika verkörpert auf angenehme Weise ein Stück Musiktradition und durchbricht keineswegs die Grenzen einer musikalischen Wertegemeinschaft

Deutschland sucht den Mundharmonika-Star: Was Sie alles können müssten

Um ein Musikinstrument zu spielen, bedarf es keiner übernatürlichen Fähigkeiten. Alles, was Sie brauchen, ist der dringliche Wunsch, ein wenig Fleiß – na ja, und vielleicht etwas Talent. Wenn Sie also lernen wollen, Mundharmonika zu spielen, vertrauen Sie auf Ihren Wunsch – Sie können das, versprochen. Wenn Sie den Willen haben, es auszuprobieren, fehlen Ihnen nur noch ein paar Kleinigkeiten. Welche, das erkläre ich in den folgenden Abschnitten.

Eine Mundharmonika

Wenn Sie einen Musikladen betreten, um sich eine Mundharmonika zu kaufen, kann es sein, dass sich Ihnen ein wüstes Durcheinander der verschiedensten Typen und Modelle bietet, deren Preise von dem eines Cheeseburgers bis hin zu dem eines Kleinwagens reichen. Bevor Sie sich das erstbeste Instrument schnappen, lesen Sie lieber erst Kapitel 2. Da steht genau drin, wie Sie eine anständige Harmonika vom richtigen Typus zu einem vernünftigen Preis bekommen.

Etwas musikalisches Know-how

In Kapitel 3 lernen Sie, wie man eine Tabulatur entziffert – und das ist so ziemlich das Wichtigste, was Sie können müssen, um die Beispiele und Songs in diesem Buch zu verstehen. Wenn Sie Kapitel 3 ganz durchlesen, bekommen Sie auch den einen oder anderen Happen Musiktheorie mit (das hat noch nie jemandem geschadet). Und falls Sie Lust haben, zusätzlich zu den Tabulaturen auch die Notenschrift zu erlernen, lesen Sie Kapitel 4.

Ihr Körper

Es wundert Sie vielleicht zu hören, dass ein Großteil des Sounds, den Sie beim Spielen der Mundharmonika hören, von Ihren Lungen erzeugt wird, Ihrem Kehlkopf, Ihrem Mund und den Händen – nicht von der Mundharmonika selbst. Wenn Sie erst einmal den Dreh raushaben, wie man durch das Instrument atmet, können Sie damit beginnen, einen kleinen Rhythmus zu entwickeln (ebenfalls Kapitel 3); danach können Sie sich Single Notes vornehmen, um Melodien zu spielen. Von diesem Punkt an sind Sie in der Lage, mithilfe Ihres Körpers ihren Klang zu formen und zu verstärken (mehr dazu in Kapitel 6) – und dann sind alle anderen Finessen eines harmonischen Spiels für Sie nur noch eine Frage der Zeit.

Regelmäßige Übung – und Spaß mit und ohne Lehrplan!

Das Wichtigste, was Ihnen dabei hilft, ein besserer Spieler zu werden, ist regelmäßiges Üben. Legen Sie sich gleich mehrere Harps zu – eine für die Jackentasche, eine fürs Auto, die Handtasche, die Aktentasche, den Einkaufskorb, die Gürteltasche, und Sie können praktisch überall, wo Sie gerade sind, ein wenig spielen. Nutzen Sie (fast) jede freie Minute dazu. Anstatt sich im Fernsehen eine Uralt-Komödie anzusehen oder an der Ampel mit den Fingern aufs Armaturenbrett zu trommeln, greifen Sie lieber zu Ihrer Harmonika. Und wenn Sie einmal Zeit haben, spielen Sie einfach eine halbe Stunde durch. Solange Sie das oft und regelmäßig tun, werden Sie bald immer besser spielen.

 Spielen Sie ruhig ab und zu mal Querbeet. Eine gut aufgebaute Übungsstunde hat was für sich, und ich kann sie nur empfehlen. Aber vieles lernt man auch, wenn man einfach drauflosspielt, ohne Plan, ohne Gerüst. Das ist ein Erlebnis, das Sie sich nicht nehmen lassen sollten: neue Sounds zu entdecken und ein paar Dinge zu lernen, die auf dem regulären Lehrplan nicht vorgesehen sind.

Die Harmonika in der westlichen Welt

Keiner weiß so genau, wann es die frei schwingende Stimmzunge von Asien nach Europa schaffte (aus unserem vorangegangenen Kasten »Die Vorfahren der Harmonika stammen aus der Steinzeit« wissen Sie ja, dass sich in Asien die Ursprünge unseres Instruments finden). 1636 jedenfalls musste sie bereits dort angekommen sein, da der französische Philosoph Marin Mersenne ein Instrument erwähnt, das der Khaen sehr ähnlich war).

Dann, Ende des 18. Jahrhunderts, erfand ein deutscher Professor namens Christian Gottlieb Kratzenstein ein völlig neues Stimmzungeninstrument, bei dem die Pfeife nicht mehr aus der umliegenden Oberfläche geschnitzt, sondern gesondert hergestellt und auf der Oberfläche befestigt wurde. Dieser neue Instrumententypus reagierte auf Luftströme, ohne dass er in eine Röhre eingelassen wurde, deren Länge der Pfeifenstimmung entsprach. Daraus ergab sich eine Reihe völlig neuer Möglichkeiten. Das neue Stimmzungeninstrument wurde in Kirchenorgeln, Stimmpfeifen und sogar in die Griffe von Spazierstöcken eingearbeitet – anstatt die Landschaft zu bestaunen, konnte man nun ein Liedchen auf seinem Spazierstock spielen. Ab den 1820er-Jahren kam es dann zu einer wahren Explosion neuer Stimmzungeninstrumente – darunter die Harmonika, die Konzertina, das Akkordeon oder das Bandoneon, die sich im gesamten deutschsprachigen Europa ausbreiteten.

Die Erfindung der Mundharmonika selbst ist zeitlich schwer zu bestimmen. Oft fällt in diesem Zusammenhang der Name eines deutschen Jugendlichen namens Friedrich Buschmann, der 1828 in einem Brief eine viereckige Anordnung von Stimmpfeifen beschrieb, die aneinandergereiht und miteinander verbunden wurden, um musikalische Tonkombinationen zu spielen. Andere bauten bereits im Jahre 1824 Mundharmonikas. In den 1830er-Jahren wurde die erste Werkstätte gegründet. Wie auch immer, als in den 1870er-Jahren Mundharmonikas nach Amerika exportiert wurden, hatte die Mundharmonika ihre heutige Form. Ab den 1920er-Jahren stellte die Firma Hohner jährlich etwa 20 Millionen Harmonikas her, auf denen Leute auf der ganzen Welt Folk, Pop und sogar klassische Musik spielten. Seitdem ist die Mundharmonika ein fester Bestandteil der weltweiten Musikszene.

Und schon folgt die nächste Stufe

Wenn Sie einige Akkorde und das Melodiespiel beherrschen, können Sie sich mit Ihrer Mundharmonika auch mal aus dem Haus wagen. Wahrscheinlich sind Sie noch nicht reif für »30 Städte in 15 Tagen«, aber Sie wissen jetzt genug, um Ihre Fähigkeiten auszubauen und zu noch mehr Zufriedenheit zu gelangen.

Wenn Sie also bereit sind, eine Stufe höher zu gehen, denken Sie auch an Zungentechniken, die Ihnen das rhythmische Akkordspiel, das Sie zum Begleiten, Variieren und Akzentuieren brauchen, erst ermöglichen. (Mehr über diese Techniken finden Sie in Kapitel 7.) Ihre Lungen, Ihr Kehlkopf, Ihr Zunge und Ihre Hände – alle sind sie daran beteiligt, aus der Mundharmonika eins der ausdrucksvollsten Instrumente zu machen, die es gibt – nicht zuletzt auch, weil sie der menschlichen Stimme so ähnlich ist. Setzen Sie also immer den ganzen Körper ein, um Ihrem Klang Substanz zu verleihen. (Kapitel 6 kann Ihnen dabei helfen.)

Ebenfalls sehr wichtige Techniken betreffen das Verändern der Tonhöhe durch Techniken wie *Bending* (Ton wird tiefer) oder *Overblowing* und *Overdrawing* (Ton wird höher), mit denen sich ein eindringliches Klagen erzeugen lässt. Auch Töne, die für die Mundharmonika eigentlich gar nicht vorgesehen sind, gehören dazu. (Wie man diese Techniken spielt, erfahren Sie in den Kapiteln 8 und 12.) Alte Hasen spielen die Mundharmonika auch immer wieder in Tonarten, für die sie gar nicht gedacht ist, was erstaunlich gut funktioniert. (In Kapitel 9 lernen Sie alles über das Spielen in *Positionen* oder verschiedenen Tonarten.)

 Wenn Sie erst einmal die Techniken beherrschen, wird es Sie bestimmt danach gelüsten, auch ganze Melodien zu spielen. Um das Melodiespiel in den höheren, tieferen und mittleren Registern Ihrer Harp zu üben, sollten Sie sich mit Kapitel 10 beschäftigen. Danach können Sie selbst Songs und Melodien wählen, um sie in Ihr Repertoire aufzunehmen (Kapitel 16).

Ein Abstecher ins Mundharmonika-Dorf

Wie würden Sie das finden? Sie verlassen Ihren Übungsraum und schlendern gemütlich ins nächste Mundharmonika-Dorf? Dort entspannen Sie eine Weile im Harmonika-Café und musizieren mit Ihren Freunden; dann geht es zur Boutique mit Mundharmonika-Zubehör, wo Sie sich die neuesten Gürtel und Etuis ansehen, und danach ins Musikgeschäft, wo Sie tolle neue Tabs entdecken und die angesagtesten Harps. Vielleicht zieht es Sie dann noch in die Harmonika-Werkstatt, wo viele Kunden ihre klassischen Modelle zum Waschen oder Wachsen zurückgelassen haben und auch ein paar frisierte Instrumente herumliegen, um sich einen besseren Klang oder mehr Tempo verpassen zu lassen.

Einige Teile dieses imaginären Dorfs gibt es auch an Ihrem Wohnort, andere nur in großen, weit entfernten Städten oder im Internet. Es handelt sich also um einen virtuellen Ort, den Sie sich selbst zusammenbasteln müssen. In den nächsten Abschnitten finden Sie einige Tipps, wo Sie verschiedene Teile des Dorfes finden (oder selbst bauen) können, und Sie erfahren auch, wie Sie am klügsten vorgehen, wenn Sie dort angekommen sind.

»Neuer Mundharmonikaspieler in der Stadt«

So werden andere Freunde Ihres Lieblingsinstruments sich gegenseitig zuraunen, wenn sie von Ihnen erfahren, und vielleicht haben Sie ja Gelegenheit, sich mit ihnen zwecks gemeinsamen Spielens zusammenzutun. Das kann wirklich sehr erfüllend sein. Wenn Sie so weit sind und sich trauen, stellen Sie sich doch ein kleines Repertoire mit Songs zusammen und erlernen Sie die Regeln des Zusammenspiels mit anderen. Was Sie sich merken sollten: Wenn Sie vor Publikum erscheinen, müssen Sie gut vorbereitet sein, Sie müssen spüren können, wie das Publikum gelaunt ist, sollten einen guten Eindruck machen und lernen, cool zu bleiben, wenn Sie einen Fehler machen. Falls Sie Lampenfieber haben, tun Sie schnellstmöglich etwas dagegen. Mehr zu diesem Thema finden Sie in Kapitel 16.

Wenn Sie vor Publikum spielen, ist es wichtig, ein Soundsystem und einen Verstärker zur Verfügung zu haben, damit man Sie auch hören kann (und weil es außerdem eine Menge Spaß macht). In Kapitel 17 machen wir Sie näher vertraut mit Mikrofonen, Lautsprechern, Verstärkern und Soundsystemen, sodass Sie sich mit Tontechniken auskennen, hören und gehört werden und mit gutem Grund stolz auf Ihre Darbietung sein können.

Nächste Station: Fachwerkstatt für Reparaturen und Zubehör

Mundharmonikas können undicht sein, und manchmal verstimmen oder verklemmen sie sich auch, oder eine der Stimmzungen geht kaputt. Aber auch wenn Ihre Harp einwandfrei funktioniert, können Sie dafür sorgen, dass sie besser klingt, schneller reagiert, klarer und lauter klingt, sich leichter benden lässt und schönere Akkorde produziert.

Mundharmonikaspezialisten leben meist nicht bei Ihnen um die Ecke. Anstatt Ihr Instrument an eine Reparaturfirma zu schicken und wochenlang darauf zu warten, dass es zurückkommt, warum lernen Sie die wichtigsten Handgriffe nicht selbst? Sie sparen dadurch eine Menge Zeit und Geld (und können sich nach gelungener Arbeit sogar noch selbst auf die Schulter klopfen). In Kapitel 18 finden Sie zahlreiche Kniffs, wie Sie Ihre Harmonika selbst reparieren oder aufrüsten können.

Wenn Sie sich das eine oder andere Zubehörteil kaufen wollen, das Ihr Spielerlebnis noch wertvoller macht, gehen Sie in den örtlichen Musikhandel. Eine größere Auswahl jedoch werden Sie nur bei spezialisierten Einzelhändlern und Herstellern finden. (Tipps für den Online-Kauf finden Sie in Kapitel 2.)

Kapitel 2
Zähmen Sie Ihre Mundharmonika

Wollen Sie es wagen? Wollen Sie Mundharmonika spielen lernen? Dann sollten Sie sich als Erstes eine kaufen. Klar, Sie können auch Falsetttöne in Ihren Handteller summen (genau das habe ich als Anfänger auch gemacht), nach einer Weile jedoch wird man Sie irgendwie komisch angucken. Glauben Sie mir, ich spreche aus Erfahrung.

Wenn Sie sich einen Ruck gegeben haben, lautet die erste Frage, die Sie sich stellen müssen: Welche Art Mundharmonika ist für mich die richtige? Es gibt hundert verschiedene Modelle und Dutzende verschiedener Typen, in allen Größen, Formen und Tonarten. Manche kosten nur so viel wie ein Cheeseburger, andere so viel wie ein Kleinwagen. In diesem Kapitel verrate ich Ihnen, worauf Sie achten müssen und was Sie beim Kauf auf jeden Fall vermeiden sollten.

Eine Mundharmonika muss nicht geimpft werden, und man braucht für sie auch keinen Führerschein, aber eins muss man wissen: wie man sie richtig pflegt. Ich schlage Ihnen deshalb in diesem Kapitel einige Richtlinien vor, mit deren Hilfe Ihr Instrument immer in einem guten Zustand bleibt.

Zu Beginn brauchen Sie erst mal nur *eine* Harmonika. Wenn Sie dann irgendwann vom großen Harmonikafieber gepackt werden, werden Sie sich weitere Instrumente in anderen Tonarten kaufen, vielleicht auch ganz verschiedene Typen. Ich gebe Ihnen eine Übersicht, damit Sie sehen, was Sie vermutlich alles brauchen. Wenn Ihre Sammlung mit der Zeit wächst, wird es Ihnen wichtig sein, Ihre Harmonikas so aufzubewahren, dass jede davon griffbereit ist, wenn Sie sie brauchen. Und Sie werden auch wissen wollen, welche Möglichkeiten es gibt, sie zu transportieren.

Irgendwann interessiert es Sie vielleicht auch, woher eine Harp eigentlich ihren Klang bezieht. Für diesen Fall müssen Sie lernen, aus welchen Teilen sie sich zusammensetzt.

Der Kauf Ihrer ersten Mundharmonika

Eine gute Mundharmonika (und die einzige, mit der wir uns in diesem Buch näher beschäftigen werden) ist eine diatonische Mundharmonika mit zehn Tonkanälen in der C-Stimmung. Und genau so eine sollten Sie sich kaufen. Nehmen Sie eine, deren Kamm aus Kunststoff besteht. Und stellen Sie sich auf einen Preis ein, der etwa zweimal so hoch ist wie die Anschaffungskosten für dieses Buch.

Wie Ihre Mundharmonika aufgebaut ist

Sicher wollen Sie wissen, wie es im Inneren einer diatonischen Mundharmonika mit zehn Kanälen aussieht. Das Instrument ist etwa zehn Zentimeter lang, weshalb Sie es leicht mit den Händen umfassen können. Auf einer diatonischen Harp spielt man normalerweise in nur einer Tonart (in Kapitel 9 zeige ich Ihnen jedoch, wie Sie mindestens drei Tonarten bewältigen). Die diatonische Mundharmonika sieht ungefähr so aus wie in Abbildung 2.1.

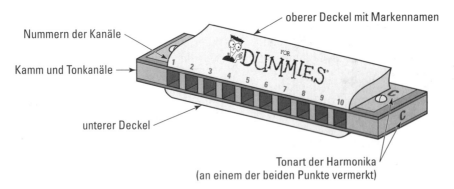

Abbildung 2.1: Eine diatonische Mundharmonika mit zehn Tonkanälen
© John Wiley & Sons Inc.

Diatonische Mundharmonikas gibt es in zahlreichen Ausführungen. Ihre sollte folgende Eigenschaften haben:

✔ **Zehn Tonkanäle in einer Reihe:** Wenn die Kanäle sich bei Ihrem Instrument auf mehr als nur eine Reihe verteilen, werden Sie mit den Anweisungen in diesem Buch nicht zurechtkommen. Wenn sie mehr oder weniger als zehn Kanäle hat (zum Beispiel 4, 6, 12 oder 14 Öffnungen), passt sie nicht zum Inhalt dieses Buches. Kaufen Sie sich also unbedingt eine Harp mit zehn Klanglöchern.

✔ **Einen Kanzellenkörper (wegen seines Aussehens Kamm genannt) aus Kunststoff (nicht aus Holz oder Metall):** Der *Kamm* ist der Mittelteil der Mundharmonika (in Abbildung 2.1 sehen Sie, was ich meine). Ich empfehle einen Kunststoffkamm, da er nicht aufquellen kann. Ein Großteil aller qualitativ guten Harmonikas der mittleren Preisklasse haben einen Kamm aus Kunststoff.

Holzkämme sind zwar schön, doch wenn sie feucht werden, können sie quellen, und dann schneiden Sie sich in die Lippen. Außerdem produzieren Anfänger oft eine riesige Menge Speichel, deshalb rate ich Ihnen von Holz ab – zumindest während dieser Sabberphase. Harps mit Metallkämmen quellen zwar nicht auf, sind aber teuer. Falls Geld für Sie keine Rolle spielt, bitte, dann will ich Sie nicht aufhalten. Ein schlechtes Instrument wird es auf keinen Fall sein. (Mehr über die verschiedenen Kämme können Sie in dem Abschnitt »So funktioniert Ihre Mundharmonika« an späterer Stelle dieses Kapitels nachlesen.)

Und nun ein bisschen Stimmung!

Jede diatonische Mundharmonika ist dazu gedacht, die Noten einer bestimmten Tonart zu spielen, also zum Beispiel C, D oder A. Harmonikas gibt es in folgenden zwölf Tonarten: G, A♭ (As), A, B, H, C, D♭ (Des), D, E♭ (Es), E, F und F♯ (Fis). Die Stimmung der Harmonika ist stets auf dem Deckel des Instruments vermerkt, normalerweise rechts von den Kanalnummern (siehe Abbildung 2.1). (Sie wissen nicht so genau, was eine Tonart ist? Dann schlagen Sie in Kapitel 4 nach.)

Wenn Mundharmonikaspieler von einer *C-Harp* sprechen, dann meinen sie damit eine Mundharmonika, die in der Tonart C gestimmt ist. Eine Harmonika in der Tonart A ist eine A-Harp und so weiter.

Unsere erste Mundharmonika ist eine C-Harp

Alles, was Sie für den Anfang brauchen, ist eine Harmonika in der Tonart C. Und wenn Sie sich gleich zwölf Harps kaufen wollen – für jede Tonart eine – ist das auch noch kein Grund, die Katze aufs Arbeitsamt zu schicken oder die Mikrowelle zu verkaufen. Zumindest jetzt noch nicht.

Sämtliche Tonbeispiele in den Audiotracks zu diesem Buch wurden auf einer C-Harp aufgenommen. Sie können auch auf einer anderen Mundharmonika spielen, aber dann wird es nicht so klingen wie in den Audiotracks, da es ja eine andere Stimmung ist und somit auch andere Noten sind. Fast alle Mundharmonika-Songbücher sind für eine C-Harp geschrieben und C liegt im mittleren Bereich der Harmonikastimmungen, deshalb werden Sie damit stets besser zurechtkommen als mit einem Instrument in einer niedrigeren oder höheren Tonart.

Was eine Mundharmonika kostet

Ihre erste Mundharmonika muss keinen goldenen Deckel haben oder mit Edelsteinen verziert sein – Hauptsache, sie ist luftdicht, richtig gestimmt und reagiert auf Ihren Atem. Je billiger eine Mundharmonika ist, umso größer ist die Gefahr, dass sie leckt, nicht zuverlässig reagiert oder verstimmt ist. Das heißt aber nicht, dass Sie für ein brauchbares Instrument gleich einen Kredit aufnehmen müssen.

Eine anständige Mundharmonika kostet etwa zweimal so viel wie dieses Buch. Das können Sie sich beim Kauf als Richtschnur merken. Natürlich kann sie auch etwas billiger oder teurer sein, aber folgende Hinweise sollten Sie beachten:

✔ Wenn Sie sich eine Harmonika kaufen, die weniger kostet als die Hälfte dieses Buchs, ist es durchaus möglich, dass Sie Glück haben und auch für diesen Preis eine brauchbare Harp bekommen. Die Chancen stehen jedoch eher schlecht, denn mit sinkendem Preis lässt auch die Qualität stark nach.

✔ Wenn Sie deutlich mehr bezahlen als den doppelten Preis dieses Buchs, bekommen Sie zwar auf jeden Fall eine gute Harp, aber diese hohe Qualität brauchen Sie im Moment gar nicht. Neulinge beschädigen ihr Instrument oft, indem sie zu heftig hineinblasen, also fangen Sie lieber mit einer günstigen Variante an (solange sie luftdicht und richtig gestimmt ist und auf Ihren Atem reagiert).

 Zu den bekannteren Herstellern, deren Produktpalette qualitativ gute Instrumente umfasst, gehören Hering, Hohner, Lee Oskar, Seydel, Suzuki und Tombo. Ich empfehle folgende Modelle als preisgünstige Anfängerharmonikas von hoher Qualität: Hohner Special 20, Lee Oskar Major Diatonic, Seydel Session Standard und Suzuki Harpmaster.

Entscheiden Sie, wo Sie kaufen wollen

Wenn Sie nicht genau wissen, wo Sie Ihre erste Mundharmonika erwerben wollen, denken Sie daran, dass Ihr örtliches Musikgeschäft vermutlich ein paar gute Harmonikas auf Lager hat. Die Preise mögen etwas höher liegen als online, aber es gibt drei gute Gründe für den Kauf in einem Geschäft in der Nähe:

✔ **Sie brauchen nicht zu warten.** Sie können einfach hineingehen, eine Mundharmonika kaufen und sich wieder verabschieden – das dauert nur ein paar Minuten. Und je öfter Sie und Ihre Spielkollegen in einem örtlichen Laden kaufen, umso wahrscheinlicher ist es, dass er seinen Bestand aufstockt und immer vorrätig hält, was Sie brauchen. Und stellen Sie sich mal vor: Wenn Ihre Harp kurz vor einem Auftritt kaputtgeht (wir sehen Sie ja längst als Profi, der seinen Brotjob aufgegeben hat) oder Sie rasch eine in einer Tonart brauchen, die Sie nicht haben, kann dieses örtliche Geschäft die Rettung sein.

✔ **Es fallen keine Versandkosten an.** Viele Onlinehändler berechnen eine Gebühr für den Versand. Da kann jegliche Geldersparnis schon gleich wieder futsch sein.

✔ **Sie können die Qualität selbst überprüfen.** Wenn Sie in einem örtlichen Geschäft kaufen, bekommen Sie Ihre Harmonika zu sehen, bevor Sie sie kaufen. Sie können sie genau auf

Schäden oder Schwachstellen untersuchen. Außerdem können Sie sich mithilfe des *Harmonikatesters* den Klang der Töne anhören. (Dieser Tester ist ein Blasebalg, der es Ihnen erlaubt, einen oder mehrere Töne zu spielen, ohne das Instrument mit den Lippen zu berühren, und es ist doch beruhigend zu wissen, dass es auch vor Ihnen keiner getan hat.) Sie drücken den Balg, um geblasene Noten zu hören und lassen ihn für gesaugte Noten zurückschnellen. Mithilfe dieses Tests können Sie gleich feststellen, ob alle Töne funktionieren. Wenn Sie mehrere Kanäle gleichzeitig spielen, wissen Sie nachher auch, ob die Harmonika richtig gestimmt ist. Klingt es fies, ist dies wahrscheinlich nicht der Fall.

Doch so vorteilhaft es auch sein mag, bei einem örtlichen Händler zu kaufen – es kann stets vorkommen, dass er nicht alle Modelle und Tonarten, die Sie brauchen, auf Lager hat. Eine größere Auswahl bei niedrigeren Preisen sowie jede Menge Zubehör und Extras finden Sie womöglich bei Online-Versandhändlern – vor allem bei solchen, die auf Mundharmonikas spezialisiert sind. Vergessen Sie in diesem Fall aber nicht, dass Versandkosten anfallen, dass Sie auf Ihre Ware warten und dann auch noch hoffen müssen, dass sie nicht defekt ist.

Prüfen Sie immer erst, ob der Online-Händler, bei dem Sie bestellen wollen, einen guten Ruf hat. Überzeugen Sie sich davon, dass für den Kunden keine längeren Wartezeiten anfallen, dass Sie auch wirklich das bekommen, was Sie bestellt haben und dass eine gute Kundenkommunikation besteht, einschließlich der Bereitschaft, eventuell auftretende Probleme umgehend zu lösen. Um den Ruf eines Händlers zu testen, treten Sie am besten einer Harmonika-Diskussionsgruppe bei, fragen dort nach Erfahrungen oder suchen im Archiv nach den neuesten Postings. (Mehr über Online-Ressourcen finden Sie in Kapitel 19.)

Immer gut in Schuss! – Die Pflege Ihrer Mundharmonika

Je besser Sie Ihre Harmonika pflegen, umso länger werden Sie Freude daran haben. Manche Spieler sind der Meinung, sie müssten ihre Mundharmonika »einspielen«, indem sie ein paar Tage nur leise Töne von sich geben, doch in Wahrheit ist eine neue Harp sofort zum Abrocken bereit. Stattdessen sollten Sie, damit Ihre Harmonika langlebig und funktionstüchtig bleibt, folgende Tipps beherzigen:

✔ **Wärmen Sie die Mundharmonika vor dem Spielen auf.** Das können Sie mit den Händen machen oder indem Sie die Harp in eine körpernahe Tasche in Ihrer Kleidung stecken, unter Ihre Achselhöhle oder auch in ein Wärmepolster. Und warum das Ganze? Weil eine angewärmte Harmonika der Feuchtigkeitsbildung vorbeugt, aufgrund derer oft die Kanäle verstopfen, und weil sie auch sensibler reagiert als eine kalte Harp.

Achten Sie darauf, dass Ihr Instrument sich nicht zu sehr erhitzt. Nichts soll schmelzen außer die Herzen der Zuhörer, nichts brennen außer das Feuer der Hingabe. Außerdem kann man sich an einer aufgeheizten Harp leicht die Lippen oder Zunge verbrennen. Legen Sie die Harp nie auf einen Heizkörper oder Radiator.

✔ **Halten Sie die Harmonika sauber.** Die oberste Strategie, um Ihre Mundharmonika sauber zu halten: Blasen Sie keine Speisereste oder klebrigen Flüssigkeiten in die Kanäle. Wenn Sie gerade einen Imbiss oder ein dickes, zuckerhaltiges Getränk zu sich genommen haben, spülen Sie bitte erst den Mund aus oder putzen Sie sich die Zähne. Strategie Nummer zwei lautet: Spielen Sie nur mit sauberen Händen. Die meisten Viren setzen sich an den Händen fest und werden von dort in die Augen oder auf die Lippen gerieben. Aber auch direkt von der Hand zur Harmonika und von dort auf die Lippen können Krankheitserreger übertragen werden. Wenn Sie sich also vor dem Spielen die Hände waschen, schützen Sie sich vor Krankheiten. Und wenn Sie gesund sind, haben Sie mehr Zeit zum Spielen.

 Ich rate Ihnen vom Waschen Ihrer Mundharmonika ab, da bestimmte Teile des Innenlebens rosten können. Manche Spieler nehmen ihre Harmonika regelmäßig auseinander und reinigen sämtliche Teile mit Alkohol, doch das hat mehr mit persönlichem Geschmack zu tun als es notwendig ist. (Mehr zur Mundharmonika-Instandhaltung finden Sie in Kapitel 18.)

✔ **Beseitigen Sie Feuchtigkeitsansammlungen während des Spiels und nach dem Spielen.** Je länger Sie spielen, umso mehr Feuchtigkeit baut sich in der Mundharmonika auf. Diese Feuchtigkeit kann die Stimmzungen verstopfen oder einige der Metallteile des Innenlebens zum Oxidieren bringen. Auch manche der hölzernen Teile können aufquellen und sich verziehen. Ich rate Ihnen also, in den Pausen zwischen den Songs und nach Ihrem Auftritt die Feuchtigkeit herauszuklopfen. Dabei halten Sie die Harmonika mit den Kanalöffnungen nach außen (siehe Abbildung 2.2a) und klopfen die Kanäle über der Handfläche aus (siehe Abbildung 2.2b). Danach lassen Sie die Mundharmonika an der frischen Luft trocknen, bevor Sie sie zu ihrem Aufbewahrungsort bringen.

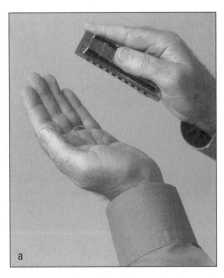 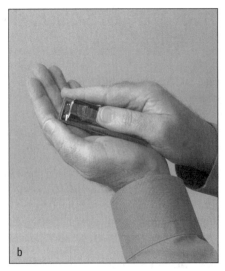

Abbildung 2.2: So klopfen Sie die Flüssigkeit aus Ihrer Mundharmonika (Foto: Anne Hamersky).

✔ **Verstauen Sie Ihre Harmonika richtig.** Am besten, Sie führen die Harp in einem Beutel oder einer Box mit sich (etwas von der Art, in der sie geliefert wurde). Wer ein

Instrument richtig verstaut, schützt es vor Verstopfungen mit Haaren, Fusseln und anderen Fremdkörpern. Gleichzeitig bewahrt er die Harmonika vor Schäden. Wenn Ihre Sammlung erst groß genug ist, können Sie Ihre Harps auch in Schachteln, Etuis und sogar Gürteln mit sich herumtragen. Lesen Sie dazu auch den Abschnitt »Überall dabei: Die Harp im Transportkoffer« (siehe später in diesem Kapitel).

Weitere diatonische Mundharmonikas

Die diatonische Harmonika ist dazu gedacht, dass man sie in einer einzigen Tonart spielt. Auch wenn man sie in verschiedenen Tonarten und Positionen spielen kann (siehe Kapitel 9), ist es doch vorteilhaft, wenn man Harps in verschiedenen Stimmungen zur Verfügung hat, damit man bei jedem Song sofort mitspielen kann. In den folgenden Abschnitten zeige ich Ihnen eine Strategie, welche Tonarten Sie unbedingt besitzen sollten und in welcher Reihenfolge Sie sich die Harmonikas am besten kaufen.

Wenn Sie auf der Harmonika eine Melodie in einer bestimmten Tonart spielen können, können Sie das gleiche Lied auch in jeder anderen Tonart spielen. Sie schnappen sich einfach eine Harp in der gewünschten Stimmung und dann blasen oder ziehen Sie genau die gleichen Kanäle wie zuvor. Wenn Sie zum Beispiel »Mary Had a Little Lamb« auf einer C-Harp spielen, ertönt der Song in der Tonart C. Gut, Sie hätten ihn aber gerne in A. Also nehmen Sie eine A-Harp und spielen exakt die gleiche Abfolge von Tonkanälen wie in C. Wo Sie zuvor geblasen haben, blasen Sie auch diesmal, wo Sie gezogen haben, ziehen Sie auch diesmal. Was dabei herauskommt, ist automatisch richtig. Das funktioniert nicht mit jedem Instrument. Auf einem Klavier oder Saxofon zum Beispiel müssen Sie erst neue Noten lernen und dann ganz anders greifen.

Wenn Sie verschiedene Tonarten auf verschiedenen Harmonikas spielen wollen, heißt das: Sie brauchen eine Sammlung unterschiedlich gestimmter Harps und wenn Sie die Tonart wechseln wollen, brauchen Sie eine andere Harp. Aus diesem Grund sieht man oft Harmonikaspieler, die auf der Bühne ständig zwischen verschiedenen Instrumenten hin und her wechseln, oft sogar mitten im Lied, das sie spielen. Manche von ihnen tragen auch die reinsten mit Beuteln gespickten Waffenröcke, in denen sie etwa ein Dutzend Mundharmonikas mit sich führen.

 Die gängigsten Tonarten bekommen Sie überall dort, wo es Mundharmonikas gibt. Falls Sie jedoch eine Harp in einer eher ausgefallenen erhöhten oder erniedrigten Tonart suchen, muss sie vielleicht erst bestellt werden, oder Sie bekommen sie bei einem auf Mundharmonikas spezialisierten Onlinehändler.

Der Kauf der gängigsten Tonarten

Als allgemeine Regel gilt: Die verbreitetsten Mundharmonika-Tonarten sind C, A, D und G – ungefähr in dieser Reihenfolge. Wenn Sie nun noch die Tonarten F und B hinzunehmen, verfügen Sie über einen Satz der gängigsten Harps, vielseitig einsetzbar und transportabel. Es sind auch die Tonarten, die Sie am häufigsten brauchen, wenn Sie mit Gitarristen zusammenspielen.

Wenn Sie einen kompletten Satz mit allen zwölf Tonarten anstreben, gibt es drei verschiedene Strategien:

✔ Kaufen Sie sich die restlichen sechs Tonarten in der Reihenfolge der Häufigkeit, in der Sie sie wahrscheinlich brauchen: E♭, E, A♭, D♭, H und F♯.

✔ Kaufen Sie die Harmonikas für bestimmte Lieder, die Sie gern in der Tonart des Originals spielen wollen, oder richten Sie sich nach den Lieblingstonarten der Musiker und Sänger, mit denen Sie gern zusammenspielen.

✔ Wenn Sie oft mit Bläsern (Saxofonisten, Trompetern oder Posaunisten) zusammenarbeiten, brauchen Sie Mundharmonikas in erniedrigten Tonarten – also solchen, die ♭ im Namen haben, ergänzt um die Tonart B (die in angelsächsischen Ländern auch tatsächlich B♭ heißt). Die ideale Reihenfolge, in der Sie sich diese Tonarten anschaffen sollten, wäre F, B, E♭, A♭ und D♭. Fügen Sie dann noch eine Mundharmonika in G♭ (dasselbe wie F♯) hinzu und Sie besitzen so ziemlich alle erniedrigten Tonarten.

Ganz hoch und ganz tief – auch das ist nützlich

Die tiefste Note einer C-Harp ist das mittlere C – das ist mehr oder weniger der Mittelbereich der verschiedenen Mundharmonika-Oktaven. Harps in den Tonarten G, A♭, A, B und H sind allesamt tiefer als eine C-Harp und ihr Klang ist dunkler und weicher, während Harps in den Tonarten D♭, D, E♭, E, F und F♯ höher als eine C-Harp ertönen und heller sowie klarer im Klang sind.

Harmonikaspieler kaufen sich gern hohe G- und A-Harps dazu, um noch heller und knackiger daherzukommen als mit einer F♯-Harp. Doch auch die tiefen, weichen, muskulösen Sounds der niedrigeren, bassähnlichen Tonarten sind bei ihnen sehr geschätzt, angefangen beim tiefen F bis hin zum F der großen Oktave (doppelt tiefes F), zwei ganze Oktaven unterhalb der üblichen F-Harp. Es kann Spaß machen, extrem hohe und tiefe Harps zu spielen, da sie den gesamten Sound viel variationsreicher machen.

Noch mehr Vielfalt für Ihr Harmonika-Set

Die diatonische Mundharmonika ist die beliebteste Harp nicht nur in Nordamerika, doch es gibt auch andere Mundharmonikatypen, die Sie ausprobieren können. In den folgenden Abschnitten stelle ich Ihnen drei weitere, sehr bekannte Mundharmonikas vor, mit denen Sie sich vielleicht näher beschäftigen wollen.

In Geschäften mit einer großen Auswahl an Mundharmonikas werden Ihnen manchmal auch die chromatische, die Tremolo- und die Oktavharmonika begegnen; die meisten Läden jedoch spezialisieren sich auf die gängigsten Modelle und Stimmungen der diatonischen Harp, ergänzt vielleicht um eine oder zwei chromatische Harmonikas. Wenn es um andere Typen geht, ist es besser, online zu suchen (wobei Sie, je nachdem, wo Sie wohnen, in manchen Billigläden auch preiswerte chinesische Tremolos finden werden).

Chromatische Mundharmonikas

Eine *chromatische Mundharmonika* hat auf der rechten Seite einen Knopf, wie Sie in Abbildung 2.3 sehen können. Wenn Sie auf diesen Knopf drücken, erhalten Sie eine andere Notenreihe, die um einen Halbton höher ist als die ursprüngliche Stimmung. Ein Beispiel: Wenn Sie eine chromatische Harp in C haben, bekommen Sie nach Drücken des Knopfes die Tonart C♯. Beide Notensätze bieten Ihnen zusammen eine komplette chromatische Tonleiter, sodass Sie in jeder beliebigen Tonart spielen können. Sie haben sämtliche Noten zur Verfügung, ohne dass Sie benden müssen (was Sie aber gern tun können, um Ihrem Stück mehr Ausdruck zu verleihen). Chromatische Mundharmonikas verwendet man gern beim Jazz, in der klassischen Musik und Filmmusik und manchmal im Blues und in der Popmusik; am beliebtesten aber sind sie aus irgendeinem Grund in asiatischen Ländern, wo sie hauptsächlich in der klassischen Musik eingesetzt werden.

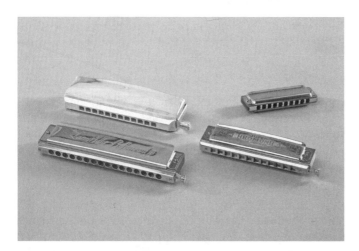

Abbildung 2.3: Einige zwölf- und 16-kanalige chromatische Mundharmonikas, zusammen mit einer zehnkanaligen diatonischen Mundharmonika (rechts oben) zum Größenvergleich (Foto: Anne Hamersky)

Chromatische Harmonikas haben sich aus der diatonischen Harmonika entwickelt und beide Instrumente haben viel gemeinsam. Der Tonbereich der chromatischen Harp entspricht dem mittleren Register der diatonischen (Kanäle 4 bis 7) und wiederholt sich über drei Oktaven hinweg. Diese Wiederholung gewährleistet, dass die Tonfolge stets die gleiche bleibt. Mit anderen Worten: Es gibt keinen Tonwechsel in der höheren Oktave und in der tieferen fehlen auch keine Töne. (Mehr über die Register der diatonischen Mundharmonika erfahren Sie in Kapitel 5.) Diese Anordnung der Töne bezeichnet man als *Solo Tuning* (Solostimmung). In Abbildung 2.4 sehen Sie die diatonische Standardtonfolge und das Solo Tuning bei einer chromatischen Harmonika im Vergleich.

Diatonisch:

	1	2	3	4	5	6	7	8	9	10
Ziehen	D	G	H	D	F	A	H	D	F	A
Blasen	C	E	G	C	E	G	C	E	G	C

Chromatisch:

	1	2	3	4	5	6	7	8	9	10	11	12
Ziehen	D	F	A	H	D	F	A	H	D	F	A	H
Blasen	C	E	G	C	C	E	G	C	C	E	G	C

Abbildung 2.4: Die Anordnung der Töne bei diatonischen und chromatischen Mundharmonikas
© John Wiley & Sons, Inc.

Egal, was man Ihnen erzählt – eine chromatische Mundharmonika ist nicht schwerer zu spielen als eine diatonische und man braucht dazu etwa die gleiche Menge Atemluft. Und ja, auch auf ihr kann man Töne benden. Okay, eine chromatische Harp bedarf einer etwas anderen Herangehensweise, aber in gewisser Hinsicht ist sie sogar leichter zu spielen als eine diatonische.

Ein großer Teil der besten Harmonikamusik – darunter auch das meiste, was Stevie Wonder spielt – wird auf einer chromatischen Harp gespielt. Die meisten guten Blues-Harmonikaspieler verwenden für gewisse Songs eine chromatische, hauptsächlich in der dritten Position.

Die meisten chromatischen Harmonikas sind in C gestimmt, doch es gibt sie auch in verschiedenen anderen Tonarten. Am beliebtesten sind die zwölfkanalige Chromatische, mit dem gleichen Drei-Oktaven-Umfang wie eine diatonische, sowie die 16-kanalige Chromatische, die zusätzlich eine tiefe, dunkle Oktave hat. Etliche bekannte Herstellerfirmen fertigen solide, zuverlässige chromatische Mundharmonikas, darunter auch Hering, Hohner, Seydel und Suzuki.

In Audiotrack 0201 hören Sie Blues, gespielt in der dritten Position auf einer chromatischen Harmonika.

Tremolo- und Oktavharmonikas

Der bekannteste Mundharmonika-Typ weltweit ist die Tremolo. Preiswerte *Tremoloharmonikas* findet man oft in den USA, obwohl nur wenige Musiker das Instrument dort wirklich spielen (eine löbliche Ausnahme ist Mickey Raphael von der Willie Nelson Band). In vielen anderen Ländern jedoch – darunter Kanada, China, Irland, Japan, Mexiko und Schottland – ist die Tremolo eins der beliebtesten Folkmusik-Instrumente.

Tremoloharmonikas haben für jede Note zwei Stimmzungen, die sich in zwei Reihen von Tonkanälen übereinander befinden. Die eine Zunge ist etwas höher gestimmt als die andere und dieser kleine Tonunterschied sorgt für einen trillernden, zitternden Sound – das eigentliche Tremolo. *Oktavharmonikas* haben ebenfalls zwei Stimmzungen, die genau eine Oktave auseinanderliegen. Die tiefe Stimmzunge verleiht den Tönen Fülle, die höhere sorgt für Lebhaftigkeit. In Abbildung 2.5 zeigen wir Ihnen, wie Tremolo- und Oktavharmonikas aussehen.

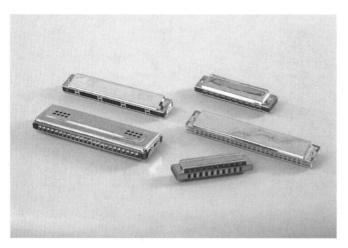

Abbildung 2.5: Tremolo- und Oktavharmonikas (Foto: Anne Hamersky)

So wie die diatonischen gibt es auch Tremolo- und Oktavharmonikas in verschiedenen Stimmungen, die sowohl Dur- als auch Molltonarten umfassen. Zu den wichtigsten Herstellern gehören Hohner, Huang, Seydel, Suzuki und Tombo.

 Melodiebeispiele, gespielt auf Oktav- und Tremoloharmonikas, hören Sie in den Audiotracks 0202 und 0203.

Koffer für Bewegliche

Was ein Mundharmonikaspieler in seiner Transportbox hat, dürfte klar sein: Harps natürlich, stets wohlgeordnet und griffbereit. Der Fantasie sind dabei keine Grenzen gesetzt und da Mundharmonikaspieler sich gern ihre eigene Ideallösung suchen, werden Sie wohl eine Zeit lang experimentieren müssen, um das Richtige für Ihre Ansprüche zu finden. Hier einige Vorschläge (siehe auch Abbildung 2.6):

✔ **Mehrzweckboxen:** Das können Werkzeugkästen sein, Behälter für Angelzubehör oder Fotokoffer – im Grunde alle nur denkbaren Hartschalenbehälter. Solche Koffer sind robust und bieten guten Schutz (auch wenn sie oft ziemlich wuchtig sind). Im Normalfall können Sie darin leicht zwölf Harps mitsamt Ersatzinstrumenten unterbringen, außerdem Stromkabel, Mikrofone und Reparaturwerkzeug. Manche dieser Boxen sind in einzelne Fächer unterteilt, in die zufällig genau eine Mundharmonika passt.

✔ **Hartschalenkoffer für Mundharmonikas:** Sowohl Hohner als auch Fender stellen spezielle Hartschalenkoffer mit Tragegriffen her. Sie sehen stilvoll aus, bieten relativ guten Schutz gegen Stöße und sind ideal für Anfänger. Allerdings sind sie nicht konfigurierbar oder erweiterbar. Prüfen Sie, ob sie genug Platz für Ihre Harmonikas samt Zubehör bieten. Denn ein Koffer kann noch so cool aussehen; wenn man darin nicht alles unterbringt, ist er nur ein Klotz am Bein.

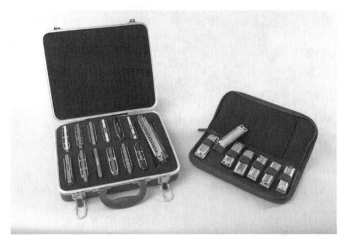

Abbildung 2.6: Hartschalenkoffer (links) und Weichkoffer für Mundharmonikas (Foto: Anne Hamersky)

✔ **Etuis, Taschen und Gürtel:** Hohner, Lee Oskar und Seydel bieten Weichkoffer in verschiedenen Größen und Formen an, in denen zwischen sechs und 14 diatonische Mundharmonikas Platz finden. Sie sind ideal, wenn Sie mit wenig Gepäck reisen, bieten aber nur minimalen Schutz vor äußeren Einwirkungen. Die meisten Modelle lassen sich nicht erweitern, um auch andere Mundharmonikagrößen und -typen unterzubringen, einige jedoch bieten Platz für Kabel und anderes Zubehör.

✔ **Spezialanfertigungen:** Sie können natürlich einen speziell für Sie angefertigten Mundharmonikakoffer bestellen, der all Ihren persönlichen Ansprüchen und Vorlieben entgegenkommt. Sogar einen verzierten Patronengurt können Sie haben, wenn Sie auf der Bühne richtig protzig aussehen wollen. Die Herstellung von Mundharmonikakoffern ist jedoch ein Heimgewerbe und auch wenn sich ständig neue Leute in diesem Job versuchen – es gibt ebenso viele, die ihn auch wieder aufgeben. Falls Sie wissen wollen, wer im Moment solche Spezialanfertigungen herstellt, geben Sie in einer Suchmaschine einfach den Begriff »Mundharmonikakoffer« ein.

Wie eine Mundharmonika funktioniert

Irgendwie ist so eine Mundharmonika doch eine magische Box – man bläst hinein und Töne kommen heraus. Wenn Sie wissen, was in dieser kleinen Zauberbox so abgeht, wird Ihnen das auch beim Spielen zugutekommen. Deshalb machen wir in den folgenden Abschnitten eine kleine Erkundungstour ins Innenleben einer Mundharmonika.

Ein fünfstöckiges Blech-Sandwich

Eine Mundharmonika besteht aus fünf Stockwerken (Abbildung 2.7).

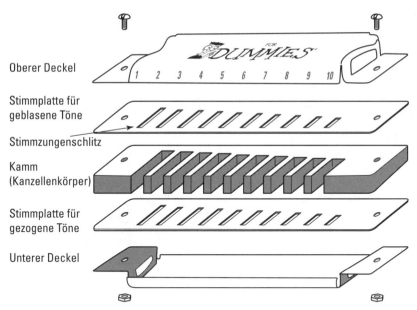

Abbildung 2.7: Die fünf Stockwerke einer Mundharmonika
© John Wiley & Sons, Inc.

Das mittlere Stockwerk des Mundharmonika-Sandwichs wird von einer Holz-, Metall- oder Kunststoffplatte gebildet, die man den *Kamm* nennt. In diese Platte sind zehn Kanäle eingearbeitet. Diese Kanäle bilden die Öffnungen, die die Luft von Ihrem Mund zu den Tönen in der Harmonika befördern. Vom Kamm spricht man deshalb, weil die Trennwände zwischen den Kanälen wie die Zähne eines Kamms aussehen.

Die beiden Stockwerke ober- und unterhalb des Kamms sind die sogenannten Stimmplatten – steife Blechplatten, die den oberen und unteren Teil jedes Tonkanals umschließen. Zehn *Stimmzungen* sind auf jede Stimmplatte montiert. Diese Stimmzungen vibrieren und bringen die Töne zum Klingen. (Mehr über Stimmzungen und Stimmplatten finden Sie im nächsten Abschnitt.)

Die *Deckel* oder *Abdeckplatten* bilden das obere und untere Stockwerk des Harmonika-Sandwichs. Die Deckel unterstützen die Übertragung der Töne zum Ohr des Hörers. Sie bieten auch Schutz für die Stimmzungen und ermöglichen es Ihnen, die Harmonika in den Händen zu halten, ohne den Stimmzungen im Weg zu sein. Die Deckel bestehen aus dünnem, glänzendem Metall, das viele Leute an eine Blechdose erinnert; daher auch der Name »Blech-Sandwich«). Eigentlich bestehen die Deckel entweder aus rostfreiem Stahl oder aus Chrom oder Nickel mit Messingüberzug.

Ein genauerer Blick auf die Stimmzungen

Jeder Ton einer Mundharmonika wird von einer *Stimmzunge* erzeugt – einem dünnen Messingstreifen, der vibriert, wenn Sie in die Harmonika blasen. Das eine Ende der Stimmzunge ist mit einer Niete oder Schraube an der Stimmplatte befestigt oder an ihr festgeschweißt. Die restliche Stimmzunge kann frei vibrieren. Direkt unter der Stimmzunge befindet sich ein

Schlitz in der Stimmplatte. Er ermöglicht es, dass Luft an die Stimmzunge dringt, und verschafft ihr genügend Platz, um beim Vibrieren auf- und abzuschwingen. In Abbildung 2.8 sehen Sie ein Beispiel für eine Stimmplatte mit Zungen.

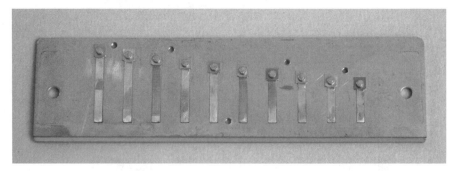

Abbildung 2.8: Eine Stimmplatte mit Zungen (Foto: Anne Hamersky)

Jede Stimmzunge steht ein wenig von der Platte ab. Die Atemluft des Spielers drängt die Stimmzunge in ihren Schlitz, danach springt sie wieder zurück. Dieser Zyklus gilt als eine vollständige Vibration. Jeder Ton, den Sie hören, ist eine Stimmzunge, die infolge Ihrer Atemluft hundert oder gar tausend Schwingungen pro Sekunde vollführt.

In jeder Öffnung sind eine *Blaszunge* und eine *Ziehzunge* in den Luftkanal montiert. Die Blaszungen befinden sich innerhalb der Luftkanäle in der Harmonika, auf der oberen Stimmplatte. Die ausgeatmete Luft stößt die Blaszungen in ihre Schlitze und versetzt sie in Schwingung. Die Ziehzungen wiederum sind außen an den Luftkanälen befestigt, auf der unteren Stimmplatte. Wenn Sie einatmen, saugt Ihre Atemluft die Ziehzungen in ihre Schlitze und versetzt sie in Schwingung.

Die *Tonhöhe* der Stimmzunge hängt davon ab, wie schnell die Zunge vibriert. Eine lange Stimmzunge zum Beispiel vibriert langsam und erzeugt einen tiefen Ton. Und wenn Sie der Spitze der Stimmzunge mehr Gewicht hinzufügen, vibriert sie noch langsamer und erzeugt einen noch tieferen Ton. Eine kurze Stimmzunge vibriert schnell und erzeugt einen hohen Ton. Wenn Sie sich die Zungen auf einer Stimmplatte ansehen (siehe Abbildung 2.8), können Sie den Vorgang von lang (tiefe Töne) nach kurz (hohe Töne) von links nach rechts mitverfolgen.

Wie man die einzelnen Töne findet

Zehnkanalige diatonische Mundharmonikas sind wie Hotelketten (oder *...für Dummies*-Bücher). Egal, welches Sie aufsuchen (oder aufschlagen), sie sind alle auf die gleiche Weise aufgebaut. Somit wissen Sie stets, was Sie erwartet und wo Sie alles finden. Ein Beispiel: Auf einer C-Harp ist C der Grundton und er ist stets die Blasnote im vierten Kanal. Die nächsthöhere Note der Tonleiter ist der Ziehton im gleichen Kanal (in unserem Fall das D). Noch ein Beispiel: Auf einer F-Harp ist F der Grundton; Sie finden ihn – wie Sie bereits ahnen – bei B4 (Blaston im vierten Kanal). Der Ziehton im vierten Kanal ist die nächste Note der Tonleiter (in der Tonart F ist das die Note G). Dieses immer wiederkehrende Prinzip macht es Ihnen so leicht, von einer Harmonika auf die andere zu wechseln.

	1	2	3	4	5	6	7	8	9	10
Ziehen	D	G	H	D	F	A	H	D	F	A
Blasen	C	E	G	C	E	G	C	E	G	C

Abbildung 2.9: Anordnung der Noten auf einer diatonischen Mundharmonika in C
© John Wiley & Sons, Inc.

In Abbildung 2.9 sehen Sie die Anordnung der Noten auf einer C-Harp. Sie zeigt alle zehn Öffnungen, die mithilfe der kleinen Zahlen über den jeweiligen Löchern durchnummeriert sind. Ihnen wird auffallen, dass jeweils zwei Notenbezeichnungen übereinander stehen. Die obere steht für die Ziehnote, die untere für die Blasnote. Mehr über das Verhältnis der einzelnen Noten zueinander finden Sie in Kapitel 4. In Anhang A zeige ich Ihnen sämtliche Noten auf der Mundharmonika in sämtlichen Tonarten.

Kapitel 3
Die ersten Klänge auf der Mundharmonika

In diesem Kapitel erlernen Sie die Grundlagen des Mundharmonikaspiels und der richtigen Atmung. Außerdem mache ich Sie mit wichtigen Begriffen aus der Musiksprache vertraut und zeige Ihnen, wie man sich beim Spielen an den Takt hält. Falls Sie schon einige Begriffe aus dem Musiker-Fachchinesisch kennen und schon mal ein paar Töne gespielt haben, verspüren Sie wahrscheinlich den Drang, jetzt weiterzublättern. Ich rate Ihnen: Tun Sie es nicht. Lesen Sie lieber alles noch einmal – dadurch festigen Sie Ihre Kenntnisse und können ganz nebenher noch ein paar Wissenslücken stopfen.

So bereiten Sie sich aufs Spielen vor

Liegt vor Ihnen eine schimmernde Mundharmonika, noch neu und unberührt in ihrem Etui? Dann weiß ich, was in Ihnen vorgeht: Sie wollen das Etui öffnen, das kleine Instrument an sich reißen und sofort mit Spielen beginnen. Machen wir doch gleich mal einen Testlauf. Die ersten, wirklich notwendigen Tipps und Hinweise gebe ich Ihnen schon. Später erkläre ich Ihnen dann ausführlicher, wie man eine Mundharmonika hält, wie man sie in den Mund nimmt und richtig atmet. Jetzt aber erst mal nur ein Schnelldurchlauf.

Nehmen Sie die Mundharmonika hoch

Bevor Sie etwas unternehmen, schauen Sie sich das Instrument bitte erst einmal an, vor allem die beiden Deckel. Es gibt einen oberen und einen unteren Deckel. Bei dem oberen ist der Name der Mundharmonika in die Metallschicht eingraviert oder eingestanzt. Zu den bekanntesten Modellen gehören die Special 20, Lee Oskar, Blues Session und Harpmaster. Oberhalb der Kanalöffnungen auf der Vorderseite der Harp stehen von links nach rechts die Nummern 1 bis 10. Achten Sie auf diese Zahlen, damit Sie nicht links und rechts verwechseln und die Harmonika falsch herum halten.

Damit Ihre Mundharmonika spielbereit ist, beachten Sie die folgenden beiden Punkte:

1. **Wenn Sie die Harmonika hochheben, muss die Seite mit dem Namen und den Zahlen oben sein.**

2. **Halten Sie die Harmonika an beiden Enden erst einmal mit Zeigefinger und Daumen fest, so als hielten Sie einen Maiskolben in der Hand, den Sie gleich verspeisen wollen.**

Mehr darüber, wie man eine Harmonika hält, finden Sie weiter hinten in diesem Kapitel. Jetzt geht es erst einmal darum, dass Sie sich so leicht wie möglich tun, die Harmonika am Mund anzusetzen.

Nehmen Sie die Harmonika in den Mund

Wenn Sie die Harp an beiden Enden halten, nehmen Sie sie in den Mund. Das machen Sie so:

1. **Öffnen Sie den Mund weit, so als wollten Sie gähnen.**

2. **Lassen Sie den Mund weit offen und heben Sie die Harmonika mit den Unterarmen an die Lippen.**

   Dazu bewegen Sie bitte nicht den Kopf, sondern nur die Mundharmonika.

3. **Nehmen Sie die Harp zwischen die Lippen, bis Sie spüren, dass sie Ihre Mundwinkel berührt, also dort, wo Ober- und Unterlippe zusammenlaufen.**

4. **Berühren Sie mit den Lippen sanft die beiden Deckel.**

   Ihre Lippen sollten entspannt bleiben und nur zwanglos auf den Deckeln ruhen, ohne jeglichen Druck. Verspannen Sie die Lippen nicht und kräuseln Sie sie nicht nach innen.

 Um einen guten Klang zu erzielen, ohne dass die Luft ausweicht, sollten Ihre Lippen um die Harp herum eine luftdichte Versiegelung bilden. Wenn Ihre Lippen entspannt sind und Sie die Mundharmonika an Ihren Mundwinkeln spüren können, machen Sie es wahrscheinlich richtig.

 Wenn Sie zum ersten Mal auf einer neuen Mundharmonika spielen, braucht sie nicht »eingespielt« zu werden. Wärmen Sie die Harp nur an, indem Sie sie mit den Händen abdecken oder für ein paar Minuten unter Ihren Arm legen. Falls Sie kurz zuvor etwas gegessen oder getrunken haben – vor allem ein süßes, zuckriges Getränk oder etwas Öliges, Krümeliges wie Nüsse – sollten Sie sich unbedingt den Mund ausspülen und vielleicht sogar die Zähne putzen, bevor Sie Ihre neue Mundharmonika einweihen. Speisereste können Ihre Harp verstopfen; außerdem verursachen sie oft einen üblen Geruch oder Geschmack.

Durch die Harmonika atmen

Wenn sich die Harmonika in Ihrem Mund befindet, können Sie einen Ton erzeugen, einfach indem Sie ein- oder ausatmen. Bis jetzt sind keine speziellen Techniken notwendig. Halten Sie sich nur an folgende Schritte:

1. **Versuchen Sie, sanft zu inhalieren wie beim ganz normalen Atmen.**

   Beim Atmen sollten Sie einen *Akkord* hören, das bedeutet: Es erklingen mehrere Töne gleichzeitig.

2. **Nachdem Sie ein paar Sekunden lang eingeatmet haben, atmen Sie nun sanft aus wie beim ganz normalen Atmen.**

   Nun hören Sie einen anderen Akkord.

Sie haben gerade eines der Glanzlichter einer Mundharmonika erlebt: Man kann Noten und Akkorde erzeugen, einfach nur, indem man ein- oder ausatmet. (Später in diesem Kapitel kommen wir ausführlicher auf das Thema *Atmung* zu sprechen.)

Lassen Sie die Mundharmonika eine Zeit lang in Ihrem Mund und wechseln Sie zwanglos zwischen Ein- und Ausatmen hin und her, jeweils ein paar Sekunden lang. Spüren Sie, wie die Harmonika sich in Ihrem Mund anfühlt, konzentrieren Sie sich auf Ihre Atmung – ein und wieder aus – und hören Sie auf den Klang Ihres Instruments. Das ist wichtig, damit Sie sich an das Gefühl gewöhnen, durch die Harmonika »hindurchzuatmen«, und um mit den Klängen, die Sie erzeugen, vertraut zu werden.

Die Tonreihe durchlaufen

Ihr Mund deckt vielleicht zwei oder drei Öffnungen ab, doch Sie haben ja zehn Kanäle zur Verfügung, um damit herumzuspielen. Nun verschieben Sie die Harp in Ihrem Mund nach links und nach rechts, stoßen dabei bis zu den hohen Tönen auf der rechten Seite vor, kehren über die Mitte wieder zurück, erforschen danach die tiefen Töne links. Die Mundharmonika sollte dabei mühelos durch Ihren Mund gleiten, ohne jeglichen Widerstand und ohne dass Ihre Lippen sich nach irgendeiner Richtung verzerren.

Ein wenig Musik-Grundwissen

Wie bei jeder Tätigkeit, die von Menschen ausgeführt wird, gibt es auch in der Musik bestimmte Schemas und Fachbegriffe. In den folgenden Abschnitten erkläre ich Ihnen zunächst die wichtigsten davon und zeige Ihnen, wie Sie ihr Spiel immer mehr verbessern können, indem Sie diese Schemas mit Leben erfüllen.

Das kleine Einmaleins der Harmonika-Tabs

Die Abkürzung *Tab* steht für *Tabulatur* und die Tabulatur ist eine Art Kurzschrift, die Ihnen genau sagt, welche Bewegungen Sie ausführen müssen, um ein Musikinstrument zum Klingen zu bringen. Beim Mundharmonikaspielen müssen Sie vor allem wissen

✔ welche Kanäle, also Öffnung(en), sich in Ihrem Mund befinden muss (müssen),

✔ ob Sie einatmen (ziehen) oder ausatmen (blasen) müssen.

Harmonikaspieler verwenden bestimmte Symbole, die ihnen verraten, ob sie blasen oder ziehen müssen. In diesem Buch benutzen wir dazu Pfeile:

✔ Ein Pfeil mit der Spitze nach oben bedeutet: Blasen.

✔ Ein Pfeil mit der Spitze nach unten bedeutet: Ziehen.

In Abbildung 3.1 sehen Sie die Grundform einer Harmonika-Tabulatur; darin enthalten sind auch einige Symbole, die wir zum Bending abwärts (kleine Striche kreuzen den Pfeilschaft) und Overblow (Kreise um den Pfeilschaft) verwenden. Ausführlich besprechen wir das Bending in den Kapiteln 8 und 12. Zusätzliche Tab-Symbole zeige ich Ihnen jeweils dort, wo wir sie brauchen.

 In diesem Kapitel verwenden wir meist Pfeile ohne Zahlen. Um einfache Atemmuster auszuprobieren, ist es egal, welche zwei oder drei Kanalöffnungen Sie verwenden – auch wenn die tieferen und mittleren wohl am besten klingen

Den Takt mitzählen

Wenn wir uns mit musikalischem Kauderwelsch beschäftigen, sollten wir vielleicht als Erstes klären, was mit einer *Note* gemeint ist.

Wir kennen das Wort auch in anderen Zusammenhängen, zum Beispiel als »Banknote« oder »Schulnote« und so weiter. Merken wir uns fürs Erste: Eine Note ist ein einzelner

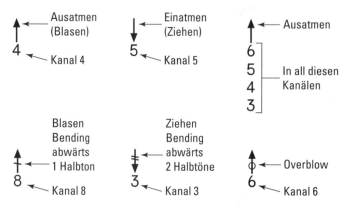

Abbildung 3.1: Grundform einer Harmonika-Tabulatur
© John Wiley & Sons, Inc.

Musikton. Eine *Melodie* ist eine Reihe von Noten, die nacheinander erklingen. Von einem *Akkord* oder einer *Harmonie* sprechen wir, wenn mehrere Noten gleichzeitig erklingen (was auf der Mundharmonika besonders schön klingt; schließlich kommt das Wort *Harmonika* ja von *Harmonie*.)

Jede Note hat:

✔ **Einen Anfang:** Bei manchen Instrumenten nennt man ihn auch *Anschlag*, obwohl er meist gewaltlos verläuft.

✔ **Eine Mitte:** Die Zeit, in der die Note weiterklingt

✔ **Einen Schluss:** Man kann eine Note einfach ausklingen lassen wie eine Gitarrensaite, deren Schwingungen nach einiger Zeit von selbst zum Stillstand kommen. Man kann diese Saite auch mit der Hand berühren, dann hört sie ebenfalls auf zu schwingen. Bei der Mundharmonika klingt eine Note so lang wie Sie in das Instrument hinein- (oder aus ihm heraus-)atmen; wenn Sie damit aufhören, die Atemrichtung wechseln oder zu einer anderen Öffnung übergehen, ist Schluss.

Dem Rhythmus folgen

Jede Note, die Sie spielen, hat eine bestimmte Zeitdauer. In der Musik misst man die Zeit nicht in Minuten oder Sekunden, sondern in *Taktschlägen (Beats)*. Denken Sie einmal an Ihren Herzschlag oder das Geräusch Ihrer Schritte – jeder Schlag, jeder Tritt auf dem Asphalt ertönt in regelmäßigen Abständen. Diese Abstände können kleiner werden oder größer, normalerweise aber ertönen unser Herzschlag oder unsere Schritte gleichmäßig. Das *Tempo* von Musik lässt sich messen, indem man zum Beispiel bei einer langsamen Ballade festlegt, sie umfasse 60 Schläge pro Minute (*beats per minute = bpm*), oder bei einer beschwingten Melodie seien es 92, bei Tanzmusik 120, bei einer schnellen Jazznummer oder einem richtig mitreißenden Bluegrass-Stück 220.

Bei Abbildung 3.2 (Audiotrack 0301) können Sie zuhören und selbst mitspielen. Ich würde Ihnen raten, mitzuspielen, damit Sie das Gefühl kennenlernen, einem bestimmten Rhythmus zu folgen.

1. **Beim ersten Mal achten Sie nur auf das Tempo des Beats.**

2. **Beim zweiten Mal zählen Sie mit, wenn die Stimme vor dem Einsetzen der Mundharmonika *vorzählt*.**

   Beim Zählen vor Beginn der Musik hören Sie das Tempo, also die Geschwindigkeit des Beats und haben bereits eine Ahnung, wann die Taktschläge einsetzen; dann können Sie sich schon mal darauf einstellen, dem Rhythmus zu folgen.

   Zählen Sie während des gesamten Stücks mit. Achten Sie darauf, wie jeder Mundharmonika-Akkord sich dem Rhythmus zeitlich anpasst.

3. **Beim dritten Mal nehmen Sie eine Mundharmonika und versuchen, Ihr Spiel der Harmonika auf dem Tonbeispiel anzugleichen.**

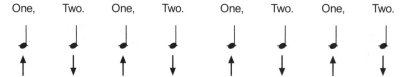

Abbildung 3.2: Vorzählen und den Rhythmus übernehmen (Audiotrack 0301, Zählung auf Englisch wie im Audiotrack)

In Abbildung 3.2 habe ich einige Noten in Musikschrift hineingeschmuggelt. Jeder Taktschlag wird durch eine Viertelnote repräsentiert. *Viertelnoten* sind die Zeitwerte, die den Takt eines Songs am häufigsten bestimmen. Wie jedoch der Name schon sagt, sind sie Teil eines Universums aus ganzen Noten, die man in halbe Noten, Viertelnoten, Achtelnoten und so weiter unterteilt. Sie sehen diese Noten in Abbildung 3.3. Es gibt Stücke, in denen 128-stel-Noten und sogar 256-stel-Noten vorkommen. Um jedoch keine Massenpanik oder Verzweiflungsanfälle auszulösen, verzichte ich hier auf solche Takt-Ungeheuer.

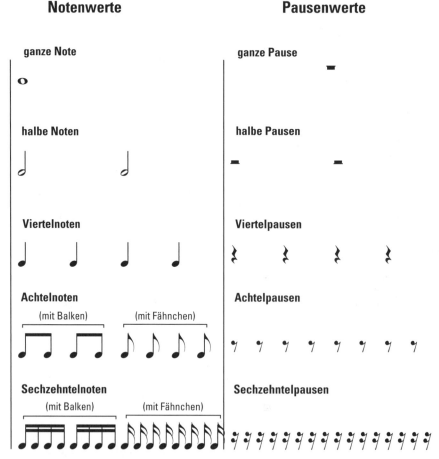

Abbildung 3.3: Zeitwerte in der Notenschrift
© John Wiley & Sons, Inc.

Nicht nur Noten haben also einen Zeitwert, sondern auch *Pausen* – das sind die Intervalle, in denen Sie nicht spielen, obwohl die Taktschläge weitergezählt werden. Die Zeitwerte für Pausen sehen Sie ebenfalls in Abbildung 3.3. (Es gibt Orchester, in denen der einzige Job der Kontrabassistin darin besteht, während eines einstündigen Konzerts zwei Minuten lang zu spielen, ansonsten wird sie nur fürs Pausenzählen bezahlt. Manche Leute wünschen sich wohl, Mundharmonikaspieler würden dies die ganze Zeit über tun, aber wenn Sie an Ihrer Spieltechnik feilen, werden Sie sie bald vom Gegenteil überzeugen.)

Taktschläge als Bausteine

Würden Taktschläge, also Beats, nur als monotone Folge erklingen, würden Sie sich sicher bald langweilen und lieber den Fernseher einschalten. In Wirklichkeit jedoch buhlen Taktschläge förmlich um Dominanz und wenn Sie wissen, wie man ihr Wechselspiel entschlüsseln kann, wartet ein Drama auf Sie, das spannender ist als manche Seifenoper. Für den Anfang reicht es aber, wenn ich Ihnen sage, dass Taktschläge sich in Gruppen zusammenfassen lassen, wobei der erste Beat einer Gruppe meist den Ton angibt und, damit das auch jedem deutlich wird, etwas lauter gespielt wird als die anderen.

So gruppiert man Beats

Die Gruppen, in denen man Taktschläge zusammenfasst, umfassen eine bestimmte Anzahl von Zählzeiten und kehren in dieser Form ständig wieder. Wenn man laut mitzählt und den ersten Beat etwas stärker betont, erkennt man leicht, wie diese Gruppen aufgebaut sind. Zum Beispiel:

✔ EINS, zwei, EINS, zwei. Dieses Muster besteht aus Zweiergruppen. Bei solchen Songs sagt man, sie seien in *Halben* organisiert, in unserem Fall also in zwei Halben. Dieser Taktart begegnen wir häufig bei Märschen (ein Beat pro Fuß).

✔ EINS, zwei, drei, EINS, zwei, drei. Hier sind es drei Beats pro Gruppe, wie es bei unter anderem Walzern vorkommt.

✔ EINS, zwei, drei, vier, EINS, zwei, drei, vier. In diesem Song haben wir Vierergruppen. Die meiste moderne Musik ist in dieser Zählweise aufgebaut.

Eine Gruppe von Zählzeiten bezeichnet man als *Takt*.

Taktangaben

Okay, Sie wissen jetzt, dass man Songs in zwei, drei oder vier Zählzeiten unterteilen kann (natürlich gibt es auch noch jede Menge anderer Gruppen), aber worauf bezieht sich diese Vier? Vier Äpfel? Vier Eier? Sehen Sie sich noch einmal Abbildung 3.2 an. Sehen Sie da irgendwo einen Apfel oder ein Ei? Nein, Sie sehen Viertelnoten. Die *Viertelnote* ist die Zählzeit, in der ein Beat sich am häufigsten verkörpert, obwohl es auch noch andere Zeitwerte gibt.

Wenn Sie die Anzahl der Beats in einer Gruppe mit dem Zeitwert eines einzelnen Beats kombinieren, erhalten Sie eine *Taktangabe*. Sie sieht aus wie ein mathematischer Bruch. Die obere Zahl verrät, wie viele Schläge ein Takt enthält, die untere Zahl, welchem Zeitwert jeder Schlag entspricht.

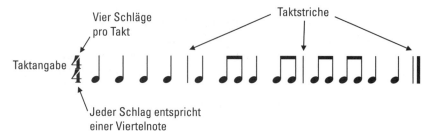

Abbildung 3.4: Taktangabe und Taktstriche
© John Wiley & Sons, Inc.

Wenn Sie sich Musik auf einem Notenblatt ansehen, können Sie nicht hören, welcher Taktschlag die EINS ist, doch Sie erkennen es an den *Taktstrichen* (siehe Abbildung 3.4). Jede Gruppe von Beats oder Zählzeiten bezeichnet man als *Takt* und jeder Takt endet mit einem Taktstrich. Die erste Note (oder Pause) nach dem Taktstrich ist die erste Zählzeit eines Taktes, der sogenannte *Downbeat* , während die letzte Zählzeit eines Takts als *Upbeat* bezeichnet wird.

 Um ein wenig Übung im Spielen verschiedener Taktangaben zu bekommen, versuchen Sie es doch einmal mit Abbildung 3.5. In Track 0302 können Sie sich diesen Tab anhören und mitspielen.

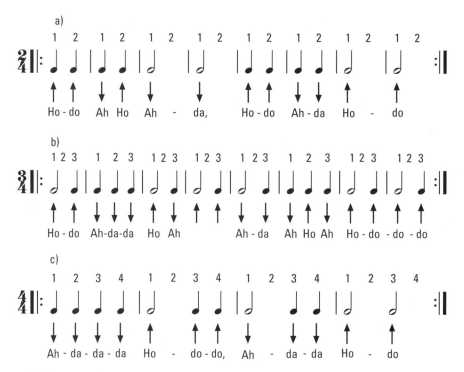

Abbildung 3.5: Übung im 2/3-, 3/4- und 4/4-Takt (Audiotrack 0302)

Achten Sie auf die Silben unter den Taktschlägen. Sprechen Sie sie leise mit, um eine Note oder einen Akkord zu wiederholen. Wenn Sie eine Note wiederholen, hören Sie nicht auf zu atmen! Beginnen Sie stattdessen die Note mit einem sanften T-Laut, ohne Ihren Atemfluss zu unterbrechen.

 Noten sind oftmals zwei, drei oder sogar vier Takte lang. In Abbildung 3.5 kommen einige halbe Noten vor, die zwei Viertelschläge lang dauern. Beim Spielen einer langen Note atmen Sie einfach weiter, bis es Zeit für die nächste Note ist.

Das Spielen langer Noten

Manchmal dauert eine Note länger als ein Zeitwert, ist aber kürzer als der nächstgrößere Wert. Oder die Note reicht von einem Takt in den nächsten hinein. Um solche Zeitwerte darzustellen, bedient man sich *punktierter Noten* oder verbindet die Noten mit einem *Haltebogen*.

✔ **Ein Punkt hinter einer Note erhöht ihren Zeitwert um 50 Prozent.** Eine punktierte halbe Note umfasst also nicht zwei Viertelnoten, sondern drei. Jeder Zeitwert lässt sich punktieren und Sie werden häufig auf punktierte halbe Noten, Viertel-, Achtel- und sogar Sechzehntelnoten stoßen.

✔ **Ein Haltebogen verbindet zwei Noten zu einer längeren Note.** Wenn Sie eine Note schreiben wollen, die – sagen wir – fünf Achtelnoten umfasst, können Sie eine halbe Note mit einer Achtelnote durch einen Haltebogen verbinden.

Und dann gibt es noch Noten, die im einen Takt beginnen, aber erst im nächsten enden. Wenn so etwas vorkommt, verbinden Sie einfach die letzte Note des einen Taktes mit der ersten Note des nächsten. (Der Song »On Top of Old Smokey« aus Kapitel 5 zum Beispiel enthält eine Note, die acht Zählzeiten lang ist und sich über drei Takte erstreckt.)

 In Abbildung 3.6 haben Sie Gelegenheit, einige punktierte Rhythmen und Noten mit Haltebogen zu spielen. Spielen Sie einfach zu Audiotrack 0303 mit.

Wie man Beats unterteilt

Wenn ein Taktschlag einer Viertelnote entspricht, ergibt sich für einen halben Taktschlag eine Achtelnote und für einen Vierteltaktschlag eine Sechzehntelnote (das soll reichen).

 In Abbildung 3.7 finden Sie Noten, die einen vollen und einen halben Taktschlag lang dauern. Versuchen Sie, zu Audiotrack 0304 mitzuspielen.

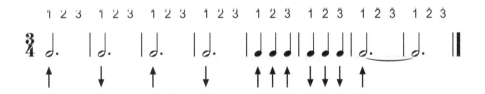

Abbildung 3.6: Punktierte halbe Noten und Noten mit Haltebögen (Audiotrack 0303)

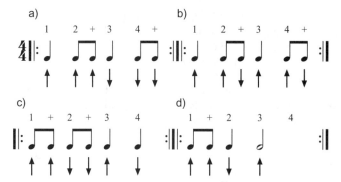

Abbildung 3.7: Den Beat durch Achtelnoten in zwei Teile teilen (Audiotrack 0304)

 Einen halben Taktschlag zählt man, indem man das Wörtchen »und« einfügt, also zum Beispiel »Eins und zwei und drei und vier und ...«. In der Abbildung 3.7 finden Sie dieses »und« in der oberen Zeile bei den Notenwerten, symbolisiert durch ein +.

Manchmal besteht ein Beat auch aus *drei* gleichen Teilen. Aber so etwas wie eine Drittelnote, Sechstelnote oder Neuntelnote gibt es nicht. Wie notiert man solche Beats also? Dafür gibt es zwei Möglichkeiten.

Wenn der Beat fortwährend durch drei geteilt wird wie bei einem Jig (denken Sie an den Song »The Irish Washerwoman«), können Sie ihn durch eine punktierte Note darstellen, die in drei gleiche Teile aufgeteilt ist.

Nicht so leicht ist es allerdings, eine punktierte Note als untere Zahl einer Taktangabe zu notieren. Wenn ein Song zum Beispiel zwei Schläge in einem Takt enthält und jeder dieser Schläge einer punktierten Viertelnote entspricht, was dann? Schreiben Sie nun 2/4,5? Oder setzen Sie hinter die Vier einen Punkt? Aus irgendeinem Grund hat sich keine dieser Ideen durchgesetzt.

Stattdessen notiert man die Taktangabe als 6/8 – die Gesamtzahl aller Achtelnoten in diesem Takt. Gelegentlich werden Ihnen auch 9/8 begegnen (drei Taktschläge innerhalb des Taktes, von denen jeder einer punktierten Viertelnote entspricht), manchmal sogar 12/8 (vier punktierte Viertelschläge in einem Takt). Einige frühe Rock-'n'-Roll-Balladen wurden im 12/8-Takt komponiert.

 Abbildung 3.8 enthält erst ein wenig 6/8, dann ein wenig 12/8. Versuchen Sie, zu Track 0305 mitzuspielen.

In Kapitel 15 präsentiere ich Ihnen zwei Jigs im 6/8-Takt, »The Stool of Repentance« und »Dorian Jig«.

Wenn der Beat sich normalerweise durch zwei teilen lässt (zum Beispiel im 4/4-Takt), kennzeichnet man einen gelegentlichen Beat, der sich in drei gleich große Teile unterteilt, mit einer *Triole*.

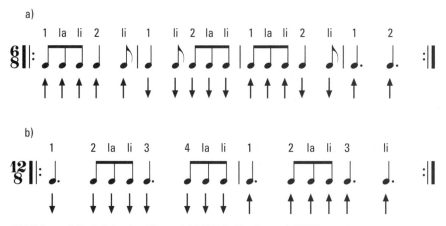

Abbildung 3.8: Spielen im 6/8- und 12/8-Takt (Audiotrack 0305)

 In Abbildung 3.9 sehen Sie Triolen in Aktion, bei denen ein Beat einer Viertelnote entspricht, die man normalerweise in zwei Achtelnoten aufteilt. Eine *Achteltriole* weist drei Achtelnoten anstelle von zweien auf, wodurch der Beat nicht zwei-, sondern dreigeteilt wird. Sie können sich das Tonbeispiel zu Abbildung 3.9 in Audiotrack 0306 anhören und mitspielen.

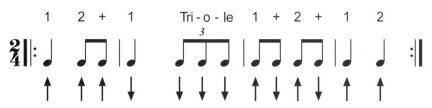

Abbildung 3.9: Dreigeteilter Beat mit Achteltriolen (Audiotrack 0306)

So verfeinern Sie Ihren Sound

Schon an früherer Stelle in diesem Kapitel habe ich Sie gebeten, durch die Mundharmonika hindurch zu atmen und sie dazu an beiden Enden festzuhalten, damit Sie sich an den Klang gewöhnen. Nebenher habe ich Sie ein wenig in musikalischem Fachchinesisch unterrichtet. In diesem Abschnitt zeige ich Ihnen einige Methoden, mit denen Sie bei minimaler Anstrengung einen reichen und fetten Sound erzielen können. Wenn Sie diese Methoden in die Praxis umsetzen, legen Sie das Fundament für eine solide Technik, die sich in jedem Spielstadium positiv auf Ihr Können auswirkt.

Wenn Sie sich die Liste mit Handlungsschritten in diesem Abschnitt ansehen, kommt sie Ihnen wahrscheinlich unendlich lang vor. Nach einer Woche oder so dürfte sie Ihnen aber bereits in Fleisch und Blut übergegangen sein. Immerhin vollziehen Sie diese oft komplizierten Handlungsschritte ja, ohne bewusst darüber nachzudenken. Denken Sie mal darüber nach, wie es ist, am Morgen aufzuwachen, aufzustehen, ins Auto zu steigen und sich fahrbereit zu machen. Wenn Sie alle einzelnen Schritte aufführen würden, käme dabei eine Liste heraus, die noch viel länger ist als unsere hier. Trotzdem stehen Sie jeden Morgen auf, fahren Auto, arbeiten am Computer und so weiter, ohne sich der vielen kleinen Schritte bewusst zu sein, die Sie dabei ausführen. Also keine Sorge – Sie kriegen das hin, und wenn Sie erst mal den Anfang geschafft haben, ist alles andere nicht mehr so schwer.

Die Atmung weiten und beibehalten

Wenn Sie Ihre Atemluft durch die Mundharmonika leiten, ist es am besten, Sie atmen sanft und tief durch einen breiten Luftkanal, der durch nichts behindert wird und nichts verloren gehen lässt. In den nächsten Abschnitten zeige ich Ihnen, wie Sie dieses Ziel erreichen.

Das breite Gähnen

Das ist doch eigenartig, oder? Eine Person in einem Raum kann gähnen und wenig später gähnen alle. Also versuchen Sie mal zu gähnen und sehen Sie, was geschieht. Ihr Mund und Ihr Rachen öffnen sich so weit, dass eine Menge Sauerstoff mühelos einfließen kann. Dann, wenn das Gähnen nachlässt, fühlen Sie sich wohl und entspannt, richtig?

Diesen ungehinderten Sauerstofffluss bei geöffneter Kehle bezeichne ich gern als *Vollatmung*. Sie können auf sanfte Weise sehr viel Luft in Ihre Lunge leiten, ohne dass der Atemfluss behindert wird. Gleichzeitig dringen auch Klangwellen tief in Ihre Lunge ein und lassen Töne entstehen.

Wenn Sie sanft mit geöffneter Kehle atmen, strömt die Luft lautlos ein. Falls Sie beim Atmen irgendwelche Geräusche hören, versuchen Sie, Ihren Rachen mithilfe eines Gähnens zu öffnen und dann in diesem Zustand zu halten, sodass die Luft ungehindert und lautlos einströmen kann.

Natürlich können Sie mit weit geöffnetem Mund nicht auf der Harmonika spielen. Versuchen Sie also, den Rachen geöffnet und die Lippen etwa einen Fingerbreit voneinander entfernt zu halten.

Die Nase verschließen – mit der Ballonübung

Wenn Sie Mundharmonika spielen, geht die kleinste Menge Luft, die nicht durch die Harmonika geleitet wird, verloren, schadet dem Sound und schwächt Ihr Durchhaltevermögen. Das gilt auch für die Luft, die durch Ihre Nase entweicht. Wenn Sie es nicht gewohnt sind, den Luftstrom durch Ihre Nase einzudämmen, wie sollen Sie das dann lernen? Ich empfehle Ihnen die Ballonübung.

Man kann keinen Ballon aufblasen, wenn Luft durch die Nase ausströmt, stimmt's? Bei der Ballonübung verwenden wir allerdings keinen Ballon. Halten Sie einfach die Lippen zusammen oder legen Sie sie auf Ihren Handrücken, um so zu tun, als würden Sie einen Ballon aufblasen. Da die Luft nirgendwohin entweichen kann, blasen sich Ihre Backen auf wie ein Ballon. Wenn Sie nun einatmen, ziehen sich Ihre Wangen nach innen. Wenn Sie die Ballonübung schaffen, gelingt es Ihnen auch, beim Spielen die Nase zu verschließen.

Für eine sanfte Atmung: Die Warme-Hand-Übung

Die Stimmzungen einer Harmonika sind winzig und Sie müssen nicht sehr kräftig atmen, um sie zum Klingen zu bringen. Im Gegenteil: Zu viel Luft bringt sie eher zum Kreischen und verringert ihre Lebenserwartung. Es ist erstaunlich, wie wenig Atemluft man braucht, um Harmonika-Stimmzungen in Schwingung zu versetzen. Die Warme-Hand-Übung ist ein guter erster Schritt, um beurteilen zu können, wie sanft Sie beim Spielen atmen dürfen.

Halten Sie Ihren Handteller etwa zwei Fingerbreit von Ihrem Mund entfernt. Nun atmen Sie sanft auf Ihre Hand. Sanft, wohlgemerkt – Sie erkennen es daran, dass Sie zwar die Wärme Ihres Atems spüren, nicht aber die Kraft der bewegten Luft. Nun machen Sie das Gleiche nochmal, nur dass Sie diesmal einatmen – die Wirkung müssen Sie sich diesmal nur vorstellen, doch der Zweck der Übung besteht darin, sowohl sanft ein- als auch auszuatmen. Wenn Sie dann später Ihre Mundharmonika nehmen und zu spielen beginnen, machen Sie erst die Übung mit der warmen Hand, bevor Sie durch das Instrument hindurchatmen, und fangen Sie mit der gleichen Stärke des Luftstroms zu spielen an.

Tiefer atmen!

Die *Luftsäule* beginnt am unteren Ende Ihrer Lungen und setzt sich dann bis zu Ihren Lippen fort. Wenn Sie die gesamte Luftsäule in Bewegung versetzen, verstärkt sich der von Ihnen erzeugte Klang, und es gelingt Ihnen, die Luftmenge in den Lungen zu zügeln, sodass Sie Ihre Harmonika sanft beherrschen. Führen Sie zum Einstieg folgende Schritte aus:

1. **Stehen oder sitzen Sie aufrecht mit erhobenem Kopf und stellen Sie Ihre Blickschärfe auf »unendlich« ein.**

2. **Atmen Sie tief und zwanglos ein und spüren Sie, wie Ihr Brustkorb und Ihr Bauchraum sich ausdehnen (der Bauchraum ist die Gegend zwischen Brustkorb und Hüfte).**

   Achten Sie beim Einatmen auf Ihre Schultern. Wenn Ihr Brustkorb sich ausdehnt, können sie sich ein wenig heben.

3. **Atmen Sie zwanglos aus und gestatten Sie Ihrem Bauch, sich einzuziehen; Brustkorb und Schultern jedoch sollten ausgedehnt bleiben.**

Hindern Sie Ihren Brustkorb daran, fest zu werden. Er sollte gleichzeitig ausgedehnt und entspannt sein.

 Atmen Sie fortwährend tief und gleichmäßig; der Bauchraum und die Schultern bleiben dabei entspannt, die Brust ausgedehnt. Achten Sie nun genau auf Ihre Atmung, während Sie folgende Schritte ausführen:

1. **Ihr Bauch übernimmt die gesamte Arbeit.**

   Gestatten Sie Ihrem Bauch, sich auszudehnen, wenn Sie einatmen, und sich einzuziehen, wenn Sie ausatmen. Diese sanfte und tiefe Atmung spendet Ihnen eine Menge Sauerstoff und gibt dem Klang der Mundharmonika viel Raum zum Schwingen.

Ihre Schultern und Ihr Brustkasten sollten sich beim Ein- und Ausatmen auf keinen Fall heben und senken. Wenn Sie Ihrem Bauchraum die Arbeit überlassen, müssen Sie sich weniger anstrengen, und Ihre Bewegungen bringen mehr. Wenn Sie rasch zwischen ein- und ausgeatmeter Luft hin und her wechseln müssen, geht das mit der Bauchatmung viel schneller und müheloser.

2. **Atmen Sie gleichmäßig und halten Sie Ihren Atem.**

Jeder Atemzug sollte von Anfang bis Ende die gleiche Intensität behalten. Schnappen Sie zu Beginn eines neuen Atemzugs nicht stoßartig nach Luft. Auf diese Weise reicht Ihnen der Atem bis zum Schluss und Sie geraten nicht ins Hecheln.

Wenn Sie Trommel spielen, schlagen Sie einfach auf die Trommel und der Klang kommt fast sofort wieder zum Verstummen. Die Harmonika jedoch kann singen – und sie kann einen Ton mehrere Sekunden lang halten. Um Ihr Instrument so richtig zum Singen zu bringen, spielen Sie eine Note und atmen dann so lange weiter, bis es Zeit ist für die nächste Note. (Sie können natürlich auch kurze, perkussive Klänge erzeugen. Beim Melodiespiel jedoch müssen Sie die Noten halten.)

3. **Machen Sie lange Atemzüge, damit Sie die Luftbewegung spüren. Während Sie spielen, achten Sie auf Ihre Empfindungen.**

Nehmen Sie sich fürs Einatmen drei Sekunden Zeit und fürs Ausatmen weitere drei Sekunden. Sie können versuchen, länger zu atmen, aber nur, wenn Sie beim Atmen entspannt sind und die Intensität beibehalten können. Wenn Sie keuchen oder die Zählphase nicht durchstehen, beginnen Sie mit weniger Luftvolumen und zählen Sie nur bis zwei anstatt bis drei.

Kräftiger atmen durch ein fieses Lachen

Ist Ihnen schon mal aufgefallen, wie kräftig und dröhnend das irre Gelächter des Meisterschurken in einem Science-Fiction-Thriller klingt und er dadurch noch furchteinflößender wird? Der Bösewicht weiß auf jeden Fall, wie man sein *Zwerchfell* richtig einsetzt, den Muskel, der es uns ermöglicht, aus tiefster Kehle zu lachen. Dieselbe Kraft können auch Sie sich zunutze machen und dadurch Ihren Harmonika-Sound bereichern. Sie werden tiefer atmen, wenn Sie folgende Schritte beherzigen:

1. **Sagen Sie einmal »Hah!«. Wiederholen Sie es mehrmals, wobei Ihre Hand auf dem Bauch liegt, gleich unterhalb des Brustkorbs.**

Spüren Sie, wie diese Körperregion nach außen tritt, wenn Sie diesen kraftvollen Laut erzeugen? Das ist Ihr Zwerchfell, während es Luft aus Ihren Lungen stößt.

2. **Versuchen Sie, unvermutet einzuatmen, als wären Sie überrascht.**

Beachten Sie, wie Ihr Zwerchfell sich plötzlich einzieht und Luft an Ihre Lungen abgibt.

Wenn Sie den Druck Ihres Zwerchfells nutzen, um Noten anzustimmen, bekommt Ihr Sound jede Menge Schwung. Und wenn Sie diese Impulse ein wenig üben, werden Sie beim Mundharmonikaspielen Ihr Zwerchfell künftig ganz bewusst für tiefere Atemzüge nutzen.

Die hohle Hand

Zu Beginn dieses Kapitels bat ich Sie, die Harp beim Hochnehmen an beiden Enden zwischen die Fingerspitzen zu nehmen. Dadurch befindet sich der größte Teil der Mundharmonika dort, wo er hingehört, in Ihrem Mund nämlich. Trotzdem gibt es für Ihre Hände zwei zusätzliche Jobs zu erledigen:

1. **Die richtige Öffnung finden, ohne hinzusehen:** Klar, die Nummern der Tonkanäle stehen auf der Mundharmonika, aber wollen Sie da wirklich ständig runterschielen, als hätten Sie den bösen Blick? Wenn Sie die Harmonika immer auf die gleiche Weise halten, befinden sich die richtigen Löcher auch jedes Mal so ziemlich auf gleicher Distanz und irgendwann findet Ihr Mund den Weg dorthin von allein.

2. **Den Klang gestalten und färben:** Wenn Sie mit einer Hand Ihr Instrument halten, kann Ihre andere Hand die Mundharmonika inzwischen abdecken und wieder freigeben, auf der Rückseite und an den Seiten, und den Ton mal heller klingen lassen, mal dunkler, mal mit flatternden Tönen in ein *Vibrato* versetzen (mehr dazu in Kapitel 6), mal lauter klingen lassen, mal leiser, und Vokale erzeugen, die der Klangfarbe einer menschlichen Stimme ähneln.

 Wenn Sie in ein Mikro spielen, haben Ihre Hände sogar noch eine dritte Funktion – nämlich das Wechselspiel mit dem Mikro. (Ausführlich gehe ich auf das Thema *Mikrofone* in Kapitel 17 ein.)

Wenn Sie die Mundharmonika mit beiden Händen umhüllen, sagt man: *Sie decken die Harp ab*. Die dabei verwendete Methode wird zu Ihrem *Griff*, und es gibt Harmonikaspieler, die über die Feinheiten eines Griffs fachsimpeln wie Golfspieler über die richtige Haltung und den idealen Schwung eines Schlägers.

Im Folgenden beschreibe ich den klassischen Sandwich-Griff, eine sehr vielseitige Technik und wahrscheinlich die auf der ganzen Welt verbreitetste Methode, eine Mundharmonika zu halten. Um diesen Griff zu bilden, halten Sie sich an folgende Schritte:

1. **Stellen Sie sich hin und halten Sie die Arme zu beiden Seiten des Körpers ganz entspannt.**

2. **Führen Sie die Hände auf Brusthöhe zusammen und formen Sie einen Hohlraum wie in Abbildung 3.10a.**

   In Ihren hohlen Händen sollten Sie mühelos Wasser transportieren können.

3. **Führen Sie die Daumen zusammen wie in Abbildung 3.10b.**

   Sie sollten nun sehen können, wo zwischen Daumen und Zeigefinger die Harmonika ihren Platz hat. Heben Sie sie aber noch nicht hoch; es fehlt noch etwas.

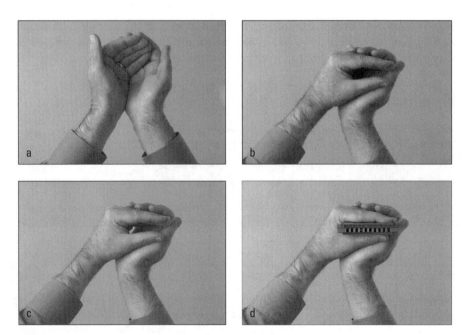

Abbildung 3.10: So deckt man die Mundharmonika mit der Hand ab (Foto: Anne Hamersky).
© John Wiley & Sons, Inc.

4. **Bilden Sie eine kleine Öffnung auf Ihren Handrücken, gleich unterhalb der kleinen Finger, wie in Abbildung 3.10c dargestellt.**

   Sie sehen die Öffnung in der Lücke zwischen dem Daumen und Zeigefinger Ihrer linken Hand. Diese Öffnung ist die Randöffnung, die den austretenden Klang bündelt.

Gratuliere! Sie haben soeben die Mundharmonika mit der hohlen Hand abgedeckt. Jetzt haben Sie den Sound Ihrer Harp voll im Griff. Doch Moment, da wäre noch etwas! Es fehlt ja noch die Mundharmonika selbst. Passen Sie jetzt gut auf.

1. **Nehmen Sie eine Mundharmonika und halten Sie sie zwischen Daumen und Zeigefinger der linken Hand (nicht vergessen, Name und Kanalnummern müssen sich oben befinden).**

    Klemmen Sie den linken Rand Ihrer Harp nicht ins Gewebe zwischen Daumen und Zeigefinger. Lassen Sie sie ein wenig hervorstehen, wie in Abbildung 3.10d. Dann wird Ihnen die Hand nicht wehtun und sich auch nicht aufgrund des Drucks eindellen; außerdem lässt sich die Harp auf diese Weise besser abdecken, falls Sie kleine Hände haben (oder eine längere Mundharmonika spielen, wie zum Beispiel eine Tremoloharmonika oder eine chromatische Mundharmonika).

2. **Platzieren Sie die Finger so dicht wie möglich am hinteren Rand des Deckels.**

   Lassen Sie genügend Platz für Ihre Lippen auf dem Deckel und für die Harmonika in Ihrem Mund.

   Fassen Sie die Mundharmonika nicht an wie ein Schmied. Entspannen Sie die Hand und halten Sie sie sanft, aber mit festem Griff – gerade so fest, dass sie Ihnen beim Spielen nicht aus der Hand fliegt.

3. **Legen Sie die rechte und die linke Hand zusammen, sodass Ihre Hand die Harmonika umschließt, und dann bilden Sie eine Randöffnung unterhalb der kleinen Finger.**

Wenn Sie Ihre Harp in Spielposition bringen, sehen Ihre Hände aus wie in Abbildung 3.10d.

 Kann sein, dass es sich anfühlt, als würde die Harp in Ihren Händen zum Leben erwachen, aber keine Angst, sie versucht nicht wegzurutschen und sich ins Wasser zu retten. Sie brauchen sie also nicht mit stählernem Griff umfangen zu halten. Nein, gehen Sie sanft ans Werk, sodass Sie sie mühelos mit der rechten Hand wegziehen können.

So schmiegt sich die Harmonika in Ihren Mund

Wenn Sie die Harmonika in den Mund nehmen, haben Ihre Lippen nur eine einzige Aufgabe – die Luft dorthin zu lenken, wo Sie sie haben wollen, ohne dass sie entweicht. Zu dieser Aufgabe gehört es auch, die Mundharmonika zwanglos nach links und rechts gleiten zu lassen, um an die verschiedenen Kanäle zu kommen. In Kapitel 5 zeige ich Ihnen, wie Sie sich einen einzelnen Kanal vornehmen können, um eine Melodienote zu spielen. Vorerst jedoch beschränkt sich Ihr Ziel darauf, die Mundharmonika in den Mund zu nehmen und ohne Luftverlust umhergleiten zu lassen.

Versuchen Sie, die Harp zwischen Daumen und Zeigefinger zu halten und führen Sie sie an Ihre Lippen. Um einen guten Sound zu erzielen, ohne dass Luft entweicht, sollten Ihre Lippen eine luftdichte Versiegelung rund um das Instrument bilden. Damit diese Versiegelung auch etwas taugt, halten Sie sich an folgende Schritte:

1. **Lassen Sie den Unterkiefer sinken und öffnen Sie den Mund weit.**

2. **Legen Sie die Harmonika zwischen Ihre Lippen, bis Sie spüren, dass sie Ihre Mundwinkel berührt, wo Ober- und Unterlippe aufeinandertreffen.**

3. **Schließen Sie sanft die Lippen über den Deckeln.**

   Ihre Lippen sollten die Deckel umhüllen wie leichter Stoff. Kräuseln Sie sie nicht ein und verspannen Sie sie nicht. Es sollte Ihnen gelingen, die Harp in Ihrem Mund flüssig nach links oder rechts gleiten zu lassen, ohne dass Sie Ihre Lippen verziehen müssen.

4. **Lassen Sie die Lippen auf den Deckeln liegen und schließen Sie den Mund.**

   Ihre Lippen sollen entspannt bleiben. Den Mund schließen Sie, damit die feuchten Innenlippen in Berührung mit den Harmonikadeckeln kommen.

5. **Öffnen Sie den Mund erneut, damit Luft hindurchfließen kann (diese Bewegung diente nur dazu, die inneren Lippen auf die Harmonika zu bringen).**

Spielen Sie ein paar flotte Rhythmen

Okay, nach all den langwierigen Vorbereitungen wollen Sie natürlich belohnt werden. Ich schätze, Sie können es kaum erwarten, die Harmonika wieder in den Mund zu nehmen. Gut, Sie dürfen. Aber zuvor noch eine kleine Checkliste:

✔ Sie halten Ihre Harp immer von rechts an den Mund, mit den Löchern nach oben. (Das mag doof klingen, aber einige Top-Profis haben Platten aufgenommen, bei denen man hört, dass sie die Harmonika erst versehentlich falsch herum hielten.)

✔ Sie halten die Harmonika mit sanftem Griff, wobei sich die hintere Seite beider Deckel zwischen Daumen und Zeigefinger befindet.

✔ Ihre Nase ist geschlossen (denken Sie an die Ballonübung).

✔ Ihre Kehle ist geöffnet (denken Sie ans Gähnen).

✔ Sie stehen oder sitzen aufrecht und atmen zwanglos über den Bauch, der Brustkorb ist ausgedehnt.

✔ Nun öffnen Sie weit den Mund.

✔ Die Übungen in Abbildung 3.2 sowie Abbildung 3.5 bis Abbildung 3.9 haben Sie bereits ausprobiert. Warum nicht das Ganze noch einmal, diesmal mit dem neuen, wirkungsvolleren Griff und der neuen Atemtechnik?

Einen Blues spielen – nur mit Akkordrhythmen

Um einen Blues zu spielen, müssen Sie Noten benden können und alles mögliche Blueszeug beherrschen. Klar, wenn Sie diese ausgefallenen Techniken kennen, klingt Ihr Spiel farbiger und besser – die eigentliche Basis des Blues jedoch ist der Rhythmus. In Abbildung 3.11 sehen Sie drei einfache Rhythmen, die Sie kombinieren können, um das Grundgerüst eines 12-Takt-Blues ausschließlich mit Bluesrhythmen zu spielen. (Ein 12-Takt-Blues hat – Sie ahnen es vielleicht schon – zwölf Takte. Ausführlicher erkläre ich Ihnen das alles in Kapitel 13.)

Diese Rhythmen klingen am besten, wenn Sie sie auf den Kanälen 1 bis 4 spielen und dazu mindestens drei Öffnungen in den Mund nehmen.

Abbildung 3.11a beginnt und endet mit gezogenen Akkorden, während Abbildung 3.11b mit geblasenen Akkorden beginnt und endet. Abbildung 3.11c bedient sich der gleichen Atemmuster wie Abbildung 3.11a. Allerdings wird es ein oder zwei Kanäle weiter rechts gespielt, daher klingt der Akkord ein wenig anders.

Alle drei Rhythmen, einzeln und in Folge gespielt, finden Sie in Audiotrack 0307.

Wenn Sie alle drei Rhythmen beherrschen, spielen Sie sie in folgender Reihenfolge. Daraus ergibt sich der Grundriss eines 12-Takt-Blues.

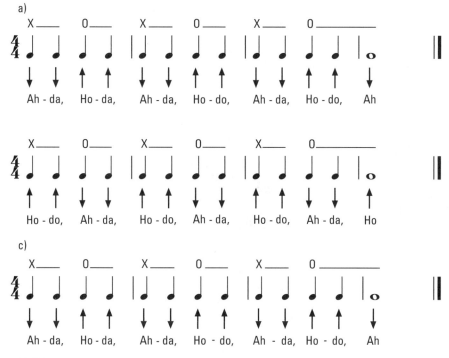

Abbildung 3.11: Drei Grundrhythmen (Audiotrack 0307)

1. Spielen Sie 3.11a.

2. Spielen Sie noch einmal 3.11a.

3. Spielen Sie 3.11b.

4. Spielen Sie wieder 3.11a.

5. Gehen Sie ein paar Löcher nach rechts und spielen Sie 3.11c.

6. Zum Schluss kehren Sie wieder an den Ursprungsort zurück und spielen 3.11a.

 Bevor Sie die gesamte Sequenz spielen, versuchen Sie, mehrmals zwischen 3.11a und 3.11b hin und her zu wechseln. Vergessen Sie nicht, jeden dieser Rhythmen in der richtigen Atemrichtung zu beginnen.

Mit den Händen Vokale bilden

Vielleicht ist Ihnen aufgefallen, dass ich die Zahlen über den Zeitwerten jeweils durch ein X oder O ersetzt habe. Daran erkennen Sie, ob Sie die Hände schließen oder öffnen sollen.

X = Hände schließen sich um die Harmonika

O = rechte Hand wegdrehen, damit eine Öffnung entsteht

Sie sehen geschlossene und geöffnete Handwölbungen in Abbildung 3.12.

Abbildung 3.12: Geschlossene und geöffnete Handwölbung (Foto: Anne Hamersky)

Um jedoch durch das Öffnen der hohlen Hand den charakteristischen Wah-wah-Sound zu erzeugen, bedarf es einer kleinen Drehung. Probieren Sie Folgendes:

1. **Spielen Sie einen Akkord mit geschlossener Handwölbung.**

2. **Spielen Sie weiter den Akkord, dann öffnen Sie unvermittelt die Hände.**

   Achten Sie auf den »Wah«-Sound, der dabei entsteht.

3. **Spielen Sie weiter den Akkord, dann schließen Sie die Hände ganz schnell.**

   Achten Sie auf den »Ooh«-Sound, der dabei entsteht.

 Sie erzeugen den »Wah«- beziehungsweise »Ooh«-Sound durch das Öffnen und Schließen der Hände bei klingender Note. Wenn zu Beginn der Note Ihre Hände bereits geöffnet oder geschlossen sind, werden Sie diese Laute nicht hören. Um Sie zu erzeugen, dürfen Sie die Hände erst öffnen oder schließen, wenn Sie bereits damit begonnen haben, die Note zu spielen.

Spielen Sie die Rhythmen in Abbildung 3.11, wobei Sie Ihre Handwölbung öffnen und schließen. Richten Sie sich dabei nach dem X oder O über den Noten.

Einen Zug nachahmen

Abbildung 3.13 ist modular aufgebaut, das heißt: Sie können jeden Abschnitt gesondert lernen und die einzelnen Teile dann so zusammenfügen, wie es Ihnen gefällt. Ihr Zug kann zum Beispiel langsam beginnen, dann an Geschwindigkeit zulegen, ein richtiges Affentempo entwickeln, dann wieder langsamer werden. Hin und wieder gerät der Zug an eine Wegkreuzung und lässt sein typisches Pfeifen ertönen. (Beachten Sie: Ich habe angegeben, welche Löcher Sie spielen müssen, um diesen pfeifenden Zug nachzuahmen.)

 Sie hören das Tonbeispiel zu Abbildung 3.13 in Audiotrack 0308.

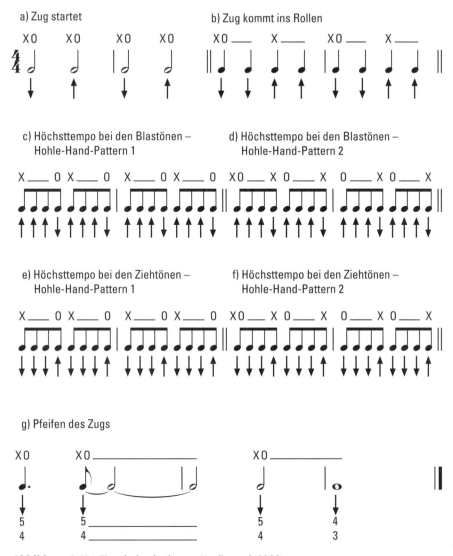

Abbildung 3.13: Eisenbahnrhythmen (Audiotrack 0308)

IN DIESEM KAPITEL

Warum Noten so heißen, wie sie heißen

Intervalle – die lateinischen Verwandten

Welche Arten von Tonleitern es gibt

Bilden Sie Akkorde und Akkordprogressionen

So bringen Sie Noten zu Papier

Kapitel 4
Noten, Tonleitern und Akkorde

E s heißt, die Musik sei eine Sprache, die die ganze Welt spricht, da sie sehr intensiv, sehr unmittelbar auf den Hörer wirkt. In diesem Kapitel lade ich Sie zu einem Streifzug durch die Sprache *hinter* der Musik ein. Wie reden Musiker, wenn sie unter sich sind? Durch welche Fachbegriffe verständigen sie sich?

Es gibt Leute, die so tun, als wäre *Musiktheorie* etwas total Abgehobenes und Furchteinflößendes. In Wirklichkeit ist sie reine Arithmetik und erfüllt einen lauteren Zweck: Sie hilft Musikern dabei, unmissverständlich miteinander zu kommunizieren, wenn sie zusammenspielen.

Die Musiktheorie hat mehrere Bestandteile. Die beiden wichtigsten davon stelle ich Ihnen in diesem Kapitel vor:

✔ Ich zeige Ihnen, in welcher Beziehung Notennamen, Tonleitern, Akkorde und Harmonien zueinander stehen. Es handelt sich um Dinge, mit denen Sie stets zu tun haben, wenn Sie Musik machen, und die meisten Musiker kennen sich damit sehr gut aus, selbst wenn sie keine Noten lesen können.

✔ Ich zeige Ihnen außerdem, wie man Musik zu Papier bringt und Musikschrift entziffern kann. Was bedeuten all die Pünktchen und Schnörkel, dank derer wir auch heute noch den Kompositionen von Mozart und Beethoven lauschen können, auch wenn diese Musiker hundert Jahre vor Erfindung der Schallplatten und Tonbänder lebten, auf denen sie ihre Werke hätten mitschneiden können?

Eine dritte, sehr nützliche Komponente der Musiktheorie, die den Rahmen dieses Buches jedoch sprengen würde, ist das *Gehörtraining*, also die Fähigkeit, die Querverbindungen von Musik zu erkennen, nur indem man sie hört. Jeder Musiker, der selbst spielt und sich viel anhört, hat darin ein wenig Erfahrung. Wenn Sie Ihr Gehör jedoch systematisch schulen, wird Ihnen schon bald klar, welche Beziehung zwischen dem besteht, was Sie hören und was Sie selbst auf Ihrer Mundharmonika spielen, ebenso werden Sie verschiedene Arten von Tonleitern und Akkorden zu unterscheiden lernen.

Wenn ich Ihnen zum Schluss dieses Kapitels die Grundlagen der Notenschrift beibringe, konzentriere ich mich vor allem auf diese Beziehungen. Die Details, mit denen ich Sie vertraut mache, reichen aus, um die musikalischen Konzepte in diesem Buch zu verstehen. Sie können Ihre Musiktheoriekenntnisse noch weiter vertiefen, was ich auch empfehle. Sehr hilfreich sind dabei das Buch *Musiktheorie für Dummies* von Michael Pilhofer und Holly Day sowie das *Übungsbuch Musiktheorie für Dummies* von Oliver Fehn (beide erschienen im Wiley-Verlag). Außerdem gibt es noch Musiktheorie-Apps für Ihr Handy oder Tablet.

Bereit, die Stimme zu erheben?

In Kapitel 3 haben wir festgestellt: Eine Note hat einen Anfang, eine bestimmte Dauer und ein Ende. Wenn Sie singen oder Melodien, Harmonien und Akkorde spielen, werden Sie merken, dass eine Note auch noch eine andere Eigenschaft hat: eine bestimmte *Tonhöhe*.

Als Tonhöhe bezeichnet man Vibrationen in einem gleichbleibenden Grad, der sogenannten *Frequenz*. Die Frequenz misst man in Schwingungen pro Sekunde oder *Hertz* (Hz). Jede Note, die Sie singen, spielen oder auf einer Schallplatte hören, hat eine bestimmte Tonhöhe. Sind die Schwingungen langsam, entsteht eine niedrige Tonhöhe (ein *tiefer* Ton), sind sie schnell, entsteht ein *hoher* Ton.

Das seltsame Phänomen der Oktaven

Wenn Sie die Frequenzen musikalischer Tonhöhen nachschlagen, stoßen Sie auf Werte mit bis zu drei oder vier Stellen hinter dem Komma. Trotzdem ist mir noch nie jemand begegnet, der sagte: »Ah, 466,4398 Herz – meine *Lieblings*frequenz.« (Und es soll ja alle möglichen Leute geben.) Die einfachste Beziehung ist das Verhältnis 1 : 1, wenn zwei Leute die gleiche Note singen (Prime). Wenn sie falsch singen (also nicht in der gleichen Frequenz), fällt dem Hörer das auf.

Die zweiteinfachste Beziehung ist das Verhältnis 2 : 1. In diesem Fall schwingt eine der beiden Noten doppelt so schnell wie die andere. Diese Beziehung entzieht sich dem Radar und dennoch ist sie es, auf der die gesamte Musik aufbaut – die *Oktave*.

Wenn Sie eine Gruppe von Männern, Frauen und Kindern bitten, die gleiche Note zu singen, werden die Männer eine tiefe Note singen – zum Beispiel eine mit der Frequenz von 110 Hz. Die Kinder und die meisten Frauen werden jedoch eine Note singen, die doppelt so schnell schwingt, in diesem Fall also mit 220 Hz. (Gut, in der anderen Gruppe wird es einige Aufschneider geben, die genauso hoch singen werden, nur um sich zu beweisen.) Das Komische ist: Fast jeder empfindet diese beiden Noten als ein- und denselben Ton, nur einmal hoch gesungen, einmal tief. Wenn eine Note genau doppelt so schnell schwingt wie eine andere, ist das so. Man empfindet sie als den gleichen Ton, die langsam schwingende als den tieferen, die schnell schwingende als den höheren.

Aus Noten werden Tonleitern

Zwischen dem A, das mit 220 Hertz schwingt, und dem A mit 440 Hertz wurden noch sechs weitere Tonhöhen eingefügt und mit Namen versehen. Diese Notenhöhen orientieren sich an den ersten sieben Buchstaben des Alphabets; in deutschsprachigen Ländern jedoch wird das B durch ein H ersetzt (A, H, C, D, E, F, G). Wenn wir nun ein weiteres A dazu nehmen, das doppelt so schnell schwingt wie das erste, kommen wir auf insgesamt acht Noten. Das nennt man eine *Oktave* (vom lateinischen Wort für »acht«). Die in einer Oktave enthaltenen Noten ergeben zusammen eine *Tonleiter (Skala)*. Eine Tonleiter oder Oktave können Sie mit jeder Note beginnen, nicht nur mit A.

Die verschiedenen Tonhöhen der Skala nennt man *Tonleiterstufen*. In einer Skala zum Beispiel, die mit A beginnt, wäre A die erste Stufe, H die zweite Stufe (oder Sekunde, wie wir später noch lernen werden) und so weiter.

 Der Begriff »Note« hat mehrere Bedeutungen. Man kann damit den Ton einer bestimmten Tonhöhe meinen, der eine bestimmte Zeit lang andauert und an einer bestimmten Stelle innerhalb einer Melodie vorkommt. Eine Note muss aber nicht zwingend Bestandteil einer Melodie sein. Es kann sich auch einfach um eine Tonhöhe handeln – oder um sämtliche Tonhöhen mit dem gleichen Namen, um eine Tonleiterstufe – praktisch um jedes musikalische Etwas, das in der Lage ist, in einer bestimmten Tonhöhe zu schwingen, egal ob es tatsächlich gespielt wird oder nicht.

Sie werden fragen: Wie ist das möglich, alle 88 Tonhöhen einer Klaviertastatur (oder auch nur die 19 Tonhöhen einer diatonischen Mundharmonika) mithilfe von nur sieben Notennamen zu definieren? Offensichtlich wird jede Notenbezeichnung öfter als nur einmal verwendet. Aber wie kann man das auf sinnvolle Weise tun? Um diese Frage zu beantworten, müssen wir uns ein wenig mit der Oktave beschäftigen.

Jede Oktave hat ihr »eigenes« A

Das A, das mit 220 Hz schwingt, und das A, das mit 440 Hz schwingt, sind nicht die einzigen Tonhöhen mit der Bezeichnung A. Sie können auch 220 durch zwei teilen und erhalten 110, und wenn Sie es nochmal tun, nur noch 55. Sie können aber auch 440 mal zwei nehmen – dann kommen Sie erst auf 880, bei einer weiteren Verdopplung auf 1760. Und so weiter. Trotzdem heißen alle Tonhöhen, die dabei entstehen, A.

Und was für das A gilt, gilt natürlich auch für das H und das C und sämtliche anderen Tonhöhen. Sie verwenden immer wieder die gleichen Notennamen, um Tonhöhen in verschiedenen Oktaven zu kennzeichnen. Auf diese Weise können Sie alle weißen Tasten am Klavier benennen. In Abbildung 4.1 sehen Sie zwei Oktaven einer Klaviertastatur, bei denen alle weißen Tasten einen Namen haben. Doch was ist nun mit den schwarzen Tasten? Auf ihnen finden wir die *erhöhten und erniedrigten* Töne.

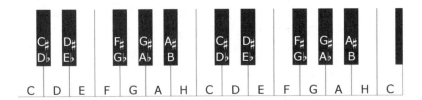

Abbildung 4.1: Die Notennamen auf der Klaviertastatur
© John Wiley & Sons, Inc.

Die Noten mit dem ♯ und ♭ dahinter

Die weißen Tasten auf dem Klavier bezeichnet man als *natürliche* Noten. Selbstverständlich findet man sie in der Natur nicht häufiger als Käsesahnetorte oder rostfreien Stahl. Doch wenn Menschen etwas gewohnt sind und es nicht als befremdend empfinden, nennen sie es gerne »natürlich«.

Lange Zeit verfügten die Menschen nur über die natürlichen Noten, die Sie auf den weißen Tasten sehen; hin und wieder jedoch schmuggelten sie eine Note dazwischen, die ihrem Klang nach eindeutig zwischen den weißen Tasten lag. Irgendwann musste die Musiktheorie auf diese ärgerlichen kleinen Abweichungen reagieren. Man kam überein, dass es insgesamt fünf solcher »Zwischennoten« gebe, und genauso viele schwarze Tasten hat inzwischen eine Klavieroktave. Was wiederum bedeutet, dass die Oktave nicht nur acht Tonhöhen aufweist, sondern deren zwölf.

Wäre die Musiktheorie an einem einzigen Abend erdacht worden – zum Beispiel von Mr. Spock aus *Raumschiff Enterprise* – so hätte er vermutlich alle zwölf Töne auf den schwarzen und weißen Tasten in nur eine Oktave gequetscht und ihre Töne von A bis L benannt (woraufhin der 13. Ton wiederum ein A gewesen wäre). Und die Oktave, deren Name sich von der Zahl Acht ableitet, hätte einen neuen Namen gebraucht, der sich auf die Zwölf bezog – Dutzendave oder so ähnlich vielleicht.

Aber die Musiktheorie hat sich allmählich entwickelt, im Laufe von Jahrhunderten, und anstatt jedes Mal, wenn eine neue Note entdeckt wurde, sämtliche anderen umzubenennen, passten die Musiker lieber das bereits bestehende System an und behandelten die Noten der schwarzen Tasten als Abwandlungen der natürlichen Noten. Sehen Sie sich zum Beispiel in Abbildung 4.1 die schwarze Taste zwischen dem C und dem D an. Es gibt zwei Möglichkeiten, sie zu benennen:

✔ C♯ (Cis): Dieser Ton ist höher als das C, aber tiefer als das D.

✔ D♭ (Des): Dieser Ton ist tiefer als das D, aber höher als das C.

Es gibt für ein- und dieselbe Note auf der schwarzen Taste also zwei Bezeichnungen.

Wird ein Ton erhöht, wird er mit einem Kreuz (♯) gekennzeichnet, wird er erniedrigt, mit einem ♭. Manchmal müssen Sie die Erhöhung beziehungsweise Erniedrigung vorübergehend aufheben oder einfach klarmachen, dass es sich um eine natürliche Note handelt; dann verwenden Sie das Auflösungszeichen ♮.

Ist es ein Ganzton oder ein Halbton?

Der kleinste Abstand zwischen zwei Tonhöhen ist der *Halbton*. Auf dem Griffbrett einer Gitarre entspricht jeder Bund einem Halbton. Auf der Klaviertastatur sind unmittelbare Nachbartöne einen Halbton voneinander entfernt.

So entspricht also der Tonabstand zwischen C und C# einem Halbton. Das Gleiche gilt für E und F – zwei weiße Tasten, zwischen denen sich keine schwarze Taste befindet. Wenn Sie Halbtöne zählen, spielt die Farbe der Tasten keine Rolle; Sie gehen einfach stur nach links oder rechts.

Den zweitkleinsten Tonabstand nennt man *Ganzton*. Er entspricht rechnerisch genau zwei Halbtönen. So liegen zum Beispiel C und D einen Ganzton auseinander und das Gleiche gilt für D und E. Auf dem Gitarrengriffbrett entspricht ein Ganzton zwei Bünden. Auf der Klaviertastatur liegen Ganztöne zwei Tasten auseinander, ungeachtet deren Farbe. Wenn Sie zum Beispiel die Note suchen, die einen Ganzton höher ist als das E, landen Sie nach dieser Methode beim F#, der schwarzen Taste zwischen F und G. Wenn Sie die Note suchen, die einen Ganzton höher ist als H, landen Sie beim C#, der schwarzen Taste zwischen C und D.

Ganztöne haben es so an sich, dass ihre Namen benachbarten Buchstaben im Alphabet entsprechen. Die Note, die einen Ganzton höher ist als das E, heißt also F# anstatt G♭.

Halbtöne werden auch als *Halbtonschritte* oder *Halbtonstufen* bezeichnet, Ganztöne als *Ganztonschritte* oder *Ganztonstufen*.

Dass manche natürlichen Noten einen Ganztonschritt auseinanderliegen, andere aber nur einen Halbtonschritt, hat weitreichende Konsequenzen für die Tonleitern und Akkorde. Der wichtigste Unterschied zwischen einer Molltonleiter und einer Durtonleiter besteht zum Beispiel darin, dass bei der Molltonleiter die dritte Note einen Halbton tiefer ist als bei der Durtonleiter. Wie Ganztöne und Halbtöne sich auf Tonleitern und Akkorde auswirken, werde ich später in diesem Kapitel erörtern.

Wir bestimmen die Größe von Intervallen

Nur wenige Leute können das: wenn sie eine Note hören, sofort sagen, welche es ist. Wer diese Fähigkeit hat, verfügt über das *absolute Gehör*. Aber die meisten Musiker können etwas, das viel nützlicher ist: Sie können das Verhältnis zwischen zwei Noten feststellen und als *Intervall* benennen. Durch diese Verhältnisse zwischen den Noten bekommen Tonleitern, Melodien, Akkorde und Harmonien so etwas wie eine Struktur. Wenn Sie diese Strukturen kennen, sind die speziellen Noten nur Details, die Sie herausfinden können.

Die Größe von Intervallen bestimmen

Ein *Intervall* ist der Abstand zwischen zwei Tonhöhen. Die Größe eines Intervalls misst man, indem man mit dem Buchstaben der ersten Tonhöhe beginnt und dann bis zur nächsten Tonhöhe hinauf- oder herunterzählt. Zwei Intervalle kennen Sie bereits: die *Prime*, bei der zwei Personen die gleiche Note singen, und die *Oktave*, bei der sie zwei verschiedene Töne singen, die innerhalb der Tonleiter acht Noten auseinanderliegen.

Natürlich können Sie sämtliche Intervalle aus Tabelle 4.1 auswendig lernen; leichter jedoch ist es, jedes Intervall durch Zählen zu bestimmen:

✔ Wählen Sie eine der Noten und geben Sie ihr die Nummer 1.

✔ Zählen Sie zur nächsten Note hinauf oder herunter.

- Sekunde: Hinaufzählen von A nach H (1, 2) ergibt eine Sekunde. Das Gleiche gilt von H nach C, von C nach D und so weiter.

- Terz: Zählen Sie 1, 2, 3 hinauf.

- Quarte: Zählen Sie 1, 2, 3, 4 hinauf.

- Quinte: Zählen Sie 1, 2, 3, 4, 5 hinauf.

- Sexte: Zählen Sie 1, 2, 3, 4, 5, 6 hinauf.

- Septime: Zählen Sie 1, 2, 3, 4, 5, 6, 7 hinauf.

✔ Wenn Sie bei einem bestimmten Notennamen beginnen und wissen wollen, welche Note zum Beispiel eine Quinte darüberliegt, beginnen Sie mit dem bekannten Notennamen und zählen Sie bis fünf aufwärts. Dann landen Sie automatisch beim gesuchten Notennamen.

Tabelle 4.1 zeigt Ihnen sämtliche Intervalle bis hin zur Oktave für jede Ausgangsnote.

Prime	Sekunde	Terz	Quarte	Quinte	Sexte	Septime	Oktave
A	H	C	D	E	F	G	A
H	C	D	E	F	G	A	H
C	D	E	F	G	A	H	C
D	E	F	G	A	H	C	D
E	F	G	A	H	C	D	E
F	G	A	H	C	D	E	F
G	A	H	C	D	E	F	G

Tabelle 4.1: Intervallgrößen

Wenn Sie die Größe eines Intervalls bestimmen, spielen nur Buchstaben eine Rolle. Erhöhungs- und Erniedrigungszeichen gelten nicht. Allerdings beeinflussen sie die *Qualität* des Intervalls (mehr dazu im nächsten Abschnitt).

Wie bestimmt man die Qualität eines Intervalls?

Jedes Intervall hat eine Größe, die man in Buchstaben zählt – es hat aber auch eine *Qualität*, die man in Halbtönen zählt. Die Sekunde zwischen C und D zum Beispiel ist ein Ganzton (zwei Halbtöne); die Sekunde zwischen E und F jedoch ist lediglich ein Halbton. Also ist eine dieser beiden Sekunden größer, die andere kleiner. Die größere Sekunde bezeichnet man als *Große Sekunde*, die kleinere als *Kleine Sekunde*. Jedes Intervall hat mindestens zwei Qualitäten, auch die Oktave. Tabelle 4.2 zeigt Ihnen die am häufigsten verwendeten Intervallqualitäten.

Intervallgröße	Intervallqualität	Anzahl von Halbtönen
Sekunde	Klein	1
Sekunde	Groß	2
Terz	Klein	3
Terz	Groß	4
Quarte	Rein	5
Quarte	Übermäßig	6
Quinte	Vermindert	6
Quinte	Rein	7
Quinte	Übermäßig	8
Sexte	Klein	8
Sexte	Groß	9
Septime	Klein	10
Septime	Groß	11
Oktave	Rein	12

Tabelle 4.2: Intervallgrößen und -qualitäten

Die Tonart eines Songs finden

Intervalle sind die Bausteine von Tonleitern, Melodien und Akkorden. Bevor wir uns jedoch eingehender mit ihnen beschäftigen, möchte ich davon sprechen, dass sie grundsätzlich alle um eine zentrale Note gruppiert sind – den *Grundton* oder die *Tonika*.

Was meinen Musiker eigentlich, wenn sie sagen »Spielen wir den Song in der Tonart E-Dur« oder »Wird das wirklich in der Tonart b-Moll gespielt?« Sie sprechen von der *Tonika*. Die Tonika bestimmt die Tonart des Songs.

Die Tonika wird oft auch als *tonales Zentrum* bezeichnet. Wenn Sie einen Song hören, können Sie erkennen, wie die Tonika hervorsticht und oft in den Bassnoten, den Akkorden und vor allem der Melodie auftaucht, wo sie die markanteste Note ist. Es ist häufig die Note, mit der eine Phrase endet, und nahezu immer ist sie die letzte Note des Lieds. Da die Tonika so oft bestätigt wird, entsteht der Eindruck, sie sei in diesem Song der Mittelpunkt des Universums. Immer wenn die Melodie sich von der Tonika entfernt, nimmt sie den Hörer mit auf eine Reise. Wenn die Melodie zur Tonika zurückkehrt, ist es, als käme sie von einem interessanten Ausflug zurück.

Wenn Sie sich Musik anhören, versuchen Sie zu spüren, wo die Tonika ist. Versuchen Sie, sie in der Melodie und in den Bassnoten zu erlauschen. Wenn Sie sie gefunden haben, summen Sie sie mit und spüren Sie, wie sie alles bestimmt, was sich sonst noch in der Musik abspielt. Wenn Sie die Tonikanote herausgehört haben, versuchen Sie, auch andere Noten zu summen oder zu spielen und achten Sie darauf, wie sie mit der Tonika kommunizieren. Falls Sie ihren Namen herausfinden wollen, suchen Sie sich ein Instrument (zum Beispiel ein Keyboard), das es Ihnen ermöglicht, die Note zu finden, indem Sie verschiedene Töne durchprobieren, bis Sie die gefunden haben, die der Tonika genau entspricht.

Das tonale Zentrum eines Songs bestimmt die Eigenart der Tonleiter und der Akkorde, die in dem Lied verwendet werden, da sie über ihre Verwandtschaft mit der Tonika beschrieben werden, wie ich Ihnen in den folgenden Abschnitten zeigen werde.

Wie Sie mithilfe der Tonart einer Mundharmonika die Tonart eines Songs herausfinden können, steht in den Kapiteln 9 und 11.

Quer durch die Tonleitern (Skalen)

Nehmen Sie zwei Noten, die eine Oktave auseinanderliegen, und fügen Sie einige Töne hinzu, die sich zwischen den beiden befinden. Dazu gibt es unendlich viele Möglichkeiten, da Sie schließlich aus zwölf verschiedenen Tonhöhen wählen können. Ein Großteil der Musik jedoch bedient sich einiger Standardtypen von Tonleitern, die ich in diesem Abschnitt beschreiben werde.

Es gibt drei Möglichkeiten, die Töne einer Tonleiter (Skala) zu beschreiben:

✔ Sie können einfach die Namen der Noten nennen, die zu der Tonleiter gehören. In der Regel jedoch ergeben sich diese Namen aus den anderen beiden Methoden.

✔ Sie können die Größe jedes Schritts benennen, während Sie, beginnend mit der Tonika, von einer Leiterstufe zur nächsten fortschreiten. Die meisten Stufen sind entweder Halbtonschritte (H) oder Ganztonschritte (G). Jede Art von Tonleiter hat ihr spezielles Ton- und Halbtonmuster, das sich aus der aufsteigenden Reihe ergibt. Das Stufenmuster für eine Durtonleiter sieht zum Beispiel so aus: G-G-H G-G-G-H.

✔ Sie können die Qualität jedes Intervalls benennen, das eine Tonstufe zur Tonika bildet. (Mehr über Dur- und Molltonleitern folgt später in diesem Kapitel.)

Diatonische und chromatische Tonleitern

Tonleitern lassen sich in zwei große Kategorien unterteilen: *diatonisch* und *chromatisch*.

✔ Eine diatonische Tonleiter enthält die sieben Noten, die zu einer Tonart gehören, wie zum Beispiel die weißen Tasten auf dem Klavier.

✔ Eine chromatische Tonleiter enthält alle zwölf Noten einer Oktave (oder 13, wenn man die Oktavnote hinzuzählt). Die chromatische Tonleiter enthält gewissermaßen den gesamten Notenbestand und wird keiner bestimmten Tonart zugerechnet. Das Stufenmuster einer chromatischen Tonleiter lautet einfach H-H-H-H-H-H-H-H-H-H-H-H.

✔ Wenn Sie einen Song spielen, der sich auf eine diatonische Skala stützt, sich aber gelegentlich ein paar Noten aus der chromatischen Tonleiter ausleiht, gelten diese zusätzlichen Noten ebenfalls als chromatische Töne.

Abbildung 4.2 zeigt sowohl das Stufenmuster für eine Durtonleiter als auch die Intervallqualitäten der einzelnen Tonstufen im Verhältnis zur Tonika. Bei der dargestellten Skala handelt es sich um die C-Dur-Tonleiter, doch das Muster und die Tonabstände sind bei allen Durtonleitern die gleichen.

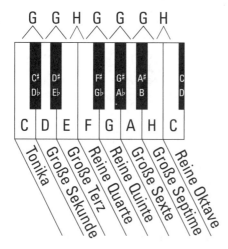

Abbildung 4.2: Aufbau einer Durtonleiter

Dur- und Molltonleitern

Die auf einer C-Harp verfügbaren Tonleitern fallen in drei Kategorien: Dur, Moll und eigenartig (jedenfalls solange Sie sie nicht kennen). Dur- und Molltonleitern haben mehrere unverkennbare Eigenschaften:

Tonleitern mit Dur-Charakter

Eine Tonleiter mit Dur-Charakter hat folgende Eigenarten:

✔ Eine große Terz

✔ Das Stufenmuster lautet G-G-H G-G-G-H, sofern es sich um eine Standard-Durtonleiter handelt.

✔ Man kann sie aufgrund der großen Terz auch dann als Durtonleiter betrachten, wenn sie vom Stufenmuster einer echten Durskala abweicht.

Die Tonleitern mit Dur-Charakter, die auf einer C-Harp vorkommen, sind:

✔ **C:** Sämtliche Noten der C-Dur-Tonleiter sind auf einer C-Harp enthalten.

✔ **F:** Um eine Durtonleiter zu erhalten, muss eine der natürlichen Noten (H) um einen Halbton zu B erniedrigt werden.

✔ **G:** Um eine Durtonleiter zu erhalten, muss eine der natürlichen Noten (F) um einen Halbton zu F♯ erhöht werden. G ist die Tonart, die auf einer C-Harp am häufigsten gespielt wird, sogar noch häufiger als C selbst.

Tonleitern mit Moll-Charakter

Eine Tonleiter mit Moll-Charakter hat folgende Eigenarten:

✔ Eine kleine Terz

✔ Die sechsten und siebten Stufen können groß oder klein sein.

✔ Die A-Tonleiter mit natürlichen Noten gilt als »natürliche« Molltonleiter. Die sechste und siebte Stufe sind klein. Einige der anderen Molltonleiterarten werden als Abwandlungen dieser Skala betrachtet.

Die Tonleitern mit Moll-Charakter, die auf einer C-Harp vorkommen, sind:

✔ **A:** Sie gilt als die »natürliche« Molltonleiter.

✔ **D:** Diese Skala hat eine große Sexte (H), die ihr einen seltsam quälenden Charakter verleiht. Es ist die bekannteste Molltonart auf einer C-Harp.

✔ **E:** Diese Skala hat eine kleine Sekunde, die ihr einen irgendwie nahöstlichen Charakter verleiht.

Die H-Tonleiter mit natürlichen Noten hat eine kleine Terz; das Unverwechselbare an ihr ist jedoch ihre verminderte Quinte, die es ziemlich schwer macht, mit ihr zu arbeiten.

Dur- und Mollparallelen

Die C-Dur-Tonleiter und die natürliche a-Moll-Tonleiter verwenden den gleichen Notensatz. Da diese Noten sich aber in jedem der beiden Fälle um eine andere Tonika gruppieren, entsteht das eine Mal eine Dur-, das andere Mal eine Mollskala. Wenn eine Dur- und eine Molltonleiter sich der gleichen Noten bedienen, bezeichnet man die Durskala als *Durparallele* und die Mollskala als *Mollparallele* der jeweils anderen.

Wenn Sie sich die Skalen auf der Mundharmonika ansehen, die entweder Dur- oder Moll-Charakter haben, zeigt sich: a-Moll ist die Mollparallele zu C-Dur, d-Moll zu F-Dur und e-Moll zu G-Dur. Wenn Sie das wissen, können Sie aus den Tonleitern viel mehr herausholen und wissen auch, wie man mit Songs umgeht, deren Tonleitern und Akkorde zwischen der Dur- und der Mollparallele hin und her wechseln.

Das Spielen von Molltonarten auf der diatonischen Mundharmonika

Natürlich gibt es Mundharmonikas zu kaufen, die in einer Molltonart gestimmt sind. Die meisten Spieler jedoch spielen auch in Moll auf der üblichen, in einer Durtonart gestimmten Harp, wobei sie eine der Skalen mit einer kleinen Terz verwenden. So spielen sie zum Beispiel eine C-Harp in d-Moll, a-Moll oder e-Moll. Mehr dazu in Kapitel 9.

Modale Tonleitern

Sie können jede beliebige Note einer Tonleiter nehmen und zur Tonika ernennen. Die neue Tonleiter, die dabei entsteht, bezeichnen wir als *Modus*. Wenn eine Skala aus sieben Noten besteht, gibt es also sieben verschiedene *Modi* (oder *modale Tonleitern*). Da die Tonstufen der meisten Skalen eine Mischung aus Ganzton- und Halbtonschritten sind, hat jeder Modus ein anderes Intervallmuster.

Auf einer in C gestimmten diatonischen Mundharmonika finden sich also auch modale Tonleitern in D, E, F, G, A und H sowie sieben verschiedene Arten von Skalen. Jede dieser modalen Tonleitern bietet Ihnen die Basis, diese C-Harp in mehreren Tonarten zu spielen, von denen jede ihre Eigenart hat (in Kapitel 9 werden wir uns eingehender mit dem Spielen einer C-Harp in verschiedenen Tonarten beschäftigen). In den Kapiteln 13, 14 und 15 stelle ich Ihnen einige Songs vor, die Sie mithilfe dieser modalen Skalen spielen können.

Das Alterieren einer Skala mit Kreuzen und Bes

Um eine Durtonleiter in einer anderen Tonart als C aufzubauen, müssen Sie herausfinden, welche Noten darin vorkommen. Halten Sie sich dabei an folgende Schritte:

1. **Machen Sie die neue Tonika zum Ausgangspunkt der Skala.**

2. **Beginnen Sie mit der Tonika, um das G-G-H-G-G-G-H-Pattern anzuwenden.**

3. **Überlegen Sie, welche Noten zu hoch oder zu tief gestimmt sind, um ins Durskala-Pattern zu passen.**

4. **Verwenden Sie Erhöhungszeichen (Kreuze), um Noten zu erhöhen, die einen Halbton zu niedrig sind, und Erniedrigungszeichen (♭s), um Noten zu erniedrigen, die einen Halbton zu hoch sind.**

   • Verwenden Sie entweder nur Kreuze oder nur ♭s.

   • Es sollen alle sieben Notennamen vorkommen.

Ein Beispiel: Um eine G-Dur-Skala aufzubauen, müssen Sie eine Note der Tonleiter ändern (alterieren). Abbildung 4.3 zeigt das Durtonleiter-Pattern für G. Anstelle von F brauchen Sie F♯ (Fis). G-Dur benötigt eine erhöhte Note, um ein Dur-Pattern zu kreieren, deshalb bezeichnet man es als eine *Kreuztonart*. Weitere Kreuztonarten wären D, A, E, H und F.

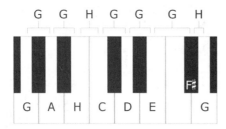

Abbildung 4.3: Durtonleiter-Pattern für G
© John Wiley & Sons, Inc.

Be-Tonarten verwenden zum Aufbau einer Durtonleiter Erniedrigungszeichen. Abbildung 4.4 zeigt das Durtonleiter-Pattern für F. Hier wird B benötigt, um das Pattern zu kreieren. Weitere Be-Tonarten wären B, E♭, A♭ und D♭.

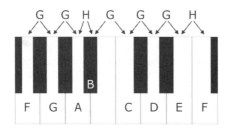

Abbildung 4.4: Durtonleiter-Pattern für F
© John Wiley & Sons, Inc.

Sie können die F-Dur-Skala verwenden, um in deren Paralleltonart d-Moll zu spielen. Sie können die G-Dur-Skala verwenden, um in deren Paralleltonart e-Moll zu spielen.

Die Grundbausteine von Akkorden

Die auf der Gitarre oder dem Klavier als Melodiebegleitung gespielten Akkorde bauen sich aus Intervallen auf. Wenn Sie ein wenig über Akkorde Bescheid wissen, werden Sie besser verstehen, inwieweit die Noten, die Sie spielen, mit den Akkordfolgen eines Songs in Zusammenhang stehen. Dann leuchtet Ihnen auch die Musiknotation eher ein.

Der einfachste Akkordtyp besteht aus drei Noten und wird als *Dreiklang* bezeichnet.

✔ Der *Grundton* des Dreiklangs ist die Note, mit der Sie beginnen. Ein C-Dreiklang zum Beispiel baut auf C auf.

✔ Die *Terz* des Dreiklangs ist die dritte Note der Tonleiter, ist also zwei Stufen vom Grundton entfernt. Die Terz eines C-Dreiklangs ist das E.

✔ Die *Quinte* des Dreiklangs ist die fünfte Note der Tonleiter, ist also vier Stufen vom Grundton entfernt (gleichzeitig ist sie auch die Terz der Terz). Die Quinte eines C-Dreiklangs ist das G.

 Jede Aufeinanderfolge von drei Terzen kann ein Dreiklang sein: C-E-G, E-G-H, G-H-D, H-D-F, D-F-A, F-A-C, A-C-E. Einige davon finden Sie in der Notenübersicht in Abbildung 4.10 am Ende dieses Kapitels.

✔ Die Blastöne sind nur C, E und G – ein C-Dreiklang.

✔ Die Ziehtöne umfassen drei Dreiklänge:

- Einen G-Dreiklang (G-H-D) in den Klanglöchern 1, 2, 3 und 4

- Einen H-Dreiklang (H-D-F) in den Klanglöchern 3, 4 und 5 sowie 7, 8 und 9

- Einen D-Dreiklang (D-F-A) in den Klanglöchern 4, 5 und 6 sowie 8, 9 und 10

 Sie können auf jeder Stufe einer Tonleiter einen Akkord aufbauen und die Noten der betreffenden Tonleiter verwenden. Verwenden Sie römische Ziffern, um die Akkorde gemäß der Tonstufen der Skala zu nummerieren, die Sie zum Aufbau des Akkords verwenden. Beispiel: Die erste Stufe einer C-Tonleiter ist das C, deshalb wäre ein C-Akkord ein I-Akkord, ein D-Akkord ein II-Akkord, und so weiter.

Vier Grundtypen von Akkorden

Ich habe Ihnen bereits gezeigt, wie man mit natürlichen Noten Dreiklänge baut. Was ich dabei nicht erwähnt habe, war die *Qualität* der Dreiklänge. Es gibt vier verschiedene Arten von Dreiklängen, von denen jede Art andere Intervallqualitäten aufweist:

✔ Ein Durdreiklang enthält eine große Terz und eine reine Quinte. Die C-Harp kennt zwei Durdreiklänge: den C-Dur-Dreiklang, der sich aus den Blastönen (B) auf der Harmonika zusammensetzt, und den G-Dur-Dreiklang aus den Ziehtönen der Kanäle 1 bis 4.

✔ Ein Molldreiklang enthält eine kleine Terz und eine reine Quinte. Ihre C-Harp hat nur einen Molldreiklang, der aber an zwei verschiedenen Orten gespielt werden kann: den d-Moll-Dreiklang als Ziehtöne (Z) der Kanäle 4, 5 und 6 sowie 8, 9 und 10.

✔ Ein verminderter Dreiklang enthält eine kleine Terz und eine verminderte Quinte. Ihre C-Harp hat nur einen verminderten Dreiklang, der aber an zwei verschiedenen Orten gespielt werden kann: den verminderten h-Akkord als Ziehtöne der Kanäle 3, 4 und 5 sowie 7, 8 und 9.

✔ Ein übermäßiger Dreiklang enthält eine große Terz und eine übermäßige Quinte. Die C-Harp enthält keine eingebauten übermäßigen Dreiklänge.

Zusätzliche Noten in Grundakkorden

Sie können einem Dreiklang jede Note hinzufügen, die gut klingt. Zum Beispiel können Sie einem Durdreiklang eine Sexte hinzufügen, um einen *Dursextakkord* zu erhalten.

Eine häufig verwendete Methode zur Akkorderweiterung: Man zählt die ungeraden Tonleiterstufen zusammen und fügt dem Akkord Terzen hinzu. Wenn ein Basisdreiklang sich aus 1, 3 und 5 zusammensetzt, können Sie dem Akkord 7, 9, 11 und sogar 13 hinzufügen. Beachten Sie, dass es sich bei 9, 11 und 13 um zusammengesetzte Intervalle handelt – also Intervalle, die größer sind als eine Oktave. Die neunte Stufe entspricht im Grunde der zweiten Stufe, nur eine Oktave höher, während die elfte der vierten Stufe entspricht und die dreizehnte der sechsten. Wenn man sie mit einer aufsteigenden Zahlenfolge durchnummeriert, tut man sich leichter damit, sie aufzubauen.

Die diatonische Mundharmonika in C enthält einige erweiterte Akkorde:

✔ Einen G-Dur-Akkord (Z 2, 3 und 4), der zum Septakkord erweitert wird (durch Hinzufügen von Z 5) oder zum Nonenakkord (durch Hinzufügen von Z 6)

✔ Einen verminderten H-Dreiklang mit zusätzlicher Septime (Z 3, 4, 5 und 6)

✔ Einen d-Moll-Sextakkord (Z 4, 5, 6 und 7)

Akkordprogressionen

Die meisten Songs werden von Akkorden begleitet, gespielt auf der Gitarre, dem Keyboard oder anderen Instrumenten, mit denen sich Noten zur Akkorderweiterung spielen lassen. Es gibt Songs, die beschränken sich auf einen Akkord; die meisten aber enthalten eine Akkordfolge, die man *Akkordprogression* nennt. Dabei ertönt jeder Akkord für die Dauer einer festgelegten Zahl von Taktschlägen.

Auf Notenblättern sehen Sie die Namen der Akkorde oberhalb der Melodie, manchmal zusammen mit Griffdiagrammen für die Gitarre. Musiker jedoch beschreiben Akkordprogressionen nicht durch die Abkürzungen für die Akkordbezeichnungen, sondern durch die Beziehung der Akkorde zueinander. Sie tun es, indem Sie die römische Zahl I dem Akkord zuweisen, der auf der Tonika aufbaut, um dann weiterzuzählen und jedem Akkord über jeder Tonstufe eine römische Zahl zu geben.

Wenn Sie Akkorde nach ihren Beziehungen benennen, können Sie leichter von einer Tonart in die andere wechseln als wenn Sie jede Abkürzung erst auf die neue Tonart übertragen müssen. Wenn Sie sich auf die Querverbindungen konzentrieren und sie auf jede Tonart beziehen können, sind Sie für jeden Tonartwechsel gerüstet. Es ist, als würden Sie wie durch Magie stets die richtig gestimmte Harmonika in den Händen halten.

Die wichtigsten Akkorde einer jeden Tonart sind die Akkorde I, IV und V. Vielleicht haben Sie schon einmal gehört, wie jemand über ein einfaches Lied sagte: »Ist nur eine stinknormale I-IV-V-Progression.« Er oder sie meinte damit: In dem Stück werden nur die Akkorde I, IV und V gespielt (wobei die Reihenfolge aber durchaus eine andere sein kann).

Auch die Akkorde II, III und IV kommen oft in Liedern vor, wie überhaupt alle *Stufendreiklänge* (auch so nennt man Akkorde, die über den Stufen einer Tonleiter gebildet werden, manchmal).

Bei einer Durtonart sind die Akkorde I, IV und V normalerweise Durakkorde, während es sich bei II, III und IV um Mollakkorde handelt. Bei Molltonarten ist das weniger einheitlich, doch die I und die IV sind normalerweise Moll, die III und die VI normalerweise Dur.

Genaueres über Akkordtypen und Akkordprogressionen finden Sie unter dem Stichwort *Funktionstheorie* in jedem guten Musiktheorie-Buch.

Wie man Noten zu Papier bringt

Der Notenschrift können Sie entnehmen, welche Noten Sie spielen müssen und wann. Was Ihnen die Notenschrift nicht verrät: wo Sie diese Noten auf der Mundharmonika oder jedem anderen Instrument finden; um solche Feinheiten müssen Sie sich schon selbst kümmern. Das ist super, wenn es Ihnen darum geht, ein Stück, das für die Flöte notiert wurde, stattdessen auf der Mundharmonika zu spielen. Allerdings müssen Sie wissen, welche Note auf dem Papier welcher Note auf Ihrer Harmonika entspricht.

In diesem Abschnitt vermittle ich Ihnen die Grundlagen, um Notenschrift lesen und sie auf eine C-Harp übertragen zu können. Ich zeige Ihnen außerdem, wo Sie die Noten im Liniensystem finden. Was Rhythmen und Tempi anbelangt, finden Sie alles Wissenswerte in Kapitel 3.

Die Noten im Liniensystem

Noten werden in ein Liniensystem geschrieben, das aus fünf waagerechten Linien besteht. Diese Noten sind kleine ovale Gebilde, die entweder auf den Linien oder in den Zwischenräumen stehen. Tiefe Noten finden sich unten im Liniensystem, die hohen stehen weiter oben (man kann es sich vorstellen wie bei einer Leiter).

Das Liniensystem kann jede Bandbreite von Noten darstellen, deshalb befindet sich ganz am Anfang ein *Notenschlüssel*, der den Standort einer bestimmten Note wie etwa G, C oder F bestimmt. Von dieser Note aus können Sie hoch- oder runterzählen, um jeder einzelnen der anderen Noten ihren Platz zuzuweisen. Der *Violinschlüssel* zum Beispiel ist ein stilisiertes G und er schließt die Linie ein, auf der sich das G oberhalb des mittleren C befindet. Von diesem G aus können Sie hoch- und runterzählen, um aufzuklären, wo die anderen Noten »zu Hause« sind.

Ein Beispiel für ein Liniensystem mit Violinschlüssel samt Noten sehen Sie in Abbildung 4.5.

Abbildung 4.5: Liniensystem mit Violinschlüssel und Notennamen
© John Wiley & Sons, Inc.

Hier ein paar einfache Methoden, mit denen Sie sich merken können, welche Noten im Violinschlüssel sich auf welchen Linien beziehungsweise in welchen Zwischenräumen befinden:

✔ Auf den Linien finden Sie von unten nach oben die Noten E-G-H-D-F. Als Eselsbrücke dient hier der Spruch **E**in **G**ehorsamer **H**und **D**arf **F**ressen. Sie müssen nur die Anfangsbuchstaben nehmen.

✔ In den Zwischenräumen stehen von unten nach oben die Noten F-A-C-E. Merken Sie sich einfach das englische Worte für »Gesicht« = *face*.

Manche hohen und tiefen Noten passen nicht mehr ins Liniensystem – sie müssten versetzt nach oben oder unten stehen. Um diese Noten zu schreiben, fügen Sie einfach weitere Linien ober- oder unterhalb des Liniensystems hinzu und schreiben die Noten entweder auf oder zwischen diese Linien. Diese zusätzlichen Linien nennt man *Hilfslinien*. Sie verwenden sie immer dann, wenn Sie Noten haben, die ober- oder unterhalb des Liniensystems stehen würden. In Abbildung 4.6 sehen Sie beide Arten von Hilfslinien.

Abbildung 4.6: Liniensystem im Violinschlüssel mit Hilfslinien
© John Wiley & Sons, Inc.

 Das Lesen von Noten auf mehreren Hilfslinien ist ein wenig so, als sollten Sie die Höhe eines bis in den Himmel ragenden Gebirges schätzen. Um sich das Lesen zu erleichtern, können Sie die Noten oberhalb des Liniensystems eine Oktave tiefer notieren. Damit klar wird, dass diese Noten eine Oktave höher gespielt werden müssen als dasteht, schreiben Sie 8va darüber, dahinter eine gepunktete Linie. In Abbildung 4.7 sehen Sie ein Liniensystem mit Noten, die regulär notiert wurden und anderen, die – wie man sagt – *oktaviert* wurden.

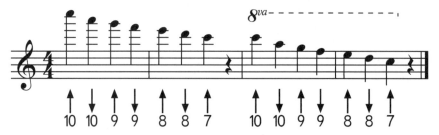

Abbildung 4.7: Noten, die regulär notiert (links) oder oktaviert (rechts) wurden
© John Wiley & Sons, Inc.

Versetzungszeichen im Liniensystem

Im Liniensystem werden Erhöhungszeichen (♯), Erniedrigungszeichen (♭) und Auflösungszeichen (♮) vor die Noten gesetzt, um ihre Tonhöhe um einen Halbtonschritt herauf- oder herabzusetzen (siehe den Abschnitt oben »Das Alterieren einer Skala mit Kreuzen und ♭s). Hier einige Richtlinien, die Sie beim Lesen dieser Symbole befolgen sollten:

✔ Betrachten Sie jede Note als natürliche Note, bevor Sie es nicht besser wissen.

✔ Mit einem Erniedrigungszeichen wird die Tonhöhe einer natürlichen Note um einen Halbton herabgesetzt.

✔ Mit einem Erhöhungszeichen wird die Tonhöhe einer natürlichen Note um einen Halbton heraufgesetzt.

✔ Wenn eine Note erhöht oder erniedrigt wurde, nun aber wieder zur natürlichen Note werden soll, verwendet man ein Auflösungszeichen.

In Abbildung 4.8 sehen Sie G♯, G♭ und G♮ im Violinschlüssel.

Abbildung 4.8: Erhöhungs-, Erniedrigungs- und Auflösungszeichen im Violinschlüssel
© John Wiley & Sons, Inc.

Wenn Erhöhungs-, Erniedrigungs- oder Auflösungszeichen vor einer Note stehen, nennt man sie *Versetzungszeichen*. Ein Versetzungszeichen gilt nur für den Takt, in dem es vorkommt. Wenn Sie eine Note wären und unterwegs einem Versetzungszeichen begegnen würden, hm, dann würden Sie vielleicht sagen: »Hallo, alles klar? Hab's leider eilig, schönen Gruß zu Hause.« Und das wär's auch schon gewesen.

Wie man Vorzeichnungen »knackt«

Eine *Vorzeichnung* umfasst die gesamte Gruppe erhöhter oder erniedrigter Noten, die notwendig sind, um eine Durtonleiter in einer bestimmten Tonart zu spielen. Im Liniensystem erscheinen die einzelnen Vorzeichen am Anfang jeder Linie, deren »Stammhalter«-Note entweder erhöht oder erniedrigt wird. Sie zeigt uns die Noten, die automatisch einen Halbton höher oder niedriger gespielt werden, damit die Tonart in sich stimmig ist. (Ein Beispiel finden Sie in Abbildung 4.9) In Kapitel 11 wollen wir dann näher auf die Vorzeichen eingehen.

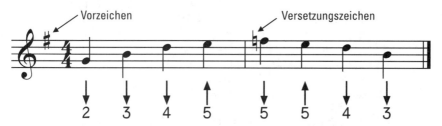

Abbildung 4.9: Links ein Vorzeichen, rechts von der Mitte ein Auflösungszeichen

Falls Sie die Vorzeichnung kurzfristig aufheben wollen, um eine Tonleiternote zu erhöhen oder zu erniedrigen, müssen Sie das durch ein *Versetzungszeichen* (siehe voriger Abschnitt) tun. Wenn eine Note gemäß Vorzeichnung bereits erhöht oder erniedrigt ist und Sie wollen eine natürliche Note daraus machen, müssen Sie ein Auflösungszeichen setzen wie in Abbildung 4.9. Versetzungszeichen werden Ihnen in der Mundharmonikamusik oft begegnen, da ein beträchtlicher Teil dieser Musik – vor allem der Blues – eine Tonleiter verwendet, die ein wenig von der Durtonleiter abweicht. Aber auch wenn Sie Noten benden (siehe Kapitel 8 und 12), befinden sich die gebendeten Noten oft außerhalb der Tonleiter.

So finden Sie Harmonikanoten im Liniensystem

In Abbildung 4.10 finden Sie sämtliche auf einer C-Harp im Violinschlüssel vorkommenden Noten. Die Ziehtöne befinden sich auf den Linien über der Harmonika, die Blasnoten ein Stockwerk tiefer. Die Pfeile zeigen von jeder Note zu der Kanalöffnung, wo diese Note sich befindet. Wenn Sie zum Mundharmonikaspielen die Notenschrift lesen wollen, hilft diese Abbildung Ihnen, die geschriebenen Noten den Noten auf der C-Harmonika zuzuordnen.

 Die Mundharmonika ist zum Spielen von Akkorden und harmonischen Notengruppen gedacht, sofern Sie gleichzeitig drei oder mehr Kanäle spielen. Der grundlegendste Akkordtyp wird als *Dreiklang* bezeichnet. Akkorde auf der Mundharmonika zu spielen, macht Spaß; sie sind ein wichtiger Teil des typischen Harmonika-Sounds. Allerdings: Wenn Sie Akkorde spielen, sollten Sie auch wissen, um welche Akkorde es sich handelt. Dann wird es Ihnen nie passieren, dass Ihre Akkorde mit den Gitarren- oder Klavierakkorden »aneinandergeraten«, falls Sie mit anderen Musikern zusammenspielen.

Die Ziehtöne enthalten folgende Akkorde:

✔ Kanäle 2, 3 und 4 bilden einen G-Dur-Dreiklang (G–H–D) mit Liniennoten.

✔ Kanäle 3, 4 und 5 bilden einen verminderten H-Dreiklang (H–D–F) mit Liniennoten.

✔ Kanäle 4, 5 und 6 (und ebenso 8, 9 und 10) bilden einen d-Moll-Dreiklang.

✔ Kanäle 7, 8 und 9 bilden einen weiteren verminderten H-Dreiklang (H–D–F) mit Noten zwischen den Hilfslinien oberhalb des Liniensystems.

✔ Kanäle 8, 9 und 10 bilden einen weiteren d-Moll-Dreiklang (D–F–A) mit Noten zwischen den Hilfslinien oberhalb des Liniensystems.

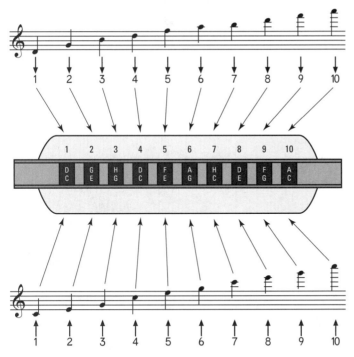

Abbildung 4.10: Noten auf der C-Harp im Violinschlüssel
© John Wiley & Sons, Inc.

Die Blastöne bilden folgende C-Dreiklänge:

✔ C, E und G in den Kanälen 1, 2 und 3 sind Liniennoten, beginnend mit dem mittleren C auf einer Hilfslinie unterhalb des Liniensystems.

✔ C, E und G in den Kanälen 4, 5 und 6 sind Zwischenraumnoten.

✔ C, E und G in den Kanälen 7, 8 und 9 befinden sich auf Hilfslinien. Kanal 10 ist C, eine Zwischenraumnote über einer Hilfslinie.

Teil II
Bereit für Ihre ersten Klänge?

Kapitel 5
Musik liegt in der Luft

Wenn Sie Ihrer Mundharmonika die ersten Klänge entlocken, sind es meist mehrere Töne auf einmal. Sollten Sie aber je vorhaben, eine Melodie oder eine Folge aus einzelnen Noten zu spielen, müssen Sie sich auf eine der vielen Klangöffnungen beschränken und selbst herausfinden, wo sich all die Noten befinden. Einer der großen Vorteile einer Mundharmonika ist es, dass Sie bei ihr beides gleichzeitig tun können – also Melodien spielen, während Sie noch an Ihren Einzelnoten (*Single Notes*) herumtüfteln.

Ich weiß nicht, wer sich die Notenverteilung auf der Mundharmonika ausgedacht hat – aber es muss ein kluger Kopf gewesen sein. Er (oder war es eine Sie? Da gibt es viele Legenden) wusste, dass es nicht so einfach ist, Single Notes auf Anhieb gut und sauber zu spielen. Also ordnete er die Noten so an, dass zwei oder drei Noten in benachbarten Kanälen fast immer einen harmonischen Klang ergeben. Beim Klavier oder der Gitarre ist es schon fast eine kleine Wissenschaft, Melodienoten mit den richtigen Harmonienoten zu kombinieren. Bei der Mundharmonika haben Sie eher das gegenteilige Problem: Ihre Harmonien klingen von Anfang an gut, und nun ist es Ihr Job, sie auf eine einzelne Note zu reduzieren. Danach können Sie nach Herzenslust Harmonien hinzufügen.

Wenn Sie sich an Ihren ersten Melodien auf der Harmonika versuchen, fühlt es sich vielleicht an, als würden Sie im Dunkeln tappen, ohne auf Land zu stoßen und ohne etwas zu sehen. Deshalb ist es eine große Hilfe zu wissen, was Sie überhaupt suchen. In diesem Kapitel erkläre ich Ihnen, wie man Single Notes spielt, helfe Ihnen auf der Reise von einer Note zur anderen und gebe Ihnen einige leichte, bekannte Songs zum Spielen. Sie kennen die Melodien vermutlich alle, also müssen Sie nur noch die Noten auf der Mundharmonika finden.

So formen Sie den Mund richtig

Unter Musikern gibt es ein Fachwort für das, was Sie mit Ihren Lippen machen, wenn Sie in ein Instrument blasen – es nennt sich *embouchure* (sprich: ombu-schür) oder *Ansatz*. In diesem Buch wollen wir aber lieber von der *Mundstellung* sprechen; das französische *embouchure* können Sie sich für die aufsparen, vor denen Sie angeben wollen. Gitarristen kennen so etwas wie eine Mundstellung nicht – die haben nur die Chance, von Zeit zu Zeit schmerzlich die Lippen zu verziehen, wenn sie vor Publikum spielen. Aber dazu ist die *embouchure* sowieso nicht gedacht. In erster Linie soll die Mundstellung Ihnen dabei helfen, Ihrer Harmonika wohlklingende Töne zu entlocken.

Nicht verzagen, falls es Ihnen nicht sofort gelingt, eine saubere Einzelnote zu spielen. Im Laufe der Zeit werden Sie es hinkriegen – vielleicht schon in ein paar Tagen. Wenn Sie eine Melodie in Ihrem Spiel erkennen, machen Sie es richtig. Mithilfe der Songs in diesem Kapitel können Sie gut feststellen, ob Sie eine Single Note hinkriegen oder nicht. Probieren Sie es am besten gleich aus.

Es gibt zwei Mundstellungen, die sehr verbreitet sind: die *Pfeifmund-Technik* (auch *Lipping* genannt) und die *Blocking-Technik* mithilfe der Zunge. Beide haben ihre speziellen Vorteile. Beim Lipping, wie schon der Name sagt, spitzen Sie die Lippen, als wollten Sie Ihrer Mutter ein Bussi geben. Beim Zungenblocking legen Sie die Zunge auf die Mundharmonika, um einige der Kanäle zu blockieren (und somit stumm zu machen). Mit diesem Kunstgriff, auf Englisch *Tongue Blocking*, kann man die tollsten Effekte hervorrufen (mehr dazu in Kapitel 7). Wie man es genau macht, erkläre ich Ihnen später in diesem Kapitel.

Kannst du pfeifen, Johanna?

Ich schlage vor, wir beginnen mit der Pfeifmund-Technik, da sie leicht zu erlernen und unkompliziert ist. Hier die einzelnen Schritte:

1. **Öffnen Sie weit den Mund. Ihre Lippen sind dabei entspannt.**

2. **Nehmen Sie die Mundharmonika so zwischen die Lippen, dass ihre Vorderseite Ihren rechten und linken Mundwinkel berührt.**

3. **Senken Sie die Lippen auf die Harp, sodass sie ein Polster bilden, auf dem die Mundharmonika hin- und hergleiten kann, wenn Sie sie nach links oder rechts bewegen.**

   Ihr Lippenpolster sollte entspannt sein, aber die Harp gleichzeitig luftdicht versiegeln.

4. **Mit den Lippen auf der Harmonika atmen Sie sanft ein oder aus.**

   Nun sollten Sie einen Akkord hören (mehrere Noten, die gleichzeitig ertönen).

5. **Während Sie spielen, lassen Sie die Mundharmonika nach vorn gleiten, als würde sie Ihnen langsam aus dem Mund rutschen. Dazu drücken Sie die Mundwinkel nach innen, damit das luftdichte Siegel zwischen Lippen und Harp erhalten bleibt.**

Ihre Mundöffnung wird kleiner, wenn Sie Ihre Mundwinkel weiter aufeinander zubewegen. Es kann sich anfühlen, als ob Sie eine Schnute ziehen. Wenn Sie weiterhin durch die Mundharmonika atmen, sollten Sie jetzt weniger Noten hören, so als würde insgesamt weniger Musik aus der Harmonika kommen.

6. **Damit nur noch eine Note übrigbleibt, müssen Sie die Lippen noch ein wenig weiter nach vorne schieben (also eine Superschnute machen, wie Ihre kleine Schwester, wenn sie eingeschnappt ist).**

Denken Sie dran: Lippen möglichst entspannen und luftdichte Versiegelung bilden.

Während Sie an Ihrem Pfeifmund arbeiten, achten Sie darauf, ob aus Ihrem Mund irgendwo Luft entweicht. Das erkennen Sie daran, dass es leise zischt. Aber die gesamte Atemluft soll ja durch die Mundharmonika geleitet werden. Prüfen Sie also auch die die Seiten neben dem Kanal, auf dem Sie spielen, und versiegeln Sie ihn notfalls mit den Lippen oder Mundwinkeln.

 Halten Sie Ihre Harmonika nicht mit den Lippen umklammert. Das erschöpft Sie nur und hindert die Harp daran, in Ihrem Mund nach links oder rechts zu gleiten, wenn Sie zu einem anderen Kanal wechseln wollen.

Damit die Öffnung Ihres Mundes und die Öffnung der Mundharmonika sich decken, müssen Sie das Instrument vielleicht ein wenig nach links oder rechts bewegen. Wenn Ihnen keine saubere Single Note gelingt, versuchen Sie, die Harmonika nur um eine kleine Idee zu verrutschen, wenn Sie die Lippen nach vorn drücken.

 Je weiter Sie die Harp in Ihren Mund schieben und trotzdem noch eine Single Note produzieren können, umso besser wird es sich anhören. Haben Sie eine Single Note zustande gebracht, versuchen Sie, die Harmonika etwas weiter zwischen die Lippen zu schieben. Das Instrument sollte sich stets innerhalb Ihres Mundes befinden und den feuchten Innenbereich der Lippen berühren. Nie darf es sich anfühlen, als würde die Harmonika von außen gegen die Lippen gepresst.

Eine lockere, luftdichte Versiegelung mit vollmundigem Sound – das schafft man nicht so ohne Weiteres, dazu muss geübt werden. Machen Sie es doch zu Ihrem Ziel. Sehen Sie sich meine Lippen in Abbildung 5.1 an. Auf diesem Foto habe ich soeben eine Single Note gespielt und dann die Mundharmonika weggezogen. Die Öffnung in meinen Lippen ist viel größer als die Öffnung in der Harp – trotzdem ist das meine bevorzugte Methode, eine Single Note mit der Pfeifmund-Technik zu spielen.

Die Zungenblocking-Technik – so geht's

Selbst wenn Sie einfach nur Single Notes spielen wollen, ohne besondere Effekte, hat die Zungenblocking-Technik ihre Vorteile: Sie gibt Ihrem Mund die richtige Form, um einen vollen, reichen Klang zu erzeugen. Klar, mit der Pfeifmund- oder Lipping-Technik klappt so etwas auch, aber bei der Blocking-Technik geht es gewissermaßen automatisch.

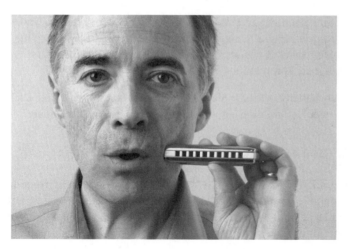

Abbildung 5.1: Die Mundöffnung für eine Single Note mit der Pfeifmund-Technik (Foto: Anne Hamersky)

 Um mit der Zungenblocking-Technik eine Single Note zu spielen, halten Sie sich an folgende Schritte:

1. **Öffnen Sie den Mund weit. Die Lippen bleiben dabei entspannt.**

2. **Nehmen Sie die Mundharmonika so zwischen die Lippen, dass deren Vorderseite Ihren rechten und linken Mundwinkel berührt.**

3. **Senken Sie die Lippen auf die Harp, sodass sie ein Polster bilden, auf dem die Mundharmonika hin und her gleiten kann, wenn Sie sie nach links oder rechts bewegen.**

   Ihr Lippenpolster sollte entspannt sein, aber die Harp gleichzeitig luftdicht versiegeln.

4. **Mit den Lippen auf der Harmonika atmen Sie sanft ein oder aus.**

   Nun sollten Sie einen Akkord hören (mehrere Noten, die gleichzeitig ertönen).

5. **Berühren Sie mit der Zungenspitze die Unterlippe und drücken Sie die Zunge sanft nach vorn.**

6. **Pressen Sie die Zungenspitze sanft gegen die Mundharmonika.**

   Indem Sie das tun, verbreitert sich Ihre Zungenspitze und kann auf der Harmonika hin- und hergleiten, ohne in den Löchern »hängenzubleiben«.

7. **Berühren Sie mit dem linken Rand Ihrer Zunge den linken Mundwinkel und bilden Sie eine Öffnung zwischen dem rechten Zungenrand und dem rechten Mundwinkel.**

   Von dort wird Ihre Atemluft zur Mundharmonika geleitet.

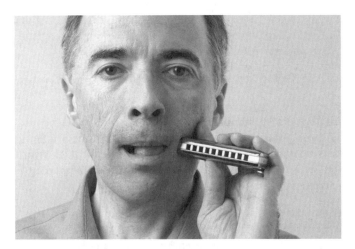

Abbildung 5.2: Zungenblocking-Technik für eine Single Note (Foto: Anne Hamersky)

 Hören Sie, dass irgendwo Luft entweicht? Bewegen Sie das Instrument ein wenig nach links oder rechts, um den Tonkanal und Ihre Mundöffnung zur Deckung zu bringen. Versuchen Sie, die Öffnung zwischen Ihrer Zunge und dem rechten Mundwinkel so klein zu halten, dass wirklich nur ein einzelner Ton entsteht, aber auch groß genug, dass ungehindert Luft strömen kann und ein klarer, markanter Ton entsteht. In Abbildung 5.2 sehen Sie mich bei der Zungenblocking-Technik, die Harmonika habe ich von meinem Mund entfernt.

Von einer Note zur nächsten (eine Wegbeschreibung)

Es ist ein schönes Gefühl, wenn man seine erste Single Note geschafft hat – wenigstens die eine! Leider gibt es auf dieser Welt nicht viele Lieder, die nur mit einer Note gespielt werden. Wenn Sie also Melodien spielen wollen, müssen Sie lernen, von einer Note zur nächsten zu gelangen. Auf einer Mundharmonika gibt es zwei Hauptmethoden, mit denen man einen Tonwechsel vollzieht:

✔ *Richtungswechsel* – **das heißt, Sie wechseln entweder vom Blasen zum Ziehen oder vom Ziehen zum Blasen.** Wenn Sie die Atemrichtung ändern, bewegen Sie weder die Hände, die Lippen, die Zunge noch sonst irgendetwas. Sie hören einfach auf, in die eine Richtung zu atmen, und gehen zur Gegenrichtung über (mehr dazu in den Kapiteln 3 und 4).

✔ *Kanalwechsel* – **das heißt, Sie wechseln zu einer anderen Klangöffnung, indem Sie die Harmonika in Ihrem Mund nach links oder rechts bewegen.** Sie wissen ja: Wenn Sie zu einem anderen Kanal übergehen, bewegen sich ausschließlich Ihre Hände, die das Instrument eine kleine Idee nach links oder rechts verschieben. Ihre Lippen rühren sich nicht vom Fleck und dienen als Gleitfläche.

Beim Wechsel von einer Note zur anderen müssen Sie oft gleichzeitig die Atemrichtung und auch den Tonkanal wechseln. In diesem Kapitel nehmen wir uns beide Aktionen nacheinander vor und lernen erst danach, wie man sie miteinander kombiniert.

Zwei nützliche Dinge, die Sie tun können, während ich Ihnen den Wechsel erkläre:

✔ **Behalten Sie beim Üben die Harmonika im Mund.** Nehmen Sie die Lippen nicht von ihr weg. Denn immer wenn Sie das tun, unterbrechen Sie den Musikfluss und wissen nicht mehr, wo Ihnen der ... hm, Mund steht. Auch wenn Sie die Harp gleich wieder in den Mund nehmen werden, finden Sie womöglich nicht gleich den Kanal, den Sie gespielt haben.

✔ **Atmen Sie weiter.** Auf diese Weise können Sie hören, was Sie tun. Auf einer Harmonika sieht man ja nicht, wie man sich anstellt, aber man kann es jederzeit hören, solange man Töne erzeugt. (Achten Sie auch darauf, dass Ihre Töne beim Spielen fließend ineinander übergehen und wirklich nach einer Melodie klingen statt nach lauter Einzeltönen.)

Falls die Übungen Sie zapplig machen, weil Sie am liebsten gleich mit den Liedern anfangen würden – tun Sie es ruhig. Wenn es Ihnen jedoch darum geht, beim Melodiespiel Ihr Können bereits verfeinert zu haben, werden Sie sich durch das Üben manch verwirrendes oder frustrierendes Erlebnis ersparen. Sie können also nur gewinnen, wenn Sie erst mal die nächsten Abschnitte durcharbeiten – um danach viel selbstsicherer ans Werk zu gehen.

Alles zum Thema Richtungswechsel

Einen Richtungswechsel der Atemluft führt man wie folgt aus:

1. **Suchen Sie B 4 und spielen Sie es. Achten Sie darauf, dass dabei eine saubere, unvermischte Einzelnote entsteht.**

    (Was B 4 bedeutet, wissen Sie ja noch: Im vierten Kanal blasen! Z 4 wäre das gleiche Klangloch, aber diesmal müssten Sie ziehen.)

2. **Spielen Sie B 4, dann atmen Sie ein und spielen Z 4.**

    Wenn beim Einatmen noch irgendwelche unerwünschten Noten mitklingen, versuchen Sie Folgendes:

    • Verändern Sie die Form Ihrer Mundöffnung. Hindern Sie Ihre Lippen (und bei der Blocking-Methode auch Ihre Zunge) daran, sich zu bewegen oder die Form zu ändern, wenn Sie von der Ausatmung zur Einatmung wechseln.

    • Verlagern Sie die Harmonika in Ihrem Mund ein wenig nach links oder rechts. Sorgen Sie dafür, dass sie sich in Ihrem Mund nicht bewegt, wenn Sie die Atemrichtung wechseln. Im Gegensatz zur Gitarre oder zum Klavier ist bei der Mundharmonika nicht bei jedem Notenwechsel eine Bewegung nach links oder rechts erforderlich.

3. Wechseln Sie zwischen B4 und Z4 und bemühen Sie sich zu Beginn jeder neuen Atemrichtung um eine saubere Single Note.

Wenn Sie den Atemwechsel in Kanal 4 sauber hinbekommen, versuchen Sie die Wechseltechnik auch in anderen Tonkanälen wie zum Beispiel 5, 6 und 7.

Beim Kanalwechsel nicht vom Weg abkommen!

Wenn Sie von einer Klangöffnung zur anderen wechseln, müssen Sie wissen: Wie weit darf ich gehen? Mit der Zeit wird Ihr musikalisches Gedächtnis Sie führen, aber am Anfang müssen Sie hin und her probieren und dabei die Ohren offenhalten. Als Einstieg in den Kanalwechsel versuchen Sie folgende Schritte:

1. Spielen Sie B4 und lassen Sie die Note weiterklingen.

2. Beim Ausatmen verschieben Sie mithilfe der Unterarme Ihre Hände und die Harmonika nach links, bis Sie den Ton im Nachbarkanal hören (Kanal 5).

Wenn Sie B4 und B5 gemeinsam hören, bewegen Sie die Harp ein wenig nach links, bis Sie nur noch B5 hören.

Wenn Sie über Kanal 5 hinausgehen, hören Sie wahrscheinlich B5 und B6 zusammen oder landen sogar völlig bei B6. Ruhig Blut! Bewegen Sie die Harp ein wenig nach rechts, bis Sie nur B5 hören.

3. Falls Sie an dieser Stelle atmen müssen, versuchen Sie, das Kinn fallenzulassen. Die Mundharmonika ruht dabei auf Ihrer Unterlippe. Atmen Sie also, dann heben Sie das Kinn wieder, um weiterzuspielen (auf diese Weise geht Ihnen die Orientierung auf der Harp nicht verloren).

4. Wenn Sie ein reines B5 schaffen, bewegen Sie die Harmonika wieder nach rechts, bis Sie ein reines B4 hören.

5. Wechseln Sie mehrmals zwischen B4 und B5 hin und her.

6. Nun wechseln Sie ebenso zwischen Z4 und Z5.

Den Tab für all diese Aktionen sehen Sie in Abbildung 5.3. Hören können Sie das Ganze in Audiotrack 0501.

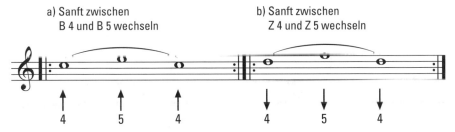

Abbildung 5.3: Den Kanalwechsel meistern (Audiotrack 0501)

Wenn Sie zu einem Kanal gleich nebenan wechseln, achten Sie auf den Übergang zwischen den Tönen. Man soll erst eine Note hören, dann die andere, aber nicht beide zusammen. Dazu müssen Sie zwar ordentlich üben, doch saubere Noten-übergänge sorgen für einen besseren Sound.

 Wenn Ihnen ein fließender, sauberer Kanalwechsel zwischen den Kanälen 4 und 5 gelingt, versuchen Sie Ihr neues Können mit Abbildung 5.4 zu erweitern, wo es um Kanalwechsel in den Klanglöchern 4 bis 7 geht.

✔ In Abbildung 5.4a ist es der Wechsel von Blastönen in den Kanälen 4 bis 7.

✔ In Abbildung 5.4b ist es der Wechsel von Ziehtönen in den Kanälen 4 bis 7.

✔ In Abbildung 5.4c und Abbildung 5.4d handelt es sich um Blas- und Ziehtöne bunt gemischt.

Abbildung 5.4 zum Hören und Mitspielen finden Sie in Audiotrack 0502.

Wenn Sie mit der Harmonika nach links gehen, um die Löcher mit den höheren Zahlen zu erreichen, kann es vielleicht scheinen, als wäre die Harmonika an einem Gummiband befestigt, das Sie selbsttätig zu Kanal 4 zurückbefördert. Um diese Verzögerung zu überwinden, versuchen Sie, eine Single Note zu spielen und die Harmonika in Ihrem Mund rasch nach links und rechts zu bewegen – den ganzen Weg von Kanal 4 zu Kanal 10 und wieder zurück und das gleich mehrmals. Machen Sie sich keine Gedanken über die Kanäle, die Sie dabei spielen; gehen Sie einfach stur nach rechts und links.

Abwechselnd Richtung und Kanal ändern

 Wenn Sie den Kanalwechsel auf der ganzen Harmonika beherrschen, können Sie bei jeder Klangöffnung Halt machen, um dort die Atemrichtung zu ändern, also zwischen Blasen und Ziehen hin und her zu wechseln, bevor Sie zum nächsten Kanal übergehen. In Abbildung 5.5a geht es in der geblasenen Variante von Loch zu Loch, in Abbildung 5.5b in der gezogenen Variante. In Audiotrack 0503 können Sie sich das Ganze anhören und mitspielen.

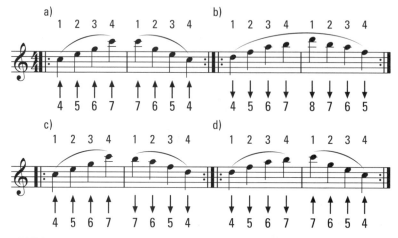

Abbildung 5.4: Kanalwechsel im mittleren Register (Audiotrack 0502)

Abbildung 5.5: Mal Richtungswechsel, mal Kanalwechsel im mittleren Register (Audiotrack 0503)

Am Ende jedes zweiten Taktes sehen Sie ein Atemzeichen (das Ding, das aussieht wie ein hochgestelltes Komma). An diesen Stellen werden Sie wahrscheinlich Luft holen müssen.

 Wenn Sie zu einem Nachbarkanal wechseln, spielen Sie beide Noten mit einem einzigen Atemzug (oder Atemstoß), damit Sie hören können, wo es hingeht.

Die Kür: Richtungs- und Kanalwechsel gleichzeitig

Wenn Sie die Atemrichtung wechseln, während Sie gleichzeitig von einem Kanal zum anderen übergehen, werden Sie für die Dauer dieser Bewegung erst mal gar nichts hören. Wenn Sie jedoch den Kanalwechsel schon vollzogen haben, ohne die Atemrichtung zu ändern, haben Sie eine Gedächtnisstütze, wo es hingehen soll. In den folgenden Abbildungen stelle ich Ihnen zwei verschiedene Arten vor, gleichzeitig Kanal und Atemrichtung zu wechseln.

Vom Ziehton links zum Blaston rechts

 Wenn Sie eine Tonleiter im mittleren Register spielen, vollzieht sich der Wechsel oft von einer Ziehnote links zu einer Blasnote rechts.

✔ Abbildung 5.6 bereitet Sie auf diese Bewegung in den Kanälen 4 und 5 vor. Erst wechseln Sie den Kanal (bei gleicher Atemrichtung), dann kombinieren Sie Kanal- und Richtungswechsel.

✔ Abbildung 5.7 zeigt Ihnen ungefähr das Gleiche, allerdings ergänzt um das mittlere Register der Harmonika.

Sie können zu diesen Übungen in den Audiotracks 0504 und 0505 mitspielen.

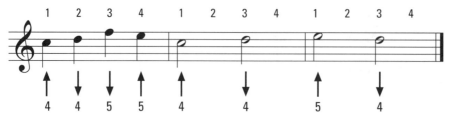

Abbildung 5.6: Gleichzeitiger Richtungs- und Kanalwechsel am Beispiel der Kanäle 4 und 5 (Audiotrack 0504)

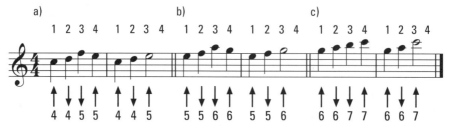

Abbildung 5.7: Gleichzeitiger Richtungs- und Kanalwechsel in den Kanälen 4 bis 7 (Audiotrack 0505)

Vom Blaston links zum Ziehton rechts

Manchmal verläuft eine Melodie von einem Blaston auf der linken zu einem Ziehton auf der rechten Seite. In den Kanälen 1 bis 6 ist diese Bewegung oft notwendig für das Melodiespiel; in den Kanälen 7 bis 10 braucht man sie zum Spielen der Tonleiter.

 Anhand der Tabs in Abbildung 5.8 können Sie diese Bewegung in den Kanälen 4 und 5 üben, während Sie bei Abbildung 5.9 alle Kanäle des mittleren Registers ausprobieren dürfen. Beide Abbildungen zum Hören und Mitspielen finden Sie in den 0506 und 0507.

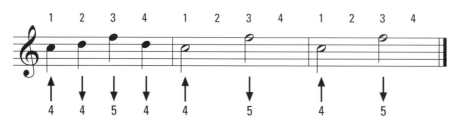

Abbildung 5.8: Vom Blaston links zum Ziehton rechts (Audiotrack 0506)

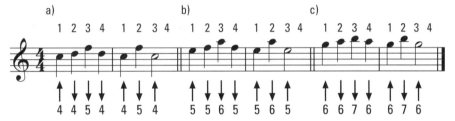

Abbildung 5.9: Vom Blaston links zum Ziehton rechts im mittleren Register (Audiotrack 0507)

Die drei Register der Mundharmonika

Die diatonische Mundharmonika hat drei sich überschneidende *Register* oder Tonbereichsabschnitte. Jedes Register umfasst acht Noten der Tonleiter, was einer *Oktave* entspricht (mehr über Oktaven finden Sie in Kapitel 4). Hier die verschiedenen Register:

✔ **Das mittlere Register:** Diatonische Mundharmonikas sind hauptsächlich für Melodien im mittleren Register ausgelegt. Dieses Register umfasst die Kanäle 4 bis 7.

✔ **Das hohe Register:** Dieses Register umfasst die Kanäle 7 bis 10. Es ermöglicht Ihnen, Songs zu spielen, die über das mittlere Register hinausgehen. Es gibt auch Melodien, die ausschließlich im hohen Register gespielt werden.

✔ **Das tiefe Register:** Es umfasst die Kanäle 1 bis 4 und ist dazu gedacht, den Melodien des mittleren Registers (die Sie mit der Zungenblocking-Technik spielen) Begleitakkorde hinzuzufügen. Das tiefe Register enthält nicht sämtliche Töne der Tonleiter, hat aber die saftigsten Noten, die sich perfekt benden lassen.

Der Rest dieses Kapitels besteht aus vielen Songs: erst ganz einfachen in der mittleren Oktave, später auch solchen in der hohen Oktave. Doch dann höre ich auf, denn Songs in der tiefen Oktave zu spielen, kann eine knifflige Sache sein. Das liegt daran, dass dieser Oktave zwei Tonleitertöne fehlen, damit der dazugehörige Akkord besser klingt.

 Aufgeschoben ist nicht aufgehoben! In Kapitel 9 werde ich auch das Melodiespiel im tiefen Register mit Ihnen durchnehmen. Das klappt aber besser, wenn Sie schon Noten benden können, und das lernen Sie erst in Kapitel 8.

Bekannte Songs im mittleren Register

Auch Sie kennen bestimmt viele Lieder, die Sie ab und zu pfeifen oder vor sich hinsummen. Und zu Beginn ist es am besten, wenn Sie sich solche bekannten Folksongs und Gassenhauer auch auf der Mundharmonika erarbeiten. Die Lieder, die ich Ihnen in den folgenden Abschnitten zum Üben gebe, dürften Sie größtenteils kennen. Sie werden alle im mittleren Register gespielt.

Die Tabs unter den Noten verraten Ihnen, welche Kanäle Sie in welchen Richtungen spielen müssen (mehr über Tabs in Kapitel 3). Um Ihnen den Einstieg zu erleichtern, habe ich bei mehreren Songs auch den Text abgedruckt. Hören Sie sich erst die Audiotracks an, dann lesen Sie die Tabs mit den Texten als Orientierungshilfe, und schon bald können Sie diese Lieder selbst auf Ihrer Harp spielen.

Übrigens: Um diese Songs zu lernen, müssen Sie nicht unbedingt die Notenschrift lesen. Allerdings ist Notenlesen eine nützliche Gabe, darum empfehle ich Ihnen, es zu lernen. Denn in einem Punkt hat die Standardnotation den Tabs etwas Wichtiges voraus: Sie verrät Ihnen auch, wie lang jede Note gespielt werden soll. Wenn Sie einen Song noch nie gehört haben und ihn auch nicht auf Platte besitzen, können Sie die Zeitwerte einer Melodie aus der Notenschrift ersehen (in Kapitel 3 finden Sie auch einiges zum Thema *Rhythmusnotation*). Zu diesem Zweck habe ich oberhalb der Notenschrift die Zählzeiten für jeden Takt vermerkt.

»Good Night, Ladies«

Schon bei den ersten Noten von »Good Night, Ladies« (siehe Abbildung 5.10) haben Sie Gelegenheit, zwei wichtige Techniken zu üben:

✔ Während eines Atemzugs zu einem Nachbarkanal zu gleiten (Vergessen Sie nicht, diese Serie von Blastönen in einem einzigen Atemzug zu spielen.)

✔ Gleichzeitig einen Kanal- und Richtungswechsel zu machen

Zum Anhören und Mitspielen des Songs wählen Sie bitte Audiotrack 0508.

Abbildung 5.10: »Good Night, Ladies« (Audiotrack 0508)

»Michael, Row the Boat Ashore«

»Michael, Row the Boat Ashore« ist ein Spiritual aus der Zeit des Sezessionskriegs (siehe Abbildung 5.11). Mit ihm können Sie das Gleiten zwischen den Kanälen 4, 5 und 6 mit Blastönen üben. Der Song endet mit einer Reihe von *skalierten* Noten – das heißt Noten, die jeweils nur einen Tonleiterschritt voneinander entfernt sind. Sie führen von Z5 zurück nach B4. Hören und mitspielen zu »Michael, Row the Boat Ashore« können Sie in Audiotrack 0509.

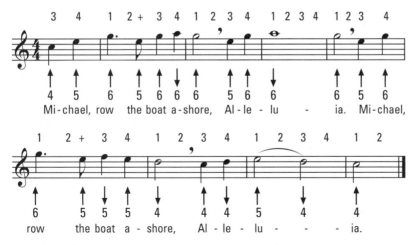

Abbildung 5.11: »Michael, Row the Boat Ashore« (Audiotrack 0509)

»Mary Had a Little Lamb«

 »Mary Had a Little Lamb« – Sie sehen es in Abbildung 5.12 – beginnt sofort mit einer Kombination aus Richtungs- und Kanalwechseln. Sie hören dieses Lied in Audiotrack 0510.

Wollen Sie versuchen, »Good Night, Ladies« und »Mary Had a Little Lamb« zu einem langen Stück zu verknüpfen? Die Songs passen gut zusammen und Sie hätten gleich Ihr erstes Medley.

Abbildung 5.12: »Mary Had a Little Lamb« (Audiotrack 0510)

»Amazing Grace«

Musik und Text für »Amazing Grace« gab es bereits unabhängig voneinander, als man sie 1835 zusammenführte. In dieser neuen Form wurde der Song zu einer der beliebtesten Hymnen der Welt. In Abbildung 5.13 finden wir den Song in der Tonart F, gespielt auf einer C-Harp (das nennt man die *12. Position*; einen kleinen Einblick in dieses System gewähre ich in Kapitel 9). Wenn Sie sich »Amazing Grace« anhören und mitspielen wollen – Sie finden den Song in Track 0511.

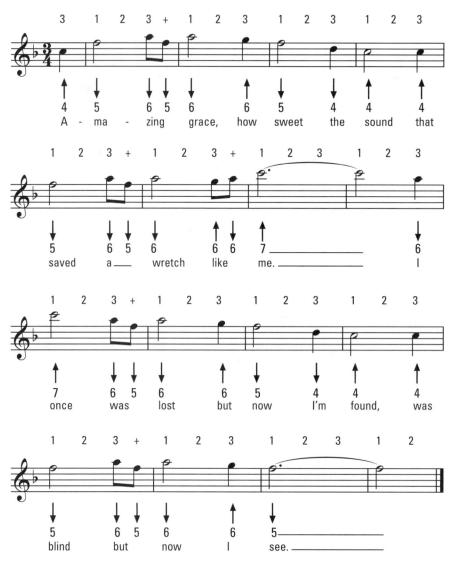

Abbildung 5.13: »Amazing Grace« (Audiotrack 0511)

Von der Melodie zu »Amazing Grace« gibt es mehrere Versionen. Hören Sie sich Audiotrack 0511 an, bevor Sie Abbildung 5.13 zu spielen versuchen. Dann wissen Sie sicher, ob es sich um die gleiche Version handelt, die Sie kennen. Und falls Sie Lust haben, können Sie sich gern mal an einer anderen Version versuchen.

Und jetzt dürfen Sie springen!

Nein, nicht vom Zehnmeterbrett ... so etwas würde ich nie von Ihnen verlangen. Aber auch auf Ihrer Mundharmonika haben Sie bisher noch keinen richtigen Sprung gewagt. Das soll sich ändern.

Bis jetzt sind Sie immer nur von einem Kanal zum nächsten spaziert, aber richtig gesprungen sind Sie noch nie. Und jetzt sitzen Sie wahrscheinlich da, starren an die Wand und sagen: »Aber muss das denn sein ... springen? Ich weiß ja nicht mal, wohin. Wie soll ich wissen, welcher Kanal der richtige ist, wenn er sooo weit entfernt ist? Wo soll ich da hingucken? Was soll ich spüren?« Jetzt bitte erst mal tief durchatmen. Wenn Sie wissen, wo Sie anfangen und wohin es gehen soll, dann können Sie auf Ihr Ziel zugleiten und hören es spätestens, wenn Sie dort angekommen sind. Und Riesensprünge habe ich ja gar nicht mit Ihnen vor – nur ein paar Kanälchen weiter.

Wenn Sie ein paarmal von einem Loch zum anderen geglitten sind, entwickeln Sie allmählich ein Gespür dafür, wie groß ein Sprung sein muss. Und wenn Sie es präzise hinkriegen, fällt Ihnen vielleicht noch etwas anderes auf. Auf dem Weg zum Zielkanal werden Sie die dazwischenliegenden Töne automatisch mitspielen, wenn Sie an ihnen vorbeikommen. Was können Sie tun, damit diese Noten nicht mitklingen? Sie könnten natürlich das Atmen vorübergehend ganz einstellen, aber dann klingt es holprig. Nein, atmen Sie einfach weiter, wenn Sie an den Zwischenlöchern vorbeikommen, aber lassen Sie dabei in der Intensität nach, sodass die Noten nicht erklingen. Das wird Ihnen zwar nicht auf Anhieb gelingen, aber Sie wissen ja: Übung macht den Meister.

Es gibt noch eine andere Methode, Sprünge auf der Mundharmonika zu vollführen, die sich *Corner Switching* nennt, doch dazu kommen wir erst in Kapitel 7.

»Twinkle, Twinkle, Little Star«

Solange Sie etwas Neues lernen, darf es zunächst ruhig was Einfaches sein, stimmt's? Der Sprung, den Sie in »Twinkle, Twinkle, Little Star« hinlegen müssen (siehe Abbildung 5.14) geht von B4 nach B6. Sie beginnen also im vierten Kanal und atmen weiterhin aus, während Sie zu Ihrer Zielnote gleiten, die Sie natürlich am Klang erkennen werden. Hören Sie sich das Lied in Audiotrack 0512 an.

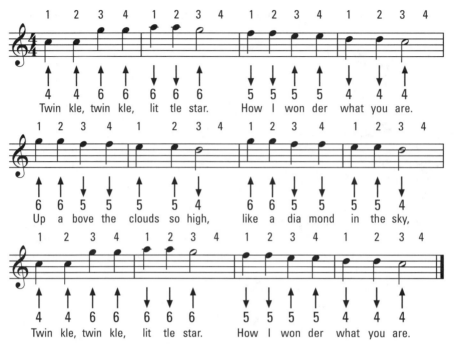

Abbildung 5.14: »Twinkle, Twinkle, Little Star« (Audiotrack 0512)

»Frère Jacques«

»Frère Jacques« (Abbildung 5.15) ist eine alte französische Volksweise, der deutsche Titel ist »Bruder Jakob«. Am Ende des fünften Taktes kommt ein Sprung von B4 nach B6, mit dem der nächste Takt beginnt. Anhören können Sie sich dieses Lied in Audiotrack 0513.

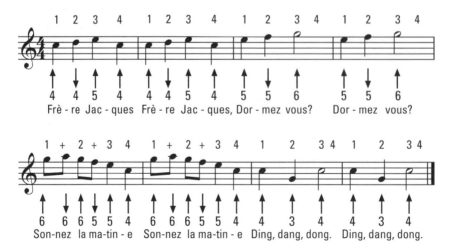

Abbildung 5.15: »Frère Jacques« (Audiotrack 0513)

Jede Phrase dieser Melodie wird einmal wiederholt, Sie müssen sich also nur die Hälfte des Liedes merken. Die zweite Phrase weist Bewegungen auf, die denen der ersten Phrase sehr ähnlich sind, nur um einen Kanal nach rechts verschoben (es hört sich trotzdem ähnlich an). Bei der dritten Phrase ist die Notenbewegung viel schneller als bei den ersten beiden. Vielleicht sollten Sie diese Phrase gesondert lernen, bis Sie sie sicher und fließend spielen können. Wenn Sie die Bewegungen draufhaben, versuchen Sie die dritte Phrase im adäquaten Tempo (verglichen mit den ersten beiden Phrasen) zu spielen.

»On Top of Old Smokey«

 »On Top of Old Smokey«, das Sie sich in Audiotrack 0514 anhören können, enthält einen Sprung von B 6 nach B 4, ferner einen von B 6 nach Z 4.

Wenn Sie einen Sprung machen, der mit einem Wechsel der Atemrichtung verbunden ist, und Sie sich nicht sicher sind, wo sich Ihre Zielnote befindet, machen Sie erst den Richtungswechsel und gleiten Sie dann zur Zielnote. Wenn Sie sicher sind, wo sie steckt, können Sie die Töne zwischen Ausgangsnote und Zielnote ausblenden.

Ein Blick in Abbildung 5.16 zeigt Ihnen einige echt lange Noten, die aus zwei oder drei Einzelnoten bestehen, die über den Taktstrich hinaus mit einem Haltebogen verbunden sind (alles über Taktstriche und Haltebögen in Kapitel 3). Wenn Sie diese langen Noten halten, versuchen Sie, die Taktschläge zu zählen (natürlich nicht laut, das käme Ihrem Sound nicht gerade zugute). So gehen Sie sicher, dass Sie jede Note über ihre volle Länge hinweg spielen, und setzen rechtzeitig mit der nächsten Note ein.

Abbildung 5.16: »On Top of Old Smokey« (Audiotrack 0514)

Von der Mitte nach weiter oben

Bis jetzt habe ich Sie in diesem Kapitel vor dem berühmten *Umschaltpunkt (Shift)* bewahrt. Es handelt sich dabei um jene Stelle in den Kanälen 6 und 7, wo der Atemablauf sich ändert, wenn Sie sich vom mittleren Register zum hohen Register begeben.

Was Sie sich über den Shift auf alle Fälle merken sollten: Wenn Sie die Tonleiter von Z 6 aus hochsteigen, ist die nächste Note nicht etwa B 7, sondern Z 7. Daran denkt man oft nicht, da es die erste Tonfolge innerhalb der Tonleiter ist, die von einem Ziehton direkt zum nächsten führt. In den Kanälen 1 bis 6 geht es in steigender Richtung stets von einem Ziehton zu einem Blaston. Und wenn Sie die Kanäle 6 und 7 zusammen spielen, entsteht dabei die einzige disharmonische Kombination zweier Nachbartöne, die es auf der Mundharmonika gibt. Klingt fies, oder?

Die nächsten beiden Lieder werden größtenteils im mittleren Register gespielt (auch wenn »Bunessan« ab und zu mal ins hohe ausbüchst), aber in allen beiden kommt der Shift vor. Bevor Sie diese Songs erproben, machen Sie sich erst mal in aller Ruhe mit dem Shift vertraut, indem Sie mehrmals das Beispiel aus Abbildung 5.17 spielen. Es führt sie geradewegs durch die vier Noten der Tonleiter, die sich nähern, vorbeiziehen und den Shift wieder verlassen. Diese Notenshift-Übung hören Sie in Audiotrack 0515.

Die darauffolgenden Songs helfen Ihnen dabei, es voller Selbstvertrauen (ja, geradezu lässig) mit dem Shift aufzunehmen. *Anmerkung:* Sie können die ersten sieben Songs in diesem Kapitel auch im hohen Register spielen. Probieren Sie es zumindest einmal aus.

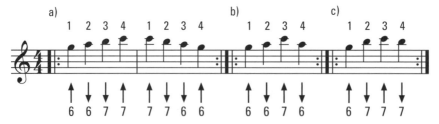

Abbildung 5.17: Bewältigen Sie den Shift in den Kanälen 6 und 7 (Audiotrack 0515)

»Bunessan« (»Morning Has Broken«)

»Bunessan« (Abbildung 5.18) ist ein alter schottischer Choral, der erst Anfang des 20. Jahrhunderts bei einer breiteren Öffentlichkeit bekannt und mit neuem Text von Eleanor Farjeon als »Morning Has Broken« zum Welthit wurde. Auf der Harmonika schleicht er sich auf Zehenspitzen ins hohe Register und erstreckt sich dann von B 7 nach Z 8. Hören Sie sich Audiotrack 0516 an.

Abbildung 5.18: »Bunessan« (Audiotrack 0516)

»Joy to the World«

»Joy to the World« (Audiotrack 0517, Abbildung 5.19) hilft Ihnen, besser mit der Umstellung des Atemrhythmus in den Löchern 6 und 7 (siehe Abbildung 5.17) vertraut zu werden. Dieses bekannte Weihnachtslied kombiniert Isaac Watts' Text von 1917 mit Lowell Masons Bearbeitung (1836) eines Stücks von Händel mit dem Titel »Antioch«. Der Song beginnt bei B 7 und steigt dann die Tonleiter abwärts bis zu B 4 – das komplette mittlere Register also, einschließlich des Shifts. Dann geht es den gesamten Weg wieder zurück nach oben, bevor es sich verschiedenen Teilen der Tonleiter zuwendet. Hätten Sie gedacht, dass das Spielen einer Tonleiter so triumphal klingen kann?

Lassen Sie sich durchs hohe Register treiben

Mit den hohen Noten in den Kanälen 7 bis 10 können Sie wunderbare Musik machen, sie haben jedoch auch ihre Tücken. Manche Leute assoziieren die hohen Noten mit hoher Spannung und winziger Größe – so als wären die Klangöffnungen kleiner, lägen näher zusammen und ließen sich mühsamer spielen. Aber sehen Sie sich mal die Löcher auf Ihrer Harmonika an. Sie sind alle gleich groß. Und den Löchern im hohen Register Töne zu entlocken, kostet auch keine Kraft. Viel wichtiger ist, dass man auf entspannte und gelassene Weise atmet, um sie zum Klingen zu bringen. Keines von ihnen wird protestieren oder sich dagegen wehren.

Abbildung 5.19: »Joy to the World« (Audiotrack 0517)

Um einen Kanalwechsel im hohen Register gut hinzubringen, kann der Tab in Abbildung 5.20 von großer Hilfe sein. Die Gruppen aus jeweils vier Noten werden entweder alle geblasen oder alle gezogen und alle bewegen sie sich zu benachbarten Kanälen. Spielen Sie jede Note solange Sie Lust haben, aber heben Sie sich genug Atem für die anderen drei auf, die ja mit dem gleichen Atemzug gespielt werden. Falls die höchsten Noten nicht klingen, versuchen Sie, Ihre Kehle durch Gähnen zu öffnen. Lassen Sie die Noten zusammen mit Ihrem Atem ausströmen. Am besten, Sie hören sich dazu Audiotrack 0518 an.

Abbildung 5.21 geleitet Sie durch die Tonleiter ins hohe Register. Zuhören und mitspielen können Sie in Audiotrack 0519. Teil 1 folgt der Tonleiter mit einfachen Aktionen; es kommt darin kein gleichzeitiger Kanal- und Atemrichtungswechsel vor. In Teil 2 wird jede dritte Note aus Teil 1 weggelassen und Sie bewegen

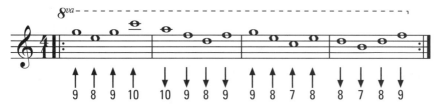

Abbildung 5.20: Im hohen Register schweben (Audiotrack 0518)

1) Tonleiter vorbereiten mit Einzelaktionen

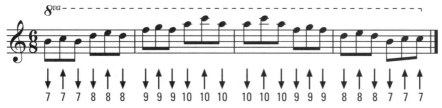

2) Tonleiter beginnen bei Z 7

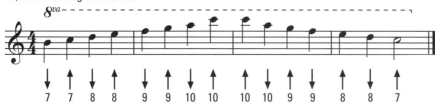

3) Tonleiter vorbereiten mit Einzelaktionen

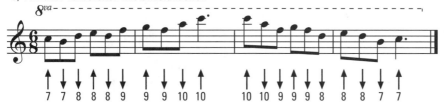

4) Tonleiter beginnen bei B 7

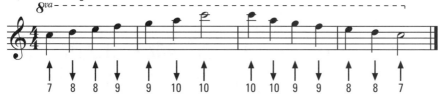

Abbildung 5.21: Tonleiterbewegungen im hohen Register (Audiotrack 0519)

sich direkt die Tonleiter aufwärts, indem Sie nach jedem Blaston zur Note rechts daneben gehen. Teil 3 und 4 ähneln den Teilen 1 und 2, allerdings beginnen sie nicht bei Z 7, sondern bei B 7.

 Im hohen Register befinden sich die Ziehnoten ein Loch weiter rechts als im mittleren Register. Wenn Sie von einem Ziehton zu einem Blaston wechseln, befindet sich der Blaston ein Loch weiter links als im mittleren Register.

In den nächsten drei Songs können Sie das hohe Register richtig auskundschaften. Bei allen drei Lieder verweilen Sie eine Zeitlang sowohl im mittleren als auch im hohen Register.

»Aura Lea« (»Love Me Tender«)

»Aura Lea« (Abbildung 5.22 und Audiotrack 0520) war bei seiner Erstveröffentlichung im Jahre 1864 sehr bekannt. Fast ein Jahrhundert später wurde es erneut zum Superhit, als Elvis Presley es mit neuem Text aufnahm – den Song »Love Me Tender« kennen wir alle. Achten Sie auf den Sprung von Z 8 nach Z 6 und wieder zurück.

Abbildung 5.22: »Aura Lea« (Audiotrack 0520)

»She'll Be Comin' Round the Mountain«

Im Mittelpunkt des Songs »She'll Be Comin' Round the Mountain« (Abbildung 5.23) steht Kanal 7. Obwohl er sich gleichermaßen in die hohe und mittlere Oktave vorwagt, geht er dem Shift weitgehend aus dem Wege und enthält auch keine Tonsprünge. Die Melodie geht bis hinauf zu B 9, nur ein Loch vor der Endstation. Achten Sie auf die Oktavierung (8va) und die gepunkteten Linien über der Notation. Sie verraten dem Notenschriftkundigen, dass die Noten auf dem Papier um eine Oktave höher gespielt werden müssen (sie an der richtigen Stelle zu notieren, wäre zu weit vom Liniensystem entfernt und schwer entzifferbar). Den Tab betrifft das allerdings nicht. Spielen Sie ihn einfach so, wie er dasteht. Hören können Sie diesen Song in Audiotrack 0521.

Abbildung 5.23: »She'll Be Comin' Round the Mountain« (Audiotrack 0521)

»Silent Night«

»Silent Night« bzw. »Stille Nacht«, »das« Weihnachtslied schlechthin (Audiotrack 0522), spielt mit den Kanälen 6 und 7. Es enthält auch zwei Tonsprünge: einen von B 6 nach Z 8, den anderen von B 5 nach Z 8. Hören Sie sich das Lied in Audiotrack 0522 an.

Beginnen Sie einzuatmen, während Sie von B 6 oder B 5 hinauf nach Z 8 gleiten. Solange Sie nach einem Ziehton suchen, können Sie ebenso gut atmen; dann hören Sie ihn gleich, wenn Sie dort angekommen sind. Wenn Ihnen die Sprünge gut gelingen, versuchen Sie den Klang der Zwischennoten auf ein Mindestmaß zu reduzieren. (Siehe den früheren Abschnitt »Und jetzt dürfen Sie springen«, dort erfahren Sie mehr darüber, wie Sie den Klang von Zwischennoten minimieren können.)

Abbildung 5.24: »Silent Night« (Audiotrack 0522)

Kapitel 6
Bringen Sie Ihren Sound in Form

Im Gegensatz zu den meisten anderen Musikinstrumenten überträgt die Mundharmonika ihren Klang nicht durch den Instrumentenkörper. Nehmen wir zum Beispiel die Gitarre. Sie verfügt über ein langes Griffbrett und die Saitenschwingungen werden über einen Klangkörper verstärkt. Oder sehen Sie sich ein Saxofon an! Es hat ein Rohrblatt, das seinen Klang durch eine lange, vibrierende Luftsäule leitet, an deren Ende der Klang von einer Art Trichter verstärkt und gesteuert wird.

Eine Mundharmonika hingegen hat überhaupt keinen Klangkörper. Sie ist nur ein Kästchen mit winzigen Stimmzungen, das von allein nur schwerlich hörbare Töne erzeugen kann. Aber dafür sind ja Sie da, der Spieler – Ihr Job ist es, den Sound zu verstärken. Ihre Lunge, Kehle und Zunge sowie die Hände bilden und steuern einen kraftvollen Verstärker, den man als *Luftsäule* bezeichnet. Die Luftsäule – das ist die bewegliche Luftmenge, die die schwache Schwingung der Stimmzungen weiterträgt und verstärkt. Somit ist der Klang der Mundharmonika im wahrsten Sinne des Wortes Ihr eigener Klang. In diesem Kapitel beschäftigen wir uns näher mit der Luftsäule und ich zeige Ihnen, wie Sie sie formen und damit den Sound verstärken können.

In Kapitel 3 habe ich Ihnen die Elemente einer tiefen und sanften Atmung erläutert und wie Ihr Zwerchfell die gesamte Luftsäule in Bewegung versetzt. Am meisten Nutzen werden Sie aus diesem Kapitel ziehen, wenn Sie schon etwas länger an Ihrer Atmung arbeiten.

Der Stimme Tragkraft verleihen

Wenn Sie Ihrer Stimme *Tragkraft* verleihen, wird sie weiter reichen als gesprochene Worte. Sie denken jetzt vielleicht, okay, das heißt wohl, dass ich schreien muss, aber täuschen Sie sich nicht! Ein ausgebildeter Opernsänger kann mit seiner Stimme einen riesigen Zuschauerraum füllen, obwohl er den Eindruck erweckt, nur zu flüstern. Ihre Stimme und Ihre Mundharmonika bedienen sich recht ähnlicher Techniken zur Klangerzeugung und die Mundharmonika hat allem Anschein nach den größeren *Lautstärkeumfang*, sie kann ganz leise spielen und kurz darauf so richtig laut. In diesem Abschnitt zeige ich Ihnen beides: Wie Sie extrem leise und extrem laut spielen können und Ihrer Harmonika einen größeren Dynamikumfang verleihen können (*Dynamik* ist der Musiker-Fachbegriff für *Lautstärke*).

Wenn Sie diese Techniken anwenden, wird es Ihnen dann gelingen, bei einem Spielmannszug mitzuspielen und es mit Pauken und Trompeten aufzunehmen? Höchstwahrscheinlich nicht. Die Lautstärke der Harmonika hat ihre Grenzen, es sei denn, Sie benutzen einen Verstärker (mehr zur elektronischen Klangverstärkung erfahren Sie in Kapitel 17).

Setzen Sie Ihre Luftsäule ein!

Die Luftsäule in Ihrem Körper ist wie ein hohler Tunnel, der sich vom unteren Teil Ihrer Lungen bis hin zur Harmonika erstreckt. Wenn Sie diesen Tunnel weit geöffnet und die gesamte darin befindliche Luft in Bewegung halten, unterstützen Sie Ihren Sound auf zweierlei Weise:

✔ Sie geben ihm mehr Raum zum Vibrieren, wodurch er mit minimaler Anstrengung lauter wird.

✔ Sie bringen die bewegten Luftmassen dazu, auf die Stimmzungen einzuwirken. Selbst wenn Sie diese Luftmassen sehr behutsam einsetzen, haben sie dadurch eine Menge Einfluss auf das Verhalten der Stimmzungen, wenn Sie laut oder leise zu spielen versuchen, eine Note mit einem Vibrato kolorieren oder mithilfe der Bending-Methode ihre Tonhöhe nach oben oder unten korrigieren wollen.

Die Basis Ihrer Luftsäule ist Ihr *Zwerchfell*, die Muskelplatte unterhalb Ihrer Lungen, die die Luft von Ihrer Säule hinein- und hinausbewegt. In Kapitel 3 gebe ich Ihnen einige Tipps, wie Sie durch die Nutzung der Luftsäule Ihre Atmung ausweiten und aufrechterhalten können, und in diesem Kapitel erfahren Sie sogar noch mehr.

Geschmeidige Schwimmer sind klar im Vorteil

Um die Techniken in diesem Abschnitt auszuführen, sollten Sie es zunächst mit der *Schwimmübung* in Abbildung 6.1 probieren. Es geht darin um ein gleichmäßiges, geschmeidiges Schwimmen, wenn auch nur im übertragenen Sinne. Indem Sie langanhaltende Akkorde in den ersten vier Kanälen spielen, können Sie sich auf die Techniken konzentrieren, ohne sich um die Zeit kümmern zu müssen oder sich Sorgen zu machen, das richtige Zielloch zu finden. Alles, was Sie tun müssen: große, träge Akkorde in einem langen, einfachen Rhythmus spielen,

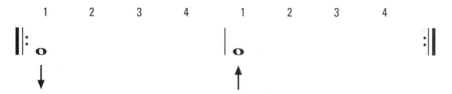

Abbildung 6.1: Die Schwimmübung, ebenso »Der sich entfernende Hörer« und »Das schlafende Baby« (Audiotrack 0601)

wie Sie ihn in Audiotrack 0601 hören können. Die Schwimmübung bewirkt, dass Sie gleichmäßig atmen, Ihren Atem spüren und die Harmonika hören. Sie hilft Ihnen auch bei der Ausbildung eines üppigen, reichen Sounds, einfach indem Sie genau hinhören.

Blicken Sie auf die Harmonika und suchen Sie die Kanäle 1, 2, 3 und 4 auf der linken Seite des Instruments. Das sind die Kanäle, die Sie in den Mund nehmen müssen. Wenn Sie die Harp zu Ihrem Mund führen, sollten die Kanäle 2 und 3 unter Ihrer Nase vorbeiführen.

 Wenn Sie sich nicht sicher sind, ob Sie die richtigen Löcher im Mund haben – kein Problem! Versuchen Sie es einfach mit möglichst vielen und die Sache ist geritzt.

Nun sollen Sie atmen, während Sie die Zeit mitzählen. Halten Sie sich dabei an folgende Schritte:

1. **Vor dem Spielen bitte vorzählen.**

   Man zählt grundsätzlich vor, um das *Tempo* (die Geschwindigkeit des Beats) festzulegen und sich zum Spielen bereitzumachen. Zählen Sie (entweder laut oder in Gedanken) in gemächlichem Tempo »Eins, zwei, drei, vier« bzw. auf Englisch »One, two, three, four«. Bei dieser Übung fangen Sie zu spielen an, wenn die nächste Zählzeit »Eins« folgen würde. Wenn Sie noch nicht bereit sind, zählen Sie erneut bis vier – so oft, bis Sie Lust haben, mit dem Spielen anzufangen.

   Klopfen Sie bei dieser Übung möglichst nicht mit dem Fuß. Sie sollen regelmäßig und gleichmäßig atmen, aber das soll auch die einzige Bewegung Ihres Körpers sein.

2. **Wenn Sie so weit sind, beginnen Sie mit der Zählzeit »Eins« zu spielen, atmen Sie gelassen und gleichmäßig durch die Mundharmonika ein und versuchen Sie, den Ton während der Zählzeiten Zwei, Drei und Vier zu halten.**

3. **Wenn die nächste »Eins« kommt, ändern Sie die Atemrichtung und atmen ganze vier Zählzeiten lang aus.**

   Machen Sie zwischen dem Ende des einen und dem Beginn des nächsten Atemzugs keine Pause. Ihr Atem bleibt stets in Bewegung und die Harmonika gibt fortwährend einen Klang ab.

   Wechseln Sie weiterhin zwischen Ein- und Ausatmen ab, wobei Sie immer vier Zählzeiten lang atmen und dann bei der »Eins« die Richtung wechseln. Wenn es Ihnen gelingt, regelmäßig zu atmen, wenden Sie sich als Nächstes dem Luftstrom zu. Es sollte keine Luft durch Ihre Nase oder über die Mundwinkel entweichen.

Wenn Sie ein verräterisches Zischen hören, spielen Sie weiter, aber versuchen Sie herauszufinden, wo der Ton herkommt, und dann schließen Sie entweder die Nase oder bilden aus Ihren Lippen und Ihrer Harp eine feste Versiegelung.

Konzentrieren Sie sich beim Spielen auf eine regelmäßige, gleichmäßige Atmung. Anders gesagt: Beginnen Sie nicht mit einem gewaltigen Luftstoß und achten Sie darauf, dass Ihr Atem zum Schluss nicht schwächer wird. Jeder Atemzug sollte mit dem gleichen Intensitätsgrad beginnen und enden – so, als würden Sie ruhig und geschmeidig durch ein Wasserbecken schwimmen. Sie tauchen nicht unter und springen auch nicht hoch; Sie gleiten nur sanft und gelassen von einem Ende des Beckens zum anderen, wobei Sie gleichmäßig ein- und ausatmen.

Achten Sie beim Atmen auf den Klang, der aus der Harmonika kommt, und entspannen Sie Ihre Hände, Arme, Schultern, den Hals, die Lippen, den Kiefer, die Zunge und die Kehle. Tun Sie das mindestens fünf Minuten lang. Und zählen Sie bei jedem Atemzug bis vier.

Wenn Sie auf den Sound hören, mit dem die Harp auf Ihre Atemluft reagiert, stellen Sie sich vor, der Klang, der aus Ihrem Mund und von Ihren Händen kommt, würde in alle Richtungen ausstrahlen. Versuchen Sie, an die Schallwellen zu denken, die eine Klangblase erzeugen, in deren Zentrum sich Ihr Mund und Ihre Hände befinden. Gestatten Sie dieser Blase, sich in alle Richtungen auszudehnen, während Sie ein- und ausatmen. Erhöhen Sie jedoch nicht Ihr Atemvolumen. Hören Sie nur zu, öffnen Sie Mund und Kehle, atmen Sie tief, entspannen Sie und lassen Sie den Klang tief hinuntergehen und sich ausdehnen. Sie *bewirken* diese Klangerweiterung nicht; Sie lassen sie lediglich geschehen.

So leiten Sie mehr Luft durch die Stimmzungen

Die naheliegende Methode, eine Harmonika lauter zu machen, besteht darin, stärker zu atmen – also, die Luft schneller durch die Stimmzungen zu blasen oder zu ziehen. Um sich dem erhöhten Luftstrom anzupassen, müssen die Stimmzungen, wenn sie vibrieren, weiter ausschlagen – dadurch entsteht ein lauterer Klang.

Doch die Stimmzungen einer Harmonika sind ziemlich klein und wenn Sie sie zu stark bombardieren, erzeugen sie einen verzerrten, schwer kontrollierbaren Sound. Außerdem gehen sie schneller kaputt – sie zersplittern einfach und brechen entzwei.

Sie können die Fähigkeit einer Stimmzunge, große Luftmengen zu transportieren, durch eine Vergrößerung des *Zwischenraums* erhöhen, also des Zwischenraums zwischen der Stimmzunge und der Stimmplatte (von der sie ja immer ein wenig absteht). Große Zwischenräume jedoch haben auch ihre Nachteile (ich spreche ausführlich über das Thema *Stimmzungenanpassung* in Kapitel 18).

In den nächsten Abschnitten zeige ich Ihnen einige Methoden, wie Sie Ihr Instrument lauter machen können. Ein stärkerer Luftstrom gehört auf jeden Fall dazu, doch ich werde ihn mit anderen Techniken kombinieren, die mehr Schutz garantieren.

»Der sich entfernende Hörer« (Übung)

Um mehr Lautstärke zu erzielen, stellen Sie sich vor, Sie spielen für einen Hörer, der sich immer weiter von Ihnen entfernt. Das können Sie mit einer richtigen Person üben (sie sollte über etwas Einfühlungsvermögen und Geduld verfügen) oder mit einem imaginären Zuhörer. Und so geht es:

1. **Sie stehen am Ende eines langen Ganges oder in der Ecke eines großen Raums.**

2. **Der (reale oder imaginäre) Zuhörer befindet sich etwa einen halben Meter von Ihnen entfernt.**

3. **Beginnen Sie, den Tab aus Abbildung 6.1 in einer ziemlich niedrigen Lautstärke zu spielen (denken Sie an die Übung mit der warmen Hand aus Kapitel 3).**

   Stellen Sie sich beim Spielen den Klang vor, der ans Ohr Ihres Zuhörers dringt, während er vor Ihnen steht und Sie ansieht.

4. **Nach einigen Ein- und Ausatmungszyklen bitten Sie Ihren Zuhörer, ein paar Schritte nach hinten zu treten, sodass er etwas weiter von Ihnen entfernt ist.**

5. **Nach einigen weiteren Atemzyklen lassen Sie Ihren Zuhörer erneut ein paar Schritte zurücktreten.**

   Nun müssen Sie noch ein wenig lauter spielen, um einen gleichmäßigen Klangteppich ans Ohr Ihres Zuhörers dringen zu lassen.

Nach mehrmaliger Erhöhung der Lautstärke, bei denen Ihr Zuhörer sich immer weiter nach hinten bewegt, stoßen Sie auf einen Grenzwert, ab dem die Lautstärke sich nicht mehr erhöhen lässt, ohne zugleich den Sound zu verzerren. An diesem Punkt sollten Sie Schluss machen und sachte zu einem Level zurückkehren, der zwar laut ist, aber immer noch gut klingt. Sie werden sehen, dass Sie später erneut auf diese Übung zurückgreifen und Ihre Fähigkeit zum lauten Spielen erhöhen können, wenn Sie einige der anderen Übungen in diesem Abschnitt gemacht haben.

»Das schlafende Baby« (Übung)

Es ist schön zu wissen, wie man lauter spielen kann; aber es ist auch wichtig zu wissen, wie man leiser wird. Ihre Fähigkeit, allmählich in der Lautstärke nachzulassen, können Sie mit der Übung »Das schlafende Baby« schulen.

Stellen Sie sich vor, es steht jemand weit von Ihnen entfernt und hält ein schlafendes Baby im Arm. Sie wollen das Baby nicht wecken, sonst weint es, aber am Anfang stehen Sie so weit entfernt, dass das Baby Sie nicht hören kann, also können Sie so laut spielen, wie es Ihnen möglich ist und wie Sie es am Ende der Übung vom »sich entfernenden Zuhörer« getan haben.

Spielen Sie auch diesmal wieder den Tab aus Abbildung 6.1, aber gleich so laut Sie können.

Dann aber kommt die Person mit dem Baby langsam auf Sie zu. Sie kommt näher und näher, Sie aber spielen weiter. Trotzdem müssen Sie jetzt Ihre Klanglautstärke herabsetzen, damit das Baby nicht aufwacht. Irgendwann befindet sich das noch immer selig schlummernde Baby direkt vor Ihnen, und Sie spielen ganz leise – so leise wie bei der Übung mit der warmen Hand in Kapitel 3.

Es gibt mehr als nur laut und leise

Nachdem Sie die Schwimmübung, die Übung mit dem sich entfernenden Zuhörer und die mit dem schlafenden Baby eine Zeit lang gemacht haben, sind Sie gut gerüstet, sich näher mit den verschiedenen *Dynamiken* zu beschäftigen – das sind die Lautstärkevariationen, die Ihr Spiel erst so richtig farbig machen.

Sie können Ihre Lautstärke variieren, indem Sie niedrige und hohe Lautstärken einander immer mehr annähern – oder indem Sie urplötzlich die Lautstärke ändern (kennen Sie Beethoven? ☺) und für einen dramatischen Kontrast sorgen.

Dynamik-Kauderwelsch für Musiker

Um verschiedene Lautstärken zu benennen, bedienen sich Musiker gern italienischer Begriffe:

✔ **Piano:** Abgekürzt mit fetten, kursivem *p*. »Piano« bedeutet leise, still. Eine Musikpassage, unter deren ersten Note ein *p* steht, sollte leise gespielt werden. Das Zeichen für *p* sehen Sie in Abbildung 6.3.

✔ **Pianissimo:** Das bedeutet so viel wie *sehr* leise. Je leiser eine Note oder Phrase gespielt wird, umso mehr *p*s stehen hintereinander, wie in *pp* oder *ppp* oder *pppp*.

✔ **Forte:** Das bedeutet »stark«. Eine Note, die als *forte* gekennzeichnet ist, muss also laut gespielt werden. Das *f*-Zeichen sehen Sie in Abbildung 6.3.

✔ **Fortissimo:** Bedeutet »so stark wie möglich«. Eine mit *ff* oder *fff* oder *ffff* gekennzeichnete Passage muss also extrem laut gespielt werden.

✔ **Mezzo:** Das bedeutet einfach »mittelmäßig«. Eine mit *mf* gekennzeichnete Passage spielt man also ziemlich laut, eine mit *mp* gekennzeichnete Passage ziemlich leise. Im Gegensatz zu den Extremen wird dieser Mittelwert nicht gesteigert, Sie werden also nie so etwas sehen wie *mmmf* oder *mmmp*. Doch sich in die Extrembereiche vorzuwagen, ist normalerweise aufregender als im mittleren Bereich herumzudümpeln.

✔ **Crescendo:** Leitet sich von einem Wort ab, das »wachsen« bedeutet; die Lautstärke wird hier also nach und nach gesteigert. Die Übung mit dem »sich entfernenden Zuhörer« ist im Grunde ein erweitertes Crescendo. Das Crescendo-Symbol – Sie begegnen ihm auch in Abbildung 6.2 und Abbildung 6.3 – sieht so aus: <.

✔ **Decrescendo:** Das Gegenteil von Crescendo. Beim Decrescendo wird die Lautstärke nach und nach reduziert. Die Übung mit dem »schlafenden Baby« ist im Grunde ein erweitertes Decrescendo. Das Decrescendo-Symbol (dem Sie auch in Abbildung 6.2 begegnen) sieht so aus: >.

So, nun kennen Sie einige hochgestochene Worte, mit denen Sie um sich werfen können, wenn Sie über laut und leise sprechen. In Zukunft heißt es also nicht mehr »Mach ma leiser, ey!«, sondern »Pianissimo, liebe Freunde, pianissimo!«. Soll in einer überfüllten Bar geradezu Wunder wirken.

Allmähliche Veränderung der Lautstärke

 Versuchen Sie, Abbildung 6.2 (Audiotrack 0602) zu spielen. Sie beginnen sehr leise, dann steigern Sie die Lautstärke beim Spielen der Note, dann gehen Sie über zu einem leisen Ende.

 Für diese Übung benötigen Sie einen langen, gleichmäßigen Atem, der über sechs bis acht Taktschläge konstant bleibt. Wenn Sie Abbildung 6.2 ausatmend spielen, vergessen Sie nicht, vor Beginn tief einzuatmen. Wenn Sie die Übung einatmend spielen, leeren Sie zuvor Ihre Lunge so gut wie möglich. Wenn Sie lauter werden, spielen Sie *crescendo*, angezeigt durch das Zeichen < unterhalb der Notation. Wenn Sie leiser werden, spielen Sie *decrescendo*, angezeigt durch das Zeichen >. Beide Symbole sehen Sie in Abbildung 6.2.

Plötzliche Veränderung der Lautstärke

 Es ist sehr effektvoll, wenn Sie eine melodische Phrase erst laut spielen, die nächste Phrase jedoch in weitaus geringerer Lautstärke. Spielen Sie Abbildung 6.3 und richten Sie sich nach den Dynamikzeichen unterhalb der Tabulatur. Dann wirkt Ihr Lautstärkekontrast so richtig dramatisch. Sie können sich das Beispiel aus Abbildung 6.3 in Audiotrack 0603 anhören.

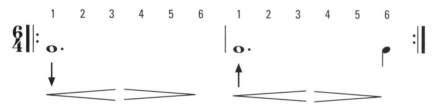

Abbildung 6.2: Eine lange Note schwillt von leise nach laut an, dann von laut nach leise wieder ab (Audiotrack 0602).

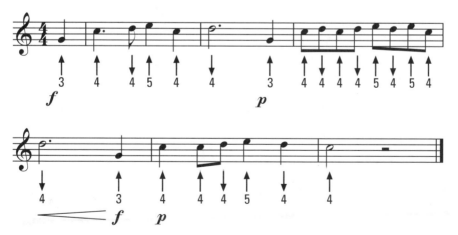

Abbildung 6.3: Laute und leise Phrasen wechseln einander ab (Audiotrack 0603).

Setzen Sie Ihre Hände ein!

Während Sie einen Großteil des Sounds auf Ihrer Luftsäule erschaffen, können Sie die Lautstärke einer Note mit den Händen beeinflussen, indem Sie die Abdeckung um die Harmonika öffnen und schließen. Diese Tätigkeit wirkt sich auf die Lautstärke und auch die Wahrnehmung der Lautstärke aus, und zwar auf drei miteinander verbundene Arten:

- ✔ **Rascher Wechsel der Klangfarbe:** Wenn Sie schnell zwischen dem dunklen Klang (geschlossene Hände) und dem hellen Klang (offene Hände) hin und her wechseln, wird der Hörer Ihrem Sound mehr Aufmerksamkeit schenken, etwa so wie man das Blaulicht eines Krankenwagens im Rückspiegel viel eher wahrnimmt als andere Lichter.

- ✔ **Fächereffekt:** Intensive Handbewegungen wie die »Windmühle« und der Ellbogenschwung fächern gewissermaßen Schallwellen, also den Sound, aus der Harmonika in die umgebende Luft.

- ✔ **Getunte Kammer:** Selbst das Umschließen mit der hohlen Hand wird eine Note auf natürliche Weise verstärken. Wenn Sie lernen, den Hohlraum Ihrer Hand und die Handöffnung zu justieren, können Sie jede Note lauter erklingen lassen, selbst wenn Sie ganz leise spielen.

Rascher Wechsel der Klangfarbe

Versuchen Sie, die Klangfarbe mit Ihren Händen zu verändern, indem Sie sich an folgende Anweisungen halten:

1. **Halten Sie die Mundharmonika so, dass Ihre Hände den hinteren Teil und die Seiten des Instruments komplett umschließen.**

2. **Spielen Sie eine Note oder einen Akkord und achten Sie auf den dunklen Klang, der entsteht, wenn Ihre Hände die hochfrequenten Klänge, die aus der Mundharmonika kommen, abdämpfen.**

3. **Nehmen Sie Ihre freie Hand und beugen Sie das Handgelenk, um den Handballen weiter von der Mundharmonika zu entfernen.**

   Auf diese Weise verschaffen Sie der hochfrequenten Energie Raum zum Entweichen und der Klang wird heller.

4. **Versuchen Sie, rasch zwischen der offenen und der geschlossenen Position hin und her zu wechseln und achten Sie auf die Wirkung, die Sie dadurch erzielen.**

Den Sound mithilfe des Ellbogens verstärken

Je weiter und schneller Ihre freie Hand sich auf die Harmonika zu- und wieder wegbewegt, umso stärker der Effekt, den Sie hervorrufen. An dieser Stelle kommt Ihr Ellbogen ins Spiel.

Vollführen Sie einen Ellbogenschwung, indem Sie den gesamten Unterarm vom Ellbogen an zur Mundharmonika schwenken und wieder zurück (siehe Abbildung 6.4).

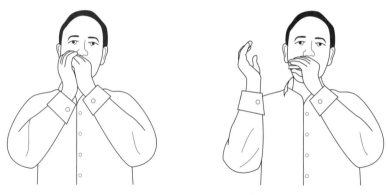

Abbildung 6.4: Der Ellbogenschwung (Illustration: Rashell Smith)

Abbildung 6.5: Die Windmühle (Illustration: Rashell Smith)

Die intensivste Art des Wechsels zwischen hell und dunkel besteht darin, mit dem gesamten Unterarm eine volle Drehung auszuführen, wobei Ihre hohle Hand an der Harmonika vorbeiwischt, den Sound vorübergehend dunkler werden lässt und ihn dann nach außen fegt. Die Harmonika-Version der Windmühle sehen Sie in Abbildung 6.5.

Wie bitte – die Hände »stimmen«?

Wenn Sie die Mundharmonika mit beiden Händen abdecken, können Sie die Note lauter erklingen lassen, indem Sie die Größe des umschlossenen Raums verändern, ebenso die Größe der Öffnung zwischen den Rändern Ihrer Handflächen. So stimmen Sie gewissermaßen die hohle Hand auf die gespielte Note. Um den dramatischen Lautstärkewechsel richtig mitzuerleben, können Sie Folgendes tun:

1. Halten Sie die Harmonika in beiden Händen und lassen Sie eine kleine Öffnung zwischen den Händen frei.

2. Spielen Sie leise eine langanhaltende geblasene Note in Kanal 6 und nutzen Sie Ihre freie Hand, um die Öffnung zwischen Ihren Händen betont langsam zu schließen.

3. Während Sie die Form Ihrer Handabdeckung verändern, achten Sie auf einen auffallenden Lautstärkezuwachs.

Um diesen Effekt zu erzielen, probieren Sie es am besten mit Kanal 6. Sobald es Ihnen dort gelungen ist, versuchen Sie es auch bei den benachbarten Löchern. Diese Technik ist nicht allzu bekannt und erschließt sich auch nicht sofort. Vielmehr wirkt es ein wenig intuitionslos, die Lautstärke der Harp erhöhen zu wollen, indem man sie abdeckt. Aber es ist so – probieren Sie es einfach aus.

 Sie können die Wirkung Ihrer Handöffnung auf die Lautstärke am besten abschätzen, wenn Sie sich selbst mit verschieden großen Handöffnungen aufnehmen und dann auf der Tonanzeige mitverfolgen, wie die Lautstärke höher oder niedriger wird.

Noten am Anfang und Ende artikulieren

Wenn Sie eine Note *artikulieren*, verleihen Sie ihr einen eindeutigen Beginn – den *Ansatz* (bei manchen Instrumenten auch *Anschlag* genannt). Manchmal lässt sich auch das Ende einer Note artikulieren.

Sie können Noten von verschiedenen Teilen Ihrer Luftsäule aus artikulieren – von ganz unten, über das Zwerchfell, bis hinauf an die Stelle, wo die Luft Ihren Körper verlässt und auf die Harmonika übergeht. Ein paar interessante Stellen wären:

✔ Ein Artikulationspunkt am oberen Ende der Luftsäule, nahe an der Harmonika: Dadurch entsteht ein knackigerer Ansatz als weiter unten in der Luftsäule.

✔ Ein Artikulationspunkt, der sich tiefer in der Luftsäule befindet – und weiter weg von der Mundharmonika. Er bewegt mehr Luft und verleiht Ihrem Ansatz mehr Kraft. Er wird aber nicht so knackig klingen wie ein Ansatz, der höher in der Luftsäule entsteht.

 Um den Klang der verschiedenen Artikulationstechniken zu vergleichen, spielen Sie Abbildung 6.6 und hören sich in Audiotrack 0604 an, wie es jeweils klingt.

Notenansatz mit der Zunge

Ihre Zunge kennt mindestens drei verschiedene Artikulationsmethoden. Sie können die unterschiedlichen Zungen-Sounds miteinander kombinieren, um rasch und knackig zu artikulieren.

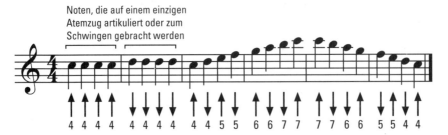

Abbildung 6.6: Die Artikulation von Melodienoten mithilfe der Zunge, der Kehle und des Zwerchfells (Audiotrack 0604)

Das Zungen-T und das Zungen-L

Sagen Sie einmal »Aaaaaaaaa« – also einfach einen langgezogenen Ah-Sound.

Nun machen Sie das gleiche Geräusch wieder, doch diesmal unterbrechen Sie es mehrmals, indem Sie mit der Zungenspitze den Gaumen berühren, um ein »T« auszusprechen. Es hört sich nun an wie »AaaTaaaTaaaTaaa«. Anstelle eines langen »Aa«-Klangs haben Sie nun eine Reihe artikulierter, einzelner Noten.

Dieser »T«-Laut ist die knackigste Artikulation, die Sie ausführen können. Das liegt zum Teil daran, dass Sie zwischen Ihrer Zunge und der Stimmzunge nur sehr wenig Luft bewegen: Der Effekt geschieht schnell und hat keinen langen Weg zurückzulegen. Der Klang der Note jedoch wird heller, wenn Sie mit der Zungenspitze den Gaumen berühren.

Wenn Sie den »T«-Laut erzeugen, blockieren Sie den Luftstrom in Ihrer Säule vollständig. Das passiert auch bei der stimmhaften Variante »D«. Wenn Sie jedoch einen »L«-Laut erzeugen, berühren Sie mit der Zungenspitze den Gaumen, lassen jedoch einen Luftstrom zur rechten und linken Seite der Zungenspitze zu.

Sie können den »L«-Laut auch unabhängig einsetzen, aber richtig sinnvoll wird er erst in Kombination mit dem »T«- bzw. »D«-Laut, indem er eine sehr schnelle Artikulation ermöglicht. Versuchen Sie »Diddle, diddle, diddle, diddle« zu sagen, wobei die Worte einen fortlaufenden, ununterbrochenen Fluss bilden. Wenn Sie an der »dl«-Stelle angelangt sind, bleibt Ihre Zungenspitze am Gaumen liegen, und Sie geben die Seiten frei, um den Übergang vom »d« zum »l« zu ermöglichen. Da dies eine sehr kleine Bewegung ist, lässt sie sich recht schnell ausführen.

Das Zungen-P für das Zungenblocking

Was geschieht, wenn Sie mit der Zungenspitze am Gaumen die Zungenblocking-Technik durchführen? Sie werden dann kein T oder L zustande bekommen. Allerdings können Sie für eine ähnlich knackige Artikulation sorgen, wenn Sie das sogenannte *Zungen-P* einsetzen.

Probieren Sie es einmal ohne Mundharmonika. Legen Sie die Zungenspitze zwischen die Lippen und lassen Sie am rechten Mundwinkel eine Öffnung. Nun sagen Sie »Aaaaaaah«. Und danach versuchen Sie es mit »AaaaPaaaPaaaPaah«. Achten Sie darauf, wie Sie beim Erzeugen des »P«-Lauts den Mundwinkel kurzfristig mit der rechten Seite Ihrer Zunge zusammenführen, um den Luftstrom zu stoppen«. Nun probieren Sie es *mit* Mundharmonika.

Das Zungen-K

Sagen Sie bitte »KaaaKaaaKaaaKaaa«. Jedes Mal, wenn Sie die Zungenmitte zum Gaumen heben, blockieren Sie den Luftstrom. Der K-Laut entsteht, wenn Sie die Zunge sinken lassen und den Luftstrom wieder zulassen.

Der K-Ansatz klingt anders als der mit T oder P. Er ist nicht ganz so fließend. Er ist auch eine Artikulation, die Sie mit Ihrer Zunge auf oder außerhalb der Mundharmonika ausführen können, was ihn sehr vielseitig macht.

Der K-Laut ist schon eine Vorstufe zum Noten-Bending, das ich in Kapitel 8 erklären werde.

Doppelt und dreifach »züngeln«

Wenn Sie eine Note sehr schnell wiederholen wollen, gelingt Ihnen die Artikulation oft schneller, wenn Sie die *Doppelzungen-Technik* anwenden, bei der Sie zwischen zwei verschiedenen Zungenartikulationen hin und her wechseln. Unsere »Diddle«-Übung war im Grunde schon eine Form dieser Technik. Das Gleiche gilt für »Takataka« und »Pakapaka« (bei der Blocking-Methode).

Aber es gibt nicht nur eine doppelte, sondern auch eine *dreifache Zungentechnik*. Hierbei verwenden Sie ebenfalls zwei verschiedene Artikulationsmethoden, die Sie jedoch in einen dreiteiligen Zyklus einbauen, um eine Serie von drei Noten zu erhalten. Die dreifache Zungentechnik können Sie für »Diddle-Lah, Diddle-Lah«, für »TaKa-Ta, TaKa-Ta« und für »PaKa-Pa, PaKa-Pa« (bei der Blocking-Methode) einsetzen.

 Sie können auch die Zungenartikulation mit der Kehlenartikulation (siehe nächster Abschnitt in diesem Kapitel) abwechseln, um raffinierte und vielfältige Versionen der doppelten und dreifachen Artikulation herzustellen.

 Beispiele für die Zungenartikulationsmethoden aus diesem Abschnitt können Sie sich in Audiotrack 0605 anhören.

Notenartikulation mit der Kehle

Ihre Kehle befindet sich an der Pforte zwischen Ihren Lungen im tieferen Bereich der Luftsäule sowie in Ihrem Mund im oberen Bereich. Sie kann mit beiden Teilen kooperieren, um den Mundharmonika-Sound zu beeinflussen.

Die Kehle verrichtet ihre Arbeit mit der *Stimmritze*, der Öffnung zwischen Ihren *Stimmbändern*. (Beachten Sie, dass Stimmbänder eigentlich gar keine Bänder sind, sondern Gewebefalten.) Wenn Sie zum Beispiel versuchen, sich höflich zu räuspern, ohne die Person neben Ihnen im Bus oder Kino zu stören, schließen und öffnen Sie beim Ausatmen Ihre Stimmritze.

 Wenn Sie wissen wollen, wie Ihre Stimmritze sich anfühlt, sagen Sie »Ah!-Ah!« (als wollten Sie ein entschiedenes Nein ausdrücken). Nun sagen Sie wieder »Ah-Ah!«, doch diesmal in einem tonlosen Flüstern. Um das Gefühl zu verstärken, lassen Sie die Kehle geöffnet, als wollten Sie gähnen. Beachten Sie, dass Ihre Stimmritze sich zweimal schließt – zu Beginn und zum Schluss des ersten »Ah«. Wenn Sie den Luftstrom mit Ihrer Stimmritze stoppen, haben Sie einen Ton erzeugt, den man als *Knacklaut* bezeichnet. *Anmerkung:* In diesem Abschnitt steht ein Ausrufezeichen (!) für einen Knacklaut.

Versuchen Sie, einen langen Ton auf der Mundharmonika mit einem Knacklaut zu beginnen. Zum Beispiel »!Aaaaaaaahh«, während Sie sowohl ein- als auch ausatmen. Zunächst mag es den Anschein haben, die Note mit dem Knacklaut beginne sehr laut. Setzen Sie Vollatmung ein, um die Note stark, aber mühelos klingen zu lassen, und gestalten Sie den Knacklaut so weich wie möglich, damit er nicht den Rest der Note übertönt.

Sie können auch üben, mithilfe einer Serie von Knacklauten zu beginnen und zu enden, während Sie eine lange Note spielen und dabei sowohl ein- als auch ausatmen. Zum Beispiel können Sie es mit »!Aa!Aa!Aa!Aa.« probieren. Es sollte sich anhören wie eine Reihe wiederholter, gebundener Noten. Um diese Notenreihe sowohl bei ein- als auch ausgeatmeten Noten zu hören, lauschen Sie Audiotrack 0606.

Versuchen Sie nun, eine Note mit einem Knacklaut zu beginnen und zu beenden. Ohne Harmonika hört sich das vermutlich an wie »!Ah! !Ah! !Ah!«. Wenn Sie beim Beenden einer Note eine Artikulationstechnik einsetzen, führen Sie einen *Cut-off* aus. Sie können dazu Ihre Zunge benutzen, doch die Stimmritzenartikulation ist subtiler.

 Spielen Sie einen langen, ein- oder ausgeatmeten Ton und versuchen Sie, ihn in eine Reihe kürzerer Noten aufzugliedern. Beginnen Sie jede Note mit einem Knacklaut, dann beenden Sie die Note, indem Sie den Atemfluss zum Stillstand bringen. Danach beginnen Sie erneut und führen den längeren Atemzug fort. Um zu erfahren, wie sich das anhört, hören Sie sich Audiotrack 0606 an. Versuchen Sie noch einmal, Abbildung 6.6 zu spielen, wobei Sie jeden Notenansatz und jeden Cut-off mit einem Knacklaut durchführen. Eine Note, die Sie so kurz wie möglich spielen, mit einem scharfen Ansatz und Cut-off, bezeichnet man als *Stakkato-Note*. Diese Stakkato-Skala hören Sie ebenfalls in Audiotrack 0606.

Einen Ton mit dem Zwerchfell beginnen

Wie Ihr Herz ist auch Ihr Zwerchfell ständig beschäftigt. Es treibt die ganze Zeit Ihre Lungen sanft zum Ein- und Ausatmen an. Wenn Sie zum Beginnen, Beenden und Schwingenlassen von Noten Ihr Zwerchfell einsetzen, bewegen Sie die gesamte Luftsäule (mehr über diese Luftsäule im vorangegangenen Abschnitt), sodass Sie viel Kraft haben, jede Zwerchfellbewegung zu unterstützen.

Wenn Sie Noten mit der Druckkraft Ihres Bauches beginnen, wie bei unserer Übung mit dem fiesen Lachen in Kapitel 3 (bei der Sie »Hah! Hah! Hah!« machen), artikulieren Sie die Noten mit Ihrem Zwerchfell. Da Ihr Zwerchfell von der Stimmzunge so weit entfernt ist und die gesamte Luft in Ihrer Luftsäule bewegt, hat die Zwerchfellartikulation ihre reizvollen und nützlichen Besonderheiten:

✔ Es mangelt ihr fast komplett an Knackigkeit, es klingt eher, als würden Sie die Noten mit einem flauschigen Wattepad anschlagen anstatt mit einer Peitsche.

✔ Sie ist sehr kraftvoll, aber auf sanfte Weise – sie hat Schwungkraft.

Bei der Zwerchfellartikulation entsteht kein nennenswerter Cut-off – Sie stoppen einfach den Atemfluss, und die Note verstummt. Für einen Cut-off müssten Sie Ihre Kehle oder Zunge einsetzen, um die Note zu beenden.

Um sich der Druckkraft Ihres Unterbauches zu bedienen, müssen Sie nicht heftig atmen und Sie brauchen auch nicht den Kopf, die Schultern oder die Brust zu bewegen. Das einzige Körperteil, das sich bewegt, ist die Gegend zwischen Ihren Rippen und der Taille, gleich unterhalb des Scheitelpunkts von Ihrem Brustkasten. Es wird sich leicht nach innen ziehen, wenn Sie ausatmen, und nach außen treten, wenn Sie einatmen.

Um den Dreh rauszukriegen, wie man mit der Stoßkraft des Bauches Luft ausatmet, machen Sie folgende Übung ohne Mundharmonika:

1. **Öffnen Sie die Kehle, als wollten Sie gähnen, und flüstern Sie »Hah!«.**

   Achten Sie auf den kleinen Stoß oder Impuls, den Sie inwendig verspüren und der aus der Gegend unterhalb Ihres Brustkastens kommt. Der »Hah!«-Laut wird eher schwach ausfallen, da er einzig und allein von der Luftbewegung herrührt.

2. **Versuchen Sie, die Ausatmung nach diesem kleinen »An-Stoß« für ein paar Sekunden lang zu halten.**

   Es sollte so ähnlich klingen wie »Haaaaaaaaaaah«.

Nun versuchen Sie, nur ein einziges Mal einzuatmen, wobei Sie den Bauch leicht nach außen drücken – das ist das eingeatmete »Hah!« im Flüsterton. Es kann sich anfühlen wie das plötzliche, unwillkürliche Nach-Luft-Schnappen, wenn jemand Sie überrascht. Ihr Bauch wird gleich unterhalb des Scheitelpunkts Ihres Brustkastens blitzschnell nach außen treten und durch Ihre Kehle strömt Luft herein. Zum Schluss atmen Sie lange mit dem Zwerchfell ein: »Haaaaaa«. Wiederum sollte Ihre Kehle geöffnet sein und das einzige Geräusch ist das der bewegten Luft.

Nachdem Sie das Ganze beim Atmen ausprobiert haben, greifen Sie nach Ihrer Mundharmonika und probieren es beim Spielen. Zuerst vielleicht mit einem Akkord, bestehend aus zwei oder drei Noten, dann beim Spielen einer Single Note.

Setzen Sie nun Ihr Zwerchfell ein, um eine Reihe kurzer Atemstöße zu beginnen und zu beenden – erst nur beim Atmen, dann mit einer Mundharmonika. Atmen Sie dabei ein und aus. Halten Sie sich an folgende Schritte:

1. **Beginnen Sie einen Atemzug aus dem Bauch heraus und beenden Sie ihn abrupt.**

   Der Atemzug sollte klingen wie »Hah!«.

2. **Vollführen Sie eine Reihe dieser kurzen Stöße und atmen Sie dabei ein und aus.**

   Beenden Sie den Atemfluss am Ende eines jeden »Hah!«. Dann fahren Sie mit dem nächsten »Hah!« fort. Ihre Stöße sollten sich anhören wie »Hah!« »Hah!« »Hah!« »Hah!« »Hah!«. Die Serie aus Atemimpulsen sollte wie Teile eines längeren Atemzugs anmuten. Jedes Mal, wenn Sie wieder anfangen, setzen Sie diesen längeren Atemzug fort.

3. **Nun versuchen Sie es mit der Mundharmonika.**

Versuchen Sie, eine Single Note zu spielen, während Sie eine Serie von »Hah! Hah!«-Stößen ausführen. Atmen Sie dazu ein und aus, ebenso wie zuvor ohne Harp. Sie können das in jedem Kanal machen; ich empfehle Ihnen jedoch Kanal 4.

Sie können den Zwerchfellstoß auch bei Übungen einsetzen, die Sie bereits ausprobiert haben, wie etwa in Abbildung 6.1 oder bei den rhythmischen Atemübungen in Kapitel 3 (Abbildungen 3.6 und 3.7). Versuchen Sie, bei diesen Übungen jeden Atemzug oder jede wiederholte Note mit einem Impuls aus dem Bauch zu spielen. Das plötzliche Mehr an Atemluft wird Ihren Sound viel kraftvoller machen.

Den Sound dieser Zwerchfellartikulation hören Sie in Audiotrack 0607.

So gestalten Sie die Klangfarbe Ihrer Noten

Wenn Menschen über Musik sprechen, bedienen sie sich oft der gleichen Begriffe, die man verwendet, um Licht zu beschreiben – zum Beispiel, wenn sie von der Klangfarbe oder von hell und dunkel sprechen.

Jede Note, die Sie hören, enthält Töne, die der Gesamtpalette an hörbaren Klängen zuzurechnen sind. Eine hell klingende Note enthält eine Menge Energie aus dem hochfrequenten Teil des Tonumfangs, der vom menschlichen Ohr wahrgenommen werden kann, während der Sound einer dunklen Note weniger hochfrequente Anteile hat. Vokale beziehen ihre spezielle Eigenart teils aus der Mischung der dunklen und hellen Klänge, die sie enthalten, und wenn Sie von einem Vokalton zu einem anderen wechseln, verändern Sie diese Mischung in Ihrer Stimme.

Beim Mundharmonikaspielen können Sie hellere oder dunklere Töne erzeugen und ebenso auch den Vokalton wechseln, indem Sie die Klangfarbe mit Ihren Händen oder Ihrer Zunge oder einem Zusammenspiel aus beidem formen. Ob das langsam oder schnell geschieht, wiederholt oder nur einmal, und ob es sehr subtil anmutet oder recht betont, das bestimmen Sie auf diese Weise selbst.

Vokaltöne mit der Zunge verändern

Versuchen Sie, einmal »Ooh-iii-ooh-iii« zu sagen. Was genau tun Sie, wenn Sie von einem Ton zum anderen wechseln? Nun, beim »Ooh« bilden Sie aus Ihren Lippen vermutlich eine kreisrunde Öffnung, während Sie beim »Iii« die Mundwinkel enger zusammenrücken.

Wenn Sie eine Single Note auf der Mundharmonika spielen, verändert die Lippenform natürlich auch die von Ihnen gespielten Noten. Allerdings können Sie auf der Harmonika den gleichen »Ooh-iii«-Ton erzeugen, ohne die Lippenstellung zu verändern – einfach nur mit Ihrer Zunge. Versuchen Sie Folgendes:

1. **Spielen Sie eine langgezogene Single Note, zum Beispiel Z4 oder B4.**

2. **Während Sie die Note spielen, setzen Sie Ihre Zunge ein, um »Oyoyoyoyoyoyo« zu sagen.**

    Achten Sie darauf, was Ihre Zunge tut, wenn Sie diese Vokaltöne erzeugt. Für das »y« bewegt sie sich nach vorne, für das »o« zieht sie sich nach hinten.

    Tipp: Sie können diese Übung machen, während Sie die Zungenblocking-Methode anwenden. Das ist allerdings ein wenig umständlich.

3. **Versuchen Sie, den »Oyoyoyo«-Laut zu verlangsamen und dann mit der Zunge in der »y«-Position zu beenden.**

   Wenn Sie den Ton mit vorgeschobener Zunge in dieser Position halten, wird sich der Vokal anhören wie »iiiii«. Beachten Sie, dass auch der Klang sehr hell ist.

4. **Versuchen Sie, die Zunge zurück in die »o«-Position zu bringen. Merken Sie, wie der Klang nun dunkler wird?**

Wenn Sie »ooooh« sagen, zieht sich Ihre Zunge mit der Spitze nach unten zurück. Wenn Sie »iiii« sagen, hebt sich Ihre Zunge zum Gaumen. Können Sie hören, wie hohl und dunkel das »oooh« klingt, das »iiii« hingegen hell? Sie können »ooooh« und »iiii« als getrennte Silben aussprechen, Sie können sie aber auch zu »wiiiii« zusammenziehen.

 Spielen Sie die Noten in Abbildung 6.7, indem Sie mithilfe Ihrer Zunge »ooooh-iiii« und »wiiiii« sagen, wie unter den Noten angegeben. Die verbundenen Noten spielen Sie auf einem einzigen langen Atemzug. Sie können sich diesen Lick in Audiotrack 0608 anhören.

Machen Sie Ihren Sound heller und dunkler – mit den Händen

Es gibt Mundharmonikaspieler, die viel mit den Händen arbeiten, um ihr Publikum zu beeindrucken. Ich habe noch nie einen Schlangenbeschwörer mit einer Mundharmonika gesehen, doch die hypnotischen Hände eines Spielers dürften sogar bei einer Kobra wirken – zumindest wirken sie beim Menschen. Aber denken Sie daran: Handbewegungen sind nicht nur Show. Sie wirken sich auch auf den Klang der Mundharmonika aus.

In Kapitel 3 habe ich Ihnen gezeigt, wie man die Harp mit der hohlen Hand abdeckt und sie öffnet und wieder schließt, um einen »Wah«-Sound zu erzeugen. Wenn nötig, können Sie dort noch einmal nachschlagen und die Übung wiederholen. Falls Sie aber fest im Sattel sitzen, zeige ich Ihnen in den folgenden Abschnitten weitere Möglichkeiten, den Harmonikasound mit Ihren Händen zu formen.

Allmähliche Tonveränderung

Kommen wir als Erstes zu den Feinheiten der Tonveränderung durch das Variieren Ihrer Handabdeckung. Da gibt es mehr als nur offen und geschlossen.

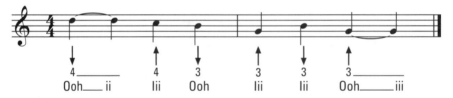

Abbildung 6.7: Der »Ooh-iii«-Lick (Audiotrack 0608)

✔ Umfassen Sie die Mundharmonika mit den Händen und spielen Sie einen Akkord oder eine Single Note wie zum Beispiel Z4 oder B4. Achten Sie auf den dunklen Klang, der dabei entsteht. Wenn Sie beim Spielen die Hände vollständig geschlossen halten, klingt der Ton dunkel und wie von weit entfernt. Trotzdem bleibt er dabei kraftvoll und prägnant.

✔ Spielen Sie die Note weiter und entfernen Sie nach und nach die bewegliche Ihrer beiden Hände (also nicht die, die das Instrument festhält) von der Harmonika. Beachten Sie, wie der Vokalsound sich allmählich vom »Ooh« zum »Waah« verwandelt, wie der Klang der Note heller wird und unmittelbarer klingt, wenn Sie die Hand wegnehmen.

Wechseln Sie zwischen der mit beiden Händen umschlossenen Harmonika und einem Wegnehmen der Haltehand ab. Achten Sie auf den Wechsel zwischen dem »Ooh« bei geschlossenen Händen und dem »Waah«, das beim Öffnen der Hände ertönt.

Den allmählichen Übergang von einer geschlossenen zu einer geöffneten Abdeckung hören Sie in Audiotrack 0609.

Hand- und Zungenvokale kombinieren

Handvokale und Zungenvokale lassen sich kombinieren. Ein Zungen-»Uuuu« zum Beispiel wird mit geschlossenen Händen gebildet, ein Zungen-»Iiii« mit geöffneten. Wenn Sie sich einmal ein »Ooh-wah« anhören wollen, das mit der Abdeckmethode gebildet wurde, und danach Kombinationen aus Hand- und Zungenvokalen – Sie finden es im zweiten Teil von Track 0608.

Sie können Handvokale auch mit Noten-Bending kreuzen – das ergibt einen bluesigen Sound. Die gebendete Note passt zu den geschlossenen, die nicht gebendete Note zu den geöffneten Händen. (Über das Thema *Bending* erfahren Sie mehr in den Kapiteln 8 und 12).

Versuchen Sie, eine Kaffeetasse mit der Hand abzudecken, zusammen mit der Harmonika; die Öffnung der Tasse sollte dabei zur Mundharmonika hin gerichtet sein. Wenn Sie beim Spielen die Tasse und die Harp mit beiden Händen umfassen, hört sich das sehr hohl an, und die Vokaltöne, die Sie erhalten, wenn Sie die Öffnung des Topfes freigeben, klingen stark übertrieben. Einige Spieler setzen die Technik mit der Kaffeetasse sehr wirkungsvoll ein. Wollen Sie es sich einmal anhören? Dann hören Sie sich Audiotrack 0610 an. Auch in dem Song »Poor Wayfaring Stranger« (Audiotrack 1413, Abbildung 14.13 in Kapitel 14) wende ich diese Methode an.

Wollen Sie Ihre Töne zum Vibrieren bringen?

Wenn Sie eine lang anhaltende Note spielen und sie permanent vibrieren lassen, bezeichnet man das als *Vibrato*. Diese Form von Vibration fängt nicht irgendwo an und hört auch nicht irgendwo auf. Stattdessen erzeugen Sie mit einer Reihe sanfter Impulse eine dezente Schwingung im Sound. Sie führen dazu die gleichen Bewegungen aus wie beim Einsetzen und Beenden von Noten, nur sehr viel unaufdringlicher.

Auf der Mundharmonika gibt es drei Möglichkeiten, ein Vibrato zu erzeugen:

✔ Sie lassen die Note abwechselnd etwas heller und tiefer klingen, indem Sie sie eine Idee unterhalb der regulären Tonhöhe spielen und dann den Ton wieder nach oben bringen.

   Wenn Sie ein Saiteninstrument spielen, sind Tonhöhenunterschiede die einzige Methode, ein Vibrato zu erzeugen. Viele Harmonikaspieler beteuern, es sei das einzig wahre Vibrato.

✔ Sie können das Gleiche auch mit der Lautstärke, sprich: der *Intensität* einer Note machen. Sie spielen dazu abwechselnd eine Idee lauter und dann wieder leiser.

   So kommen Flötenspieler zu ihrem Vibrato. Oft variieren sie auch gleichzeitig noch die Tonhöhe.

✔ Sie können auch in der Klangfarbe zwischen hell und dunkel abwechseln. Das ist eine Methode, die nur Mundharmonikaspielern vergönnt ist.

Wenn Sie Ihr Zwerchfell, die Kehle, die Hände oder die Zunge einsetzen, um ein Vibrato zu erzeugen, kombinieren Sie in der Regel zwei der drei genannten Methoden. Mehr dazu in den folgenden Abschnitten.

Das Kehlenvibrato ist unter Mundharmonikaspielern das beliebteste. Das Handvibrato folgt jedoch gleich an zweiter Stelle. Das Zwerchfellvibrato ist für die meisten Harmonikaspieler ein Mysterium, doch bei einigen wenigen setzt es sich mittlerweile durch. Das Zungenvibrato hört man gelegentlich bei jazzorientierten Spielern wie Howard Levy und Chris Michalek.

 Um Zwerchfell-, Kehlen- und Zungenvibrato im Vergleich zu hören, wählen Sie Audiotrack 0611.

Zwerchfellvibrato

Mit dem Zwerchfellvibrato lassen sich Lautstärkenunterschiede erzeugen, jedoch keine Veränderungen der Tonhöhe oder Klangfarbe einer Note. Sie drücken dazu beim Ein- und Ausatmen Ihr Zwerchfell nach außen, ähnlich wie bei der Übung mit dem fiesen Lachen in Kapitel 3. Anstatt jedoch eine Reihe separater Noten zu spielen, bleibt der Atemfluss zwischen den Zwerchfellbewegungen erhalten, sodass ein kontinuierlicher Klang entsteht, der mit jeder Zwerchfellbewegung mitvibriert.

Um mithilfe Ihres Zwerchfells eine Note pulsieren zu lassen, gehen Sie wie folgt vor:

1. **Atmen Sie tief ein.**

2. **Beim Ausatmen beginnen Sie mit einer Bauchbewegung durch das Zwerchfell.**

3. **Atmen Sie weiterhin aus, führen Sie dazu jedoch eine Reihe sanfter Zwerchfellstöße aus, ohne den Atemfluss zu unterbrechen.**

Diese Art von Atmung sollte sich anhören wie eine lange Note mit regelmäßigen Pulsationen. Etwa so: »HaHaHaHaHah«.

Versuchen Sie, all diese Stufen auch beim Einatmen zu durchlaufen. Denken Sie jedoch daran: Es ist nicht nötig, mit einem tiefen Atemzug zu beginnen. Sie atmen ja ein, während Sie die Note spielen.

4. **Versuchen Sie es mit einer Mundharmonika. Spielen Sie dazu lange Blas- und Ziehtöne im vierten Kanal.**

Halten Sie jede Note lang genug, um den Vibrationseffekt zu ermöglichen. Hören Sie sich selbst zu und entscheiden Sie, ob das gleiche Pulsieren sich auch schneller oder langsamer gestalten lässt.

Kehlenvibrato

Mit dem Kehlenvibrato lassen sich sowohl die Lautstärke als auch die Tonhöhe einer Note variieren.

Wenn Sie eine Note mithilfe Ihrer Stimmritze in Schwingungen versetzen, kommt es zu keiner Unterbrechung des Luftstroms. Stattdessen machen Sie nur den Luftkanal enger. Das Kehlenvibrato hört sich anders an als das Zwerchfellvibrato. Wenn Sie die Kehle pulsieren lassen, ergibt es einen pochenden Sound.

Um das Pulsieren der Stimmritze zu bewerkstelligen, tun Sie Folgendes:

1. **Zur Vorbereitung flüstern Sie mit einem einzigen Atemzug »Ah! Ah! Ah! Ah! Ah!«.**

Nicht vergessen: Jedes »!« steht für einen Knacklaut. Jeder Knacklaut spaltet den Atem in eine Serie einzelner Atemstöße auf.

2. **Als Nächstes versuchen Sie, all diese Atemstöße miteinander zu verbinden, sodass die Luft weiterströmt, auch wenn Ihre Stimmritze sich verengt.**

Machen Sie das so zwanglos und leise wie möglich und streben Sie einen kontinuierlichen, ununterbrochenen Luftstrom an.

3. **Jetzt nehmen Sie sich eine Mundharmonika und versuchen Sie, mithilfe Ihrer Stimmritze einen kontinuierlichen Ton zu erzeugen, während Sie mit Ihrer Stimmritze in einer Reihe von Pulsationen die Luft durchmassieren.**

Sorgen Sie bei diesen Übungen dafür, dass sich Ihr Bauch sanft und ohne Impulse bewegt – alles spielt sich nur in Ihrer Kehle ab. Stellen Sie sich vor, Sie müssten so leise und vornehm husten wie nur möglich – genau das ist es, was Ihre Stimmritze tun soll.

Wenn Sie erst mal Noten benden können, dürfen Sie Ihr Kehlenvibrato um eine geringfügige Tonhöhenvariation ergänzen, bei der jede Pulsation die Tonhöhe vorübergehend senkt und dann wieder ansteigen lässt.

Zungenvibrato

Mit dem Zungenvibrato können Sie sowohl die Klangfarbe als auch die Tonhöhe verändern. Der Vokalwechsel, den Sie beim »yoyoyoyo« hören, ist jedoch für ein Vibrato zu extrem. Um dahinterzukommen, wie man dezente Klangveränderungen mit der Zunge hervorruft, halten Sie sich an folgende Schritte:

1. **Sagen Sie (ohne Harmonika in der Hand) in einem einzigen Atemzug »Ung-Ung-Ung-Ung«.**

   Beim »ng«-Ton sollte der Teil Ihrer Zunge, der etwa um die Hälfte von der Zungenspitze entfernt ist, sich an den Gaumen heben und den Luftstrom stoppen.

2. **Versuchen Sie nun, diesen Teil Ihrer Zunge zu heben, allerdings nicht so weit, dass er den Luftstrom blockiert.**

   Es sollte sich anhören wie »Ayayayaya«, wobei der »y«-Teil von der sich hebenden Zunge erzeugt wird. Folgendes sollte Ihnen bei diesem Laut auffallen:

   - Der Klang wird heller, wenn Sie die Zunge heben.

   - Sie sollten ein leichtes Zischen der Luft hören, und zwar auf halber Strecke zwischen »y« und »g«.

   - Wenn Sie die Zunge heben, bemerken Sie, wie ein Luftdruck Ihre Zunge vom Gaumen fernhält. Diese Empfindung geht einher mit dem Erwerb Ihrer Fähigkeit, die Tonhöhe ohne jegliche Pulsation leicht zu senken.

3. **Jetzt versuchen Sie es mit der Mundharmonika.**

   Versuchen Sie, eine leichte Schwingung ohne übermäßige Vokaländerung zu erzeugen.

   - Wenn Sie das Zungenvibrato bei Blastönen einsetzen, werden Sie beim Heben der Zunge einen Luftdruck verspüren. Nutzen Sie ihn für die Veränderung der Tonhöhe beim Vibrato.

   - Wenn Sie Ziehtöne spielen, werden Sie beim Heben der Zunge eine Saugwirkung verspüren. Nutzen Sie sie für die Veränderung der Tonhöhe beim Vibrato.

Handvibrato

Das Handvibrato (auch Handtremolo genannt) verändert die Klangfarbe einer Note, kann sich aber auch auf die Lautstärke auswirken. Je mehr Sie Ihre freie Hand bewegen, umso stärker wird sich die Klangfarbe verändern. Sie können mithilfe des Ellbogenschwungs ein Vibrato mit sehr heller Klangfarbe erzeugen, das sich bei gewissen Musikstilen (wie beim akustischen Blues und Country) toll anhört, bei anderen Stilrichtungen (wie Klassik und Jazz) jedoch zu stark und geradezu kitschig klingen kann.

Im Folgenden versuche ich, Sie vom dezenten Handvibrato zum gar nicht so dezenten Ellbogenschwung zu führen:

Das Händedruckvibrato

Umfassen Sie die Mundharmonika mit beiden Händen. Spielen Sie eine lange Note und drücken Sie die bewegliche Hand leicht in Ihre Haltehand. Dann lockern Sie den Druck und halten dabei weiterhin die Mundharmonika umfasst. Spüren Sie, wie der Sound pulsiert, während Sie den Druck verstärken und wieder abschwächen?

Das Kleinfingervibrato

Spielen Sie eine langanhaltende Note, während beide Hände die Harmonika umfasst halten. Während des Spiels heben Sie den kleinen Finger der beweglichen Hand, um eine winzige Öffnung zwischen den Händen zu erschaffen. Um den Sound pulsieren zu lassen, müssen Sie den kleinen Finger heben und senken.

Das gedrehte Handgelenk

Sie können das Handgelenk Ihrer beweglichen Hand drehen, um eine kleine Öffnung zwischen Ihren Händen zu erschaffen, entweder indem Sie Ihre Handkanten weiter voneinander entfernen oder indem Sie eine Öffnung zwischen den Handballen herstellen. Je größer die Öffnung, umso deutlicher die Klangveränderung. Wenn Sie diese Technik beherrschen, können Sie damit eine breite Palette an Schwingungen erzeugen, vom Kleinfingervibrato bis hin zum Ellbogenschwung (jedenfalls fast).

 Wenn Sie die Hand aufmerksam bewegen, gelingt es Ihnen vielleicht, den Punkt zu finden, an dem die Note lauter wird, während Sie Ihre Handform nach der Note ausrichten, wie ich es im Abschnitt über die Ausrichtung des Sounds beschrieben habe. Wenn Sie Ihr Vibrato auf diesen Punkt zentrieren, können Sie die Klangfarbe und die Lautstärke gleichzeitig verändern.

 Um die gesamte Palette an Handvibratos von ganz dezent bis hin zu äußerst farbig kennenzulernen, rate ich Ihnen, sich Audiotrack 0612 anzuhören.

Die Pulsationen aufeinander abstimmen und schichten

Die Abstimmung der Pulsationen Ihres Vibratos auf die verschiedenen Unterteilungen Ihres Beats ist ein äußerst wichtiges Unterfangen, mit dem Sie sich als Spieler profilieren können. Jeder Taktschlag lässt sich in eine kleinere Einheit unterteilen, meist in zwei oder drei Abschnitte von gleicher Dauer. (Mehr über die Unterteilung von Taktschlägen finden Sie in Kapitel 3.)

 Um eine Vorstellung davon zu bekommen, wie ein aufs Timing abgestimmtes Vibrato klingt, sollten Sie sich Audiotrack 0613 anhören. Diese Aufnahme enthält zwei kurze Grooves, gespielt von einer Begleitband. Beim ersten Groove unterteile ich den Beat in drei, beim zweiten in vier Pulsationen.

Wenn Sie bereits vertraut sind mit dem Zwerchfell- und Kehlenvibrato, können Sie beide übereinanderschichten, wobei Ihre Kehle die schnellere Schwingung erzeugt, während das Zwerchfell einigen der Pulsationen zusätzlichen Nachdruck verleiht.

Nehmen Sie Ihre Mundharmonika und versuchen Sie die rhythmische Kombination aus Abbildung 6.8. Ihre Kehle sorgt für den beständigen Rhythmus, der Puls aus dem Bauch heraus für die zusätzlichen Betonungen. Sie erkennen diese Betonungen an den eckigen Klammern (>) über den Noten. Hören Sie sich den Rhythmus in Audiotrack 0614 an.

Abbildung 6.8: Kombination aus Kehlenrhythmus und Zwerchfellrhythmus (Audiotrack 0614)

Kapitel 7
Zeigen Sie Ihrer Mundharmonika die Zunge

D er Einsatz Ihrer Zunge auf der Vorderseite der Mundharmonika gestattet es Ihnen, nach Herzenslust Töne auszuwählen und zu kombinieren. Bestimmte Noten werden gehaltvoller, fangen an zu knistern, Rhythmen ertönen, die Ihr Spiel griffiger machen, und Harmonienoten in weit entfernten Kanälen lassen sich hinzufügen; ja, Sie können sich sogar beim Melodiespiel selbst begleiten und die passenden Akkorde finden. Je häufiger Sie mit der *Zungenblocking-Technik* arbeiten und Ihre Zunge auf die Kanäle legen, umso lieber werden Sie sich selbst beim Spielen zuhören und umso mehr wird Ihnen auffallen, dass die besten Harmonikaspieler ihren Songs vor allem mit diesem Zungenblocking zusätzlichen Schliff verleihen.

In diesem Kapitel sollen Sie die verbreitetsten Zungenblocking-Methoden kennenlernen. Zu jeder Technik erkläre ich Ihnen, welche musikalische Wirkung sie hat und ich werde Ihnen auf übersichtlichen Bildern zeigen, wie Sie sie nachmachen können. Zum Schluss gebe ich Ihnen dann immer eine Melodie oder einen Lick an die Hand, bei der oder dem Sie diese Technik anwenden können.

Die Zungentechniken in diesem Kapitel eignen sich die meisten Mundharmonikaspieler einfach durch Zuhören an. Es gibt also keine Standardmethode, um sie zu Papier zu bringen. Folglich haben sie bei jedem Autor einen anderen Namen und werden auch anders vermittelt. Ich benutze in diesem Buch einfache

Symbole und Namen, die etwas aussagen und den gängigen musikalischen Begriffen entsprechen (oder ihnen zumindest nicht widersprechen). Trotzdem werden Sie oft feststellen, dass eine Technik, die wir hier besprechen, in einem anderen Buch völlig anders heißt. Das macht aber nichts, denn die Methode und ihre Wirkung bleiben gleich.

Akkorde und Melodien mit der Zungentechnik kombinieren

Die diatonische Mundharmonika wurde erfunden, um sowohl Melodien (nacheinander gespielte Single Notes) als auch Akkorde (mehrere Noten gleichzeitig) auf ihr zu spielen. Fast jede Melodienote, die Sie spielen, klingt als Teil eines Akkordes gut, wenn man sie mit Noten der Nachbarkanäle kombiniert. (Die einzige Ausnahme ist die *Dissonanz*, der unschöne Klang, der durch eine Kombination der Kanäle Z 6 und Z 7 zustande kommt.) Wenn es um das Kombinieren von Melodie und Akkorden geht, um Ihren Songs Substanz und Rhythmus zu verleihen, spielt Ihre Zunge eine gewichtige Rolle.

Kennen Sie die Akkorde auf Ihrer Harp?

Wenn Sie Zungentechniken anwenden, spielen Sie oft mehrere Noten gleichzeitig, woraus ein *Akkord* entsteht – eine Gruppe von Noten, die zusammen gut klingen und sich gegenseitig unterstützen. Eine Harmonika in der Tonart C bietet Ihnen die Noten der C-Dur-Tonleiter, die so angeordnet sind, dass Sie beim Spielen mehrerer Nachbarkanäle einige der wichtigsten Akkorde erhalten, die man in der Tonart C-Dur spielen kann. Hier die drei Hauptakkorde:

✔ **Die Blastöne bilden zusammen den C-Dur-Akkord.** Wie Sie sich denken können, ist C-Dur der wichtigste Akkord auf einer Mundharmonika der Tonart C-Dur. Es ist immerhin der Hausakkord.

✔ **Die Ziehtöne in den Kanälen 1 bis 4 ergeben einen G-Dur-Akkord**, was der zweitwichtigste Akkord in C ist. Wenn Sie die Harmonika in der zweiten Position spielen, ist dieser Akkord der Hausakkord (mehr über Positionen in Kapitel 9).

✔ **Die Ziehtöne in den Kanälen 4, 5 und 6 sowie 8, 9 und 10 ergeben einen d-Moll-Akkord.** Dieser Akkord lässt sich leicht mit dem G-Akkord der unteren Bereiche verbinden und bildet eine Art Erweiterung, die den G-Akkord reichhaltiger und voller klingen lässt. Wenn Sie eine C-Harmonika in der dritten Position spielen, ist d-Moll der Hausakkord.

Spielen Sie jeden dieser Akkorde, um mit seinem Klang und seinem Standort auf der Harp vertraut zu werden. Wenn Sie eine neue Zungentechnik beherrschen, versuchen Sie, sie auf jeden Akkord anzuwenden.

Melodien mit Akkorden begleiten

Wenn Sie den Mund auf verschiedenen Löchern der Mundharmonika platzieren und dann atmen, aktivieren Sie die Noten in diesen Löchern. Sie können Ihre Zunge jedoch ebenso auf die Harmonika legen, um einige der Löcher zu blockieren, wie es in Abbildung 7.1a zu sehen ist. Die Technik, die Sie dabei anwenden, bezeichnet man als *Zungenblocking-Methode*. Sie haben die Zunge auf der Harmonika liegen und es ist nur ein Kanal geöffnet. Wenn Sie atmen, spielen Sie folglich auch nur dieses eine Loch. (Wie man eine solche Blockade herstellt, steht in Kapitel 5.)

Theoretisch könnten Sie Ihre Zunge auf der Harp liegen lassen und eine Melodie spielen, die aus einer Abfolge von Single Notes besteht. An gewissen Punkten der Melodie können Sie die Zunge heben und einfach wieder etwas in Ihren Mund zurückziehen. Dadurch geben Sie verschiedene Löcher frei, wie in Abbildung 7.1b. Die freiliegenden Kanäle reagieren auf Ihren Atem und bringen einen Akkord zum Klingen. Harmonikaspieler benutzen diese Zungenhebe-Technik, um manchen Melodien eine Begleitung hinzuzufügen. Die neu hinzugekommenen Akkordtöne lassen die Melodie voller klingen. Wenn Sie der Melodie Akkorde in einem regelmäßigen Rhythmus hinzufügen, unterstützen Sie die Melodie ebenso mit Rhythmen.

 Wenn Sie zunächst die Blockingmethode erproben, versuchen Sie, den Mund so zu verbreitern, dass er mehrere Löcher abdecken kann, ohne dass Sie dazu Ihre Komfortzone verlassen müssen. Zunächst werden Sie nicht sagen können, wie viele Löcher sich in Ihrem Mund befinden. Versuchen Sie, den Mund so weit zu öffnen, dass Sie genügend Platz haben, die Zunge auf die Harp zu legen und trotzdem auf der rechten Seite ein Loch offenzulassen. Drei bis vier Kanäle zu spielen, ist okay, keine Sorge! Wenn Sie mit der Zunge einen Kanal auf der Harmonika abdecken, und beim Heben der Zunge ertönen plötzlich mehr Noten, sind Sie auf einem guten Weg.

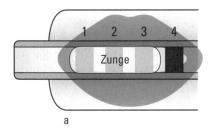 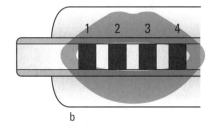

a   b

Abbildung 7.1: Das Blockieren von Löchern, um eine Melodienote zu erzeugen und das Freilegen von Löchern, um der Melodienote Akkordtöne hinzuzufügen
© John Wiley & Sons, Inc.

 In Abbildung 7.2 finden Sie den Song »Mary Had a Groovin' Little Lamb«. Den Groove erhält das kleine Lamm dadurch, dass Sie auf rhythmische Weise Akkorde hinzufügen. Zur Vorbereitung sollten Sie erst einmal lernen, das Lied mit Single Notes und Zungenblocking-Ansatz zu spielen (alles über das Melodiespiel mit Blockingmethode finden Sie in Kapitel 5). Wenn Sie den Song spielen können, heben Sie bitte jedes Mal die Zunge, wenn Sie in der Tabulatur ein Sternchen (*) sehen (das ist stets beim zweiten und vierten Schlag eines Taktes der Fall). Wenn Sie Akkorde hinzufügen, ändern Sie bitte die Notenlängen nicht! Anders gesagt: Der Akkord wird zeitgleich mit den Melodienoten gespielt. Eine mitreißende Version dieses Kinderlieds hören Sie in Audiotrack 0701.

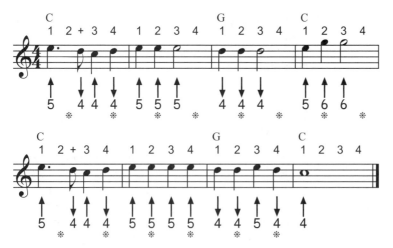

Abbildung 7.2: Mary Had a Little Lamb« (Audiotrack 0701)

Hier die Richtlinien zum Befolgen der Sternchen:

✔ **Kommt das Sternchen nach einer Note, beginnen Sie diese Note als Single Note, dann – während Sie spielen – nehmen Sie die Zunge von der Harmonika, um den Akkord hinzuzufügen.** Nehmen wir als Beispiel die erste Note des Songs in Abbildung 7.2: Sie spielen sie zunächst als Single Note. Dann heben Sie die Zunge, um einen Akkord hinzuzufügen. Bei der nächsten Note legen Sie die Zunge wieder auf die Harmonika und spielen sie wiederum als Single Note.

✔ **Befindet sich das Sternchen direkt unterhalb einer Note, heben Sie die Zunge bereits hoch, bevor Sie die Note spielen.** Anstatt der Single Note spielen Sie einen Akkord mit der Melodienote als höchsten Ton. Auch hier wieder ein Beispiel: Die vierte Note in Abbildung 7.2 hat ihr Sternchen direkt unterhalb der Tabulatur. Sie heben also die Zunge genau dann hoch, wenn Sie diese Note zu spielen beginnen. Bis zum Ende der Note bleibt die Zunge erhoben, dann legen Sie sie wieder auf die Harp und spielen die nächste Note.

In diesem Kapitel fallen Ihnen sicher die Buchstaben oberhalb der Notenschrift auf, wie zum Beispiel C und G7. Das sind die Bezeichnungen für die Akkorde, die andere Instrumentalisten als Begleitung spielen können, während Sie sich dem Melodiespiel widmen. Wenn einer Ihrer Freunde Gitarre oder Klavier spielt, kann er somit die Akkorde spielen und Sie die Melodie.

Den Beat mit einem Akkord jagen

In »Mary Had a Little Lamb« (Abbildung 7.2) heben Sie die Zunge zu jedem zweiten und vierten Beat eines Taktes. Sie können aber auch Akkorde zwischen den Taktschlägen einfügen.

Wenn Sie gerne Blues- und Swingbands hören, fällt Ihnen sicher oft auf, dass der Bass eine Note zu jedem Beat spielt, wobei er die Tonleiter auf- und abwandert. Diese Art von Bassspiel bezeichnet man als *Walking Bass Line*, da sie den Eindruck vermittelt, jemand würde in gleichmäßigem Tempo in eine bestimmte Richtung laufen. Sie können eine Walking Bass Line oder jede andere Melodie, bei der die Noten auf jeden Taktschlag fallen, begleiten, indem Sie *den Beat jagen* – das bedeutet, indem Sie die Zunge heben, um nach jedem Beat einen Akkord zu spielen. (Man kann oft hören, wie Pianisten und Gitarristen den Beat mit Akkorden jagen, wobei sie allerdings meist die Finger benutzen, so gut wie nie ihre Zungen – mit Ausnahme von Jimi Hendrix vielleicht.

In Abbildung 7.3 sehen Sie »Chasin' the Beat«, einen Song, mit dem Sie die Jagd auf Beats ausprobieren und üben können. In dem Tab verrät Ihnen jedes Sternchen, wo Sie die Zunge hochheben müssen, um einen Akkord zu spielen. (Da keiner der Akkorde dem Beat folgt, habe ich die Sternchen der Einfachheit halber neben den Tab gesetzt.) Anhören können Sie sich das Stück in Audiotrack 0702.

Es könnte sein, dass Sie bei den letzten Noten von »Chasin' the Beat« (Abbildung 7.3) und »Slappin' the Blues« (Abbildung 7.6) Probleme bekommen. Beide Stücke enden mit Z2, und wenn Sie Kanal 1 oder 2 mit der Blockingmethode spielen, bedeckt die Harmonika vielleicht nicht mehr die linke Hälfte Ihres Mundes, wodurch zwischen Lippen und Mund Luft nach außen tritt. (Luftgitarre spielen kann Spaß machen, aber Luft-Mundharmonika ist weniger amüsant.) Sie können jedoch jede Stelle, die nicht luftdicht ist, fest verschließen, indem Sie Ihre Lippen auf die Zunge fallen lassen wie in Abbildung 7.4. Wenn Sie Ihre Harp in den Mund nehmen, schiebt sie meist die Lippen etwas von der Zunge weg. Wenn Sie die Harp nach rechts verschieben, achten Sie auf Ihre Ober- und Unterlippe! Wenn das Instrument Ihnen zwischen den Lippen nach außen rutscht, ziehen Sie die Lippen nach innen, sodass sie den Platz der Mundharmonika einnehmen. Dadurch kommen Lippen und Zunge in Berührung und machen jede durchlässige Stelle wieder dicht.

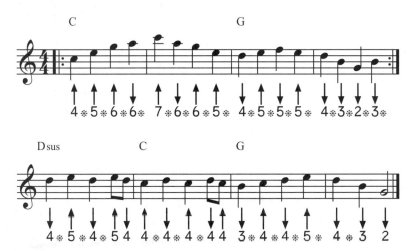

Abbildung 7.3: »Chasin' the Beat« (Audiotrack 0702)
© Winslow Yerxa

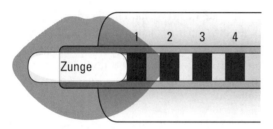

Abbildung 7.4: So verschließen Sie undichte Stellen beim Spielen der Kanäle 1 und 2.
© John Wiley & Sons, Inc.

Melodienoten mit der Zunge betonen

Jedes Instrument hat seine eigene Methode, Melodienoten gewichtiger und interessanter klingen zu lassen. Auf der Harmonika besteht die wirksamste und natürlichste Methode zur Betonung einer Note darin, die Zunge zu heben und ausgewählte Noten der Nachbarkanäle mitzuspielen. Da all jene Noten Teile eines Akkords sind, verstärken sie sich gegenseitig und machen den Gesamtsound eindrucksvoller als seine Einzelteile.

In den folgenden Abschnitten lernen Sie zwei grundlegende Techniken zur Betonung von Melodienoten kennen. Jede Technik hat ihren eigenen Effekt. Wenn Sie lernen, diese Effekte zu erzielen, können Sie sie nach eigenem Gutdünken beim Melodiespiel anwenden. Vielleicht fallen Ihnen auch ein paar Möglichkeiten zur Nutzung dieser Techniken ein, indem Sie Profispielern zuhören und sich einiges von ihnen »abschauen/abhören«.

Der Tongue Slap

Der *Tongue Slap* dient dazu, einer Note mehr Gewicht zu verleihen, indem man sie zunächst als Teil eines Akkords spielt, dann aber sofort als separate Single Note. Und so geht es:

1. **Beginnen Sie mit einem Akkord, dessen Melodienote auf der rechten Seite Ihres Mundes gespielt wird.**

   In Abbildung 7.5a sehen Sie, wie Sie den Slap einleiten können, indem Sie einen Akkord mit der Melodienote auf der rechten Seite spielen.

2. **Erzeugen Sie den Slap, indem Sie die anderen Kanäle mit der Zunge abdecken, sodass nur die Melodienote ertönt.**

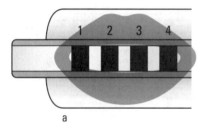
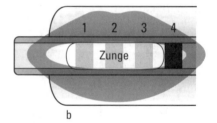

a   b

Abbildung 7.5: Der Tongue Slap
© John Wiley & Sons, Inc.

Abbildung 7.6: »Slappin' the Blues« (Audiotrack 0703)
© Winslow Yerxa

Abbildung 7.5b zeigt Ihre Zunge, wie sie nach dem Slap auf der Harmonika ruht und den Kanal mit der Melodienote freilässt.

 In Abbildung 7.6 sehen Sie den Song »Slappin' the Blues«. Beim Spielen dieses Stücks beginnen Sie jede Note mit einem Slap. Das Sternchen direkt *vor* einer Note bedeutet, dass Sie diese Note mit einem Slap beginnen. Anhören können Sie sich »Slappin' the Blues« in Audiotrack 0703.

Pull-offs: Akkorde aus dem Nichts

Ein *Pull-off* ähnelt einem normalen Heben der Zunge, mit einem großen Unterschied: Sein Ansatz klingt besonders scharf und perkussiv. Bei beiden Techniken beginnen Sie mit einer Melodienote und enden mit einem Akkord, indem Sie die Zunge von der Harmonika nehmen. Wenn Sie jedoch einen Pull-off durchführen, erzeugen Sie einen perkussiven Ansatz des Akkords, indem Sie vor dem Wegziehen der Zunge sämtliche Kanäle verstummen lassen (siehe Abbildung 7.7).

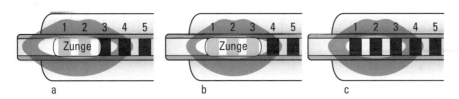

Abbildung 7.7: Der Pull-off (Illustration: Rashell Smith)

Die Löcher werden nur für einen Moment blockiert. Wenn das geschieht, sammelt sich Luft an, die sich schlagartig entlädt, wenn Sie die Zunge wegziehen. Aus irgendeinem Grund haben Pull-offs bei Ziehtönen mehr Wirkung als bei Blastönen.

In Abbildung 7.8 sehen Sie zwei Anwendungsbeispiele für Pull-offs in der zweiten Position.

✔ In Abbildung 7.8a bleiben wir in den Kanälen 1, 2 und 3. Sie spielen B 3, dann Z 3, dann wieder B 3 – und dann ein Pull-off. Genau den gleichen Pull-off-Lick können Sie in dem Song »Bat Wing Leather« in Kapitel 15 hören.

✔ In Abbildung 7.8b bewegen wir uns ein wenig mehr.

1. Sie beginnen mit Kanal 1 und 2 in Ihrem Mund, spielen Z 2 und dann ein Pull-off.

2. Sie gehen über zu Kanal 3 und spielen den Blaston.

3. Sie kehren zurück zu Kanal 2 und 3 und spielen ein weiteres eingeatmetes Pull-off.

Obwohl Z 2 und B 3 den gleichen Ton erzeugen, haben sie unterschiedliche tonale Eigenschaften, und ihr kontrastierender Klang im Wechsel mit dem Pull-off sorgt für eine interessante und vielschichtige Struktur.

Den Lick aus Abbildung 7.8 hört man häufig im Chicago-Blues. Ein ausgezeichnetes Beispiel findet sich in Little Walters bekanntem Blues-Instrumental »Off the Wall«. Sie können sich den Lick in Audiotrack 0704 anhören.

In Abbildung 7.8 weisen die kurzen Längsbalken unterhalb der Kanalnummern darauf hin, dass Sie mit der Zunge blockieren müssen. Einen Pull-off erkennen Sie an einem Kreis, in dem sich ein x befindet.

Versuchen Sie, mithilfe von Pull-offs dem Beispiel aus Abbildung 7.3 etwas mehr Vielfalt zu verleihen. Wenn es sich bei der Melodienote um einen Blaston handelt, probieren Sie zwei verschiedene Möglichkeiten aus und entscheiden Sie selbst, welche Ihnen besser gefällt: ein Blaston-Pull-off oder ein Ziehton-Pull-off gleich links von der Melodienote. Versuchen Sie auch, Pull-offs in das Stück »Lucky Chuck« in Kapitel 13 einzubauen.

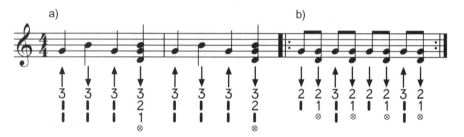

Abbildung 7.8: Zwei typische Pull-off-Licks (Audiotrack 0704)

Den Akkorden Struktur verleihen

Wenn Sie einen Akkord spielen, können Sie die Zunge einsetzen, um für mehr Struktur zu sorgen – so wie ein Gitarrist, wenn er, anstatt alle Akkordnoten gleichzeitig anzuschlagen, ein ausgefallenes Schlagmuster spielt. In den folgenden Abschnitten sehen wir uns verschiedene Akkordstrukturen näher an, die so abenteuerliche Namen haben wie Chord Rake, Chord Hammer, Hammered Split oder Shimmer.

 In Audiotrack 0705 hören Sie verschiedene Akkordstrukturen, auch solche mit Locked Split. Ich benutze dazu die Riffs aus Abbildung 7.9 und spiele nacheinander sämtliche Strukturen, damit Sie deren Wirkung vergleichen können.

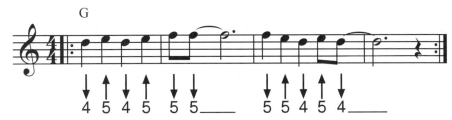

Abbildung 7.9: Verschiedene mit der Zunge erzeugte Strukturen (Audiotrack 0705)

Der Chord Rake: Mal ist die Zunge hier, mal dort

Wenn Sie einen *Chord Rake* spielen, machen Sie aus Ihrer Zunge eine Art Rechen (genau das bedeutet *rake* nämlich). Dieser Rechen bewegt sich von einer Seite zur anderen, quer über die Kanäle, während Sie einen Akkord spielen. Solange Ihre Zunge unterwegs ist, werden stets einige der Noten erklingen, die anderen werden abgeblockt. Diese ständig wechselnde Notenkombination sorgt für eine Struktur, die den Auf- und Abschlägen auf einer Gitarre ähneln.

Und so müssen Sie vorgehen:

1. Beginnen Sie mit einem Akkord aus drei oder mehr Kanälen.

2. Legen Sie die Zunge einseitig auf die Harfe, sodass manche Löcher bedeckt sind, während ein oder mehrere Löcher geöffnet sind.

3. Beim Spielen schieben Sie die Zunge von einer Seite der Harmonika zur anderen.

 Die Ränder Ihrer Zunge müssen gegen Ihre Mundwinkel stoßen, damit die Zunge sich so weit wie möglich nach rechts oder links bewegt. Auf diese Weise schöpfen Sie diese Technik optimal aus. Abbildung 7.10a und Abbildung 7.10b zeigen den äußersten Punkt Ihrer Zunge auf beiden Seiten.

 Versuchen Sie, einen Chord Rake zu spielen, dann übertragen Sie ihn auf das Beispiel aus Abbildung 7.9. Wie das klingen soll, hören Sie in Track 0705.

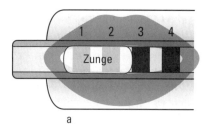 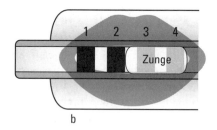

Abbildung 7.10: Der Chord Rake (Audiotrack 0705)
© John Wiley & Sons, Inc.

Hammerhart: Der Chord Hammer

Wenn Sie eine Melodie spielen, können Sie auch einen Effekt hinzufügen, den man *Chord Hammer* nennt. Es handelt sich um das rasche Bombardement mit wiederholten Akkorden, die »abgefeuert« werden, während die Melodienote noch immer klingt. Der Chord Hammer klingt ziemlich eindrucksvoll (er ist einer der Lieblingseffekte von Blues-Harmonikaspielern), aber spielen lässt er sich ganz einfach. Anfangs bedecken Sie mit der Zunge so viele Kanäle, dass nur eine Note ertönt, wie in Abbildung 7.11a. Dann nehmen Sie rasch die Zunge von der Mundharmonika (siehe Abbildung 7.11b) und legen sie ebenso rasch wieder zurück. Dieses Wechselspiel behalten Sie eine Zeit lang bei: Zunge runter, Zunge rauf, Zunge runter, Zunge rauf. Was dabei entsteht, ist ein vitaler, wellenartiger Sound – Ihre Zunge agiert wie ein weicher Hammer, der eine schnelle Serie von Blastönen erzeugt.

 Wenn Sie einen Chord Hammer spielen, müssen Sie nicht schnell wie der Blitz sein. Der Effekt hört sich etwa doppelt so schnell an als Sie ihn spielen, also strapazieren Sie Ihre Zunge nicht so sehr und behalten Sie die Kontrolle.

 Spielen Sie einen Chord Hammer, dann übertragen Sie ihn auf das Beispiel aus Abbildung 7.9. Wie das klingen soll, hören Sie in Track 0705.

Ein *Hammered Split* ist im Grund das Gleiche wie ein Chord Hammer, bis auf ein Detail: Anstatt mit einer Single Note beginnen Sie hier mit einem Split (was das ist und wie das funktioniert, erkläre ich Ihnen im nächsten Abschnitt). Immer wenn Ihre Zunge auf der Mundharmonika liegt, gibt es zu beiden Seiten Ihrer Zunge offene Kanäle (siehe Abbildung 7.12a). Dann nehmen Sie rasch die Zunge weg wie beim Chord Hammer (siehe Abbildung 7.11b) und legen sie wieder zurück.

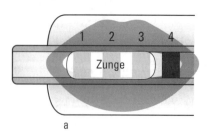 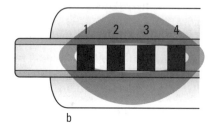

Abbildung 7.11: Der Chord Hammer (Audiotrack 0705)
© John Wiley & Sons, Inc.

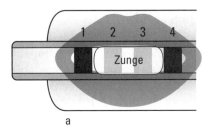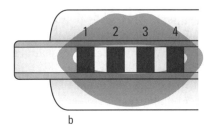

Abbildung 7.12: Der Hammered Split (Audiotrack 0705)
© John Wiley & Sons, Inc.

 Spielen Sie einen Hammered Split, dann übertragen Sie ihn auf das Beispiel aus Abbildung 7.9. Wie das klingen soll, hören Sie in Track 0705.

Vom Shimmer keinen Schimmer? Dann lesen Sie das!

Ein *Shimmer* ähnelt ein wenig dem Chord Rake. Anstatt jedoch alle Töne in Ihrem Mund zu spielen, wechseln Sie beim Shimmer zwischen der Note auf der linken und der Note auf der rechten Seite. Es gibt zwei Möglichkeiten, einen Shimmer zu spielen: Sie können die gesamte Zungenspitze bewegen wie beim Spielen des Rakes, Sie können sie aber auch an ihrem Platz auf der Mundharmonika lassen. Wenn Sie das tun, aktivieren Sie die Wackelbewegung weiter hinten auf der Zunge und Ihre Zungenspitze gerät an Ort und Stelle in Bewegung. Da diese Bewegung von einer Seite zur anderen geht, werden abwechselnd die Löcher auf der linken und der rechten Seite abgedeckt. In Abbildung 7.13a und Abbildung 7.13b sehen Sie die äußersten Stellen, an die Ihre Zunge beim Shimmer hinkommt.

 Der Shimmer ermöglicht es Ihnen, Akkordtöne auszublenden, die nicht zu dem passen, was ein Gitarrist oder Pianist beiträgt. Auch der Effekt, den Sie damit erzeugen, ist subtiler als beim Chord Rake oder Chord Hammer.

 Wenn Sie den Shimmer beherrschen, wenden Sie ihn auf das Beispiel aus Abbildung 7.9 an. Hören Sie in Audiotrack 0705 hinein.

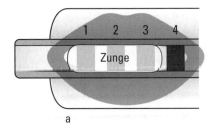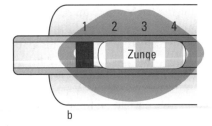

Abbildung 7.13: Der Shimmer (Audiotrack 0705)
© John Wiley & Sons, Inc.

Ihr persönlicher Spagat: Der Split

Sie können einer Melodienote mehr Ausdruck verleihen, wenn Sie eine weitere Note hinzunehmen, die ein paar Löcher weiter links liegt, und das Ganze als Harmonie spielen. Aber wie vermeiden Sie, dass die dazwischenliegenden Kanäle ebenfalls mitklingen? Sie blockieren sie mit der Zunge und lassen an Ihrem linken und rechten Mundwinkel genügend Platz frei, um Luft zu den gewünschten Kanälen zu leiten (siehe Abbildung 7.14). Da Sie auf diese Weise einen Akkord in zwei Harmonienoten aufsplitten, sprechen Harmonikaspieler hier von einem Split.

 Um zu lernen, wie man einen Split spielt, beginnen Sie mit einem vierkanaligen *Spread*, bei dem Ihr Mund vier Kanäle abdeckt. Danach widmen Sie sich dem Split, indem Sie die Zunge auf die Harmonika legen, sodass Sie die linken und rechten Noten gemeinsam hören können. In Abbildung 7.14 sehen Sie, welche Zungenstellung Sie dabei einnehmen müssen.

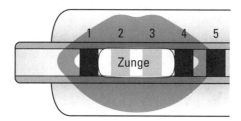

Abbildung 7.14: Der Zungen-Split
© John Wiley & Sons, Inc.

Und dann war da noch der Locked Split ...

Wenn Sie einen Split bilden, können Sie ihn geschlossen in Formation halten, indem Sie einen feststehenden Split ausführen und die Zunge dabei unbeweglich an Ort und Stelle lassen. Das bezeichnet man als *Locked Split*. Sie können diesen Split beim Spielen stets aufs Neue der Melodie angleichen. Wenn Sie die Atemrichtung ändern und von Kanal zu Kanal fortschreiten, spielen Sie die Melodie auf der rechten Seite Ihres Locked Splits und die linke Seite liefert Ihnen automatisch eine tiefere Harmonienote.

 In Abbildung 7.15a sehen Sie einen Locked Split in Kanal 4, begleitet von Kanal 1. In Abbildung 7.15b wird der Split ein Loch weiter rechts gespielt, also in Kanal 5, und die Begleitung kommt von Kanal 2. Wenn Sie einen Locked Split spielen, bewegen Sie weder Lippen noch Zunge. Sie bleiben geschlossen in Formation und Sie verschieben die Harmonika nur, wenn Sie zu einem anderen Kanal wechseln wollen. Versuchen Sie, das Beispiel aus Abbildung 7.9 mit einem Locked Split zu spielen (Sie hören ihn in Audiotrack 0705).

Beim Spielen eines Locked Splits werden Sie verschiedene Arten von Notenkombinationen hören (unterschiedliche *Intervalle*: mehr über Intervalle in Kapitel 4). Wenn Sie zum Beispiel Abbildung 7.9 mit einem Locked Split spielen, der sich über vier Löcher erstreckt, handelt es sich bei den meisten Kombinationen, die Sie erhalten, um Oktaven. Zwei dieser Splits – Z2 und Z5, ebenso wie Z3 und Z6 – klingen irgendwie schrill, da beide eine

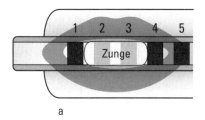 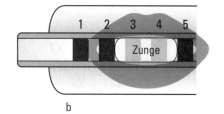

a   b

Abbildung 7.15: Der Locked Split (Audiotrack 0705)
© John Wiley & Sons, Inc.

Kombination ergeben, die sich *Septime* nennt, die im Allgemeinen als dissonant (unschön, misstönend) gilt. Trotz seines unangenehmen Klangs jedoch wird der Z 2/Z 5-Split beim Blues gerne verwendet. Dort klingt er irgendwie ganz natürlich.

… und der bewegliche Split

Wenn Sie sich bei einem vierkanaligen Locked Split auf der Harmonika fortbewegen und sowohl Zieh- als auch Blaskombinationen spielen, fällt Ihnen vielleicht auf, dass die Blaston-Kombinationen stets eine Oktave entstehen lassen, während die Ziehton-Kombinationen eine Vielzahl verschiedener Intervalle bilden können. Was nun, wenn Sie eine Melodielinie in Oktaven spielen, dabei aber sowohl Blas- als auch Ziehtöne verwenden wollen? An dieser Stelle kommt der *bewegliche Split* ins Spiel.

Beim Anwenden eines beweglichen Splits ändern Sie die Anzahl von Löchern in Ihrem Mund, ebenso die Anzahl der Löcher, die Sie mit der Zunge blockieren. Dadurch lassen sich mehrere tolle Effekte erzielen:

✔ Sie können eine Note fest beibehalten, die Harmonienote jedoch variieren.

✔ Sie können sowohl Blas- als auch Ziehtöne in Oktaven oder anderen Intervallen spielen, die gleich bleiben, während Sie von einer Note zur anderen fortschreiten.

✔ Sie können verschiedene Harmonienoten vermischen, um einen angestrebten Effekt zu erzielen.

 Der Tab, den ich für Splits benutze, zeigt Ihnen den Kanal mit der höchsten Nummer im Split und den mit der niedrigsten darunter. Zwischen die beiden Kanalnummern füge ich kurze Längsbalken ein, eine für jeden Kanal, den Sie mit der Zunge abdecken.

Bewegliche Splits bei Oktaven im hohen Register

In Abbildung 7.16 finden Sie eine Übersicht der beweglichen Splits, mit denen man Oktaven im hohen Register spielt. In den Kanälen 7 bis 10 spielen Sie Blaston-Oktaven mit einem Spread über vier Kanäle, während bei Ziehton-Oktaven ein Spread über fünf Kanäle erforderlich ist. Deshalb müssen Sie, um eine Tonleiter in Oktaven zu spielen, zwischen beiden Spread-Weiten abwechseln und die richtigen Kanalkombinationen herausfinden.

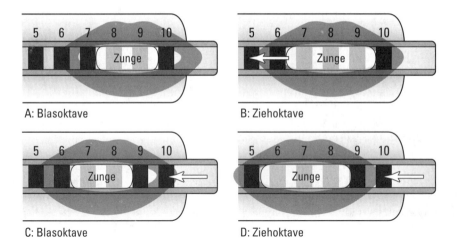

A: Blasoktave

B: Ziehoktave

C: Blasoktave

D: Ziehoktave

Abbildung 7.16: Oktaven mit beweglichen Splits in höheren Registern (Illustration: Rashell Smith)

Es ist übrigens nicht so schwer wie es aussieht, sofern Sie ein paar einfache Abläufe richtig durchführen. Um variable Splits im hohen Register zum Spielen von Oktaven anzuwenden, sollten Sie sich an folgende Schritte halten:

1. **Beginnen Sie mit einem vierkanaligen Split über die Kanäle 7 bis 10.**

   Dadurch entsteht eine Blasoktave.

2. **Während Sie sich aufs Einatmen vorbereiten:**

   • Lassen Sie den rechten Mundwinkel auf Kanal 10.

   • Verbreitern Sie die Mundöffnung zu einem Fünf-Kanal-Spread.

   • Achten Sie darauf, dass auch Ihre Zunge breit genug wird, um Kanal 7 abzudecken, sodass nur Kanal 6 auf der rechten Seite freibleibt.

 Wenn Sie drei Kanäle mit der Zunge abdecken müssen, wie zum Beispiel 7, 8 und 9, werden Sie feststellen, dass Ihre Zungenspitze dazu nicht ausreicht. Eine gute Alternative: Richten Sie die Zungenspitze nach unten und versuchen Sie es mit dem viel breiteren oberen Teil der Zungenfläche – damit schaffen Sie mehr! Sie können ja abwechseln zwischen der Zungenspitze für zweikanalige Blockaden und der Zungenfläche für breitere Blockaden.

3. **Atmen Sie ein und spielen Sie dabei eine saubere Ziehoktave in den Kanälen 6 und 10.**

4. **Während Sie sich aufs Ausatmen vorbereiten:**

   • Lassen Sie den linken Mundwinkel auf Kanal 6.

   • Machen Sie die Mundöffnung schmal genug für einen Vier-Kanal-Spread, das heißt: Verändern Sie die Mundstellung auf der rechten Seite so, dass Ihr rechter Mundwinkel auf Kanal 9 landet.

- Achten Sie darauf, dass Ihr Zungenblocking ebenfalls schmäler wird, sodass Kanal 9 freiliegt und mit Luft versorgt werden kann.

5. **Atmen Sie aus und spielen Sie dabei eine saubere Blasoktave.**

Abbildung 7.17 beginnt mit dem, was Sie gerade gespielt haben, und dehnt es etwas weiter aus. Dabei werden Sie durch alle Oktavenpaare geführt, die auf der Mundharmonika möglich sind. Wenn Sie diese Übung gut nachspielen können, sollten Sie mit Oktaven-Splits wirklich bestens zurechtkommen. Zu Abbildung 7.17 gehört Audiotrack 0706 – Sie können also sehen, zuhören und mitspielen.

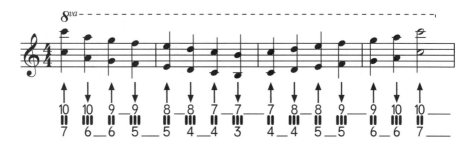

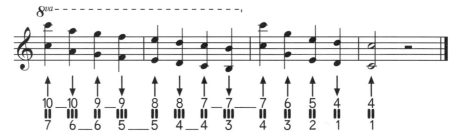

Abbildung 7.17: Oktaven mit beweglichen und geschlossenen Splits (Audiotrack 0706)

Einen Orgelpunkt mit beweglichen Splits spielen

Während Sie die Note auf der rechten Seite variieren, indem Sie den Split mal größer, mal kleiner machen, können Sie im linken Mundwinkel immer die gleiche Note beibehalten. (Sie können es auch umgekehrt machen, aber auf der rechten Seite zu variieren, ist verbreiteter). Die Note, die Sie halten, während Sie die anderen spielen, bezeichnet man als *Orgelpunkt*, wie man ihn oft auf dem Dudelsack hört.

B 3 und Z 2 ergeben die gleiche Note. Sie können diesen Ton zum Orgelton machen, und zwar in Kombination mit jeder Blas- oder Ziehnote, die Sie beim Spielen dieses Tons erreichen können.

Um Orgeltöne und Splits im Allgemeinen richtig ausschöpfen zu können, ist es hilfreich, dass Sie mit der Zunge ein, zwei oder drei Kanäle blockieren können. Um die Größe Ihrer Blockade zu verändern, probieren Sie folgende Bewegungen aus:

✔ Für eine zweikanalige Blockade legen Sie die Zungenspitze direkt auf die Löcher.

✔ Für eine dreikanalige Blockade richten Sie die Zungenspitze nach unten und benutzen Ihre viel breitere Zungenfläche, um die Kanäle zu blockieren.

✔ Wenn Sie nur einen Kanal blockieren wollen, richten Sie die Zungenspitze nach oben und blockieren mit der Unterseite der Zunge.

Für einen dreikanaligen Spread spielen Sie einen Split, aber Sie können auch auf zwei Kanälen einen Akkord spielen, indem Sie zwei Öffnungen blockieren und die Zungenspitze nach rechts oder links bewegen, wie Sie es in Abbildung 7.18 sehen können.

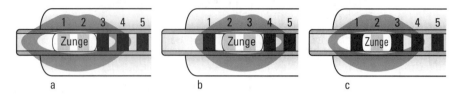

Abbildung 7.18: Drei Zungenpositionen bei einem dreikanaligen Spread (Illustration: Rashell Smith)

 Um Splits für einen dreikanaligen Spread zu spielen, machen Sie die Übung in Abbildung 7.19. Spielen Sie langsam und bedacht, damit Ihre Notenpaare in allen drei Zungenpositionen sauber klingen. In Audiotrack 0707 können Sie sich die Übung anhören und mitspielen.

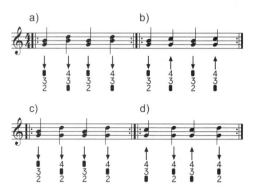

Abbildung 7.19: Zungenpositionen für Splits in einem Dreikanal-Spread (Audiotrack 0707)

 Wollen Sie Ihre neuen Split-Fertigkeiten nun in die Praxis umsetzen? »Greeting the Sun« (Abbildung 7.20) ist ein kurzes Stück, das toll klingt, wenn Sie alle Harmonien und Orgelpunkte einbauen, die Sie beherrschen. In Audiotrack 0708 können Sie sich den Song anhören und mitspielen.

 Bewegliche Splits, ähnlich denen aus »Greeting the Sun«, kommen auch in dem Song »Cluck Old Hen« (Kapitel 14) vor, ebenso in den Fiddle-Songs »Bat Wing Leather«, »Angeline the Baker« und »Over the Waterfall« (Kapitel 15).

Abbildung 7.20: »Greeting the Sun« (Audiotrack 0708)

Schnell und weit springen mit Corner Switching

Wenn Sie eine Note auf der Mundharmonika spielen und nun zu einer Note springen wollen, die mehrere Kanäle entfernt liegt, kann es vorkommen, dass Sie Ihr Ziel knapp verfehlen. Außerdem werden Sie feststellen, dass sich während Ihres Sprungs auch die dazwischenliegenden Kanäle zu Wort melden, was sie aber nicht sollen. Zum Glück lassen sich auch weite Sprünge sauber, präzise und rasch vollführen – mit einer Methode, die wir *Corner Switching* nennen.

Das englische Wort »switch« bedeutet austauschen oder einfach wechseln. Beim Corner Switching wechseln Sie zwischen dem Ton im rechten Mundwinkel und dem im linken Mundwinkel ab. Das machen Sie, indem Sie einfach die Zunge nach links oder rechts schieben. Klingt simpel, oder?

Hier die genaue Anweisung für den Corner Switch:

1. **Nehmen Sie die Harmonika so in den Mund, dass sich der linke Mundwinkel bei der Ausgangsnote, der rechte bei der Zielnote Ihres Sprungs befindet.**

2. **Legen Sie die Zunge so auf die Harp, dass der Kanal für die Ausgangsnote offen ist, alle anderen Öffnungen jedoch blockiert.**

   In Abbildung 7.21a befindet sich die erste Note des Sprungs in Kanal 4.

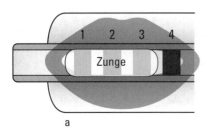 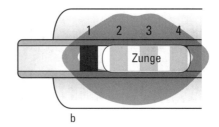

Abbildung 7.21: Der Corner Switch
© John Wiley & Sons, Inc.

3. **Verschieben Sie die Zunge so, dass der erste Kanal mit der Ausgangsnote blockiert ist und die Note für das zweite Loch auf der anderen Seite Ihres Mundes nun frei ist, wie in Abbildung 7.21b.**

Vielleicht ist Ihnen aufgefallen, dass Abbildung 7.21 genauso aussieht wie Abbildung 7.13. Das muss auch so sein, da ein Corner Switch mit der gleichen Zungentechnik ausgeführt wird wie ein Shimmer. Allerdings spielen Sie einen Corner Switch ganz bewusst und meist nur ein oder zwei Mal. Beim Shimmer jedoch findet diese Bewegung schnell und immer wieder statt.

Dem Corner Switch begegnet man gelegentlich in der Bluesmusik. In Abbildung 7.22 sehen Sie zwei typische Licks, bei denen Corner Switching ausgeführt wird. Abbildung 7.22a ist fast wie ein langsamer, bewusst ausgeführter Rake. Abbildung 7.22b ähnelt hingegen einem langsamen Shimmer.

Doch nicht nur beim Blues, auch bei Fiddle-Songs ist das Corner Switching nützlich, ebenso beim Hin- und Herspringen (siehe Abbildung 7.23).

 Die Licks aus Abbildung 7.22 und Abbildung 7.23 können Sie sich in den Audiotracks 0709 beziehungsweise 0710 anhören und dazu mitspielen.

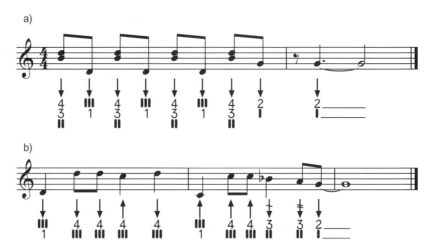

Abbildung 7.22: Zwei typische Blues-Licks mit Corner Switching (Audiotrack 0709)

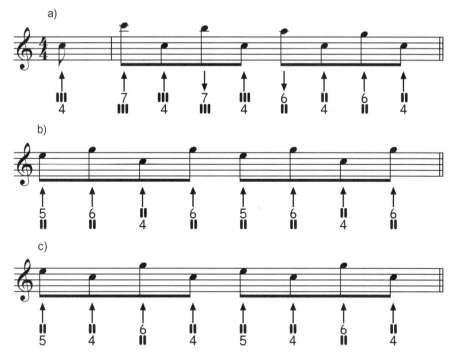

Abbildung 7.23: Typische Fiddle-Tune-Licks mit Corner Switching (Audiotrack 0710)

Auch bei einigen der Songs aus den Kapiteln 14 und 15 hat sich das Corner Switching bewährt:

✔ »She's Like the Swallow« in Kapitel 14 sowie »Jerry the Rigger« und »Dorian Jig« in Kapitel 15 folgen einem einfachen Pattern, bei dem ständig hin und her »geswitcht« wird.

✔ »The Stool of Repentance« in Kapitel 15 bedient sich des Switching-Patterns aus Abbildung 7.23c.

✔ »The Dire Clog« in Kapitel 15 bedient sich des Switching-Patterns aus Abbildung 7.23a.

✔ Bekannte Fiddle-Songs wie »De'il Amang the Taylors« und »Devil in the Woodpile«, die in diesem Buch nicht vorkommen, benutzen das Switching Pattern aus Abbildung 7.23b.

Corner Switching kann auf den ersten Blick verwirren und schwierig erscheinen. Sie werden sich leichter tun, wenn Sie ein paar Tipps befolgen:

✔ Machen Sie am Anfang alles langsam und bewusst. Nehmen Sie sich Zeit, den nächsten Schritt zu durchdenken – erst dann führen Sie ihn aus.

✔ Beginnen Sie mit dem linken Mundwinkel in Kanal 1 – wenn sich weiter links keine weitere Note befindet, wissen Sie, dass Sie bei Kanal 1 sind. Bei den Licks in Abbildung 7.22 muss sich der linke Mundwinkel in Kanal 1 befinden, also beginnen Sie mit diesen Licks, auch wenn der Blues nicht so Ihr Ding ist.

IN DIESEM KAPITEL

Was ist eigentlich Bending? Und was ist daran so Besonderes?

Ganz entspannt bleiben! Ihr erster Bending-Versuch

Welche Noten lassen sich benden – und vor allem: wie?

Bending auf anderen Mundharmonika-Typen

Kapitel 8
Na endlich: Das berühmt-berüchtigte Bending

Einer der atmosphärischsten Klänge, den Sie Ihrer Mundharmonika entlocken können, ist der Sound von Bending-Noten. Kann sein, dass Sie ihn schon einmal gehört haben – dann waren Ihre ersten Worte wahrscheinlich: »Wow, genauso möchte ich auch spielen können!« Bending kann wahnsinnig ausdrucksvoll sein und es spielt eine große Rolle bei den Harmonikaklängen, die Sie auf CD, in der Werbung oder bei Livekonzerten hören. So gut wie jede Stilrichtung profitiert von dieser Technik – ob Blues, Rock, Country, Pop, Beatbox, Folk, Jazz und oft sogar die klassische Musik. Wenn Sie eine Note in den tieferen Bereich oder wieder zurückgleiten lassen, ähnelt der Klang der Harmonika plötzlich einer menschlichen Stimme. Wenn Sie zum Beispiel eine Note benden, während Ihre Hände die Mundharmonika umschließen und sich abwechselnd öffnen oder schließen, oder wenn Sie Ihren Atem mit der Kehle zum Vibrieren bringen, erhalten Sie klagende, seufzende, säuselnde oder verführerische Klänge – all das, was für die Mundharmonika so charakteristisch ist.

In diesem Kapitel ist es endlich soweit und die Mysterien des Bendings werden Ihnen offenbart. Sie brauchen dazu weder rituelle Opfergaben bringen noch ein spezielles Tattoo haben alles, was Sie brauchen, ist Ausdauer. Sie sollten auch wissen, dass keins der merkwürdigen Dinge, die ich Sie zu tun bitte, in irgendeiner Weise illegal ist und dass Sie mit ihrer Hilfe tatsächlich das Benden lernen werden.

Bei Ihren ersten Bending-Versuchen werden Sie wohl nicht sofort erfolgreich sein. Die Technik zu erlernen und dann auch noch zu verfeinern, kann eine Menge Zeit kosten, Frustrationsphasen inklusive. Immer wenn Sie meinen, jetzt hätten Sie's raus, entschlüpfen Ihnen die Dinge wieder, um jedoch nach einer Weile – das ist das Magische daran – wieder einwandfrei zu klappen. Zwei Dinge sind dabei sehr hilfreich:

✔ Ausdauer und echtes Bemühen, die sich letztendlich auszahlen werden

✔ Sich immer wieder Beispiele für ein gelungenes Bending anzuhören, wie zum Beispiel auf den Audiotracks zu diesem Kapitel. Wenn man das Ergebnis hört, weiß man, worauf man sich zubewegt. Es hat aber noch einen anderen Vorteil: Manchmal, wenn Sie hart an den Übungen und Techniken in diesem Kapitel gearbeitet haben, können Sie sich einfach ein Bending anhören und drauf losspielen, ohne bewusst darüber nachzudenken. Das gelingt öfter als Sie meinen.

Aber ich will Sie nicht erschrecken! Darum versuche ich jetzt mal alle Fragen zu beantworten, von denen ich weiß, dass sie Ihnen bereits im Kopf herumspuken. Zum Beispiel: Was ist Bending überhaupt? Was bringt es mir beim Spielen? Und vor allem: Wie funktioniert es?

Das kleine Bending-ABC

Die Mundharmonika war ursprünglich gar nicht fürs Bending gedacht. Sie war dazu gedacht, fröhliche deutsche Lieder zu spielen, die von den klagenden, verführerischen Klängen des Noten-Bendings so weit wie nur möglich entfernt waren. Auf das Bending stieß man eigentlich mehr als Nebenwirkung, so als hätte man zum ersten Mal entdeckt, dass man Salat-Dressing auch aus Suppengewürz herstellen kann.

Was ist Bending?

Bending ist zum Verändern der Tonhöhe da. Man lässt eine Note langsamer schwingen, damit sie tiefer wird, oder man lässt sie schneller schwingen, damit sie höher wird. Jede Stimmzunge einer Mundharmonika ist eigentlich nur für eine einzige Tonhöhe gedacht, wie zum Beispiel A, D oder C. Wenn Sie eine dieser Zungen anzupfen und vibrieren lassen, können Sie die betreffende Note hören. Wenn Sie die Stimmzunge mit dem Atemstrom Ihrer Lunge zum Vibrieren bringen, ertönt in der Regel genau die gleiche Note.

Jede Stimmzunge kann aber auch andere Töne produzieren – sowohl höhere als auch tiefere als die, nach der sie benannt ist. Wenn Sie das Bending kapiert haben, werden Sie einige Noten dazu bewegen können, zu einem tieferen Ton hinabzugleiten, andere wiederum dazu, höher zu werden. Und das alles nur, indem Sie Ihren Mund auf die gewünschte Note einstellen.

 Mundharmonikaspieler haben für die verschiedenen Arten von Bending verschiedene Namen:

✔ Wenn Sie eine Note tiefer klingen lassen als den Ton, der ihrer Stimmung entspricht (und zwar, indem Sie die Schwingungen verlangsamen), spricht man einfach vom Bending dieser Note.

Wenn Sie einen Ziehton abwärts benden, spricht man vom *Draw Bend*, wenn Sie einen Blaston abwärts benden, spricht man vom *Blow Bend*.

✔ Wenn Sie eine Note höher klingen lassen als den Ton, der ihrer Stimmung entspricht (indem Sie die Schwingungen beschleunigen), spricht man von einem *Overbend*.

Spielt sich dieser Overbend beim Ausatmen ab, spricht man vom *Overblow*, spielt er sich beim Einatmen ab, vom *Overdraw*.

Auf der diatonischen Mundharmonika ist jede Note zu einigen dieser Abläufe fähig, zu anderen wiederum nicht. In diesem Kapitel möchte ich das Abwärts-Bending erläutern, in Kapitel 12 geht es dann um die bereits erwähnten Overblows und Overdraws.

Später in diesem Kapitel biete ich Ihnen eine Übersicht, welche Noten sich überhaupt benden lassen. Zunächst aber gehe ich noch einmal auf das große Warum ein, dann zeige ich Ihnen, wie Sie sich an Ihre ersten Bendings wagen können.

Warum benden?

Der klagende Sound des Hinabgleitens in eine niedrigere Tonhöhe mit seinem bedrückenden »Aah-uuh« ist ebenso aus- wie eindrucksvoll. Gebendete Noten zur Ausdruckssteigerung gehören zum Repertoire jedes Harmonikaspielers, seit diese Technik bekannt ist. Aber das Bending hat auch einen praktischen Nutzen: Mit ihm lassen sich Noten spielen, die auf der Mundharmonika gar nicht enthalten sind, und wenn man mehr Noten zur Verfügung hat, lassen sich natürlich auch mehr Melodien, Licks und Riffs spielen – ja, auch mehr Akkorde, die ja ebenfalls aus mehreren Noten bestehen.

In Audiotrack 0801 hören Sie ein ausdrucksvolles Bending sowie ein Bending zu dem Zweck, die Stimmzungen tiefer oder höher klingen zu lassen als normal.

Wir benden eine Note abwärts

Das eigentliche Bending spielt sich in den verborgenen Bereichen Ihrer Mundhöhle ab – aber wenn Sie es sich, bewaffnet mit Taschenlampe und Spiegel, aus der Nähe ansehen wollen, ist natürlich die Mundharmonika im Weg. Trotzdem können Sie sich eine Vorstellung davon verschaffen, indem Sie versuchen, es mit der Zunge zu erfühlen. Dazu brauchen Sie keine weiteren Hilfsmittel und danach können Sie einige Atem- und Stimmtöne ausprobieren, die Ihnen dabei helfen, das Bending ein wenig besser zu verstehen.

Zum Glück wird der Bestand an wissenschaftlichen Abhandlungen über das Bending immer größer. Robert Johnstons 1987 in *Acoustics Australia* erschienener Artikel »Pitch Control in Harmonica Playing« (deutsch: *Tonhöhenkontrolle beim Mundharmonikaspiel*) führte zum Einsatz von Ultraschall und Röntgengeräten durch die Mediziner Hank Bahnson und Jim Antaki. Sie können ihre Ergebnisse unter `www.turboharp.com/harmonica_research` nachlesen und neuerdings auch auf MRI-Bildern von David Barrett und einem Team von

Stanford-Wissenschaftlern nachvollziehen, die sich auf David Barretts YouTube-Kanal finden. Auf weiteres Material stoßen Sie vermutlich in den Archiven des *Journal of the Acoustical Society of America*.

Gaumenuntersuchung? – Der Nächste, bitte!

Versuchen Sie, mit der Zungenspitze die Rückseite Ihrer oberen Zahnreihe zu berühren. Dann gleiten Sie entlang dem Gaumen zurück, sodass Sie seinen Umriss erfühlen können. Vor Ihrem geistigen Auge entsteht ein Bild wie in Abbildung 8.1. Aus Gründen der Verständlichkeit habe ich die einzelnen Bereiche nicht mit medizinischem Fachjargon, sondern in Alltagssprache beschriftet. (Lachen Sie nicht!)

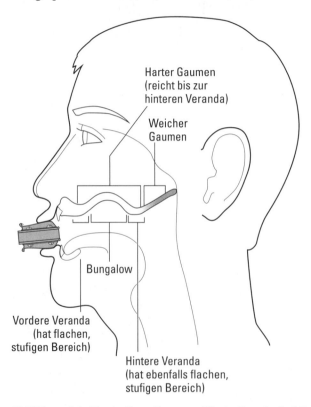

Abbildung 8.1: Umriss Ihres Gaumens (Illustration: Rashell Smith)

Beim Bending heben Sie normalerweise irgendeinen Teil Ihrer Zunge an einen Ort entlang dieses Umrisses: bei extrem tief gebendeten Noten wahrscheinlich irgendwo im Hinterhofbereich, bei extrem hoch gebendeten Noten in der Nähe des Bungalows oder sogar auf der vorderen Veranda. Wenn Sie Ihre Zunge auf diese Weise einsetzen, können Sie Ihren Mund verschiedenen Noten anpassen, indem Sie die Größe Ihrer *Mundhöhle* – das ist der umschlossene Hohlraum in Ihrem Mund – verändern, und das geht so:

✔ Zunge hinten im Mund heben = großer Raum = tiefe Note

✔ Zunge im Mund nach vorne heben = kleiner Raum = hohe Note

Ein paar hilfreiche Geräusche

Wenn Sie die Zunge in Ihrem Mund nur nach vorne und hinten bewegen, ergibt das noch kein Bending – das müssen Sie erst aktivieren. In diesem Abschnitt zeige ich Ihnen, wie Sie für Ihre Zunge einen guten Platz finden und dann den Bend aktivieren können.

Sagen Sie jetzt einmal »iii-uuh« und achten Sie darauf, was Ihre Lippen tun.

✔ Wenn Sie »iii« sagen, schieben Sie die Lippen weit auseinander, um eine große Mundöffnung zu ermöglichen.

✔ Wenn Sie »uuh« sagen, führen Sie die Mundwinkel eng zusammen, um eine kleine runde Öffnung zu bilden.

Nun bitte ich Sie, die »uuh«-Mundstellung einzunehmen, dann aber den »iii«-Laut zu erzeugen. Danach sollen Sie noch einige weitere Laute von sich geben. Gehen Sie wie folgt vor:

1. **Machen Sie einen runden Mund, als wollten Sie »uuh« sagen.**

2. **Platzieren Sie die Zungenspitze hinter den Vorderzähnen, direkt unterhalb des Gaumens, sodass sie sich in der Schwebe unterhalb der vorderen Veranda befindet.**

3. **Wenn Sie die Zunge an Ort und Stelle haben, versuchen Sie, eine langanhaltende Note mit dem Klang »iii« zu singen.**

   Wahrscheinlich müssen Sie erst üben, um die Zunge richtig zu platzieren und die U-Form Ihres Mundes beizubehalten, aber das dürfte nicht so schwer sein.

4. **Singen Sie weiterhin die Note und lassen Sie die Zunge zurück in Ihren Mund gleiten, wobei sie erhoben und in der Nähe des Gaumens bleibt.**

   Beim Zurückgleiten der Zunge sollte man hören, wie sich das »iii« in ein »uuh« verwandelt.

5. **Wenn Sie an den Ort gelangen, wo Sie den »uuh«-Laut hören, lassen Sie Ihre Zunge dort und singen Sie mehrmals »kuu, kuu, kuu« (nein, das hat keine geheime Bedeutung und ist auch kein Mantra für Erfolg beim Bending).**

   Achten Sie darauf, was Ihre Zunge macht. Sie erhebt sich, um Ihren Gaumen zu berühren und blockiert vorübergehend den Luftstrom. Sie hören den »k«-Laut, wenn Sie die Luft freilassen, indem Sie die Zunge ein wenig senken. Dieses Aussprechen von »k« ist der Anfang aller Erkenntnis, was die Aktivierung eines Bends betrifft.

 Im ersten Teil von Audiotrack 0802 hören Sie mich »iii-uuh« sagen, indem ich die Zunge entlang des Gaumens zurückgleiten lasse.

So finden Sie den berühmten K-Punkt

Nun bitte ich Sie, alles, was Sie im vorigen Abschnitt getan haben, noch einmal zu tun, allerdings mit zwei kleinen Unterschieden:

✔ Anstatt Ihre Stimme einzusetzen, flüstern Sie jetzt.

✔ Anstatt auszuatmen, atmen Sie nun ein.

Wenn Sie die Zunge beim Einatmen zurückgleiten lassen, können Sie hören, wie sich die Luft in Ihrer Mundhöhle bewegt. Wenn Sie vom »iii« zum »uuh« wechseln, hören Sie, wie die Vokale sich mit dem Geräusch des Luftstroms verändern, aber auch, wie die Tonhöhe beim Übergang zum »uuh« sinkt – Sie stellen Ihren Mund auf eine tiefere Note ein.

Wenn Sie zum »uuh«-Laut gelangen, versuchen Sie, mit einem einzigen Atemzug »uuhkuuhkuuhkuuh« von sich zu geben, und achten Sie darauf, dass jedes Mal, wenn Sie den Luftstrom unterbrechen, ein leichtes Saugen an der Kehle und im oberen Brustkasten zu verspüren ist.

Bitte konzentrieren Sie sich an dieser Stelle darauf, den »kuuh«-Laut sehr langsam zu intonieren.

1. **Wenn Sie einatmen und »kuuh« flüstern, entfernen Sie die Zunge nach und nach von Ihrem Gaumen, sodass zunächst einmal die Luft frei fließen kann.**

   Es wird sich anfühlen, als wolle Ihre Zunge sich der Schwerkraft Ihres Gaumens entziehen, da die Saugwirkung beide wieder aneinander zu binden versucht.

2. **Versuchen Sie, Ihre Zunge in Position zu halten, sodass Sie beim Einatmen von Luft durch die schmale Passage zwischen Ihrer Zunge und dem Gaumen weiterhin eine Saugwirkung verspüren.**

   Mit dieser schmalen Stelle im Luftstrom aktivieren Sie Bends. Ich nenne ihn den K-Punkt, weil Sie ihn – zumindest anfangs – an der Stelle finden, wo Sie den »k«-Laut erzeugen – ungefähr dort, wo die hintere Veranda beginnt, gleich hinter dem Bungalow, an Ihrem Gaumen.

Wie der K-Punkt, von der Seite betrachtet, in etwa aussieht, können Sie Abbildung 8.2 entnehmen.

 Im zweiten Teil von Audiotrack 0802 hören Sie mich flüstern »Iii-uuhkuuhkuuhkuuh«, während ich einatme. Danach hören Sie die Klangveränderung, wenn der Luftstrom vom »uuh«-Sound zum K-Punkt mit starker Saugwirkung verengt wird.

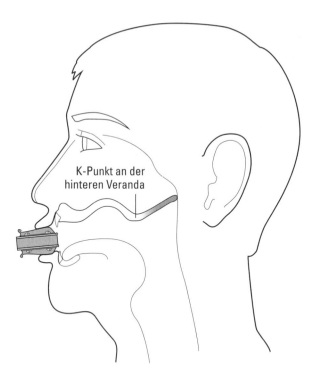

Abbildung 8.2: K-Punkt in der Seitenbetrachtung (Illustration: Rashell Smith)

Ihr erstes Bending

Jetzt, wo Sie ungefähr wissen, wie Sie den Mund auf verschiedene Noten einstimmen können und auch über Ihren eigenen Bend-Aktivator verfügen (durch Einengung des Luftstroms am K-Punkt) – nun, jetzt können Sie gerne selbst mal versuchen, eine Note zu benden.

Wenn Sie Noten mit gespitzten Lippen benden – ohne die Zunge auf die Mundharmonikalöcher zu legen – können Sie das Benden üben, während Sie die Laute von sich geben, die ich in den vorangegangenen Abschnitten beschrieben habe. Wenn Sie mithilfe der Zunge einige der Löcher in Ihrem Mund blockieren (*Zungenblocking*), müssen Sie die Zungenbewegung beim »iii-uuh« leicht abändern. Keine Sorge, ich gehe beides mit Ihnen durch.

 Um Noten richtig zu benden, müssen Sie die Fähigkeit besitzen, Ihre Nasenkanäle zu verschließen und eine Single Note zu spielen, ohne dass Luft zwischen Ihren Lippen entweicht. In Kapitel 5 verrate ich Ihnen, wie man »luftdicht« spielt.

 Für Ihr erstes Bending empfehle ich Ihnen, bei Z 4 zu beginnen, möglicherweise auch bei Z 5 oder 6. Ihr erster eingeatmeter Bend könnte sich irgendwo in den ersten sechs Kanälen abspielen, aber höchstwahrscheinlich gelingt er Ihnen am Anfang besser in den mittleren Kanälen, denn die Bends in diesen Löchern sind allesamt *flache Bends* – das bedeutet, die Noten werden nicht allzu stark gebendet und Sie brauchen für die höchsten und tiefsten Noten keinen übermäßig kleinen oder großen Hohlraum in der Mundhöhle zu erschaffen.

Um sich mit dem Klang von Bends in den Kanälen 4, 5 und 6 vertraut zu machen, sollten Sie sich Audiotrack 0803 anhören. Es ist immer hilfreich, den Sound, den man anstrebt, erst einmal zu hören.

Bending mit freier Zunge

Um sich bereitzumachen für Ihren ersten Bend, können Sie sich natürlich in Schale werfen, teure Designerschuhe anziehen und sich neu frisieren und maniküren lassen. Oder Sie schnappen sich einfach Ihre Harmonika, suchen Kanal 4 und spielen einen langgezogenen Ziehton, wobei Sie tief und ruhig atmen. Das ist die Note, die Sie benden wollen.

Um dieses schöne, reine Z4 in eine Bending-Note umzuwandeln, sollten Sie Folgendes tun:

1. **Während Sie Z4 spielen, bilden Sie mit Ihrer Zunge den »iii«-Laut (wenn Sie die Zunge in die »iii«-Position bringen, wird sich die Note heller anhören.**

2. **Während Sie mit der Zunge in die »uuh«-Position gleiten, heben Sie sie leicht an, um eine Saugwirkung zu erzielen.**

   An diesem Punkt hören Sie vielleicht, dass die Tonhöhe sinkt – vorausgesetzt, der Mond steht im siebten Haus und Sie haben sechs Richtige im Lotto.

3. **Wenn Ihre Zunge sich in der »uuh«-Position befindet, versuchen Sie, den »kuuhkuuh-kuuh«-Laut zu erzeugen, wobei Sie die Zunge sehr langsam vom Gaumen wegziehen und die Saugwirkung spüren, die sie wieder nach oben zu ziehen versucht.**

   Wenn Sie die Saugwirkung verspüren, versuchen Sie, den K-Punkt langsam entlang dem Gaumen nach vorne und hinten zu verschieben. An irgendeinem Punkt auf diesem Weg werden Sie Ihr erstes Bending bewerkstelligen.

Ihr erster Bend kann sich sofort einstellen, kann aber auch tage- oder sogar wochenlang auf sich warten lassen. Seien Sie geduldig, früher oder später werden Sie es schaffen! Inzwischen können Sie an anderen Techniken arbeiten, sich aber regelmäßig auch am Benden versuchen und sich den Klang gebendeter Noten anhören – sowohl in den Audiotracks zu diesem Buch als auch auf Platten und CDs. Irgendwann werden Sie eine gebendete Note sofort erkennen.

Bending mit der Zunge auf der Harp

Manche Mundharmonikaspieler lernen es nie, mithilfe eines Zungenblockings – also der Zunge auf der Harmonika – zu benden. Das hat zur Folge, dass sie sich mitten im coolsten Zungenblocking-Effekt (siehe Kapitel 7) befinden, dann aber plötzlich die Lippen spitzen, um ihre Bend-Note zu spielen, und danach wieder zum Zungenblocking zurückkehren. Das ist eine recht hektische Angelegenheit und vor allem völlig unnötig. Das Benden mit der Zunge auf der Harp ist nicht schwieriger als das mit gespitzten Lippen; beide Techniken unterscheiden sich gar nicht mal so sehr. Sie müssen nur bei der Ausführung die Zunge im Mund nach vorne zu schieben.

Als Einstieg empfehle ich Ihnen folgende Schritte:

1. **Platzieren Sie die Zungenspitze zwischen Ihren Lippen, wobei Ober- und Unterlippe fest und luftundurchlässig auf der Ober- und Unterseite der Zunge aufliegen. Die linke Seite der Zunge »verschließt« Ihren linken Mundwinkel.**

2. **Lassen Sie im rechten Mundwinkel eine Öffnung frei, sodass Sie bequem atmen können.**

3. **Beim Einatmen flüstern Sie »kuh-kuh-kuh«.**

   Dort, wo Ihre Zunge den Gaumen berührt, entsteht der K-Punkt, den ich in früheren Abschnitten beschrieben habe.

4. **Versuchen Sie, beim Einatmen einen K-Punkt herzustellen.**

   Dies geschieht, indem Sie den Teil der Zunge, der das »k« ausspricht, nahe an Ihren Gaumen heben, sodass Sie die Saugwirkung verspüren.

Jetzt versuchen Sie das Ganze mit Mundharmonika:

1. **Spielen Sie Z4 aus dem rechten Mundwinkel heraus, während Sie die Löcher auf der linken Seite mit der Zunge blockieren.**

2. **Während Sie Z4 erklingen lassen, flüstern Sie »kuh-kuh-kuh«.**

   Dort, wo Ihre Zunge den Gaumen berührt, befindet sich Ihr K-Punkt.

3. **Spielen Sie erneut Z4.**

   Während Sie die Note erklingen lassen, heben Sie die Zunge und versuchen Sie, einen K-Punkt zu formen, sodass es in der schmalen Passage zwischen Zunge und Gaumen zu einer Saugwirkung kommt.

Arbeiten Sie an dieser Technik, bis es Ihnen gelingt, Z4 tiefer zu benden. Hören Sie sich dazu auch unser Tonbeispiel in Audiotrack 0803 an.

Wenn es nicht gelingen will: Üben, üben, üben ...

Es kann wirklich frustrierend sein, bis man endlich benden kann. Aber wenn Sie am Ball bleiben, werden Sie bald mühelos drauflosjammern und sich fragen, warum es so viel Mühe gemacht hat. Hier einige Punkte, die Sie beim Üben Ihrer ersten Bends auf jeden Fall beachten sollten:

✔ **Der erste Bend gelingt selten auf Anhieb, also seien Sie geduldig und geben Sie nicht auf.** Es kann ein paar Tage dauern, bis sich das richtige Feeling einstellt. Und selbst dann wartet noch manch böse Überraschung auf Sie – erst denken Sie, Sie hätten es geschafft, dann funktioniert plötzlich wieder gar nichts mehr. Aber glauben Sie mir: Es kommt die Stunde, da wird es Ihnen jedes Mal gelingen, bei jedem neuen Versuch.

✔ **Versuchen Sie, nichts zu erzwingen, wenn der Frust kommt.** Wenn Ihnen die Note nicht auf Anhieb gelingt, kann es vorkommen, dass Sie es nun mit Gewalt versuchen. Aber wenn Sie zu fest ziehen, hilft das nichts – außer dass das Ziehen Sie jetzt auch noch anstrengt. So wird das nichts. Es hört sich nur fies an und womöglich geht Ihnen auch noch die Mundharmonika kaputt. Wenn Sie frustriert sind, beschimpfen Sie die Mundharmonika lieber ein wenig – sie hört es nicht und ärgert sich folglich auch nicht. Dann atmen Sie einfach tief durch und arbeiten an Ihrem K-Punkt, spüren die leichte Saugwirkung im Tunnel und experimentieren so lange mit dem K-Punkt herum, bis Sie den Bend finden.

✔ **Machen Sie auch mal Pause.** Wie schon erwähnt: Kann sein, dass Ihnen der Bend am Anfang ein paar Mal gelingt, und dann tut sich plötzlich überhaupt nichts mehr. Das ist eine gute Gelegenheit, mal abzuschalten und etwas anderes zu machen, bevor es weitergeht. Dann kann sich das Gelernte erst mal setzen und wenn Sie wieder anfangen, ist plötzlich alles viel leichter. Wichtig ist nur, dass Sie nach der Pause weitermachen. Bleiben Sie dran und nach einer Weile stellt sich auch immer öfter der erste Bend ein und Ihre Kontrolle wächst.

Wenn Sie den ersten Bend in Kanal 4 geschafft haben und nun ihr Glück mit den Kanälen 5 und 6 versuchen, denken Sie daran, dass diese Noten höher gestimmt sind als die Ziehnote in Kanal 4, also müssen Sie jedes Mal den K-Punkt ein wenig nach vorne verlagern. Auf diese Weise richten Sie Ihren Mund genau für die Bendings ein.

Es gibt noch mehr zu wissen

Wenn Sie Noten im mittleren Register benden können, ist noch lange nicht Schluss. Das nächste Stück Arbeit wartet schon auf Sie:

✔ Wollen Sie wissen, welche Noten sich benden lassen und bis zu welchem Grad?

✔ Wollen Sie die vier Stufen der Bending-Kontrolle kennenlernen?

✔ Möchten Sie lernen, in allen drei Registern zu benden?

Wenn Sie dreimal mit Ja geantwortet haben, sind Sie in diesem Abschnitt am richtigen Platz.

Können eigentlich alle Noten gebendet werden?

Ein Bending können Sie in jedem Mundharmonikakanal durchführen und zunächst sieht es so aus, als würde keiner davon auch nur annähernd so klingen wie der andere. Wollen Sie jetzt den Rest Ihres Lebens damit zubringen, sie alle zu beherrschen? Nein, es geht natürlich einfacher. Es gibt zwei Dinge, die Sie sich merken müssen:

✔ Je länger Sie das Benden üben, umso mehr werden Ihnen die Gemeinsamkeiten auffallen, während die Unterschiede mehr und mehr in den Hintergrund treten.

✔ Es gibt drei einfache Prinzipien des Bendings. Wenn Sie bei Ihren Bending-Versuchen jedes davon sorgfältig beachten, wird Ihnen die gesamte Technik viel leichter fallen:

- **Bending-Prinzip Nr. 1:** Zum Benden einer hohen Note brauchen Sie einen kleinen, zum Benden einer tiefen Note einen großen Mundraum.

- **Bending-Prinzip Nr. 2:** Jeder Kanal einer diatonischen Mundharmonika hat zwei Töne, von denen einer höher ist als der andere. Die höhere Note ist es, die tiefer gebendet wird.

- **Bending-Prinzip Nr. 3:** In jedem Kanal der diatonischen Mundharmonika können Sie die höhere Note tiefer benden, sodass Sie gerade oberhalb der tieferen Note landen. Je weiter zwei Noten in der Tonleiter auseinanderliegen, umso mehr Spielraum bleibt Ihnen also zum Benden der höheren Note. Im nächsten Abschnitt werden wir näher auf dieses Prinzip eingehen.

Den Bending-Spielraum jedes Kanals entdecken

Wenn Sie Noten benden wollen, müssen Sie wissen, welche Noten sich benden lassen und welche nicht. Nachdem Sie eine Note gewählt haben, die Sie benden wollen, müssen Sie wissen, wie tief sie sich benden lässt, um zu wissen, mit welchem Bending-Ergebnis Sie rechnen müssen. Abbildung 8.3 bietet Ihnen eine Übersicht über die Blas- und Ziehtöne einer diatonischen Mundharmonika in der Tonart C (diese Tonart zieht sich durch das gesamte Buch).

	1	2	3	4	5	6	7	8	9	10
Ziehen	D	G	H	D	F	A	H	D	F	A
Blasen	C	E	G	C	E	G	C	E	G	C

Abbildung 8.3: Notenübersicht einer diatonischen Mundharmonika in C
© John Wiley & Sons, Inc.

Achten Sie auf Folgendes:

✔ Die tiefsten Noten befinden sich in Kanal 1, die höchsten in Kanal 10.

✔ In jedem Kanal stehen die Ziehtöne (also die »eingeatmeten« Töne) oben, die Blastöne (»ausgeatmeten« Töne) unten.

✔ In den Kanälen 1 bis 6 ist der Ziehton höher als der Blaston. Die Ziehnote ist es, die gebendet wird.

✔ In den Kanälen 7 bis 10 ist der Blaston höher als der Ziehton. Die Blasnote ist es, die gebendet wird.

Und so finden Sie heraus, wie tief sich die Note eines bestimmten Kanals herabbenden lässt: Suchen Sie sowohl den Zieh- als auch den Blaston auf der Klaviertastatur in Abbildung 8.4 (sie sollten nicht mehr als einige Stufen voneinander entfernt liegen). Nun sehen Sie sich die dazwischenliegenden Noten an. Das sind die Töne, die Sie mithilfe eines Bendings erzeugen können.

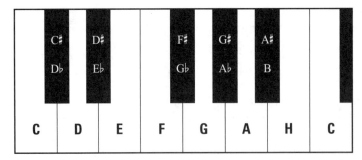

Abbildung 8.4: Eine Klaviertastatur
© John Wiley & Sons, Inc.

Die Tiefe eines Bendings wird in Ganztönen und Halbtönen gezählt. Ein *Halbton* ist der Tonunterschied von einer Taste zur nächsten, wobei schwarze und weiße Tasten gleichermaßen zählen. Zum Beispiel befinden sich die Töne C und C# direkt nebeneinander, sind also einen Halbton voneinander entfernt. Die Töne C# und D sind ebenfalls einen Halbton voneinander entfernt. Zwischen E und F gibt es keine schwarze Taste, also sind auch sie unmittelbare Nachbarn und liegen einen Halbton auseinander. Wenn Noten zwei Halbtöne auseinander liegen wie etwa C und D, G und A oder E und F#, zählen diese beiden Schritte zusammen als *Ganzton*.

In Abbildung 8.5 sehen Sie noch einmal eine Notenübersicht der Mundharmonika – nur mit dem Unterschied, dass ich diesmal zwischen den Zieh- und den Blasnoten die Töne eingefügt habe, die Sie beim Bending erhalten.

In jedem Kanal wird die gebendete Note um eine bestimmte Anzahl von Halbtönen erniedrigt. Zum Beispiel: Z4 bendet vom D zum C#, das ist genau ein Halbton. Z3 bendet vom H zum A# zum A zum G#, das sind zusammen drei Halbtöne.

 Wenn Sie auf der Mundharmonika in einer anderen Tonart Noten benden, ändern sich natürlich auch sämtliche Notennamen. Die Anzahl der Halbtöne, um die sich eine Note in einem Kanal benden lässt, bleibt allerdings die gleiche. Sie sollten sich auch merken, dass in den Kanälen 5 und 7 (wie man in Abbildung 8.5 sieht) der Blas- und der Ziehton sich nur um einen Halbton unterscheiden. Dennoch können Sie auch in diesen Kanälen ausdrucksstarke Bendings spielen. Diese Bends umfassen jedoch nur einen Bereich von weniger als einem Halbton, weshalb man von *mikrotonalen* Bends spricht (in der Abbildung dargestellt durch eine Tilde).

Die drei Bending-Bereiche

Die diatonische Mundharmonika umfasst drei Bending-Bereiche – den hohen, den mittleren und den tiefen. Jeder davon hat seine eigenen Möglichkeiten und jeder stellt uns vor andere Probleme. Halten Sie mal Ihre Mundharmonika so, dass der Name und die Kanalnummern auf Sie gerichtet sind, damit Sie das Folgende verstehen.

✔ **Der tiefe Bereich umfasst die Kanäle 1, 2 und 3.** In diesem Bereich kann man nur die Ziehnoten benden. Da es sich um tiefe Töne handelt, benötigen Sie eine große Mundöffnung, um sie zu erzeugen. Die Kanäle 2 und 3 lassen sich weiter benden als fast alle

Ziehnoten, die nach unten gebendet werden

	1	2	3	4	5	6	7	8	9	10
Ziehen	D	G	H	D	F	A	H	D	F	A
Bends	Db	F# F	B A Ab	Db	F~	Ab	C~	Eb	F#	B H
Blasen	C	E	G	C	E	G	C	E	G	C

Blasnoten, die nach unten
gebendet werden

Abbildung 8.5: Die Töne, die man durch Bending erhält
© John Wiley & Sons, Inc.

anderen Noten, aber um sie zu beherrschen, brauchen Sie mehr Übung. Das fällt in die Kennersparte der Bending-Techniken, aber es lohnt sich, am Ball zu bleiben.

✔ **Der mittlere Bereich umfasst die Kanäle 4, 5 und 6.** Nur die Ziehtöne lassen sich in diesem Bereich benden und auch das nur in kleinem Umfang. Deshalb ist der mittlere Bereich für Sie als Anfänger der richtige Tummelplatz.

✔ **Der hohe Bereich umfasst die Kanäle 7, 8, 9 und 10.** In diesem hohen Bereich lassen sich nur die Blastöne benden. Da es sich um hohe Töne handelt, benötigen Sie einen kleinen Mundraum, um sie zu erzeugen. Hier fallen bereits minimale Abweichungen von der idealen Weite des Mundraums ins Gewicht und bestimmen, ob Ihnen ein Bending gelingt oder nicht. Um den richtigen Ort zum Benden einer hohen Blasnote zu finden, brauchen Sie viel Übung und Gespür.

In den folgenden Abschnitten erkläre ich Ihnen, wie Sie Ihre Mundhöhle formen müssen, um Bends in jedem der drei Bereiche zu schaffen.

Die vier Stufen der Bending-Kontrolle

Wenn Sie gerade anfangen, das Benden zu üben, ist es schon ein Erfolgserlebnis, wenn Ihnen überhaupt mal ein Bending gelingt. In fortgeschreneren Stadien können Sie Ihre Kontrolle in vier Stufen entwickeln:

✔ **Erste Stufe: Benden und loslassen.** Sie spielen eine Note, benden sie, dann lassen Sie los, und die Note kehrt wieder zu ihrer Ausgangstonhöhe zurück. Um diese Stufe zu üben, können Sie mit dem *Yellow-Bird*-Lick im nächsten Abschnitt arbeiten.

✔ **Zweite Stufe: Benden und stoppen.** Sie können die Note benden, sie in diesem Zustand halten, und dann stoppen. Auf diese Weise können Sie den Bend spielen, ohne ihn wieder zur alten Tonhöhe zurückzuführen. Zum Einüben arbeiten Sie mit der ersten Hälfte des *Bendus-Interruptus*-Licks im nächsten Abschnitt.

✔ **Dritte Stufe**: **Benden, stoppen und neu beginnen.** Sie können eine Note benden, sie stoppen, ohne vorher nachzulassen, dann die Note dort weiterspielen, wo Sie aufgehört haben. Zu diesem Zweck üben Sie mit dem gesamten *Bendus-Interruptus*-Lick.

✔ **Vierte Stufe**: **Benden, dann zu einer anderen Note übergehen.** Sie können eine gebendete Note spielen und dann zu einer anderen Note übergehen. Wie man von einem Bend zum anderen im gleichen Kanal, aber bei entgegengesetzter Atemrichtung übergeht, lernen Sie am besten mit dem *Shark-Fin*-Lick, wie man bei gleicher Atemrichtung in ein anderes Loch wechselt, mit dem *Close-Your-Eyes*-Lick (siehe nächster Abschnitt).

So bendet man Ziehtöne im mittleren Register

Die Bendings im mittleren Bereich (Kanal 4, 5 und 6) sind flach und nicht allzu schwer durchzuführen – ein guter Ort zum Anfangen also. Wenn Sie eine Note benden, können Sie eine Single Note entweder mithilfe eines *Pfeifmunds* (die Zunge berührt dabei die Mundharmonika nicht) oder mithilfe des *Zungenblockinsg* (die Zunge liegt auf der Harmonika) spielen.

Bevor Sie sich mit den Licks in diesem Abschnitt beschäftigen, empfehle ich Ihnen, den weiter vorne stehenden Abschnitt »Wir benden eine Note abwärts« durchzuarbeiten.

Jeden der folgenden Licks gibt es in drei Versionen – einen für jeden der Ziehbendings in den Kanälen 4, 5 und 6. Mit jedem Lick können Sie den Bend in den wichtigsten Spielsituationen mit den anderen Noten einüben. Spielen Sie die Noten in jedem Lick, als kämen sie aus einem Guss; machen Sie keine Pausen, es sei denn, ich bitte Sie darum. Immer wenn zwei oder drei Ziehtöne (inklusive Bends) hintereinander gespielt werden müssen, spielen Sie sie in einem einzigen, nicht unterbrochenen Atemzug.

Lernen Sie jede Version (Kanal 4, 5 und 6) eines Licks gesondert. Wenn Sie sie alle drei beherrschen, können Sie die drei Versionen hintereinander als zusammenhängende Folge spielen.

Wenn Sie einen Lick aus den Tabulaturen in den folgenden Abbildungen lernen, hören Sie ihn sich in Audiotrack 0804 an und versuchen Sie zu spielen, was Sie hören.

✔ **Yellow-Bird-Lick** (Abbildung 8.6): Dieser Lick beginnt mit einem ungebendeten Ziehton. Benden Sie die Note, lassen Sie sie einen Moment lang klingen, dann lassen Sie nach und führen Sie sie zurück zum ungebendeten Ton. Denken Sie dabei »Iii-uuh-iii!«. *Tipp:* Wenn Sie einen schluchzenden Sound anstreben, versuchen Sie, beim Benden die Mundharmonika mit den Händen zu umfassen, dann – beim Nachlassen – die Hände zu öffnen.

✔ **Bendus-Interruptus-Lick** (Abbildung 8.7): Dieser Lick unterbricht den Bend, sodass Sie das Stoppen und Starten eines gebendeten Tons üben können. Erst gehen Sie herab zum gebendeten Ton, dann stoppen Sie diese Note, indem Sie aufhören zu atmen. Denken Sie dabei »Iii-uuh!«. Der Mund behält die Bending-Stellung bei. Dann atmen Sie wieder, sodass der bereits gebendete Ton wieder einsetzt. Dann führen Sie ihn wieder hoch zur ungebendeten Note. Denken Sie dabei »Uuh-Iii!«

Was Sie auf jeden Fall beachten sollten, wenn Sie sich an diesem Lick versuchen: Nachdem Sie den Atem unterbrochen haben, bleibt alles andere beim Alten. Die Harmonika bleibt in Ihrem Mund, Ihre Lippen und Ihre Zunge bewegen sich nicht – Sie machen nur einen Atemstopp. Wenn Sie wieder zu atmen beginnen, setzt auch sofort die gebendete Note wieder ein, und zwar genau an der Stelle, wo Sie sie unterbrochen haben.

✔ **Close-Your-Eyes-Lick** (Abbildung 8.8): Sie spielen diesen Lick in zwei verschiedenen Kanälen. Spielen Sie einen Ziehton und benden Sie ihn. Dann gehen Sie eine Öffnung weiter nach links, während Sie im Bending nachlassen. Sie bekommen nun eine andere ungebendete Note als die, mit der Sie begonnen haben. Und nun geht es wieder zurück: Um zu Ihrer Ausgangsnote zu kommen, wechseln Sie nach rechts und starten mit einer Bending-Note. Dann lassen Sie im Bend nach und sind wieder angekommen..

Wenn Sie eine Bend-Note loslassen, müssen Sie nur den K-Punkt eine winzige Idee nach unten verschieben, damit der Luftstrom normal fließen kann. Wenn Sie wissen, wohin die Reise geht, kehren Sie unverzüglich zurück zur gebendeten Note, lassen Sie die Zunge gesenkt, aber in der Bending-Position und heben Sie sie einfach wieder an, bis Sie den Saugpunkt erreichen, der das Bending reaktiviert.

✔ **Shark-Fin-Lick** (Abbildung 8.9): Dieser Lick bewegt sich von einem Blaston zu einem gebendeten Ziehton, dann wieder zurück zum Blaston. Achten Sie darauf, dass sich die ungebendete Note nicht zwischen dem Bending-Ton und dem Blaston einschleicht. Denken Sie »Hiii-Uuh-Hiii«.

Es gilt hier der gleiche Ratschlag wie beim Close-Your-Eyes-Lick. Senken Sie die Zunge einfach leicht nach unten, wenn Sie den Blaston spielen, und heben Sie sie wieder, um das Zieh-Bending zu reaktivieren.

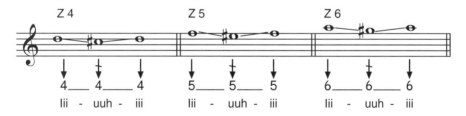

Abbildung 8.6: Der Yellow-Bird-Lick im mittleren Register (Audiotrack 0804)

Abbildung 8.7: Der Bendus-Interruptus-Lick im mittleren Register (Audiotrack 0804)

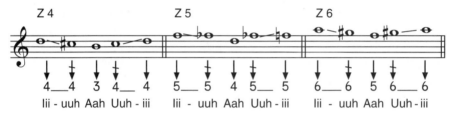

Abbildung 8.8: Der Close-Your-Eyes-Lick im mittleren Register (Audiotrack 0804)

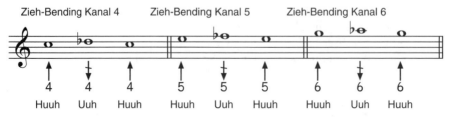

Abbildung 8.9: Der Shark-Fin-Lick im mittleren Register (Audiotrack 0804)

Mit dem Ziehton in ungeahnte Tiefen

Die tiefen Zieh-Bendings in den Kanälen 1, 2 und 3 sind das Herzstück des modernen Harmonikaspiels. Wenn ein solcher Bend gelingt, freut man sich einfach. Aber jeder Kanal hat so seine eigenen Tücken. In Kanal 1 zum Beispiel kann man zwar nur um einen Halbton benden – aber der hat es in sich, weil er so tief ist. Kanal 3 ist der höchste der drei, aber hat auch das Bending mit der größten »Spannweite« – drei Halbtöne. Um alle drei Bending-Noten in diesem Kanal zu finden, muss man sein Instrument schon gut beherrschen, deshalb hebe ich mir dieses Thema für den Schluss auf. Kanal 2 befindet sich in der Mitte des Bereichs. Die Töne sind dort nicht so tief und immerhin hat man zwei Halbtöne Spielraum – eine angemessene Herausforderung. Kanal 2 ist also gewissermaßen der Startpunkt für eine Menge Spielfreude, deshalb nehme ich ihn auch als Erstes durch.

Hier eine Zusammenfassung der Techniken, die Sie beim Bending in diesem Bereich einsetzen können:

✔ **Sie können mit einem Pfeifmund benden (Zunge berührt die Harmonika nicht):** Um diese Technik einzusetzen, bilden Sie einen K-Punkt und lassen Sie die Zunge in Ihrem Mund nach hinten gleiten. Die Vorderseite der Zunge ist nach unten gerichtet. Am Anfang werden Sie das Gefühl haben, es hilft auch, das Kinn zu senken. Wenn Sie diese Bendings jedoch besser beherrschen, werden Sie merken, dass sie sich ausschließlich mithilfe von Zungenstellungen spielen lassen.

✔ **Sie können mit der Zungenblocking-Technik benden (Zunge liegt auf der Harmonika):** Bilden Sie einen K-Punkt, den Sie anschließend in Ihrem Mund minimal nach hinten verschieben, um den benötigten Bereich in Ihrer Mundhöhle zu vergrößern. Sogar mit der Zungenspitze auf der Harp können Sie den K-Punkt in Ihrem Mund nach vorne und hinten bewegen. Sie können den Hohlraum aber auch mit einer der beiden folgenden Methoden vergrößern:

- Senken Sie das Kinn.

- Senken Sie den Teil Ihrer Zunge zwischen Spitze und K-Punkt.

Wenn Sie erstmals versuchen, diese tiefen Noten zu benden, haben Sie vielleicht das Gefühl, Sie müssten den K-Punkt weit nach hinten verlagern, bis Ihnen die Zungenmuskeln wehtun und Sie ein Brechreiz überkommt. Aber Sie können tatsächlich auf der hinteren Veranda oder zumindest in deren Nähe bleiben, es sei denn, Sie spielen eine sehr tief gestimmte Mundharmonika. Übertreiben Sie es also nicht. Lehnen Sie sich in Ihrem Korbstuhl zurück und schlürfen Sie einen Eistee. Diese Bends werden sich einstellen. (Was ebenfalls super ist: Die meisten Bends wollen tatsächlich bis hinab auf den Grund gehen. Der »Grund« – das wäre dabei die Stelle, die am kräftigsten vibriert, also versuchen Sie, dorthin zu gelangen. Wenn Ihnen die mittleren Bends jedoch leichter fallen, beginnen Sie lieber damit!)

Kanal 2

Den Ziehton in Kanal 2 kann man entweder um einen Halbton für ein flaches Bending oder um zwei Halbtöne für ein tiefes Bending senken. Beim ersten Versuch kann Ihnen sowohl der eine als auch der andere Bend gelingen. Üben Sie den Yellow-Bird-Lick wie in Abbildung 8.10 gezeigt. Danach hören Sie sich Audiotrack 0805 an und finden Sie heraus, ob Sie einen flachen oder einen tiefen Bend gespielt haben. Derjenige, der Ihnen gelungen ist, den sollten Sie erst mal ausbauen – und sich dann den anderen vornehmen.

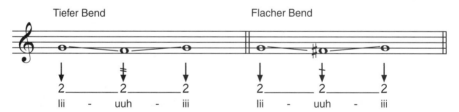

Abbildung 8.10: Z-2-Bends mit dem Yellow-Bird-Lick (Audiotrack 0805)

Um den Bend zu finden, verlagern Sie den K-Punkt langsam nach hinten. Es hilft Ihnen dabei, sich auch auf eine sanfte Bauchatmung zu konzentrieren. Falls es Ihnen nicht gelingt, den tiefen Bend zu finden, versuchen Sie, ein extrem nachdrückliches »Iii-YUU« zu artikulieren und senken Sie das Kinn. Falls Sie mit der Zungenblockade arbeiten, versuchen Sie, den K-Punkt nach hinten zu rollen, sodass er auf Ihrem weichen Gaumen ruht. Wie schon bei Ihrem ersten Bend könnte es ein Weilchen dauern, bis Sie den richtigen Punkt finden – also seien Sie geduldig. Probieren Sie weiter herum, während Sie etwas völlig Anspruchsloses tun, zum Beispiel fernsehen. Wenn Sie abgelenkt sind, hilft das seltsamerweise.

Wenn Sie auf zuverlässige Weise entweder einen flachen oder einen tiefen Bend zustandebringen, arbeiten Sie weiter, indem Sie die flachen und tiefen Versionen folgender Licks spielen:

✔ **Bendus-Interruptus-Lick** (Abbildung 8.11, Audiotrack 0805): Benden Sie die Note gleichmäßig herab, dann unterbrechen Sie die Atmung, die Note bleibt gebendet. Lassen Sie den Mund in der Bending-Position und beginnen Sie erneut zu atmen, diesmal bei bereits gebendeter Note. Zum Schluss führen Sie sie wieder nach oben zum nicht-gebendeten Ton. Denken Sie »Iii-uuh! Uuh-Iii». *Achtung:* Passen Sie auf, dass Ihnen die Note nicht wieder nach oben kriecht, wenn Sie die Atmung einstellen. Stopp und Neustart erfolgen beide auf dem gebendeten Ton.

✔ **Abgewandelter Shark-Fin-Lick** (Abbildung 8.12, Audiotrack 0805): Beginnen Sie bei der ungebendeten Note, benden Sie sie, dann wechseln Sie zum Blaston. Dann geht es wieder zurück zum Bend und endet auf dem Blaston. Achten Sie darauf, dass die ungebendete Note sich nicht zwischen gebendeter Note und Blaston einschleicht. Denken Sie »Uuh-Iii-Huuh-Iii-Huuh«.

✔ **Close-Your-Eyes-Lick** (Abbildung 8.13, Audiotrack 0805): Spielen Sie einen Ziehton und benden Sie ihn. Dann beenden Sie den Bending-Ton, während Sie einen Kanal weiter nach links gehen. Sie erhalten nun eine ungebendete Note, die sich von der ursprünglichen unterscheidet. Denken Sie »Iii-Uuh-(wechseln)-Uuh-Iii«.

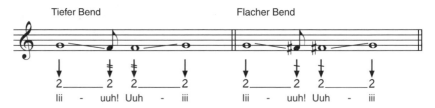

Abbildung 8.11: Z 2 mit dem Bendus-Interruptus-Lick (Audiotrack 0805)

Abbildung 8.12: Z 2 mit abgewandeltem Sharp-Fin-Lick (Audiotrack 0805)

Kanal 1

Kanal 1 ist genauso wie Kanal 4, nur tiefer, da um eine Oktave niedriger. Z1 kennt nur eine Bending-Note. Üben Sie vor allem, den Mundraum hinten weit zu öffnen und den K-Punkt bis an den äußersten Rand der hinteren Veranda zu verlagern – vielleicht sogar bis auf das Rasenstück dahinter (Sie können ja

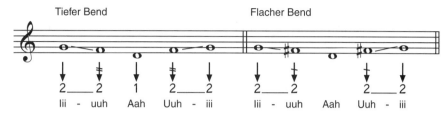

Abbildung 8.13: Z 2 mit dem Close-Your-Eyes-Lick (Audiotrack 0805)

solange die Erbsenschoten bestaunen). Spielen Sie einige Licks in Kanal 1 – so ähnlich, wie Sie es in diesem Abschnitt bereits versucht haben. Für die Licks siehe Abbildung 8.14 (Audiotrack 0806).

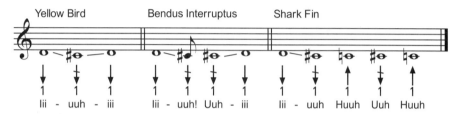

Abbildung 8.14: Bending-Licks für Kanal 1 (Audiotrack 0806)

Kanal 3

Kanal 3 hat den größten Bending-Umfang und bietet die größte Herausforderung. Zum Einstieg üben Sie den Yellow-Bird-Lick (siehe Abbildung 8.15), um herauszufinden, welchen Bend Sie als Erstes schaffen – den flachen, den mittleren oder den tiefen. Spielen Sie Z 3, benden Sie den Ton, dann lassen Sie ihn verebben. Versuchen Sie es mehrmals – dann hören Sie sich Audiotrack 0807 an, um den Bend zu identifizieren, der Ihnen als Erstes (zumindest annähernd) gelingt.

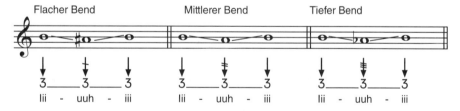

Abbildung 8.15: Flache, mittlere und tiefe Bends in Kanal 3 (Audiotrack 0807)

Möglich, dass sich nicht vorhersagen lässt, welchen Bend Sie als Erstes erhalten. Einmal ist es der tiefe, dann vielleicht der flache und in anderen Fällen der mittlere. Bis Sie Bends in Kanal 3 beherrschen, kann eine Menge Zeit vergehen – doch dieser Aufwand lohnt sich.

Probieren Sie diese Bending-Licks aus, die Sie sich auch jeweils in den Audiotracks anhören können:

✔ **Bendus-Interruptus-Lick** (Abbildung 8.16, Audiotrack 0807): Gleiten Sie herab zur Bending-Note, lassen Sie sie einen Moment lang klingen, dann unterbrechen Sie Ihre Atmung auf der noch immer gebendeten Note. Lassen Sie den Mund in der Bending-Position und beginnen Sie wieder zu atmen, sodass die bereits gebendete Note wieder ertönt. Zuletzt kehren Sie wieder zur Note im ungebendeten Zustand zurück.

✔ **Close-Your-Eyes-Lick** (Abbildung 8.17, Audiotrack 0807): Bei diesem Lick wird die Note zunächst ungebendet gespielt; dann bendet man sie und begibt sich ein Loch weiter nach links und spielt einen ungebendeten Ziehton. Zum Schluss geht man denselben Weg zurück. Versuchen Sie das mit allen drei Bends. *Tipp:* Die mittlere Bending-Version des Close-Your-Eyes-Lick ist bei weitem die nützlichste. Üben Sie also, den mittleren Bend gut und sauber auszuführen.

✔ **Shark-Fin-Lick** (Abbildung 8.18, Audiotrack 0807): Mithilfe dieses Licks können Sie üben, zwischen Kanal-3-Bendings und Kanal-3-Blastönen zu wechseln. Achten Sie darauf, dass sich die ungebendete Note nicht zwischen Bending-Ton und Blaston einschleicht. Denken Sie »Huuh-Iii-Huuh«.

✔ **Cool-Juke-Lick** (Abbildung 8.19, Audiotrack 0807): Dem Cool-Juke-Lick begegnet man oft in Bluesharmonika-Solos. Ein ungebendetes Z3 kommt darin nie vor. Es beginnt auf dem flachen Bend, geht über zum mittleren Bend und bewegt sich dann zu Z2. *Tipp:* Verwenden Sie für diesen Lick niemals B3 (auch wenn es der gleiche Ton ist wie Z2). Z2 klingt besser und verbindet sich besser mit anderen Bending-Licks und Tonfolgen im tiefen Bereich.

Abbildung 8.16: Bendus-Interruptus-Lick in Z3 (Audiotrack 0807)

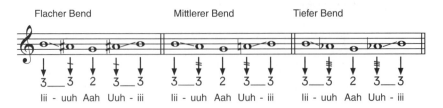

Abbildung 8.17: Close-Your-Eyes-Lick in Z3 (Audiotrack 0807)

 Um den mittleren Bend in Z3 noch besser in den Griff zu bekommen, spielen Sie die ersten Töne von »Mary Had a Little Lamb«. Sie beginnen bei Z3 (ungebendet), gehen über zum mittleren Bend, dann spielen Sie B3, dann wieder den mittleren Bend und dann lösen Sie ihn. Dieselbe Notensequenz können Sie für den Beginn von »Three Blind Mice« verwenden.

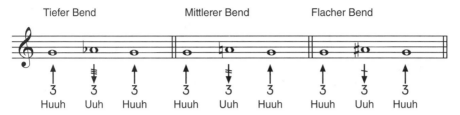

Abbildung 8.18: Shark-Fin-Lick in Kanal 3 (Audiotrack 0807)

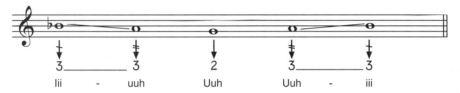

Abbildung 8.19: Cool-Juke-Lick in Kanal 3 (Audiotrack 0807)

So bendet man Blastöne im hohen Register

Die Kanäle 7, 8, 9 und 10 bilden den hohen Bereich der Mundharmonika. Der höchste Ton in jedem dieser Kanäle ist der Blaston. Somit sind es bei diesen Kanälen auch die Blastöne, die man bendet. Der Blaston in Kanal 7 ergibt einen mikrotonalen Bend, während Kanal 8 und 9 sich jeweils um einen Halbton benden lassen. (Wenn Ihnen diese Begriffe nichts mehr sagen, lesen Sie noch einmal den Abschnitt »Den Bending-Spielraum jedes Kanals entdecken«). Kanal 10 lässt sich um zwei volle Halbtöne benden, aber das ist bereits das Extrem. Den Bend aus zwei Halbtönen werden Sie vielleicht rascher finden als den Halbton-Bend. Aber keine Sorge – die meisten Licks in diesem Abschnitt enthalten Ganzton-Bendings.

 Beim Benden der höchsten Noten wird grundsätzlich die gleiche Technik angewandt wie bei den tieferen Noten. Es gibt jedoch einen wichtigen Unterschied, den Sie sich merken sollten: Um Ihre Mundhöhle auf diese höheren Noten einzustellen, brauchen Sie weniger Raum und müssen daher den K-Punkt in Ihrem Mund weiter nach vorne verlagern.

Wenn Sie beim Versuch, die Note zu benden, ein vorübergehendes »Schrumm« hören, dann ist das Ihre Zunge, die an dem Idealpunkt vorbeisaust. Anders gesagt: Sie waren zu schnell und haben den Punkt, an dem sich das Bending aktivieren lässt, verpasst. Dabei kann es sich wirklich nur um eine winzige Strecke handeln, also gehen Sie langsam vor.

 Hier ein paar Tipps zum Merken:

✔ Kanal 8 ist für Ihr erstes hohes Blas-Bending wahrscheinlich der einfachste. Warum? Es handelt sich um den Kanal mit der tiefsten Tonhöhe, bei dem um einen vollen Halbton gebendet wird. Schüler treffen diesen Punkt manchmal aus Zufall, wenn sie erstmals versuchen, Noten im hohen Register zu spielen.

✔ Hohe Bends erlernt man leichter auf einer tief gestimmten Mundharmonika, wie etwa G, dem tiefen F, dem tiefen E oder dem tiefen D. Dieser Tipp ist vor allem sehr nützlich, wenn Sie hohe Bends mit dem Zungenblocking zu spielen versuchen – in diesem Fall ist es wirklich umso besser, je tiefer die Mundharmonika gestimmt ist. (Mehr über verschiedene Tonarten und Tonbereiche von Harmonikas finden Sie in Kapitel 2.)

✔ Falls Sie die Musiknotation oberhalb des Tabs lesen – dort sind alle Beispiele für Bends aus dem hohen Bereich eine Oktave tiefer notiert als sie erklingen.

Hohe Noten mit Zungenfreiheit benden

Wenn Sie die hohen Bendings mit Pfeifmund spielen, müssen Sie Ihren K-Punkt weiter nach vorn verlagern als bei Bendings im mittleren Register. Wie bei den tiefen Bendings sollten Sie jedoch nicht übertreiben und mit Ihrem Spiel herrenlose Hunde und Kinder aus dem Garten scheuchen. (Übrigens: Wenn Sie die Zunge in Ihrem Mund zu weit nach vorne bewegen, klingt die Harmonika oft noch heller als ohnehin schon, und das ist einfach zu viel des Guten.)

Und so finden Sie einen geeigneten Punkt:

1. **Singen Sie den »uuh«-Laut mit erhobener Zunge an der Stelle, wo Sie den K-Punkt entdeckt haben, der sich für Ihre ersten Bends als geeignet erwies.**

2. **Singen Sie den Ton weiter und lassen Sie die Zunge nach vorn gleiten, bis der »uuh«-Sound sich in etwas verwandelt, das nicht mehr nach »uuh« klingt, sondern sich auf dem Weg zum »iii« befindet, ohne bereits ganz angekommen zu sein.**

   Achten Sie darauf, wo am Gaumen sich Ihre Zunge befindet. Bei mir findet sie sich unterhalb des Bungalows, bei Ihnen jedoch kann sie auch etwas versetzt sein.

   Nicht vergessen: Verändern Sie nicht die Form Ihrer Lippen; sie sollten die ganze Zeit über zu einem »uuh« geformt sein.

3. **Straffen Sie den Raum zwischen Gaumen und Zunge, um einen neuen K-Punkt zu bilden.**

   Wenn Sie noch immer die Note singen, wird sie nun fast wie ein halb ausgeformtes »ghh« klingen. Wenn Sie stimmlos ausatmen, hören Sie, wie das Geräusch des Luftstroms lauter wird.

4. **Achtung! Wenn Sie beim Ausatmen einen K-Punkt bilden, verspüren Sie eine Kraft, die Ihre Zunge nach unten zu drücken versucht.**

   Das sagt Ihnen, dass der Bend-Aktivator am Werk ist.

5. **Nehmen Sie jetzt Ihre Mundharmonika und versuchen Sie, B 8 zu benden, indem Sie die ersten vier Schritte unserer Liste befolgen (Sie können es auch mit B 7 oder B 9 versuchen).**

   Wenn Sie versuchen, B 8 zu benden, nachdem Sie den »uuh«-Sound gesungen und in ein »iii« haben übergehen lassen, wird Ihnen vielleicht etwas Merkwürdiges auffallen: Der »uuh«-Sound und der »iii«-Sound wechseln die Plätze, wenn Sie sie auf der Mundharmonika spielen. Die ungebendete Harmonikanote klingt wie »iii«, die gebendete wie »uuh«.

Wenn Sie den Bend für einen Blaston gefunden haben, verspüren Sie möglicherweise ein Druckgefühl auf der Zungenvorderseite, als wäre die Luft vor Ihrem Mund ein Schaumgummiball, der dem Druck widersteht, sich aber in eine kleinere Form zusammenpressen lässt, wenn man Druck auf ihn ausübt. Sie können diesen Druck für sich nutzen, indem Sie mit ihm mitgehen oder sich bzw. die Zunge zurückziehen. Das kann Ihnen bei der richtigen Ausführung des Bendings von großer Hilfe sein.

Hohe Blastöne benden mit dem Zungenblocking

Für das Zungenblocking bilden Sie einen K-Punkt, wie ich es im Abschnitt über das Bending hoher Noten mit Pfeifmund beschrieben habe. Dann achten Sie besonders auf den Bereich um die Zungenvorderseite. Dort gibt es eine ganze Reihe wichtiger Punkte, die direkt hintereinanderliegen:

✔ Die Zungenspitze ist nach unten gerichtet und berührt die Harmonika.

✔ Hinter dem Bereich, der mit der Harp in Berührung ist, befindet sich ein Bereich, den Sie nach vorne gegen den Gaumen und die Rückseite Ihrer oberen Vorderzähne pressen können. Probieren Sie das Pressen an dieser Stelle erst mal spielerisch aus.

✔ Direkt hinter diesem Bereich sollten Sie beim Atmen einen leichten Luftdruck verspüren. Es kann sich anfühlen wie ein kleiner Luftbeutel, der zwischen Ihrem K-Punkt und dem Bereich eingeschlossen ist, den Sie gegen den Gaumen pressen. Drücken Sie diesen Luftbeutel vorne und hinten zusammen, um den Bend zu finden.

Passen Sie auf, dass Ihre Zunge nicht den Rand des von Ihnen gespielten Kanals blockiert, damit der Luftstrom, der von Ihrem Mund zur Harmonika verläuft, nicht gestört wird.

 Die folgenden Bending-Licks, die Sie auch unter unseren Audiotracks finden, helfen Ihnen bei Ihren Bending-Übungen im hohen Bereich:

✔ **Yellow-Bird-Lick** (Abbildung 8.20, Audiotrack 0808): Dieser Lick beginnt mit einem ungebendeten Blaston. Benden Sie die betreffende Note, lassen Sie sie für einen Moment klingen, dann verwandeln Sie sie langsam wieder in eine ungebendete Note. Denken Sie »Iii-Uuh-Iii«.

✔ **Bendus-Interruptus-Lick** (Abbildung 8.21, Audiotrack 0808): Dieser Lick bewegt sich hinab zur gebendeten Note und bleibt dort stehen. Lassen Sie den Bending-Ton klingen, dann unterbrechen Sie die Atmung, wobei Sie den Mund in der Bending-Position lassen. Schließlich beginnen Sie wieder zu atmen, sodass Sie mit einem gebendeten Ton loslegen können. Denken Sie »Iii-Uuh! Uuh-Iii«.

✔ **Close-Your-Eyes-Lick** (Abbildung 8.22, Audiotrack 0808): Dieser Lick geht von ungebendet zu gebendet, dann um einen Kanal nach links, um eine ungebendete Blasnote zu spielen. Er endet, indem diese Schritte in umgekehrter Reihenfolge wiederholt werden.

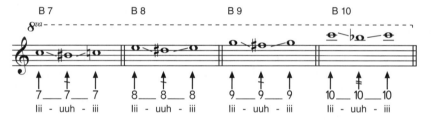

Abbildung 8.20: Der Yellow-Bird-Lick im hohen Register (Audiotrack 0808)

✔ **Shark-Fin-Lick** (Abbildung 8.23, Audiotrack 0808): Dieser Lick bewegt sich von einem Ziehton zu einem gebendeten Blaston, danach wieder zurück zum Ziehton. Passen Sie auf, dass die ungebendete Note sich nicht zwischen der gebendeten Blasnote und der Ziehnote einschleicht. Denken Sie: »Hii-Uuh-Hii«.

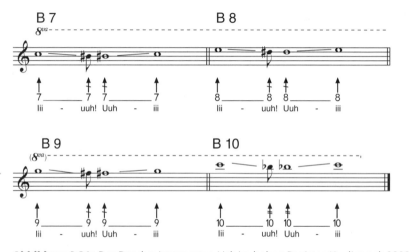

Abbildung 8.21: Der Bendus-Interruptus-Lick im hohen Register (Audiotrack 0808)

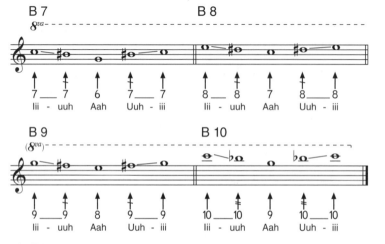

Abbildung 8.22: Der Close-Your-Eyes-Lick im hohen Register (Audiotrack 0808)

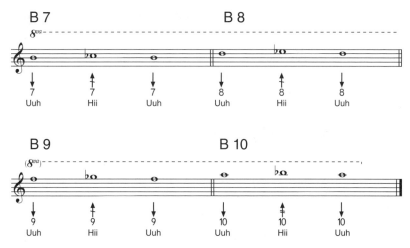

Abbildung 8.23: Der Shark-Fin-Lick im hohen Register (Audiotrack 0808)

Das Bending auf verschiedenen Mundharmonika-Typen

Mit den meisten Mundharmonikas kann man auf die eine oder andere Weise benden. Am häufigsten begegnen werden Sie vermutlich der chromatischen und der Doppelblatt-Harmonika. In den folgenden Abschnitten zeige ich Ihnen für beide einige Bending-Techniken. (Wie diese Harmonikas genau beschaffen sind, erfahren Sie in Kapitel 2.)

Chromatische Mundharmonikas

Wer eine chromatische Harp spielt, der bendet meistens aus Gründen des Ausdrucks, denn fehlende Noten, die er auf diese Weise ersetzen muss, gibt es hier nicht: Eine »Chromatische« enthält jede Note in jeder Tonart. Wenn man Musikern wie Stevie Wonder und Larry Adler beim Bending auf der Chromatischen zuhört, muss man zugeben: Es klingt einfach großartig. Aber das Bending auf einer chromatischen unterscheidet sich vom Bending auf einer diatonischen Mundharmonika in mehrfacher Hinsicht.

Hier die Hauptunterschiede beim Bending mit einer »Chromatischen«:

✔ Sowohl Blasnoten als auch Ziehnoten lassen sich benden, außer in einigen der oberen Kanäle, wo es keine Ventile gibt. In diesen Kanälen lassen sich nur die Ziehnoten benden.

✔ Die meisten Töne auf der Chromatischen haben keinen festen Bending-Bereich (die oberen drei Kanäle benden wie die Kanäle 5, 6 und 7 auf einer diatonischen Harp). Viele von ihnen lassen sich viel weiter benden als die gleichen Noten auf der Diatonischen.

✔ Der Klang gebendeter Noten auf einer Chromatischen ist in der Regel nicht so voll und dynamisch.

✔ Der Bending-Ansatz auf der chromatischen funktioniert als auf der diatonischen Harp: Er erfordert ein sanfteres Vorgehen.

✔ Das Halten einer gebendeten Note auf der Chromatischen ist nicht so leicht wie auf der Diatonischen. Das ist jedoch völlig okay, da man beim Bending auf der Chromatischen keine bestimmte Note im Visier hat; es dient nur dem Ausdruck.

Doppeltönige Mundharmonikas

Doppeltönige Mundharmonikas – wie zum Beispiel die Tremolo- oder Oktavharmonika – haben zwei Stimmzungen für jede Note und zwei Reihen mit Tonkanälen. Diese Doppelstimmzungen verstärken und den Sound und machen ihn voller. Bei einer doppeltönigen Mundharmonika spielen Sie normalerweise die untere und obere Kanalreihe gemeinsam, das heißt, entweder zwei Blasstimmzungen oder zwei Ziehstimmzungen zusammen – eine in der oberen Reihe, die andere in der unteren.

Zwei Stimmzungen zusammen lassen sich nicht auf berechenbare Weise benden, auch nicht, wenn es sich um die gleichen Noten handelt. Um eine Note mit diesem Mundharmonika-Typ zu benden, müssen Sie entweder die obere oder die untere Reihe blockieren, damit Ihnen pro Note nur eine Stimmzunge bleibt. Mit etwas Experimentierfreude finden Sie vielleicht heraus, wie Sie sowohl Blas- als auch Ziehtöne abwärts benden.

 Doppeltönige Mundharmonikas bieten im Grunde oft ein vielfältigeres Bending-Potenzial als diatonische oder chromatische Harps. Hier ins Detail zu gehen würde ein weiteres Kapitel erforderlich machen. Deshalb beschränke ich mich darauf, zu sagen: Falls Sie irgendwo eine doppeltönige Mundharmonika herumliegen haben, versuchen Sie, die obere Reihe zu isolieren und warten Sie ab, ob Sie ihr einige Bends entlocken können.

Kapitel 9
Eine Harmonika – viele Tonarten: Das Spielen in Positionen

W as macht eigentlich ein Mundharmonikaspieler, wenn er sein Instrument an den Mund führt? Stellt er sich vorher auf den Kopf? Schlingt er den Arm erst zweimal um seinen Hals? Eigentlich nur selten. Trotzdem passiert es immer wieder, dass man einen Spieler sagen hört: »Ich habe diesen Song in der dritten Position gespielt, aber während des Solos bin ich in die zweite Position gewechselt.« Dabei steht er noch am gleichen Platz wie vorher, in der gleichen Haltung und die Mundharmonika hält er noch immer fest in Händen. Was hat es also auf sich mit dem Gerede von den verschiedenen Positionen?

Nun, unser Spieler hat nichts Mysteriöses oder Verbotenes getan. Eine *Position* – das ist einfach nur die Beziehung zwischen der Tonart einer Harp und der Tonart des Songs, den Sie auf ihr spielen.

In diesem Kapitel erkläre ich Ihnen, wie Positionen funktionieren, und damit Sie auch etwas damit anfangen können, mache ich Sie zum Schluss noch mit den sechs bekanntesten Positionen vertraut.

Wie Positionen Ihnen beim Spielen helfen

Wenn Sie immer nur auf einer C-Harmonika spielen würden, und zwar in allen zwölf Tonarten, bräuchten wir über das Positionsspiel kein weiteres Wort zu verlieren. Sie würden diese C-Harp einfach in den Tonarten C, G, B und so weiter spielen, fertig. Genauso, wenn

Sie immer eine Mundharmonika zur Hand hätten, die der Tonart Ihrer Musik entspricht, also eine G-Harmonika, um in G zu spielen, oder eine B-Harmonika, um in B zu spielen – auch dann bräuchten Sie über Positionen nichts zu wissen. Das Konzept mit den Positionen nützt Ihnen nur dann, wenn Sie erstens Mundharmonikas in mehr als nur einer Tonart besitzen, und zweitens, wenn Sie jede davon in mehr als nur einer Tonart spielen wollen.

Wahrscheinlich fragen Sie jetzt: »Wenn es Mundharmonikas in allen zwölf Tonarten gibt, warum soll ich dann überhaupt Positionen spielen? Ich kaufe mir einfach zwölf Mundharmonikas und suche mir für jede Tonart, die ich spielen will, die richtige aus.« Klingt eigentlich vernünftig, oder? Sie sollten allerdings Folgendes bedenken:

✔ Harmonikas sind in Durtonarten gestimmt, aber das Positionsspiel ermöglicht es Ihnen, Musik auf der Basis anderer Tonleitern zu spielen, einschließlich der Mollskalen. (Mehr über Tonarten und Tonleitern finden Sie in Kapitel 4.)

✔ Jede Position hat eine Reihe von Vorteilen, die nur sie zu bieten hat. Einige dieser Möglichkeiten lernen Sie in diesem Kapitel kennen. In jeder Position klingen die Harmonien, Akkorde und fürs Bending geeigneten Noten anders, da sie einen anderen Bezugspunkt haben.

✔ Die zweite Position klingt weitaus besser als die erste, deshalb wird sie auch viel öfter gespielt.

✔ Viele Harmonikaspieler wollen Geld sparen, deshalb versuchen sie, aus einem einzigen Instrument so viel wie möglich herauszuholen. (Nein, das ist kein Witz ... es stimmt leider.)

Sie sehen: Es ist eine gute Idee, eine diatonische Mundharmonika in verschiedenen Tonarten zu spielen. Aber wahrscheinlich fragen Sie sich noch immer, aus welchem Grund Harmonikaspieler jedes Mal ausführlich erklären, welche Position sie gespielt haben. Warum sagen sie nicht einfach: »Ich spiele in G auf einer C-Harp«, oder »Ich spiele in A auf einer D-Harp«? Das kann man natürlich auch tun, aber dann hat man 144 verschiedene Kombinationen (zwölf Harps in verschiedenen Tonarten mal zwölf Tonarten, die jeweils gespielt werden) und bei jeder sind es wieder andere Noten. Wenn Sie mit dem Positionskonzept arbeiten, kommen Sie nur auf zwölf Kombinationen, da Sie nun die Gemeinsamkeiten betonen, nicht die Unterschiede.

Der Schlüssel zum Positionskonzept lautet: Auf unterschiedlich gestimmten Harmonikas führen die gleichen Aktionen zu den gleichen Resultaten. Mit dem Positionssystem haben Sie eine einfache, in sich stimmige Methode, um das, was Sie über eine Tonart wissen, auch auf eine andere Tonart anwenden zu können.

Zum Beispiel könnten Sie sich eine C-Mundharmonika nehmen und »Mary Had a Little Lamb« spielen, beginnend bei B 5. Das Lied würde dann folglich in der Tonart C erklingen. Wenn Sie aber stattdessen eine F#-Harp nehmen und die gleiche Abfolge von Blas- und Ziehtönen in den gleichen Kanälen spielen würden, käme immer noch »Mary Had a Little Lamb« heraus, diesmal aber in der Tonart F#. Sämtliche Noten hätten nun andere Bezeichnungen und trotzdem würden Sie das Lied erkennen, da das Notenmuster das gleiche bliebe. Auf beiden Harps würden die gleichen Aktionen zu den gleichen Resultaten führen. In diesem Fall würden Sie die erste Position spielen, da die Tonart des Songs der Tonart der Harmonika entspräche.

Alles, was Sie auf der Harmonika bei einer Tonart tun können, lässt sich in der gleichen Form auch auf Harmonikas in anderen Tonarten übertragen. Die Notennamen brauchen Sie nicht zu kennen; Sie müssen lediglich vertraut sein mit dem Bewegungsablauf, aus dem sich das Notenmuster ergibt. Auf diese Weise lernen Sie, was unterschiedlichen Tonarten gemeinsam ist, anstatt sich mit Details aufzuhalten – und Sie können schnellstmöglich mit Spielen anfangen.

Um meinen Gedankengang zu veranschaulichen, hier eine kleine Geschichte: Nehmen wir an, Sie sind ein Mundharmonikaspieler, der sich mit dem Spielen verschiedener Positionen schon ein wenig auskennt. Sie wissen, welche Bewegungen Sie machen müssen, und da Sie sie schon öfter gespielt haben, wissen Sie auch, wie sie klingen (denken Sie dran: Schon in wenigen Monaten können Sie tatsächlich so weit sein). Nun stellen Sie sich vor, Sie sitzen eines Tages in einem Zuschauerraum und hören einem anderen Harmonikaspieler zu, der auf der Bühne steht und ein schier unglaubliches Solo hinlegt. Sie wissen nicht, in welcher Tonart er spielt, und Sie kennen auch nicht die Tonart seiner Mundharmonika (Sie wissen nur, dass es 144 Möglichkeiten gibt!). Aber das spielt keine Rolle. Da Sie ja Ihre Positionen kennen, wissen Sie allein durch Zuhören genau, wie der Harp-Spieler auf der Bühne all seine coolen Licks spielt. Sie können viele dieser Licks selbst spielen (falls Sie sich an alle erinnern und die Technik beherrschen).

Wie man die richtige Position herausfindet

Die Positionen auf einer Harmonika werden von 1 bis 12 durchnummeriert. Immer wenn Sie sich fünf Tonleiterstufen von der eigentlichen Tonart entfernen, sind Sie um eine Position weitergerückt. Der *Blasakkord* (C auf einer C-Harmonika) gilt als der Basisakkord der betreffenden Harp. Wenn ein Spieler den Blasakkord als Basis verwendet, nennt er das *Straight Harp* oder erste Position.

Der *Ziehakkord* in den Kanälen 1, 2, 3 und 4 (G auf einer C-Harmonika) ist ebenfalls ein guter Ausgangspunkt. Schon früh wurde er von Mundharmonikaspielern entdeckt – sie nannten ihn *Cross Harp* oder zweite Position. Der G-Ziehakkord befindet sich zufällig fünf Tonleiterstufen oberhalb des C-Blasakkords. Und fünf Stufen oberhalb des G-Akkords befindet sich ein d-Moll-Akkord (der Ziehakkord in den Kanälen 4, 5 und 6). Das ist ein großartiger Startplatz zum Spielen. Es ist die dritte Position, manchmal auch *Double-Crossed* genannt.

Schließlich einigten sich Spieler darauf, dass es eine brauchbare Methode sei, alle fünf Tonstufen mit einer neuen Ordnungszahl zu versehen, also erste, zweite, dritte Position und so weiter. In manchen älteren Büchern werden jedoch oft auch andere Systeme verwendet.

Nun haben wir also zwölf musikalische Tonarten, zwölf Mundharmonika-Tonarten und zwölf mögliche Positionen. Da fragt man sich schon, wie man mit den gegenseitigen Beziehungen nicht heillos durcheinanderkommen soll. Zu diesem Zweck benutzen Harmonikaspieler ein einfaches Diagramm, das sie aus der Musiktheorie entlehnt haben und das sich *Quintenzirkel* nennt. Dieser Tonartenkreis (Sie sehen ihn in Abbildung 9.1) hilft Ihnen, die Querverbindungen zwischen Musiktonart, Harmonikatonart und Position herauszufinden.

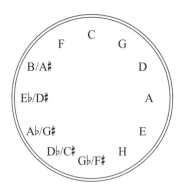

Abbildung 9.1: Der Quintenzirkel
© John Wiley & Sons, Inc.

Beim Quintenzirkel brauchen Sie immer nur zwei Elemente zu kennen; das dritte können Sie dann von selbst ableiten. Hier das Rezept:

✔ **Wenn Sie die Tonart Ihres Songs und die Position kennen, die Harmonika-Tonart jedoch herausfinden wollen, halten Sie sich an folgende Schritte:**

1. Beginnen Sie mit der Tonart des Songs und nennen Sie sie »1.«.

2. Bewegen Sie sich nun gegen den Uhrzeigersinn, bis Sie die Nummer der Position erreichen. Dann wählen Sie die angegebene Tonart als Harmonika-Stimmung.

   Ein Beispiel: Sie spielen einen Song, dessen Tonart A Sie kennen und den Sie in der dritten Position spielen wollen. Was für eine Mundharmonika brauchen Sie dazu? Beginnen Sie mit A (der Tonart des Songs) und benennen Sie es mit »1.«. Dann zählen Sie gegen den Uhrzeigersinn bis 3 (A-D-G). Um also A in der dritten Position zu spielen, brauchen Sie eine G-Harp.

✔ **Wenn Sie die Stimmung der Mundharmonika und die des Songs kennen, aber nicht wissen, in welcher Position Sie spielen müssen, gehen Sie wie folgt vor:**

1. Beginnen Sie entweder mit der Tonart der Harp oder der Tonart, die Sie spielen wollen (welche auch immer das ist).

2. Wählen Sie die kürzere der beiden Distanzen zwischen den Tonarten. (Also entweder im oder gegen den Uhrzeigersinn – Hauptsache, es ist der kürzeste Weg.)

   Auch hierzu ein Beispiel: Sie spielen eine C-Harmonika und Ihr Song soll in E gespielt werden. Welche Position ist das? Sie können bei C beginnen (der Tonart der Harp) und bis zu E zählen (der Tonart des Songs). Oder Sie beginnen bei E und zählen bis C. Solange Sie an der kürzesten Distanz festhalten (entweder E-A-D-G-C oder C-G-D-A-E), werden Sie feststellen, dass Sie in der fünften Position spielen.

✔ **Sie kennen die Stimmung der Harp und die Position und wollen nun herausfinden, in welcher Tonart der Song steht. Dazu müssen Sie so vorgehen:**

1. Beginnen Sie mit der Tonart der Harp und nennen Sie sie »1.«

2. Zählen Sie im Uhrzeigersinn, bis Sie zur Positionsnummer kommen – dort finden Sie auch die Tonart des Songs.

   Beispiel: Stellen Sie sich vor, Sie grooven in der zweiten Position auf einer Ab-Harmonika. Sie wollen nun wissen, in welcher Tonart Sie grooven. Sie beginnen bei Ab (der Tonart der Harmonika) und nennen es »1.«. Die nächste Haltestelle im Uhrzeigersinn ist die 2. Position. Dort sehen Sie, dass Sie sich in der Tonart Eb befinden.

Positionen und Modi anstelle von Noten

Wenn Sie eine C-Harmonika dazu nutzen, einen Song in D zu spielen, hört sich das Ergebnis nicht nach C-Dur an (Kunststück, Sie spielen ja auch in D). Es hört sich aber auch nicht nach D-Dur oder d-Moll an. Das liegt daran, dass Sie einen sogenannten *Modus* spielen: eine *modale Tonleiter*. Einen Modus erhält man, wenn man eine der Noten der Skala selbst zum Mittelpunkt einer Tonleiter macht. Selbst wenn man die C-Dur-Tonleiter in C spielt, handelt es sich um einen Modus jener Tonleiter.

Wenn Sie Mundharmonika in einer Position spielen, die eine der Skalennoten als Basiston hat, spielen Sie automatisch eine modale Tonleiter (auch wenn Sie sie durch das Bending und Overbending von Noten verändern können). Bei jeder modalen Tonleiter können einige Noten höher oder tiefer sein als bei der Durtonleiter. Dadurch bekommt die neue Skala ihren unverwechselbaren Charakter. Zahlreiche Folksongs, Jazznummern und sogar einige Pop- und Rocksongs bedienen sich der speziellen Eigenschaften modaler Tonleitern.

Oft spielen Harmonikaspieler in einer Position, die nicht ganz der Tonleiter des gespielten Stücks entspricht. Sie tun es, weil irgendetwas an dieser Position besonders spannend klingt und beim Spielen Spaß macht – seien es nun die Akkorde, die Bends oder die Licks und Riffs.

Wenn eine Note in der von Ihnen gespielten Position nicht in die Tonleiter des Songs passt, wird es schräg klingen – außer, Sie gehen behutsam damit um. Diese Art von Noten bezeichnet man als *Avoid Notes* (also Töne, die man meiden sollte). Sie gehen dieser Note folglich aus dem Weg und spielen stattdessen etwas anderes. Vielleicht können Sie die Note so benden oder overbenden, dass sie besser zur Melodie passt, oder Sie tauschen sie gegen eine andere Note der modalen Tonleiter aus.

Von allen zwölf Positionen stützen sich sieben auf Noten, die in die Harmonika eingebaut sind und modale Tonleitern haben. Die fünf anderen Positionen sind *gebendete Positionen* – das heißt, sie gründen auf Bending-Noten, die so auf der Mundharmonika nicht vorkommen und keinem Modus der Durtonleiter entsprechen. Aus Platzmangel kann ich in diesem Buch nicht näher auf gebendete Positionen eingehen; es lohnt sich jedoch, sich mit ihnen zu beschäftigen, sobald Sie mit den bekannten Positionen gut zurechtkommen.

Die sechs beliebtesten Positionen

In diesem Abschnitt lade ich Sie ein zu einer Erkundungstour durch die sechs meistbenutzten Positionen: die erste, die zweite, die dritte, die vierte, die fünfte und die zwölfte. Über jede von ihnen habe ich etwas Wichtiges zu erzählen. Und in jeder von ihnen dürfen Sie Licks ausprobieren, um nach und nach mit der Position und ihren speziellen musikalischen Eigenschaften vertraut zu werden.

Zu jeder Position finden Sie in den Abbildungen Tabs mit zahlreichen Licks, die alle drei Register der Mundharmonika abdecken – das hohe, das tiefe und das mittlere. Die ersten Licks entstammen dem Register, das Harmonikaspieler am meisten in dieser Position nutzen. Danach gehen wir auch auf die anderen Register über.

Wiederholen Sie jeden Lick so oft Sie mögen und spielen Sie zum entsprechenden Audiotrack mit. Auf diese Weise bleiben Sie stets mit dem Basiston der jeweiligen Position verbunden. Wenn Sie einen Lick als zu schwer für sich empfinden oder wenn er eine Art von Bending erfordert, die Sie noch nicht so ganz beherrschen, überspringen Sie ihn erst mal und spielen Sie die, mit denen Sie sich leichter tun.

Manchmal steht über den Notenlinien *8va*, gefolgt von einer gepunkteten Linie. Das wirkt sich auf den Tab, den Sie spielen, in keiner Weise aus. Nur für den Fall, dass jemand die Standardnotation liest, heißt das: Die Musik unterhalb dieser Linie (nicht der Tab) muss um eine Oktave höher gespielt werden als notiert. (Natürlich könnte man auch einfach Hilfslinien verwenden, doch dann stünden oft bis zu sechs solcher zusätzlichen Linien auf dem Papier, und das ist nicht gerade übersichtlich.)

Sie müssen diese Licks nicht genauso spielen, wie sie dastehen. Sie sind nicht in Stein gemeißelt, sondern dienen nur als Orientierungspfade. Wenn Ihnen zufällig mit anderen Noten etwas Tolles gelingt, umso besser! Wenn Sie den Rhythmus ein wenig verjazzen wollen oder eine Note der Wirkung halber benden wollen, lassen Sie sich nicht aufhalten!

Zu jeder Position in den folgenden Abschnitten biete ich auch eine Notenübersicht, aus der hervorgeht, wie jede ungebendete Note in dieser Position mit der Tonleiter korrespondiert. Und so können Sie die Notenübersicht entschlüsseln:

✔ Die Tonleiternoten sind nummeriert, beginnend mit dem Basiston in dieser Position, der somit der »1« entspricht. Wenn Noten der Skala nummeriert sind, bezeichnet man sie als *Tonleiterstufen* (mehr über Tonleiterstufen in Kapitel 4).

✔ Der Basiston, der von Spielern oft als Startpunkt gewählt wird, ist schwarz unterlegt.

✔ Die Noten des Basisakkords sind 1, 3 und 5. Die Tonleiterstufen 3 und 5 sind grau unterlegt.

✔ Wenn eine Note tiefer ist als es bei der Durtonleiter der Fall wäre, befindet sich ein Erniedrigungszeichen (♭) vor der Nummer.

✔ Wenn eine Tonleiternote höher ist als bei der Durtonleiter, befindet sich ein Erhöhungszeichen (#) vor der Nummer.

Erste Position (C auf einer C-Harp)

Harmonikas sind dazu gedacht, dass man Melodien in der ersten Position spielt. Die Tonleiter in der ersten Position ist die Durtonleiter, auch als *ionischer Modus* bekannt. Die erste Position kommt in allen möglichen Arten von Musik vor, auch in Fiddle-Songs, Lagerfeuerliedern und den Songs bekannter Singer/Songwriter wie Bob Dylan, Neil Young, Alanis Morissette und Billy Joel. Das Instrument befindet sich meist in einer Halterung, die der Künstler um den Hals trägt. Obwohl die meisten Bluesstücke in der zweiten Position gespielt werden, nutzen Bluesharmonika-Spieler oft auch die erste Position (man denke nur an Jimmy Reeds wunderschöne Songs im hohen Register).

Die meisten Songs in Kapitel 5 sowie auch etliche aus den Kapiteln 13, 14 und 15 werden in der ersten Position gespielt.

 Um sich in die erste Position einzuarbeiten, sollten Sie die Licks aus Abbildung 9.2 spielen. Zu hören sind sie in Audiotrack 0901.

Avoid Notes sind selten, wenn Sie ein Lied in Dur in der ersten Position spielen. Allerdings begegnen Ihnen manchmal Avoid Notes, wenn Sie Blues in der ersten Position spielen. Darauf werde ich in Kapitel 13 näher eingehen.

Basiston und Basisakkord

Der Blaston in Kanal 4 ist der Basiston, der am häufigsten als Startpunkt dient. Der Basisakkord besteht aus allen Blastönen, wie Sie Abbildung 9.3 entnehmen können.

Im tiefen Register (Kanäle 1 bis 4) fehlen die vierten und sechsten Noten der Tonleiter. Die vierte Stufe erhalten Sie, indem Sie Z 2 benden, die sechste Stufe, indem Sie Z 3 benden.

Welche Noten lassen sich benden?

Die wichtigsten Noten, die sich benden lassen, sind in jeder Position die Noten des Basisakkords. In der ersten Position besteht der Basisakkord aus den Blastönen, und B 7, B 8, B 9 und B 10 sind die einzigen, die sich benden lassen.

Einen der Blastöne gibt es allerdings auch als Ziehton, nämlich B 3 alias Z 2, der sich ebenfalls benden lässt (siehe Abbildung 9.2, Lick 11). Das Bending von Z 3 ergibt ein paar hübsche, bluesige Sounds, wie man in den Licks 9, 10 und 12 in Abbildung 9.2 sieht. Der Blues in der ersten Position springt oft von den geblasenen Bends im oberen Register (Kanäle 7 bis 10) zu den gezogenen Bends im unteren Register, wobei er das mittlere Register (Kanäle 4 bis 7) überspringt.

Verwandte Positionen

Die Akkorde IV und V, die auf der vierten und fünften Tonleiterstufe aufbauen, gehören zu den wichtigsten Akkorden, die zur Begleitung eines Stücks gespielt werden (in Kapitel 3 und 11 erfahren Sie mehr über Akkorde und ihre Funktion in Musikstücken). Die zwölfte Position gehört zum IV-Akkord, die zweite Position zum V-Akkord. Wenn Sie diese Positionen spielen können, sind Sie bezüglich der ersten Position schon fast ein alter Hase.

Abbildung 9.2: Licks in der ersten Position (Audiotrack 0901)

Kanal	1	2	3	4	5	6	7	8	9	10
Ziehen	2	5	7	2	4	6	7	2	4	6
Blasen	1	3	5	1	3	5	1	3	5	1

Zieh-Bends

Blas-Bends

Abbildung 9.3: Basiston und Basisakkord in der ersten Position
© John Wiley & Sons, Inc.

Zweite Position (G auf einer C-Harp)

Die zweite Position entstammt eigentlich dem Blues, hat aber auf viele andere musikalische Stilrichtungen übergegriffen. Selbst bei Songs in Dur ist die zweite Position beliebter als die erste – vermutlich, weil die Töne des Basisakkords sich im niedrigen und mittleren Register benden lassen (Kanäle 1 bis 6).

Die Stücke in diesem Buch, die in der zweiten Position gespielt werden, umfassen auch einige der Songs aus den Kapiteln 13, 14 und 15.

Probieren Sie einige der Licks in der zweiten Position aus (Abbildung 9.4), damit Sie auch mit dieser Position vertraut werden. Sie hören die Licks in Audiotrack 0902.

Basiston und Basisakkord

Bei den meisten Musikstücken ist Z 2 der gängige Basiston. Doch der Basiston findet sich auch in B 3, B 6 und B 9.

Die Noten des Basisakkords (als 1, 3 und 5 bezeichnet) kreisen um Z 2, wie Sie in Abbildung 9.5 sehen können. Das sorgt für einen hübschen, großen Basisakkord in den Ziehnoten des tiefen Registers (dem Bereich, in dem die zweite Position am häufigsten gespielt wird). Die Töne für den Basisakkord finden sich auch verstreut im mittleren und hohen Register. Sie können den Basisakkord erweitern und bluesiger klingen lassen, indem Sie die Tonleiterstufen 2 und 7 hinzufügen.

Modale Tonleiter und Avoid Notes

Die zweite Position bedient sich einer Skala, die man den *mixolydischen Modus* nennt. Von der Durtonleiter unterscheidet sie sich nur durch eine Note: Die siebte Stufe wird als Mollton betrachtet, da sie um einen Halbton tiefer ist als die siebte Stufe der Durtonleiter. Diese Note ist bluestypisch und funktioniert oft gut bei Rock auf Bluesbasis.

Wenn Sie die zweite Position benutzen, um Melodien in Dur zu spielen, deren siebte Stufe nicht erniedrigt ist, dann sorgt die siebte Stufe des mixolydischen Modus für einen

Abbildung 9.4: Licks in der zweiten Position (Audiotrack 0902)

Zieh-Bends

Kanal	1	2	3	4	5	6	7	8	9	10
Ziehen	5	1	3	5	♭7	2	3	5	♭7	2
Blasen	4	6	1	4	6	1	4	6	1	4

Blas-Bends

Abbildung 9.5: Basiston und Basisakkord in der zweiten Position
© John Wiley & Sons, Inc.

Missklang – sie wird zur Avoid Note. Zu dieser Situation kommt es oft in der Countrymusik, deren Musiker gerne die zweite Position spielen, aber mit einer Menge Songs zu tun haben, die auf der Durtonleiter basieren.

Sie können einen Missklang zwischen den Kanälen 2 und 9 leicht vermeiden, indem Sie den Basiston um einen Halbton tiefer benden, sodass Sie die siebte Stufe der Durskala erhalten. Im mittleren Register jedoch besteht die einzige Bending-Möglichkeit in einem Overblow, und das ist eine Technik, die nicht jedem Spieler liegt. Deshalb hier einige weitere Methoden, um einen Missklang zu vermeiden:

✔ Sie können eine andere Note spielen, die mit der siebten Dur-Tonleiterstufe harmoniert, wie zum Beispiel Z 4 oder Z 6.

✔ Sie spielen B 6, die benachbarte Note in der Skala, den Basiston.

Beim Spielen von Blues und Rock klappt die zweite Position in der Regel sehr gut. Viele Country- und Popsongs jedoch haben Melodien, die auf der Standard-Durtonleiter gründen.

Welche Noten lassen sich benden?

Die wichtigsten Noten in jeder Position sind die des Basisakkords; wenn sie sich auch noch benden lassen, ist das ein großes Plus. In der zweiten Position sind die Ziehnoten in den Kanälen 1, 2, 3 und 4 Teile des Basisakkords und lassen sich allesamt benden. B 9 ist die einzige weitere bendbare Note des Basisakkords, doch sie steht im hohen Register ziemlich abgeschieden, ohne irgendwelche bendbaren Noten neben sich.

Verwandte Positionen

In der zweiten Position entsprechen die wichtigen Akkorde IV und V (die auf der vierten und fünften Stufe der Tonleiter errichtet sind) der ersten und dritten Position (C-Dur und d-Moll). Wenn Sie diese Positionen spielen, werden Sie auch in der zweiten Position flexibler. (Mehr über Akkorde, die auf Tonleiterstufen errichtet sind, finden Sie in Kapitel 4.)

Dritte Position (D auf der C-Harp)

Die dritte Position hört man in Blues- und Rocksongs, manchmal auch in Fiddle-Songs. Sie hat ebenfalls einen mollartigen Klang, der gut zu Liedern wie »Scarborough Fair« und »Greensleeves« passt. Am flüssigsten spielt sich die dritte Position im mittleren und oberen Register, und Bluesharmonikaspieler wagen sich oft auch an die kniffligen Bends im niederen Register.

Zu den Drittpositions-Songs in diesem Buch gehören »Tom Tom« in Kapitel 13, »Little Brown Island in the Sea« und »She's Like the Swallow« in Kapitel 14, ferner »Dorian Jig« und »The Dire Clog« in Kapitel 15.

Probieren Sie ruhig einige der Drittpositions-Licks in Abbildung 9.6 aus. Anhören können Sie sich die Licks in Audiotrack 0903.

Basiston und Basisakkord

Z 4 ist der Ausgangspunkt für die dritte Position und der Basisakkord findet sich in Z 4, Z 5 und Z 6 sowie in Z 8, Z 9 und Z 10 (siehe Abbildung 9.7). Wenn Sie dem Akkord die Ziehtöne der Kanäle 3 und 7 hinzufügen, entsteht ein eindringlicher, klagender Sound.

Seien Sie vorsichtig mit den Ziehtönen der Kanäle 1 bis 4. Obwohl Z 1 und Z 4 gleichermaßen den Basiston in der dritten Position spielen, erhalten Sie – wenn Sie Z 1 bis Z4 zusammen als Akkord spielen – den Basisakkord der zweiten Position. Wenn Sie sich zu sehr auf diesen Akkord oder auf Z 2 als Single Note konzentrieren, »vergessen« Sie möglicherweise, dass Sie die dritte Position spielen.

Modale Tonleiter und Avoid Notes

Die Tonleiter in der dritten Position kennt man als *dorischen Modus*. Es ist eine Tonleiter mit Mollcharakter, doch eine Note in der Tonleiter »beißt« sich manchmal mit Molltonarten. Es handelt sich um die sechste Stufe der Skala, die sich in Z 3 und Z 7 findet.

Wenn Sie den Klang dieser Note als Missklang empfinden, können Sie Z 3 benden, nicht aber Z 7 (stattdessen können Sie einen Overblow in Kanal 6 spielen). Oder Sie passen einfach auf und gehen dieser missklingenden Note aus dem Weg.

Welche Noten lassen sich benden?

Die Noten des Basisakkords in Kanal 4, 5 und 6 lassen sich alle benden und können richtig schöne Klagelaute ergeben. Die Ziehtöne der Kanäle 2 und 3 sind keine Basisakkord-Noten, aber man kann sie von Z 2 bis zur Skalenstufe ♭3 sowie von Z 3 bis zur Skalenstufe 5 benden, die beides Basisakkord-Noten sind.

Wenn diese Bends gut gespielt werden, sind sie von einer speziellen Klangqualität, die zu entwickeln sich lohnt. Die hohen Blastöne sind nicht Bestandteil des Basisakkords, aber wenn man sie in der dritten Position bendet, verbreiten sie oft eine unheimliche, mystische Stimmung, die ein Solo mit großer Spannung erfüllt.

Abbildung 9.6: Licks in der dritten Position (Audiotrack 0903)

Zieh-Bends

Kanal	1	2	3	4	5	6	7	8	9	10
Ziehen	1	4	6	1	♭3	5	6	1	♭3	5
Blasen	♭7	2	4	♭7	2	4	♭7	2	4	♭7

Blas-Bends

Abbildung 9.7: Basiston und Basisakkord in der dritten Position
© John Wiley & Sons, Inc.

Verwandte Positionen

In der dritten Position entspricht der IV-Akkord (auf der vierten Tonleiterstufe errichtet) der zweiten Position, und der V-Akkord (auf der fünften Tonleiterstufe errichtet) der vierten Position (mehr über diese Akkorde in Kapitel 4). In der dorischen Tonleiter spielt der Akkord ♭VII (auf der siebten Tonstufe errichtet) eine wichtige Rolle in verschiedenen keltischen Liedern und Fiddle-Songs. Dieser Akkord entspricht der ersten Position. Über die Beschäftigung mit diesen Positionen sammeln Sie zusätzliche Erfahrung für den Umgang mit der dritten Position.

Vierte Position (A auf einer C-Harp)

Auch wenn sie in der Blues-, Rock- und Countrymusik nur selten vorkommt, bietet die vierte Position ein hohes Maß an Beweglichkeit im hohen Register, und zwar für Folk, Klezmer, Jazz und sogar einige klassische Stücke. Manche dieser Melodien machen es jedoch erforderlich, dass Sie die Viertpositions-Skala mit bestimmten Arten von Bending-Noten abwandeln.

In Kapitel 14 können Sie den Song »The Huron Carol« in der vierten Position spielen.

Die Licks in Abbildung 9.8 bieten Ihnen die Möglichkeit, die vierte Position nur mithilfe der Tonleiter, die die Harp Ihnen bietet, auszukundschaften (mit Ausnahme einiger ausdrucksstarker Bends). Hören können Sie die Licks in Audiotrack 0904.

Basiston und Basisakkord

Bei den meisten Stücken in der vierten Position ist der Haupt-Basiston Z 6. Der Basiston findet sich jedoch auch in Z 10 (siehe Abbildung 9.9).

Der Basiston hat keine Akkordnoten unter den benachbarten Ziehtönen (die anderen Noten des Basisakkords sind Blastöne). Stattdessen können die Ziehtöne, die an den Basiston grenzen, zusammen mit dem Basisakkord zu Missklängen führen. Innerhalb einer Melodie jedoch lassen diese Ziehtöne sich auf wunderbare Weise kombinieren.

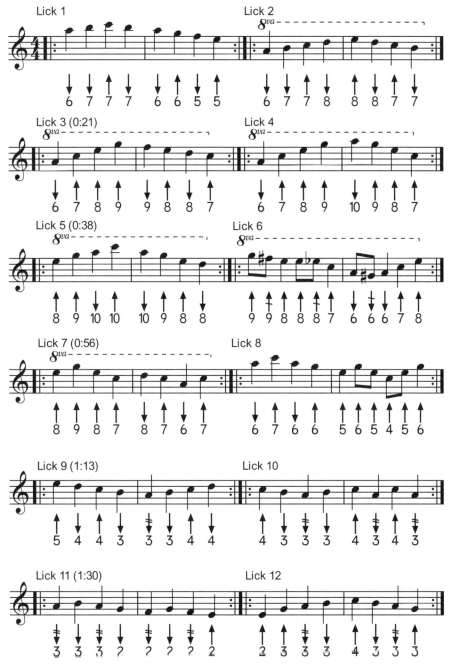

Abbildung 9.8: Licks in der vierten Position (Audiotrack 0904)

Zieh-Bends

Kanal	1	2	3	4	5	6	7	8	9	10
Ziehen	4	♭7	2	4	♭6	1	2	4	♭6	1
Blasen	♭3	5	♭7	♭3	5	♭7	♭3	5	♭7	♭3

Blas-Bends

Abbildung 9.9: Basiston und Basisakkord in der vierten Position
© John Wiley & Sons, Inc.

Der Basiston fehlt im tiefen Register. Sie können ihn erzeugen, indem Sie Z 3 benden wie in den Licks 9, 10, 11 und 12 in Abbildung 9.8. (Das kann ein verteufeltes Bending werden, doch die Resultate belohnen Sie dafür.) Die vierte Position spielt sich normalerweise am flüssigsten im hohen Register.

Modale Tonleitern und Avoid Notes

In der vierten Position erhalten Sie eine Tonleiter, die man den *äolischen Modus* nennt. Man kennt sie auch als *natürliche Mollskala*; sie gilt als reine Form der Molltonleiter. In manchen Melodien in Moll sind die sechste und siebte Tonstufe erhöht; Sie müssen also Noten nach oben (Overbend) oder unten benden, um sie genau zu treffen.

Welche Noten lassen sich benden?

Benden lassen sich der Basiston Z 6 sowie die Akkordtöne in den Kanälen 7, 8 und 10. 9 ist die siebte Tonstufe der Skala und dient gelegentlich als Erweiterung des Basisakkords. Auch diese Note lässt sich hervorragend benden (siehe Abbildung 9.8, Lick 6).

Im niedrigen Register wird Z 3 bis zum Basiston (und zu einer Note, die einen Halbton darunter liegt) gebendet. In Kanal 2 wird der Ziehton von der siebten zur sechsten Tonleiterstufe gebendet und trägt dazu bei, die Tonleiter zu füllen.

Verwandte Positionen

In der vierten Position korrespondiert der IV-Akkord (der Akkord, der auf der vierten Tonleiterstufe errichtet ist) mit der dritten Position, während der V-Akkord der fünften Position entspricht (mehr über diese Akkorde in Kapitel 4). Folksongs im äolischen Modus bedienen sich oft des ♭VI- sowie des ♭VII-Akkords. Die zwölfte Position entspricht dem ♭VI-, die zweite Position dem ♭VII-Akkord.

Fünfte Position (E auf einer C-Harp)

Die fünfte Position wurde bereits 1928 von William McCoy in dem Song »Central Tracks Blues« auf Platte verewigt. Auch der Country-Harmonikaspieler Charlie McCoy (mit William nicht verwandt und nicht verschwägert) bediente sich der fünften Position. Es ist eine mollartig klingende Position, die von den bendbaren Noten im niedrigen Register reichlich Gebrauch macht.

Der Song »Poor Wayfaring Stranger« in Kapitel 14 befindet sich in der fünften Position. »Smoldering Embers« in Kapitel 13 ist in der zweiten Position, geht aber jedes Mal, wenn der e-Moll-Akkord gespielt wird, in die fünfte Position über.

 Um einige der Sounds auszuprobieren, spielen Sie die Licks in Abbildung 9.10. Sie hören sie in Audiotrack 0905.

Basiston und Basisakkord

Die Basisnote für die fünfte Position findet sich in B 2, B 5 und B 8 (siehe Abbildung 9.11). B 2 wird am liebsten als Basiston verwendet, da sich alle Noten des Basisakkords in seiner Nähe befinden. B 2 und B 3 sind Basisakkordnoten, ebenso Z 2 und 3. Mithilfe dieser Kombination können Sie Blas-/Ziehmuster ausschließlich mit Tönen des Basisakkords spielen – was nur in der fünften Position vorkommt. Im mittleren und hohen Register handelt es sich bei zwei der Basisakkordnoten um Blastöne, bei einem um einen Ziehton.

Modale Tonleiter und Avoid Notes

Die Tonleiter in der fünften Position ist eine Skala mit Mollcharakter, die man als *phrygischen Modus* bezeichnet. Die zweite Stufe der Tonleiter ist einen Halbton tiefer als in den meisten Skalen. Sie verleiht der Musik oft einen spanischen Touch, etwas von einem Flamenco, in den meisten Fällen jedoch klingt sie schräg. In Abbildung 9.10, Lick 11 ist sie als eine Art von Blue Note aufgeführt.

 Die Tonstufe ♭6 befindet sich in der fünften Position stets ein Loch weiter links als die Basisnote. Spielen Sie diese Note nie zusammen mit der Basisnote in einem Akkord, es sei denn, Sie wissen, dass sie zu dem Akkord gehört. Ansonsten erzeugt sie zusammen mit dem Begleitakkord einen Missklang.

Welche Noten lassen sich benden?

Wie in verschiedenen anderen Positionen sind die wichtigsten bendbaren Noten der fünften Position die Noten des Basisakkords. In der fünften Position sind die Ziehtöne in den Kanälen 2 und 3 Teil des Basisakkords und Sie können mit diesen Noten sehr ausdrucksvolle Bends spielen, die wirklich Spaß machen.

Z 1 und Z 4 sind die siebte Stufe der Tonleiter, fungieren jedoch als eine Art Erweiterung des Basisakkords. Und sie lassen sich prima benden, wie Lick 4 (siehe Abbildung 9.10) zeigt. Z 6 ist die vierte Stufe der Skala und ergibt beim Benden einen klagenden Sound. B 8 und B 9 sind ebenfalls Basisakkordnoten, die sich hervorragend benden lassen (siehe Lick 9 in Abbildung 9.10).

Verwandte Positionen

In der fünften Position entspricht der IV-Akkord (der auf der vierten Tonleiterstufe errichtete Akkord) der vierten Position. Der V-Akkord entspricht der sechsten Position, darauf

Abbildung 9.10: Licks in der fünften Position (Audiotrack 0905)

Zieh-Bends

Kanal	1	2	3	4	5	6	7	8	9	10
Ziehen	♭7	♭3	5	♭7	♭2	4	5	♭7	♭2	4
Blasen	♭6	1	♭3	♭6	1	♭3	♭6	1	♭3	♭6

Blas-Bends

Abbildung 9.11: Basiston und Basisakkord in der fünften Position
© John Wiley & Sons, Inc.

will ich hier jedoch nicht näher eingehen. Falls Sie die Flamenco-Möglichkeiten der fünften Position erforschen wollen – der charakteristische ♭II-Akkord entspricht der zwölften Position. (Spülen Sie sich vor dem Spielen die Sangriareste aus dem Mund und vergessen Sie nicht, dass eine Rose, die Sie zwischen den Zähnen halten, sich negativ auf Ihr Spielergebnis auswirken könnte.)

Zwölfte Position (F auf einer C-Harp)

Die zwölfte Position ist erst vor ein paar Jahren in Mode gekommen, auch wenn Daddy Stovepipe sie bereits 1931 in seinem Song »Grenville Strut« einsetzte. Es ist keine allzu bluesige Position, sie eignet sich jedoch gut für Songs in Dur. Allerdings enthält sie eine Avoid Note (siehe im späteren Abschnitt »Modale Tonleiter und Avoid Notes«).

Songs für die zwölfte Position in diesem Buch sind »Amazing Grace« in Kapitel 5 und »A la claire fontaine« in Kapitel 14.

Um sich in die zwölfte Position einzuarbeiten, versuchen Sie sich an den Licks in Abbildung 9.12. Sie können sich die Licks in Audiotrack 0906 anhören.

Basiston und Basisakkord

Bei den meisten Musikstücken ist die Hauptbasisnote für die zwölfte Position Z 5 im mittleren Register, obwohl sich die Basisnote auch in Z 9 im hohen Register findet (siehe Abbildung 9.13). Im niedrigen Register erhalten Sie den Basiston, indem Sie Z 2 benden.

Der Grundton und die Terz des Basisakkords sind beides Ziehnoten und können zusammen gespielt werden, die Quinte jedoch ist eine Blasnote. Oftmals lässt sich die sechste Tonleiterstufe in den Akkord einfügen – das sollten Sie jedoch Ihren Ohren überlassen. Die Sexte befindet sich stets einen Kanal links von der Basisnote.

Modale Tonleiter und Avoid Notes

Die Tonleiter in der zwölften Position ist eine Skala mit Durcharakter, die man als *lydischen Modus* bezeichnet. Die einzige Avoid Note ist die erhöhte vierte Tonleiterstufe, die gelegentlich auch okay klingt, wenn Sie danach die fünfte Tonleiterstufe fspielen. Sie können die

Abbildung 9.12: Licks in der zwölften Position (Audiotrack 0906)

Zieh-Bends

Kanal	1	2	3	4	5	6	7	8	9	10
Ziehen	6	2	♯4	6	1	3	♯4	6	1	3
Blasen	5	7	2	5	7	2	5	7	2	5

Blas-Bends

Abbildung 9.13: Basiston und Basisakkord in der zwölften Position
© John Wiley & Sons, Inc.

erhöhte Quarte in Z 3 benden, bis sie zur normalen Quarte wird; Sie erhalten die normale Quarte aber auch, wenn Sie B 10 benden und in Kanal 6 einen Overblow erzeugen.

Welche Noten lassen sich benden?

Bendbare Basisakkordnoten folgen in der zwölften Position keiner bestimmten Logik. Im mittleren Register sind Z 5 und Z 6 Basisakkordnoten und lassen sich benden. Im hohen Register ist B 10 eine Akkordnote und lässt sich ebenfalls benden. Im niederen Register lassen sich Z 2 und Z 3 bis auf die Höhe der Basisakkordnote und der dritten Tonleiterstufe benden.

Verwandte Positionen

In der zwölften Position entspricht der V-Akkord (der auf der fünften Tonleiterstufe errichtete Akkord) der ersten Position. Der IV-Akkord entspricht der elften Position, die hier nicht näher behandelt wird. (Mehr über diese Akkorde erfahren Sie in Kapitel 4.)

Teil III
... und schon sind Sie fortgeschritten

Kapitel 10
Spielen mit Spaß: Bauen Sie Flair und Tempo auf!

Temporeiches, fast unbewusstes Spielen – das funktioniert nur, wenn Sie genau wissen, wo die Noten sich befinden (zumindest die, die Sie für Ihr Stück brauchen), wie sie klingen und wie man sie spielt. Wenn Sie sich noch in den Anfangsstadien Ihrer Mundharmonika-Ausbildung befinden, müssen Sie umso mehr denken. Sie müssen die Namen der Noten verstehen und wissen, welche von ihnen gut zusammenpassen; außerdem sollten Sie die musikalischen Strukturen durchschauen. Denken müssen Sie auch, um sich Schritt für Schritt sämtliche Bewegungen einzuprägen, die für Ihren Spielablauf notwendig sind.

Nach einer Weile jedoch können Sie all das hinter sich lassen. Die Details übernehmen dann Ihre Ohren und Ihr Muskelgedächtnis. Je häufiger Sie Mundharmonika spielen, umso besser werden Ihre Ohren und Ihr Muskelgedächtnis darauf geschult, eine Notenfolge vorauszudenken und zu spielen. Wenn Sie spielen können, was Sie wollen, ohne über die Hintergründe nachdenken zu müssen – dann können Sie mit *Flair* spielen.

Um von diesem Kapitel optimal zu profitieren, sollten Sie bereits in der Lage sein, Single Notes (siehe Kapitel 5) zu spielen. Die Fähigkeit, Noten zu benden, ist ebenfalls von Vorteil, wird aber nicht zwingend vorausgesetzt. Am besten, Sie lesen auch noch mal einiges über die theoretischen Konzepte in Kapitel 3 und 4 nach, um ein tieferes Verständnis der Materie in diesem Kapitel zu gewinnen. Aber auch wenn Sie einfach nur die Tabs in diesem Kapitel nachspielen, wächst Ihre Vertrautheit mit der Harmonika und Sie bewegen sich irgendwann auf ihr wie zu Hause in Ihrer Wohnung.

Einige der Melodie-Pattern in diesem Kapitel werden Sie vielleicht monatelang beschäftigen. Verfallen Sie nicht dem Irrtum, Sie müssten sie so schnell wie möglich bewältigen – und vielleicht auch noch ausnahmslos alle. Hören Sie sich erst mal sämtliche Audiotracks zu diesen Übungen an. Das hat zwei Gründe:

✔ Beim Durchhören der Übungen erkennen Sie genau, welche von ihnen Sie dorthin bringt, wo Sie hinwollen (auch wenn Ihre Ziele sich im Laufe der Zeit verändern werden).

✔ Die Melodien prägen sich Ihnen ein und Sie wissen genau, wie sie klingen müssen, wenn Sie selbst damit üben. Sie werden staunen, wie hilfreich das ist.

Hören Sie sich ruhig auch die Übungen zu anderen Kapiteln an – auch darunter könnte sich vieles befinden, was Sie gern selbst einmal spielen würden.

Ihre Auswahl an Mundharmonikas ist ein wichtiger Teil der Strategie, um das spielen zu können, was Ihnen liegt. Auch die folgenden Strategien können Sie für sich ausprobieren – für jede von ihnen gibt es mindestens einen bekannten Spieler, der sie beherzigt:

✔ Spielen Sie nur Mundharmonikas in der Standardstimmung, in zwei oder drei Positionen, aber in so vielen Tonarten wie notwendig. (So machen es die meisten Spieler.)

✔ Spielen Sie Harmonikas nur in einer einzigen Position, aber in verschiedenen Stimmungen für verschiedene Tonleitern (Moll, Dur, Blues). Wählen Sie so viele verschiedene Tonarten wie nötig.

✔ Spielen Sie einen Mix aus Positionen und unterschiedlichen Stimmungen.

✔ Spielen Sie alle zwölf Tonarten von Standardharmonikas, auf jeder davon sämtliche Tonleitertypen. (Das kriegen nur ganz wenige Spieler hin.)

✔ Spielen Sie eine C-Harp (oder eine Harmonika in einer anderen Stimmung) in allen zwölf Tonarten. (Das schaffen nur Ausnahmespieler.)

Melodien von Grund auf beherrschen

Ein Großteil der Musik, die Sie spielen, führt von einer Tonleiternote zu ihrem unmittelbaren Nachbarn (Bewegung in *Tonschritten*) oder springt zu einer weiter entfernten Note (Bewegung in *Tonsprüngen*). Die meisten Tonsprünge verlaufen jedoch von einer Akkordnote zur anderen. Mit anderen Worten: Wenn der Akkord, der im Hintergrund auf der Gitarre oder dem Klavier gespielt wird, C-Dur ist (dessen Akkordnoten bekanntlich C, E und G sind), dann springt die Melodie oft von C nach E, von E nach G oder von G nach C. Wenn Sie die einzelnen Töne eines Akkords nacheinander spielen, dann spricht man von einem *Arpeggio*.

Wenn Sie Tonleitern, Arpeggios und skalenbezogene Patterns üben, eignen Sie sich automatisch eine Reihe von Patterns an, die Ihnen später in zahlreichen Songs und Instrumentals wiederbegegnen werden. Wie Don Les von den Harmonicats einmal zu mir sagte: »Wer schon überall einmal war, wird sich nie wieder irgendwo fremd fühlen.«

Die Tonleiter erkennen

Die Mundharmonika ist zum Spielen von Durtonleitern gedacht. Alles andere baut auf dieser Skala auf. Wenn Sie also die Durtonleiter perfekt beherrschen, verfügen Sie über eine der Grundvoraussetzungen für ein flüssiges Spiel.

Die Tonleiter wird in jedem Register anders gespielt. Im oberen Register verschieben sich die Ziehtöne um einen Kanal nach rechts und eine Note – die in Kanal 10 – müssen Sie benden. Im unteren Register werden zwei Noten gebendet, die ansonsten fehlen würden, und eine Note kommt zweimal vor (Z 2 und B 3 ergeben den gleichen Ton).

Wenn Sie noch nicht so gut benden können, um Bending-Noten in Ihr Spiel einzubauen, sollten Sie die Übungen trotzdem machen und die gebendeten Noten einfach weglassen. Ersetzen Sie die fehlende Note einfach durch die vorhergehende oder nachfolgende Note.

In Abbildung 10.1 wird die Durtonleiter in allen drei Registern erst aufwärts, dann abwärts gespielt. Wie das klingt, können Sie sich in Audiotrack 1001 anhören.

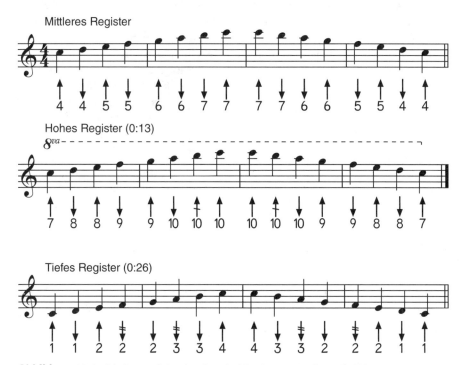

Abbildung 10.1: Die Durtonleiter in allen drei Registern (Audiotrack 1001)

Skalenpattern erkennen

Wenn Sie eine Tonleiter spielen, können Sie erst eine Note spielen, dann die nächste und so weiter. Anstatt einfach nur langweilig hinauf- und wieder hinabzusteigen, können Sie die Skala auch verzieren, indem Sie zu jeder Skalennote ein kurzes Melodie-Pattern einbauen.

Viele vollendet klingende Melodien bedienen sich dieses einfachen Prinzips und oft verwenden sie nur eines von nur wenigen Standard-Patterns. Wenn Sie diese Patterns beherrschen, können Sie viele komplizierte Melodien spielen (und wiedererkennen).

Die Patterns, mit denen Sie Tonleiternoten verzieren, werden benannt, indem man die Noten durchzählt. Sie beginnen also mit der Skalennote, die das Pattern einleitet, und bezeichnen sie als »1.«. Dann zählen Sie auf- oder abwärts bis zur nächsten Note des Patterns, geben ihr eine Nummer und weiter geht es zur nächsten. Sie machen das mit jeder Tonleiternote, auf die das Pattern angewandt wird. Die Zahlenfolge, die Sie beim Auszählen des Patterns erhalten, wird zum Namen des Patterns.

Ein Beispiel: In den Tabs in Abbildung 10.2 beginnen Sie mit der ersten Tonleiternote. Dann zählen Sie aufwärts 1-2-3 und spielen die Note, die Sie bei 3 vorfinden, also spielen Sie ein 1-3-Pattern. In diesem Pattern wird die 2 nicht gespielt, nur die 1 und die 3. Mit der nächsten Note der Skala machen Sie es genauso. Damit Sie es leichter spielen können, wird beim Tonleiterabstieg das Pattern zu 3-1 umgekehrt und führt nicht mehr auf-, sondern abwärts. Diese Tonleiter können Sie sich in Audiotrack 1002 anhören.

Auch wenn das Pattern in einer Skala einem feststehenden Schema folgt – für die Bewegungsabläufe auf der Harmonika gilt das nicht. Auch wenn Sie keine Noten lesen können, sehen Sie trotzdem, wie die Noten feststehende Patterns und Formen bilden – wenn Sie jedoch versuchen, die Tabs zu spielen, werden Sie feststellen, dass die Handlungsabläufe nicht immer die gleichen sind. In Abbildung 10.2 zum Beispiel sind einige der 1-3-Patterns reine Blas-Patterns, andere reine Zieh-Patterns und wieder andere eine Mischung aus beidem. Sich die Veränderungen in den einzelnen Abläufen gut einzuprägen, ist äußerst wichtig, um das Muskelgedächtnis der musikalischen Logik anzupassen – und natürlich auch dem, wonach Ihr Gehör verlangt.

Hören Sie sich die Audiotracks zu folgenden Patterns an:

✔ Abbildung 10.3 (Audiotrack 1003) zeigt die Tonleiter mit einem 1-2-3-Pattern zu jeder Skalennote. In absteigender Richtung kehrt sich das Pattern um zu 3-2-1.

✔ Abbildung 10.4 (Audiotrack 1004) zeigt die Tonleiter mit einem 1-2-3-5-Pattern. In absteigender Richtung kehrt sich das Pattern um zu 5-3-2-1.

✔ Abbildung 10.5 (Audiotrack 1005) zeigt die Tonleiter mit einem 1-2-3-4-Pattern. In absteigender Richtung kehrt sich das Pattern um zu 4-3-2-1.

All diese Patterns spielen eine Rolle beim Melodiespiel und der Improvisation.

Doch anstatt Patterns zu spielen, die von einer Note zu deren Nachbarnote führen, können Sie auch solche mit Tonsprüngen wählen, die zu ganz unterschiedlichen Noten führen.

In Abbildung 10.6 (Audiotrack 1006) handelt es sich bei den Startnoten für die Pattern-Serie nicht um C, D, E, F, G, A, H, C und zurück, sondern um C, F, H, E, A, D, G, C. Jede neue Note vollführt entweder einen Sprung von vier Tönen aufwärts oder fünf Tönen abwärts. Wenn Sie auf jeder dieser Noten einen Akkord

Abbildung 10.2: Skala mit einem 1-3-Pattern (Audiotrack 1002)

Hohes Register (0:13)

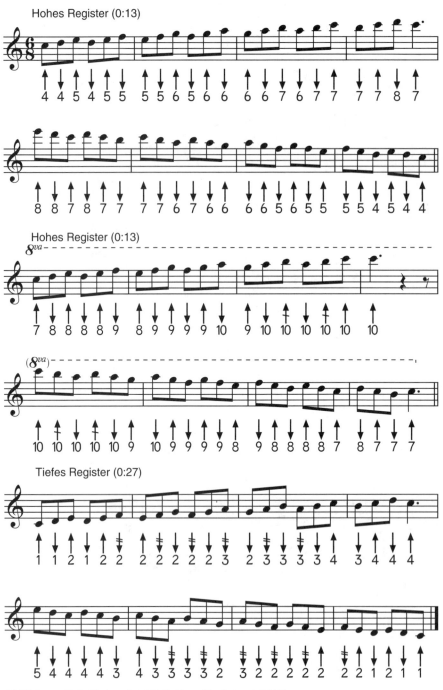

Abbildung 10.3: Skala mit 1-2-3-Pattern (Audiotrack 1003)

Abbildung 10.4: Skala mit 1-2-3-5-Pattern (Audiotrack 1004)

Abbildung 10.5: Skala mit 1-2-3-4-Pattern (Audiotrack 1005)

Abbildung 10.6: Akkordprogression mit wechselnden Patterns (Audiotrack 1006)

aufbauen, erhalten Sie eine Akkordfolge, die man als *Akkordprogression* bezeichnet. Vermutlich haben Sie Akkordprogressionen schon in verschiedenen Songs gehört. Wenn Sie in der C-Tonart diese Akkorde durchnummerieren, heißen sie I, IV, VII, III, VI, II, V und I. Anstatt während der gesamten Progression die gleichen Melodiepatterns zu wiederholen, wechseln Sie zwischen zwei verschiedenen Patterns ab. Bekannte Songs wiederholen im Laufe einer Akkordprogression oft Melodie-Patterns oder wechseln sie ab.

Wenn Sie einzelne Noten in der Skala nummerieren, verwenden Sie arabische Ziffern. Wenn es um Akkorde geht, die auf Tonleiterstufen errichtet sind, verwenden Sie römische Ziffern.

Melodien auf der Grundlage von Akkordnoten

Die meisten Melodien bewegen sich entweder direkt von einer Akkordnote zur anderen oder kommen auf dem Weg dorthin an einem oder zwei *akkordfremden Tönen* (also Tönen, die nicht Teil des Akkords sind) vorbei.

Wenn die meisten Akkordnoten mit einem Taktschlag zusammenfallen, hören Sie dennoch den Akkord, auch wenn nicht alle Töne gleichzeitig erklingen. Akkordnoten wirken zusammen, um den Grundton des Akkords zu verstärken – ein sehr effektives Phänomen. Wenn Sie die Akkordnoten hören, dann verspüren Sie Gleichgewicht und Ruhe – oder, um es musikalisch auszudrücken, *Auflösung*.

Wenn einige der mit dem Taktschlag gespielten Noten keine Akkordtöne sind, verspüren Sie eine Störung des Akkords, sprich: *musikalische Spannung*.

Abbildung 10.7 zeigt Ihnen den Überblick über eine Mundharmonika in der ersten Position (mehr über Positionen in Kapitel 9). B 4 ist die Basisnote mit der Zahl 1. Alle anderen Noten der Skala von 1 an aufwärts sind ebenfalls durchnummeriert. Wenn Sie einen Akkord auf 1 aufbauen, sind die Akkordnoten 1, 3 und 5. Sämtliche Blastöne sind Teil des Akkords, also sind es immer 1, 3 und 5.

Kanal	1	2	3	4	5	6	7	8	9	10
Ziehen	2	5	7	2	4	6	7	2	4	6
Blasen	1	3	5	1	3	5	1	3	5	1

Abbildung 10.7: Eine Mundharmonika mit in der ersten Position nummerierten Tonleiternoten
© John Wiley & Sons, Inc.

Der Akkord mag ein Ruhepol sein, doch nicht alle Noten des Akkords strahlen gleichermaßen Ruhe aus.

✔ Die 1 (der Grundton) ist der absolute Ruhepunkt.

✔ Die 5 ist der zweitstärkste Ruhepunkt des Akkords.

✔ Die 3 ist der schwächste Ruhepunkt von allen. Die Note hört sich irgendwie an, als würde sie eine Frage stellen, die auf Antwort wartet.

Alle anderen Noten – also 2, 4, 6 und 7 – sind akkordfremde Töne.

 In Abbildung 10.8 sehen Sie die Tonleiter, beginnend bei der ersten Tonleiterstufe in B 4. Die Noten sind in Zweiergruppen von Achtelnoten (♪) unterteilt. Die erste Note jedes Paars fällt mit dem Taktschlag zusammen, die zweite erfolgt zwischen den Schlägen. Anhören können Sie sich das Beispiel aus Abbildung 10.8 in Audiotrack 1007.

Tonleiterstufen:

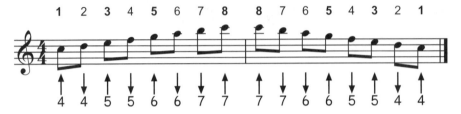

Abbildung 10.8: Skala in der ersten Position mit Akkordtönen (Audiotrack 1007)

Wenn Sie die Skala in Abbildung 10.8 aufwärts spielen, fallen alle Akkordnoten auf Taktschläge, außer am Ende der Tonleiter auf dem vierten Schlag – vor der Landung kommt es zu einigen Turbulenzen. Auf dem Rückweg nach unten fallen die Akkordnoten bis auf die erste Note, das hohe C, zwischen die Taktschläge, sodass die Noten, die auf dem Taktschlag landen, für Spannung sorgen, bis Sie schließlich wieder bei 1 landen.

 Abbildung 10.9 zeigt eine Melodie, die zwischen Spannung und Auflösung wechselt, Sie hören sie in Audiotrack 1007.

Tonleiterstufen:

Abbildung 10.9: Eine zwischen Spannung und Auflösung wechselnde Melodie (Audiotrack 1007)

Aller guten Dinge sind fünf

Die Durtonleiter besteht aus sieben Noten. Trotzdem wird eine Menge Musik mit einer vereinfachten Skala gespielt, die nur fünf Noten hat und *pentatonische Tonleiter* heißt. Die pentatonische Tonleiter umfasst die drei Akkordtöne 1, 3 und 5 sowie zwei weitere Noten. Beachten Sie Folgendes:

✔ **Die pentatonische Durtonleiter umfasst 1, 2, 3, 5 und 6.** Sie können diese Skala für die Dur-Basisakkorde der ersten, zweiten und zwölften Position aufbauen und anwenden. Sie beginnen die Tonleiter mit der Basisnote der jeweiligen Konstellation.

✔ **Die pentatonische Molltonleiter umfasst 1, 3, 4, 5 und 7.** Sie können diese Skala für die Moll-Basisakkorde der dritten, vierten und fünften Position aufbauen und anwenden. Sie beginnen die Tonleiter mit der Basisnote der jeweiligen Konstellation.

 Nehmen Sie sich ein wenig Zeit, um die pentatonischen Skalen in den Tabs der folgenden Abbildungen durchzuhören und durchzuspielen. Sie werden Ihnen in vielerlei Songs, die Sie kennen, wiederbegegnen, und es macht Spaß, ein wenig damit herumzuspielen.

✔ Abbildung 10.10 (Audiotrack 1008) zeigt die pentatonische Durtonleiter in der ersten Position in allen drei Registern. Versuchen Sie, alles so zu spielen wie in der Abbildung. Danach können Sie experimentieren, indem Sie die Skala abwärts spielen und einfach ein paar Nachbarnoten der Tonleiter spielen.

✔ Abbildung 10.11 (Audiotrack 1008) zeigt die pentatonische Molltonleiter in der vierten Position. Wenn Sie die Skalennoten vergleichen, werden Sie feststellen, dass es die gleichen sind wie die der pentatonischen Durtonleiter in der ersten Position. Aufgrund der unterschiedlichen Basisnote jedoch klingt diese Skala trotzdem ganz anders.

Tonleiterstufen:

Abbildung 10.10: Pentatonische Durtonleiter in der ersten Position (Audiotrack 1008)

Tonleiterstufen:

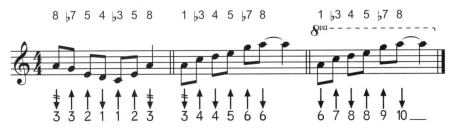

Abbildung 10.11: Pentatonische Molltonleiter in der vierten Position (Audiotrack 1008)

Tonleiterstufen:

Abbildung 10.12: Pentatonische Durtonleiter in der zweiten Position (Audiotrack 1009)

✔ Abbildung 10.12 (Audiotrack 1009) zeigt die pentatonische Durtonleiter in der ersten Position, während Abbildung 10.13 (Audiotrack 1009) die pentatonische Molltonleiter in der fünften Position zeigt. Diese beiden Skalen verwenden die gleichen Noten, klingen jedoch sehr unterschiedlich.

✔ Abbildung 10.14 (Audiotrack 1010) zeigt die pentatonische Durtonleiter in der zwölften Position; Abbildung 10.15 (Audiotrack 1010) zeigt die pentatonische Molltonleiter in der dritten Position. Diese beiden Skalen benutzen die gleichen Noten, um zu völlig unterschiedlichen Ergebnissen zu gelangen.

Tonleiterstufen:

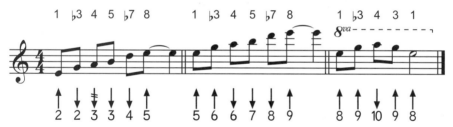

Abbildung 10.13: Pentatonische Molltonleiter in der fünften Position (Audiotrack 1009)

Tonleiterstufen:

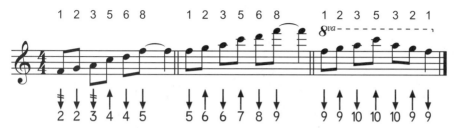

Abbildung 10.14: Pentatonische Durtonleiter in der zwölften Position (Audiotrack 1010)

Tonleiterstufen:

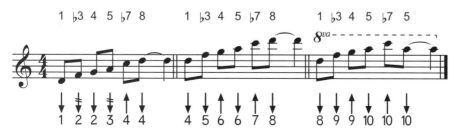

Abbildung 10.15: Pentatonische Molltonleiter in der dritten Position (Audiotrack 1010)

Ornamente zur Bereicherung

Ornamente sind Verzierungen, mit denen man eine Melodie versieht. Oft dienen sie dazu, bestimmte Noten hervorzuheben und der Melodie stärkere Konturen zu verleihen. Manchmal setzt man Ornamente auch ein, um eine schlichte Melodielinie etwas kunstvoller klingen zu lassen und interessante Patterns zu erschaffen. Gelegentlich aber dienen sie auch einfach als Spezialeffekte.

Auf den meisten Instrumenten erschafft man Ornamente, indem man kurz vor oder nach einer Melodienote zusätzliche Noten einsetzt. Einige der Zungenblocking-Effekte aus Kapitel 7 (wie zum Beispiel Slaps, Hammers, Rakes und Shimmers) erfüllen den gleichen Zweck wie Ornamente; Sie können also selbst entscheiden, was von beiden Sie wählen wollen.

Shakes

Bei einem *Shake* wechseln Sie rasch zwischen zwei Noten in benachbarten Kanälen hin und her. Die beiden Noten eines Shakes sind entweder beides Blasnoten oder beides Ziehnoten. Anstelle einer einfachen Harmonie erhalten Sie eine Klangstruktur, die sich daraus bestimmt, wie schnell Sie hin und her wechseln. Shakes werden häufig im Blues verwendet, von wo sie auch ihren Eingang in die Rock- und Countrymusik fanden.

Manche Spieler erzeugen Shakes, indem sie die Mundharmonika stillhalten und stattdessen den Kopf von einer Seite zur anderen bewegen. Wieder andere bewegen die Harmonika mit den Händen. Die Harmonika zu bewegen, gibt Ihnen mehr Kontrolle, und die Gefahr, dass Sie Nackenschmerzen bekommen oder Ihnen schwindlig wird, ist weitaus geringer.

Wenn Sie einen Shake ausführen, behandeln Sie die Note auf der linken Seite in der Regel als Hauptnote, die Note auf der rechten Seite als die Zusatznote. Benutzen Sie das rechte Handgelenk, um die Hände und die Harp um einen Kanal nach links zu bewegen; danach lassen Sie die Hände in die ursprüngliche Position zurückspringen. Sie können einen Shake so spielen, dass die beiden Töne klar voneinander getrennt sind, Sie können sie aber auch miteinander verschmelzen lassen, um eine Art strukturierten Akkordklang zu erhalten.

In Abbildung 10.16 sehen Sie eine einfache Melodielinie, bei der Sie jede Note mit einem Shake versehen können. In der Tabulatur erkennen Sie den Shake an den drei diagonalen Linien neben der Kanalnummer. Wie die Melodie mit den Shakes klingt, hören Sie in Audiotrack 1011.

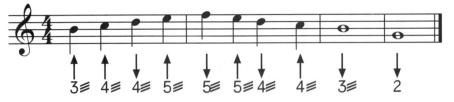

Abbildung 10.16: Melodielinie mit Shakes (Audiotrack 1011)

Rips, Boings und Fall-offs

Sie können eine Note ansteuern, indem Sie von einem Kanal auf der linken oder rechten Seite gewissermaßen in sie »hineingleiten«. In diesem Fall hören Sie eine Art »Wasserfall« von Tönen, der Sie zur Zielnote geleitet. Diese Bewegung bezeichnet man als *Rip*.

Sie können auch eine Note spielen und sich dann mit einem Rip von ihr wegbewegen. In diesem Fall gibt es keine Zielnote – der Ton versandet einfach. Ist diese Bewegung nach rechts gerichtet, wird der Ton höher, was sich ein wenig anhört wie ein abprallender Ball; man spricht daher von einem *Boing*. Geht der Weg jedoch nach links, sinkt die Tonhöhe, deshalb spricht man hier von einem *Fall-off*.

 Rips, Boings und Fall-offs wie in Abbildung 10.17 werden im Jazz, aber manchmal auch im Blues, Rock und in der Popmusik verwendet. Diese Ornamente können Sie sich in Audiotrack 1012 anhören.

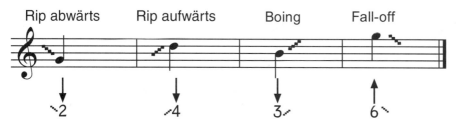

Abbildung 10.17: Rips, Boings und Fall-offs (Audiotrack 1012)

Vorhaltnoten

 Sie können eine Melodienote hervorheben, indem Sie mit einer anderen Note – der sogenannten *Vorhaltnote* beginnen, die sich in einem Nachbarkanal befindet, und sie kurz ertönen lassen, bevor die eigentliche Note an der Reihe ist. Man darf sie nur für den Bruchteil einer Sekunde hören, dann folgt bereits die Hauptnote. Die rasche Bewegung von der Vorhaltnote zur Hauptnote sorgt für eine perkussive Struktur, die der Hauptnote mehr Gewicht verleiht. In Abbildung 10.18 sehen Sie eine abwärtsführende Tonleiter mit zwei Vorhaltnoten. Diese Noten können Sie sich in Audiotrack 1013 anhören.

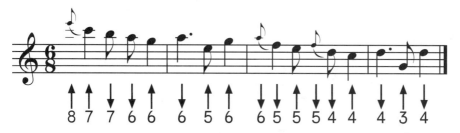

Abbildung 10.18: Vorhaltnoten (Audiotrack 1013)

 In der keltischen Musik werden auf Instrumenten wie der Fiddle und der Flöte verschiedene Arten von Vorhaltnoten gespielt. Die meisten davon beziehen sich auf die unmittelbare Nachbarnote in der Skala, da diese Note am einfachsten zu spielen ist. Auf der Mundharmonika besteht die schnellste und reibungsloseste Methode zur Erzeugung einer Vorhaltnote darin, einfach den nächstgelegenen Kanal zu wählen, auch wenn sie nicht immer identisch ist mit der Nachbarnote der Tonleiter.

Wie Sie schneller werden

Zu lernen, wie man auf der Mundharmonika schneller wird, ist ein wenig wie Sprechen zu lernen. Erst übt man, Laute mit dem Mund von sich zu geben. Dann lernt man, wie man diese Laute zu Worten formt, die Worte zu Sätzen verbindet, sich durch sie mit anderen verständigen kann. An diesem Punkt beginnt die Sprache zu fließen, man spricht *fließend*.

Wenn Sie lernen, fließend auf der Harmonika zu spielen, beginnen Sie mit einzelnen Noten. Sie lernen, wie man Noten zu kurzen Phrasen verbindet (ebenso wie Wörter zu Sätzen), dann werden die kurzen zu längeren Phrasen, bis Ihr Spiel zu fließen beginnt. (Dann spielen Sie fließend.)

Jemand, der flüssig Mundharmonika zu spielen lernt, ist auch vergleichbar mit jemandem, der sich mit dem Buschmesser einen Weg durch dichtes Gestrüpp bahnt. Äste stutzen, Baumstämme wegrollen, Steine aus dem Weg räumen – das alles ist harte Arbeit. Doch wenn Sie diese Schufterei hinter sich gebracht haben, haben Sie auf Ihrem Weg durch den Urwald freie Bahn.

Wenn Sie Mundharmonika spielen, erschaffen Sie in Ihrem Gehirn eine Reihe neuer Neuronenbahnen. Werden diese Bahnen oft begangen, werden sie breiter und es siedelt sich kein Unkraut an. Hält man sich jedoch nur selten auf ihnen auf, wächst alles zu. Wiederholung ist also der Schlüssel zu einem fließenden Spiel. Sie hält Ihre Neuronenbahnen sauber und frei.

In den folgenden Abschnitten gebe ich Ihnen ein paar Tipps, wie Sie Ihr Spieltempo steigern können.

Langsam und Schritt für Schritt

Wenn Sie sich von einer Note zur anderen bewegen, müssen Sie drei Dinge wissen:

✔ Wo Sie sich auf der Mundharmonika befinden. Mit anderen Worten: Sie müssen wissen, welchen Kanal Sie gerade spielen.

✔ Was Sie tun müssen, um zur nächsten Note zu gelangen. Zum Beispiel: Müssen Sie den Kanal wechseln? Wenn ja, nach links oder rechts? Ist ein Atemrichtungswechsel angesagt? Müssen Sie benden? Nach oben oder nach unten?

✔ Wie die Note, die Sie anvisieren, klingen muss. Denn wie sollen Sie wissen, dass Sie am richtigen Ort angekommen sind, wenn Sie nicht wissen, wo der richtige Ort ist?

Bevor Sie Ihre Bewegung ausführen, brauchen Sie Zeit, um nachzudenken, was zu tun ist. Dann brauchen Sie Zeit, um es auch wirklich zu tun. Wenn Sie langsam spielen, haben Sie diese Zeit. Je neuer eine Bewegung ist, umso mehr Zeit brauchen Sie, um sie auszuführen.

Die meisten musikalischen Aktionen bestehen darin, dass mehrere Noten als Sequenz gespielt werden. Manche Abläufe sind sicher komplexer und Ihnen weniger geläufig als andere. Diese neuen, schwierigeren Abläufe beanspruchen für ihre Planung und Ausführung am meisten Zeit, deshalb sollten Sie die *gesamte*

Sequenz äußerst langsam spielen. Auf keinen Fall die leichten Stellen schnell durchhecheln, um dann bei den schwierigeren Parts auf die Bremsen zu steigen. Geben Sie immer ein Tempo (eine Taktgeschwindigkeit) vor und stellen Sie dazu Ihr Metronom so langsam ein, dass Sie auch die kniffligsten Stellen schaffen werden. In diesem Tempo sollten Sie die gesamte Sequenz spielen.

In kleinen Happen lernen

Wenn Sie die unvertrauten Abläufe erlernen, sollten Sie lange Sequenzen in kleine Abschnitte mit zwei, drei oder vier Noten aufteilen. Üben Sie jeden dieser Happen für sich. Wenn es sich um wirklich unvertraute Abläufe handelt, müssen Sie diese kleine Portion immer wieder in sehr niedrigem Tempo üben, bis sie Ihnen vertraut sind. Dann können Sie sich den nächsten Happen vornehmen.

Wenn Sie auf eine längere Sequenz stoßen, die größtenteils einfach ist, spielen Sie sie durch, spüren Sie problematische Stellen auf und machen Sie jede davon zu einem eigenen Happen, den Sie durch langsame Wiederholung einüben. Bevor Sie diese Happen wieder in den Kontext einer längeren Sequenz einbauen, beschränken Sie sich zunächst nur auf die Noten, die kurz zuvor und kurz danach gespielt werden. Wenn Sie dann alles wieder zusammenfügen, spielen Sie die gesamte Passage in einem Tempo, bei dem Sie auch die problematische Stelle zuversichtlich in Angriff nehmen können.

Ganz langsam schneller werden

Wenn es Ihnen gelungen ist, eine neue oder schwierige Passage auf langsame, gleichmäßige Weise zu spielen, versuchen Sie, eine Idee schneller zu werden. Wenn Sie das Tempo zu früh und zu sehr steigern, werden Sie merken, dass Sie die schwierigen Stellen einfach »abhaken« wollen, dabei auch manchmal schummeln und nur so tun, als würden Sie sie spielen anstatt sich um ein sauberes, korrektes und sicheres Spiel zu bemühen. Nein, Sie müssen das Tempo ganz langsam steigern und sicher sein, dass Sie schaffen, was Sie sich vorgenommen haben – dann werden Sie selbstsicherer und spielen besser.

In größeren Einheiten denken und spielen

Noten sind wie eigenständige Klänge und kurze Notensequenzen sind wie Wörter. Wenn Sie mit all den Skalen, Arpeggios sowie mit den für Ihre Stilrichtung charakteristischen Licks und Riffs vertraut werden, müssen Sie beim Spielen nicht mehr über einzelne Noten oder Notensequenzen nachdenken. Sie werden dazu fähig sein, kürzere zu immer längeren Sequenzen zusammenzufügen.

Kapitel 11
Neue Songs für Ihr Repertoire

W ie erweitert man sein musikalisches Repertoire? Wie lernt man neue Songs? Nun, man kann sie sich einfach anhören, bis man sie auswendig kann, oder man kann sie vom Notenblatt ablesen. Es gibt inzwischen sehr gute Software, mit deren Hilfe man sich Songs über das Gehör einprägen kann. Auch ein Harmonika-Tab, sofern vorhanden, kann sehr hilfreich sein. Beim Lesen kommen außer der Notenschrift auch Akkorddiagramme in Frage. Alles wunderbare Methoden, um neue Songs zu lernen. Und besonders gut lernt man, wenn man weiß, wie ein Song eigentlich aufgebaut ist. Darüber will ich Sie in diesem Kapitel ein wenig aufklären.

Wie Songs funktionieren

Sowohl Songs als auch gejammte Melodien, die aus dem Stegreif entstehen, sind nach einem bestimmten Prinzip aufgebaut. Wenn Sie über diese Prinzipien Bescheid wissen, dann verstehen Sie, auf welchem Spielfeld und nach welchen Regeln gespielt wird. Alles, was Sie wissen müssen, erfahren Sie in den folgenden Abschnitten.

Der Rahmen: Die zeitliche Struktur eines Songs

Songs bestehen aus Strukturen, die sich wiederholen und abwechseln. Jede dieser Strukturen besteht aus folgenden kleineren Komponenten:

✔ **Taktschläge und Takte:** In der Musik zählt man die Zeit in *Taktschlägen* und eine Gruppe von zwei, drei oder (meistens) vier Taktschlägen ergibt einen *Takt*. Wenn ich davon spreche, wie lang ein Teil einer Melodie ist, dann meine ich damit, wie viele Takte er umfasst. Man zählt einen Takt aus, indem man sagt »eins-zwei-drei-vier, zwei-zwei-drei-vier, drei-zwei-drei-vier« und so weiter.

Wenn Sie ein Musikstück zum ersten Mal hören, versuchen Sie immer herauszufinden, aus wie vielen Taktschlägen ein Takt besteht. Auf diese Weise wissen Sie sofort, wie Sie zählen müssen.

✔ **Phrasen:** Ein Großteil der Musik besteht aus *Phrasen*, die sich verbinden, um eine vollständige Aussage zu ergeben, so wie die Phrasen eines gesprochenen Satzes, die einer Logik folgen, oder eine Frage, auf die eine Antwort folgt. Wenn Sie die Takte zählen, werden Sie sehen: Die meisten Phrasen bestehen aus vier Takten.

✔ **Teile:** Ein *Teil* umfasst zwei oder mehr viertaktige Phrasen, die sich zu einer Gesamtlänge von acht, zwölf oder 16 Takten aufaddieren. Ein Song kann auch nur aus einem einzigen Teil bestehen – wie etwa einer Strophe, die ständig wiederholt wird wie in den meisten Blues-Songs. Oder auf eine Strophe folgt ein anderer Teil, zum Beispiel ein Refrain, dann eine weitere Strophe und ein weiterer Refrain und so weiter. Manche Songs haben auch eine *Bridge* – das ist ein Teil, der das Stück eventuell vorübergehend in eine andere Tonart versetzt.

In der Regel sind alle Teile gleich lang, unterscheiden sich jedoch durch irgendetwas – zum Beispiel durch den Text, die Melodie oder die *Akkordprogression* (so nennt man die Akkordfolge zur Melodiebegleitung; mehr darüber im folgenden Abschnitt).

✔ **Form:** Die *Form* eines Songs ist einfach die Abfolge von Teilen. Sie können eine Strophe hören, dann einen Refrain. Wenn Sie dieselbe Sequenz in Wiederholung hören, ist das die Form. Einige anspruchsvolle Songs weichen vielleicht von der Form ab; die meisten Stücke jedoch legen eine Form fest, der sie dann auch folgen.

 Wenn Sie ein Lied zum ersten Mal hören, verschaffen Sie sich einen Gesamtüberblick über seine Form. Wenn Sie dann mit Spielen beginnen, haben Sie immer eine Ahnung, wo Sie sich gerade befinden und was als Nächstes kommt.

Abbildung 11.1 zeigt ein Akkorddiagramm für einen imaginären Song. Die Melodie geht aus dem Diagramm nicht hervor. Stattdessen lässt sich aus dem Diagramm die Form ablesen, wobei die diagonalen Linien für die einzelnen Schläge jedes Takts stehen. Akkorddiagramme werden verwendet von Bassisten, Gitarristen und Pianisten, die, um einen Song begleiten zu können, sowohl dessen Akkorde als auch dessen Form kennen müssen.

Der Song in Abbildung 11.1 besteht aus zwei Teilen, die wiederholt werden. Wiederholt wird immer das, was zwischen den Wiederholungszeichen steht (das sind die zwei senkrechten Striche mit einem Doppelpunkt dahinter/davor). Jeder Teil umfasst acht Takte, wird aber zweimal gespielt, was sechzehn Takte ergibt. Die gesamte Form des Stücks ist 32 Takte lang.

Im Hintergrund: Der Akkordwechsel

Songs werden üblicherweise von einer *Akkordprogression* begleitet – einer Reihe von Akkorden, die an bestimmten Stellen des Stücks gewechselt werden. Die Akkorde zu einem Song können über der Melodie, über dem Text oder in einem Akkorddiagramm stehen (siehe Abbildung 11.1). In dem späteren Abschnitt »Die Wahl der richtigen Mundharmonika« zeige ich Ihnen, wie sich die Akkorde eines Songs auf Ihre Wahl der Harp auswirken.

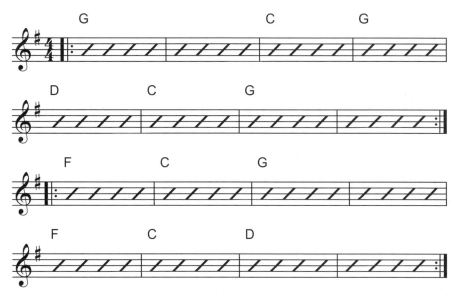

Abbildung 11.1: Akkorddiagramm für einen zweiteiligen Song
© John Wiley & Sons, Inc.

Die Akkorde können sich vom Grundton des Songs entfernen und an bestimmten Schlüsselstellen dorthin zurückkehren, zum Beispiel jeweils am Ende einer Phrase. Wenn Sie die Akkordprogression kennen, hilft Ihnen das vielleicht zu wissen, wo Sie sich gerade im Song befinden, auch wenn niemand die Melodie spielt. Es kann Ihnen auch helfen, die Melodie richtig zu gestalten, oder vermittelt Ihnen die Basis für ein Solo oder eine Begleitung, denn was Sie tun, muss zu den Akkorden und zur Form des Stückes passen.

Die Akkorde in Abbildung 11.1 erzählen eine Geschichte. Der Song wird in G gespielt (das erkennen Sie an der Tonartvorzeichnung, siehe den Abschnitt »Wo in der Tonleiter stecken die Noten?« später in diesem Kapitel). Der erste Teil des Stücks beginnt und endet auf G. Der zweite Teil ist ein wenig abenteuerlicher. Er sorgt für neue Energie, indem er mit F beginnt – einem neuen Akkord, der zuvor nicht auftauchte. Anstatt am Schluss nach Hause zum G-Akkord zurückzukehren, hält er die Spannung mit einem D-Akkord aufrecht, der nur auf die Wiederkehr von G wartet, wenn Sie zum ersten Teil des Stücks zurückkehren.

Der Vordergrund: Die Melodie

Die Melodie ist das Herz eines Musikstücks. Vielleicht interessiert Sie an einem Song nur die Melodie – aber die Form, die Phrasenstruktur und die Akkordwechsel zu kennen, hilft Ihnen, die Melodie zu verstehen: wann sie wiederholt wird, wann sie sich ändert, wann sie variiert wird. Je mehr Sie über die Struktur einer Melodie wissen, umso leichter ist es, sie zu erlernen und sich beim Spielen nicht zu verlaufen. Je besser Sie eine Melodie und deren Kontext kennen, umso mehr können Sie sich auf die künstlerische Darbietung konzentrieren.

Die Wahl der richtigen Mundharmonika

Wenn Sie ein neues Lied lernen, was ist dann die richtige Tonart für Ihre Mundharmonika? Die Tonart des Stückes bildet nur den Anfang, denn die Tonleiter muss ja nicht die Durtonleiter sein. Das Erste, was Sie herausfinden müssen, ist die Tonart des Stückes. Die kann irgendwo vermerkt sein: »Dieser Song wird in der Tonart Soundso gespielt.« Werfen Sie einen Blick auf das Notenblatt oder ein Akkorddiagramm. Oder hören Sie einfach gut zu und versuchen Sie, den Grundton intuitiv zu erfassen und dann nachzusehen, auf welcher Harmonika er sich im ersten Kanal befindet. Dann haben Sie den Namen des Grundtons.

Wie heißen die Tonleiternoten?

Wenn Sie Noten vor sich liegen haben, gehen Sie ganz an den Anfang des Notenblatts und sehen Sie sich die *Tonartvorzeichnung* an – eine Gruppe von erhöhten und erniedrigten Noten, die zu Beginn jeder Zeile aufgeführt wird. Die Tonartvorzeichnung verrät Ihnen, welche Noten grundsätzlich erhöht oder erniedrigt werden, damit die Skala die richtigen Töne für die Tonart des Songs bereithält. Selbst wenn Sie keine Noten lesen können – die Tonart des Songs lässt sich aus der Vorzeichnung ableiten, indem Sie die Zahl der erhöhten oder erniedrigten Noten mit Tabelle 11.1 vergleichen.

Anzahl der erhöhten/erniedrigten Noten	Durtonart	Molltonart
Keine	C-Dur	a-Moll
1 # (Kreuz)	G-Dur	e-Moll
2 #	D-Dur	h-Moll
3 #	A-Dur	f#-Moll (fis-Moll)
4 #	E-Dur	c#-Moll (cis-Moll)
5 #	H-Dur	g#-Moll (gis-Moll)
6 #	F#-Dur (Fis-Dur)	d#-Moll (dis-Moll)
1 ♭ (Be)	F-Dur	d-Moll
2 ♭	B-Dur	g-Moll
3 ♭	E♭-Dur (Es-Dur)	c-Moll
4 ♭	A♭-Dur (As-Dur)	f-Moll
5 ♭	D♭-Dur (Des-Dur)	b-Moll
6 ♭	G♭-Dur (Ges-Dur)	e♭-Moll (es-Moll)

Tabelle 11.1: Tonartvorzeichnungen

Jede Tonartvorzeichnung kann sowohl für eine Dur- als auch eine Molltonart stehen. Da diese Tonarten die gleiche Vorzeichnung haben, gelten sie als verwandt. So ist zum Beispiel C-Dur die Durparallele zu a-Moll und a-Moll die Mollparallele zu C-Dur.

 Wie erkennt man nun, ob es sich bei der Tonartvorzeichnung um eine Durtonart oder um ihre Mollparallele handelt? Dazu müssen Sie einen Blick auf das notierte Stück werfen, genauer gesagt auf die Bezeichnungen des ersten und des letzten

Akkords. Bei ihnen handelt es sich höchstwahrscheinlich um den *Tonika-Akkord*, also den Akkord des Grundtons. Wenn es sich um Mollakkorde handelt, wird das Stück vermutlich in der Mollparallele gespielt. Handelt es sich um Durakkorde, wird es vermutlich in der Durparallele gespielt.

Falls das Stück in einer Durtonart notiert ist, müssen Sie sich eine Harmonika in der ersten oder zweiten Position aussuchen, obwohl die zwölfte Position auch oft eine gute Wahl ist. Ist das Stück in einer Molltonart notiert, müssen Sie eine Harmonika mit der Tonart in der dritten oder vierten (eventuell auch fünften) Position nehmen, gemessen an der Tonart des Songs. (Mehr zum Thema *Positionen* finden Sie in Kapitel 9.)

Wie heißen die Akkordnoten?

Sagen wir, Sie haben Probleme, die richtige Harp für das Akkorddiagramm in Abbildung 11.1 zu finden. Der Song steht in der Tonart G (das erkennen Sie an dem einen Kreuz in der Vorzeichnung), doch wenn Sie eine G-Harp ausprobieren, scheinen einige der Noten auf der Harmonika nicht für die Akkorde zu passen. Wie finden Sie nun die richtige Mundharmonika?

✔ **Finden Sie die Akkordprogression des Songs heraus.**

Die Akkorde stehen wahrscheinlich über der Notenschrift, über dem gedruckten Text oder in einem Akkorddiagramm.

✔ **Finden Sie die Noten für alle Akkorde heraus.**

Dazu müssen Sie ein wenig Musiktheorie lernen – oder zumindest in einem Lehrbuch oder einem Buch über Gitarrenakkorde nachschlagen.

✔ **Sortieren Sie die Noten sämtlicher Akkorde in alphabetischer Folge, wie eine Tonleiter.**

✔ **Suchen Sie eine Mundharmonika mit genau oder zumindest annähernd der gleichen Skala.**

Die Übersichtstabellen finden Sie in Anhang A. Falls auf der Harp auch einige dieser Akkorde eingebaut sind, umso besser.

Ein Beispiel: Der Song in Abbildung 11.1 enthält die Akkorde G, C, D und F. Hier eine Zusammenstellung der Noten, die in diesen Akkorden vorkommen:

✔ **Noten in einem G-Dur-Akkord:** G H D

✔ **Noten in einem C-Dur-Akkord:** C E G

✔ **Noten in einem D-Dur-Akkord:** D F# A

✔ **Noten in einem F-Dur-Akkord:** F A C

Wenn Sie die Akkorde alphabetisch ordnen, lautet das Ergebnis:

A H C D E F F# G

(Das H steht in diesem Fall zwischen A und C, weil es gemäß der internationalen Notationsweise wie ein B behandelt wird. Falls Sie das jetzt nicht verstehen, merken Sie es sich einfach.)

Diese Tonleiter entspricht *fast* den Skalen einer G-Harmonika und einer C-Harmonika. Die G-Harp enthält F#, aber nicht F, und die C-Harp enthält F, aber nicht F#. Jetzt wissen Sie zumindest, dass es der F-Akkord und die F-Note sind, die Probleme bei der G-Harp bereiten. Wo eine Note auf der Harmonika nicht passt, können Sie entweder benden oder der Note ganz aus dem Weg gehen.

Wenn Sie sich ansehen, welche Akkorde auf den beiden Harps verfügbar sind, sehen Sie: Die G-Harp hat G- und D-Akkorde und kann die Noten von C produzieren, nicht aber die von F. Die C-Harp hat G- und C-Akkorde und kann die Noten von F produzieren. Sie hat auch einen d-Moll-Akkord (während der Song auf den D-Dur-Akkord zurückgreift). Ein Blick aufs Akkorddiagramm sagt Ihnen jedoch: Der erste Akkord ist G, gefolgt von C. Diese Akkorde sind auf der C-Harp enthalten, die daher vielleicht die bessere Wahl ist.

 Wenn Sie die Tonart einer Mundharmonika nicht vollständig einer Tonleiter oder Noten einer Akkordprogression zuordnen können, haben Sie mehrere Möglichkeiten, eine Harp mit einer passenden Tonart zu finden. Beantworten Sie folgende Fragen:

✔ **Helfen die auf der Harp vorhandenen Bending-Noten, wichtige Noten in der Tonleiter oder Melodie abzudecken?** Wenn die von Ihnen benötigten Noten nicht auf der Harp enthalten sind, können Sie diese Noten trotzdem spielen, indem Sie vorhandene Töne entweder tiefer oder höher benden (mehr über das Tieferbenden von Noten in Kapitel 8, über das Höherbenden in Kapitel 12).

✔ **Können Sie die meisten Akkordnoten mit *einer* Harmonika spielen?** Falls ja, können Sie ja vielleicht einige Noten weglassen.

✔ **Sind einige Akkorde wichtiger als andere?** Manche davon sind nur *Durchgangsakkorde*, die rasch wieder verklingen und vor allem dazu beitragen, den Übergang von einem Akkord zum anderen zu erleichtern. Diese Akkorde können Sie möglicherweise ignorieren.

✔ **Können Sie die Harmonika wechseln, wobei die eine die Akkorde des ersten Teils abdeckt, die andere die eines anderen Teils?** Dieser Harmonikatausch ist nicht nur musikalisch von Nutzen, er gibt auch einen guten Bühnengag ab.

Nur lernen oder auch ein wenig herumspielen?

Wenn Sie einen Song erlernen, reicht es Ihnen dann, seine Melodie zu kennen und zu wissen, wie man ihn spielt? Oder wollen Sie so richtig jammen und herumexperimentieren, Teile durchs Gehör entschlüsseln und vielleicht einen kleinen Groove oder *Lick* (kurzes Melodiefragment) finden, der dazu passt? Die meisten Spieler arbeiten mit beiden Methoden, je nach Situation. Die beiden Vorgehensweisen, die ich in den folgenden Abschnitten erkläre, verstärken sich gegenseitig, und Sie müssen sich keineswegs für eine entscheiden und die andere vergessen.

Melodien lernen ...

Zum Lernen einer Melodie gibt es mehrere Methoden, die in diesem Abschnitt allesamt zur Sprache kommen. Kann sein, dass Ihnen eine Methode ganz besonders gut gefällt – ihre speziellen Stärken jedoch haben sie alle und ich schlage vor, Sie probieren jede einmal aus.

... mit notierter Musik

Geschriebene Musik – das sind Noten und sonstige Feinheiten des Liniensystems und beim Verwenden dieser Methode haben Sie jede Menge Musik zur Auswahl. Das Lernen geht dabei recht schnell, da Sie nicht alles, was Sie hören, erst selbst entziffern und auf Ihrer Mundharmonika suchen müssen. Viele Leute tun so, als wäre das Erlernen der Notenschrift unglaublich schwer, aber wenn Sie ein gutes Buch haben wie Michael Pilhofers und Holly Days *Musiktheorie für Dummies* (Wiley-VCH Verlag) oder einen Kurs besuchen, ist es ebenso leicht wie Schwimmen oder Radfahren. Und je öfter Sie das Gelernte anwenden, umso einfacher wird es.

... mit der Tabulatur

Mundharmonika-Tabs gibt es nur für wenige Musikstücke und noch weniger Tabulatoren sind professionell gemacht und entsprechend verlässlich. Sie können aber jederzeit Ihre eigenen Tabs entwerfen.

Am schnellsten kommen Sie zu Ihrer Tabulatur mit einem Computerprogramm, das mit *Midi Files* arbeitet (Midi Files sind elektronische Dateien, die von Computern und Synthesizern in Musik umgewandelt werden können). Ein solches Programm verschafft Ihnen Tabulaturen für jede gewünschte Mundharmonika-Tonart und sogar für Spezialstimmungen, falls Sie daran interessiert sind. Eines dieser Programme ist der Harping Midi Player (www.harpingmidi.com), ein anderes, das Standardnotationen, MIDI und Harmonika-Tabs erzeugt, ist der Melody Assistant (www.myriadonline.com/en/products/melody.htm).

Sie können Ihre eigenen Tabs aber auch händisch erstellen. Sie nehmen dazu Musiknoten, finden heraus, welche Tonart das Stück hat und welche Harp Sie benutzen müssen (wie Sie dabei vorgehen, steht in diesem Kapitel). Dann wandeln Sie die Notation in eine Tabulatur um, wobei Sie die Tabs unter die Noten schreiben. Tabulaturen von Hand sind zeitaufwendig, aber Sie lernen dabei eine ganze Menge: zum Beispiel, wo Sie bestimmte Noten auf der Harmonika finden und im günstigsten Fall sogar das Notenlesen!

... mit dem Gehör

Egal, was Sie sonst noch so lernen – die Fähigkeit, Musik über das Gehör zu erlernen, sollten Sie stets kultivieren.

Zunächst versuchen Sie zu bestimmen, ob sich das Stück nach Dur oder Moll anhört. Um die Tonart zu erkennen und damit die richtige Mundharmonika auszuwählen, müssen Sie wahrscheinlich mit verschiedenen Harps ein wenig herumprobieren.

Wenn Sie die Tonart ermittelt und eine Harmonika zur Hand haben, versuchen Sie zunächst, die ersten zwei oder drei Noten herauszufinden und suchen Sie sie auf der Mundharmonika. Hören Sie sich den Song an und bestimmen Sie, wo eine Phrase endet und die nächste beginnt.

Häufig unterteilt sich Musik in Phrasen, die in einem Frage-und-Antwort-Spiel aufeinander folgen. Gewisse Phrasenpaare können zusammen eine vollständige Aussage ergeben, wie ein gesprochener Satz. Mehrere dieser Sätze ergeben dann einen Absatz, die den Abschnitten einer Melodie entsprechen, wie etwa eine Strophe und ein Refrain.

Lernen Sie zunächst die erste Phrase, dann die zweite. Achten Sie darauf, an welcher Stelle eine Phrase wiederholt wird oder nach dazwischengeschaltetem Material aufs Neue wiederkehrt. Wenn Sie diese Phrase bereits gelernt haben, haben Sie die Nase vorn. Arbeiten Sie den gesamten Abschnitt durch und spielen Sie ihn danach noch einmal ganz. Dann kommt der nächste Teil des Stücks an die Reihe. Wenn Sie nach einer Tonaufnahme spielen, notieren Sie sich, an welcher Stelle des Stücks jede Phrase und jeder Abschnitt beginnen, dann finden Sie die Stelle rasch wieder.

Zu den bekanntesten Apps zum Erlernen von Melodien und Licks über das Gehör gehören Amazing SlowDowner (`www.ronimusic.com`) und RiffmasterPro (`www.riffmasterpro.com`). Sie können digitale Aufnahmen langsamer abspielen, sodass Sie die einzelnen Noten leicht herunterhören können. Beide Hersteller bieten kostenlose Testversionen an. Sie können aber auch die Tempoveränderungsfunktion in kostenlosen Apps wie Audacity (`http://audacity.sourceforge.net`) und GarageBand (`www.apple.com/mac/garageband`) nutzen.

Wie man über einen Song »jammt«

Beim Musizieren spielen Sie nicht immer eine vorgegebene Melodie oder einen vorgegebenen Teil. Manchmal jammen, also improvisieren Sie über den Song – und werden dabei selbst erfinderisch innerhalb folgenden Gerüsts:

✔ **Tonart und Tonleiter:** Als Allererstes sollten Sie die Tonart des Songs herausfinden – und ob es sich um ein Stück in Dur oder in Moll handelt. Vielleicht verfügen Sie über eine Akkordstruktur, die Ihnen bei der Auswahl der Mundharmonika hilft, vielleicht aber auch nicht. Falls nicht, wählen Sie eine Harp in einer Position, die angenehm zu spielen ist (es sei denn, Sie sind ein richtiger Abenteurer und wollen etwas ganz Aufregendes erleben).

✔ **Akkordprogression**: Vielleicht handelt es sich bei dem Stück um einen Ein-Akkord-Song. Falls aber die Bassnote wechselt oder der Gitarrenakkord irgendwie anders klingt, hat vermutlich ein Akkordwechsel stattgefunden. Wenn das der Fall ist und Sie spielen etwas, das Sie vorher schon ausprobiert haben, wird nun natürlich was ganz anderes dabei herauskommen, da sich ja der Kontext geändert hat. Vorher passende Noten passen auf einmal gar nicht mehr, und Noten, die vorher fehl am Platze klangen, sind auf einmal goldrichtig. Hören Sie genau hin, was ein Akkordwechsel bewirkt.

Sie können versuchen, bei einem Akkordwechsel entweder rein intuitiv zu spielen oder die Akkorde herauszufinden und Ihre Harmonikanoten so gut wie möglich darauf einzustellen. Beides hat seine Vorteile. Versuchen Sie aber auch, beim Spielen ein Gespür für die Form des Songs zu entwickeln, dann ahnen Sie einen Akkordwechsel meistens voraus.

✔ **Licks, Riffs und Melodiefetzen:** Ein Lied enthält oft charakteristische Licks oder *Riffs* (Melodielinien, die sich wiederholen und oftmals die Melodie stützen), die von der Bassgitarre, dem Saxofon oder allen zusammen gespielt werden. Versuchen Sie herauszufinden, wo sie auftauchen, und spielen Sie sie, wenn es so weit ist, mit.

✔ **Rhythmusgefühl:** Rhythmusgefühl ist genau das, was der Name sagt – das Gefühl dafür, sich intuitiv in den Rhythmus eines Songs einzufügen. Manchmal gibt es jedoch Rhythmen, die typisch für einen bestimmten Musikstil sind wie zum Beispiel lateinamerikanische Rhythmen. Oder der Song entwickelt seine eigene rhythmische Identität. Behalten Sie immer den Gesamtrhythmus im Auge und spielen Sie Dinge, die diesen Rhythmus entweder kopieren oder zu ihm passen.

Übertreiben Sie nicht, wenn Sie zusammen mit anderen Musikern jammen. Eine der Hauptsünden beim Jammen ist es, die gesamte Spielzeit an sich zu reißen. Wenn Sie experimentieren und Ihren eigenen Stil finden wollen, ist es ganz normal, verschiedene Möglichkeiten auszuprobieren. Aber wenn Sie ein hoch gestimmtes Instrument spielen wie die Mundharmonika, bleibt den anderen nicht viel Platz für eigene Ideen, da man die ganze Zeit nur Sie hört. Wenn Sie also experimentieren wollen, ohne anderen dabei auf den Geist zu gehen, spielen Sie still, in Ihre Hände hinein, ohne Mikro, während Sie nicht an der Reihe sind und im Rampenlicht stehen.

Am besten ist es natürlich, Sie experimentieren zu Hause, wo Sie zu fertigen Tracks auf CD spielen können. Die gibt es mit Sicherheit auch in Ihrem Lieblingsstil – und falls nicht, können Sie immer noch eine App nutzen, die Backing Tracks erzeugen kann, wie etwa Band-in-a-Box (www.pgmusic.com) oder iReal Pro (http://irealpro.com).

Trial and Error: Zu beliebigen Songs mitspielen

Wenn Sie zu Musik mitspielen, die Sie zuvor nie gespielt, ja vielleicht noch nicht einmal gehört haben, können Sie eine Menge lernen und viel Selbstvertrauen aufbauen. Sie müssen dazu nicht fehlerfrei spielen, es braucht auch nicht besonders gut zu klingen. Im Gegenteil: Machen Sie Fehler, straucheln Sie, stolpern Sie, haben Sie keine Angst und keine falschen Erwartungen. Nur so werden Sie was lernen.

Wählen Sie Musik aus, die von selbst zu Ihnen kommt – wie etwa einen Song im Radio, im Fernsehen oder auf einem Podcast. Wenn Sie die Musikauswahl nicht selbst steuern können, umso besser – dann gibt es mehr zu tun. Melodische, einfach gestrickte Songs werden Ihnen am leichtesten fallen. Wenn Sie diese Übung machen, konzentrieren Sie sich auf Stücke, die Sie noch nie gespielt haben. Je weniger Sie einen Song kennen, umso besser.

Und so sollten Sie vorgehen:

1. **Finden Sie die Basisnote der Tonart auf Ihrer Mundharmonika.**

2. **Spielen Sie entweder die Melodie oder nur Noten, von denen Sie glauben, sie könnten passen.**

   Sollten manche Noten nicht passen, ist das auch okay. Aber merken Sie sie sich.

3. **Falls Sie erfahren wollen, in welcher Position Sie sich befinden (mehr zum Thema *Positionen* in Kapitel 9), checken Sie die Tonart der Harmonika.**

   Finden Sie heraus, welche Mundharmonikanote die Hauptnote der Tonart ist. Verwenden Sie dazu die Notenübersichten in Anhang A. Dann vergleichen Sie den Grundton der Melodie mit der Tonart der Harp, entweder mithilfe des Quintenzirkels in Kapitel 9 oder anhand der Schummelseite.

4. **Falls Sie das Gefühl haben, die Mundharmonika sei nicht gut auf den Song abgestimmt, finden Sie heraus, welche Note auf der Harmonika dem Grundton des Songs entspricht. Verwenden Sie dazu die Notenübersichten in Anhang A.**

   Auf diese Weise können Sie eine Harmonikastimmung finden, bei der die Tonart des Songs in der ersten, zweiten und womöglich dritten Position gespielt wird.

Ich empfehle Ihnen nicht, öffentlich zu beliebigen Songs mitzuspielen. Tatsächlich wird Ihr Spiel nur für wenige andere Menschen zu ertragen sein. Für Sie selbst aber kann diese Übung sehr effektiv sein und Sie bei Ihren Spielkünsten wirklich weiterbringen.

Kapitel 12
Für Super-Spezialisten: Noten benden, damit sie höher werden

Wie man Noten bendet, damit sie eine Nuance tiefer werden, wissen Sie ja aus Kapitel 8. Aber wussten Sie, dass man eine Note auch so benden kann, dass sie *höher* wird? Wenn normales Bending *die* Methode für Spezialisten ist, dann ist das Höherbenden von Noten auf jeden Fall etwas für Super-Spezialisten.

Eine Note durch Bending zu erhöhen, bezeichnet man als *Overbending*. Beim Overbenden befindet sich die Zielnote also oberhalb des Ursprungstons (daher auch der Name). Einige Overbends erhalten Sie durch Ausatmen, andere durch Einatmen, deshalb sprechen Musiker auch oft von *Overblows* und *Overdraws*. Doch wie Sie es nennen, ist egal – auf jeden Fall stellte die Overbending-Technik in den vergangenen Jahren eine echte Revolution beim Spielen diatonischer Mundharmonikas dar. Endlich steht es Ihnen frei, jede gewünschte Note oder Tonleiter auf einer einzigen Harp zu spielen.

Wenn Sie eine Note nach oben benden, also *upbenden* (einigen wir uns doch auf diesen *denglischen* Begriff), benutzen Sie die gleiche Grundtechnik wie beim *Downbenden*, nur mit gegenteiligen Resultaten. Beim Upbenden gleitet die Note nicht weich vom Ausgangston zum Zielton wie beim Downbenden. Stattdessen taucht so ein Overbend ganz plötzlich auf, ohne spürbare Verbindung zu den anderen Noten des gleichen Kanals – fast wie eine Fata Morgana, die plötzlich aus dem Nichts erscheint. Ich werde Ihnen in diesem Kapitel jedoch zeigen, dass upgebendete Noten alles andere als eine Fata Morgana sind. So wie sie sind, sind sie völlig logisch und vorhersehbar. Und das wiederum heißt: Auch Sie können sie bewältigen und in Ihre Musik einbauen.

Um eine Note upzubenden, müssen Sie das Downbenden ziemlich gut im Griff haben. Schließlich handelt es sich ja um die gleiche Technik, nur ein wenig anders angewandt. Sollten Sie also mit dem Downbending noch nicht so gut zurechtkommen, beschäftigen Sie sich noch eine Zeit lang mit Kapitel 8 – danach sehen wir uns hier wieder.

So umwerfend sind Overbends

Durch Downbenden erhält man einige – wenn auch nicht alle – Noten, die auf der Mundharmonika fehlen. Wenn Sie dazu auch noch das Upbenden beherrschen, schließt sich auch die letzte Lücke und Sie haben alles Notenmaterial zur Verfügung, das Sie für Blues, Country, Jazz und fast alle anderen Musikstile benötigen.

Mehr Licks, Riffs und Skalen

In den Kanälen 1 bis 6 können Sie Ziehtöne downbenden, um einige der umwerfenden Noten zu erhalten, die oft als *Blue Notes* bezeichnet werden. Wenn Sie das jedoch bei den gleichen Noten eine Oktave höher versuchen, stellen Sie fest: Ziehtöne im höheren Register lassen sich nicht downbenden. Bei den Blastönen funktioniert es, aber daraus werden nicht die Noten, die Sie zu spielen beabsichtigen. Wenn Sie diese Noten aber nicht zur Verfügung haben, kann Sie das stilistisch einengen. Das ist der Moment, in dem Sie Overbends brauchen, um die fehlenden Noten willkommen heißen zu dürfen.

Stellen wir uns vor, Sie haben es mit einem *Lick* (kurze Notenfolge) zu tun wie in den ersten fünf Noten in Abbildung 12.1. In diesem Lick ist auch Z 3 enthalten, das vom H zum B herabgebendet wird. Wenn Sie diesen Lick eine Oktave höher spielen, stellen Sie fest: Das H in Z 7 lässt sich nicht downbenden. Es gibt jedoch eine andere Methode, wie Sie zu Ihrem B kommen: durch einen Overblow in Kanal 6. In Abbildung 12.1 sehen Sie den Fünf-Noten-Lick, zu einer längeren Notenfolge ausgedehnt, indem er zuerst im unteren Bereich der Mundharmonika mithilfe eines Draw-Bends gespielt wird, dann im höheren Bereich mit einem Overblow. Anhören können Sie sich diesen Lick in Audiotrack 1201.

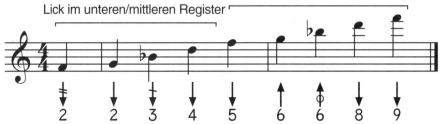

Abbildung 12.1: Blueslinie mit gebendeter Note und Overblow (Audiotrack 1201)
© John Wiley & Sons, Inc.

In den Tabs erkennen Sie einen Overblow oder Overdraw an einem kleinen Kreis, der auf dem Schaft des Pfeils mit der Atemrichtung sitzt. Stellen Sie sich vor, es wäre ein »O« für »Overbend«.

Stellen Sie sich vor, Sie wollen diese Linie noch bluesiger klingen lassen, indem Sie dem Lick ein D♭ hinzufügen. Bei dem Lick in Abbildung 12.2 wird in Z4 das D zum D♭ downgebendet. Wollen Sie es jedoch eine Oktave höher spielen, merken Sie: Das D in Kanal 8 lässt sich nicht downbenden. Hier kommt Ihnen ein Overdraw zu Hilfe. Der Overdraw in Kanal 7 ergibt ein D♭, wodurch Sie aus diesem Lick eine lange Geschichte machen können. Anhören können Sie sich das Beispiel in Audiotrack 1202.

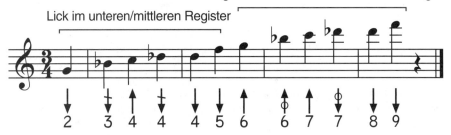

Abbildung 12.2: Blueslinie mit Bending-Noten, einem Overblow und einem Overdraw (Audiotrack 1202)

© John Wiley & Sons, Inc.

Der Overblow und der Overdraw, die ich Ihnen in diesem Kapitel zeige, sind einfache, auf dem Blues basierende Beispiele für die Brauchbarkeit von Overbends. Mit Overblows und Overdraws werden sämtliche Blues-Licks, Jazz-Riffs und sogar einige Heavy-Metal-Gitarrenlinien auf der diatonischen Mundharmonika spielbar.

In mehreren Tonarten spielen

Wenn Sie alle zwölf Noten der chromatischen Skala zur Verfügung haben, sind Sie in der Lage, jede Melodie in jeder Tonart auf ein- und derselben diatonischen Harmonika zu spielen. Trotzdem gibt es einige Tonleitern und Tonarten, die eine Menge Bending-Noten erforderlich machen. Hin und her eilen zwischen Blas- und Ziehtönen, mal gebendet, mal nicht, wechseln zwischen Overblows und Overdraws – das artet rasch in Arbeit aus. Ab einem gewissen Punkt werden Sie feststellen, dass es einfacher ist, eine Harmonika in einer anderen Tonart zu wählen, auf der sich Ihr Song und die Tonart, in der er notiert ist, leichter spielen lassen (oder vielleicht gleich eine chromatische Mundharmonika zu verwenden). Auf welche Weise Sie Ihr Lied spielen wollen, ist Ihnen selbst überlassen. Overbends sind nur eins von vielen Hilfsmitteln.

Erst lernen, dann spielen

Das Upbenden von Noten ist ein ganz normaler Teil des Harmonikaspiels – auf jeden Fall keine Demonstration von übermenschlichen Fähigkeiten. Allerdings brauchen Sie dazu die passende Mundharmonika; außerdem ist es hilfreich, etwas über die Funktionsweise von Overblows und Overdraws zu wissen. Beide Punkte behandeln wir im folgenden Abschnitt.

So finden Sie die passende Mundharmonika

Bei vielen Instrumenten der mittleren Preisklasse, wie Hohner, Seydel und Suzuki sie anbieten, gelingt der Overblow einigermaßen gut in den Kanälen 4, 5 und 6, ohne dass eine Umrüstung notwendig ist. Viel besser jedoch klappt es, wenn Sie die Stimmzungen entsprechend einstellen (mehr über Stimmzungenanpassung in Kapitel 18). Der Overblow in Kanal 1 ist gegebenenfalls möglich; die Overdraws jedoch treten erst nach einer Anpassung der Stimmzunge zutage. Und wenn Sie Ihre Technik ein wenig verfeinert haben, können Sie auch lernen, wie man Overblows im mittleren Register ein wenig gezielter angehen kann, sodass sie sensibler reagieren, und wie man eine Note um einen Halbton höher bendet.

Einige Mundharmonikas – wie zum Beispiel die Fire-Breath- und Pure-Harp-Modelle von Suzuki – werden bereits bei ihrer Herstellung für Overblows und Overdraws spezialisiert. Allerdings sind diese Modelle ziemlich teuer.

Die Harmonikas einiger Hersteller wie Lee Oskar oder Tombo sind grundsätzlich von hoher Qualität; ihre Stimmzungen haben jedoch die Neigung, beim Upbenden von Noten zu quietschen. Einige Tipps, wie Sie gegen dieses Quietschen vorgehen können, finden Sie in Kapitel 18.

Billige Harps sind meistens ungeeignet, da bei ihnen zu viel Luft entweicht; außerdem sind ihre Stimmzungen mangelhaft angepasst. Wenn Sie jedoch ein Bastler sind, können Sie eine billige Harmonika luftdicht machen und dafür sorgen, dass sie auch hinreichend sensibel auf Overbends reagiert.

Harps, in deren Beschreibung »ventiliert« (*valved*) steht, eignen sich nicht fürs Overbending. Dazu gehören die Hohner XB-40, die halbventilierten »Seydel Gazell Method«-Harmonikas, die Suzuki SUB30, die Suzuki Valved Promaster sowie die verschiedenen X-Reed-Modelle. Downbenden allerdings können Sie mit diesen Harmonikas jede Note – was auf jeden Fall eine Alternative darstellt, die fehlenden Noten, die Sie sich sonst durchs Overbending hereinholen würden, dennoch spielen zu können.

Overblow oder Overdraw?

Overblows und Overdraws werden an verschiedenen Orten auf der Mundharmonika gespielt. Tabelle 12.1 zeigt Ihnen die Unterschiede.

Overblows	Overdraws
Overblows können Sie in den Kanälen 1 bis 6 spielen.	Overdraws können Sie in den Kanälen 7 bis 10 spielen.
Ein *Overblow* ist stets einen Halbton höher als der Ziehton des Loches, in dem er gespielt wird.	Ein *Overdraw* ist stets einen Halbton höher als der Blaston des Loches, in dem er gespielt wird.

Tabelle 12.1: Overblows versus Overdraws

Wie Overbends funktionieren

Stimmzungen – das sind die kleinen, elastischen Messingstreifen in einer Mundharmonika, deren Vibrationen die Noten zum Klingen bringen. Sie sind wie eine Reihe winziger Türen in einer Wand, jede mit der genau passenden Türöffnung. Die Wand ist eine Metallplatte, die man als *Stimmplatte* bezeichnet; bei den Türeingängen handelt es sich um in diese Stimmplatte eingelassene Schlitze, die dafür sorgen, dass die Stimmzungen beim Vibrieren frei schwingen können.

Die Hälfte der Stimmzungen – die Blaszungen – geben beim Ausatmen einen Ton von sich, die andere Hälfte, wenn Sie einatmen. Wenn Sie normal spielen, drückt oder zieht Ihre Atemluft die Stimmzungen in den Schlitz, danach springt die Zunge wieder zurück. Wenn eine Stimmzunge sich in den Schlitz bewegt, ist das, als würde eine Tür sich schließen; deshalb spricht man von einer *schließenden Stimmzunge* (siehe Abbildung unten).

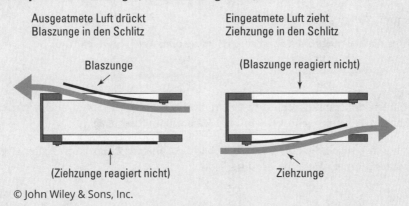

Ausgeatmete Luft drückt
Blaszunge in den Schlitz

Eingeatmete Luft zieht
Ziehzunge in den Schlitz

Blaszunge

(Blaszunge reagiert nicht)

(Ziehzunge reagiert nicht)

Ziehzunge

© John Wiley & Sons, Inc.

Sie können aber auch dafür sorgen, dass sich eine Stimmzunge von dem Schlitz wegbewegt, ehe sie zurückspringt, wie eine sich öffnende Tür. Wenn eine Zunge so reagiert, spricht man von einer *öffnenden Stimmzunge*. Wenn eine Zunge »die Tür öffnet«, ist der dabei entstehende Ton um fast einen Halbton höher als beim »Schließen der Tür«. Die folgende Abbildung verdeutlicht diese Öffnungsaktion beim Overblow und Overdraw.

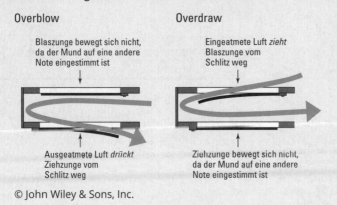

Overblow

Overdraw

Blaszunge bewegt sich nicht,
da der Mund auf eine andere
Note eingestimmt ist

Eingeatmete Luft *zieht*
Blaszunge vom
Schlitz weg

Ausgeatmete Luft *drückt*
Ziehzunge vom
Schlitz weg

Ziehzunge bewegt sich nicht,
da der Mund auf eine andere
Note eingestimmt ist

© John Wiley & Sons, Inc.

Wenn Sie in den Kanälen 1 bis 6 ein normales Zieh-Bending spielen, werden die Ziehzungen als *schließende Stimmzungen* downgebendet, während die Blaszungen als *öffnenden Stimmzungen* upgebendet werden – jeder Bending-Ton wird im Grunde von zwei Stimmzungen erzeugt, die zusammen ein sich ergänzendes Paar darstellen. Und wenn Sie in den Kanälen 7 bis 10 die Blastöne downbenden, öffnen sich die Ziehzungen, um die Blas-Bendings zu unterstützen.

In den Kanälen 1 bis 6 kommen die Overblows von den Stimmzungen für die Ziehtöne. Sie formen Ihren Mund, um ein Bending zu spielen und dann atmen Sie aus. Wenn alles wie geplant funktioniert, führt das zu zwei Resultaten:

✔ Die Blaszunge kann auf den Bend nicht reagieren und bleibt stumm.

✔ Die Ziehzunge öffnet den Schlitz einen Halbton über ihrer regulären Tonhöhe.

In den Kanälen 7 bis 10 kommen die Overdraws von den Stimmzungen, die dazu gedacht sind, Blastöne zu produzieren. Wenn Sie den Mund zu einem Bend formen und dann einatmen,

✔ kann die Ziehzunge nicht reagieren.

✔ öffnet die Blaszunge den Schlitz einen Halbton über ihrer regulären Tonhöhe.

Ein *Halbton* ist der kleinste Abstand zwischen zwei benachbarten Noten, auch wenn eine der Noten nicht zur Tonleiter gehört (mehr über Halbtöne in Kapitel 4).

In Abbildung 12.3 sehen Sie eine Übersicht über die Töne der C-Harp samt aller Overblows und Overdraws, ferner sämtliche Bending-Noten.

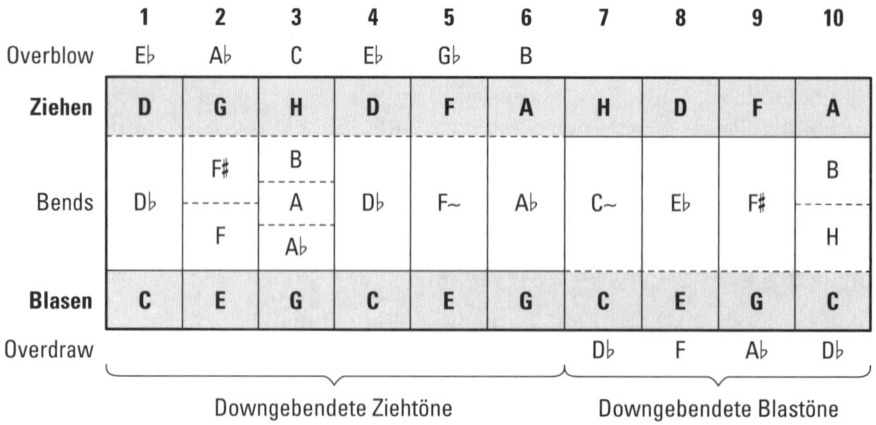

	1	2	3	4	5	6	7	8	9	10
Overblow	Eb	Ab	C	Eb	Gb	B				
Ziehen	D	G	H	D	F	A	H	D	F	A
Bends	Db	F#	B	Db	F~	Ab	C~	Eb	F#	B
		F	A							H
			Ab							
Blasen	C	E	G	C	E	G	C	E	G	C
Overdraw							Db	F	Ab	Db

Downgebendete Ziehtöne   Downgebendete Blastöne

Abbildung 12.3: Die Töne einer C-Harmonika samt Overblows und Overdraws
© John Wiley & Sons, Inc.

Bereiten Sie Geist, Körper und Ohren vor

Hier einige Tipps, die Sie beim Lernen von Overblows und Overdraws beherzigen sollten:

✔ **Versuchen Sie, im Geiste immer die Zielnote zu hören, wenn Sie einen Overbend planen.** In den Audiotracks zu diesem Kapitel können Sie sich diese Noten anhören.

✔ **Achten Sie auf die Platzierung Ihrer Zunge und die Luft, die Sie ein- oder ausatmen.** Wie beim Downbenden ist es auch beim Upbenden äußerst wichtig, die Zunge genau auszurichten, das Ganze gepaart mit einer kleinen Luftmenge mit Druck- oder Saugwirkung.

✔ **Zumindest am Anfang sind Overbends leichter mit Pfeifmund zu erlernen als mit der Zungenblocking.** Blocking und Overbending harmonieren, aber wahrscheinlich kommen Sie schneller zu Ihren ersten Resultaten, wenn Sie mit dem Pfeifmund beginnen. (Mehr über beide Methoden finden Sie in Kapitel 5.)

✔ **Seien Sie auf jeden Fall körperlich entspannt.** Haben Sie irgendwelche Verspannungen? Prüfen Sie Ihren Bauch, die Schultern, Arme, Hände und vor allem die Wangenmuskeln, den Kiefer und die Lippen. Drücken Sie sich auch die Harmonika nicht fest ins Gesicht. Spannung und Druck machen Sie nur müde und sind nicht hilfreich beim Erzielen eines Overblows oder Overdraws.

✔ **»Overbend« hat nichts mit »übermäßig« zu tun.** Mit anderen Worten: Sie sollen nicht zu viel Kraft oder Druck ausüben. Overbends lassen sich sehr weich spielen, dann sind auch die Feinheiten leichter zu bewerkstelligen als bei übermäßigem Kraftaufwand.

Das zweifellos Beste, was Sie tun können, ehe Sie Ihren ersten Overblow ausprobieren: Versuchen Sie erst einmal, die Blas-Bends in den Kanälen 7 bis 10 so gut wie möglich zu spielen. Das Feeling und die Vorgehensweise bei diesen Bending-Noten lässt sich nahtlos auf die Overblows in den Kanälen 4, 5 und 6 übertragen.

Ihre ersten Overblows

Wenn Sie fleißig üben, werden Sie bald im Affentempo auf- und abwärtsspielen können; all die Overblows und Overdraws sind dann ein Kinderspiel für Sie. Trotzdem: Für Ihren ersten gelungenen Overblow werden Sie sich ziemlich anstrengen müssen und vermutlich werden Sie ein paar Mal ganz schön dumm aus der Wäsche gucken. Sie wissen ja noch, wie es Ihnen beim normalen Bending ging: Geduld war angesagt.

Beim Überwinden dieser ersten Hürde kann es hilfreich sein, verschiedene Herangehensweisen auszuprobieren. Eine von ihnen heißt bei mir die *Push-Through-Methode*, die andere die *Springboard-Methode*. Über diese beiden Techniken sprechen wir in den folgenden Abschnitten.

 Die Overblows in Kanal 4, 5 und 6 sind nicht nur die nützlichsten, sondern auch die, die man am schnellsten beherrscht. Mein Vorschlag: Beginnen Sie mit Kanal 6.

Die Push-Through-Methode

Zur Vorbereitung spielen Sie zunächst B 8, benden die Note abwärts und halten den Bend für ein paar Sekunden, bevor Sie ihn verklingen lassen. Achten Sie darauf, wie Ihre Zunge sich anfühlt, ebenso auf den K-Punkt (siehe Kapitel 8) und den Luftdruck in Ihrem Mund.

 Je weiter hinten in Ihrem Mund Sie die hohen Blastöne benden können, umso besser klingen diese Bends und umso leichter werden Ihnen danach die Overblows fallen.

✔ Wenn Sie von irgendwo im mittleren Bereich des Gaumens benden, ist das gut. Der vordere Teil Ihrer Zunge fühlt sich dabei eventuell an wie eine Schaufel, die gegen den schwammigen, aber widerstandsfähigen Luftball vorne in Ihrem Mund drückt.

✔ Wenn Sie ganz weit vorne in Ihrem Mund benden, wobei der Druckpunkt sich an der Zungenspitze befindet, fällt der Klang schlechter aus, die Kontrolle lässt nach und die Chance, einen Overblow zu schaffen, ist geringer.

Nachdem Sie Ihre Blasbending-Technik überprüft haben, versuchen Sie, sie mit folgenden Schritten auf Ihre Overblows zu übertragen:

1. **Gehen Sie von Kanal 8 zu Kanal 7 und benden Sie im siebten Loch herunter.**

   Es lässt sich nicht weit benden und Sie spüren ein wenig mehr Widerstand als bei Kanal 8. Benden Sie so weit wie möglich, dann halten Sie den Ton für ein paar Sekunden, während Sie auf die Empfindungen Ihrer Zunge, des K-Punkts und den Luftdruck in Ihrem Mund achten.

2. **Gehen Sie jetzt zu Kanal 6 und gehen Sie genauso vor wie soeben bei den Kanälen 8 und 7.**

   Diesmal widersetzt sich die Stimmzunge dem Downbending. Trotzdem dürfte es Ihnen gelingen, den Ton eine Idee nach unten zu bekommen. Erhöhen Sie leicht den Luftdruck und bewegen Sie die Zunge sehr langsam nach vorne. Sie versuchen, fest zu drücken, um ihn bis zur Overbend-Note durchzudrücken (»push through«).

Als Nächstes geschieht eins der folgenden drei Dinge:

✔ **Die Stimmzunge verstummt und Sie hören den Luftstrom.** Prima, denn dann haben Sie es schon halb geschafft. Denken Sie an die Note, die Sie anvisieren, und versuchen Sie Ihren K-Punkt und den Ort, an dem sich der Luftdruck konzentriert, vor Ihre Zunge zu verlagern.

✔ **Sie hören eine seltsame Mischung aus Quietschen und widerstreitenden Klängen.** Versuchen Sie, den K-Punkt leicht nach vorne zu verlagern und erhöhen Sie dann geringfügig das Luftvolumen.

✔ **Eine klare Note, höher als der Blaston, ertönt plötzlich.** Herzlichen Glückwunsch! Sie haben Ihren ersten Overblow bewältigt.

 Abbildung 12.4 zeigt Ihnen die Push-Through-Methode auf dem Weg von Kanal 8 hinab durch Kanal 7 zu Kanal 6. Das Tonbeispiel können Sie sich in Audiotrack 1203 anhören.

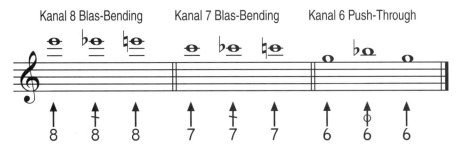

Abbildung 12.4: Push-Through zum Overblow 6, der in den Kanälen 8 und 7 vorbereitet wird (Audiotrack 1203)

 Wenn Sie einen Overblow in Kanal 6 hinkriegen, indem Sie sich über Kanal 7 und 8 darauf zubewegen, versuchen Sie nun, Overblow 6 zu spielen, ohne zuvor die Kanäle 8 oder 7 zu Hilfe zu nehmen. Dann versuchen Sie es in den Kanälen 5 und 4 (siehe Abbildung 12.5). Danach hören Sie sich dieses Tonbeispiel in Audiotrack 1204 an.

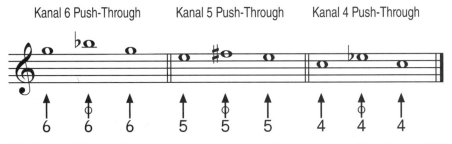

Abbildung 12.5: Push-Through zum Overblow in den Kanälen 6, 5 und 4 (Audiotrack 1204)

Die Springboard-Methode

Da die Overblow-Note von der Ziehzunge kommt, können Sie sich ein wenig Unterstützung holen, wenn die Ziehzunge zu Beginn des Overblows bereits in Bewegung ist. Wenn

Sie Ihren ersten Overblow mit der Springboard-Methode in Angriff nehmen wollen, beachten Sie folgende Schritte:

1. **Spielen Sie einen bendbaren Ziehton, zum Beispiel Z 6.**

2. **Benden Sie die Note herunter und halten Sie den Ton.**

    Passen Sie auf, was Ihre Zunge macht, und achten Sie auf die Empfindung des Luftstroms und die Saugwirkung in Ihrem Mund.

3. **Wechseln Sie die Atemrichtung (vom Einatmen zum Ausatmen); alles andere aber lassen Sie, wie es ist.**

    In Ihrem Mund bewegt sich nichts! Nur die Atemrichtung ändert sich. Alles, was sich nach Saugwirkung rund um den K-Punkt anfühlt, wird durch ein Luftdruck-Gefühl ersetzt.

Falls Ihnen die Overblow-Note gelingt, herzlichen Glückwunsch! Falls nicht, probieren Sie mal eine (oder mehrere) der folgenden Hilfen aus:

✔ Verlagern Sie Ihren K-Punkt um eine kleine Idee nach vorne oder hinten. (Wahrscheinlich müssen Sie nach vorne gehen, da der Overblow ein höherer Ton ist als der Zieh-Bend.)

✔ Erhöhen Sie geringfügig das Atemvolumen.

✔ Probieren Sie einen anderen Kanal aus.

✔ Probieren Sie eine andere Mundharmonika aus.

Die letzten beiden Vorschläge sind deshalb sinnvoll, weil die individuelle Stimmzungenanpassung auf jeder speziellen Harmonika oder in jedem Kanal die betreffende Note für Overblows empfänglich oder unempfänglich machen kann.

Abbildung 12.6 zeigt die Springboard-Methode bei Kanal 6, 5 und 4. Das dazugehörige Tonbeispiel hören Sie in Audiotrack 1205.

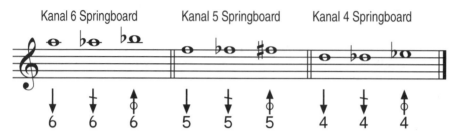

Abbildung 12.6: Springboard-Methode für Overblows in den Kanälen 6, 5 und 4 (Audiotrack 1205)

Wie Sie mehr Overblows schaffen

Nach den Kanälen 4, 5 und 6 sind die einzigen Klanglöcher, bei denen Overblows möglich sind, die Kanäle 1, 2 und 3. Der nützlichste von diesen dreien ist der Overblow in Kanal 1, weil er eine fehlende Note bereitstellt. Die Overblows in Kanal 2 und 3 reproduzieren nur andere Bending-Noten; trotzdem kann man sie oft sehr gut gebrauchen.

Der Overblow in Kanal 1 ist der tiefste auf der ganzen Mundharmonika. Vielleicht werden Sie die Erfahrung machen, dass Sie diesen Overblow nur für einen kurzen Moment aufrechterhalten können, bevor B1 wieder ertönt. Um einen Overblow in Kanal 1 gut hinzukriegen, kann eine Stimmzungenanpassung von großer Hilfe sein. Trotzdem – einen Overblow 1 zum Klingen zu bringen, auch auf einer gut angepassten Harmonika, funktioniert nur, wenn Sie ihn wie einen tiefen Bend behandeln, wie wir ihn in Kapitel 8 besprochen haben.

Die einfachste Strategie für einen Overblow 1 ist es vermutlich, vom ungebendeten Ziehton aus zum Overblow überzuleiten. Vom gebendeten Ziehton zum Overblow (die Springboard-Methode) ist ein wenig schwerer und am kniffligsten ist der Versuch, vom Blaston aus zum Overblow überzugehen (die Push-Through-Methode).

 Die verschiedenen Methoden sehen Sie in Abbildung 12.7. Hören Sie dazu Audiotrack 1206.

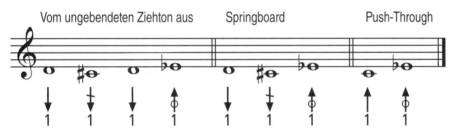

Abbildung 12.7: Overblows in Kanal 1 (Audiotrack 1206)

 Beim Lernen von Overblow 1 merken Sie vielleicht, dass Sie B1 und den Overblow gleichzeitig spielen können, was interessant klingt.

Ihre ersten Overdraws

So wie hohe Blas-Bends befinden sich auch Overdraws im höchsten Register der Harmonika, wo minimale Verschiebungen des K-Punkts entscheiden, ob Sie den richtigen Ton treffen oder nicht. Die meisten Harmonikas profitieren von einer Stimmzungenanpassung, mit deren Hilfe sich Overdraws leicht starten lassen und einen klaren Klang haben (wie man Stimmzungen einstellt, steht in Kapitel 18). Einige Modelle wie die Suzuki Fire Breath und Pure Breath sind bereits serienmäßig auf Overdraws eingestellt.

Die Tabulaturen und Tonbeispiele in diesem Buch sind für eine C-Harmonika gedacht. Aber vielleicht fällt es Ihnen leichter, Ihre ersten Overdraws auf einer tiefer gestimmten Harp (wie A oder G) auszuprobieren, deren niedrigere Tonhöhe bewirkt, dass die höchsten Bends etwas leichter zu lokalisieren und auszuführen sind.

Jede Harp ist ein wenig anders, der einfachste Overdraw jedoch lässt sich oft in Kanal 8 erzielen. Schade, dass dieser Overdraw nur Z 9 reproduziert, aber es ist ja bereits ein schönes Gefühl, überhaupt mal einen Overblow zu schaffen und zu spüren, wie es sich anfühlt.

Höchstwahrscheinlich lässt sich ein Overdraw leichter mit der Springboard-Methode starten als mit dem Push-Through (siehe die Abschnitte »Die Push-Through-Methode« und »Die Springboard-Methode« weiter vorn in diesem Kapitel). Wenn Sie vom Blas-Bend zum Overdraw »umschalten«, werden Sie eine starke Saugwirkung verspüren. Versuchen Sie, diese Saugwirkung in Ihrem Mund auf den Bereich vor Ihrer Zunge zu konzentrieren. Wenn Sie das Saugen in der Brust verspüren statt vor Ihrer Zunge, lassen Sie es entweichen. Sofern Sie Ihren K-Punkt beibehalten und eine Saugwirkung vorne in Ihrem Mund erzeugen, wird Ihnen der Overdraw leichter fallen.

 Abbildung 12.8 zeigt die Springboard-Methode für Overdraws in den Kanälen 7, 8, 9 und 10. Probieren Sie alle durch, doch beginnen Sie mit Kanal 8. Sie können sich das Tonbeispiel in Audiotrack 1207 anhören.

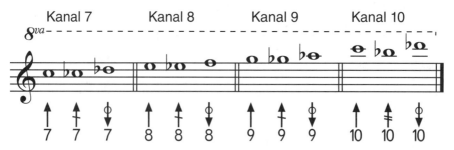

Abbildung 12.8: Springboard-Methode für Overdraws in den Kanälen 7 bis 10 (Audiotrack 1207)

 Wenn Ihnen der Overdraw mithilfe der Springboard-Methode in jedem Kanal gelingt, versuchen Sie als Nächstes, direkt vom Ziehton zum Overdraw zu gehen (Abbildung 12.9, Audiotrack 1208). Hier ist der Push-Through kein »Durchstoßen«, sondern ein »Durchziehen« (*Pull-Through*).

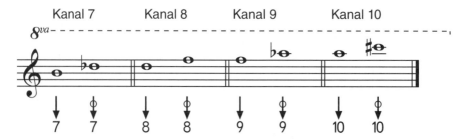

Abbildung 12.9: Pull-Through-Methode für Overdraws in den Kanälen 7 bis 10 (Audiotrack 1208)

Overbends hochstimmen

Der Ton, den Sie hören, wenn Sie einen Overbend spielen, scheint aus dem Nichts zu kommen, ohne dass eine andere Note zu ihm hingleitet. Wenn Sie aber einen Overbend spielen, können Sie mit der Stimmung der Note ein wenig hinaufgleiten, sodass sie höher wird, ebenso wie Sie das mit downgebendeten Noten in die andere Richtung tun können.

Overbends in der richtigen Tonhöhe

Wenn eine Stimmzunge sich öffnet, ertönt eine Note, die ein wenig flach klingt, also befindet sie sich nicht genau in der richtigen Tonhöhe, bis Sie sie eine Idee nach oben benden. Achten Sie darauf, Ihren K-Punkt leicht nach vorne zu verlagern, dann können Sie den Ton erhöhen, bis er richtig gestimmt ist.

In Audiotrack 1209 hören Sie Overblow 4 und Overdraw 8, während gleichzeitig eine Bezugsnote ertönt. Als Erstes spiele ich den Overbend in seiner niedrigsten Tonhöhe; er klingt ein wenig »daneben«, weil er leicht unterhalb der richtigen Stimmung liegt. Dann erhöhe ich die Tonhöhe des hochgebendeten Tons allmählich, bis er genauso klingt wie die Bezugsnote. Bei der Arbeit an Ihren Overblows und Overdraws sollten Sie unbedingt eine Zeitlang mit einer Bezugsnote üben, die von einem richtig gestimmten Instrument – einem Klavier, einem Synthesizer oder einer Gitarre – stammt oder mit einer anderen Tonhöhenreferenz. Ihr Spiel klingt stets besser, wenn Ihre Töne der Stimmung entsprechen – egal, welche Technik Sie verwenden.

Overbends noch höher benden

Sie können einen Overbend zu einer anderen Note hinaufgleiten lassen. Es handelt sich um die gleiche Technik wie beim Erhöhen eines Overbends, um die richtige Tonhöhe zu finden; sie bewegen ihn einfach nur eine Idee weiter. Manche Overblows lassen sich um mehrere Halbtöne weiterbewegen, bevor die Ton verstummt. Wenn Sie den Overblow halten wollen, ist es hilfreich, das ausgeatmete Luftvolumen vorsichtig zu erhöhen, während Sie Ihren K-Punkt nach vorn verlagern, um den Ton zu erhöhen.

In Audiotrack 1210 hören Sie einen Song namens »Gussy Fit« (siehe Abbildung 12.10), der Overblows in den Kanälen 4, 5 und 6 enthält. Wenn Sie die Ohren spitzen, können Sie hören, wie Overblow 5 sich sanft um einen Halbton nach oben zu B6 hinbewegt. Ich bende den Overblow stark genug, um einen fließenden Übergang zu erhalten. Sie können auch hören, wie ich Overblow 6 spiele, ihn rasch um zwei Halbtöne nach oben bende und dann wieder mit ihm nach unten gehe.

Abbildung 12.10: »Gussy Fit« – ein Song mit Overblows (Audiotrack 1210)
© Winslow Yerxa

So mischen Sie Overbends in Ihr Spiel

Am Anfang werden Ihre Overblows und Overdraws wahrscheinlich nicht zum gewünschten Zeitpunkt einsetzen; es wird zunächst einmal alles Mögliche quietschen oder schrill und schwach klingen. Wenn Sie Ihrem Overbend jedoch einen *Einleitungston* voranstellen oder ihm einen *Folgeton* folgen lassen (wie schon der Name sagt), kann Ihnen ein gelungener Overbend sogar noch schwerer fallen. In diesem Abschnitt gebe ich Ihnen ein paar Ratschläge, wie Sie Ihre Overbends verbessern und in Ihr Spiel einbinden können.

Wie Ihnen Einleitungstöne helfen

Beim Starten eines Overbends kann Ihnen der *Einleitungston* entweder helfen oder den Versuch sogar noch erschweren. Wichtig ist ein schneller und fließender Einstieg – und wie der geht, verrate ich Ihnen in diesem Abschnitt.

Einfache Einleitungen

Die einfachsten Einleitungen spielen sich alle in dem gleichen Kanal ab wie der Overbend:

1. **Gleicher Kanal/entgegengesetzte Atemrichtung:** Ein Overblow wird auf einer Ziehzunge gespielt. Wenn Sie also zuvor einen Ziehton spielen, vibriert die Zunge bereits, wenn Sie

zum Overbend übergehen. Auf ähnliche Weise kann auch ein Blaston die Blaszunge für das Spiel eines Overdraws »aufwärmen«.

2. **Gleicher Kanal/entgegengesetzte Atemrichtung mit Bend:** Wenn Sie von einer Bending-Note zu einem Overbend in entgegengesetzter Atemrichtung wechseln, werden beide Töne mit der gleichen Stimmzunge erzeugt. Beide Töne sind Bends – Sie müssen Ihren Bend also nur behutsam dem etwas höheren Ton des Overbends angleichen und dann die Atemrichtung ändern.

3. **Gleicher Kanal/gleiche Atemrichtung:** Bei dieser Aktion müssen Sie nur die Bending-Maschinerie in Bewegung setzen, die bereits auf die Overbending-Note eingestimmt ist. Wenn Sie diese Einleitungsnote für einen Overbend nutzen, müssen Sie wahrscheinlich erst ein wenig üben, damit Sie direkt zum sensiblen Punkt für den Overbend übergehen und ihn genau treffen können.

Schwerere Einleitungen

Wenn Sie Ihren Overbend von einem anderen Kanal aus einleiten, müssen Sie gleichzeitig im passenden Zielkanal landen, die richtige Atemrichtung einhalten und den Overbend zum Klingen bringen. Um das alles zusammen auf die Reihe zu bringen, sollten Sie die einzelnen Teile separat üben und sie dann zusammenfügen.

1. **Spielen und wiederholen Sie den angestrebten Overbend als völlig isolierte Note.** Spielen Sie weder einen Einleitungs- noch einen Folgeton. Versuchen Sie, den Overbend präzise und sauber hinzukriegen. Später können Sie einen Einleitungston hinzufügen.

2. **Machen Sie die Bewegung ohne den Overbend:** Beginnen Sie bei der Einleitungsnote, gehen Sie dann weiter zum Zielkanal und spielen Sie die gewünschte Atemrichtung (Blasen für einen Overblow, Ziehen für einen Overdraw), jedoch ohne den Overbend zu spielen.

3. **Gehen Sie von der Einleitungsnote direkt zum Overbend:** Wenn Sie die einzelnen Teile der Bewegung zusammenführen, haben Sie den Overbend trotzdem noch nicht zum Klingen gebracht. Indem Sie diese Komponenten separat üben, erleichtern Sie sich die Sache deutlich.

Wenn die Einleitungsnote ein Bend oder ein weiterer Overbend ist, versuchen Sie Folgendes:

1. **Spielen Sie jeden Bend oder Overbend separat und achten Sie bei jedem Bend genau darauf, wo in Ihrem Mund sich der kritische Punkt befindet.**

2. **Versuchen Sie, den gebendeten Einleitungston zu spielen, zu stoppen und den Punkt zu verlagern. Dann spielen Sie die Zielnote.**

3. **Versuchen Sie, fließend von einer Note zur anderen zu gehen, wobei Sie spontan den kritischen Punkt verlagern.**

Spielen Sie Ihre Folgetöne geschmeidig

Wenn Sie von einem Overbend zu einem Folgeton übergehen, können beim Overblow am Ende des Übergangs unschöne Geräusche entstehen. In diesem Abschnitt zeige ich Ihnen einige Methoden, um einen geschmeidigeren Übergang vom Overbend zum Folgeton zu schaffen.

 Das Allerbeste, was Sie tun können, um saubere Folgetöne erklingen zu lassen: Arbeiten Sie an Ihrer Fähigkeit, einen isolierten Overbend zu starten und zu stoppen. Spielen Sie eine Overbending-Note, beenden Sie sie sauber, warten Sie kurz, dann spielen Sie den Ton erneut und wiederholen ihn mehrere Male.

Einfache Folgetöne

Die einfachsten Folgetöne befinden sich – ebenso wie die einfachsten Einleitungstöne – alle im gleichen Kanal. Die Atemrichtung umzukehren ist ein Kinderspiel, gefolgt vom Bend in der Gegenrichtung und – schließlich – der ungebendeten Note in der gleichen Atemrichtung. Üben Sie so lange, bis Sie diese Übergänge sauber hinbekommen, bevor Sie sich an die härteren Fälle wagen.

Schwierigere Folgetöne

Um sich auf das Spiel von Folgetönen in benachbarten Kanälen vorzubereiten, versuchen Sie Folgendes:

1. **Formen Sie den Bewegungsablauf im gleichen Kanal, jedoch mit einer Pause zwischen Overbend und Folgeton.** Spielen Sie den Folgeton in der gleichen Atemrichtung, in entgegengesetzter Atemrichtung oder als Bend, ohne jedoch zu einem anderen Kanal zu wechseln.

2. **Gehen Sie vom Overbend zum Folgeton in einem anderen Kanal über.** Versuchen Sie es erst mit einer Pause zwischen den Tönen, dann aber ohne Pause, sodass der Overbend fließend in den Folgeton übergeht.

Teil IV
So entwickeln Sie Ihren Stil weiter

IN DIESEM TEIL ...

Blues und Rock spielen

Reise in die Südstaaten mit Gospelmusik

Jetzt wird gefetzt! Traditionelle Tänze

Kapitel 13
Rockiges und Bluesiges

Rock- und Bluesharmonika haben viel miteinander zu tun. Hören Sie sich doch zum Beispiel mal Billy Boy Arnolds Harp in Verbindung mit Bo Diddleys latino-gefärbten Beats an. Oder lauschen Sie John B. Sebastian mit The Lovin' Spoonful oder Huey Lewis, Mick Jagger und Steven Tyler. Doch die Rockharmonika hat auch noch andere Einflüsse. Der Hillbilly-Boogie aus den späten 40er-Jahren (denken Sie an Wayne Raney und die Delmore Brothers) gehört auf jeden Fall dazu, ebenso die Folkmusik (denken Sie an Singer/Songwriter wie Bob Dylan und Neil Young oder an frühe, mit einer Mundharmonika ausgerüstete Folkmusiker wie Woody Guthrie).

Ein weiteres Stilmerkmal ist jener packende, natürliche Sound, den Sie hören, wenn jemand zur Mundharmonika greift, ohne viel Können zu jammen beginnt und dennoch einige tolle Riffs findet, die der Musik Spannung und Würze verleihen (wie John Lennon auf frühen Beatles-Singles). Manchmal aber hören Sie auch einen musikalischen Profi, der mit dem Pop-Sound eines aalglatt produzierten Machwerks aufwartet wie Tommy Morgan, der Erfüllungsgehilfe von Brian Wilsons großem Traum mit den Beach Boys. Und dann gibt es noch die rasanten Teufels-Harmonikaspieler wie John Popper und Sugar Blue, deren hochoktanige Einsätze von Heavy-Metal-Gitarrensolos angetrieben werden.

Ich habe für dieses Kapitel Songs ausgewählt, anhand derer ich Ihnen vermitteln kann, wie Sie alle Arten von Rockmusik spielen können und dazu auch noch ein wenig Blues.

Die Mundharmonika kann in einer Band mehrere Rollen einnehmen: Sie kann die Rhythmusgitarre ersetzen, die Melodie spielen, sie kann als immer wiederkehrendes Interludium zwischen den Strophen fungieren, sie kann wie ein Solist im Rampenlicht stehen oder einfach nur ab und zu ein paar Takte Blues beisteuern. Detaillierter werde ich auf die verschiedenen Rollen in der Band in Kapitel 16 eingehen. In diesem Kapitel stelle ich Ihnen einige Songs vor, die ein paar dieser Rollen und wie man ihnen gerecht wird, verdeutlichen und Ihnen gleichzeitig die Grundlagen der Rockmusik vermitteln.

Blues und Rock sind gar nicht so schwer

Wenn Sie eine Melodie spielen, müssen Sie wissen, welche Noten zu spielen sind und wie lange sie dauern. Dann müssen Sie diese Noten auf der Mundharmonika finden. Ein Notenblatt oder ein Tab kann Ihnen da sehr weiterhelfen. Doch im Blues und auch in vielen Rocksongs spielen Sie oft etwas ganz anderes als die Melodie. (Hab ich Sie jetzt neugierig gemacht auf das, was Sie dann spielen? In Kapitel 16 finden Sie die Auflösung.)

Wenn Sie nicht die Melodie eines Songs spielen, müssen Sie oft selbst etwas erfinden. Wenn Sie das tun, ist es ein Riesenvorteil, wenn Sie verstehen, welche Akkorde, Noten und Liedformen zusammenpassen. Die meisten Rock- und Bluesmusiker wissen solche Dinge inund auswendig, auch wenn sie gar keine Noten lesen können.

Zum Einstieg in die Blues- und Rockmusik beginnen Sie am besten mit den spaßigen Teilen, dann beschäftigen Sie sich mit technischen Fragen. Ich schlage Ihnen folgenden Weg vor:

1. **Hören Sie sich die Audiotracks zu den Songs in diesem Kapitel an und versuchen Sie, sich gut einzuprägen, wie sie klingen.**

2. **Versuchen Sie, die Songs mithilfe der Tabulaturen zu spielen und ignorieren Sie zumindest anfangs das ganze technische Gefasel, das Sie nicht kapieren.**

3. **Nachdem Sie einige der Songs spielen können, sollten Sie sich aber unbedingt auch mit dem technischen Stoff auseinandersetzen, den Sie übersprungen haben, und dann die Kapitel 4 und 12 lesen.**

Falls Sie tiefer einsteigen wollen, schnappen Sie sich ein gutes Buch über Musiktheorie wie *Musiktheorie für Dummies* von Michael Pilhofer und Holly Day (Wiley-VCH Verlag). Das hilft Ihnen dabei, praktisches Wissen zu erwerben, sodass Ihnen die Beziehungen zwischen den Tönen auf der Harmonika einerseits sowie Akkorden und Songstrukturen andererseits völlig geläufig werden.

Die drei gängigen Akkorde für Rock 'n' Roll, Blues ... und fast alles andere

Hinter jeder Melodie, hinter jedem Solo im Blues-Stil steht eine Folge von Akkorden (die man auch als *Akkordprogression* bezeichnet). *Akkorde* sind Notengruppen, deren Töne gleichzeitig gespielt werden, meistens von Begleitmusikern auf der Gitarre, dem Klavier oder dem Bass. Jeder Akkord gründet auf einer Tonleiternote, die von den anderen Akkordnoten unterstützt wird. (Mehr über Akkorde lesen Sie in Kapitel 4, mehr über die Funktionsweise von Songs in Kapitel 11.)

Der wichtigste Akkord stützt sich auf den Grundton der Skala. Dieser Akkord ist der I-Akkord (der stets mit einer römischen Ziffer gekennzeichnet wird). Auch die anderen Akkorde der Tonleiter tragen römische Ziffern – welche, das sehen Sie, indem Sie einfach deren Platz vom Grundton aus abzählen. Die wichtigsten Akkorde nach dem I-Akkord sind der IV-Akkord und der V-Akkord.

Warum bezeichnen wir die Akkorde mit I, IV und V und nicht einfach mit beispielsweise C, F und G? Weil die Beziehungen zwischen den Akkorden stets die gleichen bleiben, egal in welcher Tonart wir spielen. Wenn Sie sich genügend zwölftaktige Blues-Songs angehört haben, werden Sie I-, IV- und V-Akkorde mit schlafwandlerischer Sicherheit erkennen, auch wenn Sie die Tonart des Songs nicht kennen. Anders gesagt: Was in einem Musikstück vor sich geht, lernt man durch Zuhören. Wenn Sie die Beziehungen selbst identifizieren können, brauchen Sie kein Detailwissen.

Die drei beliebtesten Harmonika-Positionen

Wenn Sie eine C-Harp in der Tonart C, eine D-Harp in der Tonart D oder jede andere Mundharmonika in der ihr angestammten Tonart spielen, spielen Sie die *erste Position*. Sie wird immer auf die gleiche Weise gespielt, egal welche Tonart die Mundharmonika hat (so lange die Tonart des Songs der Harmonika-Tonart entspricht).

Zweite Position – das ist, wenn Sie eine C-Harp in G oder eine D-Harp in A spielen. Und auch hier gilt: Die zweite Position wird immer auf die gleiche Weise gespielt und hört sich auch immer nach zweiter Position an, in sämtlichen Tonarten. Es ist bei Weitem die beliebteste Position, deshalb nehme ich sie als Erstes durch und werde sehr ausführlich darauf eingehen. Bluesharmonika-Spieler spielen allerdings auch manchmal in der ersten und in der dritten Position (eine ausführlichere Darstellung der einzelnen Positionen finden Sie in Kapitel 9).

Dieses Buch ist so geschrieben, dass Sie alles auf einer C-Harp spielen können. Deshalb befinden sich die Zweitpositions-Songs in der Tonart G, die Erstpositions-Songs in der Tonart C und die Drittpositions-Songs in der Tonart D. In den folgenden Abschnitten mache ich Sie mit einigen Grundelementen des Blues-Spiels vertraut – und ganz nebenbei auch mit der zweiten Position. Ich habe ein paar Songs für Sie, die Sie spielen können, und möchte Ihnen damit wichtige Merkmale des Blues verdeutlichen. Zum Schluss lade ich Sie noch ein zu einer Spritztour durch die erste und dritte Position.

Positionen und ihre Beziehung zu Akkorden und Skalen

Auf einer diatonischen Mundharmonika stehen drei Basisakkorde zur Verfügung: In der ersten, zweiten und dritten Position ist einer dieser Akkorde der I-Akkord, aber die Akkorde IV und V tauchen nie gemeinsam auf; stattdessen lässt sich nur einer von beiden spielen, und das vielleicht nicht einmal in der richtigen Form. Auch eignet sich jede Position für einen bestimmten Tonleiter-Typus (obwohl Sie Tonleitern mit der richtigen Technik durch gebendete Noten verändern können).

Zum Thema *Positionen* gibt es ein paar Fakten, die Sie sich merken sollten:

✔ **In der ersten Position erhalten Sie einen I-Akkord und einen V-Akkord, aber keinen kompletten IV-Akkord.** Songs, in denen der I- und V-Akkord stark vertreten sind, lassen sich in der ersten Position oft am leichtesten spielen. Mit der ersten Position erhalten Sie auch die Standard-Durtonleiter.

✔ **In der zweiten Position erhalten Sie den I-Akkord und den IV-Akkord.** Der V-Akkord ist hier kein Dur-, sondern ein Mollakkord, weshalb er falsch klingen kann, wenn es sich nicht zufällig um einen bluesigen Song handelt. Wenn der V-Akkord auftaucht und Sie keinen Blues spielen, müssen Sie Ihre Noten sehr sorgfältig wählen. Z5 und Z9 sind die mollartigen Noten, deshalb sollte man sich ihnen mit Vorsicht nähern.

✔ **In der zweiten Position erhalten Sie auch keine echte Durtonleiter.** Eine Note der Skala (die siebte Stufe, die sich in Z5 und Z9 befindet) ist erniedrigt, was einer Nutzung dieser Position für den Blues sehr zugute kommt. Zusätzlich können die Bending-Töne des I-Akkords beim Spielen der zweiten Position für einen noch bluesigeren Touch sorgen.

✔ **In der dritten Position erhalten Sie einen I-Mollakkord sowie eine mollartig klingende Tonleiter, die von Musikern gern für Songs in einer Molltonart verwendet wird.** Sie bietet jedoch einen IV-Dur-Akkord und anstelle eines V-Akkords einen ♭VII-Akkord (mehr dazu später).

Zweite Position und die drei Basisakkorde

Die meisten Blues- und Rocksongs werden in der zweiten Position gespielt. Sie können Ihre Mundharmonika auf drei Basisakkorde einstellen, die im Blues, Rock und Country üblich sind. Hier die wichtigsten Infos:

✔ **Der I-Akkord besteht aus den Ziehtönen, wobei die wichtigsten die Ziehtöne in den Kanälen 1,2 3 und 4 sind.** Z2 (der Ziehton in Kanal 2) ist die wichtigste Basisnote des I-Akkords. B6 und B9 sind unterstützende Basisnoten, die sich weiter oben auf der Harmonika befinden.

✔ **Der IV-Akkord besteht aus den Blastönen.** B4 ist die wichtigste Basisnote des IV-Akkords. B1, B7 und B10 sind ergänzende Basisnoten für den VI-Akkord. Z2 ist der gleiche Ton wie B3; diese Note gehört sowohl zum I-Akkord als auch zum IV-Akkord.

✔ **Der V-Akkord besteht aus den Ziehtönen der Kanäle 4 bis 10 (mit Ausnahme von Kanal 7).** Allerdings ist es ein Mollakkord (mehr über Akkorde in Kapitel 4). Das Aufeinanderprallen von Dur und Moll ist ein charakteristisches Blues-Element.

Die wichtigste Basisnote für den V-Akkord ist Z4. Z1 und Z8 sind zusätzliche Basisnoten für den V-Akkord. Z1, Z4 und Z8 gehören sowohl zum I-Akkord als auch zum V-Akkord.

 Einige der Tabs in den Kapiteln 7 und 12 verwenden zwölftaktige Bluesmelodien in der zweiten Position, um spezielle Techniken zu veranschaulichen. Zu diesen Tabs gehören Abbildung 7.3 (»Chasin' the Beat«, Akkorde zwischen den Beats), 7.6 (»Slappin' the Blues«, Zungenschläge auf Melodienoten) und Abbildung 12.10 (»Gussy Fit«, ein Song mit Overblows). Einige weitere Zweit-positions-Songs finden sich verstreut in Kapitel 14 und 15.

Erste Position

In der Rockmusik wird die erste Position meist bei folkähnlichen Melodien und Balladen verwendet, wie etwa Neil Youngs »Heart of Gold«, Bob Dylans »Blowin' in the Wind« oder »Sweet Virginia« von den Rolling Stones. Die Blastöne bilden den I-Akkord. Diese Noten lassen sich nur im hohen Register (Kanal 7 bis 10) benden. B4 ist die Basisnote des Akkords, und B1, B7 und B10 enthalten ebenfalls die Basisnote.

Der V-Akkord in der ersten Position findet sich in Z1 bis Z4. Auch in Z7 und Z8 finden sich Fragmente des V-Akkords, aber es mischen sich in den mittleren und oberen Registern an-dere Tonleiternoten unter die Ziehtöne.

Der IV-Akkord existiert nur in fragmentarischer Form, bei Z5 und Z6. Auch Z9 und Z10 bil-den zwei der drei wichtigsten Akkordnoten.

Falls Ihnen die Songbeispiele in diesem Kapitel nicht ausreichen – Sie können auch in den Kapiteln 5, 9, 14 und 15 die erste Position spielen, um mit den Spielabläufen noch vertrau-ter zu werden.

Dritte Position

Die dritte Position kann klagend und spannungsreich klingen, wenn sie sich durch das obere Register der Harmonie bewegt, wo die Ziehnoten einen dunklen, geheimnisvollen I-Akkord bilden. Die Chancen, die dritte Position zu hören, stehen am besten bei einem lupenreinen Blues sowie in Blues-Rock-Kreuzungen. Auch zu Folk- und Fiddle-Songs passt die dritte Position sehr gut; ein paar Beispiele dafür liefere ich Ihnen in Kapitel 14 und 15.

Wunderbare Melodien in der ersten Position

Eine Harmonika in ihrer angestammten Tonart zu spielen, erscheint wie das Selbstver-ständlichste auf der Welt, und in diesem Abschnitt biete ich Ihnen drei Songs, die Ihnen zei-gen, wie Sie die erste Position in folkbeeinflussten Popsongs einsetzen können.

»Kickin' Along«

In »Kickin' Along« nutzen Sie die erste Position beim Spielen einer einfachen Melodie mit fröhlichem, rhythmischem Groove. Zu Liedern dieser Art gehören unter vielen Beispielen auch »Sweet Virginia« von den Rolling Stones, »Peaceful Easy Feeling« von den Eagles und »Feelin' Groovy« von Simon & Garfunkel.

Sie können sich »Kickin' Along« in Track 1301 anhören. Welche Aktionen Sie ausführen müssen, um es zu spielen, sehen Sie in dem Tab in Abbildung 13.1.

Abbildung 13.1: »Kickin' Along« (Audiotrack 1301)
© Winslow Yerxa

»Youngish Minor«

In manchen seiner Songs spielt Neil Young Mundharmonika in der ersten Position, dabei steckt die Mundharmonika in einer Halterung. Oft jedoch baut er eine unerwartete Wendung ein, indem er den Akkorden I, IV und V, die so oft in Rocksongs auftauchen, einen VI-Akkord in Moll hinzufügt. Mithilfe dieses zusätzlichen Akkords kann er das Feeling des Songs zwischen Dur und Moll hin und her springen lassen. Seine Solos entwickeln dadurch eine interessante Eigenart.

»Youngish Minor« ist von Youngs Harmonikasolos in »Heart of Gold« sowie der Akustik-Version von »My My, Hey Hey« beeinflusst. Es lässt sich tatsächlich auch als Harmonikasolo über »My My, Hey Hey« spielen, wenn Sie anstelle der C-Harmonika eine in B verwenden.

 Sie können sich »Youngish Minor« in Audiotrack 1302 anhören. Wenn Sie es spielen lernen wollen, hilft Ihnen Abbildung 13.2.

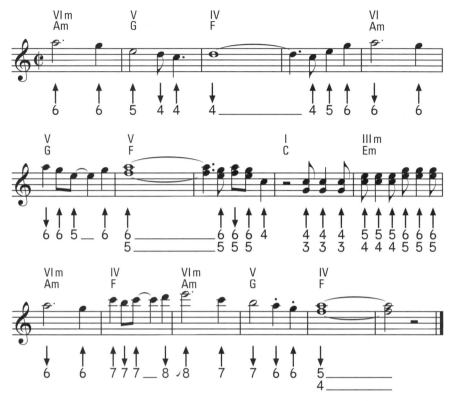

Abbildung 13.2: »Youngish Minor« (Audiotrack 1302)
© Winslow Yerxa

»Morning Boots«

Bob Dylan gilt als Ikone der Folkrock-Bewegung der frühen Sechziger, viele jedoch folgten ihm auf den Fersen. Seine schlicht klingende, schwer nachzuahmende Harp, die er meistens in der ersten Position spielt, wurde zu einem unvergesslichen Bestandteil der Musik jener Ära. »Morning Boots« ist von einigen seiner eigenen Songs beeinflusst, aber auch von Liedern von Musikern wie den Seekers.

 »Morning Boots« hören Sie in Audiotrack 1303. Wenn Sie es lernen wollen, hilft Ihnen Abbildung 13.3.

Die bekannten zwölf Bluestakte

Eine der beliebtesten (und grundlegendsten) Songformen in der Blues- und Rockmusik ist der sogenannte *12-Takt-Blues*, der sich wie die Strophe eines Songs verhält. In diese Strophenform fügen sich sowohl Melodien als auch Soli, und wenn Sie das dahinterstehende Prinzip erfasst haben, können Sie es auf eine Menge Musik anwenden.

Abbildung 13.3: »Morning Boots« (Audiotrack 1303)
© Winslow Yerxa

 Ein *Takt* im zwölftaktigen Blues – das ist einfach eine Gruppe von zwei, drei oder vier Taktschlägen (meist sind es vier), deren Betonung auf dem ersten Beat liegt. Der 12-Takt-Blues enthält – Sie haben's bereits geahnt – zwölf solcher Takte. Was befindet sich nun innerhalb dieser Takte? Es kann eine von hundert verschiedenen Melodien sein, eins von tausend verschiedenen Solos, die sich jedem, der mit dieser Form vertraut ist, als 12-Takt-Blues erweisen. Wenn es nun nicht die Melodie ist, die einem 12-Takt-Blues seinen speziellen Touch verleiht – was ist es dann? Das wollen wir in den nächsten Abschnitten untersuchen.

Eine Aussage treffen: Spuck's aus, Bruder!

Jede Strophe eines zwölftaktigen Blues besteht aus drei Hauptteilen und in jedem dieser Teile wird eine Aussage gemacht. Die erste führt auf zwingende Weise zur zweiten Aussage und mündet schließlich in eine dritte, sehr dominante Schlussaussage. Es ähnelt ein wenig der Predigt eines Geistlichen, die mit einer Prämisse beginnt, diese Prämisse zur Verdeutlichung wiederholt und schließlich mit einem bedeutsamen Fazit die ganze Gemeinde in den Bann schlägt.

Abbildung 13.4 zeigt einen 12-Takt-Blues, der jene drei Teile aufweist. Jeder davon hat eine Länge von vier Takten, und jeder Takt besteht aus vier Schlägen (das sind die diagonalen Striche in der Zeichnung). Die Akkorde stehen als römische Ziffern über den Querstrichen.

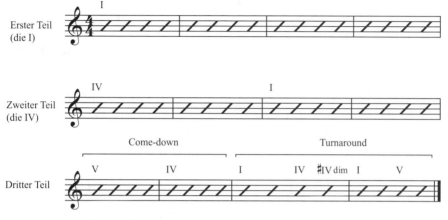

Abbildung 13.4: Strophe eines zwölftaktigen Blues (Audiotrack 1304)
© John Wiley & Sons, Inc.

Jeder Teil der Strophe definiert sich dadurch, wo er innerhalb der Akkordprogression steht. Beachten Sie Folgendes:

✔ **Der erste Teil der Strophe wird als die I bezeichnet, da er auf dem I-Akkord beginnt.** In der einfachsten Version eines 12-Takt-Blues dauert der I-Akkord vier Takte lang. In diesem Teil wird die einleitende Aussage gemacht.

 Manchmal wird der IV-Akkord auch im zweiten Takt gespielt, um für die Takte 2 und 3 zum I-Akkord zurückzuführen. Diesen kleinen Vorgeschmack auf den IV-Akkord bezeichnet man als *verfrühte IV*, als *Quick Change* oder als *Split Change*.

✔ **Den zweiten Teil der Strophe nennt man die IV.** Er beginnt mit dem IV-Akkord, der sich über zwei Takte erstreckt, gefolgt vom I-Akkord, der für die Dauer von zwei weiteren Takten zurückkehrt. Im IVer-Teil können Sie die anfängliche Aussage wiederholen oder eine neue Aussage machen, die die erste näher ausführt.

✔ **Im dritten Teil der Strophe liefern Sie das Resümee, das eine Antwort auf die ersten beiden Aussagen darstellt und auf die nächste Strophe vorbereitet.** In jenem dritten Teil der Strophe ist »am meisten los«. Er besteht aus zwei Komponenten:

• **Dem Come-down:** Im Come-down kommt erstmals der V-Akkord ins Spiel. Er wird einen Takt lang gespielt, dann kommt er einen Takt lang herunter (Come-*down*) zum IV-Akkord.

• **Dem Turnaround:** Der *Turnaround* landet erneut beim I-Akkord. In einem einfachen Bluessong kann es vorkommen, dass in den letzten beiden Takten nur der I-Akkord gespielt wird. Oft durchläuft der Turnaround aber auch eine schnelle Abfolge von I-IV-I-Akkorden, die auf dem V-Akkord endet (siehe Abbildung 13.4).

In Audiotrack 1304 hören Sie die Akkordwechsel beim 12-Takt-Blues.

Noten auf die Akkorde abstimmen

Die Noten des Hintergrundakkords sind innerhalb der Melodie stets von besonderer Bedeutung. Mit den Akkordnoten verbringt man mehr Zeit als mit anderen Noten, und oft spielt man sie auf den ersten und dritten Taktschlägen, auf denen am meisten Nachdruck liegt. Wenn Sie bei jedem Song wissen, welche Mundharmonikanoten zu welchen Akkorden passen (einschließlich der zwölftaktigen Progression natürlich), verfügen Sie über ein hervorragendes Sprungbrett für jeden Song, den Sie spielen wollen.

Der 12-Takt-Blues in der zweiten Position

In diesem Abschnitt stelle ich Ihnen verschiedene Elemente des 12-Takt-Blues vor, darunter auch das Spielen des Grundtons eines jeden Akkords in der 12-taktigen Strophe, das Spiel von Rhythmusakkorden über der 12-taktigen Strophe sowie das Spiel der gleichen Melodielinie über den drei verschiedenen Teilen der Strophe und das Spielen von klagenden Noten. Jedes dieser Elemente wird am Beispiel eines Songs demonstriert, den Sie in der zweiten Position spielen können.

»Ridin' the Changes«

Warum beginnen wir nicht damit, dass wir einfach die Akkorde des 12-Takt-Blues spielen? Bei »Ridin' the Changes« (Abbildung 13.5) geht das. Ich biete Ihnen die Akkorde in Folge, wobei zu jedem davon ein einfacher Rhythmus ertönt.

Wenn Sie den Rhythmus der hier abgedruckten Tabulatur beherrschen, versuchen Sie, die Akkorde mit Ihren eigenen Rhythmen zu versehen, und benutzen Sie dazu den Begleittrack. Einen der beiden Kanäle müssen Sie dabei jedoch so leise stellen, dass der notierte Harmonika-Part nicht zu hören ist.

Zum Anhören und Mitspielen finden Sie »Ridin' the Changes« in Audiotrack 1305.

Mehr Rhythmus mit »Lucky Chuck«

Manchmal kann eine Mundharmonika den Part einer Rhythmusgitarre übernehmen und sich im Hintergrund halten, während sie dem Sound der Band gleichzeitig zu mehr Substanz verhilft. Einer der grundlegendsten Rockrhythmen ist der Boogie-Woogie-Rhythmus, den sich Chuck Berry von der linken Hand des Pianisten Johnnie Johnson abguckte, um ihn danach an die Rolling Stones und die Beach Boys weiterzugeben. »Lucky Chuck«

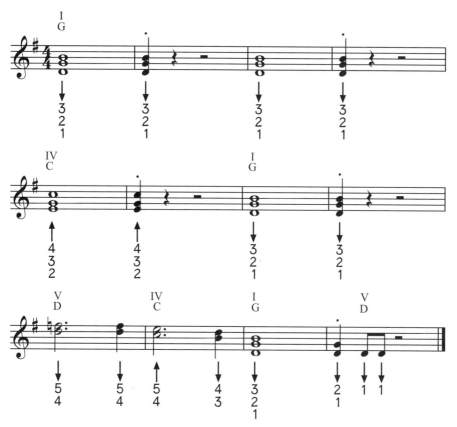

Abbildung 13.5: »Ridin' the Changes« (Audiotrack 1305)
© Winslow Yerxa

(Abbildung 13.6) ist ein treibender 12-Takt-Blues, ein Musterbeispiel für die Harmonika-version dieses Chuck-Berry-Patterns.

 Wenn Sie mit dem tiefen Bending in Z2, wie es im zweiten, vierten und achten Takt vorkommt, nicht so gut zurechtkommen, spielen Sie stattdessen einfach Takt 1, der keine Bends aufweist.

Sie müssen sich nicht sklavisch an die Single Notes in der Tabulatur in der Abbildung halten. Wenn Sie den Sound der Nachbarkanäle links oder rechts hinzufügen, verleihen Sie dem Gesamtklang mehr Fülle. Sie können auch Zungen-Slaps und Pulls benutzen, wie ich sie in Kapitel 7 beschrieben habe. Solche Kombinationen als Tab darzustellen, ist zu überladen und zu schwer zu entziffern – vergessen Sie also nicht, zu experimentieren und einen Sound anzustreben, der dem auf der Aufnahme gleichkommt.

 In Audiotrack 1306 können Sie sich »Lucky Chuck« anhören und mitspielen.

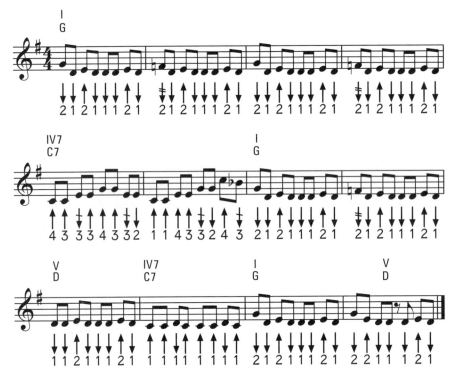

Abbildung 13.6: »Lucky Chuck« (Audiotrack 1306)
© Winslow Yerxa

»Buster's Boogie«

»Buster's Boogie« (Abbildung 13.7, Abbildung 13.8 und Abbildung 13.9) ist ein dreistrophiger 12-Takt-Blues in einer übermütigen, gutgelaunten Stimmung. Das Harmonika-Instrumental bedient sich ein wenig beim R&B-Sänger Buster Brown, ein wenig bei den Rolling Stones. Beachten Sie, wie sich die Rhythmen der ersten und zweiten Strophe ähneln. In der dritten Strophe jedoch ändert sich der Rhythmus, um den Intensitätslevel zu erhöhen.

Die erste Strophe spielt sich hauptsächlich in den Kanälen 3 und 4 ab und die Harmonika spielt nicht immer den ersten Taktschlag mit.

Die zweite Strophe geht herab zu den Kanälen 1 und 2 und spielt sich vorwiegend dort ab; sie bringt auch den ersten Taktschlag, wodurch sich die Wunde aus der ersten Strophe wieder schließt.

Die dritte Strophe ist die »treibende« Strophe, die sich hinauf zu den Kanälen 4 und 5 bewegt, um bei Z4 zu verharren und den Song zum Abschluss zu bringen.

 Alle drei Strophen von »Buster's Boogie« können Sie sich in Audiotrack 1307 anhören und mitspielen.

Abbildung 13.7: »Buster's Boogie«, Strophe 1 (Audiotrack 1307)
© Winslow Yerxa

Abbildung 13.8: »Buster's Boogie«, Strophe 2 (Audiotrack 1307)
© Winslow Yerxa

Abbildung 13.9: »Buster's Boogie«, Strophe 3 (Audiotrack 1307)
© Winslow Yerxa

Eine Progression mit Mollakkorden: »Smoldering Embers«

Neben dem 12-Takt-Blues gibt es noch zahlreiche andere Formen in der Rock- und Popmusik. Sehr gerne zum Beispiel geht man vom Basisakkord zum Mollakkord, der auf der sechsten Skalenstufe errichtet ist (und deshalb logischerweise VI-Akkord heißt). Das bedeutet nun aber nicht, dass Sie in einer Molltonart spielen. Nein, Sie fügen der Akkordprogression einfach einen Mollakkord hinzu, und schon färbt sich die Stimmung des betreffenden Songs ein wenig dunkler.

Sehr gut heraushören können Sie diesen Mollakkord in Bruce Springsteens »Fire«, Van Morrisons »Wild Night« oder Ben E. Kings Klassiker »Stand By Me«. »Smoldering Embers« ist ein Stück, das den verborgenen Mollakkord in der zweiten Position nutzt. Sie gelangen dorthin, indem Sie die Blastöne der Kanäle 2 und 3 mit den Ziehtönen der gleichen Klanglöcher kombinieren.

»Smoldering Embers« besteht aus zwei Teilen (Abbildung 13.10 und Abbildung 13.11). Teil 1 verweilt in einem stetigen Rhythmus im niedrigen Register und spielt unvollständige Akkorde, die sowohl den I-Akkord wie auch Moll-VI-Akkord andeuten. Teil 2 lässt sich auf eine melodischere Beschäftigung mit den Akkordwechseln ein, wozu es die in Kapitel 10 besprochene pentatonische Tonleiter benutzt.

Sie können sich »Smoldering Embers« in Audiotrack 1308 anhören – und wenn es Sie packt, auch mitspielen.

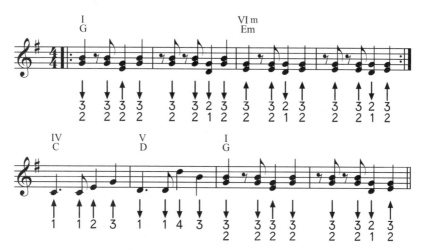

Abbildung 13.10: »Smoldering Embers«, Teil 1 (Audiotrack 1308)
© Winslow Yerxa

Abbildung 13.11: »Smoldering Embers«, Teil 2 (Audiotrack 1308)
© Winslow Yerxa

Sehen Sie sich die pentatonische Tonleiter in der zweiten Position in Kapitel 10 an. Mit dieser Skala können Sie ganz tolle Solos über die Akkorde I und IV in diesem Song spielen.

Mit erniedrigtem III- und VII-Akkord: »John and John«

In manchen Songs hören sich Akkorde, die nicht zur Tonart gehören, trotzdem super an. »John and John« (siehe Abbildung 13.12) bezieht sich auf John Lennon und John Mayall, inspiriert wurde es vom Brit-Rock der 60er-Jahre. In dem Stück begegnen wir sowohl dem ♭III- als auch dem ♭VII-Akkord. In der zweiten Position ist der Grundton von ♭III der flache Bend in Z3. Um diese Note richtig zu intonieren, müssen Sie ein wenig das Benden üben. Der Grundton des ♭VII-Akkords jedoch ist Z5.

Abbildung 13.12: »John and John« (Audiotrack 1309)
© Winslow Yerxa

Anhören und spielen können Sie »John and John« in Audiotrack 1309.

Brandheiß in der dritten Position: »Tom Tom«

Einige Rock-Instrumentalklassiker sind einfache Akkordprogressionen, die dem Musiker jede Menge Spielraum zum Jammen bieten. Die dritte Position eignet sich besonders gut für diese Art von Songs und sorgt für einen frischen, mitreißenden Sound in einer Welt, in der fast alles in der zweiten Position gespielt wird.

»Tom Tom« ist ein Drittpositions-Song, der sich ein wenig bei den klassischen Bo-Diddley-Rhythmen bedient. Seine Hintergrundakkorde sind dieselben drei Akkorde, die Sie in der dritten Position erhalten, was es Ihnen erleichtert, in allen drei Registern der Harmonika zu »klagen«. »Tom Tom« (Abbildung 13.13 und Abbildung 13.14) besteht aus vier

Abbildung 13.13: »Tom Tom«, Abschnitt 1 und 2 (Audiotrack 1310)
© Winslow Yerxa

Abschnitten. Der erste befindet sich im mittleren Register, der zweite im hohen, der dritte im niedrigen Register. Bei Letzterem sollten Sie das Bending um zwei Halbtöne in Z2 gut beherrschen. Der vierte Abschnitt ist lediglich eine Reihe von trällernden Lauten über den allmählich verklingenden Akkorden am Ende.

 Sie können sich »Tom Tom« in Audiotrack 1310 anhören.

Abbildung 13.14: »Tom Tom«, Abschnitt 3 und 4 (Audiotrack 1310)
© Winslow Yerxa

IN DIESEM KAPITEL

Einige Songs in der ersten ...

... zweiten ...

... und dritten Position

Tolle Melodien in der zwölften, vierten und
fünften Position

Kapitel 14
Programmerweiterung mit Folk und Gospel

I n der nordamerikanischen Folkmusik laufen viele Traditionen zusammen: englische, irische und schottische, aber auch die der skandinavischen Länder, aus Osteuropa, Frankreich, Spanien und sogar Westafrika. Je nachdem, wie Sie klingen wollen, stehen Ihnen all
jene Einflüsse zur Verfügung, in Reinform oder kombiniert.

In diesem Kapitel finden Sie eine kleine Auswahl von Stücken, die entweder direkt diesen
Traditionen entstammen oder in Amerika geschrieben wurden. Alle sind sie Teil unseres gemeinsamen Erbes und das Gleiche gilt für viele Gospelsongs, die einen ganz ähnlichen Weg
gegangen sind.

Wie ich Ihnen in Kapitel 9 gezeigt habe, können Sie eine diatonische Mundharmonika nicht
nur in der ihr angestammten Tonart spielen. Die anderen möglichen Tonarten bezeichnet
man als *Positionen*. So kommt es, dass viele traditionelle Folkmelodien auf Tonleitern zurückgreifen, die sich von der Standard-Durtonleiter unterscheiden, aber prächtig mit den
Skalen harmonieren, die sich aus verschiedenen Harmonikapositionen ergeben. In diesem
Kapitel ordnen wir die Songs nach ihren Positionen und zeigen Ihnen eine Möglichkeit auf,
vielseitiger in Ihrem Repertoire und auch in Ihrer Spieltechnik zu werden.

Wenn Ihnen ein bestimmtes Stück aus diesem Kapitel besonders gut gefällt,
kann das teilweise an der Position liegen, in der Sie es normalerweise spielen.
Wenn Sie noch mehr aus dieser Position herausholen wollen, schlage ich vor,
dass Sie sich zunächst einmal mit der Position als solcher in Kapitel 9 beschäftigen. In den Kapiteln 13 und 15 stelle ich Ihnen auch Songs in verschiedenen
Positionen vor, von denen einige etwas kniffliger zu bewältigen sind als die in
diesem Kapitel.

Ein paar Kostproben für die erste Position

Die erste Position spielen – das heißt, die Tonart zu wählen, in der Ihre Harmonika eigentlich gestimmt ist. Mit dieser Methode lassen sich zahlreiche Folksongs spielen, auch die in diesem Abschnitt.

Wenn Sie in der ersten Position spielen, ist Ihre Basisnote B 4. Ihr Basisakkord besteht aus irgendeiner Kombination von Blastönen. (Wenn Sie nicht mehr alles über die erste Position wissen, blättern Sie ruhig noch einmal zurück zu Kapitel 9.)

Viele dieser Songs in den folgenden Abschnitten sind alte Folk- und Countryklassiker – Sie werden vermutlich etliche Musiker treffen, die sie auf der Gitarre spielen können. Die Stücke sind nicht allzu schwer zu spielen. Also schnappen Sie sich eine Mundharmonika und fangen Sie an.

»Buffalo Gals«

Dieser Song erschien erstmals 1844 unter dem Titel »Lubly Fan« (womit die »Lovely Fanny« gemeint ist, die bezaubernde Fanny, die der Sänger dazu einlädt, »heute Nacht rauszugehen und im Mondschein zu tanzen«). Künstler auf Tour jedoch schmeichelten dem Publikum oft, indem sie Fannys Namen durch eine Anspielung auf den Namen der Stadt ersetzten, in der sie gerade spielten. In Buffalo, New York, muss die Idee wirklich eingeschlagen haben, denn »Buffalo Gals« wurde schließlich zum endgültigen Titel. Seitdem ist der Song ein fester Bestandteil des amerikanischen Folksong-Repertoires und stellt einen großartigen Erstpositions-Song dar.

»Buffalo Gals« hören Sie in Track 1401. Mithilfe von Abbildung 14.1 können Sie mitspielen.

»Wildwood Flower«

Ursprünglich hieß dieser Song »I'll Twine 'Mid the Ringlets« und entstand im Jahre 1860 (siehe Abbildung 14.2). Seit die Carter Family ihn in den Dreißigerjahren neu aufnahm, blieb er dauerhaft populär, sowohl als Song wie auch als Instrumental. Achten Sie auf die Sprünge von B 4 nach B 6, denn mit B 6 beginnt eine neue Phrase; Sie müssen sehr sauber und deutlich spielen. Falls Sie hohe Blastöne benden können, versuchen Sie es ansatzweise mit B 8, nur wegen des Effekts.

Achten Sie bei diesem Song auf die zusätzliche Zeit am Ende der Phrasen im ersten Teil. Hier ist Platz für das Picking-Pattern, das Gitarristen bei der Begleitung dieses Songs gern verwenden.

»Wildwood Flower« hören Sie in Audiotrack 1402.

Abbildung 14.1: »Buffalo Gals« (Audiotrack 1401)

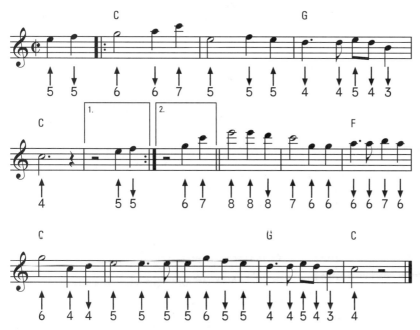

Abbildung 14.2: »Wildwood Flower« (Audiotrack 1402)

»La Cucaracha«

Eine *cucaracha* (spanisch) ist eine Küchenschabe und in dem Song geht es um eine bedauernswerte Schabe, die eins ihrer sechs Beine verloren hat, aber dennoch versucht, sich in normalem Tempo fortzubewegen. Im Laufe der Zeit wurden viele witzige Strophen hinzugedichtet, vor allem in Mexiko.

Selbst ohne Gesang eignet sich dieser Song hervorragend für die Mundharmonika in der ersten Position, da Sie dazu die beiden Hauptakkorde spielen müssen, die fester Bestandteil der Harmonika sind. Auch Zungenblocking-Techniken wie Slaps und Pulls (siehe Kapitel 7) lassen sich hervorragend in diesen Song einbauen. Aber auch ganz »ohne« macht es Spaß, diesen Song zu spielen.

 Tabs und Notenschrift für »La Cucaracha« finden Sie in Abbildung 14.3, anhören können Sie sich den Song in Audiotrack 1403.

Abbildung 14.3: »La Cucaracha« (Audiotrack 1403)

Der bekannte Bluesharmonika-Spieler Walter Horton nahm mindestens eine ausgezeichnete Version von »La Cucaracha« auf, inklusive aller möglichen Varianten der Zungenblocking-Technik. Hören Sie ihn sich gelegentlich einmal an.

Einige Songs in der zweiten Position

Zweite Position – das bedeutet, dass man in der Tonart des Ziehakkords spielt, wobei Z 2 die Basisnote ist. Sie funktioniert bestens für alle möglichen Folksongs, aber auch für einen beträchtlichen Teil des Gospel-Repertoires. In den folgenden Abschnitten präsentiere ich Ihnen einige Songs, die sich gut für die zweite Position eignen. Nehmen Sie eine Harmonika und probieren Sie sie aus.

»Since I Laid My Burden Down«

»Since I Laid My Burden Down«, ein afroamerikanisches Spiritual (siehe Abbildung 14.4), bildete den Nährboden für den bekannten Country-Gospelsong »Will the Circle Be Unbroken?« Dieser Song ist recht bekannt und beliebt und er ist nicht schwer zu spielen. Wenn Sie ihn in der zweiten Position spielen, können Sie durch Benden der Ziehtöne in Kanal 2, 3 und 4 viel Gefühl zum Ausdruck bringen. Hören Sie es sich in Audiotrack 1404 an.

Eine Note in dem Song macht es erforderlich, dass Sie Z 3 um zwei Halbtöne downbenden. Sollten Sie mit dieser Bending-Note Schwierigkeiten haben, benden Sie Z 3 einfach so ausdrucksvoll wie möglich, ohne die genaue Zielnote anzusteuern. (Mehr über das Downbenden von Noten erfahren Sie in Kapitel 8.)

»Cluck Old Hen«

Der aus dem Jahr 1880 stammende Song »Cluck Old Hen« wird sowohl als Lied wie auch als Instrumental gespielt. Es gibt zahlreiche Versionen des Stücks; hier habe ich es für die Mundharmonika in der zweiten Position aufbereitet. Es ist zwar ziemlich kurz, um es jedoch spielen zu können, müssen Sie die Ziehbends in Kanal 2 und 4 gut beherrschen. In Abbildung 14.5 präsentiere ich Ihnen den Song mit ein paar ausgefallenen Split-Intervallen, für die Sie die Zungenblocking-Technik benötigen. Sie können das natürlich alles ignorieren und nur die Melodie spielen (sie entspricht der obersten Zeile des Tabs). Später können Sie dann immer noch all die Zungen-Verzierungen hinzufügen, um den Song aufzupeppen. In Audiotrack 1405 spiele ich das Stück zuerst mit Single Notes, dann mit Zungenblocking-Effekten.

»Cluck Old Hen« finden Sie als Tabulatur in Abbildung 14.5. Zuhören und mitspielen können Sie in Audiotrack 1405.

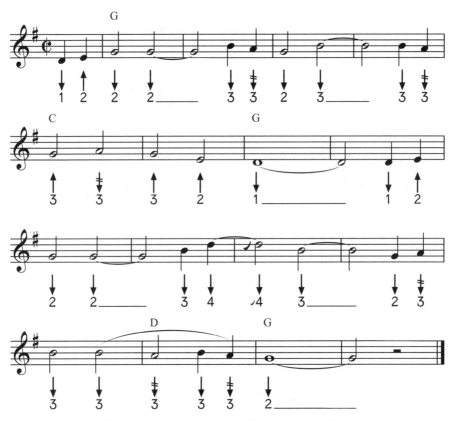

Abbildung 14.4: »Since I Laid My Burden Down« (Audiotrack 1404)

Abbildung 14.5: »Cluck Old Hen« (Audiotrack 1405)

»Aura Lea« in der zweiten Position

In Kapitel 5 zeige ich Ihnen »Aura Lea« in der ersten Position. Um einen umständlichen Bend zu vermeiden, habe ich das Stück in die erste Position im oberen Register versetzt. Allerdings kann dieser Song auch in der zweiten Position im niedrigen Register warm und ausdrucksvoll klingen, wenn Sie den flachen Bend in Z 2 meistern und auch den mittleren Bend in Z 3 nicht nur akkurat spielen, sondern auch zwischen diesem Bend und B 2 hin und her wechseln. Es kostet einige Übung, aber die zahlt sich aus. Damit diese Version ebenfalls ausdrucksvoll klingt, müssen Sie Ihren inneren Elvis wecken – er wird es nicht verpassen wollen, Sie dieses Stück meisterhaft spielen zu hören.

 Sie können sich »Aura Lea« in der zweiten Position in Audiotrack 1406 anhören. Melodie und Akkorde finden Sie in Abbildung 14.6.

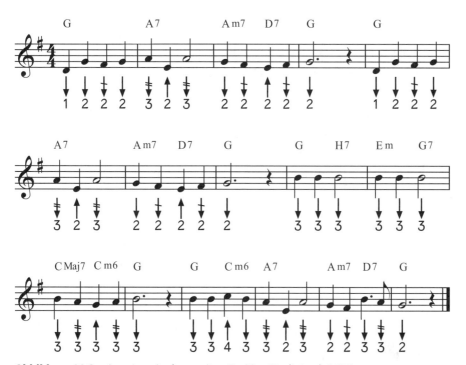

Abbildung 14.6: »Aura Lea« in der zweiten Position (Audiotrack 1406)

»This Train (Is Bound for Glory)«

»This Train« ist ein Gospel-Favorit und wurde von einer Vielzahl von Musikern aufgenommen, darunter Sister Rosetta Tharpe, Woody Guthrie, Johnny Cash oder Mumford & Sons. Man sagt, es habe Willie Dixon zum Schreiben von »My Babe« inspiriert, das für Little Walter zu einem großen Hit auf der Blues-Harmonika wurde. Auf YouTube finden Sie eine tolle Version des Songs von dem verstorbenen Terry McMillan, der seine leidenschaftliche Variante mit Eisenbahnrhythmen versieht.

Ich biete Ihnen für diesen Song zweierlei verschiedene Tabs an – den einen mit einer Single-Note-Melodie, den anderen mit Akkorden, den Sie entweder mit Zungenblocking spielen oder indem Sie Ihren Mund breiter machen, um die zusätzlichen Noten mitspielen zu können. Manchmal liegt die Melodienote in einem Akkord vergraben, aber wenn Sie die Melodie erst mal im Kopf haben, hören Sie sie immer heraus.

Die zweite Version (die mit den Akkorden) habe ich auch mit Fills versehen. »This Train« ist ein Stück, dessen Melodie oft schon kurz vor dem Ende einer Phrase endet. In diesem Zeitintervall, das da frei wird, kann ein Instrument ein *Fill* spielen – das ist eine Mini-Melodie oder ein Stückchen Rhythmus, das die Zeit überbrückt und die Interpretation des Stücks interessanter macht. In dieser Version sorgt das erste Fill für ein wenig Eisenbahnrhythmus, das zweite steuert ein Stück Melodie bei, das zurückführt zur ersten Note der dritten Phrase. Die dritte Phrase bietet keinen Raum für Fills, während ich in der vierten und letzten Phrase den gleichen Fill verwende wie in der ersten. Diesen letzten Fill spielen Sie, bis eine neue Strophe folgt, am Ende des Songs jedoch lassen Sie ihn weg.

 In Abbildung 14.7 finden Sie die Single-Note-Version von »The Train«, in Abbildung 14.8 die mit den Akkorden. In den Audiotracks 1407 beziehungsweise 1408 können Sie beide Versionen hören und mitspielen.

Abbildung 14.7: »This Train«, Single-Note-Version (Audiotrack 1407)

Abbildung 14.8: »This Train«, Version mit Akkorden (Audiotrack 1408)

Mit Zugkraft: Melodien in der dritten Position

Bei der dritten Mundharmonika-Position spielt man zufällig im *dorischen Modus*, der schon seit dem Mittelalter immer wieder verwendet wird. Viele traditionelle Songs gründen auf dem dorischen Modus und lassen sich in der dritten Position gut spielen. Mehr zum Thema finden Sie in Kapitel 9.

»Little Brown Island in the Sea«

Der Originaltitel dieses Songs im schottischen Gälisch lautet »Eilean Beag Donn A' Chuain«. Leider kann ich Ihnen diese Worte auch nicht übersetzen, aber die Melodie ist wunderschön. Das Lied wurde Ende des 19. Jahrhunderts von Donald Morrison komponiert, einem Schotten, der nach Minnesota ausgewandert war und später nach Hause auf die Isle of Lewis zurückkehrte. Es beschwört die Sehnsucht nach der Heimat und wurde zu einem beliebten und oft gespielten Song im Repertoire der keltischen Musik.

 »Little Brown Island in the Sea« macht sich gut in der dritten Position. Bends oder trickreiche Sprünge sind nicht vonnöten. Hören Sie es sich doch in Audiotrack 1409 einmal an – und spielen Sie dann mithilfe von Abbildung 14.9 mit.

Dieser Song wird normalerweise in der Tonart E dorisch auf der D-Harp gespielt.

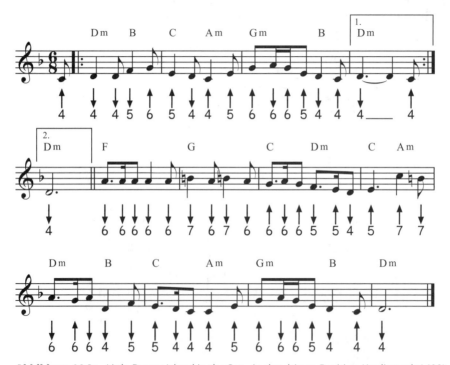

Abbildung 14.9: »Little Brown Island in the Sea« in der dritten Position (Audiotrack 1409)

»She's Like the Swallow«

Dieser Song stammt von der Insel Neufundland und erzählt von einer Frau, die den Liebesbeteuerungen eines Mannes ein wenig zu sehr vertraut. Er wurde von vielen folkbeeinflussten Musikern und sogar als Chorstück aufgenommen. Ich empfehle besonders die Version des kanadischen Schauspielers Gordon Pinsent, der selbst aus Neufundland stammt.

Auf der Mundharmonika enthält dieser Song Sprünge von Z 4 nach Z 6 und von Z 6 nach Z 8. Sie können diese Sprünge natürlich ganz vorschriftsmäßig spielen, indem Sie sich einfach von einem Klangloch zum nächsten bewegen. Sie können aber auch die Gelegenheit beim Schopf packen und es mit der Corner-Switching-Technik versuchen, die ich in Kapitel 7 besprochen habe. Dieses Stück eignet sich als einfacher Einstieg in diese Technik, die Sie dann wiederum für einige der Fiddle Songs in Kapitel 15 verwenden können

»She's Like the Swallow« finden Sie in Audiotrack 1410. Zum Mitspielen halten Sie sich bitte an Abbildung 14.10.

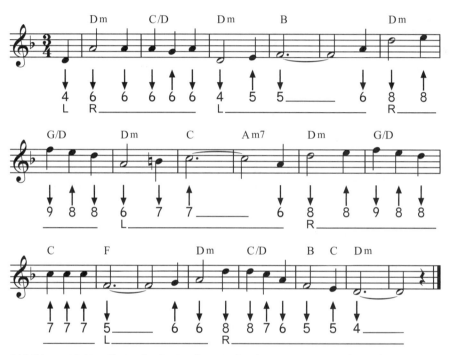

Abbildung 14.10: »She's Like the Swallow« in der dritten Position (Audiotrack 1410)

Falls Sie sich dafür entschieden haben, die Corner-Switching-Technik zu üben, sollten Sie sich Abbildung 14.10 näher ansehen. Unterhalb des Tabs habe ich an den Beginn jedes neuen Teils, den Sie mit dem linken Mundwinkel spielen ein »L« gesetzt, während ein »R« für jede Serie von Noten steht, die Sie mit dem rechten Mundwinkel spielen.

Folksongs in der zwölften, vierten und fünften Position

Viele Harmonikaspieler beweisen sehr viel Geschick darin, ihre C-Harp in zahlreichen Tonarten zu spielen. Am verbreitetsten sind die erste, zweite und dritte Position. Aber auch in der zwölften, vierten und fünften Position können Sie tolle Sounds hervorbringen. In diesem Abschnitt zeige ich Ihnen jede dieser Positionen am Beispiel eines Songs.

»A la claire fontaine« in der zwölften Position

Die zwölfte Position wird erst seit den letzten Jahren etwas häufiger gespielt. Die ihr zugrundeliegende Skala ist fast eine Durtonleiter – nur die vierte Stufe klingt ein wenig eigenartig, denn es ist eine erhöhte Note. Manchmal lassen sich mit dieser Note umwerfende Effekte zaubern, vor allem in der Filmmusik. Da solche exotischen Sounds in Folksongs jedoch nur selten vorkommen, verzichten einige von ihnen gänzlich auf diese Tonleiternote, wodurch sie den einzigartigen Klang der zwölften Position ganz »unverfälscht« genießen können.

»A la claire fontaine« erschien erstmals in Frankreich gegen Ende des 18. Jahrhunderts und verbreitete sich unmittelbar danach auch in Kanada. Obwohl der Song die Geschichte von einer enttäuschten Liebe erzählt, wird seine einfache, aber eindringliche Melodie oft von kleinen Kindern gesungen (ein Musterbeispiel findet sich in dem Film *The Painted Veil*, auf Deutsch *Der bunte Schleier*). Unsere Version des Songs stammt aus Québec und unterscheidet sich ein wenig von der in Frankreich bekannten Version.

 Auf der Mundharmonika lässt sich dieser Song in der ersten oder zwölften Position spielen (siehe Abbildung 14.11). Sie hören ihn in Audiotrack 1411. Übrigens – die Begleitakkorde im Audiotrack sind ausgefeilter als in den schlichteren Spielvarianten dieses Songs. Dennoch zeigen sie gut, wie frankokanadische Folkmusiker bei der Harmonisierung von Folksongs vorzugehen pflegen.

 Sie können ein tolles Medley kreieren, indem Sie erst »A la claire fontaine« spielen und danach »She's Like the Swallow« in der dritten Position, das ebenfalls in diesem Kapitel enthalten ist.

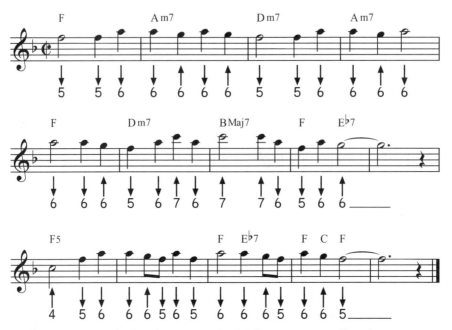

Abbildung 14.11: »A la claire fontaine« in der zwölften Position (Audiotrack 1411)

»The Huron Carol in der vierten Position«

In den vierziger Jahren des 16. Jahrhunderts lebte der Missionar Jean de Brébeuf beim Volk der Wyandot am Lake Huron. Er schrieb einen faszinierenden Bericht über seine Missionstätigkeit, ferner auch einen Song in der Algonkin-Sprache mit dem Titel »Iesus Ahatonnia«. Er wollte damit das Volk der Wyandot ermuntern, keine bösen Geister zu verehren und sich stattdessen dem Christentum zuzuwenden. Später wurde das Lied ins Englische und Französische übersetzt; seitdem kennt man es als »The Huron Carol«.

»The Huron Carol« passt gut zu der Skala, die wir in der vierten Position vorfinden. Die einfachste Methode, das Stück in der vierten Position zu spielen, besteht in der Verwendung des hohen Registers, da die Basisnote im niedrigen Register eine einwandfreie Beherrschung der Bending-Technik voraussetzt. Im oberen Bereich hingegen kommen keine Bends vor, um fehlende Noten zu ersetzen. Natürlich können Sie versuchen, die hohen Blastöne trotzdem zu benden – einfach weil's gut klingt.

Den Tab für »The Huron Carol« in der vierten Position finden Sie in Abbildung 14.12. Falls Sie auch die Musiknotation oberhalb der Tabs lesen – sie ist zwecks Lesbarkeit um eine Oktave tiefer notiert als die eigentliche Tonhöhe. Anhören können Sie sich den Song in Audiotrack 1412.

Abbildung 14.12: »The Huron Carol« in der vierten Position (Audiotrack 1412)

»Poor Wayfaring Stranger« in der fünften Position

Der Gospelsong in Moll »Poor Wayfaring Stranger« wurde von zahlreichen Folk- und Countrymusikern aufgenommen. Wenn Sie die Geschichte des Songs zu recherchieren versuchen, stoßen Sie auf zahlreiche Widersprüche über seinen Ursprung. Anscheinend jedoch geht er auf die amerikanische Tradition zurück und es gibt ihn schon mindestens seit Anfang des 19. Jahrhunderts.

 Auf der Mundharmonika lässt sich »Poor Wayfaring Stranger« in der vierten, fünften und (mit ein wenig Bending) sogar in der zweiten Position spielen. Besonders gut jedoch funktioniert das Stück in der fünften Position, wie Abbildung 14.13 und Audiotrack 1413 zeigen.

Abbildung 14.13: »Poor Wayfaring Stranger« in der fünften Position (Audiotrack 1413)

 Der Song eignet sich hervorragend für den Einsatz der Kaffeetassen-Technik aus Kapitel 6. Im Audiotrack können Sie hören, wie ich es mache.

Kapitel 15
Ich will 'nen (fiedelnden) Cowboy als Mann: Traditionelle Tanzlieder

D as wichtigste Element traditioneller Musik ist die Melodie. Die Songs, die uns mit kulturellen Werten vertraut machen und dazu die richtigen Geschichten erzählen, verfügen oft über eingängige Melodien, die über mehrere Generationen weitergegeben werden. Tanzmelodien beschwören oft die alten Zeiten, in denen ein Flötenspieler oder Geiger ohne jegliche Begleitung einen ganzen Saal mit begeisterten Tänzern füllen konnte, die nur ein paar geniale Melodien brauchten, um ihre Körper im Rhythmus zu bewegen.

Die schottische, irische, englische und französische Kultur spielte eine tragende Rolle bei der Entwicklung der Song- und Tanztraditionen der Vereinigten Staaten und Kanada. Typisch nordamerikanische Musik wurde natürlich erst daraus, als auch afrikanische, hispanische und indianische Traditionen sich hinzugesellten.

Die transportable und preiswerte diatonische Mundharmonika eroberte sich ihren Platz in der amerikanischen Folksong- und Tanzkultur erst, als sie irgendwann im 19. Jahrhundert aus Deutschland mitgebracht wurde. In diesem Kapitel lade ich Sie ein zu einem Streifzug durch eine Reihe traditioneller Songs und Tanzlieder, die Sie spielen und dabei sämtliche Kenntnisse umsetzen dürfen, die Sie in diesem Buch erworben haben.

Die richtige Harmonika für Folk und keltische Musik

Wie finden Sie die richtige Mundharmonika für traditionelle Lieder? Verschiedene Traditionen verlangen verschiedene Mundharmonika-Typen und nicht jede davon taugt für jede Stilrichtung. Hier einige Punkte, die Sie bedenken sollten, ehe Sie sich für einen der drei Haupttypen einer melodischen Harmonika in der traditionellen Musik entscheiden.

Die handelsübliche Harp mit den zehn Tonkanälen (die sozusagen der »Held« dieses Buches ist) ist der gängigste Harmonika-Typus in der nordamerikanischen Musik; ebenso oft jedoch begegnet man ihr auch in der englischen und keltischen Musik. Trotzdem wirft die diatonische Mundharmonika häufig ein Problem auf: Manche Songs enthalten Noten, die nicht zum Tonumfang dieser Harmonika gehören. Früher bearbeitete man zu diesem Zweck einfach die Songs, sodass sie den natürlichen Grenzen bestimmter Instrumente wie der diatonischen Harmonika, dem Akkordeon und dem Dudelsack entgegenkamen. Heute indes neigt man eher dazu, das Instrument der Musik anzupassen. Für diese Art von Bearbeitungen gibt es drei verschiedene Methoden:

✔ **Spielen Sie die Mundharmonika in einer bestimmten Position, um die verfügbare Skala zu verändern.** Wenn Sie eine Harmonika in ihrer angestammten Tonart spielen, spielen Sie in der ersten Position. In jeder anderen Tonart spielen Sie die Harmonika in einer anderen Position (mehr über *Positionen* in Kapitel 9). Jede Position verfügt über ihre eigene Tonleiter; diese Tonleitern bezeichnet man als *Modi*. Beispiel: Wenn Sie eine C-Harp in G spielen, erhalten Sie trotzdem keine G-Dur-Tonleiter. Was Sie bekommen, ist eine G-Tonart, gewürzt mit den Noten der C-Tonleiter. Viele Folksongs benutzen diese Modi, deshalb ist das Harmonikaspiel in Positionen für Folkmusik genau das Richtige.

✔ **Ersetzen Sie fehlende Noten durch gebendete Töne.** Wenn Sie eine Note benden, erhöhen oder erniedrigen Sie sie zu einer anderen Note, indem Sie Ihrer Mundhöhle anders formen (alles über das Benden können Sie in Kapitel 8 und 9 nachlesen). Bending kann sehr nützlich sein, um fehlende Noten auf der Harmonika zu ersetzen und es lassen sich dadurch auch der Modus oder die Skala verändern. Einige der Songs in diesem Kapitel enthalten Bending-Noten.

✔ **Benutzen Sie Harps mit wechselnden Stimmungen.** Sie können natürlich ständig einzelne Noten auf der Harmonika umstimmen, um den Bestand an verfügbaren Tönen zu optimieren (wie man Stimmzungen stimmt, steht in Kapitel 18). Zum Beispiel wissen Sie vielleicht, dass die Note A in Kanal 3 einer C-Harmonika fehlt. Um sie trotzdem spielen zu können, können Sie das G in B3 umstimmen, sodass es zum A wird (das G bleibt Ihnen in Z2 trotzdem erhalten). Diese spezielle alternative Stimmung bezeichnet man auch als *Paddy Richter*, und einige Harmonika-Hersteller wie Seydel bieten sie seit Neuestem auch serienmäßig an.

Die Tremoloharmonika

Die *Tremoloharmonika* ist ein spezieller Typ von diatonischer Harmonika, der zum Spielen jeder Note zwei Stimmzungen benutzt. Ein Satz Stimmzungen ist etwas höher gestimmt als der andere und wenn sie zusammen gespielt werden, macht sich dieser feine Unterschied bemerkbar als zitterndes Pulsieren im Klang der Note. Dieses Zittern bezeichnet man als *Tremolo*. In den USA werden Tremolo-Harps in der traditionellen Musik nur selten benutzt, in Schottland, Irland, Québec und vielen asiatischen Ländern jedoch gehören sie zum typischen Klang der Harmonikamusik. In Kapitel 2 können Sie mehr über die Tremoloharmonika nachlesen. Es gibt sie in mehreren alternativen Stimmungen, wie zum Beispiel die Moll-Tremolos von Suzuki und Tombo oder die Hohner Highlander, die von Donald Black für die schottische Dudelsackmusik konzipiert wurde.

Die chromatische Mundharmonika

Der große Vorteil der *chromatischen Mundharmonika* besteht darin, dass Sie mit ihr in jeder Tonart spielen können, ganz ohne fehlende Noten. Chromatische Harps sind in der Folkmusik nicht allzu verbreitet; es gibt jedoch einige im irischen Stil spielende Musiker, die tolle Dinge mit ihr anstellen. Wenn Sie Beispiele hören wollen – Sie finden sie bei Brendan Power oder Eddie Clarke.

So spielt man schnelle Fiddle Tunes

Die instrumentalen Tanzlieder in der Folkmusik bezeichnet man oft als *Fiddle Tunes*, da die Geige (auch als *Fiedel* bekannt) in diesem Musikstil am verbreitetsten ist. Zu diesen Fiddle Tunes gehören die traditionellen Tanzlieder aus Schottland, Irland, England, der Kap-Breton-Insel, Québec und den Vereinigten Staaten (inklusive alter Weisen, Bluegrass und Kontratanz-Musik). Falls Sie traditionelle Songs in diesen Stilrichtungen spielen wollen, müssen Sie sich unbedingt ein wenig mit Fiddle Tunes beschäftigen. Die meisten Melodien in diesem Kapitel sind Fiddle Tunes, auch wenn es einige von ihnen ebenfalls in Songform gibt.

Wenn Sie in einer Gruppe Fiddle Tunes spielen, spielen alle Musiker gemeinsam die Melodie (bis auf diejenigen, die die Begleitung übernehmen). Solche Melodien werden oft sehr schnell gespielt. Was tun, damit Sie mit den anderen mithalten können? Hier ein paar Tipps:

✔ **Lernen Sie, jede Melodie zunächst nachzusingen, dann erst versuchen Sie, die Noten auf der Harmonika zu finden.** Eine vertraute Melodie ist stets leichter zu erlernen als ein völlig unbekannter Song.

✔ **Üben Sie die Lieder langsam zu Hause mit einem Metronom. Werden Sie nach und nach schneller.** Wie man lernen kann, möglichst schnell zu spielen, steht in Kapitel 10.

✔ **Spielen Sie nur die Noten, mit denen Sie zurechtkommen, und lassen Sie alles andere weg.** Suchen Sie die Noten auf den starken Taktschlägen. Sie können das tun, wenn Sie daheim zu einer Tonaufnahme mitspielen. Tun Sie es aber möglichst nicht bei Jamsessions. Nur wenn die Session Anfänger ausdrücklich willkommen heißt und genügend Leute mitspielen, damit die Melodie nicht verlorengeht, wird niemand was dagegen haben – vorausgesetzt, Sie spielen nicht zu laut.

✔ **Beteiligen Sie sich an einer Slow Session.** Bei *Slow Sessions* treffen Leute zusammen, um schnelle Melodien in langsamem Tempo zu spielen. Auf diese Weise lernt jeder, sämtliche Noten in einem angemessenen Tempo zu spielen. Manchmal bringt einer den anderen die Melodien nach Gehör bei, eine Phrase nach der anderen, sodass jeder die Chance hat, gründlich mit ihnen vertraut zu werden. Wenn Sie eine Melodie langsam, aber sicher spielen können, verfügen Sie über die Grundlagen, es auch in schnellem Tempo zu schaffen.

Slow Sessions finden Sie am besten über eine örtliche Folkmusik- oder Fiddling-Gruppe. Auch der Besuch von Bars oder Restaurants, in denen irische, schottische oder Old-Time-Musik gespielt wird, kann sich lohnen. An Sonntagnachmittagen oder zu anderen Zeiten mit wenig Betrieb bieten diese Locations oft Slow Sessions an.

Die meisten traditionellen Weisen bestehen aus mindestens zwei verschiedenen Teilen; jeder davon hat seine eigene Melodie, die normalerweise wiederholt wird. Manchmal wird der eine Teil in einem höheren, der andere in einem niedrigeren Bereich gespielt. Der erste Teil heißt in der Regel A-Teil (*A Part*), der zweite B-Teil (*B Part*). In diesem Kapitel finden Sie die Teile unter der Bezeichnung A und B in den entsprechenden Tabulaturen. Manche Stücke haben auch einen *C-Teil* und sogar einen *D-Teil*, aber damit will ich Sie jetzt nicht belästigen.

Einige Stücke in der ersten Position

In der ersten Position auf der Mundharmonika spielt man die Durtonleiter. Ihre Basisnote ist B4 oder B7. Die Blastöne ergeben gemeinsam den Basisakkord (mehr über das Spielen der ersten Position in Kapitel 9).

Harmonikas sind eigentlich zum Spielen in der ersten Position gedacht und Hunderte von traditionellen Stücken lassen sich in dieser Position erfolgreich spielen, ohne dass irgendetwas korrigiert werden muss. In diesem Abschnitt zeige ich Ihnen drei Fiddle Tunes zum Einstieg in das Spielen traditioneller Stücke in der ersten Position.

»Jerry the Rigger«

»Jerry the Rigger« (manchmal auch nur »Jer« oder »Ger«) ist ein irischer Song, bei dem Sie einen sauberen Sprung zwischen B6 und B4 vollführen müssen (ebenso wie bei »Twinkle, Twinkle, Little Star«). Davon abgesehen ist es ein Song, den man schnell und leicht in den Griff bekommt.

Die Tabs zu »Jerry the Rigger« finden Sie in Abbildung 15.1, zuhören und mitspielen können Sie in Audiotrack 1501.

Ich verwende in diesem Buch zwar eine C-Harp, normalerweise jedoch spielt man das Stück in A auf einer A-Harp.

»Soldier's Joy«

»Soldier's Joy« ist einer der meistgespielten Fiddle Tunes für Anfänger. Er klingt komplex, doch zumindest auf der Mundharmonika ist er einfach zu spielen, denn meistens müssen Sie nur in eine Richtung atmen und sich von einem Kanal zum nächsten bewegen.

Abbildung 15.1: »Jerry the Rigger« (Audiotrack 1501)

  Sie können sich »Soldier's Joy« in Audiotrack 1502 anhören; die Bewegungsabläufe lernen Sie mithilfe von Abbildung 15.2.

  »Soldier's Joy« wird hier auf einer C-Harmonika gespielt; in der Regel jedoch spielt man es in D auf einer D-Harp. Auf einer tiefen D-Harp erzielen Sie einen tiefen, üppigen Sound, der zum Ton einer Geige hervorragend passt.

»The Stool of Repentance«

In der schottischen und irischen Tradition tanzt man *Jig* zu einer Melodie, deren Rhythmus den Beat in drei gleich große Teile aufspaltet. Jigs zu spielen, kann eine Menge Spaß machen, und »The Stool of Repentance« ist trotz seines tragischen Titels ein recht ausgelassener Jig. Im B-Teil können Sie einige der schnellen Sprünge sauber schaffen, indem Sie Corner Switching einsetzen (erklärt in Kapitel 7). Wenn Sie eine Note oder Notenserie aus dem linken Mundwinkel spielen müssen, habe ich das unter dem Tab mit einem L gekennzeichnet, das Gleiche gilt für den rechten Mundwinkel und R.

Abbildung 15.2: »Soldier's Joy« (Audiotrack 1502)

»The Stool of Repentance« wird normalerweise in der Tonart A gespielt und funktioniert am besten auf einer A-Harp. Für unsere Version jedoch brauchen Sie eine C-Harp.

Um sich »The Stool of Repentance« in einem normalen (aber trotzdem noch entspannten) Tanztempo anzuhören, spielen Sie Audiotrack 1503. Melodie und Akkorde finden Sie in Abbildung 15.3.

Abbildung 15.3: »The Stool of Repentance« (Audiotrack 1503)

Ein bisschen Musik in der zweiten Position

Wenn Sie in der zweiten Position spielen, ist Ihre Basisnote Z 2, und die umliegenden Ziehtöne bilden den Basisakkord. Trotzdem fehlen einige Noten aus der Skala direkt oberhalb und unterhalb der Basisnote. Früher pflegte man Zweitpositions-Fiddle-Tunes im oberen Register zu spielen, wo diese fehlenden Noten vorhanden waren. Heute jedoch hat der verführerische Sound der unteren Ziehakkorde viele Spieler davon überzeugt, dass sie das Benden in Kanal 2 und 3 erlernen müssen, um stattdessen Melodien im mittleren und niedrigen Register spielen zu können. Die Stücke in diesem Abschnitt setzen alle voraus, dass Sie in den Kanälen 2, 3 und 4 benden können.

In der zweiten Position haben Sie es mit einer Skala zu tun, die man den *mixolydischen Modus* nennt (mehr über diesen Modus in Kapitel 9). Die siebte Note in dieser Skala ist erniedrigt und verleiht ihr einen unverkennbaren Klang. Einige der Stücke in diesem Abschnitt nutzen die einzigartigen Eigenschaften dieser Skala.

Sie können jedes Stück in diesem Abschnitt auf zwei Arten spielen:

✔ Als Single-Note-Melodie, das heißt, Sie spielen nur die obere Zeile der Tabulatur.

✔ Mit Harmonienoten, die durch *Splits* zustande kommen: Sie platzieren Ihre Zunge auf der Harp und spielen Noten sowohl im rechten (die Melodienoten) als auch linken Mundwinkel, um eine Mehrstimmigkeit zu erzeugen. Auf Splits und andere Zungentechniken gehe ich in Kapitel 7 näher ein.

Ich empfehle Ihnen, jedes Stück erst einmal mit Single Notes auszuprobieren und dann den Sound mit den aufrüttelnden, Fiddle-ähnlichen Splits anzureichern.

»Over the Waterfall«

»Over the Waterfall« ist ein altes Stück, das in Irland, auf den britischen Inseln und im amerikanischen Süden unter verschiedenen Namen bekannt ist. In den Südstaaten wurde es vor allem durch Zirkus- und Riverboat-Musiker populär. Es enthält die erniedrigte Note der Zweitpositions-Skala und ist nicht allzu schwer zu spielen. In Abbildung 15.4 finden wir es mit einer Unzahl von Split-Intervallen (mehr über Split-Intervalle in Kapitel 7). Wenn Sie jeweils nur die oberste Note im Tab spielen, können Sie es als Single-Note-Melodie lernen. Später, wenn Sie es dann auch mit den Splits aufnehmen, können Sie Ihrer Darbietung eine weitere Spielebene hinzufügen. In beiden Fällen jedoch sollten Sie Z3 gut benden können, um über die korrekten Melodienoten zu verfügen (obwohl Sie natürlich auch mogeln und Z3 ohne Bending spielen können).

Das Stück zum Lernen findet sich in Abbildung 15.4. In Audiotrack 1504 spiele ich die Melodie erst mit Single Notes, dann mit Splits.

»Over the Waterfall« wird normalerweise in der Tonart D auf der G-Harp gespielt. Hier können Sie es in G auf der C-Harp spielen.

Sie können ein hübsches *Potpourri* oder Medley gestalten, indem Sie »Over the Waterfall« und »Angeline the Baker« (siehe nächster Abschnitt) zusammen spielen.

»Angeline the Baker«

»Angeline the Baker« ist eins der bekanntesten alten Bluegrass-Stücke, das in fast jedem Spielrepertoire enthalten ist. Es handelt sich um die Instrumentalversion eines Stephen-Foster-Songs, der erstmals 1850 unter dem Titel »Angelina Baker« erschien und dessen Melodie für die Fiddle-Version grundlegend verändert wurde. Das Stück lässt sich so gut auf der Mundharmonika spielen, dass ich Ihnen gleich zwei Versionen vorstellen möchte,

Abbildung 15.4: »Over the Waterfall« (Audiotrack 1504)

eine aus dem tiefen (Abbildung 15.5) und eine aus dem hohen Tonbereich (Abbildung 15.6) der Harmonika.

Bei der höheren Version habe ich Splits notiert. Wie schon bei »Over the Waterfall« können Sie auch dieses Stück lernen, indem Sie zunächst alles außer der obersten Note ignorieren und die Splits erst einfügen, wenn Sie diese Technik einigermaßen gut beherrschen. Irgendwann werden Sie das Lied auf drei verschiedene Arten spielen können: ganz tief unten, oben mit Single Notes und oben mit Splits.

Abbildung 15.5: »Angeline Baker« im tiefen Bereich (Audiotrack 1505)

 In Audiotrack 1505 hören Sie »Angeline the Baker« im tiefen Bereich, in Track 1506 weiter oben mit Single Notes, danach mit Splits.

»Bat Wing Leather«

»Bat Wing Leather« ist eng verwandt mit »Cluck Old Hen« in Kapitel 14. Die Phrasen beider Stücke enden mit der in Kapitel 7 beschriebenen Pull-off-Technik. Sie können »Cluck Old Hen« in einem entspannten Tempo spielen und dann einen Zahn zulegen, wenn Sie sich zu »Bat Wing Leather« hinüberschwingen. Dieses Stück, das Sie in Abbildung 15.7 sehen, verwendet Splits wie alle anderen Zweitpositions-Stücke in diesem Kapitel, aber Sie können auch nur die Melodienoten spielen, was ebenfalls gut klingt.

Abbildung 15.6: »Angeline Baker« im hohen Bereich (Audiotrack 1506)

Echt mitreißend: Songs in der dritten Position

Die dritte Position hat ihr Zuhause in Z4 (aber auch in Z1 und Z8). Die Ziehtöne von Kanal 4 bis 10 bilden den Basisakkord. Die Tonleiter in der dritten Position heißt *dorischer Modus*, der mollähnlich, aber auch ein wenig exotisch klingt (mehr zur dritten Position in Kapitel 9).

Abbildung 15.7: »Bat Wing Leather« (Audiotrack 1507)
© Winslow Yerxa

Viele Folksongs und Fiddle Tunes verwenden den dorischen Modus und passen daher gut zur dritten Position auf der Harmonika. In diesem Abschnitt zeige ich Ihnen zwei Songs, die ich speziell für die Mundharmonika in der dritten Position geschrieben habe.

»Dorian Jig«

»Dorian Jig« (Abbildung 15.8) habe ich als Stück in der dritten Position komponiert, das sich auf der Harmonika besonders flüssig spielen lässt. Sie können dabei auf den Pfeifmund oder das Zungenblockade zurückgreifen; ich persönlich spiele es gern mit der Corner-Switching-Technik aus Kapitel 7. Falls Sie das auch mal versuchen wollen, achten Sie auf Sprünge zwischen Kanal 4 und 6 sowie zwischen Kanal 6 und 8. Zu den Kanälen 4 und 6: Spielen

Sie 4 aus dem rechten Winkel Ihres Mundes, 6 aus dem linken. Zu den Kanälen 6 und 8: Spielen Sie 6 aus dem linken, 8 aus dem rechten Mundwinkel. Sie können als Gedächtnisstütze auch *L* und *R* unter den Noten vermerken, wie ich es in Abbildung 15.3 getan habe.

In Audiotrack 1508 spiele ich den A-Teil und danach den B-Teil erst langsam, danach das gesamte Stück im Tanztempo.

»The Dire Clog«

»The Dire Clog« (Abbildung 15.9 und Audiotrack 1509) hat eine bei Fiddle Tunes sehr verbreitete Eigenschaft: das Hin-und-her-Springen zwischen einer gleichbleibenden tieferen Note (entweder Z 4 oder B 4) und einer höheren Note, die frei beweglich ist. Sie können diese Sprünge nutzen, um Ihr Muskelgedächtnis für Sprünge über mehrere Kanäle hinweg zu trainieren; Sie können damit aber auch Ihre Corner-Switching-Fähigkeit schulen, indem Sie die unbewegliche Note aus dem linken Mundwinkel, die bewegliche aus dem rechten Mundwinkel spielen.

Abbildung 15.8: »Dorian Jig« (Audiotrack 1508)
© Winslow Yerxa

Abbildung 15.9: »The Dire Clog« (Audiotrack 1509)
© Winslow Yerxa

Teil V
Keiner spielt gern allein

Spielen Sie in einer Band und bestimmen Sie selbst Ihr Repertoire

Der richtige Umgang mit Mikro und Verstärker

Halten Sie Ihre Harmonika in Schuss!

Kapitel 16
Die richtigen Lieder, die richtige Band, die richtigen Zuhörer

Mit Ihrer Mundharmonika können Sie sich musikalisch ausdrücken, mit anderen zusammenspielen und neue Freunde gewinnen. Ja, alles nur mithilfe dieses kleinen Blechkästchens. Ist es notwendig, wie ein Profi zu spielen, um öffentlich oder mit anderen auftreten zu können? Ganz und gar nicht. Alles, was Sie haben müssen, ist der Wunsch, mit anderen über die Musik zusammenzukommen, und Leute zu finden, denen es genauso geht. Wenn andere mitwirken, sind soziale Fähigkeiten nicht minder wichtig als musikalische, und dazu muss man eine ganze Menge können – zuhören, verstehen, kooperieren, sich austauschen, voneinander lernen und herausfinden, was in bestimmten Situation interessant und angemessen ist.

Es kann etwas dauern, bevor Sie sich bereit dazu fühlen, die Welt da draußen an Ihren Spielkünsten teilhaben zu lassen. Vielleicht aber brennen Sie auch schon seit dem ersten Moment darauf, aus Ihrem Versteck zu kommen, um ins Licht der Öffentlichkeit zu treten. Wie auch immer – die Möglichkeit, dass Sie bald so weit sind, mit anderen zusammenzukommen, um in die bunte Welt der Harmonikamusik einzutauchen, sollten Sie nicht ausschließen. Dieses Kapitel hilft Ihnen, in dieser Welt zu überleben und so viel Erfolg wie möglich zu haben.

Was haben Sie an Musik zu bieten?

Wenn Sie irgendwann richtig gut spielen können, ist es Ihr nächster Job, Stücke zu finden, die Sie gern spielen würden (siehe Abschnitt unten »So finden Sie die besten Melodien«). Wenn Sie ein Stück gefunden haben, müssen Sie es *arrangieren* – das heißt, es auf bestmögliche Weise präsentieren, in der richtigen Tonart, dem richtigen Tempo, und ihm einen Anfang, eine Mitte und einen Schluss geben (siehe Abschnitt unten »Maßgeschneidert: Das

Arrangement«). Vielleicht sind Sie ja so mutig, auch mal ein oder zwei Stücke zu singen. Falls ja, lesen Sie den Abschnitt unten »Auch Sie haben eine Stimme«.

Wenn Sie Ihre Playlist um ein paar gute Titel erweitern, diese Titel ansprechend arrangiert haben und auch ein paar gesungene Takte beisteuern können, verfügen Sie bald über ein einzigartiges Repertoire. Und wer weiß? Vielleicht gelten Sie schon bald als großer Künstler, der frischen Wind auf die Bühne bringt und von einem begeisterten Publikum verehrt wird. Andererseits – Spaß mit der Mundharmonika kann man auch zu Hause haben, im Wohnzimmer, mit ein paar guten Freunden.

Haben Sie's gemerkt? Ich spreche schon die ganze Zeit von Melodien oder Stücken, nicht von Songs. Ein Song muss, wie der Name schon sagt, gesungen werden. Ein Stück wiederum kann alles sein – ein Lied mit Text, ein Instrumental oder einige besonders melodische Takte aus einer Symphonie. (Beethoven und Mozart haben ein paar richtige »Ohrwürmer« geschrieben.) Und da komme ich gleich auf die wichtigste Frage: Bei all der guten Musik, die es auf dieser Welt gibt – was lässt sich da auf der eher einfachen Harmonika am besten spielen? Dazu erfahren Sie gleich mehr.

So finden Sie passende Melodien

Auf der Suche nach den richtigen Stücken für die Mundharmonika werden Ihnen manchmal welche begegnen, die schon bekannt sind und immer wieder gern auf der Harp gespielt werden, aber auch andere, denen das große Mundharmonika-Debüt noch bevorsteht. Bevor Sie mit der Auswahl beginnen, lesen Sie sich bitte folgende Richtlinien durch:

✔ **Suchen Sie Stücke aus, bei denen Sie ein gutes Gefühl haben.** Vielleicht inspirieren diese Stücke Sie, vielleicht haben sie für Sie eine besondere Bedeutung, vielleicht gefallen sie Ihnen auch einfach nur. Weiter unten in diesem Abschnitt werde ich ein paar Dinge ansprechen, die Sie bedenken sollten, wenn Sie Ihr Programm zusammenstellen.

✔ **Suchen Sie Stücke aus, an die Sie leicht herankommen.** Vielleicht können Sie manche ja bereits spielen, vielleicht machen andere den Eindruck, Sie könnten sie rasch erlernen. Eine Prise Herausforderung ist übrigens nie schlecht. Manche Stücke sind schwerer als es den Anschein hat, andere wirklich kinderleicht. Ausprobieren sollten Sie alles Mögliche mal – oft weiß man nicht, was man alles kann, bevor man's nicht versucht hat.

✔ **Suchen Sie Stücke aus, die nicht nur Ihnen zusagen.** Wählen Sie Melodien

- die die Instrumente berücksichtigen, die Ihre Freunde spielen,

- die Ihre Freunde gern spielen würden,

- die auch für Spieler interessant sind, die noch nicht so gut sind,

- die Ihre Freunde gern von Ihnen hören.

In den nächsten Abschnitten finden Sie einige Auswahlkriterien.

Bewährte Harmonikastücke

Manche bekannten Lieder sehen die Mundharmonika entweder als Lead-Instrument oder als bestimmendes Begleitinstrument vor. Dieses Harmonika-Repertoire sollten Sie nach Kräften ausschöpfen. Die Stücke sind erprobt, das Publikum kennt sie und Sie verbessern sich auch noch, wenn Sie sie spielen.

Zu diesen altbewährten Stücken gehören:

✔ Bob Dylans »Mr. Tambourine Man«

✔ Der Country-Klassiker »Orange Blossom Special« von der J. Geils Band, zusammen mit Magic Dick

✔ Der bekannte Bluessong »Runaround« von John Popper

✔ »Low Rider« von War, zusammen mit Lee Oskar

Falls der Blues Ihnen besonders liegt, gibt es Hunderte von Songs, aus denen Sie wählen können. Bekannt sind:

✔ Little Walters »Juke« und »Blues with a Feeling«

✔ Sonny Boy Williamsons II »Bye Bye Bird« und »Help Me«

✔ Jimmy Reeds »Honest I Do« und »Bright Lights, Big City«

Traditionsgemäß lernen Harmonikaspieler (vor allem die aus dem Bluesbereich) ihr Repertoire nach Gehör – aber gehen Sie ruhig auch auf die Suche nach Tabs im Internet (denken Sie allerdings daran, dass solche Seiten oft von Amateuren stammen und nicht immer ganz korrekt sind). Wenn Sie Noten lesen können (in Kapitel 4 finden Sie die Grundlagen), steht Ihnen die ganze Welt offen, aber stöbern Sie ruhig auch in Musikfachgeschäften oder bei Onlinehändlern wie Amazon nach Songbooks mit Harmonika-Tabs.

Viele dieser Stücke werden Ihnen erschreckend schwer vorkommen, doch zumindest haben Sie mit ihnen ein Ziel vor Augen. Ein wenig Übung noch und Sie werden Ihr Lieblingslied in Angriff nehmen können – das kann früher sein, als Sie meinen.

Lieder, die für die Harmonika bearbeitet werden können

Fürchten Sie sich nie davor, einen neuen Musikstil oder eine bestimmte Melodie auszuprobieren, nur weil Sie ihn oder sie bisher noch nie auf der Mundharmonika gehört haben. Eine Harp ist ein erstaunlich flexibles Instrument und wenn Sie etwas Neues erproben, erweitern Sie auf diese Weise auch Ihr Können. (Einige Grundlagen der Notenschrift können Sie in Kapitel 4 nachlesen, gesetzt den Fall, Sie möchten gern vom Blatt spielen. In Kapitel 11 stehen Hinweise, wie Sie neue Stücke lernen können.)

Wie können Sie nun neue Stücke für die Mundharmonika bearbeiten? Die Antwort ist absolut easy: Versuchen Sie einfach, sie zu spielen. Und danach beantworten Sie möglichst folgende Fragen:

✔ **Klingt das Stück gut auf der Mundharmonika?** Falls nicht – das nächste, bitte!

✔ **Lassen sich sämtliche Noten gut auf der Mundharmonika spielen? Behalten sie die richtige Stimmung und haben sie einen schönen Klang?** Bending-Noten klingen oft krächzend und verstimmt, wenn man nicht aufpasst. Noten, die umständlich zu erreichen sind oder nicht gut klingen, legen oft Bereiche bloß, in denen Sie noch lernen müssen. (In Kapitel 3 und 6 können Sie nachlesen, wie man Resonanz und einen guten Klang erhält, Kapitel 8 handelt vom Noten-Bending.)

✔ **Können Sie mit dem Stück das Publikum überraschen?** Aus Überraschung kann rasch Begeisterung werden und wenn Sie etwas völlig Neues bieten, das gar nicht typisch für eine Mundharmonika ist, werden Sie die Zuhörer auf Ihrer Seite haben.

✔ **Ist Ihre Darbietung auch für Nicht-Harmonikaspieler interessant?** Manche Musiker leben einfach in ihrer Filterblase und müssen gelegentlich in die Realität zurückgelockt werden. Sie reden dann viel über technische Details und Finessen, aber für das Publikum ist das nur langwieriges Gefasel. Also: Bodenhaftung nicht verlieren.

Falls Sie alle Fragen mit Ja beantworten konnten, sind Sie reif für eine kleine Repertoire-Erweiterung.

Maßgeschneidert: Das Arrangement

Wenn Sie ein Stück *arrangieren*, dann legen Sie besonderen Nachdruck darauf, wie *Sie* das Stück dem Publikum präsentieren und welchen Effekt *Sie* damit erzielen wollen. Sogar eine Solo-Harmonika kann von einem passenden Arrangement profitieren. Falls Sie sich auch einmal daran versuchen wollen – die folgenden Punkte sind von größter Bedeutung.

✔ **Ein Tempo auswählen:** Soll das Lied schnell oder langsam gespielt werden? Wählen Sie das Tempo, das am besten passt – aber bitte eins, das Sie nachher auch spielen können.

✔ **Eine Tonart wählen:** Entscheiden Sie sich für eine Tonart, die jeder Ihrer Mitspieler beherrscht. Falls den Song jemand singt, sorgen Sie dafür, dass die Tonart nicht zu hoch oder tief für seine Stimmlage ist. Wahrscheinlich weiß der Sänger bereits, welche Tonart die richtige für ihn ist. Falls nicht, probieren Sie einfach einige mit ihm durch, bis er »Bingo!« sagt.

✔ **Der Anfang des Stücks:** Was den Anfang betrifft, müssen Sie sich fragen: Will ich gleich voll in die Melodie einsteigen oder eine kurze Einleitung spielen? Eine solche Einleitung kann aus der letzten Phrase des Stücks und einer kurzen Pause bestehen, sie kann aber auch nur Rhythmus ohne Melodie sein und die richtige Stimmung, ja sogar ein wenig Spannung erzeugen, bevor Sie richtig loslegen.

✔ **Das Ende des Stücks:** Irgendwie müssen Sie auch mal zu einem Ende kommen. Einfach mit der letzten Note aufhören – das kann funktionieren, muss aber nicht. Hören Sie sich

ruhig ein paar andere Arrangements im gleichen Stil an. Gibt es so etwas wie Standard-
phrasen für den Schluss oder spielen die meisten Musiker lieber ein schmetterndes und
eindrucksvolles Finale? Achten Sie bei jeder Musik, die Sie hören, auch auf den Schluss –
dann kommen Ihnen sicher einige glorreiche Ideen.

✔ **Die Wiederholung des Stücks:** Wenn Sie ein Arrangement planen, überlegen Sie sich gut,
wie oft Sie das Stück von vorn bis hinten durchspielen wollen. Zweimal ist das Minimum, damit das Publikum mit der Melodie vertraut wird, aber nicht zu oft, sonst erzeugt es irgendwann Überdruss (selbst das schönste Lied, wenn man es zum siebten
oder achten Mal spielt, beginnt schal zu klingen).

✔ **Kontrast in der Tonlage:** Ein Wechsel ins ganz hohe oder tiefe Register der Mundharmonika kann zu interessanten Kontrasten führen. Das Spielen in verschiedenen Tonlagen
wird ausführlich in Kapitel 9 und 10 beschrieben.

✔ **Kontrast zwischen Solomelodie und Begleitung:** Wenn Sie mit Begleitung spielen, versuchen Sie es zwischendurch auch mal ohne. Manche Stücke sind am wirkungsvollsten
als Solomelodie. Sie können mit der reinen Melodie anfangen, dann Begleitung hinzufügen; Sie können auch die Begleitung aussetzen und später wieder aufnehmen.

✔ **Den Lead an ein anderes Instrument abgeben:** Wenn Sie zusammen mit anderen spielen, können Sie für frischen Wind sorgen, indem Sie auch mal ein anderes Instrument
oder eine Singstimme in den Vordergrund lassen.

 Nehmen Sie sich diese Tipps der Reihe nach vor und sorgen Sie für mehr Spiel-
und Hörspaß. Wenn Sie auf der Bühne stehen, kann ein gutes Arrangement darüber entscheiden, ob Sie einen Song nur vortragen oder ihn *vorführen.*

Auch Sie haben eine Stimme

Gesungene Stücke zur Mundharmonika sind ein wesentlicher Bestandteil des Harmoni-
ka-Repertoires und wenigstens ein paar solcher Songs sollten Sie parat haben. Was sagten
Sie soeben? Sie können gar nicht singen (stimmt wahrscheinlich eh nicht)? Nun, das soll
kein Hindernis sein.

Eine Art von Song, die es sich zu kultivieren lohnt, ist der *Talking Blues.* Der wird tatsäch-
lich fast nur gesprochen, von ein paar Gesangssilben mal abgesehen. Zu den bekanntesten
Talking-Blues-Stücken (bei denen es sich manchmal einfach um Rock'n'Roll-Songs han-
delt) gehören Sonny Boy Williamsons II »Don't Start Me to Talking« sowie Chuck Berrys
»Little Queenie« und »No Money Down«. Bei vielen solcher »Talking«-Songs nehmen
Sie die Rolle des Lead-Vokalisten ein und dürfen zwischen den Strophen auf der Harmonika
Ihre Klagen instrumentl darbieten.

Mit anderen zusammenspielen

Warum so einsam auf der Bühne stehen, wenn es doch viel mehr Spaß macht, mit einem
Partner oder einer Gruppe zu spielen? In diesem Abschnitt beschreibe ich Ihnen, was für

Kombinationen möglich sind und wie Sie vorgehen müssen, um musikalisch, sozial und publikumsbezogen das Optimale herauszuholen.

Wenn Sie mit anderen zusammenspielen, sollten Sie herausfinden, welche Tonarten jeder bevorzugt. Dann brauchen Sie die entsprechenden Mundharmonikas. Wenn Sie Instrumente in allen Tonarten haben, sind Sie natürlich für jeden Fall gerüstet, aber wenn Sie nicht gleich ein ganzes Zwölferset besitzen wollen, können Sie in Kapitel 2 nachlesen, welche Harmonikas Sie kaufen sollten, um die wichtigsten Tonarten immer griffbereit zu haben, ohne sich allzu sehr in Unkosten stürzen zu müssen.

Grundregeln für das gemeinsame Spiel

Wenn Sie zusammen mit anderen Musik machen, sei es nun zum Privatvergnügen oder um vor einem Publikum aufzutreten, sollten Sie genaue Abläufe festlegen. Klar, viele Dinge ergeben sich ganz von selbst; viele andere aber führen auch oft zu Meinungsverschiedenheiten, und dann gilt es, eine Lösung zu finden. Hier einige Beispiele:

✔ **Wer gibt den Ton an?** Die meisten Gruppen haben einen »Boss«, der bestimmt, was wann wo passiert. Dieser Boss vom Dienst muss zum Beispiel

- das Tempo festlegen und durch Vorzählen den Spielbeginn einleiten,

- den Leuten sagen, an welcher Stelle sie ein Solo spielen dürfen und wann sie damit aufhören sollen,

- anzeigen, wann in einer bestimmten Situation wiederholt werden muss und wann der nächste Teil an der Reihe ist,

- den anderen sagen, wann sie beschleunigen oder einen Gang herunterschalten müssen und wann das Stück beendet werden soll,

- entscheiden, welches Stück als Nächstes kommt.

Falls Ihnen die Rolle des Vordenkers zufällt, signalisieren Sie auf unmissverständliche Weise durch Blicke, Gesten und Ihre Körpersprache, was zu tun ist. Und den, der gerade im Mittelpunkt des Geschehens steht, sollten Sie stets ein wenig aufmuntern.

✔ **Wer steht im Mittelpunkt des Geschehens?** Die Hauptrolle spielt normalerweise derjenige, der Leadsänger ist oder gerade ein Instrumentalsolo hinlegt. Wenn das auf Sie nicht zutrifft, sollten Sie dem anderen zumindest Beistand leisten und das Beste aus ihm hervorkitzeln. Die beste Methode für einen Mundharmonikaspieler, das zu tun, besteht oft darin, mit Spielen aufzuhören – oder, wie Musiker sagen, *auszusetzen*. Mehr dazu erfahren Sie später in diesem Kapitel.

✔ **Welche Art von Musik wollen wir spielen?** Machen Sie sich keine Illusionen: Wenn Sie erdverbundenen Blues spielen wollen, Ihr Kumpel aber lieber ätherische Space-Musik, dann werden Sie kaum auf einen gemeinsamen Nenner kommen. Falls Ihre Musikvorlieben sich zwar überschneiden, aber kein gemeinsames Repertoire vorhanden ist, sehen

Sie sich ein paar neue Songs in diesem Stil an. Falls der Stil Ihnen überhaupt nicht gefällt, sehen Sie sich nach einem anderen Partner um.

✔ **Woher sollen wir wissen, ob wir musikalisch zusammenpassen?** Wenn zwei oder mehr Instrumente einfach nur eine Melodie zusammen spielen, bleibt der Song wahrscheinlich nicht lange interessant. Dasselbe gilt für eine größere Gruppe, deren Mitglieder sich im Grunde ignorieren, weil jeder nur spielt, wonach ihm zumute ist. Es macht weitaus mehr Spaß, sich zwar voneinander abzuheben, aber auch zu ergänzen.

Sie können ein Stück während des Spiels bearbeiten, Sie können auch im Voraus ein Arrangement ausarbeiten. Das könnte sich zum Beispiel so anhören: »Du singst diese Strophe, dann spiele ich Lead, und du begleitest mich. Dann setzt du aus, und ich spiele ein Solo, und danach finden wir uns auf harmonische Weise wieder zusammen.« (Einige Tipps zum Arrangieren eines Stücks finden Sie weiter oben in dem Abschnitt »Maßgeschneidert: Das Arrangement«.)

Einmal aussetzen, bitte!

Aussetzen – das bedeutet zu glänzen, indem man *nicht* spielt. (Hört sich widersprüchlich an, ich weiß, aber manchmal werden Zuhörer und sogar Musiker Ihnen sagen, wie gut Sie waren, obwohl Sie gar nicht gespielt haben – einfach nur, weil die Musik gut klang.) Allerdings kann es gerade Harmonikaspielern schwerfallen, sich im Hintergrund zu halten. Immerhin sind Sie zum Spielen da, nicht um auf Ihren Händen zu sitzen. Aber wahrscheinlich werden Sie eine Menge Freunde gewinnen, wenn Ihnen an der richtigen Stelle bewusst wird, dass weniger mehr ist.

Hier ein paar Tipps, wann es sich empfiehlt, mal auszusetzen:

✔ Während eines Songteils, den Sie nicht so gut kennen

✔ Wenn jemand anderes ein Solo spielt

✔ Wenn jemand singt. Falls es Ihr Job ist, den Sänger zu begleiten, denken Sie daran: Der Sänger ist es, der gut klingen soll; für Sie ist jetzt erst mal Auszeit. Spielen Sie nur, wenn der Sänger nicht singt, und versuchen Sie nicht, jede noch so kleine Lücke im Gesang zu schließen.

✔ Während eines *Breakdowns* – so nennt man die Zeit, in der nur eine kleine Gruppe von Instrumenten spielt, zum Beispiel nur Bass und Schlagzeug oder nur Gitarre und Gesang

✔ Direkt nach Ihrem eigenen Solo. Wenn Sie fertig sind, setzen Sie eine Weile aus und kommen dann zurück. Das Publikum wird Sie in dieser Zeit nicht vermissen – es sieht ja, dass Sie noch da sind.

Als Duo spielen

Eine Mundharmonika lässt sich mit jedem Instrument unter einen Hut bringen. Und wenn Sie mit jemandem im Duo spielen, entstehen eine ganz besondere Nähe und Flexibilität – vorausgesetzt, Ihr Partner ist eine sympathische Person. Sie müssen sich allerdings überlegen, inwieweit die beiden Instrumente auch rein musikalisch zusammenpassen. Stellen Sie sich dazu folgende Fragen und dann setzen Sie die Antworten musikalisch um:

✔ **Sind die Klangeigenschaften beider Instrumente einander ähnlich oder sehr verschieden?** Falls sie verschieden sind, spielen Sie die Melodien im Wechsel. Das sorgt für Kontrast.

✔ **Befinden sich die Instrumente im gleichen Tonbereich, um dieselbe Melodie oder dieselben Harmonienoten zu spielen?** Wenn man harmonisieren kann, ist das immer ein Plus. Manchmal kann es bereits gut ankommen, wenn man einfach nur die Melodie zusammen spielt.

✔ **Befindet sich eins der Instrumente in einer tieferen Tonlage, sodass es Bass spielen (oder simulieren) könnte?** Versuchen Sie das, um mit Begleitung spielen zu können.

✔ **Kann einer der Spieler Noten oder Akkorde auf seinem Instrument spielen, die dem anderen fehlen?** Auch diese Noten eignen sich hervorragend dazu, eine Melodie oder ein Solo zu begleiten.

Mit der Band jammen

Jedes Bandmitglied verkörpert beim Spielen eines Stücks ein oder mehrere Rollen. Wenn Sie die Funktionen und Rollen anderer Instrumente in einer Band verstehen, wissen Sie auch, wie diese Rollen sich gegenseitig ergänzen. Sie werden entdecken, dass Sie mit der Mundharmonika einige dieser Rollen abdecken können. Hier die wichtigsten davon:

✔ **Melodieinstrumente und Gesang** spielen entweder die Melodie oder ein Solo, das diese Melodie vorübergehend ersetzt. Vielleicht übernehmen sie auch eine Harmonielinie, die der Melodieform folgt, aber andere Noten verwendet, mit denen sie die Melodielinie unterstützt und ihr zu einem volleren Klang verhilft.

✔ **Die Bläser** spielen lange, anschwellende Akkorde. Sie spielen auch kurze, akzentuierende Stöße und einfache Melodielinien, die man *Riffs* nennt und die dazu beitragen, den Rhythmus hervorzuheben.

✔ **Rhythmusgitarre und Keyboards** spielen die *Akkorde* – das sind mehrere Noten, die man gleichzeitig spielt und die zu einem einzigen Klang verschmelzen. Akkorde legen die Stimmung fest und füllen die Mitte des Klangspektrums, um die Melodiebegleitung beizusteuern. Meist werden sie in einem identifizierbaren Rhythmus gespielt.

✔ **Der Bassist** hat zwei wichtige Funktionen:

- Gemeinsam mit dem Schlagzeuger bildet er den zugrunde liegenden Rhythmus.

- Jeden Akkord, den die Gitarren oder Keyboards spielen, verankert er mit tiefen Noten, die dem Akkord Gewicht und Fülle verleihen.

Außerdem spielen Bassisten oft eine identifizierbare, mitsummbare Linie, die man als *Basslinie* bezeichnet. In der Regel handelt es sich dabei nicht um die Melodie, sondern um einen gesonderten, eingängigen Teil des Stücks.

✔ **Der Schlagzeuger** gibt das Tempo vor und bestimmt das rhythmische Gesamtfeeling des Stücks. Er hilft auch den anderen oft dabei, zu wissen, an welcher Stelle des Stücks sie sich gerade befinden. Dies geschieht über den Rhythmus, mit dem er Veränderungen signalisiert, wie etwa den Übergang zur nächsten Strophe oder zum nächsten Hauptabschnitt.

Auf der Mundharmonika können Sie sämtliche akkord-, melodie- und harmoniebezogene sowie alle Bläserrollen einnehmen. Allerdings sollten Sie stets darauf achten, dass Ihre Noten, Akkorde und Rhythmen sich auf das, was ein anderer gerade tut, nicht störend auswirken. Auch dem Sänger oder Solisten sollten Sie nicht in die Quere kommen. Im Zweifelsfall lassen Sie lieber etwas weg.

Wenn Sie Ihren Mundharmonika-Part für ein Stück ausarbeiten, hören Sie zu, strengen Sie Ihre Phantasie an und experimentieren Sie. Versuchen Sie, einen Lick, Riff, Rhythmus oder eine Harmonielinie zu finden, der beziehungsweise die mit dem, was der Rest der Band spielt, harmoniert und die Musik aufwertet. Haben Sie auch keine Angst davor, Ihre Bandkollegen um Rat oder Feedback zu bitten und zum gegenseitigen Ideenaustausch zu animieren.

Spielen vor Publikum

Wenn Sie zum Vergnügen zwanglos zusammen mit Ihren Kumpels musizieren, sind vielleicht auch Zuhörer da. In einer solchen Situation jedoch sind Sie wahrscheinlich auf die Musik fokussiert. Sie können die Zuhörer ignorieren oder sie in Ihren Kreis aufnehmen. Aber wenn Sie vor einem fremden Publikum stehen, irgendwo da draußen, dann ist Ihnen vor allem eins wichtig: dass den Leuten gefällt, was Sie zu bieten haben.

Wenn Sie für ein Publikum spielen, tritt die Kommunikation innerhalb der Band in den Hintergrund und geht auf die Zuhörer über. Lauter fremde Leute, kein vertrautes Gesicht – da kann man schon das Muffensausen kriegen. In diesem Abschnitt erkläre ich Ihnen, was für Chancen sich Ihnen bei einer Begegnung mit »echtem« Publikum bieten – und verrate Ihnen auch einige Techniken, wie Sie Ihre Unsicherheit überwinden können.

Gut aussehen – gut ankommen

Ob mit oder ohne Publikum – eine gute Körperhaltung verleiht Ihnen Energie und Selbstvertrauen. Sie atmen auf diese Weise auch richtiger, was Ihnen beim Harmonikaspielen sehr zugutekommt. Wenn Sie aber vor einer Zuhörerschaft stehen, präsentieren Sie auch sich selbst. Sie sind ja schließlich wer – und das sollten Sie auch zum Ausdruck bringen, durch Ihre Körpersprache, durch Ihre Haltung. Stehen Sie gerade und blicken Sie auf Augenhöhe um sich.

Wichtig ist auch, dass Sie mit Ihren Bandkollegen interagieren. Wenn Sie im Zentrum der Aufmerksamkeit stehen, bewegen Sie sich – wenn möglich – auf der Bühne. Wenn die Musik an Dramatik zunimmt, unterstreichen Sie das durch die richtige Gestik. Hopsen Sie aber nicht sinnlos herum, das wirkt nur lächerlich. Die Körpersprache eines Bühnenkünstlers ist umso effektiver, je subtiler die Gesten sind, über die er mit dem Publikum kommuniziert. Sehen Sie sich zu diesem Zweck ruhig mal ein paar Bühnen-Profis an. James Hamann ist ein Harmonikaspieler, der seine Körpersprache nur sehr sparsam einsetzt – eine Drehung des Kopfes, eine Bewegung des Oberkörpers, die wie ein Tanzschritt wirkt, oder ein ausgestreckter Unterarm, um das Publikum in Bann zu halten.

Der große Vorteil eines Harmonikaspielers ist, dass er mit Handbewegungen viel erreichen kann. Sie öffnen und schließen die Hände um Ihr Instrument – und schon achten alle auf Ihre Hände. Die Palette an solchen Bewegungen ist groß: Sie können geschmeidig sein, herzlich, komisch, dynamisch oder eine Kombination aus mehreren Bewegungen. Und große Gesten der Hand mit ausladenden Armbewegungen steigern oft die Spannung.

So bereiten Sie sich auf einen Auftritt vor

Wenn Ihre Nerven Ihnen zusetzen, können Sie einen Blackout haben und vergessen, was Sie spielen wollten. Doch auch wenn Sie Angst haben, können Sie einen Auftritt überstehen, indem Sie Ihren Part so gut vorbereiten, dass Sie ihn sogar im Schlaf spielen könnten. Wenn alles gut sitzt, denken Sie an die ersten Noten, die Sie spielen müssen, und zwar noch bevor es losgeht. Dann gelingt es Ihnen hoffentlich, auf Autopilot umzuschalten und zu spielen, auch wenn es in Ihnen kribbelt, auch wenn das Publikum Sie durch seine Gegenwart ablenkt. Rattert nebenan ein Presslufthammer? Hat sich ein kleiner Hund in Ihr Fußgelenk verbissen? Alles kein Problem – Sie sind ja gut vorbereitet.

Wenn Sie ein Stück zu spielen beginnen, sollten Sie sich darauf verlassen können, eine Harmonika in der richtigen Stimmung zu haben, die Sie richtig herum in der Hand halten. In der falschen Tonart zu spielen oder hohe Noten hinauszuplärren, wo eigentlich tiefe angebracht wären – das kann Sie total aus der Spur bringen. (Schauen Sie auch auf der Schummelseite zu diesem Buch nach.)

So bekämpfen Sie Lampenfieber

Nehmen wir mal an, Sie sind gerade auf die Bühne getreten, um vor einem Publikum zu spielen. Sie dachten, Sie hätten für alles gesorgt – doch auf einmal stellen Sie fest, dass Sie nur noch ein zitterndes Nervenbündel sind. Sie kriegen kaum Ihren Namen über die Lippen, können kaum aufrecht stehen – und da sollen Sie jetzt aus zusammenhängenden Tönen ein Lied machen. Sonst noch Wünsche?

Wenn Sie Lampenfieber haben, sagt Ihr Körper: »Hilfe, diese Leute wollen mich töten und mit Messer und Gabel verspeisen – nichts wie weg hier!« Das verdanken Sie Ihren Vorfahren, den Höhlenmenschen. Nur das Weglaufen nach dem Adrenalinstoß, das ist nicht mehr so leicht wie damals: Stattdessen stehen Sie da, müssen den Raubtieren in die Augen sehen und sie mit viel Charme daran hindern, Sie in Stücke zu reißen. Davon hängt (so glaubt jedenfalls Ihr Unterbewusstsein) Ihr Leben ab – aber Sie fühlen sich wie ein Reh, das vom Scheinwerferlicht eines Autos geblendet wird. Was tun also? Wie kommen Sie da raus?

✔ **Atmen Sie tief durch.** Richtiges Atmen hebt die Stimmung, also atmen Sie tief und entspannt.

✔ **Sagen Sie sich: »Das da unten sind alles Freunde.«** Ist ja auch so, oder? Es sind wie Sie Freunde der Mundharmonika, nur solche, die gerade nicht spielen. Das hier ist Ihre Welt. Heißen Sie das Publikum willkommen und sorgen Sie dafür, dass es sich wie zu Hause fühlt.

✔ **Denken Sie daran: Das Publikum will Ihnen zuhören und es genießen.** Man mag Sie. Man will Ihnen etwas Gutes tun.

✔ **Brechen Sie das Eis.** Zollen Sie dem Publikum Ihren Respekt, indem Sie sich unauffällig verneigen oder etwas Nettes sagen, zum Beispiel: »Zum Glück haben Sie mich.« Sie können auch was Doofes oder Tollpatschiges machen, um ein wenig Adrenalin zu verbrennen und ein paar Lacher zu ernten.

✔ **Kanalisieren Sie Ihre Energie in die Musik.** Nervöse Energie ist gut, wenn Sie sie in Begeisterung umwandeln können, um die Leidenschaft anzukurbeln, die Sie in die Musik legen.

✔ **Blicken Sie den Leuten nicht direkt ins Gesicht.** So viele Augen, und alle auf Sie gerichtet – das kann einschüchternd wirken. Dieses unbehagliche Gefühl können Sie vermeiden und dem Publikum trotzdem den Eindruck von Blickkontakt vermitteln, indem Sie ein paar Zentimeter über die Köpfe hinwegblicken.

Fehler sind kein Beinbruch

Keiner von uns ist beim Spielen gegen Fehler gefeit. Wie gehen Profis damit um? Sie lächeln und machen weiter – der Fehler ist eben passiert und das war's. Machen Sie also kein langes Gesicht, wenn Ihnen ein Schnitzer passiert – Sie müssen nicht warten, bis die Fehlerpolizei kommt und Sie festnimmt. Spielen Sie einfach weiter. Jeder will, dass Sie Ihre Sache gut machen, und wenn Sie sich Mühe geben, wird man Ihnen auch Mut machen.

Spielen auf dem Präsentierteller: Das Solo

Es kann schnell gehen: Sie stehen auf der Bühne und plötzlich will jemand aus dem Publikum, dass Sie ein Solo spielen. Dann müssen Sie erst mal systematisch vorgehen: Sorgen Sie dafür, dass Sie die ersten Noten Ihres Parts parat haben und natürlich die richtige Mundharmonika (richtig herum!). Dann gehen Sie wie folgt vor:

✔ **Warten Sie darauf, dass der Bandleader Ihnen ein Zeichen gibt.** Ihr großer Moment ist gekommen und der Boss auf der Bühne wird Ihnen durch eine Geste oder ein Stichwort signalisieren, dass Sie anfangen können. Um aus Ihrer Solozeit das Beste herauszuholen, beachten Sie Folgendes:

  • Schließen Sie nicht die Augen, um in höheren Regionen zu schweben. Bleiben Sie mit Ihrer Umgebung und der Musik, die Sie spielen, auf Tuchfühlung.

  • Spielen Sie für das Publikum (aber verlieren Sie die Band nicht aus dem Blickfeld, schließlich machen Sie gemeinsam Musik). Spüren Sie die Energie, die vom Publikum zu Ihnen dringt. Machen Sie eine wirksame und positive Kraft draus, lassen Sie sich von ihr stimulieren.

✔ **Ihre ersten Phrasen sollten leicht zu spielen sein.** Sie gönnen sich auf diese Weise einen Moment, in dem Sie merken: Ist gar nicht so schlimm, da oben zu stehen. Schenken Sie einen Teil Ihrer Aufmerksamkeit dem, was Sie spielen, einen anderen Teil der Band, einen dritten dem Publikum. Sowas geht aber nur, wenn Sie nicht gleich am Anfang die schwierigste und anspruchsvollste Passage spielen, die Sie finden konnten. Auch Ihr Tempo sollte zu Beginn eher entspannt sein, danach können Sie schneller werden, ein intensives Solo hinlegen und dem Publikum so richtig einheizen.

✔ **Achten Sie zum Schluss wieder auf den Bandleader.** Ihr Solo wird normalerweise eine oder zwei Strophen lang dauern. Am Ende der ersten Strophe schenken Sie dem Bandleader erneut einen Blick. Er signalisiert Ihnen, ob Sie weiterspielen oder aufhören sollen. Darauf sollten Sie dann hören.

Kapitel 17
Mehr Sound – mehr Spaß! Alles zum Thema Klangverstärkung

E ine Mundharmonika ist kein lautes Instrument – versuchen Sie mal, zu einem Spielmannszug mit Trommeln und Posaunen mitzuspielen, dann wissen Sie, was ich meine. Aber was nicht ist, kann ja noch werden – es gibt natürlich tolle Möglichkeiten, mit
seiner Harmonika auch in großen Sälen und lauten Umgebungen wahrgenommen zu werden. Alles, was man dazu braucht, ist *Klangverstärkung.*

Zum Verstärken einer Mundharmonika gibt es drei Möglichkeiten:

✔ Sie können *akustisch* spielen, damit es ganz natürlich klingt – und dann diesen Sound
verstärken.

✔ Sie können auf der verstärkten Mundharmonika *clean* spielen, was bedeutet: Der Klang
ist zwar konzentrierter als normal, hört sich sonst aber ziemlich unverändert an.

✔ Sie können *verstärkt* (aber nicht clean) spielen, indem Sie auf spezielle Effekte und Ver-
zerrung zurückgreifen. Die Harmonika klingt dann mehr wie ein Saxofon oder eine
E-Gitarre. Das meinen Harmonikaspieler in der Regel, wenn sie sagen, sie würden »mit
Verstärker spielen« (die Verzerrung ist da schon inbegriffen).

In diesem Kapitel mache ich Sie vertraut mit den Grundlagen der Klangverstärkung. Sie lernen, wozu das ganze Zubehör eigentlich dient, wie Sie die einzelnen Geräte miteinander
verbinden und einen Klang erzielen, der Ihnen und dem Publikum gleichermaßen gefällt.
(Übrigens, das gesamte hier aufgeführte Zubehör gibt es im Musikfachhandel oder bei On-
line-Händlern.)

Die Grundlagen der Klangverstärkung

 Bevor Sie sich jetzt auf die verschiedenen Möglichkeiten der Klangverstärkung stürzen, sollten Sie erst wissen, was sich hinter diesem Begriff eigentlich verbirgt. Zum Glück ist der Grundgedanke der Klangverstärkung leicht zu verstehen. Es spielt sich dabei folgender Vorgang ab:

1. **Sie spielen in ein Mikrofon, das den Klang in ein elektrisches Signal umwandelt.**

2. **Das Mikrofon ist an einen Verstärker (englisch:** *amp*, **von** *amplifier*) **angeschlossen, der das Signal verstärkt.**

3. **Der Verstärker leitet dieses verstärkte Signal an die Lautsprecher weiter, die das Signal daraufhin in Klang zurückverwandeln.**

Mit ein wenig Glück ist der Klang nun lauter geworden, klingt aber trotzdem so gut wie zuvor.

Wenn Sie mit anderen Musikern spielen, wird vermutlich jedes Instrument in einen eigenen Verstärker gestöpselt – oder in eine weitaus umfassendere Beschallungsanlage, die man *Soundsystem* nennt. Auch das Mikrofon, das Sie verwenden, lässt sich vermutlich mit einem Amp oder einem Soundsystem verbinden.

Ein Soundsystem ist dafür gedacht, Stimmen, Akustik-Instrumente (wie die Harp), vorproduzierte Begleitspuren und alles andere, was keinen eigenen Verstärker hat, zu verstärken. Eine Veranstaltungshalle verfügt möglicherweise über ein eigenes Soundsystem (die *Hausanlage*), oder eine Band bringt ihr eigenes Soundsystem mit. Ich gehe jetzt einfach davon aus, dass Sie eine Hausanlage nutzen können. (Als *das Haus* bezeichnet man den Veranstaltungsort, an dem die Zuhörer sich versammeln, um zu lauschen, zu essen, zu trinken, zu tanzen.) Dieses System speist sämtliche Mikros und sonstigen Inputs in ein zentrales *Mischpult* ein, wo die verschiedenen Klänge gemischt, verstärkt und an die *Lautsprecher* weitergeleitet werden. Die meisten Veranstalter mit Soundsystem verfügen auch über einen *Tontechniker*, der das System bedient.

Das »erste Mal« (mit Mikro)

Wenn Sie das erste Mal im Leben mit Verstärker spielen, spielen Sie vermutlich in ein Mikro, das mit einem Soundsystem verbunden ist. In der Regel wird dies ein *Gesangsmikrofon* sein, das speziell für Sänger gedacht ist. Es ist ein Glücksfall, dass solche Mikros sich auch hervorragend für die Harmonika eignen.

Weiter unten in diesem Kapitel werden wir über die verschiedenen Arten von Mikrofonen sprechen, die Sie beim Verstärken einer Mundharmonika verwenden können. Fürs Erste aber beschränken wir uns darauf, wie Sie die Mikros, wie sie es in Cafés, Clubs und anderen kleinen Auftrittsorten wahrscheinlich gibt, für sich nutzen können.

Mikrofone mit Ständer

Wenn Sie mithilfe eines Soundsystems spielen, befindet sich das Mikrofon normalerweise auf einem Ständer, um die Stimme eines Sprechers oder Sängers (oder Harmonikaspielers) zu verstärken. Hier ein paar Tipps, wie Sie aus einem Mikrofon mit Ständer das meiste herausholen können:

✔ **Stellen Sie den Ständer auf die richtige Höhe ein.** Das heißt: Das Ende des Mikrofons sollte sich auf gleicher Höhe befinden wie Ihr Mund. Es ist äußerst ungünstig, wenn Sie sich einkrümmen oder auf die Zehenspitzen stellen müssen. Erstens können Sie so nicht entspannt spielen, zweitens kommen Sie auch beim Publikum optisch seltsam rüber.

✔ **Richten Sie das Mikro aus.** Um den Tonabnehmer Ihres Mikros optimal zu nutzen, sollte das Mikro in seiner Längsachse direkt auf die Schallquelle ausgerichtet sein. Wenn Sie die Mundharmonika festhalten, ist das Ihr Handrücken; wenn Sie im Bob-Dylan-Stil mit einer Halterung spielen, ist es die Rückseite Ihrer Harp. Abbildung 17.1 zeigt eine gute Positionierung des Mikrofons in Bezug zum Spieler.

✔ **Positionieren Sie sich direkt vor dem Mikro.** Gehen Sie nahe an das Mikrofon heran, damit es ein starkes Signal empfangen kann. Wenn Sie ein lautes, heulendes Geräusch vernehmen, haben Sie eine Rückkoppelung (mehr dazu weiter unten in diesem Kapitel). Bewegen Sie sich in diesem Fall ein wenig vom Mikro weg, bis das Heulen aufhört. Ansonsten gilt: Immer schön dicht rangehen.

Abbildung 17.1: Ein Mikrofon mit Ständer in korrekter Ausrichtung zur Schallquelle (Foto: Anne Hamersky)

✔ **Lassen Sie Platz für Ihre Hände.** Ein wichtiger Bestandteil des Mundharmonikaspiels ist der Einsatz der Hände, die die Harmonika umschließen. (Je nach der Höhlung, die Ihre Hände bilden, klingt die Harmonika entweder hell oder dunkel und erzeugt vokalische Laute wie das berühmte »Wah-wah«.) Lassen Sie Ihren Händen genug Platz, um sich bewegen zu können, ohne gegen das Mikro zu stoßen.

Vielleicht aber findet Ihre erste Mikrofonerfahrung ja ohne Ständer statt. Kann sein, dass man Ihnen auf der Bühne einfach ein Mikrofon in die Hand drückt, das Sie dann zusammen mit der Harmonika mit den Händen abdecken können. In diesem Fall müssen Sie die Lösung des Problems (im wahrsten Sinne des Wortes) selbst in die Hand nehmen.

Mikrofone, die man mit der Hand abdeckt

Häufig kommt es vor, dass ein Harmonikaspieler das Mikro und die Harp gemeinsam mit den Händen abdeckt (das kann ein Gesangsmikro sein oder ein Bullet-Mikrofon, mehr darüber in dem Abschnitt »Was es so an Mikrofonen gibt« weiter unten in diesem Kapitel). Das Abdecken mit den Händen bezeichnet man als *Cupping-Technik*, und wenn Sie sie bei gleichzeitiger Nutzung eines Soundsystems anwenden, klingt der resultierende Sound ähnlich dem einer ganz normal gespielten Harmonika, nur eben stärker und konzentrierter. (Weiter unten in diesem Kapitel stelle ich Ihnen auch noch den Verzerrungseffekt vor, der sich ebenfalls mit der Cupping-Technik erzielen lässt).

Die Cupping-Technik hat folgende Vorteile:

- ✔ Der Klang ist lauter als bei der »nicht gecuppten« Harmonika.

- ✔ Andere laute Klänge, wie zum Beispiel die des Schlagzeugs oder der E-Gitarre, gelangen nicht in Ihr Mikro.

- ✔ Sie können sich auf der Bühne umherbewegen und werden trotzdem gehört, weil das Mikrofon »mit Ihnen geht«.

Doch auch einige unerwünschte Effekte kann das Cupping hervorbringen. Als da wären:

- ✔ Sie können den Klang nicht mehr so gut mit den Händen formen, da das Mikrofon jetzt den Platz einnimmt, den Sie zum Erschaffen eines akustischen Hohlraums benötigen würden.

- ✔ Der Unterschied zwischen lautem und leisem Klang tritt weniger deutlich zutage.

- ✔ Ihre Harp wird anders klingen als zuvor. Hohe Frequenzen sind nun weniger ausgeprägt, was einen dunkleren, weicheren Sound zur Folge hat.

Versuchen Sie nicht, mit einem Mikro zu »cuppen«, bevor Sie den Tontechniker informiert haben. Notfalls muss er bei dem betreffenden Mikrofon die Lautstärke reduzieren. Sonst kann es sein, dass Sie dem Gehör Ihres Publikums schaden, ja sogar die Lautsprecher beschädigen, entweder indem Sie zu laut spielen oder durch eine Rückkoppelung.

Halten Sie das Mikro stets einen Fingerbreit von der Harmonika entfernt. So kommt es nicht zu Kollisionen samt dazugehörigem Lärm. Sie können auch eine kleine Höhlung erschaffen und für Klangeffekte nutzen, indem Sie die Form der die Harmonika und das Mikro umschließenden hohlen Hand verändern. In Abbildung 17.2 a sehen Sie diesen Hohlraum beim Cupping eines Gesangsmikros, in 17.2 b das Gleiche bei einem Bullet-Mikro.

Abbildung 17.2: Die Bildung eines Hohlraums bei einem Gesangsmikro (links) und einem Bullet-Mikro (Foto: Anne Hamersky)

Können Sie sich selbst hören?

Wenn Sie zum ersten Mal auf der Bühne stehen und spielen, wird es Ihnen oft unmöglich erscheinen, sich selbst und die anderen Spieler noch zu hören, und zwar aufgrund der lauten Verstärker, des Publikumslärms oder der Distanz zwischen Ihnen und den restlichen Musikern. Doch wenn Sie sich selbst nicht hören, verlieren Sie möglicherweise die Orientierung auf der Harmonika und spielen die falschen Töne.

Ein gutes Soundsystem ist deshalb mit *Monitoren* ausgestattet – das sind kleine Lautsprecher auf dem Bühnenboden, die auf Sie gerichtet sind, sodass Sie sich selbst hören können. Falls vor Ihrem Auftritt noch Zeit ist, bitten Sie den Tontechniker, einen *Soundcheck* vorzunehmen. Während dieses Soundchecks spielen Sie, und der Tontechniker macht sämtliche Einstellungen für den Sound – den *Monitor-Mix*. Der Monitor-Mix ermöglicht es Ihnen, sich und die Band zu hören, sodass Sie alle synchron spielen.

Falls Sie sich beim Spielen nicht hören, gibt es zwei Möglichkeiten:

✔ **Bitten Sie um mehr Lautstärke auf dem Monitor.** Geben Sie dem Tontechniker ein Zeichen, indem Sie erst auf Ihr Ohr zeigen, dann nach oben. Das bedeutet: Mehr Lautstärke auf dem Monitor, bitte!

Falls der Tontechniker auf Ihre Handsignale nicht reagiert (und zwar nicht, weil er mit Ihnen zerstritten ist, sondern weil er es nicht sehen kann), sprechen Sie zwischen den Songs etwas ins Mikro. Zum Beispiel: »Auf dem Monitor etwas mehr Harmonika, okay?«

✔ **Stecken Sie sich einen Finger ins Ohr!** Nein, das ist kein Witz: Wenn gar nichts mehr hilft, dann ist es am besten, man steckt sich einen Finger ins Ohr, um sich selbst wieder spielen oder singen zu hören. Halten Sie in einer Hand die Harmonika, mit der anderen erschaffen Sie sich Ihren eigenen kleinen Körpermonitor.

Bei extremer Lautstärke fühlen Sie sich auf der Bühne manchmal überfordert, und dann kann es vorkommen, dass Sie zu viel Luft in die Harp blasen, selbst wenn Sie sich hören können. Widerstehen Sie dem Drang, auf der Harmonika zu tröten, zu kreischen oder sich abzuquälen. Wenn Sie in normaler Lautstärke spielen, haben Sie mehr Kontrolle, und es klingt auch besser.

Ohrenschmerz hoch zwei: Die Rückkoppelung

Rückkoppelung – das ist der schmerzhaft laute, heulende Lärm, der entsteht, wenn ein Mikrofon »sich selbst hört«. Eine Rückkoppelung entsteht, wenn ein Mikro einen Ton aufgreift, ihn durch einen Lautsprecher schickt und den gleichen Ton danach wieder aufgreift und ihn durch das System zurückschickt.

Zu einer Rückkoppelung kommt es in folgenden Situationen:

✔ **Wenn Lautsprecher und Mikrofone aufeinander zeigen.** Deshalb sind die Lautsprecher einer hausinternen Anlage immer von der Bühne abgewandt, und deshalb bilden die Monitore zum Fußboden immer einen Winkel. Die Soundcrew sollte alle Mikros und Lautsprecher so einstellen, dass Rückkoppelungen ausgeschlossen sind.

✔ **Wenn Verstärker so laut gestellt sind, dass den Mikrofonen so gut wie nichts entgeht.** In diesem Fall reagieren die Mikros auch auf Geräusche, die gar nicht für sie gedacht sind. Die Lösung für Musiker (vor allem für Gitarristen): die Lautstärke auf dem Verstärker drosseln.

✔ **Wenn ein Hohlraum gewisse Frequenzen verstärkt, sodass sie klingeln.** Das Klingeln kann so laut werden, dass Mikrofone darauf reagieren und eine Rückkoppelungsschleife entsteht. Wenn der ganze Raum klingelt, ist die Soundcrew gefragt. Das Geräusch könnte jedoch auch durch etwas Kleines verursacht werden, das sich vor dem Mikro befindet, zum Beispiel den Korpus einer Akustik-Gitarre, Ihre Handwölbungen oder auch Ihren geöffneten Mund. Diese Rückkoppelungsquellen sind rasch zu beheben, zum Beispiel, indem Sie den Mund zumachen, die Form Ihrer gewölbten Hände verändern oder ein wenig vom Mikro wegrücken.

Klangverstärkung für Fortgeschrittene: Clean oder verzerrt?

Die Klangverstärkung beginnt damit, dass Sie die Mundharmonika und das Mikro zusammen mit den Händen abdecken. Das Mikro kann sich mit dem Soundsystem oder einem Verstärker auf der Bühne verbinden. Wenn das vom Mikro ausgehende Signal zu den Lautsprechern wandert, können sowohl Spezialeffekte als auch Verstärker den Klang der Harmonika beeinflussen.

Falls Sie einen sauberen, sprich *cleanen* Klang anstreben, sollten Sie so nahe wie möglich am natürlichen Sound der Mundharmonika bleiben. Vielleicht aber wollen Sie ein paar *Effekte* einsetzen, damit Ihre Harp voller klingt. Mikro, Effekte, Verstärker und Boxen sollten bei jeder Lautstärke einen reinen Sound liefern, ohne jegliche *Verzerrung*, die eine unerwünschte

Veränderung des elektrischen Signals darstellt. Wenn Sie Wert auf einen reinen Klang legen, braucht Sie der *Verzerrungseffekt* nicht zu interessieren.

Die Verzerrung wurde vor langer Zeit von Gitarristen und Harmonikaspielern entdeckt, die leistungsschwache Verstärker hochdrehten, um die Lautstärke in lauten Bars zu erhöhen und trotz des Krachs dort noch gehört zu werden. Der resultierende Klang war natürlich verzerrt, und ein paar findige Musiker fanden heraus, dass diese Verzerrung sich auch musikalisch nutzen ließ, also suchten sie nach Methoden zu deren Formung und Gestaltung. Sie entdeckten, dass sie den Sound verzerren konnten, indem sie einen Verstärker, die Lautsprecher oder sogar ein Mikrofon durch ein starkes Signal überlasteten, das das Gerät ohne Klangveränderung nicht mehr verarbeiten konnte. Die Überlastung, die zur Verzerrung führt, wird oft als *Übersteuerung* (Overdrive) oder *Sättigung* bezeichnet.

In den folgenden Abschnitten folge ich dem Klang Ihrer Harmonika vom abgedeckten Mikro durch verschiedene Effekte bis hin zu Ihrem Verstärker (oder dem Soundsystem). Ich werde auch erläutern, wie Sie jederzeit einen cleanen oder verzerrten Sound hervorrufen können.

Was es so an Mikrofonen gibt

Als Mundharmonikaspieler haben Sie eine große Auswahl unter Gesangsmikrofonen und Mikros, die speziell für die Harmonika gedacht sind. Die beiden bekanntesten Typen sind das *Gesangsmikrofon* und das *Bullet-Mikrofon*.

Gängige Gesangsmikrofone

Gesangsmikrofone funktionieren auch gut bei Mundharmonikas. Sie sorgen für ein reines, natürlich klingendes Signal, das in eine große Klangvielfalt, von rein und leicht bis hin zu verzerrt und sperrig, umgewandelt werden kann.

Wenn Sie sich für ein Gesangsmikrofon interessieren, achten Sie darauf, dass es folgende Eigenschaften hat:

✔ **Es sollte ein Richtmikrofon sein:** Richtmikrofone nehmen nur Geräusche aus der Richtung auf, in die sie ausgerichtet sind. So vermeidet man Rückkoppelungen und unerwünschte Geräusche.

✔ **Es sollte leicht zu halten und abzudecken sein:** Ihre Hände sollten das Mikro mühelos umfassen können, und es sollte auch nicht allzu schwer zu halten sein. Achten Sie auch darauf, dass es beim Abdecken nicht rückkoppelt.

Zwei Merkmale von Gesangsmikrofonen, die sich auf den Sound Ihrer Harp auswirken können, sind:

✔ **Seine Wiedergabekurve:** Jedes Mikrofon reagiert auf gewisse Teile des hörbaren Klangspektrums besonders stark. Diese Information wird oft in Form einer Kurve dargestellt, der sogenannten *Wiedergabekurve*. Im Allgemeinen klingt eine Harmonika besser über ein Mikro, das die höheren Frequenzen nicht hervorhebt, da die Harmonika schon von Natur aus viele hohe Frequenzen abgibt.

Wenn dann noch ein Mikro hinzukommt, das diese Frequenzen betont, kann es ziemlich schrill klingen.

✔ **Der Nahbesprechungseffekt:** Manche Mikros wechseln ihre Empfindlichkeit, wenn man ihnen nahekommt oder sie abdeckt. Normalerweise sind es die mittleren und niedrigeren Frequenzen, die dann stärker hervorgehoben werden. Eine tolle Sache, sofern Ihnen die dabei entstehende Veränderung in der Soundwiedergabe gefällt. Wenn Sie jedoch auf einen reinen, unverfälschten Sound stehen, sollten Sie ein Mikro mit geringem oder gar keinem Nahbesprechungseffekt wählen.

Zu den Gesangsmikros, die von Harmonikaspielern gern verwendet werden, gehören das Shure SM58 oder das Electro-Voice RE10. Das Audix FireBall hingegen ist ein Mikro ohne Nahbesprechungseffekt, das für reine, unverfälschte Harmonikaklänge durch Veränderung des Gesangsdesigns entwickelt wurde.

Bullet-Mikrofone

Bullet-Mikrofone – sie sehen eigentlich eher wie eine Fahrradlampe aus als wie eine Gewehrkugel – sind kompakt und wurden eigentlich für das gesprochene Wort verwendet, sie bieten zum Beispiel optimale Leistung bei Interviews in einer sehr lauten Umgebung wie einer Bahnhofswartehalle. Bluesharmonika-Spieler sind begeistert von den rauen und dennoch gedämpften Klangfarben dieser einfach konzipierten Mikros; sie schätzen auch den Verzerrungseffekt sehr, der sich mit einem abgedeckten Bullet-Mikro erzielen lässt.

Die beiden »Klassiker« unter den Bullet-Mikros sind das Shure Green Bullet und das Astatic JT-30. Einst preiswert und überall erhältlich, entwickeln sich diese Modelle immer mehr zu kostspieligen Sammlerstücken. Moderne Imitationen dieser Mikros sehen cool aus und sind nicht teuer, den klassischen Sound erreichen sie jedoch nicht. Falls Sie nicht das nötige Kleingeld haben, um sich ein guterhaltenes Oldtimer-Mikro oder eine Spezialanfertigung zu leisten, ist es besser, Sie benutzen ein Gesangsmikro, dessen Klang Sie mittels Verstärker und Effekte färben. In Abbildung 17.3 sehen Sie sowohl ein Bullet-Mikro als auch ein Gesangsmikro.

Abbildung 17.3: Bullet-Mikro (links) und Gesangsmikro (Foto: Anne Hamersky)

Klangveränderung durch Effekte

Wenn Sie mit einem Verstärker spielen, ob nun mit abgedecktem Mikro oder nicht, können Sie verschiedene Effekte nutzen. Manche verstärken den Klang der Harmonika, während andere den Instrumentensound tatsächlich verändern. Hier einige der nützlichsten Effekte für die Mundharmonika:

✔ **Equalizer (EQ):** Mit dem Equalizer können Sie manche Teile des Klangspektrums unterstützen, andere wiederum abschwächen, sodass der Klang insgesamt dunkler, heller oder wärmer wird. Der Equalizer kann auch dem dünnen Sound, der oft mit der Mundharmonika assoziiert wird, bis zu einem gewissen Grad entgegenwirken. Eine Betonung der Frequenzen um die 150 Hz kann den Harmonikasound zum Beispiel dicker machen. (*Hz* ist die Abkürzung für Hertz, in denen man die Schwingungen pro Sekunde misst). Das *Rolling-off* oder starke Reduzieren der höchsten und niedrigsten Frequenzen (unter 150 Hz und über etwa 6.000 Hz) hilft Ihnen dabei, Rückkoppelungen zu vermeiden.

✔ **Der Kompressor:** Durch Kompression reduziert man beim Spielen die Extremwerte von Laut und Leise, das heißt: Laute Töne werden leiser, leise Töne besser hörbar. Mithilfe von Kompression erhält man ein lauter klingendes Signal, ohne dass man die Lautstärke erhöhen muss. Sie hilft auch beim Vermeiden von Rückkoppelungen und beschert Ihnen einen reicheren Sound.

✔ **Delay:** Dieser Effekt sendet einen Teil des Signals von Ihrem Mikro unmittelbar zum nächsten Punkt, während es einen anderen Teil um einen minimalen Wert wie etwa ein paar tausendstel Sekunden verzögert. An diesem Punkt kommt das Signal mit einer oder mehreren verschiedenen Wiederholungen an. Delay verhilft der Harmonika zu einem volleren und reicheren Klang.

✔ **Hall (Reverb):** Es entsteht der Eindruck eines atmosphärischen Klangs, der in Räumen verschiedener Größe von den Wänden zurückgeworfen wird. Es hört sich an, als befände man sich in einem großen Saal. Denken Sie aber daran, dass man den Hall-Effekt leicht übertreiben kann.

✔ **Verzerrungsgeräte:** Ein Verzerrungsgerät enthält zwei *Vorverstärker* – das sind kleine Verstärker, die das Mikrofonsignal sehr früh während des Verstärkungsvorgangs in die Höhe jagen. Ein Vorverstärker übersteuert den anderen, um einen Verzerrungseffekt hervorzurufen. Ein Effektgerät ist nur eine von vielen Möglichkeiten, um Verzerrung zu bewirken; über alternative Methoden spreche ich im nächsten Abschnitt.

✔ **Feedback-Controller:** Wie der Name schon sagt, dienen diese Geräte dazu, Rückkoppelungen (Feedback) zu »kontrollieren«, sprich: zu vermeiden. Feedback-Controller sind besonders nützlich, wenn man in hoher Lautstärke mit einem Verstärker spielt.

Bei den meisten Soundsystemen sind EQ, Kompression, Delay und Echo ins Mischpult eingebaut. Wenn Sie also auf einer hausinternen Anlage spielen und Zeit haben, vor dem Auftritt verschiedene Effekte einzustellen, können Sie den Tontechniker bitten, diese Effekte auf einen volleren Harmonika-Sound auszurichten.

Oft benutzen Musiker auch *Stompboxen* – das sind kleine Metallkästen mit nur einem einzigen Effekt. Sie stellen die Box auf den gewünschten Wert ein, stellen sie auf den Boden und schalten sie dann mit Fußbewegungen ein und aus. Stompboxen sind eigentlich für E-Gitarren gedacht, aber man kann sie auch für die Mundharmonika verwenden. Wenn Sie auf eine Bühne gehen und sich die Bühnenausrüstung oder das Verstärker-Equipment eines Harmonikaspielers ansehen, fällt Ihnen vielleicht eine ganze Reihe von Stompboxen auf, die alle miteinander in Reihe geschaltet sind und sich mit der Fußspitze in verschiedenen Kombinationen aktivieren lassen. Wenn Ihr Mikrofon an ein oder mehrere der Effektgeräte angeschlossen ist, können Sie das Signal ans Soundsystem oder einen Instrumentenverstärker schicken.

 In Audiotrack 1701 hören Sie, wie sich die erwähnten Effektgeräte auf den Sound der Harmonika auswirken.

Volle Power mit Verstärkern, Vorverstärkern und Boxen

Ob sie nun clean spielen oder verzerrt – manche Mundharmonikaspieler bevorzugen kleine Lautsprecher mit etwa 20 bis 30 Zentimetern Durchmesser, die es als Paar oder im Viererpack gibt. Wieso? Nun, die Mundharmonika ist ein hoch gestimmtes Instrument, und diese hohen Töne kommen bei kleinen Boxen einfach mehr zur Geltung. Sie reagieren auch sehr schnell. Andere Spieler kommen mit Boxen von circa 45 Zentimetern Durchmesser gut zurecht. Um herauszufinden, was das Richtige für Sie ist, sollten Sie experimentieren und sich die Resultate anhören.

Für ein cleanes Spiel brauchen Sie einen Verstärker, der für Akustikgitarren und Keyboards entworfen wurde. Oft haben solche Verstärker eine höhere Leistung als ein E-Gitarrenverstärker (200 bis 400 Watt im Gegensatz zu 20 bis 100 Watt), was sie dazu befähigt, auch bei hohen Lautstärken einen reinen Klang ohne Verzerrung zu erzeugen. Da Akustikinstrumente ebenso wie die Mundharmonika ein Mikrofon nutzen, haben die Verstärker von Akustikinstrumenten speziell für Mikros entworfene Eingänge und wahrscheinlich auch bessere Feedback-Controller als E-Gitarrenverstärker.

Um einen verzerrten Klang zu erzeugen, greifen Harmonikaspieler oft auf E-Gitarrenverstärker zurück, die für die Arbeit mit der Mundharmonika angepasst wurden. Gitarrenverstärker neigen dazu, hohe Frequenzen und helle Klänge zu betonen; auf der Gitarre hört sich das super an, auf der Mundharmonika brutal. Der hoch eingestellte Eingangspegel in der Vorstufe kann dazu führen, dass ein Mikrofon bei niedriger Lautstärke rückkoppelt. Wie gehen Harmonikaspieler mit diesem Problem um?

✔ **Die Klangregler anpassen.** Zu diesem Zweck nehmen Sie die Höhen raus, stellen den Bass ganz hoch ein und regulieren den mittleren Bereich nach Geschmack.

✔ **Die Vorstufe niedrig stellen.** Das geht nur, wenn diese Stufe einen Regler hat.

✔ **Die Röhren tauschen – das sind eingebaute Anschlussteile, die aussehen wie winzige Science-Fiction-Glühlämpchen.** Wenn man einen Röhrentyp gegen einen anderen austauscht, kann eine Veränderung des Klangs erreicht werden. Hohe Frequenzen sowie die Signalverstärkung des Vorverstärkers können reduziert werden, und der Verstärker kann leichter verzerren.

Versuchen Sie keine Röhren zu tauschen, solange Sie nicht wissen, was Sie tun, und nicht wissen, wie man einen gefährlichen oder gar tödlichen Stromschlag vermeidet.

Falls Ihnen Ihr Gehör wichtiger ist als Lautstärke an sich, können Sie mit folgenden Methoden experimentieren, um Verzerrungseffekte zu kreieren, ohne dabei die Welt in die Luft zu jagen:

✔ **Spielen Sie durch einen kleinen Verstärker.** Mit einem kleinen, leistungsschwachen Verstärker können Sie auch ohne ohrenbetäubenden Lärm verzerren. Wenn die Lautstärke des kleinen Verstärkers für die Band oder den Raum nicht ausreicht, stellen Sie ein Mikrofon vor den Verstärker und schicken Sie den Sound durch das Soundsystem der Anlage.

✔ **Verwenden Sie einen Verzerrungseffekt oder einen Vorverstärker.** Effektgeräte gibt es passend zu jedem Verstärker, und in der Regel können Sie die Verzerrung so einstellen, dass Sie zu Ihrem gewünschten Sound passt.

✔ **Probieren Sie einen Amp Modeler aus.** Ein *Amp Modeler* ist etwa so groß wie ein Buch, und er »modelliert« den charakteristischen Klang verschiedener Effektgeräte, Vorverstärker, Verstärker und sogar Lautsprecher. Sie können Ihre Lieblingseinstellungen festlegen und abspeichern und nach Belieben zwischen ihnen hin und her wechseln. Warum einen Riesenverstärker und zentnerweise Effektgeräte mit sich herumschleppen, wenn Sie einen Amp Modeler mit der Harmonika und dem Mikro in der Tasche mit sich führen können?

Wie man Mikros, Amps und Effektgeräte miteinander verbindet

Gesangsmikros und Soundsysteme sollten eigentlich kompatibel sein, doch viele Harmonikaspieler haben eine Ausrüstung, die bei modernen Soundsystemen nicht funktioniert. Zum Beispiel benutzen sie oft Bullet-Mikros aus der Steinzeit, oder ihre Verstärker und Effektgeräte sind nur für E-Gitarren gedacht.

Damit alles gut miteinander harmoniert, muss ein Harmonikaspieler mit den verschiedenen Arten von physikalischen Anschlüssen umgehen können und darüber hinaus eine elektrische Größe berücksichtigen, die man *Impedanz* (Wechselstromwiderstand) nennt. Den Widerstand misst man in *Ohm* (Ω). Wenn die Widerstände zweier verbundener Geräte nicht zusammenpassen, kann ein schwacher, dünner oder gedämpfter Klang entstehen.

Die Verbindungsteile befinden sich am Ende des Kabels; am häufigsten sind der Klinkenstecker sowie der dreipolige XLR-Steckverbinder (männlich oder weiblich, das männliche Teil wird ins weibliche gesteckt). In Abbildung 17.4 sehen Sie den Klinkenstecker sowie eine XLR-Steckverbindung (männlich und weiblich).

Abbildung 17.4: Dreipoliger XLR-Steckverbinder, männlich und weiblich (links) sowie Klinkenstecker mit Buchse (Foto: Anne Hamersky)

 Folgende Informationen sollten Sie im Kopf haben, wenn es um die Impedanzen (Widerstände) für Ihr Equipment geht, mit dem Sie Ihre Harmonikas verstärken:

✔ Gesangsmikros, Soundsysteme und Geräte, mit denen sie verbunden werden, benutzen XLR-Anschlüsse. Die meisten sind niederohmig und werden in Einheiten zu je 100 Ohm gemessen.

✔ Gitarrenverstärker und Gitarren-Effektgeräte nutzen Klinkenstecker und -buchsen und sind hochohmig. Ihre Widerstände umfassen Werte von 1.000 Ohm (einem *Kilo-Ohm*) bis hin zu rund einer Million Ohm (einem *Mega-Ohm*).

Wenn Sie ein Gesangsmikro an ein Effektgerät oder einen Gitarrenverstärker anschließen, brauchen Sie ein *Adapterkabel*, das den geringen Widerstand des Mikros in den hohen Widerstand des Gitarreneingangs umwandelt. Adapterkabel sind praktischerweise an einem Ende mit einem XLR-Anschluss verbunden, am anderen Ende mit einem Klinkenstecker.

Wenn Sie Ihr Mikrofonsignal durch ein Effektgerät für Gitarren und danach ans Soundsystem weiterleiten, benötigen Sie eine DI-Box, die die beiden Widerstände und Verbindungstypen einander anpasst.

✔ Bullet-Mikros sind extrem hochohmig (etwa fünf Mega-Ohm), obwohl sie in der Regel gitarrenkompatible Klinkenstecker verwenden. Möglicherweise brauchen Sie einen Adapter, um ein Bullet-Mikro mit Ihrem Gitarrenzubehör zu verbinden. (Ganz sicher finden Sie das nur durch Experimentieren heraus.) Auf jeden Fall braucht ein Bullet-Mikro eine DI-Box, um Sound durch ein Soundsystem zu schicken.

Der Weg zu »Ihrem« Sound

Egal was die anderen sagen – der beste Sound für Sie ist immer noch der Sound, der Ihnen am besten gefällt. Um ihn zu finden, brauchen Sie das richtige Mikro, die richtigen Effekte, den richtigen Verstärker, die richtigen Boxen. Aber wie können Sie herausfinden, was am besten klingt, bei der gewaltigen Auswahl, die es gibt? Sie können sich ja nicht jede nur denkbare Equipment-Kombination zulegen. Keine Sorge, mit den folgenden Tipps können Sie die Wahl erheblich einengen.

✔ **Testen Sie das Zubehör im Laden.** Falls Sie auch nur ein Teil Ihres Equipments bereits besitzen (zum Beispiel ein Mikro oder einen Amp), nehmen Sie es mit ins Geschäft und testen Sie es zusammen mit anderen Zubehörteilen, die Sie interessieren.

✔ **Besuchen Sie die Webseiten von Diskussionsforen (siehe Kapitel 19) und lesen Sie die Bewertungen für Mikros, Amps, Boxen und Effektgeräte.** Welche Insiderinfos zur Nutzung des Equipments finden Sie dort?

✔ **Sprechen Sie mit anderen Harmonikaspielern.** Wenn Sie einen Profi hören, dessen Spiel Ihnen gefällt, fragen Sie ihn doch nach seinem Equipment und auf welche Weise er seine tollen Klänge erzeugt. Die meisten Harmonikaspieler, auch die großen Profis, sprechen gern über ihre Instrumente und alles, was dazugehört.

Kapitel 18
Die Axt im Haus erspart den Harp-Doktor

Früher, als Mundharmonikas noch zwanzig Pfennig kosteten und grad mal zwei Songs lang hielten, wen kümmerte es da, wenn sein Instrument kaputtging oder schräge Klänge von sich gab? Man warf sie einfach in die Mülltonne und kaufte sich eine neue. Im Lauf der Zeit jedoch stieg die Qualität von Mundharmonikas – und gleichzeitig auch der Preis! Und das gilt nicht für Mundharmonikas. Wenn man merkt, dass man kein blutiger Anfänger mehr ist, wird man in Bezug auf sein Instrument anspruchsvoller. Nicht selten entwickelt man zu ihm eine persönliche, innige Beziehung. Wenn die Harp dann kaputt-geht, ist es wie die Trennung von einem Freund – und auch von einer Stange Geld, falls man sie reparieren lässt. Trotzdem: Ein Tag ohne Harmonika ist ein verlorener Tag. Umso besser daher, wenn sie noch zu »heilen« ist.

Hier die gute Nachricht: Kaputte Harmonikas lassen sich reparieren, schlechte lassen sich verbessern und gute lassen sich zu großartigen Instrumenten umgestalten. Selbst eine neu gekaufte Harp, frisch aus der Verpackung, können Sie nach Erhalt ein wenig aufpolieren. Mit ein wenig Geschick wird es Ihnen auch nicht schwerfallen, eine verklemmte Stimmzun-ge wieder zum Singen zu bringen, oder zu verhindern, dass aus Ihrer Harmonika weiterhin Luft austritt, was sie jedes Mal zum Ächzen bringt. Sie können sie so stimmen, dass sie süß und lieblich klingt, Sie können aus ihr aber auch den Megaknaller für große Säle machen.

Die meisten Reparaturen und Korrekturen sind für Sie machbar, sofern Sie über etwas Fein-motorik und eine Portion Mut verfügen. Sie brauchen nur das nötige Werkzeug, ein bisschen Know-how und – das sei ehrlicherweise gesagt – jede Menge Geduld und Spucke. Wenn Sie dieses Kapitel gelesen haben, sollten Sie eigentlich in der Lage sein, die meisten Probleme zu beheben – Sie müssen sich nur trauen. Auch wie Sie Ihre Harp auffrisieren können, wer-de ich Ihnen verraten – dann klingt sie sogar meist besser als frisch ausgepackt.

Was »Garantie« wirklich bedeutet

Die großen Hersteller geben Ihnen eine Garantie auf Ihre Mundharmonika – gegen Herstellungsfehler wie zum Beispiel nicht klingende Stimmzungen oder verzogene Kämme (Kanzellenkörper). Die Garantie bezieht sich nicht auf Verschleißerscheinungen. Die Firmen Hohner, Lee Oskar, Seydel und Suzuki verfügen über Reparaturwerkstätten, in denen Herstellungsfehler behoben werden, und auch andere Reparaturarbeiten für wenig Geld gehören zu ihrem Angebot. Die Statuten jedoch ändern sich immer wieder, sodass Sie jedes Unternehmen erst kontaktieren müssen, um herauszufinden, was man Ihnen zugesteht und was es kostet.

Unabhängige Werkstätten bieten einen wertvollen Service und schließen die Lücke der Markenhersteller. Solche Leute können nicht nur eine Harmonika reparieren, sie wissen auch, was zu tun ist, damit sie besonders gut klingt. Es empfiehlt sich allerdings, sich erst nach dem Ruf solcher Werkstätten zu erkundigen, bevor Sie ihnen Ihr Instrument und Ihr Geld anvertrauen.

Werfen Sie eine defekte Mundharmonika niemals weg, außer sie ist radioaktiv oder verströmt Giftgas. Heben Sie die Teile vielmehr gut auf; Sie können damit eine andere Harp reparieren. Jeder Harmonikaspieler hat zu Hause einen ganzen Friedhof voller Instrumente, die ihren Geist aufgegeben haben. Wenn bei einer anderen Harp der Kamm gebrochen oder die Abdeckung beschädigt ist oder eine Stimmzunge fehlt, können Sie auf diesen Fundus zurückgreifen. Sobald Ihnen eine Harmonika kaputtgeht – auch wenn sie in mehrere Teile zerbricht – »bestatten« Sie sie auf Ihrem Harmonika-Friedhof. Ansonsten – reparieren Sie sie selbst oder schicken Sie sie ein.

Ihr Mundharmonika-Werkzeugkasten

Wer sich selbst zu helfen weiß, ist bei Schäden an seinem Instrument klar im Vorteil – Harmonikaspieler dürfen dieses Kapitel daher gern als Hilfe zur Selbsthilfe begreifen. Eine Harp kann herrlich klingen, nachdem man sie ausgepackt hat, sie kann auch jahrelang treu ihre Dienste tun – aber vermutlich lässt sich die Spielqualität noch verbessern. Es kann auch vorkommen, dass eine der kleinen Zungen plötzlich streikt oder sich verstimmt. Damit Sie Ihre Harps immer auf Vordermann halten können, bieten verschiedene Hersteller wie Seydel oder Hohner sogenannte Werkzeug-Kits an.

Wenn Sie wirklich die »Axt im Haus« sind, die gern den Zimmermann ersetzt, können Sie sich selbst ein brauchbares Werkzeug-Kit zusammenstellen (und dabei den einen oder anderen Euro sparen), indem Sie sich im örtlichen Musikhandel oder einem Baumarkt folgende Utensilien anschaffen:

✔ **Zwei kleine Schraubendreher, einen Kreuz- und einen Schlitzschraubendreher (2,0 x 40):** Die brauchen Sie, um Ihre Mundharmonika zu zerlegen und wieder zusammenzufügen.

✔ **Ein Stück Stahlblech, 0,05 Millimeter dick, aus einer großen Blechscheibe oder einem Fühlerblech geschnitten.** Damit können Sie Stimmzungen stabilisieren und deren Ränder von Fremdkörpern befreien.

✔ **Einen stabilen Zahnstocher oder ein anderes kleines Holz- oder Plastikstäbchen:** Äußerst praktisch, wenn Sie Stimmzungen auf und ab bewegen wollen.

✔ **Einen Streifen aus steifem Blech zum** *Anzupfen* **der Stimmzungen (siehe folgenden Abschnitt):** Der Streifen sollte etwa drei Millimeter breit sein und ein schmales, spitzes Ende haben, das mühelos unter eine Stimmzunge gleitet. Wenn Sie wollen, können Sie ersatzweise auch einen kleinen Keil verwenden.

✔ **Einen Feinschleifer:** Ein Feinschleifer ist ein bleistiftförmiger Stab, der straff mit Sandpapier bespannt ist. Man verwendet ihn zum Stimmen von Stimmzungen. Er ist sensibler und sicherer als eine Feile oder ein Meißel.

✔ **Ein Werkzeug zum Stanzen:** Das kann eine Münze sein, ein Steckschlüssel oder jeder andere glatte, gerundete Gegenstand, der sich zum Einstanzen eines Schlitzes eignet.

✔ **Einen Stimmzungenstift aus steifem Blech, etwa sechs Millimeter breit und zehn Zentimeter lang, an einem Ende geschliffen.** Sie erhalten diesen Blechstift in einem Hobbyladen, schneiden ihn auf die richtige Länge zurecht und schleifen das eine Ende glatt. Sie brauchen ihn, um Stimmzungen ihre Wölbung zu verleihen.

✔ **Einen flachen Behälter, zum Beispiel einen Topfdeckel:** In diesem Behälter können Sie Schräubchen und andere Kleinteile von auseinandermontierten Harmonikas sammeln.

✔ **Ein chromatisches Stimmgerät:** Ein tragbares, batteriebetriebenes Stimmgerät (oder eine Tuner-App) ermöglicht es Ihnen, die Bezugstonhöhe irgendwo zwischen A435 und A446 einzustellen. Es zeigt Ihnen Tonhöhenunterschiede von etwa zwei Hundertstel an (entspricht dem Hundertstel eines Halbtons). (Mehr zum Thema *Stimmen* und *Stimmungen* weiter unten in diesem Kapitel.)

Wie Sie beim Reparieren Ihre Nerven schonen

Stellen Sie sich vor, Sie stehen nachts auf einer Wiese. Der Wind bläst Ihnen um die Nase, es ist stockdunkel, und Sie versuchen, ein kleines, hoch empfindliches Dingsbums mithilfe von Zweigen, Steinchen oder Schrottteilchen auseinanderzunehmen. So was macht nur selten Spaß, ich spreche aus Erfahrung. Aus diesem Grund verrate ich Ihnen ein paar einfache Techniken, wie Sie der Zeit und der Anziehungskraft der Erde bei der Arbeit an Ihrer Mundharmonika ein Schnippchen schlagen können:

✔ **Benutzen Sie stimmzungenfreundliches Werkzeug.** Scharfes, hartes Werkzeug ist gut für das Stimmen von Stimmzungen oder zur Beseitigung von Unebenheiten und Hindernissen. Darüber hinaus jedoch verursacht es an den Stimmzungen meist unerwünschte Kerben und Kratzer. Ein Großteil Ihres Werkzeugs sollte entweder stumpf sein oder aus etwas Weicherem bestehen als die kleinen Blechstimmzungen. Ich empfehle Teile aus Weichblech, Plastik oder Holz.

✔ **Verschlampen Sie keine Kleinteile.** Die winzigen Schräubchen, Muttern und Nägel, die man der Harmonika entnimmt, können leicht davonspringen und in einem flauschigen Teppich unwiederbringlich verloren gehen. Um nichts zu verlieren, nehmen Sie Harmonikas grundsätzlich über einem Tisch auseinander. Arbeiten Sie auf einer glatten, hellen Oberfläche und bewahren Sie Verschlüsse und andere Kleinteile in einem flachen Tablett (oder einem Topfdeckel) auf, damit Ihnen nichts abhandenkommt.

✔ **Nehmen Sie nur kleine Änderungen vor und testen Sie zwischendurch.** Wenn Sie Metall von einer Stimmzunge entfernen oder deren Form verändern, können Sie leicht übers Ziel hinausschießen. Gehen Sie also langsam vor, Schritt für Schritt, und testen Sie zwischendurch immer wieder. Langsames Arbeiten wird oft als vergeudete Zeit betrachtet, aber Sie können sich dadurch Missgeschicke ersparen und auf lange Sicht viel Zeit (manchmal auch Geld) sparen.

✔ **Zupfen Sie die Stimmzunge an.** Wenn Sie irgendwelche Änderungen an einer Stimmzunge vornehmen, sollten Sie sie anschließend *anzupfen*. Zu diesem Zweck heben Sie die Spitze der Zunge ein paar Millimeter über die Stimmplatte, dann lassen Sie sie los, sodass sie frei schwingen kann. Durch das Anzupfen bleibt die Stimmzunge an Ort und Stelle, und der Klang, den Sie erhalten, verrät Ihnen, ob sie nach wie vor frei schwingen kann.

✔ **Testen Sie die Resultate.** Wie einzelne Stimmzungen reagieren, wird von sämtlichen Teilen der Harmonika beeinflusst. Wenn Sie eine Zunge gestimmt oder angepasst haben, sollten Sie immer – bei wieder zusammenmontierter Harmonika – einen Test machen. Dazu müssen Sie die Harp nicht vollständig zusammenschrauben oder -stecken. Wichtig ist nur, dass die Stimmplatten mit dem Kamm und den Deckeln verbunden sind. Halten Sie sie zusammen, prüfen Sie, dass die Teile alle korrekt ausgerichtet und einigermaßen luftdicht sind, danach testen Sie die Stimmzunge, während Sie spielen.

Drei einfache Methoden, Ihr Instrument aufzupolieren

Auch wenn Ihre neu erworbene Harmonika ganz gut funktioniert, werden bei der Herstellung oft Feinheiten übersehen. Auf langen Versandwegen aus Übersee kann es außerdem vorkommen, dass gewisse Teile sich lockern. In den folgenden Abschnitten zeige ich Ihnen drei einfache Verbesserungen, die Sie an Ihrer Mundharmonika vornehmen können, sodass sie besser reagiert und auch angenehmer zu halten und zu spielen ist.

Die Harmonika auseinandernehmen und wieder zusammenfügen

Das Einfachste, was man tun kann, damit eine fertig zusammengeschraubte Harmonika besser spielt, ist sie auseinanderzunehmen und wieder zusammenzufügen (siehe den

Abschnitt weiter unten »Zerlegen und wieder zusammenbauen – aber wie?«)! Sie können damit bewirken, dass die Harmonika weniger Luft eindringen lässt und die einzelnen Teile sich besser zusammenfügen. Harps, die nicht verschraubt, sondern vernagelt sind, lassen sich schwerer zerlegen und wieder zusammenbauen. Bei ihnen bringt diese Prozedur auch nichts, es sei denn, ein Techniker macht es.

Warum wird eine Harmonika überhaupt besser, wenn man sie auseinander- und wieder zusammenbaut? Nun, wenn die Instrumente beim Hersteller zusammenmontiert werden, sitzen oft die Schrauben nicht richtig fest. Später, wenn sie in Frachtschiffen unterwegs auf hoher See sind, können die Schräubchen sich aufgrund von Vibrationen lösen.

 Wenn Sie die Harmonika zerlegt haben, schauen Sie sich die Stimmzungen, die Stimmplatten und den Kamm an, damit Sie das Innenleben des Instruments ein wenig besser kennenlernen.

Die Stimmzungen zurechtbiegen

Bei den Mundharmonikas, die aus der Fabrik kommen, befinden sich die Stimmzungen oft ziemlich hoch oberhalb der Stimmplatte. Das kann für Anfänger durchaus hilfreich sein, da eine hohe Stimmzungenlage auch dann funktioniert, wenn Sie zu heftig hineinblasen oder zu viel Saugwirkung und Lippendruck ausüben. Sobald Sie etwas mehr Feingefühl haben, werden Sie feststellen, dass die Stimmzungen reaktionsfreudiger sind und weniger Atemluft erforderlich machen, wenn Sie sie etwas niedriger setzen, das heißt, der Lösabstand geringer ist. Wenn Sie also so weit sind, können Sie Ihre erste Verbesserung vornehmen: Biegen Sie jede Stimmzunge vorsichtig eine Idee nach unten, wie es in Abbildung 18.1 zu sehen ist. (Mehr über *Stimmzungenanpassung* erfahren Sie später.)

Abbildung 18.1: Eine Stimmzunge wird gebogen, um den Lösabstand zu reduzieren. (Foto: Anne Hamersky)

 Wie es geht? Drücken Sie die Stimmzunge mit einem Zahnstocher durch den Schlitz, dann biegen Sie sie langsam und vorsichtig und lassen sie los. Zerren oder ziehen Sie die Stimmzunge nicht, sonst bricht sie oder knickt. Wenn Sie fertig sind, sollte sich die Stimmzunge etwas näher an der Stimmplatte befinden. Bevor Sie Ihr Werk begutachten, sollten Sie die Stimmzunge anzupfen, damit sie sich einschwingen kann. Sie sollte am Ende nicht nach unten in den Schlitz zeigen, und an der Spitze sollte sich ein kleiner Spalt befinden, etwa genauso dick wie die Stimmzungenspitze. Wenn die Zunge zu weit unten sitzt, biegen Sie sie hinauf, bis sie nicht mehr in den Schlitz ragt und es einen Spalt an ihrer Spitze gibt.

So glätten Sie scharfe Ecken und Kanten

Manche Mundharmonikas haben scharfe Ecken und Kanten. Sie können diese Stellen mit Sandpapier oder einer Feile glätten, um zu verhindern, dass Sie sich in die Hand oder die Lippen schneiden. Um die Kanten abzuschmirgeln, brauchen Sie eine harte, flache Unterlage. Eine Glasplatte wäre ideal, aber eine Küchenarbeitsplatte tut es auch. Um Ecken und Kanten abzubrechen, nehmen Sie 180er- oder 240er-Schleifpapier. Für den Feinschliff geht auch eine feinere Körnung, irgendwo zwischen 320 und 600.

Wenn die Kanten der Harmonika-Stimmplatten freiliegen, können Sie die Ecken und Kanten mit dem Sandpapier bearbeiten. Gehen Sie dann entweder mit einer Feile über die Stimmplattenkanten oder schmirgeln Sie die Kante ab. Seien Sie aber vorsichtig, dass Sie nicht die »Zähne« des Kammes erwischen.

Bei manchen Harps können die hinteren Deckelkanten scharfe Stelle aufweisen, an denen man sich in die Hände stechen oder schneiden kann. Die sollten Sie mithilfe einer Feile stumpf machen.

Probleme erkennen und beheben

Die Informationen in diesem Abschnitt können aus Ihnen einen Harp-Doktor machen (aber keine falschen Hoffnungen, im Fernsehen haben Sie nur als Bergdoktor eine Chance). In der folgenden Liste zähle ich Ihnen verschiedene Symptome auf, schlage die wahrscheinlichste Diagnose vor und mache Sie dann mit den »Behandlungsmethoden« vertraut, durch die Ihre Harmonika wieder gesunden kann.

✔ **Eine der Noten ist überhaupt nicht zu hören.** Wenn eine Note einfach stumm bleibt, kann das vier verschiedene Ursachen haben. Wir fangen mit der banalsten (und am leichtesten zu behebenden) an und arbeiten uns dann zu den schwierigen Fällen vor:

- Irgendetwas hindert die Stimmzunge daran, sich frei zu bewegen. Um dieses Problem zu lösen, lesen Sie die Abschnitte weiter unten, »Fremdkörper entfernen« und »So reparieren Sie verstellte Stimmzungen«.

- Die Harmonika ist möglicherweise falsch zusammengesetzt. Um hier Korrekturen vorzunehmen, lesen Sie am besten den späteren Abschnitt »Zerlegen und wieder ganz machen – aber wie?«

- Die Stimmzungenlage kann fehlerhaft sein. Mehr zu diesem Thema finden Sie in dem Abschnitt »Die Stimmzungenlage einstellen«.

- Die Stimmzunge ist hinüber und kurz vor dem Abbrechen. In diesem Fall verdient sie einen Platz auf Ihrem »Harmonika-Friedhof«.

✔ **Die Note ist einigermaßen gut zu hören, brummt aber komisch.** Brummen kann durch Schmutzablagerungen verursacht werden (siehe weiter unten in dem Abschnitt »Fremdkörper entfernen«), es kann aber auch darauf hinweisen, dass die Stimmzunge sich nicht in der richtigen Lage befindet und gegen die Seiten des Schlitzes stößt. Um sie wieder richtig einzustellen, lesen Sie den Abschnitt weiter unten, »So reparieren Sie verstellte Stimmzungen«.

✔ **Beim Benden und manchmal auch beim Spielen der Note ertönt ein hohes Quietschen.** Dieses Quietschen kommt durch *Torsionsschwingungen* zustande; die Stimmzunge schlägt dann nach beiden Seiten aus. Das kann mit Ihrer Atmung zu tun haben oder Ihrer Mund-, Kehlen- und Zungenformung (siehe Kapitel 3, 5, 6 und 7) – checken Sie das. Sie können sich aber auch helfen, indem Sie ein wenig Nagellack oder Bienenwachs in die unteren Ecken der Stimmzunge tupfen. Manche Spieler tragen auch unten einen winzigen Klebestreifen oder einen Tropfen Klebstoff auf die Mitte der Stimmzunge auf, um die Torsionsschwingen abzudämpfen.

✔ **Eine Note benötigt zu viel Luft zum Spielen.** Möglicherweise ist die Harmonika nicht richtig zusammengebaut. Besonders die Schraube, die der Stimmzunge am nächsten ist, kann oft locker sein. Lesen Sie den späteren Abschnitt »Zerlegen und wieder zusammenbauen – aber wie?«; dort finden Sie genauere Anweisungen. Wenn diese Reparatur nichts hilft, kann auch die Stimmzungenlage zu hoch eingestellt sein. Lesen Sie den Abschnitt »Die Stimmzungenlage einstellen« für mehr Details.

✔ **Das Spielen kostet zu viel Luft und die Töne klingen schwach.** Kann sein, dass die Stimmplatten nicht zuverlässig am Kamm befestigt sind; kann aber auch sein, dass Kamm und Stimmplatten nicht zusammenpassen. Lesen Sie den Abschnitt »Zerlegen und wieder zusammenbauen – aber wie?«

✔ **Die Note klingt verstimmt oder hört sich an wie das Ächzen einer Kuh.** Falls Sie ein Neuling sind, begegnet Ihnen dieses Problem vermutlich bei einer der Bending-Noten, wie etwa:

- Z1, 2, 3, 4, 5 oder 6, vor allem aber Z2 oder Z3

- B7, 8, 9 oder 10, am häufigsten aber B8

Vielleicht ziehen Sie unabsichtlich die Tonhöhe herunter. Versuchen Sie, einen Akkord zu spielen, der die Nachbartöne links und rechts der Problemnote enthält. Klingt der Akkord gut und sind die Töne richtig gestimmt, sollten Sie an Ihrer Atemtechnik arbeiten – lesen Sie dazu Kapitel 6. Klingt die Note aber noch immer verstimmt, können Sie mit Stimmzubehör und einem elektrischen Stimmgerät eine Stimmzunge richtig stimmen. Lesen Sie den späteren Abschnitt »So stimmen Sie Ihre Mundharmonika«.

✔ **Die Note »klemmt« und ertönt nicht sofort.** Ein Hinweis darauf, dass die Stimmzungenlage zu niedrig ist und erhöht werden muss. Wie das geht, steht weiter unten im Abschnitt »Die Stimmzungenlage einstellen«.

✔ **Die Note hört auf zu klingen und ein kleiner Metallstreifen fällt heraus.** Die Stimmzunge ist erledigt und hat den Geist aufgegeben. Sie können sich eine neue Mundharmonika oder (falls der Hersteller das anbietet) einen neuen Satz Stimmzungen kaufen. Oder suchen Sie Ihren Harmonika-Friedhof auf und sehen Sie nach, ob sich dort eine passende, gut erhaltene Stimmplatte findet. Werfen Sie die Harmonika auf jeden Fall nicht weg! Sie gibt bestimmt noch Ersatzteile her.

Zerlegen und wieder zusammenbauen – aber wie?

Um zum Stimmen, Einstellen und zur Fremdkörperbeseitigung an die Stimmzungen zu gelangen, müssen Sie die Deckel abnehmen. Vielleicht müssen Sie auch die Stimmplatten vom Kamm trennen. Wenn Sie vorsichtig sind, können Sie eine Harp auseinandernehmen und wieder zusammenbauen, ohne dass etwas passiert. Nicht so toll ist es, wenn nach dem Zusammensetzen noch irgendwelche Kleinteile übrig sind.

Manche Harmonikas sind zusammengeschraubt, manche zusammengenagelt. Bei beiden Arten läuft das Auseinandernehmen und Zusammenbauen etwas anders ab. In den folgenden Abschnitten erkläre ich beide Varianten.

Verschraubte Harmonikas

Um die Deckel von einer verschraubten Harmonika zu entfernen, legen Sie die Harp in den Handteller und halten Sie mit dem Zeigefinger eine der Schraubenmuttern fest, während Sie die betreffende Schraube lösen. Schraube und Mutter legen Sie in Ihr Aufbewahrungskästchen, dann lösen Sie die restlichen Schrauben.

Wenn Sie die Deckel wieder anschrauben, beachten Sie Folgendes:

1. **Der obere Deckel (der mit dem Namen der Harmonika und irgendwelchen Zahlen) muss sich über der Blasstimmplatte (mit den Stimmzungen innerhalb der Harp) befinden.**

   Falls sich vorne auf den Stimmplatten irgendwelche Kerben befinden, sollten die Vorderkanten der Deckel genau in diese Kerben eingelassen werden.

2. **Platzieren Sie eine der Muttern in oder über dem Klangloch (je nachdem, was für eine Art von Kanal es ist) und fixieren Sie sie mit dem Zeigefinger der Haltehand.**

3. **Drehen Sie die Harmonika um, legen Sie die Schraube ins Loch und ziehen Sie sie etwa zur Hälfte fest.**

   Befestigen Sie Schraube und Mutter auf die gleiche Weise am anderen Ende des Deckels.

4. **Wenn Sie sicher sind, dass beide Deckel richtig sitzen, ziehen Sie die Schrauben fest bis zum Ende.**

Zum Entfernen der Stimmplatten benutzen Sie einen passenden Schraubendreher, um die Schrauben zu lockern. Bewahren Sie die Schrauben auf jedem Fall in Ihrem Kästchen auf, damit sie nicht verlorengehen.

 Bevor Sie die Stimmplatten entfernen, kennzeichnen Sie deren Außenseiten mit einem wischfesten Markierstift. So können Sie nachher leicht wieder feststellen, welche Stimmplatte nach oben gehört und welche nach unten. Die obere Stimmplatte enthält die Stimmzungen fürs Blasen, die untere die fürs Ziehen.

Und so bauen Sie Ihre Harp nach Entfernen der Stimmplatten wieder zusammen:

1. **Setzen Sie die Stimmplatte fürs Blasen nach oben (Stimmzungen innen) und die Stimmplatte fürs Ziehen nach unten (Stimmzungen außen).**

   Achten Sie darauf, dass die langen Stimmzungen in die langen Kammern im Kamm passen. Die Schrauböffnungen in den Stimmplatten müssen mit den entsprechenden Klanglöchern im Kamm abschließen.

2. **Setzen Sie die Schrauben in beliebiger Reihenfolge ein und drehen Sie jede davon gegen den Uhrzeigersinn, bis Sie ein Klickgeräusch hören.**

   Dadurch gewährleisten Sie, dass das Bolzengewinde mit dem Gewinde in der unteren Stimmplatte abschließt. Wenn Sie es klicken hören, drehen Sie die Schraube im Uhrzeigersinn, um sicherzugehen, dass sie den Bolzen in der unteren Stimmplatte nicht verfehlt (aber ziehen Sie sie noch nicht ganz fest).

3. **Legen Sie die Harmonika mit den Löchern nach unten auf einen Tisch. Auf diese Weise können Sie sicher sein, dass die Vorderkanten der Stimmplatten mit den Vorderkanten des Kamms abschließen. Dann ziehen Sie die Schrauben fest, wobei Sie in der Mitte der Mundharmonika beginnen und sich dann zum rechten und linken Ende vorarbeiten.**

   Durch diesen Vorgang bleiben die Stimmplatten flach auf dem Kamm liegen.

 Überdrehen Sie nie eine Schraube oder einen Bolzen. Ziehen Sie sie nur so weit fest, bis der Schraubenzieher sich Ihrem Fingerdruck widersetzt (außer Sie ritzen ein Gewinde in eine brandneue Stimmplatte, was zusätzlichen Druck erforderlich macht.)

Vernagelte Mundharmonikas

Harmonikas, die zusammengenagelt sind, müssen mit einer steifen Klinge »geknackt« werden, die dünn genug ist, um zwischen den Deckel und die Stimmplatten sowie zwischen Stimmplatte und Kamm zu gelangen. Die Klinge muss mindestens so lang sein wie die Fläche, die Sie abtrennen wollen, und damit sie diese Fläche anheben kann, muss sie steif sein. Die Klinge eines großen Taschenmessers eignet sich für die Deckel; an die Stimmplatten jedoch müssen Sie vielleicht mit einem preiswerten Küchenmesser herangehen. Wenn Sie Stimmplatten abmontieren, schneiden Sie möglichst nicht in den Kamm und hinterlassen Sie auch keine Kerbe im Holz.

Nägel verformen sich oft zu komischen Winkeln und die Köpfe sitzen dann nicht mehr korrekt auf dem Schaft. Versuchen Sie den Urzustand des Nagels möglichst beizubehalten, damit Sie ihn immer wieder in sein vorgesehenes Loch zurückstecken können. Sie können die Nägel in ein Stück Knetgummi oder Lehm stecken, Sie können sie auch in der richtigen Reihenfolge auf die Innenseite eines Klebebands heften.

Beim Zusammenbauen einer genagelten Harmonika stecken Sie jeden Nagel in sein vorgesehenes Loch, dann drücken Sie ihn mit einer kleinen Zange oder sonst irgendeinem harten Gegenstand hinein. Wichtig ist, dass Sie dabei nicht an die Stimmplatten kommen.

Drücken Sie nicht so fest zu, dass der Kamm bricht oder die Harmonika verbogen wird.

Fremdkörper entfernen

Wenn eine Stimmzunge keinen beziehungsweise nur einen Ton von sich gibt, der mit einer reinen Note nicht viel gemein hat, ist sie wahrscheinlich blockiert. Dafür kann es mehrere Gründe geben:

✔ Schmutz (wie etwa Fussel, Haare, Essensreste oder sonst etwas, das dort nichts verloren hat) hat sich zwischen die Stimmzunge und ihren Schlitz eingenistet.

✔ Unebenheiten sind durch etwas Hartes oder Scharfes entstanden, das Kerben an der Stimmzungenkante oder dem Schlitz verursacht hat.

✔ Die Stimmzunge sitzt nicht fest und schlägt gegen die Schlitzkante (in diesem Fall finden Sie die Lösung in dem späteren Abschnitt »Was tun, wenn eine Stimmzunge nicht korrekt sitzt?«).

Wenn Sie Schmutzteilchen oder Kerben für die Übeltäter halten, finden Sie heraus, in welchem Kanal die Blockade sitzt und ob es die Blas- oder die Ziehnote ist. Dann nehmen Sie die Deckel ab. Wenn die Problemnote eine Ziehnote ist, schauen Sie sich die Stimmplatte an, bei der sich die Stimmzungen außen befinden. Beginnen Sie entweder bei Kanal 1 (mit der längsten Stimmzunge) oder Kanal 10 (mit der kürzesten Stimmzunge) und zählen Sie durch bis zu dem Klangloch, das Ihnen Probleme bereitet. Wenn Sie den richtigen Kanal erreicht haben, halten Sie sich – je nach Ursache – an die folgenden Anweisungen:

✔ **Schmutz:** Suchen Sie nach Fusseln, Haaren oder allem Möglichen, was zwischen der Stimmzunge und dem Schlitz stecken kann. Entfernen Sie Fremdkörper stets, indem Sie sie in Richtung des freien Zungenendes streifen. So vermeiden Sie, dass sie noch weiter zwischen Stimmzunge und Stimmplatte geraten. Auf diese Weise kann sich die Stimmzunge auch nicht verhaken oder verformen oder verrissen werden.

Handelt es sich bei der behinderten Note um eine Blasnote, brauchen Sie wahrscheinlich ein Lämpchen, mit dem Sie die Stimmplatte anstrahlen oder den Raum zwischen den Kanälen ausleuchten, um die Blockade zu finden. Beseitigen Sie alle Fremdkörper, die Sie entdecken, so gründlich wie möglich. Möglicherweise müssen Sie die Stimmplatten vom Kamm trennen, um den Fremdkörper loszuwerden.

✔ **Kerben:** Untersuchen Sie sämtliche Hohlräume rund um die Stimmplatte. Legen Sie dazu ein Stück weißes Papier auf den Tisch und strahlen Sie es mit einer hellen Lampe an. Trennen Sie die Stimmplatte vom Kamm und halten Sie sie so, dass Sie zwischen den Stimmzungen hindurchsehen können; das vom Papier reflektierte Licht scheint durch die Stimmplatte hindurch um die Stimmzungen herum. Mit dieser Technik entgeht Ihnen keine Unebenheit.

Um eine Kerbe zu beseitigen, schieben Sie ein Stück Stahlblech (etwa 0,05 Millimeter dick) zwischen die Stimmzunge und die Kante des Schlitzes. Versuchen Sie nun, Unebenheiten zu ertasten und hobeln Sie alles weg, was absteht. Passen Sie auf, dass Sie die Stimmzunge nicht einseitig verschieben, sonst müssen Sie sie erst wieder in die richtige Lage zurückbringen.

Was tun, wenn eine Stimmzunge nicht korrekt sitzt?

Falls Sie das Gefühl haben, eine der Stimmzungen sitze nicht am richtigen Ort, nehmen Sie die Stimmplatte ab und halten Sie die Zunge gegen ein helles Licht. Während Sie ins Licht rund um die Zunge schauen, lassen Sie die Stimmplatte langsam von links nach rechts rotieren, um sicherzugehen, dass Sie die Stimmzunge nicht nur aus einem seltsamen Winkel heraus betrachten und daher meinen, sie befinde sich nicht am richtigen Ort.

 Wenn es aussieht, als würde eine Stimmzunge eine Seite des Schlitzes berühren, drücken Sie sie ein wenig in die Gegenrichtung. Sie können dazu ein ausreichend steifes Stückchen Blech verwenden. Falls Sie einen Stimmzungenschlüssel haben und die Zunge sehr deutlich »danebensitzt«, können Sie den Sitz mithilfe des Schlüssels korrigieren. Wie auch immer Sie es anstellen, halten Sie die Stimmplatte auf jeden Falls ins Licht, damit Sie sehen können, was Sie tun. Das ist Popelarbeit, und eine kleine Bewegung kann schon viel ausrichten.

Stimmzungenschlitze enger machen

Wenn Ihr Atem eine Stimmzunge zum Vibrieren bringt, entweicht ein Teil der Luft über den freien Raum zwischen der Stimmzungenkante und der Kante des Schlitzes in der Stimmplatte. Sie können diesen Raum enger machen, sodass weniger Luft entweicht. Als Folge dieser Verengung kann die Stimmzunge sensibler reagieren, bei einem größeren Luftvolumen. Den Schlitz verengt man, indem man die Kanten des Schlitzes mit einem harten Gegenstand nach innen drückt. Mundharmonikakenner bezeichnen diesen Vorgang als *Embossing*.

Sie können einen Schlitz mit einem runden Gegenstand enger machen, der härter ist als das Metall der Stimmplatte, eine glatte, ebene Fläche ohne scharfe Kanten hat und einen Durchmesser aufweist, der größer ist als die Breite des Schlitzes. So können Sie beispielsweise eine Münze nehmen, einen Steckschlüsseleinsatz und sogar den Knauf am Ende einer Stimmgabel.

Wenn Sie einen Schlitz verengen, beginnen Sie damit am spitzen Ende der Stimmzunge. Dort drücken Sie fest, aber ohne Gewalt zu und ziehen das Verengungswerkzeug am Schlitz entlang zurück (siehe Abbildung 18.2 oben). Wenn Sie auf den Schlitz drücken, drücken Sie auch die Stimmzunge in den Schlitz und die Höheneinstellung der Zunge sinkt. Um das zu vermeiden, stoppen Sie den Vorgang bei längeren Stimmzungen nach etwa zwei Dritteln der Wegstrecke. Bei sehr kurzen Zungen gelingt es Ihnen vielleicht, nur einen Bruchteil der Schlitzlänge zu verengen, ohne die Stimmzunge zu verrücken.

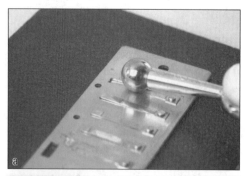

Abbildung 18.2: Embossing entlang dem Hauptteil der Stimmzunge (oben) sowie am unteren Teil (unten) (Foto: Anne Hamersky)

 Zu viel Druck beim Embossing bewirkt, dass der Schlitz die Stimmzungenkante berührt und die Zunge am Vibrieren hindert. Zupfen Sie also nach jedem Schritt die Zunge an, um sicherzugehen, dass sie noch frei schwingen kann (mehr übers Anzupfen finden Sie in dem Abschnitt weiter oben »Wie Sie beim Reparieren Ihre Nerven schonen«). Wenn Sie zu stark verengen, sodass die Zunge behindert wird, versuchen Sie sie mehrmals anzuzupfen, um die Behinderung zu beseitigen. Wenn das nicht funktioniert, nehmen Sie einen Blechstreifen (so als wollten Sie eine Blockade beseitigen) oder ziehen Sie sanft die Kante eines Schraubenziehers oder einer Messerklinge gegen die Schlitzkante, bis die Stimmzunge sich wieder frei bewegen kann.

 Um die Verengung nahe am unteren Ende der Stimmzunge vorzunehmen, ohne dabei die Stimmzunge in den Schlitz zu zwängen, behelfen Sie sich mit einer scharfen Klinge. (Es gibt auch Spezialwerkzeug zu diesem Zweck, u.a. bei dem Harmonikahersteller Seydel [https://www.seydel1847.de].) Drücken Sie die Eckkante nach unten innen gegen die Schlitzkante und fahren Sie mit der Ecke der Klinge an der Schlitzkante entlang (vergleiche Abbildung 18.2 unten). Passen Sie auf, dass Sie die Stimmzungenkante nicht einkerben oder die Zunge von ihrem Platz schieben.

Die Stimmzungenlage einstellen

Stimmzungen lassen sich so einstellen, dass sie auf den Atem eines Spielers auf ganz spezielle Weise reagieren – zum Beispiel, um den Tonansatz zu verstärken oder abzuschwächen oder die Atmung schwer oder leicht zu machen. Man fasst solche Aktionen unter dem Begriff *Stimmzungenlage* zusammen. Die Stimmzungenlage lässt sich einstellen, indem man die Krümmung der Stimmzunge im Verhältnis zur Stimmplatte verändert.

Um Ihre Atemluft maximal auszuschöpfen, sollte die ideale Krümmung als Erstes darin bestehen, dass sich das untere Ende der Stimmzunge so nahe wie möglich an der Stimmplatte befindet. Die Stimmzunge bleibt etwa auf halber Länge parallel zur Platte, dann krümmt sie sich leicht nach oben gegen die Spitze (siehe Abbildung 18.3). Durch eine Veränderung der Krümmung auf der vorderen Hälfte der Stimmzunge können Sie bestimmen, wie die Zunge auf einen harten oder weichen Ansatz sowie aufs Bending (dazu mehr in den folgenden Abschnitten) reagiert.

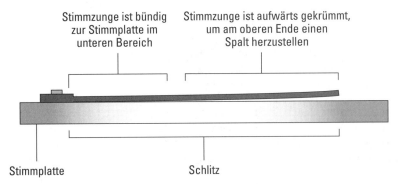

Abbildung 18.3: Die ideale Stimmzungenlage (Krümmung übertrieben dargestellt) © John Wiley & Sons, Inc.

 Die Stimmzunge sollte nie in den Schlitz hineinragen und nie vom oberen zum unteren Ende abwärts gekrümmt sein. Eine solche Stimmzunge wird beim Spielen nur mangelhaft oder gar nicht reagieren.

Sie beginnen mit der Einstellung der Stimmzungenlage im unteren Bereich der Stimmzunge, nahe der Vernietung, und arbeiten sich nach oben vor. Sie können den unteren Teil der Zunge anheben, indem Sie eine kleine Scheibe einlegen. Wahrscheinlich aber wollen Sie den unteren Teil eher absenken, also »tieferlegen«, damit die Stimmzunge mehr leistet. Zu diesem Zweck drücken Sie sanft mit dem Daumen oder einer breiten, stumpfen Nadel auf den unteren Teil der Zunge (Abbildung 18.4).

Nachdem Sie den unteren Teil der Stimmzunge gesenkt haben, ragt die restliche Zunge möglicherweise in den Schlitz hinein, was sie daran hindert, zu klingen. Sie müssen diesen Teil also erst aus dem Schlitz befreien und ihr dann die Krümmung verleihen, die sie benötigt, um wunschgemäß reagieren zu können.

Wenn Sie die gesamte Stimmzunge aufwärts biegen, heben Sie auch den »tiefergelegten« unteren Teil wieder mit an. Deshalb ist es besser, Sie lassen den unteren Stimmzungenbereich

Abbildung 18.4: Durch Daumendruck den unteren Teil einer Stimmzunge »tieferlegen« (Foto: Anne Hamersky)

in Ruhe und heben nur den restlichen Teil an. Sie können die Auswirkungen des Biegevorgangs für einen Teil der Stimmzunge eindämmen, indem Sie diesen Teil mit dem Finger oder einem Werkzeug niederdrücken und nur die Spitze biegen. (Lesen Sie dazu den Abschnitt »Die Stimmzungen zurechtbiegen« weiter oben in diesem Kapitel.)

Es ist jedoch die *Streichmethode*, die es Ihnen ermöglicht, einem genau eingegrenzten Bereich der Stimmzunge die richtige Krümmung zu verleihen. Wenn Sie mit einer Werkzeugkante über eine Stimmzunge streichen und dabei ein wenig Druck ausüben, wird sich die Stimmzunge in Richtung der Kante einrollen – so wie eine Haarschleife sich mit einer Scherenklinge einrollen lässt. Wenn Sie über den oberen Teil einer Stimmzunge streichen, biegt sie sich nach oben; wenn Sie sie durch den Schlitz streichen, biegt sie sich nach unten. Stützen Sie die Zunge stets ab und streichen Sie an dem Punkt, wo die Krümmung beginnen soll. In Abbildung 18.5 sehen Sie Beispiele zur Krümmung einer Stimmzunge sowohl mit der Biege- als auch mit der Streichmethode.

So reagieren Stimmzungen auf Ihren Atem

Wenn die Stimmzunge so eingestellt ist, dass sie hoch über der Stimmplatte sitzt, reagiert sie zwar auf harte Ansätze (wenn man eine Note zu spielen beginnt, nennt man das *Ansatz*) und ein großes Atemvolumen, aber das Spielen selbst wird dann ziemlich viel Atemluft erfordern. Eine Stimmzunge hingegen, die tief über der Stimmplatte sitzt, wird auf sanfte Ansätze und ein geringes Atemvolumen reagieren. Sie kann allerdings versagen, wenn sie zu heftig blasen.

Unter der Spitze der Stimmplatte muss sich ein Spalt befinden, sonst wird sie nicht schwingen. Die Breite dieses Abstands sollte in etwa der Dicke der Stimmzungenspitze entsprechen; denken Sie immer daran, dass lange Stimmzungen größere Abstände benötigen als kurze Stimmzungen. Ein größerer Spalt eignet sich besser für ein hartes Spiel (eine Kombination aus harten Ansätzen und großem Atemvolumen), ein kleiner eher für sanfte Klänge. Sie sollten den Abstand

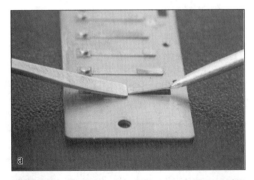

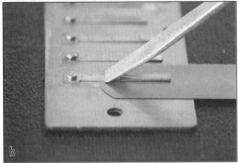

Abbildung 18.5: Eine Stimmzunge nach oben krümmen – mit der Biege- (oben) und der Streichmethode (Foto: Anne Hamersky)

so einrichten, dass die Harp optimal auf Ihre Spielweise reagieren kann, dass Sie laut spielen können und mit wenig Kräfteeinsatz. Welcher Abstand für Sie passend ist, finden Sie durch Experimentieren heraus.

So reagieren Stimmzungen auf das Bending

Wenn Sie eine Note downbenden (siehe Kapitel 8), reagieren sowohl die Blas- als auch die Ziehzunge darauf. Die Stimmzunge mit der größeren Tonhöhe wird downgebendet und nähert sich der Stimmplatte. Noten, die beim Bending einen langen Weg zurücklegen müssen (wie etwa B10, Z2 und besonders Z3), dürfen daher etwas weiter von der Stimmplatte abgekrümmt werden. Durch diese zusätzliche Krümmung haben die Noten einen etwas längeren Weg in Richtung Stimmplatte, wenn sie gebendet werden.

Die Stimmzunge mit der niedrigeren Tonhöhe öffnet sich und entfernt sich von der Stimmplatte. Dieser Stimmzunge tut es gut, wenn sie etwas näher in Richtung Stimmplatte gekrümmt wird, sodass sie einen etwas längeren Weg hat, wenn sie von der Stimmplatte weggezogen wird.

Andererseits: Wenn Sie eine Note upbenden (lesen Sie bitte den Abschnitt zum Thema *Overblowing* in Kapitel 12), wird die höhere Note aktiviert und bewegt sich von der Stimmplatte weg, während die tiefere Note sich nicht regt. Beiden Stimmzungen tut es gut, wenn sie ein wenig näher an die Stimmplatte versetzt werden. Die Zunge, die sich von der Stimmplatte wegbewegt, hat eine weitere Strecke von einem Punkt aus, der sich nahe an der Platte befindet, während die zurückbleibende Stimmzunge vom Atemdruck leichter abgedämpft werden kann, wenn sie sich nahe an der Platte befindet.

Die ideale Reaktion

Mit einer idealen Stimmzungenreaktion können Sie Noten mit der gleichen Leichtigkeit down- und upbenden und so laut oder leise spielen wie Sie wollen. Diese Prioritäten miteinander auszusöhnen, sorgt aber oft für Konflikte. Upbending und Downbending stellen recht unterschiedliche Ansprüche, während leises Spiel und Upbending (wozu eine niedrige Stimmzungeneinstellung am besten ist) wiederum der Fähigkeit zum harten Spielen (wozu eine hohe Stimmzungeneinstellung am besten ist) im Weg stehen können.

Manchmal können Sie diesen Konflikten beikommen, indem Sie einfach Ihre Spieltechnik ändern. So können Sie zum Beispiel Ihre Upbending-Technik verbessern, um höher eingestellte Stimmzungen zu overbenden. Sie können aber auch lernen, Ihr Spiel durch einen weicheren Ansatz und ein geringeres Atemvolumen zu mäßigen; dann müssen die Stimmzungen nicht mehr so hoch eingestellt werden wie zuvor.

Egal, in welchen Bereichen Sie Verbesserungen an Ihrer Spieltechnik vornehmen – die Einstellung der Stimmzungen spielt immer eine Rolle. Die beste Strategie ist es, eine Einstellung zu finden, die größtmögliche Wirksamkeit und kräftige Vibrationen bei geringstem Aufwand ermöglicht. Danach können Sie noch kleinere Korrekturen an dieser Einstellung vornehmen, die Ihren speziellen Bedürfnissen entgegenkommen – in diesem Kanal ein etwas tieferes Bending, in jenem Kanal einen Overbend, einen insgesamt weicheren oder härteren Ansatz.

So stimmen Sie Ihre Mundharmonika

Harmonikas können sich beim Spielen leicht verstimmen, und selbst fabrikneue Instrumente sind nicht immer optimal gestimmt. Aber das brauchen Sie nicht einfach hinzunehmen – Sie können verstimmte Noten wieder »korrigieren«.

Der Stimmvorgang vollzieht sich in einfachen Schritten, aber es gibt da ein paar Raffinessen, die Sie kennen sollten. In den folgenden Abschnitten mache ich Sie mit den Grundlagen des Stimmens vertraut, zeige Ihnen, wie Sie die Stimmung überprüfen können und überrasche Sie auch ein wenig, indem ich Ihnen weissage, dass Sie oft freiwillig von der vorgeschriebenen Tonhöhe abweichen werden.

Ihre Stimmzungen sollten Sie immer neu stimmen, nachdem Sie irgendeine andere Arbeit daran ausgeführt haben, wie zum Beispiel die Schlitze verengt, die Zungen den Schlitzen eingepasst, die Krümmung eingestellt, irgendetwas neu justiert. Denn bei solchen Aktionen verstimmen die Zungen sich am häufigsten.

Das sollten Sie wissen und können

Zwei Dinge über das Stimmen sollten Sie auf jeden Fall wissen:

✔ Um die Tonhöhe zu erniedrigen, können Sie entweder eine kleine Menge Metall von der Oberfläche der Zunge entfernen – oder im oberen Bereich (an der Spitze also) Material hinzufügen wie etwa Lötzinn oder Knetmasse.

✔ Um die Tonhöhe anzuheben, entfernen Sie etwas Metall von der Oberfläche der Stimmzunge an ihrer Spitze.

 Sie werden sehen: Die einfachste Methode, um eine Zunge zu stimmen, ist es,
wenn man direkt mit ihr in Tuchfühlung kommt. Die Stimmzungen einer diatonischen Mundharmonika sind auf einer Seite der Stimmplatte montiert – diese Seite sollte Ihnen zugewandt sein. Wenn Sie die Deckel abnehmen, blicken Sie
auf die Ziehzungen. Die Blaszungen hingegen befinden sich im Inneren des Kammes; um sie freizulegen, müssen Sie die Stimmplatten vom Kamm abschrauben.
Sie können die Blaszungen auf dem Kamm stimmen; leichter ist es jedoch, wenn
Sie die Platten abnehmen. Außerdem ist dann die Gefahr kleiner, dass Sie die
Stimmzungen beschädigen oder von der Stelle bewegen.

Zum Stimmen einer Stimmzunge gehen Sie wie folgt vor:

1. **Geben Sie der Stimmzunge Halt, indem Sie zwischen sie und die Stimmplatte ein
   Klemmstück einfügen.** Metall, dünner Kunststoff oder auch ein steifes Stück Papier reichen dazu aus. Und denken Sie daran: Sie wollen die Zunge nur abstützen und sollten verhindern, dass ihr unterer Teil von der Stimmplatte getrennt wird. Das kann durchaus
   passieren, wenn Ihr Klemmstück zu dick ist.

2. **Entfernen Sie etwas Metall von der Stimmzunge, indem Sie mit einem Feinschleifer dar-
   überstreichen, dessen Schleifband eine mittlere bis feine Körnung hat.**

   Der Körnungsgrad ist vielleicht nicht als Kennziffer auf dem Schleifband vermerkt, aber
   wenn Sie mit dem Finger entlangfahren, können Sie ihn ungefähr einschätzen.

3. **Schleifen Sie einen kleinen Bereich längs der Stimmzunge.**

   Schleifen Sie nicht quer über die Zunge, denn auf diese Weise kommt es zu Unebenheiten,
   die gegen die Schlitzkante stoßen – und jede Art von Vernarbung kann die Stimmzunge
   schwächen. Drücken Sie beim Schleifen auch nicht allzu fest zu, da Druck sowohl die
   Krümmungen als auch die Ebenmäßigkeit der Stimmzunge verändern kann. In Abbildung 18.6a sehen Sie, wie man (am unteren Ende) eine Stimmzunge mit einem Feinschleifer tiefer stimmen kann. Abbildung 18.6b zeigt, wie man sie (am oberen Ende) höher
   stimmen kann.

   Wenn Sie an der Spitze der Stimmzunge schleifen, ist es am besten, von innen nach außen
   in Richtung der Spitze zu schleifen. (Wenn Sie von außen nach innen schleifen, können
   Sie die Zunge verhaken und in zwei Teile falten.) Halten Sie allerdings sorgfältig Ausschau
   nach Unebenheiten. Wenn Sie im unteren Bereich der Stimmzunge schleifen, können Sie
   gefahrlos nach innen schleifen.

4. **Nach einigen Schleifbewegungen sollten Sie das Ergebnis jeweils prüfen, indem Sie das
   Klemmstück entfernen, die Stimmzunge anzupfen, dann die Harmonika wieder zusammenbauen und die betreffende Note spielen.**

   Mehr darüber, wie Sie Ihre Resultate testen können, lesen Sie im folgenden Abschnitt.

Abbildung 18.6: Das Stimmen einer Zunge mit einem Feinschleifer
(Foto: Anne Hamersky)

 Warme Stimmzungen vibrieren bei einer geringeren Tonhöhe als kalte. Ihr Atem wärmt die Zungen an, deshalb empfiehlt es sich, sie im warmen Zustand zu stimmen. Vor dem Stimmen können Sie die Stimmplatten für kurze Zeit in ein elektrisches Heizkissen stecken, wenn Sie so etwas besitzen, und sie warmhalten, während Sie arbeiten.

So prüfen Sie, ob Sie richtig gestimmt haben

Überprüfen können Sie Ihr Stimmergebnis entweder mit einem elektrischen Stimmgerät oder indem Sie die Note zusammen mit einer anderen Note auf der Harmonika spielen. Wenn möglich, spielen Sie die Note, die Sie gestimmt haben, gemeinsam mit der gleichen Note um eine Oktave höher oder tiefer (das geht, indem Sie Intervalle mit Zungenblockade spielen, die man auch *Splits* nennt; mehr dazu in Kapitel 7). Vielleicht fällt Ihnen beim gemeinsamen Spiel beider Noten auf, dass der Ton zittert; das bezeichnet man als *Beating*. Je schneller das Beating, umso mehr haben die Noten sich verstimmt. Wenn das Beating langsamer wird, nähern sich die Noten in ihrer Tonhöhe einander wieder an.

Woran erkennen Sie, ob die Note, die Sie stimmen wollen, zu tief oder zu hoch ist? Und woher sollen Sie wissen, ob die Vergleichsnote richtig gestimmt ist? Hier kommt das Stimmgerät ins Spiel. Ein chromatisches Stimmgerät verrät Ihnen genau, ob eine Note im Vergleich mit einer Bezugsnote zu hoch oder zu niedrig gestimmt ist (und um wie viel). An diesem Punkt wird die Sache etwas schwieriger, und zwar aus drei Gründen:

✔ Der Standard-Vergleichswert A440 (das mittlere A, das mit 440 Hertz schwingt) wird sowohl von Herstellern als auch Musikern oft ignoriert.

✔ Harmonikas sind oft höher gestimmt als es dem Standardwert entspricht – als Kompensation für die Tatsache, dass der Atem des Spielers die Höhe eines Tons leicht erniedrigt. Ich persönlich stimme meine Mundharmonika auf A442, doch manche Spieler mit schwerem Atemdruck gehen bis A446.

✔ Die Feinstimmung einzelner Noten in Richtung höher oder tiefer im Vergleich zur Bezugsnote variiert je nach den Vorlieben der Hersteller (und Spieler). Von einer *reinen Stimmung* spricht man, wenn bei einer Stimmung Akkorde zwar wunderbar stimmig klingen, aber bestimmte Tonleiternoten sich verstimmt anhören, wenn Sie eine Melodie spielen. Bei der *gleichschwebenden Stimmung* werden alle Noten gleichermaßen (wenn auch nur ein wenig) verstimmt. Akkorde klingen auf diese Weise recht herb. Hersteller und Spieler benutzen die verschiedensten Stimmungen – zu viele, um sie alle in diesem Buch aufzuführen. Wenn der Hersteller die Stimmung für Ihre Mundharmonika preisgibt (Seydel z.B. gibt 443 Hertz als Basis an), benutzen Sie diese Stimmung als Bezugsgröße. Ansonsten schlage ich Ihnen vor, entweder gleichschwebend zu stimmen oder sich nach dem Diagramm in Abbildung 18.7 zu richten.

Wenn nur eine Note auf der Harmonika sich verstimmt anhört, spielen Sie die gleiche Note eine Oktave höher oder tiefer in Ihr Stimmgerät und lesen Sie ab, wie weit sie sich ober- oder unterhalb des korrekten Werts befindet. Dann spielen Sie die verstimmte Note. Wenn sie sich als tiefer oder höher erweist als die anderen Noten, dann wissen Sie, ob Sie sie erhöhen oder erniedrigen müssen und um wie viel ungefähr. Dann müssen Sie nur noch ein wenig stimmen und ein wenig testen, bis es sich richtig anhört. Wenn es um das Endergebnis geht, sind Ihre Ohren wichtiger als das Stimmgerät.

 Wenn Sie eine Stimmzunge gestimmt haben, beginnt sich deren Tonhöhe zu verändern – vor allem, wenn Sie sie höher stimmen, wird sie weiterhin steigen. Sie sollten also, falls möglich, die Stimmzungen ein paar Tage ruhen lassen, bevor Sie sie zum ersten Mal stimmen. Dann können Sie es wagen und ein paar Dinge ausbessern.

In Abbildung 18.7 sehen Sie die Kompromissstimmung, die Hohner für seine »Marine Band«-Harmonikas verwendet. Wenn Sie sonst keine Informationen über die Stimmung einer Harmonika haben, können Sie diese Version übernehmen. Sie sehen die Abweichungen von der Basisfrequenz für die Blas- und Ziehtöne.

Blasen	0	–12	+1	0	–12	+1	0	–12	+1	0
Kanal	**1**	**2**	**3**	**4**	**5**	**6**	**7**	**8**	**9**	**10**
Ziehen	+2	+1	–11	+2	–12	+3	–11	+2	–12	+3

Abbildung 18.7: Kompromissstimmung für »Marine Band«-Harmonikas © John Wiley & Sons, Inc.

Teil VI
Der Top-Ten-Teil

Unter www.wiley-vch.de/publish/dt/books/ISBN3-527-71509-6
finden Sie die Audiotracks zum Buch als Download.

IN DIESEM TEIL ...

Viele Wege führen ins Harmonika-Universum

Die besten Harmonika-Alben

Kapitel 19

Zehn (und noch ein paar mehr) Fahrkarten nach Harmonikaland

Harmonikaspieler, sogar die richtigen Profis, sind erstaunlich großherzig und begeisterungsfähig, wenn es um ihr kleines Instrument geht. Früher war es nicht so einfach, andere Spieler zu finden, mit denen man jammen, von denen man lernen und mit denen man sich einfach mal austauschen konnte. Vielleicht wohnte der nächste Spieler ja gleich im Haus nebenan, und man wusste es nur nicht. Heute ist es ein Kinderspiel, Gleichgesinnte kennenzulernen. Es gibt Hunderte von Möglichkeiten – die elf besten stelle ich Ihnen in diesem Kapitel vor.

Nehmen Sie Unterricht bei einem Profi

Es gibt Dutzende von ausgezeichneten Büchern über das Harmonikaspielen – eins davon kennen Sie ja schon. Mit einem richtigen Lehrer ist es trotzdem leichter: Er kann Ihnen in wenigen Sätzen erklären, was sich in einem Buch vielleicht über mehrere Seiten hinzieht. Auch wenn Sie einen spieltechnischen Fehler machen, sieht der Lehrer es (im Gegensatz zum Buch) sofort und kann Ihnen helfen, ihn zu korrigieren. Falls Sie keinen Lehrer finden, versuchen Sie es mal auf der Internetseite https://www.superprof.de/unterrichtsangebot/mundharmonika/deutschland/. Dort dürften Sie mit ein wenig Glück auch jemanden in Ihrer Gegend finden, der professionellen Harmonikaunterricht gibt. Einen ähnlichen Dienst bietet (die noch in den Anfangsschuhen steckende) Seite https://www.lingwa.de/musik/mundharmonika. Bedenken Sie auf jeden Fall: Es gibt in Deutschland weitaus weniger Harmonika- als Gitarren- oder Klavierlehrer, und ein paar kleine Schritte werden Sie ihnen entgegengehen müssen.

Wenn Sie sich speziell für die Bluesharp-Stilrichtung interessieren, finden Sie auf http://www.bluesharp-unterricht.de/ eine umfangreiche Liste von Lehrern in Deutschland. Die Wahrscheinlichkeit, dass auch jemand aus Ihrer Region dabei ist, ist groß.

Natürlich ist es am besten, wenn Sie Ihrem Meister direkt gegenübersitzen können. Trotzdem gibt es immer mehr Harmonikalehrer, die lieber auf Internetverbindungen, Webcams und Lehrvideos zurückgreifen oder über Skype oder FaceTime mit ihren Schülern kommunizieren. Wenn Sie also in Ihrer Nähe niemanden finden – die Welt ist groß.

Besuchen Sie Harmonika-Konzerte

Wenn Sie zu einem Konzert gehen, das zu großen Teilen von Mundharmonikaspielern bestritten wird, treffen Sie dort garantiert Leute, denen dieses Instrument genauso ans Herz gewachsen ist wie Ihnen. Wenn Sie wissen wollen, wo in Ihrer Gegend ein solches Konzert stattfindet, besorgen Sie sich am besten einen Veranstaltungskalender oder verfolgen Sie die Kulturseiten in Ihrer Tageszeitung, je nachdem ob Sie sich für Blues, Jazz oder klassische Klänge interessieren. Auch die vielen Harmonika-Seiten bei Facebook bringen zum Teil Veranstaltungshinweise.

Beschränken Sie sich nicht auf die Mundharmonika

Nicht nur reine Harmonika-Konzerte lohnen einen Besuch. Selbst musikalische Darbietungen, bei denen die Harp nicht im Vordergrund steht, bieten oft eindrucksvolle Harmonika-Passagen, und selbst wenn überhaupt keine Mundharmonika beteiligt ist, können Sie eine Menge über Stilrichtungen mit typischem Harmonika-Bezug lernen, wie zum Beispiel über den Blues. Und falls der Blues nicht so Ihr Ding ist, finden Sie sicherlich Zusammenkünfte von Harmonikafreunden, bei denen Sie das spielen können, was Ihnen gefällt. Sehr wahrscheinlich lernen Sie dort andere Musiker kennen. Und auch wenn Sie der einzige Harmonikaspieler in der gesamten Region sind, nimmt man Sie vermutlich gerne auf – schon aufgrund der Attraktion, die Sie dann darstellen.

Spiel ohne Grenzen: Jamsessions und Open-Mic-Abende

Jamsessions gibt es für zahlreiche Musikstile, zum Beispiel Rock, Blues, Jazz, Irish, Flamenco und viele andere. Auf solchen Jamsessions spielt man zum eigenen Vergnügen. Das Publikum ist zweitrangig, deshalb stehen Sie auch nicht unter dem Druck, was Besonderes bieten zu müssen. Die Atmosphäre dort ist eher kollegial, auch wenn es gelegentlich zu musikalischen Wettstreiten unter den Teilnehmern kommt.

Jamsessions sind eine gute Methode, um sich mit verschiedenen Musikstilen vertraut zu machen. Sie können eine Zeit lang als Besucher anwesend sein, sich auf die Musik und die sozialen Gepflogenheiten einstimmen, um dann – wenn Sie das Gefühl haben, Sie seien bereit – selbst mitzumischen. (Mehr über das

Zusammenspiel mit anderen Musikern finden Sie in Kapitel 16.) Manche Jamsessions finden in Kneipen und Clubs statt, wenn kein normaler Betrieb ist (wie zum Beispiel am Sonntagnachmittag). Andere werden von Clubs oder Organisationen veranstaltet, die sich einem bestimmten Musikstil verschrieben haben. In beiden Fällen müssen Sie sich ein bisschen umhören, um überhaupt davon zu erfahren.

In manchen Kneipen und Nachtclubs findet einmal pro Woche ein Open-Mic-Abend statt. Bei solchen Veranstaltungen hat jeder die Chance, vors Publikum zu treten und einen oder zwei Songs zum Besten zu geben. Karaoke-Bars machen so etwas regelmäßig für Leute, die selbst aufstehen und singen wollen. In solchen Bars besteht vielleicht die Möglichkeit, für eine größere Menschenmenge zu spielen, entweder als Hauptkünstler oder als Begleitmusiker für einen singenden Freund. Durchforsten Sie die Unterhaltungs- und Clubnachrichten in Ihrer Lokalzeitung und im Internet.

Wer lieber diskutiert als spielt ...

... der kann sich in einer der vielen Online-Diskussionsgruppen mit anderen Spielern auf der ganzen Welt austauschen. Sie müssen nicht selbst das Wort ergreifen, Sie können auch nur mitlesen und die Archive durchkämmen, um Informationen zu einem bestimmten Thema zu finden. Haben Sie aber keine Scheu, auch mal Fragen zu stellen – jede Frage ist erlaubt, sofern Sie mit Mundharmonikaspielen oder einem speziellen Aspekt davon in einem speziellen Forum zu tun hat.

Hier die Online-Adressen einiger wichtiger Diskussionsforen für Harmonikafreunde:

✔ **Jack-Black:** Dieses sehr umfangreiche Forum mit Tausenden von Postings finden Sie unter `http://www.harpforum.de/phpbb/`. Ob Spieltechniken, Kaufempfehlungen oder CD-Tipps – hier finden Sie alles, was das Harmonikaherz begehrt. Und falls Ihnen dieses Buch gefallen hat, dürfen Sie es dort gerne unter den Literaturempfehlungen einreihen. Auch bei Jack-Black finden Sie übrigens einen umfangreichen Veranstaltungskalender.

✔ **Musiker-Board:** Diese Seite – Sie finden sie im Internet unter `https://www.musiker-board.de/forum/harp-mundharmonikas.234/` – bietet einen großen Kleinanzeigenmarkt sowie technische Spezialthemen und ist schon mehr für »alte Hasen« gedacht. Dafür lernen Sie eine Menge über die Vor- und Nachteile bestimmter Harmonika-Modelle und haben es hier mit echten Insidern zu tun.

✔ **Musikertalk:** Unter `http://www.musikertalk.com/index.php/Board/22-Forum-f%C3%BCr-Blasinstrumente/` gibt es ein spezielles Forum für Blasinstrumente, bei dem auch die Mundharmonika berücksichtigt wird. Kann sein, dass Sie Ihr spezielles Anliegen dort nicht finden – dann melden Sie sich einfach an und eröffnen ein neues Thema. Musiker helfen anderen gern mit ihrem Wissen aus.

✔ **Harp-L:** Diese Seite (`www.harp-l.org`) gibt es schon seit 1992; sie ist somit eines der ältesten Harmonika-Diskussionsforen im Internet. Keine störenden Werbebanner und eine fast unerschöpfliche Themenauswahl sind die großen Pluspunkte – allerdings ist die Seite in englischer Sprache. Und da es keine einheitlichen Begriffe für bestimmte Spieltechniken und so weiter gibt, müssen Sie vielleicht erst ein wenig herumstöbern.

Wenn Sie sich für einen ganz bestimmten Musikstil interessieren, sollten Sie beim Suchen dort auch Ihre Schwerpunkte setzen. Umso schneller finden Sie Experten auch für ausgefallene Stile wie Polka, Gypsy Swing, Tex-Mex oder was auch immer. Spezielle Gruppen finden Sie entweder in der Gruppensuche bei Yahoo! Groups (`https://groups.yahoo.com/neo/dir/music`), oder Sie geben in der Suchmaschine den Namen der Stilrichtung zusammen mit dem Begriff »Forum« ein.

Das Internet weiß alles

Das Internet quillt über vor Info-Seiten zum Bereich Mundharmonika. Manche dieser Seiten sind kostenpflichtig, die meisten aber frei zugänglich und mit ein wenig Sucharbeit leicht ausfindig zu machen. Hier einige wirklich empfehlenswerte Harmonika-Sites:

✔ **Klaus Rohwer:** Eine kleine, aber feine Seite (`http://www.klausrohwer.de/privat/hobbies/muha/modell.htm`) für den Einsteiger, die sich auf das notwendigste Wissen für den Anfang beschränkt. Hier geht's noch nicht ans Eingemachte, trotzdem bekommen Sie auf dieser Seite Tipps für den Kauf und erste Spielversuche und werden mit dem Fach-Kauderwelsch erfahrener Spieler vertraut gemacht. Gut für den ersten Schritt.

✔ **Wiki-How:** Ebenfalls eine tolle Einführungsseite, die alles für den Anfang Notwendige vermittelt – mit vielen Fotos und Grafiken (`https://de.wikihow.com/Mundharmonika-spielen`).

✔ **Mundharmonika lernen:** Auf dieser Seite (`https://www.harmonicaacademy.com`) finden Sie Gratislektionen mit genauen Spielanleitungen nebst Tonbeispielen und Videos, alles schön dargestellt in Tabs. Der eigentliche Kursteil ist auf Englisch gehalten, aber wirklich nicht schwer zu verstehen. Interessant für alle, die Mundharmonika von der Pike auf lernen wollen. (Die späteren Fortgeschrittenenkurse auf dieser Seite sind allerdings nicht mehr gratis.)

✔ **Soziale Netzwerke:** Viele Musiker, darunter auch einige echt gute Harmonikaspieler, bieten ihre Musik mitsamt Informationen in sozialen Netzwerken wie Facebook (`www.facebook.com`) an. Wenn Sie neugierig sind, suchen Sie einfach nach den Seiten bestimmter Spieler. Oder geben Sie im Facebook-Suchfeld die Begriffe »Mundharmonika« oder »Harp« ein und warten Sie, was Sie bekommen. Danach führt oft eine Seite zur anderen …

✔ **YouTube** (`www.youtube.com`): Mehrere beachtliche Mundharmonikaspieler wie David Barrett, Jon Gindick, Adam Gussow, Jason Ricci und Ronnie Shellist bieten auf YouTube kostenlose Lehrvideos an. Suchen Sie ihre Namen direkt bei YouTube oder versuchen Sie es ganz allgemein mit »Mundharmonika-Kurs« (»Harmonica lessons«).

Gebührenpflichtige Online-Kurse

Einige ausgezeichnete Lehrer bieten Online-Kurse für Mundharmonika an – allerdings gegen eine Teilnehmergebühr. Professionell aufbereiteter Lernstoff, persönliches Feedback vom Lehrer, somit auch keine offenen Fragen – das sind die großen Pluspunkte eines solchen Lehrgangs. Die meisten Kurse sind englischsprachig, aber man kann ihnen gut folgen. Auch hierzu ein paar Empfehlungen:

- ✔ **Harmonica.com:** Hier bekommen alle Interessenten zunächst eine Einstiegs-CD geschenkt und können dann selbst entscheiden, ob ihnen das Harmonikaspiel liegt und ob sie (gebührenpflichtig) weitermachen wollen. Nicht nur Spieltechniken werden vermittelt; es gibt auch die Möglichkeit, digital oder per CD / DVD ganze Songs einzustudieren. Dazu allerlei interessante Links und Texte zu speziellen Themen wie etwa den zwölftaktigen Blues. Die Adresse: www.harmonica.com.

- ✔ **Harmonicamaster:** David Barrett, selbst ein bekannter Harmonika-Bühnenkünstler, vertreibt auf seiner Homepage (https://www.harmonicamasterclass.com/) Unterrichtsmaterial mit CDs, DVDs und allem Drum und Dran. Die Kurse richten sich an Anfänger und Fortgeschrittene und vermitteln das gesamte Mundharmonika-Rüstzeug; Spezialthemen wie der richtige Auftritt vor Publikum oder die Kunst der Improvisation hingegen werden bevorzugt in seinen Workshops behandelt, bei denen der »Meister« und seine Schüler persönlich zusammenkommen.

- ✔ **Harmonica Academy:** Diese Webpage (https://www.harmonicaacademy.com/) bildet eine Einheit mit der bereits erwähnten, unter kostenlosen Harmonika-Kursen gelisteten Seite »Mundharmonika lernen«. Hier geht es um die »höheren Weihen«, also die Fortgeschrittenen-Stufen, für die man angemeldet und zahlendes Mitglied sein muss. Gemäß dem amerikanischen Schulsystem gibt es je eine Stufe für Freshmen, Sophomores, Juniors und Seniors. Der Lehrer ist ein bekannter australischer Profi-Spieler, und es gibt wahrscheinlich nichts aus dem Bereich Mundharmonika, das er seinen Schülern vorenthält.

- ✔ **Mundharmonikaschule Schweiz:** Der bekannte Spieler Noldi Tobler bietet einen audiovisuellen Mundharmonika-Lehrgang an (http://www.mundharmonikaschule.ch/mundharmonika_lehrgang.html). Bereits nach wenigen Stunden, so wird versprochen, kann der Schüler eigene Songs spielen. Dazu wird auch jede Menge musiktheoretisches Wissen vermittelt, mit dessen Hilfe jeder Teilnehmer eigenständig weitermachen kann.

Treten Sie einem Club oder Verband bei

Club – das klingt sehr elitär, aber meistens handelt es sich nur um Leute mit gemeinsamen Interessen, die sich hier treffen, Erfahrungen austauschen, voneinander lernen und fachsimpeln. Die meisten dieser Clubs sind auf eine bestimmte Region begrenzt. Am besten, Sie geben in der Suchmaschine die Begriffe »Mundharmonika« und »Club« ein, dazu den Namen der nächstgrößeren Stadt oder Ortschaft. Wenn Sie es eine Nummer größer haben wollen, versuchen Sie es doch bei:

- ✔ **Deutscher Harmonika-Verband** (http://www.dhv-ev.de/)**:** Dieser Verband mit Sitz in Trossingen deckt auch andere Instrumente ab wie zum Beispiel das Akkordeon und unterhält Landesverbände in den verschiedenen Bundesländern. Veranstaltungen, Wettbewerbe und sogar ein Orchester gehören zur reichhaltigen Palette dieses Schmelztiegels aller Harmonikafreunde. Stöbern Sie ruhig einmal auf den Seiten.

✔ **Mundharmonika Schweiz:** Auch diese Vereinigung ist offen für neue Mitglieder; über das Angebot können Sie sich auf `http://www.swissharpers.ch/home.html` informieren. Drei jährliche Infohefte und der kostenlose Besuch eines vom Verband veranstalteten Konzerts gehören auf jeden Fall dazu. Die etwas unscheinbare Homepage mit dem Smiley bietet ein reichhaltiges Menü, das Sie je nach Interessengebiet (Spielen, Reparaturen, CD-Veröffentlichungen) durchforsten können.

Für Menschen, die gern reisen: Harmonika-Festivals

Ein richtiger Mundharmonika-Kenner sind Sie erst, wenn Sie einmal im Leben eins der großen Festivals besucht haben, bei denen sich massenhaft Spieler und Enthusiasten aus aller Welt die Klinke in die Hand geben. Auf solchen Festivals können Sie erstklassige Musik genießen, neue Licks und Tricks erlernen und andere Mundharmonika-Narren kennenlernen. Bestimmt gibt es solche Veranstaltungen auch irgendwo in Ihrer Nähe. Wir stellen Ihnen hier die bekanntesten der Welt vor:

✔ **The Asia Pacific Harmonica Festival:** Findet alle zwei Jahre (die mit den geraden Jahreszahlen) in einem Gastgeberland irgendwo auf der asiatischen Seite des pazifischen Raums statt. Dort treffen sich dann mehrere tausend Besucher, um an Wettbewerben teilzunehmen, Konzerte zu besuchen oder sich in Workshops weiterzubilden. Da die Webadresse jedes Mal eine andere ist, informieren Sie sich unter `www.hohner.de`.

✔ **The SPAH Convention:** SPAH ist die Gesellschaft für die Bewahrung und Weiterentwicklung der Mundharmonika, die jeden Sommer eine einwöchige Tagung (die aber eher ein Festival ist) in einer anderen amerikanischen Stadt abhält. Die Auftritte großer Künstler, Seminare von Profis und Vorführungen von Herstellerfirmen ziehen eine Menge internationales Publikum an. Mehr Infos finden Sie unter `www.spah.org` (wird jeweils im April im Hinblick auf den neuen Veranstaltungsort aktualisiert).

✔ **The World Harmonica Festival:** In den »ungeraden Jahren« veranstaltet die Fédération Internationale de l'Harmonica ein Festival im deutschen Trossingen, einem historischen Ort im Schwarzwald, wo Hohner seit 1857 Mundharmonikas herstellt. Außer Konzerten, Jams, Workshops und Fabrikbesichtigungen finden auch heißumkämpfte Wettbewerbe statt, mit Preisen in allen Kategorien. Mehr Infos unter `www.hohner.de`.

✔ **Mundharmonika Live:** Im deutschen Klingenthal, wo die Firma Seydel ihren Sitz hat, findet jedes Jahr in der dritten Septemberwoche das Festival »Mundharmonika Live« statt. Hier können Sie mit großen Künstlern oder anderen Harmonika-Begeisterten sprechen, aber auch – wenn Sie gut genug sind – sich selbst als Spieler bewerben. Infos unter `http://www.mundharmonika-live.de`.

Besuchen Sie einen Workshop!

Workshops und Seminare kann man als eine Art Mittelding zwischen Festival und Privatstunde betrachten. Wie bei einem Festival kommen viele Leute zusammen, doch wie bei einer Privatstunde liegt der Schwerpunkt auf Lehren und Lernen. Oft sind es bekannte Mundharmonikaspieler, die solche Lehrveranstaltungen leiten; dass man ihnen dort live begegnen kann, hat natürlich einen besonderen Reiz. Hier ein paar Tipps und Empfehlungen für bekannte Workshops und Harmonika-Seminare:

✔ **»Mundharmonika Live«-Masterclass-Workshops:** Wie das Mundharmonika-Live-Festival finden auch die Workshops in Klingenthal statt. Da die Veranstaltungen sehr begehrt sind, lohnt es sich, sich rechtzeitig unter `http://www.mundharmonika-live.de/newpage/index.htm` anzumelden; auf der gleichen Seite finden Sie auch die vorgesehenen Themen. So gibt es im Jahr der Niederschrift dieses Buches zum Beispiel einen Blues-Starter-Kurs oder eine Einführung in die chromatische Mundharmonika. Die Kurse kosten alle um die 200 Euro.

✔ **Mundharmonika-Ausbildung (Hohner):** Etwas erschwinglicher (60 Euro) sind die Einsteigerseminare des Hohner-Konservatoriums – allerdings werden sie auch nicht von so namhaften Musikern geleitet, und es gibt viele Folgekurse, die ebenfalls ihren Preis haben. Auf der Website `http://www.hohner-konservatorium.de/portfolio-item/mundharmonika/` finden Sie weitergehende Informationen zum Gesamtprogramm.

✔ **Chromatische Mundharmonika für »diatonische Spieler«:** Der klassische Virtuose Robert Bonfiglio veranstaltet dieses Seminar für jeden, der mehr über die chromatische Harmonika erfahren will. Vor allem Teilnehmer, die bis jetzt nur auf der diatonischen Harp gespielt haben, lernen hier eine völlig neue Mundharmonikawelt kennen, in der ihnen viele Töne, die sie bisher selbst erzeugen mussten, bereits fertig zur Verfügung stehen. Bonfiglios Homepage finden Sie unter www.robertbonfliglio.com – es lohnt sich jedoch zu wissen, dass der Musiker seine Workshop-Infos meist bei Harp-L (`www.harp-l.org`) postet.

Die Suche geht weiter

Wenn Sie andere Mundharmonikaspieler suchen, mit denen Sie sich treffen, diskutieren und auch mal nach Herzenslust jammen können, hinterlassen Sie doch eine Nachricht auf dem Schwarzen Brett im Musikladen oder in der Buchhandlung. Vielleicht gibt es auch im Internet für Ihre Region eine entsprechende Website. Erwähnen Sie, welches Instrument Sie spielen, ob Sie Anfänger, Fortgeschrittener oder bereits Profi sind, für welche Stilrichtungen Sie sich interessieren, welche Instrumente Sie gerne dabeihätten und was Ihr großes Ziel ist: Die Gründung einer Band? Einfach nur jammen? Voneinander lernen? Um es hier noch einmal zu sagen: Es gibt unendlich viele Möglichkeiten ...

Kapitel 20

(Weitaus mehr als zehn) Mundharmonika-Alben, die Sie sich anhören sollten

D ie Technik schreitet ständig voran – und wer weiß, welche digitalen Sammlungen mit Musikaufnahmen es in absehbarer Zeit geben wird? Trotzdem spreche ich in diesem Kapitel von *Platten* oder *Alben* – Sie können sich darunter CDs vorstellen, MP3-Sammlungen oder welche Möglichkeiten es auch immer gibt und geben wird, eine Musikkollektion unter einen Deckel zu bringen.

Fragen Sie ruhig mal einen Harmonika-Fan, welche zehn Harmonika-Alben er mit auf eine einsame Insel nehmen würde. Er wird sich drehen und winden und sich nicht entscheiden können – und zwar nicht dahingehend, was er mitnimmt, sondern worauf er verzichten kann.

Auch wenn dies der Top-Ten-Teil dieses Buches ist, wollen wir uns nicht künstlich auf die Zahl Zehn beschränken, denn man kann so viel mit einer Mundharmonika machen, und es gibt so viele Stilrichtungen. Was diese Stilrichtungen betrifft, komme ich Ihnen gern entgegen, indem ich musikalisch vergleichbare Alben jeweils in gewisse Rubriken stecke, die sich durch diese Stilrichtungen bestimmen. Trotzdem: Ich hätte beim Erstellen dieser Liste noch ewig weiterschreiben können. Das Mundharmonika-Universum kennt keine Grenzen.

Blues

In der Bluesmusik war die Harmonika stets gern gesehen/gehört, und es gibt Hunderte wirklich toller Platten aus den verschiedensten Regionen und geschichtlichen Epochen. Meine Empfehlungen für die Kategorie Blues habe ich chronologisch angeordnet:

✔ **Verschiedene Künstler,** *Ruckus Juice & Chitlins, Vol. 1: The Great Jug Bands* **(Yazoo Records):** Dieser Querschnitt durch die verschiedenen Jug-Bands im Memphis der zwanziger und dreißiger Jahre präsentiert die Harmonika zusammen mit Jugs (eine Art Tonkrug, auf dem geblasen wird), Kazoos und Klarinetten mit einigen sehr pointierten und gewagten Texten.

✔ **Verschiedene Künstler,** *The Great Harp Players 1927–1936* **(Document Records):** Blues Birdhead mit seinem jazzigen, Louis-Armstrong-mäßigen Spiel sowie die urwüchsigen, fast unheimlichen Klänge von George »Bullet« Williams machen dieses Album zu einem Muss für Ihre Sammlung der bodenständigen, ländlichen Bluesharmonika-Alben.

✔ **Sonny Terry,** *Sonny Terry: The Folkways Years, 1944–1963* **(Smithsonian Folkways):** Sonny Terry (Saunders Terrell) brachte den ländlichen Piedmont-Bluesharmonikastil mit zum Folk Revival 1950 und beflügelte mit seinem feurigen Spiel viele junge Musiker. Auf dieser CD begegnen wir Sonny entweder als Solokünstler – eine seiner größten Stärken – oder als Mitglied kleinerer Gruppen, denen auch sein langjähriger Partner, der Sänger und Gitarrist Brownie McGhee angehörte, und hören bei einem Stück sogar den bekannten Pete Seeger.

✔ **Sonny Boy Williamson I,** *The Original Sonny Boy Williamson, Vol. 1* **(JSP Records):** John Lee Williamson war der erste Sonny Boy, und sein grundlegender Einfluss sowohl auf Blues- und Rockharmonika kann gar nicht hoch genug gewürdigt werden. Hier bekommt der Hörer eine Riesenportion seines auf Platten gepressten Outputs serviert.

✔ **Sonny Boy Williamson II (Rice Miller),** *His Best* **(Chess Records):** Natürlich hat Rice Miller seinen Künstlernamen vom ersten Sonny Boy gestohlen; als Musiker ist er mit seinen humorvollen und leidenschaftlichen Songs und seiner lakonischen, selbstironischen Spielweise jedoch unvergleichlich. Für die moderne Bluesharmonika stellt er einen der wichtigsten Einflüsse dar.

✔ **Little Walter,** *His Best: The Chess 50th Anniversary Collection* **(Chess Records):** Diese Sammlung muss man einfach gehört haben. Little Walter Jacobs war der stilprägende Meister der Chicago-Bluesharmonika. Sein von Bläsern beeinflusster Stil befindet sich irgendwo an den Grenzen zum Jazz und Rock 'n' Roll.

✔ **Jimmy Reed, Blues Masters:** *The Very Best of Jimmy Reed* **(Rhine/WEA):** Jimmy Reeds lässiger Groove und seine liebenswürdigen Texte standen im krassen Gegensatz zum aggressiven Männlichkeitswahn des Chicago Blues in den fünfziger Jahren. Reed spielte gern im hohen Register in der ersten Position – was bis heute der einprägsamste und einflussreichste Stil ist. Einige seiner Songs gehören inzwischen zum Standard-Bluesrepertoire.

Weitere Harmonikaspieler, die Sie sich anhören sollten, sind William Clarke, James Cotton, Rick Estrin, Joe Filisko, Walter Horton, Mark Hummel, Mitch Kashmar, Lazy Lester, Jerry McCain, Charlie Musselwhite, John Németh, Paul Oscher, Rod Piazza, Annie Raines, Curtis Salgado, George »Harmonica« Smith, Sugar Blue und Junior Wells.

Rock

Viele Rocksänger spielen ein wenig Mundharmonika. Manche davon, wie Neil Young und Bob Dylan, können den Folk nicht verleugnen, andere, wie Mick Jagger und Robert Plant, sind vom Blues beeinflusst. Bei noch anderen, wie Huey Lewis und Steven Tyler, stoßen wir zumindest auf zahlreiche Bluestechniken. Und dann gibt es noch welche, die sich der Aufgabe verschrieben haben, die vom Blues beeinflusste Rockharmonika mit sehr viel Einfallsreichtum an neue Grenzen zu führen und ganze Generationen anderer Spieler zu beeinflussen, als da wären:

✔ **Paul Butterfield, The Paul Butterfield Blues Band,** *East-West Live* **(Winner Records):** Der in Chicago geborene Paul Butterfield wird mit Blues meist in einem Atemzug genannt, dabei war seine Band Mitte der sechziger Jahre eine der ersten Psychedelic-Jam-Bands, wie diese faszinierende Sammlung von Liveauftritten beweist.

✔ **Magic Dick, J. Geils Band,** »*Live*« *Full House* **(Atlantic Records):** Die J. Geils Band, eine der erfolgreichsten Rockbands der 70er und 80er Jahre, zusammen mit Magic Dicks krass verstärkter Mundharmonika, die den Chicago Blues an Rock und R&B annäherte. Dieses Album von 1972 stammt aus der frühen Periode der Band und enthält das aufrüttelnde Harmonika-Instrumental »Whammer Jammer«.

✔ **John Popper, Blues Traveler,** *Four* **(A&M Records):** John Popper kreierte einen erstaunlich virtuosen und umstrittenen Harmonika-Stil, der sich an Heavy-Metal-Gitarristen wie Eddie Van Halen und Jimi Hendrix orientiert. Die gesamte Musik auf dieser CD einschließlich der Harmonika-Solos wurde im Warner-Bros. Songbook *Four* abgedruckt und veröffentlicht.

✔ **Jason Ricci & New Blood,** *Rocket Number 9* **(Eclecto Groove Records):** Auf ihrer ersten Studio-CD zeigen sich Jason und seine handfest rockende Band von ihrer besten Seite und bieten eine Kostprobe ihres virtuosen, aufrüttelnden Harmonikaspiels, dargeboten mit viel Präzision und Feuer.

Bluegrass/Old-Timey

Die gute alte traditionelle Musik, die die Country-Musik sehr geprägt hat, hat bis heute immer wieder eigene Wege eingeschlagen. Hier meine Empfehlungen aus dem Bereich Bluegrass/Old-Timey in chronologischer Reihenfolge:

✔ **Verschiedene Künstler,** *Black & White Hillbilly Music: Early Harmonica Recordings from the 1920s & 1930s* **(Trikont):** Viele ausgezeichnete Old-Time-Darbietungen stammen von unbekannten Musikern, die in den frühen Tagen der Schallplattenaufnahmen nur eine einzige Single herausbrachten. Diese Sammlung bietet eine Vielzahl großer Harmonikadarbietungen von ländlichen Harmonikaspielern aus den Südstaaten.

✔ **Mark Graham,** *Southern Old-Time Harmonica* **(Eternal Doom):** Als Veteran sowohl der irischen als auch Old-Timey-Musik ist Mark Graham ein echter Leckerbissen unter den heute noch aktiven Old-Time-Harmonikaspielern. Auf dieser CD präsentiert er seine ganze Bandbreite an Harmonikatraditionen der Südstaaten. Unfassbare Rhythmen und kristallklares Melodiespiel bei einem Minimum an Begleitung.

✔ **Mike Stevens and Raymond McLain,** *Old Time Mojo* **(Borealis Recording):** Der Bluegrass-Harmonikakenner Mike Stevens spielt hier im Team mit Raymond McLean auf dem Banjo, der Mandoline und der Fiedel nebst Gesang. Eine erlesene Sammlung von Old-Time-Songs und Instrumentalstücken.

Weitere interessante Namen aus dem Bereich Old-Time-Musik sind Dr. Humphrey Bate, Garley Foster, Gwen Foster, Walter »Red« Parham, Ernest »Pop« Stoneman, Henry Whitter und Kyle Wooten.

Celtic

Celtic ist die gängige Bezeichnung für Musiktraditionen aus Schottland, Irland und ihrer in andere Länder ausgewanderten Nachfahren. Hier meine Empfehlungen aus dem Celtic-Bereich:

- ✔ **Tommy Basker,** *The Tin Sandwich* **(Silver Apple Music):** Tommy Basker war ein Anhänger der ausgelassenen, mitreißenden Cape-Breton-Tanztradition von Nova Scotia (Kanada). Sein akkordreicher, lebhafter Umgang mit schottischen und irischen Tanztraditionen lässt niemanden kalt, wie dieses Album auf eindrucksvolle Weise demonstriert.

- ✔ **Donald Black,** *Westwinds* **(Greentrax Recordings):** Donald Black ist vielleicht der beste traditionelle Harmonikaspieler Schottlands. *Westwinds* vereint eine Vielzahl traditioneller schottischer Stile auf einem einzigen Album.

- ✔ **Jim Malcolm,** *Live in Glenfarg* **(Beltane Records):** Jim Malcolm ist in erster Linie Singer/Songwriter, er liebt aber auch traditionelle Songs und unterwirft sie einer zeitgemäßen Verjüngungskur. Er spielt Harmonika mit einem Gestell, während er sich selbst auf der Gitarre begleitet. Sein Spiel ist ausgeklügelt, hört sich jedoch schlicht an. Ein Album, auf dem er seinen guten Geschmack und sein Können unter Beweis stellt.

- ✔ **Brendan Power,** *New Irish Harmonica* **(Green Linnet):** Brendan Powers bahnbrechende CD bietet einen neuen Umgang mit irischer Musik auf der Harmonika, dennoch blieb er aber der Tradition treu. Er spielt sowohl chromatische als auch diatonische Mundharmonikas.

Weitere Namen aus dem Bereich Celtic, die Sie sich merken sollten, sind Joel Bernstein, Eddie Clarke, James Conway, Donald Davidson, Rick Epping, Bryce Johnstone, Mick Kinsella, Phil, John, Pip Murphy und Noel Pepper.

Country

Seit der allerersten Ausstrahlung der Radioshow Grand Ole Opry im Jahre 1927 trug die Harmonika dazu bei, der Countrymusik ihr typisches Südstaaten-Flair zu verleihen. Hier meine Empfehlungen für einige großartige Country-Harmonika-Platten:

- ✔ **De Ford Bailey, verschiedene Künstler,** *Harp Blowers, 1925–1936* **(Document Records):** Als erster großer Star der Grand Ole Opry hat De Ford Bailey sich seinen Platz in der Country Music Hall of Fame redlich verdient. Seine makellos arrangierten und virtuosen

Soloharmonika-Stücke, aufgenommen in den Jahren 1928 und 1929, begeistern auch heute noch viele Hörer und sicherten ihm ein großes Radiopublikum im amerikanischen Süden, quer durch alle Generationen.

✔ **Charlie McCoy,** *The Real McCoy* **(Sony Records):** Charlie McCoys erstes Studioalbum verkauft sich noch immer recht gut. Sein sauberes Single-Note-Spiel veränderte die Rolle der Mundharmonika in Nashville. Sein Stil, wie er sich zum Beispiel deutlich in seiner Bearbeitung von »Orange Blossom Special« abzeichnet, wurde von vielen imitiert.

✔ **Mickey, Willie Nelson,** *Willie and Family Live* **(Sony Records):** Etwa 30 Jahre lang saß Mickey Raphael in Willie Nelsons Band auf dem Stuhl des Harmonikaspielers. Auch wenn Nelson zusammen mit anderen Stars mehrere Alben mit beliebten Standards aufnahm – auf diesem Album spielt er mit seiner eigenen Band Roadhouse-Countryrock und zeigt, wie man mit einer Mundharmonika auch einer modernen Countryband mehr Würze verleihen kann.

Weitere Namen großer Country-Mundharmonikaspieler sind Mike Caldwell, Lonnie Glosson, Jelly Roll Johnson, Terry McMillan, Wayne Raney und Onie Wheeler (die sich beide im Grenzbereich zwischen Countrymusik und frühem Rock'n'Roll bewegen) sowie Jimmie Riddle.

Gospel

Der Einsatz der bluesgefärbten Mundharmonika in der Gospelmusik fand über Jahrzehnte hinweg nur wenig Beachtung, erntet nun aber immer mehr Anerkennung. Hier einige Künstler, die Sie sich anhören sollten.

✔ **Buddy Greene,** *Simple Praise* **(Fibra Records):** Buddy Greene ist nicht nur Komponist des Gospelhits »Mary, Did You Know?«, sondern auch ein hervorragender Harmonikaspieler, wie diese Sammlung beweist.

✔ **Elder Roma Wilson,** *This Train* **(Arhoolie):** Auf diesem Album finden sich einige Liveaufnahmen von Singles, die Wilson in den 50er Jahren veröffentlichte, wobei oft bis zu drei Harmonikas gleichzeitig zum Einsatz kommen. Zum Zeitpunkt der Entstehung dieses Buchs ist Wilson 107 Jahre alt und spielt noch immer. Ob er sein hohes Alter einem erfüllten Leben verdankt?

Zeitgenössische Künstler, die Sie sich anhören sollten, sind zum Beispiel Terry McMillan und Todd Parrott. Zu Beginn des 20. Jahrhunderts nahmen viele Bluessänger unter Pseudonym Gospelmaterial auf (was war wohl der Grund dafür?) Einige dieser Gospel-Stars sind Brother George and his Sanctified Singers (inklusive Sonny Terry und Blind Boy Fuller), Elder Richard Bryant (vermutlich die Memphis Jug Band mit Bill Shade an der Harmonika) und Frank Palmes (Jaybird Coleman).

Jazz

Bei Jazz-Umfragen rangierte die Mundharmonika meist unter »Sonstiges«, ebenso wie das Fagott oder das Waldhorn (obwohl Harmonikaspieler eigentlich Siegertypen sind). Hier meine Empfehlungen aus der Kategorie Jazz:

✔ **Toots Thielemans,** *Only Trust Your Heart* **(Concord Records):** Jean »Toots« Thielemans hat dem Jazz eigenhändig den Weg zur chromatischen Harmonika geebnet, wobei er mit einer erstaunlich großen Anzahl von Jazz- und Popmusikern zusammenspielte. Diese CD bietet eine solide Einführung in seine Jazzkünste und garantiert ein echtes Hörerlebnis.

✔ **Howard Levy, Bela Fleck & the Flecktones,** *Bela Fleck & the Flecktones* **(Warner Bros.):** Howard Levys revolutionärer Umgang mit der diatonischen Mundharmonika führte ihn im Laufe der Jahre auf zahlreiche stilistische und spirituelle Reisen. Seine erste CD mit den Flecktones macht den Einstieg in seine Musik sehr leicht.

✔ **Hendrik Meurkens,** *Sambatropolis* **(Zoho Music):** Etliche Jahre lang nahm Hendrik Meurkens solide Jazzplatten auf, oftmals Reminiszenzen an seine Jahre in Brasilien. *Samatropolis* ist eins der neueren Kapitel.

✔ **Bill Barrett Quartet,** *Backbone* **(Bill Barrett):** Bill Barrett und seine chromatische Mundharmonika begleiten uns auf einer höchst originellen Tour durch ein Hip-Jazz-Territorium, klanglich von der Bluesharmonika beeinflusst, ohne den Blues zu imitieren. Seine Methode ist definitiv nicht die von Toots Thielemans.

Weitere interessante Namen aus dem Jazz-Harmonikabereich sind unter anderem Hermine Deurloo, William Galison, Filip Jers, Grégoire Maret, Yvonnick Prene, Mike Turk und Frédéric Yonnet.

Teil VII
Anhänge

IN DIESEM TEIL ...

Notenübersicht für sämtliche Harmonika-Tonarten

Vollständige Liste der Audiotracks in diesem Buch

Notenübersicht für alle Tonarten

In den folgenden Abbildungen finden Sie zu jeder Tonart der diatonischen Mundharmonika eine Notenübersicht. Wie man solche Übersichten verwendet, erfahren Sie in Kapitel 12.

	1	2	3	4	5	6	7	8	9	10
Overblow	Eb	Ab	C	Eb	Gb	B				
Ziehen	**D**	**G**	**H**	**D**	**F**	**A**	**H**	**D**	**F**	**A**
Bends	Db	F# / F	B / A / Ab	Db	F~	Ab	C~	Eb	F#	B / H
Blasen	**C**	**E**	**G**	**C**	**E**	**G**	**C**	**E**	**G**	**C**
Overdraw							Db	F	Ab	Db

Downgebendete Ziehtöne · Downgebendete Blastöne

Abbildung A.1: Harmonika in der Tonart C © John Wiley & Sons, Inc.

	1	2	3	4	5	6	7	8	9	10
Overblow	E	A	Db	E	G	H				
Ziehen	**Eb**	**Ab**	**C**	**Eb**	**Gb**	**B**	**C**	**Eb**	**Gb**	**B**
Bends	D	G / Gb	H / B / A	D	Gb~	A	Db~	E	G	H / C
Blasen	**Db**	**F**	**Ab**	**Db**	**F**	**Ab**	**Db**	**F**	**Ab**	**Db**
Overdraw							D	F#	A	D

Downgebendete Ziehtöne · Downgebendete Blastöne

Abbildung A.2: Harmonika in der Tonart Db © John Wiley & Sons, Inc.

	1	2	3	4	5	6	7	8	9	10
Overblow	F	B	D	F	Ab	C				
Ziehen	E	A	C#	E	G	H	C#	E	G	H
Bends	Eb	Ab / G	C / H / B	Eb	G~	B	D~	F	Ab	C / C#
Blasen	D	F#	A	D	F#	A	D	F#	A	D
Overdraw							Eb	G	B	Eb

Downgebendete Ziehtöne — Downgebendete Blastöne

Abbildung A.3: Harmonika in der Tonart D © John Wiley & Son, Inc.

	1	2	3	4	5	6	7	8	9	10
Overblow	F#	H	D#	F#	A	C#				
Ziehen	F	B	D	F	Ab	C	D	F	Ab	C
Bends	E	A / Ab	Db / C / H	E	Ab~	H	Eb~	Gb	A	Db / D
Blasen	Eb	G	B	Eb	G	B	Eb	G	B	Eb
Overdraw							E	G#	H	E

Downgebendete Ziehtöne — Downgebendete Blastöne

Abbildung A.4: Harmonika in der Tonart Eb © John Wiley & Sons, Inc.

	1	2	3	4	5	6	7	8	9	10
Overblow	G	C	E	G	B	D				
Ziehen	F#	H	D#	F#	A	C#	D#	F#	A	C#
Bends	F	B / A	D / C# / C	F	A~	C	E~	G	B	D / D#
Blasen	E	G#	H	E	G#	H	E	G#	H	E
Overdraw							F	A	C	F

Downgebendete Ziehtöne — Downgebendete Blastöne

Abbildung A.5: Harmonika in der Tonart E © John Wiley & Sons, Inc.

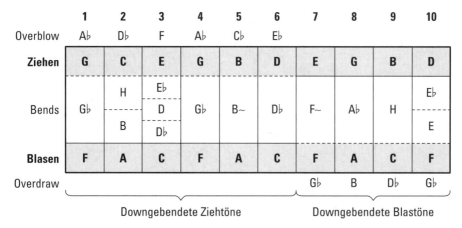

	1	2	3	4	5	6	7	8	9	10
Overblow	Ab	Db	F	Ab	Cb	Eb				
Ziehen	G	C	E	G	B	D	E	G	B	D
Bends	Gb	H / B	Eb / D / Db	Gb	B~	Db	F~	Ab	H	Eb / E
Blasen	F	A	C	F	A	C	F	A	C	F
Overdraw							Gb	B	Db	Gb

Downgebendete Ziehtöne · Downgebendete Blastöne

Abbildung A.6: Harmonika in der Tonart F © John Wiley & Sons, Inc.

	1	2	3	4	5	6	7	8	9	10
Overblow	A	D	F#	A	C	E				
Ziehen	G#	C#	E#	G#	H	D#	E#	G#	H	D#
Bends	G	C / H	E / D# / D	G	H~	D	F#~	A	C	E / E#
Blasen	F#	A#	C#	F#	A#	C#	F#	A#	C#	F#
Overdraw							G	H	D	G

Downgebendete Ziehtöne · Downgebendete Blastöne

Abbildung A.7: Harmonika in der Tonart F# © John Wiley & Sons, Inc.

	1	2	3	4	5	6	7	8	9	10
Overblow	B	Eb	G	B	Db	F				
Ziehen	A	D	F#	A	C	E	F#	A	C	E
Bends	Ab	Db / C	F / E / Eb	Ab	C~	Eb	G~	B	Db	F / F#
Blasen	G	H	D	G	H	D	G	H	D	G
Overdraw							Ab	C	Eb	Ab

Downgebendete Ziehtöne · Downgebendete Blastöne

Abbildung A.8: Harmonika in der Tonart G © John Wiley & Sons, Inc.

	1	2	3	4	5	6	7	8	9	10
Overblow	H	E	G♯	H	D	F♯				
Ziehen	B	E♭	G	B	D♭	F	G	B	D♭	F
Bends	A	D ⋯ D♭	G♭ F E	A	D♭~	E	A♭~	H	D	G♭ ⋯ G
Blasen	A♭	C	E♭	A♭	C	E♭	A♭	C	E♭	A♭
Overdraw							A	C♯	E	A

Downgebendete Ziehtöne   Downgebendete Blastöne

Abbildung A.9: Harmonika in der Tonart A♭ © John Wiley & Sons, Inc.

	1	2	3	4	5	6	7	8	9	10
Overblow	C	F	A	C	E♭	G				
Ziehen	H	E	G♯	H	D	F♯	G♯	H	D	F♯
Bends	B	E♭ ⋯ D	G F♯ F	B	D~	F	A~	C	E♭	G ⋯ G♯
Blasen	A	C♯	E	A	C♯	E	A	C♯	E	A
Overdraw							B	D	F	B

Downgebendete Ziehtöne   Downgebendete Blastöne

Abbildung A.10: Harmonika in der Tonart A © John Wiley & Sons, Inc.

	1	2	3	4	5	6	7	8	9	10
Overblow	D♭	G♭	B♭	D♭	E	A♭				
Ziehen	C	F	A	C	E♭	G	A	C	E♭	G
Bends	H	E ⋯ E♭	A♭ G G♭	H	E♭~	G♭	B~	D♭	E	A♭ ⋯ A
Blasen	B	D	F	B	D	F	B	D	F	B
Overdraw							H	D♯	F♯	H

Downgebendete Ziehtöne   Downgebendete Blastöne

Abbildung A.11: Harmonika in der Tonart B © John Wiley & Sons, Inc.

	1	2	3	4	5	6	7	8	9	10
Overblow	D	G	H	D	F	A				
Ziehen	C#	F#	A#	C#	E	G#	A#	C#	E	G#
Bends	C	F / E	A / G# / G	C	E~	G	H~	D	F	A / A#
Blasen	H	D#	F#	H	D#	F#	H	D#	F#	H
Overdraw							C	E	G	C

Downgebendete Ziehtöne   Downgebendete Blastöne

Abbildung A.12: Harmonika in der Tonart H © John Wiley & Sons, Inc.

B

Die Audiotracks

Das kleine Play-Symbol ist Ihnen in diesem Buch immer wieder begegnet. Es verweist auf sämtliche Audiotracks, in denen Sie sich wichtige Harmonikastücke und Spieltechniken anhören können. Sie finden die Tracks auf der beiliegenden CD und unter http://www. wiley-vch.de/publish/dt/books/ISBN3-527-71509-6.

In der folgenden Tabelle finden Sie eine Aufstellung sämtlicher Audiotracks, geordnet nach Kapiteln, samt einer kurzen Beschreibung.

Audiotrack	Dazugehörige Abbildung	Kurzbeschreibung
0201		Blues in der dritten Position, gespielt auf einer chromatischen Mundharmonika
0202		Klang einer Oktavharmonika
0203		Klang einer Tremoloharmonika
0301	Abbildung 3.2	Den Beat vorzählen und übernehmen
0302	Abbildung 3.5	Spielen im 2/4-, 3/4- und 4/4-Takt
0303	Abbildung 3.6	Punktierte halbe Noten und Noten mit Haltebögen
0304	Abbildung 3.7	Den Beat in zwei Teile mit Achtelnoten aufteilen
0305	Abbildung 3.8	Spielen im 6/8- und 12/8-Takt
0306	Abbildung 3.9	Den Beat in drei Teile mit Achteltriolen aufteilen
0307	Abbildung 3.11	Drei Grundrhythmen
0308	Abbildung 3.13	Eisenbahn-Rhythmen
0501	Abbildung 5.3	Kanalwechsel
0502	Abbildung 5.4	Kanalwechsel im mittleren Register
0503	Abbildung 5.5	Wechsel zwischen Richtungs- und Kanalwechsel im mittleren Register
0504	Abbildung 5.6	Gleichzeitiger Richtungs- und Kanalwechsel in den Kanälen 4 und 5
0505	Abbildung 5.7	Gleichzeitiger Richtungs- und Kanalwechsel in den Kanälen 4 bis 7
0506	Abbildung 5.8	Vom Blaston links zum Ziehton rechts
0507	Abbildung 5.9	Vom Blaston links zum Ziehton rechts im mittleren Register
0508	Abbildung 5.10	»Good Night, Ladies«
0509	Abbildung 5.11	»Michael, Row the Boat Ashore«

Audiotrack	Dazugehörige Abbildung	Kurzbeschreibung
0510	Abbildung 5.12	»Mary Had a Little Lamb«
0511	Abbildung 5.13	»Amazing Grace«
0512	Abbildung 5.14	»Twinkle, Twinkle, Little Star«
0513	Abbildung 5.15	»Frère Jacques«
0514	Abbildung 5.16	»On Top of Old Smokey«
0515	Abbildung 5.17	Shift in den Kanälen 6 und 7
0516	Abbildung 5.18	»Bunessan«
0517	Abbildung 5.19	»Joy to the World«
0518	Abbildung 5.20	Im hohen Register schweben
0519	Abbildung 5.21	Tonleiterbewegungen im hohen Register
0520	Abbildung 5.22	»Aura Lea«
0521	Abbildung 5.23	»She'll Be Comin' Round the Mountain«
0522	Abbildung 5.24	»Silent Night«
0601	Abbildung 6.1	Schwimmübung (auch »Der sich entfernende Hörer« und »Das schlafende Baby«)
0602	Abbildung 6.2	Leise, laut und dann wieder leise
0603	Abbildung 6.3	Laut und leise im Wechsel
0604	Abbildung 6.6	Artikulationsmethoden mit Zunge, Kehle und Zwerchfell
0605		Zungenartikulation
0606		Kehlenartikulation
0607		Zwerchfellartikulation
0608	Abbildung 6.7	»Ooh-iii-Lick«
0609		Allmählicher Übergang von der geschlossenen zur geöffneten Abdeckung
0610		Kaffeetassen-Sound
0611		Zwerchfell-, Kehlen- und Zungenvibrato im Vergleich
0612		Sämtliche Handvibratos von subtil bis farbenfroh
0613		Vibratos mit Timing
0614	Abbildung 6.8	Kombination aus Kehlen- und Zwerchfellrhythmus
0701	Abbildung 7.2	Mary Had a Little Lamb«
0702	Abbildung 7.3	»Chasin' the Beat«
0703	Abbildung 7.6	»Slappin' the Blues«
0704	Abbildung 7.8	Zwei typische Pull-off-Licks
0705	Abbildung 7.9	Verschiedene Akkordstrukturen
0705	Abbildung 7.10	Chord Rake
0705	Abbildung 7.11	Chord Hammer
0705	Abbildung 7.12	Hammered Split
0705	Abbildung 7.13	Shimmer

Audiotrack	Dazugehörige Abbildung	Kurzbeschreibung
0705	Abbildung 7.15	Locked Split
0706	Abbildung 7.17	Oktaven mit beweglichen und geschlossenen Splits
0707	Abbildung 7.19	Splits für dreikanaligen Spread
0708	Abbildung 7.20	»Greeting the Sun«
0709	Abbildung 7.22	Zwei typische Blues-Licks mit Corner Switching
0710	Abbildung 7.23	Typische Fiddle-Tune-Licks mit Corner Switching
0801		Bending für mehr Ausdruck und um fehlende Noten zu ersetzen
0802		»lii-uuh« und »lii-kuuhkuuh« als Bending-Laute
0803		Bending-Sound in Z 4, 5 und 6
0804	Abbildung 8.7	Yellow-Bird-Lick im mittleren Register
0804	Abbildung 8.8	Bendus-Interruptus-Lick im mittleren Register
0804	Abbildung 8.9	Close-Your-Eyes-Lick im mittleren Register
0804	Abbildung 8.10	Shark-Fin-Lick im mittleren Register
0805	Abbildung 8.11	Z-2-Bends mit dem Yellow-Bird-Lick
0805	Abbildung 8.12	Z 2 mit dem Bendus-Interruptus-Lick
0805	Abbildung 8.13	Z 2 mit abgewandeltem Shark-Fin-Lick
0805	Abbildung 8.14	Z 2 mit dem Close-Your-Eyes-Lick
0806	Abbildung 8.15	Bending-Licks in Kanal 1
0807	Abbildung 8.16	Flache, mittlere und tiefe Bends in Kanal 3
0807	Abbildung 8.17	Bendus-Interruptus-Lick in Z 3
0807	Abbildung 8.18	Close-Your-Eyes-Lick in Z 3
0807	Abbildung 8.19	Shark-Fin-Lick in Kanal 3
0807	Abbildung 8.20	Cool-Juke-Lick in Kanal 3
0808	Abbildung 8.21	Yellow-Bird-Lick im hohen Register
0808	Abbildung 8.22	Bendus-Interruptus-Lick im hohen Register
0808	Abbildung 8.23	Close-Your-Eyes-Lick im hohen Register
0808	Abbildung 8.24	Shark-Fin-Lick im hohen Register
0901	Abbildung 9.2	Licks in der ersten Position
0902	Abbildung 9.4	Licks in der zweiten Position
0903	Abbildung 9.6	Licks in der dritten Position
0904	Abbildung 9.8	Licks in der vierten Position
0905	Abbildung 9.10	Licks in der fünften Position
0906	Abbildung 9.12	Licks in der zwölften Position
1001	Abbildung 10.1	Durtonleiter in drei Registern
1002	Abbildung 10.2	Tonleiter mit 1-3-Pattern
1003	Abbildung 10.3	Tonleiter mit 1-2-3-Pattern

Audiotrack	Dazugehörige Abbildung	Kurzbeschreibung
1004	Abbildung 10.4	Tonleiter mit 1-2-3-5-Pattern
1005	Abbildung 10.5	Tonleiter mit 1-2-3-4-Pattern
1006	Abbildung 10.6	Akkordprogression mit wechselnden Patterns
1007	Abbildung 10.8	Tonleiter in der ersten Position mit Akkordtönen
1007	Abbildung 10.9	Melodie im Wechsel zwischen Spannung und Auflösung
1008	Abbildung 10.10	Pentatonische Durtonleiter in der ersten Position
1008	Abbildung 10.11	Pentatonische Molltonleiter in der vierten Position
1009	Abbildung 10.12	Pentatonische Durtonleiter in der zweiten Position
1009	Abbildung 10.13	Pentatonische Molltonleiter in der fünften Position
1010	Abbildung 10.14	Pentatonische Durtonleiter in der zwölften Position
1010	Abbildung 10.15	Pentatonische Molltonleiter in der dritten Position
1011	Abbildung 10.16	Melodielinie mit Shakes
1012	Abbildung 10.17	Rips, Boings und Fall-offs
1013	Abbildung 10.18	Vorhaltnoten
1201	Abbildung 12.1	Bluesline mit Bending-Note und Overblow
1202	Abbildung 12.2	Bluesline mit Bending-Noten, Overblow und Overdraw
1203	Abbildung 12.4	Push-Through zum Overblow 6 mit Vorbereitung in den Kanälen 8 und 7
1204	Abbildung 12.5	Push-Through zum Overblow in den Kanälen 6, 5 und 4
1205	Abbildung 12.6	Overblow mit der Springboard-Methode in den Kanälen 6, 5 und 4
1206	Abbildung 12.7	Overblows in Kanal 1
1207	Abbildung 12.8	Overdraws mit der Springboard-Methode in den Kanälen 7 bis 10
1208	Abbildung 12.9	Pull-Through-Methode für Overdraws in den Kanälen 7 bis 10
1209		Overblow 4 und Overdraw 8 bei gleichzeitigem Ertönen einer Bezugsnote
1210	Abbildung 12.10	»Gussy Fit«, ein Stück mit Overblows
1301	Abbildung 13.1	»Kickin' Along«
1302	Abbildung 13.2	»Youngish Minor«
1303	Abbildung 13.3	»Morning Boots«
1304	Abbildung 13.4	12-taktige Bluesstrophe
1305	Abbildung 13.5	»Ridin' the Changes«
1306	Abbildung 13.6	»Lucky Chuck«
1307	Abbildung 13.7	»Buster's Boogie«, Strophe 1
1307	Abbildung 13.8	»Buster's Boogie«, Strophe 2
1307	Abbildung 13.9	»Buster's Boogie«, Strophe 3
1308	Abbildung 13.10	»Smoldering Embers«, Teil 1

Audiotrack	Dazugehörige Abbildung	Kurzbeschreibung
1308	Abbildung 13.11	»Smoldering Embers«, Teil 2
1309	Abbildung 13.12	»John and John«
1310	Abbildung 13.13	»Tom Tom«, Abschnitt 1 und 2
1310	Abbildung 13.14	»Tom Tom«, Abschnitt 3 und 4
1401	Abbildung 14.1	»Buffalo Gals«
1402	Abbildung 14.2	»Wildwood Flower«
1403	Abbildung 14.3	»La Cucaracha«
1404	Abbildung 14.4	»Since I Laid My Burden Down«
1405	Abbildung 14.5	»Cluck Old Hen«
1406	Abbildung 14.6	»Aura Lea« in der zweiten Position
1407	Abbildung 14.7	»This Train«, Single-Note-Version
1408	Abbildung 14.8	»This Train«, Akkordversion
1409	Abbildung 14.9	»Little Brown Island in the Sea« (dritte Position)
1410	Abbildung 14.10	»She's Like the Swallow« (dritte Position)
1411	Abbildung 14.11	»A la Claire fontaine« (zwölfte Position)
1412	Abbildung 14.12	»The Huron Carol« (vierte Position)
1413	Abbildung 14.13	»Poor Wayfaring Stranger« (fünfte Position)
1501	Abbildung 15.1	»Jerry the Rigger«
1502	Abbildung 15.2	»Soldier's Joy«
1503	Abbildung 15.3	»The Stool of Repentance«
1504	Abbildung 15.4	»Over the Waterfall«
1505	Abbildung 15.5	»Angeline the Baker«, tiefe Version
1506	Abbildung 15.6	»Angeline the Baker«, hohe Version
1507	Abbildung 15.7	»Bat Wing Leather«
1508	Abbildung 15.8	»Dorian Jig«
1509	Abbildung 15.9	»The Dire Clog«
1701		Verstärkereffekte auf der Mundharmonika

Tabelle B.1: Harmonika-Audiotracks

Stichwortverzeichnis